岁月依然璀璨

上海报业
抗疫复产
报道纪实

尹明华 主编

上海三联书店

主　编：尹明华

编　委：高宝中　何锦新　丁志平

统　筹：丁志平

序

激励弘扬伟大的抗疫精神

徐珂

人们通过各式各样的方式，去保存已经发生的美好。电影、绘画、音乐、诗句……而记者，用文字、图片、视频，记录着已经发生和正在发生的美好。《岁月依然璀璨——上海报业抗疫复产报道纪实》，无疑是一本记录美好的书籍，又一次把我的心绪带到了团结一心、众志成城、奋勇抗疫的激情岁月。那些平凡的人物，美好的故事，律动的色彩，随着心跳一起传递着活泼与生动。

新冠肺炎疫情是百年来全球发生的最严重的传染病大流行，是新中国成立以来我国遭遇的传播速度最快、感染范围最广、防控难度最大的重大突发公共卫生事件。面对突如其来的严重疫情，以习近平同志为核心的党中央坚持把人民生命安全和身体健康放在第一位，统揽全局、果断决策，以非常之举应对非常之事，中国人民风雨同舟、众志成城，构筑起疫情防控的坚固防线。上海报业的广大新闻工作者坚决贯彻习近平总书记重要指示精神和党中央国务院决策部署，坚决贯彻上海市委市政府的各项要求，不畏艰险、奔赴一线，及时报道疫病信息并普及防治知识，深入报道各级党委政府防控疫情、复工复产的有力举措，充分反映医疗卫生工作者和生产、科技、教育、社区等广大干部职工的不懈努力，全面展示社会各界齐心协力战胜疫病的最新进展。

上海的新闻工作者用纸和笔、光与电，记录下了这一段波澜壮阔的历史。《岁月依然璀璨——上海报业抗疫复产报道纪实》一书中，汇集了来自上海30多家媒体的120篇作品。从这30多万的字节跳动中，我们深切感受到了广大新闻工作者在峥嵘岁月中所展现出来的崇高品格、职业精神。

——这是一种服务大局、服务人民的政治品格。新闻媒体履行职责使命，正确引导舆论，坚决维护社会稳定，传播科学防控知识，增强群众防病意识，把共克时艰、战胜疫情的信心传递到全市人民。《解放日报》的长篇报道《"战疫堡垒"的两天两夜——上海市公共卫生临床中心蹲点记》，记者在这座"堡垒"蹲点两天两夜，记录下一场场悄然上演的没有硝烟却惊心动魄的生死战。如何打赢这场不见硝烟的战争？《文汇报》刊登记者专访《张文宏：我们一定要跑在病毒前头！》，及时传递上海华山医院"硬核医生"张文宏冷静、客观但始终保持积极和乐观的态度。

——这是一种忠于职守、无私奉献的职业精神。国无精神则不强，人无精神则不立。人是要有一点精神的，在抗疫防疫、复工复产斗争中，新闻工作者展现出来的是忠于职守、同困难作斗争、向死而生的不屈精神；是践行增强脚力、眼力、脑力、笔力要求，及时准确把党中央各项决策部署和各地各部门有力措施传播到千家万户的专业精神。为了防御疫情，上海的居委干部有多拼你知道吗？《新民晚报》刊登特写《居委干部有多拼：敲门敲肿了手》。《新闻晨报》刊登通讯《20 天，750 人次，经手近 4 万件防护服！这批上海志愿者干了件大事！》，真实记录了上海志愿者的无私奉献和这座城市的温度。

——这是一种顽强拼搏、忘我工作的优良作风。上海新闻工作者具有优良的作风，关键时刻敢打硬仗，危难关头挺身而出。澎湃新闻网记者深入全国疫情"重灾区"武汉采访，从一线发回报道《被"新冠"击中的医护们：1716 例感染缘何发生》。《劳动报》的长篇通讯《为画出疑似患者行动轨迹，流调"侦探"9 小时抽丝剥茧》，记者为了还原神秘的流调工作，来到闵行区疾控中心蹲点，跟着这些"侦探们"体验了一场奇妙的"绘图"之旅。《青年报》刊登的报道《我们在口罩厂上夜班》，记录了该报 3 位记者驱车几十公里、不眠 12 个小时，协助夜班工人完成口罩质量检验、装箱、打包和搬运的事迹。

还有《联合时报》《上海大众卫生报》《第一财经日报《上海证券报》《中国宝武报》《上海铁道报》《大飞机报》《新金山报》《光明食品报》等上海的行业报企业报，也充分发挥行业报企业报的特点和优势，纸媒与新媒体深度融合"齐头并进"，全方位、多侧面反映上海各行各业抗疫防疫、复工复产的主旋律，聚焦反映上海人民众志成城抗疫防疫的伟大斗争和创新精神，涉及领域广泛，报道形式活泼，内容丰富多彩，十分引人注目。

上海市报纸行业协会为会员单位这次选编结集出版的《岁月依然璀璨——上海报业抗疫复产报道纪实》一书，不仅仅是记录、回顾，而且是激励、弘扬和光大。它激励我们大力弘扬伟大抗疫精神，勠力同心、锐意进取，逾越冬天，拥抱春天；激励我们不断继承和发扬新闻工作者的优良传统，"铁肩担道义，妙笔著文章"，不忘初心，牢记使命；激励我们在新时代的伟大征程上一路向前，追求和实现更加美好的、璀璨的生活。

（作者为中共上海市委宣传部副部长）

目 录

上海法治报

文学报

东方体育日报

上海大众卫生报

上海社会科学报

IT 时报

新金山报

上海中医药报

浦东时报

第一教育

中学生报

少年日报

致敬！所有携手抗疫的人们

——回眸上海在"新冠"突袭以来的众志成城

解放日报记者　李　晔　顾　泳　杜晨薇　邬林骅　李宝花　郭泉真

非典之初，"守望相助"，成为热词。而今，"新冠"突袭大半年后，回眸城市再一次抗疫，又一个词颇为贴切——众志成城。

新中国成立以来传播速度最快、感染范围最广、防控难度最大的重大突发公共卫生事件，发生在决胜全面小康收官之年，烈度与应对都呈现着社会发展阶段的新特点：一件事，日益"牵一发而动全身"；抗击，也成为治理体系与治理能力现代化的"大考"。

上海，以全方位的担当，应对"人民战争"的防控战线之广，以精细化的作为，确保"总体战"的有效落实，以高韧性的奋进，夺取"阻击战"各阶段与"双目标"的胜利，众志成城，奋力守护，积极参与全国抗疫，始终确保城市安全。

担当之"全"，共筑超大城市生命防线

从未有如此程度的尽锐出战、倾情投入、不留死角，用以诠释一种"全方位的担当"。

无数刻骨铭心的场景之一，发生在 2 月 9 日 14 时 30 分的虹桥机场。当时，由华山医院医护人员组成的 214 名上海最大援鄂医疗队即将启程，队伍中，被父母捧在掌心的"90 后"占了一半以上。队长李圣青说："昨晚 9 时半接征集令，45 分钟内即完成集结，呼吸科几乎全科报名……"寥寥数语，闻者动容。

与张文宏那句"共产党员先上"一样，1月27日，吃紧时刻，一句"共产党员站出来"在京沪高速检查站响起，站长王伟带领8名党员民警连续作战，投入"逢车必检"硬仗。

回眸抗疫以来，可以领略到：有一种担当之"全"，意指应上尽上，毫无保留。奔赴武汉，守护申城；病房内外，社区内外；道口一线，海关一线；科研协同，全城协同；入城、落脚、流动的全过程，就业、学校、保障的全领域……抗击"新冠"战线的覆盖面之广，前所未有。而那些了不起的数字，令"担当"两字力透纸背——疫情中，上海25万名医务工作者白衣披甲，用生命守护生命。锦江国际集团被征用的全国范围内酒店达818家，累计客房超过14万间。被征用酒店的布草，使用后全部销毁，还有种种间接损失。和众多同行一样，无问收获，因为"这是责任"。回眸抗疫以来，还可体悟到：有一种担当之"全"，代表全力以赴，并肩拼搏。疫情发生后，上海龙头（集团）股份有限公司党委书记王卫民带领公司全体员工从零起步，跨行转产，仅用7天改造建成隔离服生产线，仅用15天改造建成2000平方米医用防护服洁净车间，仅用11天改造建成第一条口罩生产线。截至7月1日，公司累计生产隔离服575余万套组、一次性口罩1.4亿只。联影医疗300多位工程师，随驰援设备进入武汉火神山医院，48小时完成以往4天的装机工作。其中一次，工具短缺，工程师们只能用一把斧子轮流上阵，12人12小时削掉一棵树，凿掉一堵墙，让一台CT机走完进驻科室的最后100米。

从耄耋专家的挺身而出，到年轻护士的不断奔赴，从筹集物资的焦头烂额，到空城"宅家"的无数"摒牢"……所有携手抗疫的人们，都值得致敬。在这场没有硝烟的战斗、同舟共济的历程中，全体防疫人员和全市人民，以全方位的担当，共筑起上海这座超大城市的生命防线。

作为之"细"，精细化的铜墙铁壁

钟南山在央视节目肯定"新冠人传人"五天前，1月15日，一位来沪人员因发热乏力，去同仁医院就诊。临时支援发热门诊的呼吸与危重症医学科医生于亦鸣在询问中警觉，立即采取隔离措施，很快确诊病患为"上海首例"。

除夕当夜至大年初一凌晨，通宵会议上，针对道口既要尽量放得快一点，又要记录得准确一点，上海决定开发小程序插件，这就是后来起到重要作用的"健康云"。

浦东机场海关值机处值机四科关员李晨阳，从旅客一声"谢谢"中，听出极易被忽略的鼻音，核酸检测一查呈阳性。

还有，塘桥街道的"三级三群"——居民区党总支"包干到片"，二级支部"包干到楼"，各片党员"包干到户"，分别组建微信群，分层覆盖，直接到户。有的高楼，还细分到每十层人家就建一个微信群，把防控单元划到最小。就此，一支三四千人的骨干队伍，牵引起全街道数万户家庭，全面防控"不漏一户，不漏一人"。

靠作为之"细"，筑铜墙铁壁。担当之后，如何有效作为，上海的实践是科学防控、依法防控、精准防控、动态防控。

这也体现在整体的拿捏与管理上。除夕当天，新中国成立以来第一次，上海启动重大突发公共卫生事件一级响应。随之而来的，是精准防控的第一场考验。一级响应后，到底怎么管，松了？紧了？一时多少纠结。过来人慨叹："当时压力非常大。"

其实就在 1 月 26 日下午 1 时，上海轨道交通 11 号线昆山段暂停运营，此事从沟通、决策到执行仅用了 2 小时。但上海作为国际大都市，从当时实际出发，显然不可能全都简单地"一封了之"。当天，指挥部首次提出"三个全覆盖""三个一律"，密织全城防控网。而当"逢车必检"带来排队时间变长，又马上研究出台一系列优化举措：车道能开尽开，调集人手上岗，探索一条车道上同时对三四辆车乘客测温。同时，全城持续紧盯"三个全覆盖""三个一律"，市领导每人联系一个区下去，一定要把社区工作做实。

同样，有了人，才可能复工，但上海也没有为了复工，就一下全解禁。强调的，始终是有序复工、有条件复工、分时复工，无口罩不复工，并加快推进支持企业抗击疫情的 28 条综合政策举措落地见效。随着走向全面复工，研判清醒："动态管理、精准管理的大考来了。"风险防控要更精准，人员管控要更精准，分类、分区，一企一策、一区一策甚至一事一策、一人一策……

不一刀切，靠的是有能力及时发现问题，及时解决问题。比如，针对疫情之下，前所未有的一群人"悬空"在街头，立即抓专题研究，迅速落实健康证明互认。又如，为有效查找问题，市房管局发动 600 多名员工，零时统一出动，对各自小区防疫细节"挑刺"。市民政部门也发动数千职工暗访小区。始终，充分发挥上海城市治理和精细化管理优势，精准施策、科学防控，卡位最佳平衡点。

而在查获上海首起藏匿轿车后备箱企图逃避检查事件后，市交通委员会执法总队二十四大队大队长杨强在继续仔细查验时，更加耐心、细心地将道理说明白，"越是严和紧，越要细和暖"。精细之中有温度。

不断发现问题，不断解决问题，不急不躁，担当作为，始终保持上海成为一座安全的城市——底子，是城市的精细化管理。作为之"细"，在抗疫中，从普遍认同的理念、做事习惯，走向责任意识和一种精神。

奋进之"韧"，抗疫彰显城市精神品格

此次抗疫的急剧性、变化性、长期性，令人印象深刻。一线人员回忆："抗疫之初，每天形势急剧变化，只能根据上海病例发展趋势、社会环境人员流动趋势，不断调整防控策略。从领导层到流调人员，都连日极度紧张。"决策见证者感叹："抗疫这场阻击战，形势一天一变。每一个决策后，还要对出现的新情况迅速反应。"而当历经数月艰辛，国内终于有所好转，防境外输入又成新的重中之重。疫情的常态化长期化，压在每个人心头。

考验的，是城市。依靠的，是人民。

2月3日，春节后第一个上班日，人流开始大量增多，一周后还将有元宵节后的又一波高峰。当天，上海市委、市政府给全市人民写了一封公开信：落实属地责任，加强联防联控；党员干部冲锋在前，各条战线连续作战；也希望市民减少外出，注意卫生防护，保持积极心态。随后几天，"一严到底、一丝不苟""严防严控、严防死守""严而又严、实而又实、细而又细"频频见诸报端。有句话成为共识：这一周，熬，也要熬过去。

那段时间，上海市民自发的"空城""北欧式排队"自律，成为现象级传播画面。

5 日一早，谈家桥路 155 弄，几位居民竖起两块床板，用铁丝固定，在弄堂口立起"大门"。小区建于 20 世纪 50 年代，有 11 个弄堂口，封闭式管理难。居民区党总支书记崔萍在巡查中，发现了居民搁置屋外的床板。一呼百应。大家纷纷送来闲置床板，一对外来务工兄妹从事搬运，紧急从自家仓库调来 10 多块，两天集齐 20 多块床板。崔萍大呼："我们的居民太给力了！"

然而，如此辛苦的一周之后，"拐点"依然没有出现，依然不可捉摸。与此同时，8 日元宵，9 日朱桥道口就排起 18 公里长龙。

唯有坚韧向前。

奋进之"韧"，还体现在"双重保障"。既抓救治，又抓防控。既防扩散，又防输入。既抓防控，又抓发展。即使是道口管控任务最重的一段时间，上海的物资运输也没有中断，尽最大可能支持企业生产，增强抗疫支撑。从殚精竭虑的全球采购，到前所未有的全城网课，种种顾此不失彼，处处一环接一环，日复一日，月复一月，从春到夏，从夏到秋。

一次小结时，市领导动情为城市用了两字：顽强。

顽强中有爱。"共产党员先上"，成为"网红"强音。年轻的"插管冲锋队"，成为离病毒最近的人。接送医疗队的飞机上，空姐流泪用上海话播报："谢谢你们！"朱桥道口休息室，累得坐在椅上瞬间睡着的两位队友，让撞见的队长骁克瞬间泪奔。刻不容缓之时，社区干部一家家敲门，敲得手指头都肿了。焦虑弥漫之际，心理咨询热线的隔空谈心，让人走出心里的"宅"。全国默哀时刻，上海一位道路清洁工师傅，停下手头工作，独自站在街边，一个人立正低头的照片，被许多人纷纷转发。满城"捂牢"关头，一家老年护理医院一楼玻璃门内，坐在轮椅上的一位老人面朝阳光，笑眯眯望向蹲在外面的探望者，一脸的灿烂又曾让多少市民感动……

"大爱情怀，文明素养，精神风貌。""争分夺秒，冲锋在前，加班加点，守望相助。"经历过的人会知道：这些字词背后，是驰援武汉最前线、防控救治第一线、后勤物资保障线及城市所有战线上，真实发生过的坚韧与奋进。

(原载《解放日报》2020 年 9 月 8 日第 1 版)

生命至上　上海"战疫堡垒"的使命担当

解放日报记者　顾　泳　黄杨子

　　"凡人微光，终将萤火汇成星河。"昨天的世博中心红厅内，市委、市政府召开的抗击新冠肺炎疫情表彰大会上，1000 名先进个人、300 个先进集体、100 名优秀共产党员、80 个先进基层党组织受到表彰。

　　时光倒回至 1 月 15 日，一名 50 多岁的女士在家人陪同下走进同仁医院发热门诊，自此打响新冠肺炎抗疫战的"上海战区第一枪"! 1 月 24 日，上海正式宣布启动重大突发公共卫生事件一级响应机制。一场不见硝烟的战争开始了!

　　一座城市的应急能力当属硬核竞争力，上海交出了"不一般的答卷"：面对外防输入、内防扩散的抗疫形势，全市多个部门协同作战；加大流行病学调查力度、织密社区防控网、坚持关口前移、源头把控，对确诊病人应收尽收、对疑似病人应检尽检、对密接者应隔尽隔，落实"早发现、早报告、早隔离、早治疗"的"四早"原则，为 2400 万上海市民牢牢筑起了公共卫生最牢固的"长城"。

早发现　筑牢第一道防线

　　周密的公共卫生监测网络在上海铺就：117 家发热门诊、200 家发热哨点诊室遍布全市，筑起疫情防控的第一道防线。来自上海发热门诊网络的实践，也作为成熟经验被国家卫生健康委汲取并在全国范围内推广。

　　"您好，请问发热门诊怎么走?""您有发热症状吗? 近 14 天内是否有过旅行史?"全副武装的预检护士一边询问登记，一边迅速启动院内"第一道防线"。普通门急诊预检初筛、普通急诊诊室详细问诊堵漏、发热门诊医生筛查、专家组团队把关——进入发热门诊后，挂号、检验、检查、取药、治疗、留观"六不出门"的一体化管理模式，牢牢"锁定"可能出现的任何一例疑似病人。

发热门诊意义几何？发热是新冠肺炎的典型症状之一。1月22日上海公开发热门诊医疗机构名单，当天全市就诊人次逼近一万大关。截至目前，发热门诊中34家设在社区。这一"特殊"门诊历经四季交替，始终处于战斗状态，为上海市民筑起疫情防控的安全线。

诞生于2003年非典时期的发热门诊，在此次疫情防控中发挥了不可替代的作用。这一被推广至全国的上海市发热门诊建设管理工作经验，主要包括四大方面：完善发热门诊设置、加强发热门诊能力建设、优化发热门诊服务流程以及落实院内感染常态化防控。

1月15日，上海面对突如其来的疫情，作为长宁区区域医疗中心的上海交通大学医学院附属同仁医院发热门诊，发现并上报了上海首例新冠肺炎病例，第一时间对其快速检测、快速管控，做好隔离留观，对传染病的防扩散起到了关键作用，更为这名病人的救治争取了时间。

要将发热门诊触角伸得更深入、更到位，全市医疗机构火速行动起来。寸土寸金的市中心，医院如何辟出更符合院感管理要求的发热门诊？复旦大学附属华山医院仅耗时5小时，就将空气流通、温度适宜的独立急诊发热预检诊室建成投用。上海市第一人民医院松江院区，由集成房搭接的"小雷神山"，短短十几日拔地而起。

清洁区、半污染区、污染区……"守好关口防止感染"，这是上海发热门诊的铁律。上海交通大学医学院附属新华医院呼吸科副主任医师王妍敏说出医护人员的心声，"全部装备穿脱复杂，上一次厕所就浪费一套防护服，还真有点舍不得。所以，我们上班期间几乎不吃不喝是常态"。

从冬到夏，遍布上海的117家发热门诊始终坚守着"哨兵"岗位。

早报告　拉网式防疫

1月25日，疫情防控最为胶着之时：疑似病人需要多久可以出检测报告？所有人都死死盯着这个问题。时间就是速度，"疫情犹如洪水，我们就是抵御洪水的堤坝，堤坝筑得越牢，洪水就难侵袭"，上海市疾控中心主任孙晓冬如是说。当日，上海迎来好消息：疑似病例样本最晚 24 小时就能出检测报告！这意味着，检测速度持续加码，防疫能力已经提升。

"整个病毒样本检测严格遵循'高致病性微生物'送样流程，由专人专车送样到达质管科收样室后，收样室进行编号后送达实验室开展检测。目前，实验室 24 小时持续不断排班，排班 7 组，每组 5—6 人开展对标本的筛查。检测后所有报告分两批提交到应急处，并由应急处汇总所有信息。"上海市疾控中心病原生物检定所病毒检测实验室主任滕峥有条不紊介绍着，"实验室人员严格按照三级防护标准来防护，每轮实验开展时间持续 6 至 8 小时。"

检测就是速度。上海市疾控中心内，疑似病例采取 2 至 3 份标准样本（包括上呼吸道、下呼吸道标本），同时开展标准核酸检测。实验室同时储备两种试剂，对需要进一步明确结果的标本进行相互复核。滕峥说，如首轮检测明确情况下，6 小时即可出报告，如呈现弱阳性，进一步复核也可确保 24 小时内出报告。

早报告，更为及时隔离密切接触者、防止扩散立下汗马功劳。2 月 26 日下午，上海市疾控中心值班室收到一份来自宁夏回族自治区疾控中心的协查函，请求协助开展宁夏中卫市一例境外输入型新冠肺炎确诊病例包括旅客及工作人员在内的密切接触者信息协查。

听闻这一消息，上海市民着急了起来。尽快追查密接者，尽快实行隔离，接下来的 12 小时，上海市疾控中心工作人员展开"生死时速"。

协查函首先被转交到市疾控中心应急处副处长黄晓燕的手上，她作为中心综合协调组组长，承担着中心各项防控措施的协调推进。市疾控中心随即与公安、海关、交通等部门互通有无，开展密接者追踪。看似繁琐的工作，12 小时内被完全理顺，形成了一份完整的 63 人名单并落实集中隔离管理。

"所有密接者全都实行隔离管理"，消息甫一刊出，市民长舒一口气。

记者获悉，早前由于追查人数庞大，应急处招募中心的志愿者，专门成立了一个临时机构"追踪办"，24 名成员分 3 组 24 小时与疑似病例、确诊病例的密切接触者进行联络，1 个多月来已累计追查了近万名密切接触者。

拼了命的检测速度、追踪速度，也为整个城市复工复产奠定了扎实基础。时至六月底，上海已有 62 家医疗机构、21 家第三方检验机构、外加 17 家市区两级疾控中心提供便捷的检测服务，当月日均最大检测总量达到了 9 万例。

6 月 30 日起，上海将新冠病毒核酸检测项目价格调整为每人次 120 元（含试剂盒等耗材），将新冠病毒抗体检测项目价格调整为每项 40 元（含试剂盒等耗材）。更便捷的服务、更优惠的价格，帮助市民更能接受检测，恢复整个城市重启。

而今，上海核酸检测机构按"应检尽检、愿检尽检"原则为市民提供服务，每日检测总量可达 24.3 万人次，为城市按下重启键奠定了基础。

早治疗　与病魔赛跑

2 月 26 日，上海"战疫堡垒"——上海市公共卫生临床中心传来喜讯：68 岁的杨老先生痊愈出院。戴着口罩，神清气爽，坐在应急病区门口前，老先生感慨："感谢上海给了我第二次生命！真的，这些医护人员他们非常辛苦，连续八个小时不吃不喝，把我当孩子一样照顾，因为有了他们，我才得以今天出院，重获生命。"

杨老先生是上海首位康复出院的新冠肺炎危重症病人。上海新冠肺炎医疗救治专家组成员、复旦大学附属中山医院感染科主任胡必杰教授表示，"危重症病人出院是非常振奋人心的消息，这标志着救治工作又迎来一个里程碑"。

截至 9 月 28 日，这座"战疫堡垒"已累计治愈出院 939 例。救治新冠肺炎的"上海方案"在这里诞生，生命在这里延续。

危机就是大考。在上海，本市发挥专家智囊作用，根据疫情发展，适时调整和优化防控策略，有力、有序、有效推进新型冠状病毒感染肺炎防控，于第一时间成立专家组，后来很快分成两个专家组——由复旦大学附属华山医院感染科主任张文宏担任组长的医疗救治组，负责治疗病人。另一组由疾控专家组成，负责疫情防控。

上海举全市之力，让最优质的医疗资源向决战地汇聚，科学、全力救治。"共产党员先上，这不仅仅是一句口号，而是落实到行动的。"张文宏的"金句"犹在耳畔。他担起医疗救治专家组组长重任，夜以继日地与高级专家团队研究上海的防控工作，牵头制定"上海临床救治攻关综合治疗专家共识"。

就在2月初，根据上海市委、市政府统筹，市卫健委、上海申康医院发展中心等连夜抽调来自上海多家医疗机构的重症医学队伍，前往上海市公共卫生临床中心A3病区，参与重症和危重症病人的救治，这便是后来市民熟知的"天团"。上海交通大学医学院附属仁济医院重症医学科主任皋源、上海交通大学医学院附属瑞金医院重症医学科主任瞿洪平、上海交通大学医学院附属第六人民医院重症医学科主任李颖川等分别带队，与上海市公共卫生临床中心及全市集结而来的医护人员，奋战在"战疫堡垒"。

上海市公共卫生临床中心呼吸与重症医学科主任李锋，是临时党支部"领头人"，是应急一线的"管理员"，还是抗疫最前线的"先锋军"，通过呼吸机、CRRT等救治手段，率先采用ECMO技术实施抢救。

奋斗75天、跨越一个季节，皋源带领的救治团队是全市派驻市公卫中心时间最长的"战疫天团"。他带领团队做出多个创新尝试：首创使用电阻抗断层成像技术系统监测病人呼吸；实施第一例新冠肺炎病人胃镜和结肠镜检查；第一个主张采用全系列凝血指标指导ECMO病人抗凝治疗等，取得较为理想的治疗效果。

而作为从医30年的老兵，瞿洪平向团队发出"疫情不退，我们不退"的倡议。他一次次带队冲进负压病房，处理突发状况，成为名副其实的"主任住院医师"。他组建巡查小分队，轮流安排部分医生在病房内24小时不间断观察病人，部分医生在清洁区协助临床工作，最大限度地提高危重病人救治效率。

最顶尖专家团队集聚上海"战疫堡垒"，不分昼夜，在死神手下抢夺生命。医护团队夜以继日呵护着病人。杨老先生在昏迷13天后，终于醒过来了，他说出了所有从这里痊愈出院病人的心声，"我只看到一群医生护士围着我忙，他们给我喂饭喂药，把我当小孩子一样照顾，我心里说不出的感激。他们不怕脏不怕累，更不怕危险，很多人都是不吃不喝八小时，就为了照顾我们这样的病人，我真心疼他们！"

早隔离 织密"防疫闭环"

扎实的"网底"是打赢新冠疫情防控战的关键。在上海，基层防线犹如一张防护网。

社区医护人员的"重头戏"是做严做实输入"闭环"的第一关。徐汇区斜土社区卫生服务中心家庭医生朱兰记得，3月初，中心城区境外返沪人员增多，选择居家隔离的也多，为缩短留验时间，让长途旅行居民早日到家，家庭医生们24小时待命。"风雨交加的夜，半夜两点多，我们刚完成一例居家隔离任务，电话响了：又有一名留学生准备从区留验点回家。"

再次换上防护服冒雨赶往目的地小区，医护人员一边询问登记健康信息，一边仔细告诉她居家隔离注意事项。在递过包括体温表、消毒物品、医生联系单、健康宣教告知书在内的健康服务包时，留学生的声音一下哽咽了，跟医护人员说："谢谢你们，回家真好。"朱兰说，透过雾气弥漫的防护镜，看到她的眼泪在眼眶里打转。

从春节时坚守在社区、各区隔离点工作开始，社区医护人员始终没有放松。复工复产复市后，境外疫情蔓延，每一架飞机的平安落地，意味着另一番工作的紧张启程。在上海，数百名社区工作者常常彻夜不眠，落实好机上乘客的14天居家或集中隔离健康观察，织密织牢这座超大城市的"防疫闭环"。

炎炎夏日，在素有"小小联合国"之称的古北新区，长宁区虹桥街道社区卫生服务中心医护人员清晨7时就开始进行流调准备工作。虽然走在小区的绿荫下，大家额上面屏的海绵条仍往下淌着汗水。仅一天时间内，3人一组的工作量除了覆盖127人的健康询问和体温测量，还有新增居家隔离人员的上门初访，每人大约需走16户，上下午各一次，时间容不得耽搁。

整个疫情期间，上海全市246家社区卫生服务中心坚持开诊，门诊量最高达全市总量近七成；34家社区发热门诊、200家发热哨点诊室加强筛查跟踪，及时发现、甄别与转介；6000余个家庭医生团队指导居民加强健康自我管理，持续做好养老机构巡诊、家庭病床等服务，确保服务不间断。复旦大学附属中山医院教授祝墡珠高度评价：上海家庭医生坚守社区防控阵地，守护居民健康网底，发挥了不可替代的作用。

君子量不极，胸吞百川流。在上海，无论"客人"还是"家人"，社区医疗工作者报以最大善意，让隔离人员安心，感受城市的温暖。白昼黑夜，斗转星移，从医生护士到社区民警、街道干部……各行各业因为有兢兢业业的身影，随时待命，准备投入新一轮工作，这便是上海抗疫的常态，更体现着"人民城市为人民"的底色与风格。

（原载《解放日报》2020 年 9 月 30 日第 6 版）

谢谢你，陪我一起看过夕阳

解放日报记者　宰　飞

网红凯哥

日渐西斜，阳光为万物勾勒出金边。在 20 病区办公室里，医生刘凯正查看患者 CT 影像。一名保安从办公室门前掠过，又倒转回来，问："你是那个照片中的医生吗？"

在武汉大学人民医院东院（以下简称东院），"照片"不是泛指，它有特定意义，就是指那张照片——中山医院医生刘凯和 87 岁的患者、小提琴家王欣一起看夕阳的照片。

和保安同行的东院本地护士也挤到门前，问："谁是凯哥？"刘凯 27 岁，在医生群体里算是最年轻的，可是现在却被身边同事（不论老少）称为"凯哥"，一半是玩笑，一半是尊重。

刘凯有些不好意思，闭口不答。保安又问："你就是那个照片中的医生吧？"

"你怎么知道？"刘凯问。

"看着好像。在电视上看过。"保安说。

"特殊的胖是吗？"刘凯问。他微微发福，下意识觉得别人会注意到他的体型。到了这时，他只得承认自己就是那个拍照片的医生，就像是明星乔装打扮后还是被"粉丝"认了出来。

保安得意于自己的眼光，而护士则是"哦"个不住。

3 月 5 日的那张照片，让刘凯成了网红。他说，那天自从本报记者第一个电话找到他，直到次日凌晨 1 时多，微信、电话没有停过，都是各家报纸的记者要求采访，同样的话他讲了一遍又一遍，以至于连晚饭都没空吃。

十多天后的一个下午，他在微信通讯录里输入"报"字，一下子跳出满屏报纸名：中青报、新京报、文汇报、新民晚报、南方都市报、楚天都市报、成都商报……好多报名他都是第一次听说。

报纸采访潮过后，是电视。拍照次日，本是休息，他还是应邀来到医院接受现场采访。这一天，光是央视就接待了三四拨。

常常有记者问刘凯："会不会因为这张照片和王欣老先生关系更加亲密？"

刘凯总是回答"不会"。他说，他对每个病人都不错，今后跟王老先生顶多也就多说几句话，没必要为了一张照片而改变什么。医学是由理性支配的，过多牵涉情感，会影响职业判断。"医生还是医生，病人还是病人，干脆一点。"刘凯说。他的冷静和众多见惯了生死的医生一样。

一位有故事的老人

此时，照片里的另一位主角——87岁的患者、小提琴家王欣正斜倚在19号病床上，和刘凯医生的办公室隔着5道门，2个污染缓冲区。

又是傍晚，阳光透过窗户，洒在床边，和照片上一样明媚。有小提琴家的地方，本该有音乐的，但此刻却安安静静，静得听得见床头一次性吸氧管里液体咕噜咕噜翻腾的声响。

王欣身形瘦削，白发齐耳，很像人们想象中的老艺术家形象。此刻，他端着一部智能手机，时而翻翻微信，时而看看有关新冠肺炎疫情的新闻。他对自己会用智能手机这件事很自豪："前两年，女儿说要给我买个新手机，我说'行，买吧'。你看，我有好几个微信群，老年大学的、乐团的、亲戚的。我们小区里，好多人比我小十几岁，却老态龙钟，看着挺困难似的。"

他说话声音响亮，全然不像肺炎患者，这一半是因为一辈子都在和音乐打交道，另一半则是因为耳背。

年纪大了，他语速很慢，可普通话极标准，而且带着明显的北方口音，和湖北本地人截然不同。特别是"嗯""啊"的语气，让人不由想到相声演员马三立。一问才知，他出生在河北蓟县（现天津市蓟州区），确是马三立的同乡人。

1948 年，当时还是少年的王欣离开家乡，远赴河南开封参加革命。1949 年 5 月 16 日，武汉解放当天，随部队进城。那时候，他是文工团的一名小兵，从吹小号开始音乐之旅，后来转行拉小提琴。此后日日琴不离手。即使是最近几年冬天在武汉一所医院疗养，也都带着小提琴，而医院也专为他辟出一间会议室作为琴室。

但是，这会儿在东院隔离病房里，他不得不与小提琴暂别。病房门开了，中山医院的护士李敏、王宜赟走进来。李敏检查挂在床沿的尿袋，4 小时积累了 250 毫升尿液。她麻利地清理完毕。王宜赟随即为王欣测量血压，102/64，正常。

老先生恢复得不错，已经能自己扶着床边护栏坐起，还能在护士搀扶下去上厕所。病房的墙角下，护士们贴好了 1 米、2 米、3 米……的标尺，过两天，他就要下床练习走路了。

中山医院医疗队的队员们都为他高兴。党支部书记余情、护理部副主任王春灵、护士长潘文彦，还有薛渊、陈翔等医生一起来看望他。王欣双手各牵一位队员，说："上海的医生护士特别细致，把我从阎王那里拉回来了。"他语音哽咽，泪水也从眼眶溢出来。潘文彦抽出两张纸巾，为他拭去眼泪。

他对着床边的几位队员一一抱拳致谢："谢谢你、谢谢你、谢谢你……"

"老爷子，唱首歌吧。"余情说。医生隔三差五会让他唱首歌，因为他身体好了，心情也好了。唱歌同时也是肺部康复训练，就和医生让病人吹气球、缩唇呼吸道理一样。

"好，那就唱《何日君再来》吧。"王欣随即唱起，"好花不常开，好景不常在/愁堆解笑眉，泪洒相思带/今宵离别后，何日君再来……"

唱完这几句，床头的监测仪显示，王欣呼吸依然平稳。

潘文彦在他耳边问："记得你之前气喘吁吁吗？"

"啊？"王欣听不清问话。于是潘文彦又提高嗓门问了一遍。

"不喘气。"王欣说。

"不是说现在，是说你刚来的时候。"潘文彦大声问。

"哦，之前我不记得了。那时脑子糊涂了，都不知道怎么到这里来的。"王欣说。

以为那就是诀别

那段黯淡无光的日子，王欣的女儿记得。她说，父亲生病前作息很规律。每晚9点看完央视《海峡两岸》后睡觉，第二天早上7点半起床。然后上街吃碗热干面或是粉、鸡蛋、豆浆。早饭后，绕小区里的绿地走8到10圈。

1月28日早上，父亲却没有按时起床。他说没力气，不想起。女儿拿体温计给他一量，发烧了，37.4℃。打电话问疗养医院的管床医生，却得知医生已被隔离，而且同院的好几位老人已经确诊感染新冠肺炎。医生说，王老先生很可能中招了。

他女儿这才回想起，几天前，医生给他父亲打过电话，询问身体状况，但那时父亲没有症状，也就没有在意。

那些天，武汉居民陷入恐慌。医院发热门诊排了几百人的队伍，往往一等就是几个小时。核酸检测设备奇缺，很多病人往返于多家医院却做不了检测。这样的情形老百姓没见过，医生也没有见过。

2月1日，王欣被诊断为疑似新冠肺炎，但是没有做核酸检测，也就无法确诊。住不进人满为患的医院，只能回家等候消息。得知此事，王欣退休前的工作单位武汉爱乐乐团、上级管理部门武汉市文化和旅游局四处奔走，为王欣寻找一张病床。

等待床位的日子里，王欣的女儿忽然想到，既然是肺部的毛病，就要吸氧。家里恰好有个小氧气钢瓶，那是母亲几年前用过的。里边应该还剩一些氧气，不管三七二十一，拽出来先给父亲用上。

吸上氧，王欣的精神好了些。看来管用。王欣的外孙又网购了5瓶氧气，让王欣一天吸一瓶。据说球蛋白能增强免疫力，便去药店买了30瓶球蛋白。每天晚上，一家人开车去医院注射。

就这样维持了一个星期。2月9日起，武汉发起"应收尽收"拉网大排查，落实"四类人员"（确诊病例、疑似病例、无法明确排除的发热患者，以及密切接触者）分类集中管理措施。

当晚，王欣住进了武汉东西湖区人民医院。进医院一测氧饱和度，只有

80％多。医生打电话给王欣的女儿说："老先生状态很差，你们要做好准备。"

外孙不放心，要亲自去东西湖区人民医院看看爷爷。当时的医院一片忙乱，外孙尾随工作人员混进了隔离病房。只见躺在 29 号病床上的爷爷精神委顿，桌上的饭盒没有打开过。"爷爷，你要坚持下去。"外孙说。

"坚持不下去了。"王欣气若游丝。

外孙后来说："那时我心里非常难受，觉得这次可能就是给爷爷送别了。"他拿出手机，为爷爷拍了"最后"一张照片。

那是漫长的一天，一家人在等待，等待好消息或是坏消息到来。第二天下午，王欣的女儿忍不住给医院打了个电话，询问 29 床情况。医生说："29 床没有人啊。"

一听这句话，她吓蒙了，赶紧再去医院打听。到了医院才知道，老爷子病情危重，正在办理转院，目的地是哪里还不知道。只有回家等消息。

夕阳中的两个身影

2 月 10 日晚，下着小雨，气温不到 10℃。立春已过，但冬天似乎还不肯退却。

这天是中山医院医疗队整建制接管东院 20、22 病区的第二天。20 病区的夜班当班医生是冯国栋、费敏、沈勤军，这是他们三人在武汉的第一个班次。

医疗队领队中山医院副院长朱畴文、队长罗哲、病区主任居旻杰、副主任李锋上完白班后，也留了下来。因为医疗队刚刚入驻东院，对患者、流程、电脑系统都很陌生，很多情况需要商议。

夜班才开始，医生就接到通知，有十几个病人转入。费敏医生记得，其中有一位瘦弱的白发老人，躺在病床上，不能说话，意识已模糊。这位老人就是王欣。他后来回忆，在昏睡的那几天里，满脑子全是外孙在人群里走，没戴口罩，还在喊爷爷、爷爷，突然外孙又不见了。

10 日晚上接收完病人，三位当班医生依次查房、填写病历。费敏已多年没有写过病历，再加上第一次使用东院的系统，填了一遍，竟然没保存上，不得不从头又来一遍。

填完病历，费敏一一打电话通知患者家属。王欣的家属信息一栏留的是他女儿电话。

费敏在电话里说："这里是武汉大学人民医院东院，你父亲王欣已经送到我们这里了。"

当王欣的女儿接到费敏医生的电话时，已经等待了一下午。王家和东院隔两条江，40多公里，这个医院的名字王家人闻所未闻。王欣女儿心急如焚，只从手机听筒里抓住了两个关键词——武汉、东院。她心想，武汉自不用说，东院又是什么？

她反复问父亲在哪里。而费敏刚从上海来，只知道武汉大学人民医院东院，至于地址，根本没有概念。女儿也从口音听出，这位医生不是本地人，应该是外地来支援武汉的，于是她用笔记下了这个陌生的医院名字，还有133开头的来电号码。

此后每天下午，女儿都要拨打这个号码，询问父亲病情。医生说，他们有时不太愿意接听患者家属，特别是危重症患者家属的电话。说什么呢？说情况很糟糕吗，那会吓坏对方；说放心，我们一定救得活吗，那自己也不相信。

中山医院的医生没有轻率承诺，不过，他们尽了全力救治每个病人。"垂危病人我们要抓住不松手"，罗哲说，医疗队坚持救治关口前移，治疗手段应上尽上。他们第一时间为王欣用上了高流量吸氧，提高他的氧饱和度。

抓住危重病人后，接下来拼的是护理和营养。居旻杰介绍，现在还没有针对新冠肺炎的特效药物，只能对症支持治疗，也就是缓解症状，病愈还是要靠人体免疫力。所以对病人的护理和营养至关重要。

王欣想喝粥，护士就一口一口喂粥；想吃水果，医务人员就把医院发给医生的桔子、苹果带进病房。高蛋白饮料、梅林午餐肉、衬衫、一次性内裤……凡是病人需要的，医疗队总是想方设法送到。

王欣身体日渐好转，肺部渗出不断减少。3月5日，刘凯医生推着他去另一幢楼做CT。在做完CT回来的路上，刘凯问王欣要不要看一眼落日。刘凯知道，老先生已在病房里住了近一个月，一定想念久违的阳光。其实，刘凯自己何尝不想多感受一下太阳。在武汉的这一个月里，除了酒店就是医院，医务人员也闷得发慌。

王欣点点头，表示想看看落日。于是，刘凯停下步子，站在床旁，陪老爷子一起，感受这早春三月的阳光。同行的护工甘俊超随手拍下了落日余晖中的这两个身影。

照亮了人类的心

几个小时后，在长江下游的上海，另一位音乐家在网上看到了这张照片。他说："这张照片似乎照亮了人类的心。"

他叫刘键，是一位指挥家，还曾因为"街头狂追交通肇事逃逸者"入选中央文明办 2017 年"中国好人榜"，上海人称"横子"。

音乐家是感性的。对他们而言，声、画可以通感。"画面背后就是音乐。"刘键说。他决定作一首小提琴曲，献给王欣和刘凯，以及他们代表的武汉人民和白衣天使。

经过一周构思，3 月 13 日深夜，他完成了题为《方舟之光》的 6 页曲谱。这是一首战争的颂歌。开头，和声复杂而扭曲，象征武汉疫情最严重的阶段。渐渐地，音乐舒展开来，战争形势转向有利于我方。

音乐后半部分，曲调倏忽一转，悦耳的和声出现，气象骤然一新。刘键说："哗，这时一片小提琴全部拉开，仿佛是照片上太阳的高光，又像电影《乱世佳人》里的最后一句台词——Tomorrow is another day（明天又是新的一天）。"

几经辗转，3 月 20 日，这首小提琴曲送到了王欣手中。刘键说，如果王老先生愿意，在他身体康复后，要为他办一场音乐会，由他亲自领奏这首曲子。

在武汉的病房里，王欣手捧曲谱，轻轻哼唱起来。又是一个晴朗的傍晚，夕阳就像照片中一样明艳。

（原载《解放日报》2020 年 03 月 25 日第 09 版）

"战疫堡垒"的两天两夜

解放日报记者　黄杨子

上海市公共卫生临床中心蹲点记

上海市公共卫生临床中心大门前，拦着长长的检查通道。"这里是医院啊?"等待测温登记的司机探了探头，眼前只有一片郁郁葱葱。

在中国，总有些地名，与绵长的传统文化有着千丝万缕的默契。《汉书·蒯通传》有云，"边城之地，必将婴城固守，皆为金城汤池，不可攻也"。

17年前，一场非典大疫中，距离上海市区约60公里外的海边，也筑起了一座称得上固若金汤的"战疫堡垒"。

今年1月，堡垒内外，战斗的号角声再起。记者在这座"堡垒"蹲点两天两夜，记录下一场场悄然上演的没有硝烟却惊心动魄的生死战。

日夜

"天好的时候，就绕着比现在还要空旷的小路跑步。你看那树林，现在多茂密。"上海市第六人民医院重症医学科主任李颖川站在A3病区远眺回忆着。2013年，也是站在这里，他参与了对H7N9禽流感患者的治疗。"那会儿没现在紧张，这次我来两周多了，活动范围就在这么一块巴掌大的地方。"

"巴掌大"的地方，是上海此次直面新冠病毒肺炎治疗的主战场。3层米黄色小楼外5米拉起同色隔离线，两名保安时刻驻守，劝退所有可能"误入"的人员。在公卫中心，一栋楼便是一个病区——A3收治重症与危重症，

A1 收治轻症，A2、A4 病区已投入随时待命状态。原本院内收治的其他传染病患者，早在新冠肺炎疫情暴发之前已被转至 B 区，几乎隔着整片院区遥遥相望。

记者住进公卫中心的第一夜下了场雨。在这里，除了雨声，几乎一切都是静悄悄的，可若走近，能听到机器绵长的滴滴声，和专家们时高时低甚至擦出些"火药味儿"的讨论争辩声——

"怎么说到我的病例时就要快点了？""那是说明病情稳定，你该高兴。"

"我们评估希望可以考虑逐步对患者脱机。""我们的建议是，再等等。脱机可能不会那么顺利，看看 24 至 48 小时的 PF（肺动脉血流量）指数。"

隔空对话，在公卫中心每天、每小时甚至每分钟都进行着。"关"在 A3 病区的重症专家们通过一块小小屏幕，与外界随时保持联系；另一端，也是日夜无休、灯火通明的防控东楼 304 会议室，高级专家指挥组成员们在这里为治疗出谋划策，全力调配。

304 会议室忙而不乱。前方有 3 块屏幕，连接着 A3 病区患者的生命体征、A3 病区医生办公室与走廊，以及可用于查看各项化验、检查病史报告的大屏。靠墙的小黑板上，记录着 A3 病危、病重和专家床位分配等详细内容。冰冷的数据记录着漫长而艰辛的过程：2 月 4 日气管切开、2 月 6 日上 ECMO（体外膜肺氧合）、82 岁……如今，A3 病区还有最后几名危重症患者，几乎代表着上海最高重症医学水平的瑞金、仁济、市一、市六医院重症医疗组团队为他们守护着每个日夜。

这一天深夜近 10 点，小屏幕上开始有人走动，紧接而来的，是上海市第一人民医院急诊危重病科主任医师俞康龙的一夜未眠。他"包干"的 321 床患者"老毛病"又犯了——血压异常波动，稍有刺激就飙高，但对镇静剂又非常敏感，用上一点药，数字又跳崖似的往下掉。那是 321 床患者插管第 28 天、上 ECMO 的第 7 天。从生死边缘拉回来的患者，还可能一次又一次滑向危险——高热、血压急升急降、血氧值暴跌……"一切意外几乎都是没有征兆的，你能和病毒讲道理吗？尤其是危重症患者，累及全身脏器系统后，这道题就越来越难解。"

"大家现在仿佛在练武——患者稍有风吹草动，就是一宿一宿的站桩。"前一日，原本病情稳定的 301 床患者突然高热，医疗组组长、仁济医院重症

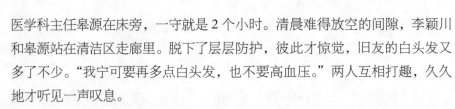
医学科主任皋源在床旁，一守就是 2 个小时。清晨难得放空的间隙，李颖川和皋源站在清洁区走廊里。脱下了层层防护，彼此才惊觉，旧友的白头发又多了不少。"我宁可要再多点白头发，也不要高血压。"两人互相打趣，久久地才听见一声叹息。

"患者血压高，我们血压也高；患者血压低，我们血压可能更高。"接近知天命之年的专家们，自身也有或多或少的慢性病。3 月 1 日上午，高级专家组成员、中山医院呼吸科主任医师朱蕾强撑着听完了几例病例会诊，依依不舍地站起身，向屏幕内外的同道们作揖——他的血压接连几日波动很大，喉咙嘶哑，"再留在这里反而添乱"。高级专家组组长、华山医院感染科主任张文宏努力把气氛调节得轻松些："他水平比较高、话也比较多，对于他的暂时离开，我还是依依不舍的。"

对于外界用"神仙打架"来形容的评价，专家们一笑了之。或许也曾有过针对治疗方案的剑拔弩张，但朱蕾脱下白大褂走向电梯时，笑眯眯的眼角依然有些湿润："挺舍不得他们的，当然。"

坚持

手机的弹窗新闻显示，又一批轻症患者从公卫中心出院了。晓晨点开双指放大图片看了看——是她陌生却又熟悉的，住过 2 周的 A1 病区。"现在妈妈也出院了，就剩爸爸在 A3 病区。但我们一家人都相信医生，会没事的，一定没事的。"

年前，晓晨去外地出差，回到上海后，开始有轻微不适。"爸爸那时候还带我去刮痧，"如今说起来，她还有些懊悔，"完全没往新冠肺炎想，以为就是感冒着凉。"第二天，晓晨发热了，"在医院煎熬两晚，躺着看天花板，就像等待审判结果那样。"

两次核酸检测阳性的"判决"下来了，新打击接踵而至：父母双双感染，"我哪里都不去的呀！我除了买买菜，都不怎么出门的呀。"晓晨妈妈 60 多岁，这周初才回到久违的家中，第一顿饭就是饺子，"要团圆的，等老头子出来，早日团圆"。

这对老夫妻都是皋源分管的患者。"这次新冠肺炎最特殊的一点是，危重症患者病情发展的速度太让人措手不及了。我看到他的时候，情况已经很差了。"患者的情况皋源几乎倒背如流：2月2日晚，晓晨爸爸入住公卫中心；5日病情加重，呼吸窘迫、CT表现肺部病灶愈发严重，转入A3病区；8日从重症转为危重症，予以插管通气；11日气管切开；13日早上6点，紧急启用ECMO。

他是皋源进入公卫中心救治的第一名危重症患者。"整个人都发紫了，"他这样形容，"严重低氧到什么程度呢？给他吸纯氧，血氧饱和度仍然只有80。正常人群至少在95以上，检测仪设定低于92时会报警，机器就持续在发出滴滴声，那一瞬间真的像走进枪林弹雨。"

"新冠肺炎累及多脏器、多系统"，这句冰冷的话，让专家们流了无数汗。最明显而棘手的就是肠道功能障碍，"ECMO是用来代替患者心肺功能的，让患者自身器官休息，血液从体内到机器里循环一圈再重回体内，如果腹腔压力太大，没有足够的血流量，ECMO的作用就难以保证"。药物、灌肠、留置肛管、人工抠便……整整一周，团队为了让患者的腹压降下来，经常在床旁一折腾就是一两个小时。最紧急的时刻，晓晨爸爸的血压飙升至200，"尽快控制！不然有脑血管意外风险！"

"新冠肺炎阻击战打到后期，便不再是对抗新冠病毒本身了。"瑞金医院重症医学科主任瞿洪平说，这些危重症患者中，已有多名核酸检测转阴，最大的困难还是肺部改善这一关。"为什么叫大白肺？你看CT报告就很直观，白花花的一大片。病毒带来的后遗症就是病灶吸收特别慢。轻症患者大约需3至4周时间恢复，这些重症患者，时间难以预估。"

可拖得久了，新难题又接踵而至。"重症医学科医生其实最怕的就是这几个字：继发感染。"皋源说，危重症新冠肺炎患者本身免疫力就极度低下，ECMO、插管等有创治疗又破坏了皮肤这第二道屏障，空气中若有细菌，可能导致血流感染；短期使用少量激素以减少肺部渗出，但一些药物也可能引起肠道菌群紊乱；用了抗生素，则可能导致耐药性……耐药菌大多为条件致病菌，健康人群不会得病，但这些危重症患者容不得一丝失误，"我们只能对可能出现的隐球菌、曲霉菌等追着打"。

近年来，二代测序技术被普遍用于威胁全球的重大传染病疫情防控中。菌体的"个性"使得临床医生难以凭经验在病例中发现它们，但通过对宏基因组进行测序——如同"撒网",可无差别地检测各种病原体。每天,重症患者的痰培养、血培养样本从公卫中心送至中山医院微生物实验室,24 小时后,报告传至高级专家组成员、中山医院感染科主任胡必杰的手机上。"正常需要两三天,有了培养结果,我们能对抗生素的合理使用进行进一步规范。"

每一步如履薄冰的操作,都为了一个目标:让危重症患者病情避免加重,通过综合治疗尽快好转。"大家总说人体是精密的仪器,现在躺着的重症患者,和所有的治疗仪器组成了一个大方阵,你得调配它,让主机恢复改善。"李颖川在病房门口拍了张照:躺着的患者床旁围着 ECMO、CRRT(持续肾脏替代治疗)、呼吸机、十几台推注泵……五颜六色的电线凌乱又规则地交缠,无声守候着每一个数据。

按规定,入驻公卫中心支援的医护人员工作时间为 2 周,但这一批医疗组专家们,已经在 A3 病区驻守满月。"别说一个月,只要有希望就坚持到底吧,我们对这些患者总得有个交待。"

平衡

"是药三分毒,这两天先停用中药吧,观察一下再定后续方案。"

说出这句话的,是高级专家组成员、龙华医院呼吸内科主任张惠勇。304 会议室安静了一下,紧接着爆发出一阵掌声和善意的笑声,"新鲜事啊,中医大家主动要求停药!"

"年年都有中西医不和的传闻,其实双方只是缺少互通交流的渠道。"皋源由衷赞叹,"重症医学科、中医科,听起来八竿子打不着的两个专业在疫情中相遇了,还结合得很好。"

本次救治期间,上海采取"一人一策"治疗手段,有时候,甚至同一个患者采取"一天一方案"。"这就是中医理念的一种表现吧,多一味、少一味药都对患者有影响。"在公卫中心,中医药救治新冠肺炎覆盖率已达 80% 以上,重症医学专家们从只知道"大承气汤",到也能说出几句"健脾化湿、祛浊理气",看在眼里的中西医结合方案真正为患者解决了大难题。

324 床患者是李颖川主管的。高血压、糖尿病、甲状腺功能减退、轻度精神障碍……除了复杂的基础疾病史外，患者最大的问题也是腹胀。他主动找到了曙光医院呼吸科副主任医师徐贵华，"能不能用中医方法来试试？"

大承气汤是中药名方剂，具有峻下热结的功效。在 A3 病区，消化道障碍患者大多使用过该方，但 324 床患者的收效始终甚微。"中医讲望闻问切，舌苔是重要的观察环节，好在患者清醒能对答，我就打算近距离触诊。"徐贵华记得，她的舌苔呈现非常典型的白厚腻状，舌质大且两侧有齿痕。"我当时觉得可以鼻饲，但西医专家们担心会增加患者的胃肠负担。"

高级专家组成员、瑞金医院急诊科主任毛恩强解释："危重症患者的体内液体平衡很重要。若给药多了，只进不出，内环境紊乱，容易引发水肿危及生命。"不过，大家仍愿意试试中医专家的方子——丹参、白术、苍术、茯苓、藿香、厚朴等十二三味中药熬成汤剂，每次 50 毫升、每日四次鼻饲给药，帮助腹胀的 324 床患者缓解消化道不适。

第一次触诊患者腹部时，徐贵华说："像一面鼓，轻拍发出砰砰声。"此后，每隔 3 天，徐贵华都去她床旁报到：23 日，舌苔变为薄腻；26 日，增加和胃理气的几味药；29 日，大便终于成形了，腻苔褪去，舌头呈淡红色，"这就说明气血回来了，她慢慢能自主吸收，肠胃功能才会恢复"。

生理健康与心理健康、西医诊疗与中药古方、用药与不用药……"救治是个系统工程，你得把握主要矛盾，牵一发则动全身。"皋源说，不仅中西医之间讲求平衡，西医治疗的每个环节之间更需平衡，用对药不仅指品种，还有剂量。"危重症患者的体内代谢异常，就拿抗凝和凝血来说，用多少能保证 ECMO 正常运作，但器官不出血？人体不是蓄水池，能简单地放水抽水，组织间隙都可能充盈药物，绝不能武断叠加。"

相守

304 会议室隔壁，有一张简易搭建的床。黑色旧沙发上铺着白床单，实在太累的时候，熬夜值守的医务人员会在这里小憩一会儿。从窗口望出去，是茂密的杉树林，和一望无际的茫茫天色。

"公卫中心占地 500 亩，外面一圈树林，占地也有 500 亩。"后勤负责人张晔说，为了保障周边居民和农田的安全，树林紧紧把公卫中心包裹着，宛如一座真正的堡垒。公卫中心主任朱同玉说："我们的目标，就是做好上海市民的健康堡垒、生物安全的绝对底线。平日，公卫中心住院患者约千人，200 位医生即可游刃有余；如今，最多只有 250 名住院患者，但在市卫健委和申康中心的全力支持下，我们配备了 170 位医生和 300 余位护士。"

医院管理因此也面临着一场大考：里外完全分隔的两个世界、严格的 14 天医学观察期、高标准检查检验保障、全方位无死角院感升级……在这里，A 区共 327 张负压病房床位，1.5 毫米的优质电解钢板将病房打造为封闭箱体，带有颗粒状污染物的排风顺着梯度流向统一滤网，推开房门时需要多花上一些力气；院内有 5G 发射塔、60 余台 4G 通话对讲机，保证全国专家都能实时沟通；公共区域内，每天两次 1000ppm 的含氯消毒液清洁地面，电梯间、洗手间、桌椅墙壁挂件均 2 至 4 小时消毒一次，每一间宿舍外，都挂有免洗手消毒液，标注着工勤人员签名；全市唯一建于医疗机构内的焚烧炉专门用于医疗废弃物处理，装运垃圾袋的黄箱子使用完毕后，将浸泡在 2000ppm 的消毒液内半小时；全市唯一建于医疗机构内的救护车洗消中心，让转运确诊患者的 120 车辆能安全干净地返回市区……张晔说，自己检查的诀窍就是"闻"，"酒精和氯气都有明显的味道，我在院区里随机抽查，好多同事也义务做起了啄木鸟"。

接近晚 7 点，从下午场的会诊中喘了口气的专家们来到食堂，厨师长金东辉从值班室走出来，"老师们，除了饭菜还有鸡汤面和牛肉面"。最晚凌晨 1 点，他也接到过 304 会议室的订餐电话，"馄饨、水饺、蛋炒饭点得最多，也快，每天我们准备 500 份的量，争取让大家吃饱吃好"。他是金山本地人，浓浓的乡音透着淳朴："在这里工作？怕是不怕的嘞，专家们都在一起呀，为老百姓付出呀，我做点力所能及的，吃饱肚子才好干活。"

草草吃完饭，胡必杰和公卫中心感染科副主任凌云又回到了防控东楼。这或许是他们一天中最快乐，神经却也最紧绷的时刻——拟定明日出院患者名单。咽拭子 3 次、肛拭子 1 次阴性是基本配置，CT 报告也得反复对比查验。"我给自己 3 个灵魂拷问，"胡必杰笑笑，"第一，出院后患者会不会转阳性？第二，病灶吸收了，还会不会转移？第三，T 淋巴细胞亚群血指标是否正常，免疫力是否真的恢复？走出了公卫中心这扇门，可绝不能'二进宫'啊。"

"晚上还有和武汉专家的连线，讨论病理解剖的新进展，大家休息一下快回来。"公卫中心党委书记卢洪洲探头在 304 会议室外喊了一声。重新披上白大褂的医生们快步穿过走廊。两旁堆成山高的捐赠物资上，大多贴着这样的字条——"抗击新冠肺炎，我们与你同在"。

医护人员在 A3 病区病房内忙碌。

（原载《解放日报》2020 年 03 月 14 日第 5 版）

请记住那些身影，那些声音

解放日报首席评论员　朱珉迕

在这个 9 月，我的同事回忆了一个不为人知的细节。

那是 7 个多月前，她在上海市疾控中心蹲点，采访市疾控传染病防治所急传科主任、新冠防控现场工作组副组长潘浩。上海人每天盯着的新增数据、上海所有的流调案例，都会经过他的大脑。说是采访，这位"病毒猎手"几乎没有时间同记者说话。队员去流调，我的同事问："我能去吗？"潘浩给了一个匆匆离去的背影："别来问我，你想干吗就干吗。"走廊里只剩下一串钥匙的撞击声。

7 个多月后，我的同事念念不忘的，就是这段别在裤腰间的钥匙发出的撞击声。这是一种在充满未知的、忽而嘈杂忽而寂静的空间里发出的急促、动荡却又有力的声响。它就像一个特别的隐喻，里面有未知、有焦灼、有紧张、有专业和坚定，也有一种令人放心的力量。

有时候想，我们对抗疫的记忆，更多是视觉上的。我们记住了小年夜只身踏上高铁的钟鸣的侧影，记住了医护们充满水汽的护目镜，记住了被口罩勒出印痕的脸，记住了刘凯医生同王欣老人一同指向的夕阳。我们也记住了高速公路检查站前的长龙，记住了日夜守在机场的"大白"，记住了社区干部敲肿的手指，记住了"北欧式排队"，记住了临时转产的口罩生产线，记住了电瓶车上的外卖小哥。我们还记住了各种型号的测温枪，记住了"随申码"，记住了"空中课堂"。我们记住了空无一人的外滩，记住了重回繁忙的南京路，记住了迅即按下的"暂停"，记住了努力得来的"复苏"。

这都是上海。

其实，对抗疫的记忆，也可以是听觉上的。就像那串回荡在走廊里的钥匙撞击声一样，我们会记住病房里医生间接力的喊声，记住上海驰援的急救车的蜂鸣，记住呼吸机开启运转后的沉沉气流声，记住病患一句真诚的"谢谢"，记住社区干部挨家挨户按响的门铃，记住地铁车厢内反复提醒的"请全程佩戴口罩"，记住清明当天的 3 分钟静默，记住"云"上响起的弦乐四重奏，记住电影院重启时的掌声，当然还有张文宏的那句"共产党员先上"。

这也是上海。

疫情是一场"大战"，也是一场"大考"。我们曾经面临巨大的未知，并因未知而感受过紧张、焦虑甚至恐惧。我们曾面临巨大的压力，有需要当机立断的压力，有资源捉襟见肘的压力，有外部环境剧变的压力，也有相当一部分两难选择、却又不得不作出抉择的压力。

对一座超大城市来说，每一处细微的变动都可能影响深远，何况一场加速着的"百年未有之大变局"。我们别无选择。迎难而上，是唯一的选择。

这里是上海。迎难而上，从来是上海的选择。挑战面前，上海没有退缩过，也没有犹豫过。作为中国共产党的诞生地，作为改革开放的前沿阵地，作为中国最大的经济中心城市，作为旨在提供治理样板的超大城市，作为世界观察中国的一扇窗口，这座城市有自己的底气。

底气来自红色血脉，来自世界眼光，来自一整套日趋成熟、并不断迭代优化的制度体系，来自细微处的专业精神，来自对规则的尊崇，来自对秩序与活力的努力平衡，来自对精度与品质的心向往之。

我们秉持生命至上，也奉科学精准为上。同时，再艰难的时刻，我们都没有忘记这座城市应有的使命与担当，都记住这应当是一座开放的城市、创新的城市、包容的城市。在疫情肆虐的时候，我们终究没有关上自己的大门；在国家需要的时候，逆行者义无反顾地驰援战场；在身边人有难处的时候，无数凡人用自己的善举诠释着守望相助。那一个个画面和声音，都可以提供注脚。

可以这样说，一场疫情，让我们更加懂得"海纳百川，追求卓越，开明睿智，大气谦和"的深意。

上海是人民的城市。"人民城市人民建，人民城市为人民。"人是一切的起点和宗旨，这座城市赖以前行的底气，终究来自每一个人。"这世上可能没有超级英雄，不过是无数人都在发一分光，然后萤火汇成星河。"正是每一个人的行动，守护着这座城市，守护着工作生活在这里的每一个人，守护着这座城市的精神和品格。

让我们记住每一个人——就像记住那些画面和声音一样，记住得到表彰的1000多位抗疫英雄，记住1649名驰援武汉的"最美逆行者"，记住数以十万计的白衣战士、基层干部、一线工作者、民警、志愿者、官兵、员工、教师、新闻工作者，记住每一位上海市民。因为所有人的努力，现在我们可以说，在这个至为特殊的2020年，通过一场超大城市抗击疫情的人民战争、总体战、阻击战，我们交出了一张不一般的"上海答卷"。

这张答卷告诉世人，这是一座值得放心的城市。这座城市可以始终有温度、有活力，生活在这里的人可以感到安心而踏实。而这是一张需要继续作答的答卷。"抗疫"仍未告捷，挑战还在继续。我们面前还会有新的未知、新的考验、新的难题。

我们更加不容懈怠、不容犹疑、不容退缩。可以相信，只要有那样一股精神，有那样一种合力，有那样一种共识，有蕴含在无数细节中的专业、坚守与温情，这座城市，就可以成为一座令人放心、令人憧憬的城市。

（原载《解放日报》2020年9月30日第5版）

致敬英雄　感谢你们无畏

感谢你们带来世界上最宝贵的善良

文汇报记者　李晨琰

　　如果不是因为这场疫情，普通老百姓或许记不住这么多医护人员的名字，也不会知晓他们这么多的"故事"。因为抗疫，这些披着白袍的英雄走进了我们的视线和心头，屡屡让我们热泪盈眶，感动良久——

　　仅仅用了不到3小时，来自52家单位、共135人的上海首批援鄂医疗队集结完毕，这叫"上海速度"！这支战队在万家团圆的除夕夜紧急驰援武汉，此后的"67个日日夜夜，是我一生最难忘的经历"。这是上海市第一人民医院副院长郑军华的分享，他正是上海首批援鄂医疗队的领队。

　　"如果时光能够重来，我仍然愿意背上背包，踏上那列开往武汉—麻城的列车。"上海首位驰援武汉的"逆行者"、复旦大学附属中山医院重症医学科副主任钟鸣吐露心声。

　　"作为感染科医生，此时此刻站在这里，我为我们国家、为我所在的这座城市取得的成绩感到自豪，我们做了一件历史上没有人做成的事。"上海市新冠肺炎医疗救治专家组组长、复旦大学附属华山医院感染科主任张文宏这样说道。

　　……

　　昨天，首批八位抗击新冠肺炎疫情先进个人走上讲台作专题报告，与听众分享战"疫"中惊心动魄的经历。

　　最朴素的话语，迸发出最铿锵的力量！经过这九个月的抗疫时间，白衣战士们逆行的身影，已熔铸于这个不同寻常的年份，成为温暖我们每个人的一段记忆，也必然镌刻在上海这座城市的丰碑之上。

只能逆行，不能后退

"29 年前，当我穿上军装时，我的愿望是保家卫国；而当我穿上白衣、戴上燕尾帽时，我发誓要护佑生命之花绽放，绚丽而夺目。"

医者，和人的生命打交道，这份职业很特殊。没错，他们可能看惯了人之生死，但是，他们绝不接受"生命无常"。救死扶伤是医者的天职，在战"疫"一线，在和病魔殊死搏斗的较量中，他们选择了担当！

除夕夜，上海首批援鄂医疗队出发了。抵达武汉，已是凌晨 1 点半，郑军华却陷入了沉思：身为医疗队的"大家长"，这场仗怎么打？

抗疫工作比队员们事先想的还要艰难，医生进入病房要穿上防护服，一天下来里面的衣服都被汗水浸透；每接触一个患者就要洗手、用酒精消毒，一天二十几次下来，皮肤都有了深深的褶皱；在严密封闭的防护设备下，每一次呼吸都要比平时费力几倍……

面对皮肉之苦，医务人员能熬，但对于救治的无力，却让很多人感到挫败。

新冠肺炎重症患者不仅肺部受损明显，而且往往面临多器官衰竭等考验。"有一位 82 岁的陈老伯，刚入院时情况很不好，基础疾病多、肺部感染严重、心肺功能极差。"老人严重到什么程度？郑军华说，只要一拿开呼吸面罩，陈老伯的血氧饱和度便往下掉，吃一口饭要戴一会儿面罩，半碗粥得喂一个半小时。

但医者绝不会向病魔屈服，困难激发了与疾病抗争的斗志与韧性。

"我们不断总结经验，一笔一划地记录下病人的每一条重要信息，白天在病人床旁治疗，晚上大家讨论病情，总结经验。"在金银潭医院，钟鸣与战友们一起遭受打击，总结、再总结，循环往复，终于，救治情况逐渐向好的方向发展，他们慢慢掌握了疾病的规律，积累了很多经验。

此后，钟鸣跟随国家专家组去各定点医院和医疗队巡查和宣讲"应治尽治""关口前移"等在前期抗疫斗争中总结出的宝贵经验，"我们慢慢与无数战友见证了抗疫斗争逐渐走出阴霾的历程"。

在此次驰援武汉的队伍中，有一支医疗队很特别。由来自上海 16 个区

40 家医院的 50 名队员组成的上海市第二批援鄂医疗队，清一色都是护士，领队正是浦南医院护理部主任李晓静。

常言道，"三分治疗，七分护理"。面对肆虐的新冠病毒，在没有特效药的时候，细致的医疗护理与生活照护便是最好的良药。"有一位女性患者先后失去了双亲，她也染病住院。刚刚看到她时，她目光呆滞，神情绝望，那种神情使我想起母亲去世时的感受，我知道并体会过那种悲痛和无助。"报告会上，李晓静说到这里，语带哽咽。

李晓静是一位军人，也是一位战"疫"老兵。"29 年前，当我穿上军装时，我的愿望是保家卫国，而当我穿上白衣、戴上燕尾帽时，我发誓要护佑生命之花绽放，绚丽而夺目。20 多年来，无论是小汤山、汶川、还是武汉的抗疫战斗，在拯救人民生命以及健康的重大事件中，我们护士从未缺席。"

"名编壮士籍，视死忽如归"，这群医者身上迸发出的伟大抗疫精神，便是最强大的中国精神、中国力量、中国担当。

拼命，是为了努力救命

"有人说 90 后是来不及断奶的'妈宝一代'，但我想用自己的经历告诉大家，其实我们眼里有光、心中有爱，胸膛里有着一份家国情怀。"

在《辞海》中，"英雄"的第一条解释是：才能勇武过人的人。医务人员，是最了解病毒有多可怕的一批人，也是最早挺身而出的一批人。他们并非毫无畏惧，只是为了挽救更多的生命，选择了拼命。

身为危重病急救医学专家、参加过二十多次国家紧急医疗救援任务，上海市第三批援鄂医疗队领队、上海交通大学医学院附属瑞金医院副院长陈尔真从未想过，这场武汉战"疫"竟会如此艰难。抵汉初期，队员们每天三餐的荤菜只有一个荷包蛋；进院第一天，医院氧气站供压严重不足，危重病人无法吸氧……

面对困难，队员们从未退缩，他们所做的只是迎接挑战，战胜困难。

"有人说 90 后是来不及断奶的'妈宝一代'，但我想用自己的经历告诉大家，其实我们眼里有光、心中有爱，胸膛里有着一份家国情怀。"昨天，上海交通大学医学院附属仁济医院护士戴倩代表 458 位援鄂的"90 后"护士走上演讲台。

年轻的女孩出发前信心满满，但真到了武汉雷神山医院 ICU，却免不了紧张与害怕。"做气道护理是门'走钢丝'的活儿，口插管一旦脱出，患者会面临窒息的危险，冲洗时一不小心，会加重肺部感染。"有一次，戴倩为患者操作时，还未开始吸痰，痰液已流出他的嘴角，即使做了三级防护，内心依然恐惧。"当时想到无数青年党员和前辈们镇定操作的样子，我一下子深受鼓舞，深吸一口气，稳住心神完成了操作。"戴倩说，只要利于患者康复，再大的困难也愿克服。

昨天的报告会上，上海广播电视台纪录片编导范士广的分享，同样让现场的很多人视线模糊。

记得上海第一批援鄂医疗队所在的北三病区转走最后一批病人时，大家都很开心，唯有复旦大学附属华东医院护士长陈贞一个人静静地坐在一张空床前，哭了。

原来，曾在这里的 18 床患者，家里成年人都感染了新冠肺炎，他是顶梁柱，39 岁，很快就走了。那晚，家里没人来处理后事。护士们帮他把衣服穿好，把污物擦掉，保持一个人最后的尊严。护士们然后说"一路走好，一路走好"，万分小心地把死者的床，一点点从病房挪到走廊。然后，陈贞坐在床边，陪了最后的十几分钟。

"这种陪伴无关是否相识，无关感情深浅，纯粹是在死亡面前，人与人之间发乎本能的人道主义关怀。"范士广说，很多时候，我们印象中的医者形象都是高大上的，其实他们不过是最最普通的凡人，他们真实感情的流露恰恰是这个世界上最宝贵的良善。

"上海方案"，凝聚上海团队心血

专家团队遵循循证医学，讨论病例时，经常吵得很"凶"，而"吵架"的目的只有一个，治愈患者。

时间回拨到大半年前。很多人还记得这些日子：1 月 20 日，上海报告第一例确诊病例；1 月 24 日，上海正式启动重大突发公共卫生事件一级响应机制。其实，当初目送一批批医疗队驰援武汉时，也有市民或存一丝隐忧：上海怎么办？事实上，在上海，一场同样艰巨的保卫战同时打响了，上海的战"疫"线上，有25万医护人员值守、奋战，护一方百姓安全。

上海市疾病预防控制中心副主任孙晓冬带领团队所做的一切，便是为了遏制疾病的发生和蔓延。"在这个平时常住人口超过2400万的特大城市里，如果没有预防控制疫情的专业手段，本地确诊病例绝不会仅仅停留于三位数！"孙晓冬说。大年三十晚上，市疾控组建"追踪办"，中心"80后"、"90后"同事争先恐后地报名；确诊与排除疑似病例，疾控实验室技术人员从1月份开始，24小时轮班制便没有中断过；随着海外疫情升级，防控境外病例输入成为新的工作重点后，市疾控抽调50多人，派驻到上海两大机场，直接和海关、口岸、120等多部门对接工作。"在最初的1个多月里，队员们每天只吃两顿饭，只能在躺椅上打个盹……"

无数疾控人与病毒交锋在看不见的战线，照亮了被疫情阴霾笼罩的城市。如果说疾控的工作是控增量，那么医务人员的工作便是减存量。

"救治力度前所未有，由全上海'高手'组成的重症医学、ECMO、CRRT、呼吸治疗、中医及心理5个顶尖团队入驻市公卫中心，高级别常驻专家和公卫医护近千人24小时驻守，负压病房内外视频查房甚至几十个专家同时在线。"上海市新冠肺炎医疗救治专家组组长、复旦大学附属华山医院感染科主任张文宏说，专家团队遵循循证医学，讨论病例时，经常吵得很"凶"，而"吵架"的目的只有一个，治愈患者。

秉持着对每条生命极端负责的态度，从襁褓婴儿到耄耋老人，从归国同胞到来华外国人，每一位患者都得到了精心救治，上海重症、危重症的发生率也不断降低。最终，凝聚上海团队心血的"上海方案"一经出台，就获得了国际认可。

面对新冠疫情，唯有市民主动自愿参与，每一步稳扎稳打，才能成为这场战"疫"的制胜之招。"民众被发动起来，不再觉得抗疫是医疗系统或是政府部门的事情，而是每个人自己的事情，那一刻，我们就知道，我们无往而不胜。"张文宏说，在这场战"疫"面前，所有人都是战士。

眼下，面对已然到来的秋季，也有人问张文宏，"第二波疫情会不会来？"他的回答依旧铿锵："我们前方有党旗引领，身后有群众支持，相信这次疫情所凝聚的伟大抗疫精神，会成为战胜前进道路上一切艰难险阻的力量源泉，我们的国家、我们的城市一定会更加强大，世界在抗疫以后也会变得更加美好！"

（原载《文汇报》2020 年 9 月 30 日第 5 版）

张文宏： 我们一定要跑在病毒前头！

文汇报首席记者　唐闻佳　记者　姜　澎　樊丽萍

一夜之间，张文宏医生"火了"。

"只闻时钟的滴答声，却不知现在几点钟。""一线岗位全换上党员，没有讨价还价！""我带头上！"张文宏说的这些话，也火了。

张文宏，上海华山医院感染科党支部书记、主任，新型冠状病毒肺炎上海市医疗救治专家组组长。

1月29日深夜，张文宏因为一场疫情新闻发布会的现场采访视频"走红"，人称"硬核医生"。鲜为人知的是，这并非一场准备得多么充分的演讲，就在发表这一"刷屏演说"的前12个小时，张文宏的时间表竟是这样的——

1月29日零点时分，从河南郑州参加完国家卫健委新型冠状病毒肺炎防控督导工作，搭乘红眼航班回上海，自己驾车直奔上海市公共卫生临床中心，第二天有病人需要他会诊。

赶到市公卫中心，快凌晨两点了。张文宏把仅剩不多的用于睡觉的时间"腾挪他用"，写了一篇3000余字的疫情解读长文，供第二天一早华山医院的微信公众号"华山感染"更新。

凌晨3点多睡下，早上7点不到，他又起床了。赶到病区，讨论完当天的所有隔离患者病例，他开车赶回华山医院，换上白大褂，直奔感染科病区查房，然后召集临时党支部会议，"给大家鼓劲"。然后——才是那场广为人知的新闻发布会。

"我已经严重睡眠不足了，也不知有没有说错什么。"1月30日下午，张文宏坐在办公室里，接受了文汇报记者的专访。深深的黑眼圈，透露着这位

上海医疗救治专家组组长的疲惫。

大家都说，张文宏的时间是以"秒"计算的，而过去的 15 天里，他"一秒掰成两秒来用"。但他依然觉得时间不够，他走路快，说话快，他反复交代着身边人："我们要多想一点，再多想一点，我们要跑在病毒前头！"

张文宏为什么能这么说？

"防控重大传染病绝不'讨价还价'"

"武汉要人了，谁去？"

"你不能去！你援外刚回来，都瘦成这样了。"

"留观病人流程怎么走，还是要细化，加快节奏，快！快！快！"

"春节后的流程怎么弄？正常门诊马上要开了，病人都等着来看病了。"

"主任、党员先派出去有什么不可以？！我们不能欺负老实人，这次我们能否就定一个规矩，从上往下开始派——从主任、副主任开始派。"

……

1 月 30 日，就是张文宏"一夜走红"的第二天，大年初六，下午 3 点，记者在华山医院感染科会议室目睹了张文宏与科室人员的一次碰头会。这就是一名普通的医生，一个为疫情防控"揪心"的医疗救治组组长。

十来分钟的时间，飞快的语速！无疑，当下这个华山医院的"王牌学科"，正面临"史上最难排班"——在维护华山北院、华山西院、华山医院总院的正常医疗工作的同时，新型冠状病毒肺炎当前，这里还需要向武汉、上海市公共卫生临床中心派出医生。因为面对的是传染病，所以，一旦派出，这些人手在一段时间内等于被"锁死"，要度过隔离期后才能作另用。如果说，他们面临的是一场"看不见硝烟的战争"，那么眼下他们还需要"多线作战"。

张文宏坐在会议室的中间，胸前别着的一枚党徽很醒目。就在昨天，他因为一段"党员全上一线""这个时候派党员上不用打招呼"的言论，一夜"爆红"。有人说，他是"模子"，有人说"看到他就安心"，甚至还有人说，"爱上了他"。

"说我红了，我真的很意外。"张文宏坦率地和记者说，这段在网上流传的话是他内心想法的自然流露，这个时候，必须要讲这番话了。

"从 1 月 15 日上海发现首例病例，过去 10 多天，我们第一批进隔离病房的人已经非常疲惫了，是到'换防'的时候了。但这个时候我派谁上？派没孩子的去？派单身、没家庭的上？派年轻的上？"张文宏说，他反复思量，在最艰难的时候，想到了党组织、党支部。"我们每个党员在入党时是宣过誓的，要把人民的利益放在第一位。所以，我怎么选？我只有靠这个唯一的标准——党员上。"

疫情发展至今，几乎所有人的神经都绷得很紧，尤其是张文宏，他根本顾不上什么"走红"之事。"他总是在'赶路'，总是在解决问题。"同事们说。

就在昨天下午，因为考虑他最近工作节奏实在太快，医院要给他配一辆车，方便他多地奔波，张文宏一口谢绝：大家都很忙！

步入张文宏所在的华山医院感染科，你能感受这种无形的紧张气息，所有人都是行色匆匆。"张老师从不说虚话，开会速度快，只谈要做的事，要解决的问题。"学生李杨说。

华山医院感染科在全国鼎鼎有名，而这背后，是一支无比精干的队伍——总共49名医生，其中25名党员。"人不多，但我们这里党员多，我必须发挥这股力量。"张文宏说。他很清楚，这场新疫情打响后，科室每个人都是超负荷在运作，"但总得有人去做，你选择了这个行业，就是选择了负重前行"。

全国一盘棋！疫情当前，华山医院感染科又第一时间派出两位医生驰援武汉。第一批援鄂医疗队成员徐斌教授，是中断了与家人在日本的休假回国驰援武汉的。同行得知后很惊讶，他说，"我们感染科的医生就是这样的"。

华山医院感染科为什么能这么做？

从"非典"到新型冠状病毒肺炎，时隔17年，两代人"接棒"上海组长

"你刚援外回来，这次先不派你去（武汉）。"1月30日，在科室开会时，张文宏已数次"秒"拒胡越凯的出征请求。

被拒的胡越凯，并不甘心。身在这个团队，"往前冲"是所有医生的本能。

走进华山医院感染科实验室，狭窄的走廊里摆满了仪器，进门的墙报上"缩写"了这个队伍大半个世纪走来的彪炳历史——始建于1955年，已连续九年稳居我国感染病学科榜首地位，牵头撰写发热待查等一系列国内外专家

共识……

从全球"超级细菌"到埃博拉病毒，从 H7N9 禽流感到如今的新型冠状病毒肺炎，华山医院感染科始终奋战在重大疫情最前线。

对中国民众而言，上次这样的"全民战疫"就是"非典"时期了。2003年迎战"非典（SARS）"期间，上海创造了无医护人员感染、无社区传播、无群体爆发的"上海奇迹"，抗击重大传染病的"上海模式"获得世界卫生组织高度肯定。而当年的上海市"非典"专家咨询组组长，正是张文宏的老师——如今的华山医院感染科终身教授翁心华。

"这件事之后，我国传染病防控上了一个大台阶。"翁心华曾这样对记者说。

时隔 17 年，上海再迎疫情挑战，这次"接棒"者换成了学生。是什么样的底气让华山医院能一棒接着一棒带领"白衣斗士"成功迎战疫情？

到华山医院感染科采访，当一个个团队成员以极简单的文字描述自己的经历时，记者似乎找到了一些答案。

这个团队，自带一股强大的气场。用文字来形容，它是一种向心力——

胡越凯 2001 年大学毕业加入华山医院感染科，在还是"菜鸟"医生时，就经历了"非典"。多年后，他仍难以忘记那次"战役"的很多画面，"当时不少人跑到华山医院，都说自己有点症状，怀疑被感染了，希望医生给明确诊断"。而与市民的无助和不安相映衬的，是身边前辈老师们的"稳"和"勇"。

"最初，连医生都不知道我们面对的病毒是什么。可没有一个感染科的医生会往后退。"即使不明敌人是谁，也要奋勇作战，这种感染科医生特有的"定力"，在他心里"扎了根"。一次次与病毒交锋，把病人从生死线上拉回来，打赢疫情攻坚战……胡越凯说，"干这行的成就感，是常人很难理解的"。

当然，如同一枚硬币的两面，这份职业的另一面是，不分白天黑夜、几乎没有节假日的问诊，以及不自觉就会涉足的未知风险——可能是生命危险。

去年 1 月，胡越凯主动请缨，作为中国红十字会援外医疗队成员出征，到巴基斯坦瓜达尔港开展医疗救助工作。援外半年间，除了救死扶伤，他还有一次"心跳回忆"：有一天，一起恐怖袭击事件就发生在他的驻地边，大概只有 200 米不到的距离。与危险擦身而过，身为党员的胡越凯医生下意识拿起手机，第一个收到他报平安短信的正是科主任张文宏。

想都没想，发出第一个短信，足见这份信任的分量。

"在他身边工作，你会不自觉地给自己打鸡血。"华山医院感染科医生李宁，这个春节是在煎熬中度过的。原来，她的父亲在青岛，节前已住进 ICU。而春节本就是华山医院人手最紧张的时候，更何况疫情当前，几度纠结，李宁向张文宏开口，"我想用几天公休。""放心回去吧，别用公休了。"张文宏丝毫没有犹豫地说。

从除夕到年初一，李宁一边照顾父亲，一边刷手机，当看到武汉"封城"的消息时，她再也坐不住了。安排好父亲，她当即订了一张回上海的机票。

"父亲病了，不照顾我心不安，但照当下疫情发展，医院也需要我，更多病人需要我。"年初四，李宁就回到了上海，"归队"加入这场战"疫"。

在华山医院感染科，虽然医生们都清楚，未知的病毒极可能将他们推向危险，让他们离死神的距离比常人要近很多，但选择到这里来的医生，却不知道从哪里生出一颗颗无惧的心。很多人说，这颗定心丸，是张文宏给的。而张文宏说，这颗"定心丸"是老师们给的。

"你真的是在跟时间赛跑，而且你面对的敌人——病毒，它们还很聪明，你必须跑得比它快，不然付出的代价就是很多很多的生命，而不是一条生命。"张文宏这样跟大家说。这就是感染科医生看到的图景，不是一台手术救一个人，而是科学决策、精准判断、控制疫情，挽救一群人。

"以公众健康为最重大使命"，这是华山医院感染科党支部的座右铭，也是整支学科团队的"定盘星"。

为什么还要坚持对大众"喊话"？

联动政府的防控举措，尽可能调动起"全民之力"

令人意外的是，这个始终直面重大传染病并时时刻刻奋战在第一线的党支部，还是一个"编辑部"。

眼下，许多人每天早上起床第一件事是点开"华山感染"微信公众号，看看张文宏又更新了什么疫情解读。"铁人"张文宏在已没多少睡觉时间的情况下，坚持做着这件"分外事"——通宵达旦写科普，连续 11 天，每天更新！

疫情当前，"华山感染"已成民间爆款，阅读量接近 2700 万次，最近几乎每篇都是 10 万＋，最长一篇，点击量已超过 1000 万。

学生们说，张文宏会交代好每天收集国内外研究进展、数据模型，但他坚持每晚自己完成每篇疫情分析文章的最终完稿，"张老师是牺牲睡眠时间在科普"。

已经这么忙了，为什么还要坚持科普？"你得给老百姓讲真话。"张文宏对记者说，防控传染病，需要全民共识，更需要全民科学共识。

于是，我们看到张文宏在"华山感染"上向大家喊话。比如，读懂"封城"的意义——"这两天深入河南的社区、基层卫生院、县级医院、地级医院、三级医院做了调研，才明白封城易，但把城市管理好，把每一个社区管理好，让每一个村的人知道这个疾病，让每一个来自疫区的人自动隔离，社区做好服务，才是封城这个举措中最为重要的一环。但是中国真的做到了。中国的社区管理已经细致到每一辆车，每一户人家。大家还看到了河南省副省长在县城督导生产给湖北用的口罩和防护服。"

他还会告诉大家：即使采取"封城"这一强硬措施，大家还远远不能高枕无忧，扎实做好个人防护，自觉采取主动"封街道""封社区""封家"、居家办公等隔离措施……这样的话病例数才会逐日缩减。

"我今晚可能要写生死，现在有死亡病例，也有出院病例了，我要给大家谈谈，这个传染病到底是轻症多、还是重症多；我还要写防控重点，给各地防控专家看。"张文宏的脑海里仿佛时刻在根据疫情进展、防控举措，决定对大众的"喊话"内容。这是 17 年前"非典"肆虐之际从未有过的疫情防控新举措，医生自己写网络科普长文，联动政府的防控举措，尽可能调起"全民之力"。

下午 4 点不到，张文宏开始"驱赶"记者，他说赶紧根据国家卫健委第四版诊治方案指南，制作一份社区疫情防控课件，给社区和区级医院的医务人员看。

"春节马上要结束，区里的医院都要恢复正常门诊了，传染病防控的一大关键点就是切断传染源。接下来的防控重点之一就在社区，区里的医院就是一道道关口，他们要做好几件事，第一，识别；第二，转诊；第三，做好防护隔离举措。"

张文宏分析，以目前全国投入武汉的力量，以及当地已采取的防控举措，武汉"战役"预计两个月能结束，而全国这场"战役"何时能结束，取决于全国防控能力"一盘棋"，必须要竭尽全力预防"新武汉"的出现。武汉是决战，其他城市是保卫战。这意味着，大到一座座城市，小到每一个单位、每一个社区、每一个家庭、每个人，都要配合，做好个人防护，减少聚会，主动报告，及时隔离，及时治疗等。

"一切没有想的那么好，一切也没有想的那么糟！中国，努力！"这是张文宏在"华山感染"公众号上写下的一段话。正如过去半个月来他的"作战"状态：冷静、客观，但始终保持积极和乐观。

（原载《文汇报》2020 年 1 月 31 日）

吴凡： 第一阶段的防控成效达到预期

第二阶段疫情防控难度在加码

文汇报首席记者　唐闻佳

这个春天的上海，因为新型冠状病毒感染的肺炎疫情，马路上、商场里，人烟稀少。有一个地方与之形成鲜明反差，那里车辆交汇、人员进出，一派忙碌，大楼灯火通明，不分昼夜。医学专家这样描绘此地："你想找的专家都在这里，你能想到的信息大都在此汇聚。"

这就是上海市疾病预防控制中心。如果说，我们面临的是一场看不见硝烟的战"疫"，这里就是名副其实的"作战指挥部"。

昨天是上海报告首例新型冠状病毒感染的肺炎确诊病例后的第 16 天，记者在这个"指挥部"与复旦大学上海医学院副院长、上海市预防医学会会长吴凡面对面，谈疫情关键节点、谈百姓防控要点、谈疾控科研、谈专家组内"火药味十足"的激辩……这名上海救治专家组成员、上海市疾控中心原主任、市卫健委原副主任不回避任何问题，这名走路快、说话快的"疾控女侠"对记者只有一点要求——"真实"。

谈疫情转换关键节点，十多天过去了，防控千万不能麻痹

2 月 3 日晚间，吴凡出现在上海电视台"夜线约见"栏目，她关于疫情进展的分析给予很多人新的信心。她告诉大众：目前上海的疫情进展正值输入型的第一阶段转变为输入型与本地散发的第二阶段。对比上海市卫健委每天的病例通报也可发现，新发确诊病例已从最高点下落。

这是否意味着大家可以"松口气"了？"并不是。进入第二阶段的防控难度其实更大，因为不确定性更大。"吴凡告诉记者，从目前结果看，第一

阶段的防控成效达到预期，而随着疫情转到第二阶段，防控难度其实在加码。

"第一阶段，我们防控的目标人群是相对清楚的。到了第二阶段，随着返程返岗人员增多，这些人群在老家可能接触过第一波感染者，他们从不同地区来到上海，原本确定的'重点地区'防控目标变得不明确了；其次，疾病表现的复杂性也增大了，目前已发现有确诊患者存在胃肠道消化系统的临床表现，换言之，要关注的目标人群不止是咳嗽、发热等有呼吸道症状表现的人。"吴凡分析。

"说完这些，我特别想告诉大众，别感觉十多天过去了，对疫情麻痹了，太阳又这么好，就憋不住想出门了，原本的家庭'一级戒备'模式松懈了，万万不可！"吴凡向记者强调，如此"喊话"并不是要"吓大家"。在她看来，恰相反，如此非常时期，百姓慌乱无用，掌握一些科学知识才有用。

与这个新型冠状病毒感染的肺炎"过招"半个月，吴凡这样向记者描述它的脾性："这个病毒最大的特点是传播能力强，所以存在部分隐性感染者，这类患者可能没有任何症状；也存在大量轻症感染者，所以我们会看到报道，有人参加了聚集性活动后被感染了。"据此，吴凡再次向大众强调：不论处于疫情进展的第几阶段，做好自我防护非常重要。

怎么才叫做好自我防护？"已经证实，这个新型冠状病毒感染的肺炎不仅会通过飞沫传播，还会通过黏膜感染……这是什么意思呢？首先，不要恐慌，这两天大家动不动就说门把手上有病毒，衣服上也有病毒，如同惊弓之鸟。这其实不算新事，SARS也是如此。其次，要明白防范的手段。我们已经知道，这个病毒离开人体后的抵抗力很差，一般消毒剂就能杀灭，因此最重要的就是戴口罩、勤洗手、戴手套！"吴凡多次强调"要管住手"。

"戴口罩阻断的是呼吸道传播，也就是飞沫传播；勤洗手、戴手套则是隔断手传播途径。试想一下，你的手如果沾染到病毒，再去揉眼睛、摸鼻子、摸嘴巴，病毒就可能通过口腔、鼻腔、眼黏膜等感染你。而如果你勤洗手、戴手套，不就起到隔断作用了吗？"吴凡希望大家以此类推"活学活用"，不管门把手、衣服裤子上有没有病毒，严格"管住手"，切断传染途径即可。生活、工作中的场景太多，大众明白应对的科学道理与方式，就不会盲目恐慌。

谈防控举措的易与难，今日冷静应对来自昨日星夜兼程

"喊话"归"喊话"，吴凡的"主战场"在研判疫情，为政府决策提供专家意见。受命出任上海专家组成员，吴凡自称这次是"二线队员"。"大家都很忙，所以根据市领导的指令，需要有人静下来，需要有人在如此'光速'的节奏里，不断静下来回顾事态发展，分析、预判下一步走势。"吴凡说，她就是这次专家组里"几颗静下来的脑袋"之一。

别以为这个"静"是闲庭信步，不妨看看吴凡在接受记者专访前 12 个小时的节奏：3 日晚上结束电视台的节目已经 10 点多，继续参加专家组内部紧急讨论，晚上 12 点左右回家；4 日一早赶到市疾控中心与市领导就相关专题开展研讨。

"十多天了，大家都是这样，后半夜回家、一早冲出去是常态。"面对这场严峻的战"疫"，吴凡说："如果准备不足，会有很严重的后果；但如果反应过度，也会有严重后果。所以，要按照疫情发展规律，及时采取科学、理性的措施，这点说来容易，做到很难。"

那么，结果如何？"所幸，从目前来看，我们的准备都达到了预期，大部分专家建议被采纳了。"吴凡介绍，专家建议包括交通站点加大消毒频次，这点，上海很早就行动起来。而在全市启动"一级响应"后，健康防疫举措、人员隔离观察要求、防控策略的转段，都如下棋般步步为营、时刻调整。

专家"大脑"与政府行动的"合拍"，也让吴凡特别感慨："历次疫情面前，政府始终坚持科学决策、理性应对，这点很重要。"

在这名"疾控女侠"看来，这背后是上海多年来扎实构建的防控体系。"上海是一座超大型城市，人员密集，我们也有过深刻的教训，比如 1988 年的甲肝爆发。这些年来，我们不断吸取教训，健全体系，完善机制。比如，上海努力健全基层防控体系，三级防控体系这些年只有加强，没有削弱。"吴凡直言，一、二、三级医院的阶梯式三级防控体系，平日老百姓不会有特别感觉，但在当下的非常时期，这个历经多年努力构建起的"大网"就发挥作用了，"大家别看危重患者都在三甲医院治疗，不要忘记，大量疑似病例、

轻症患者就在基层，这是更庞大的数量，就靠三级网络来防控"。

这就是蚂蚁"雄兵"的力量。在吴凡看来，网底"牢"，才能托得住。走出医防结合的"三级网络"，吴凡更看重上海政府健全的基层平台："基层网络搭建得越好、越有序，这种时候就越能看出效果，即在最短时间、最有序地动员起社会各方力量，联防联控，步调一致。"

吴凡分析，从目前的成效看，前期的一系列举措是符合预期的，上海的公共卫生体系乃至整座城市的管理运作机制在经历一次前所未有的"大考"，多年来常抓不懈的"平战结合"（和平时期—战争应急时期）防控重大传染病模式进入了真正的实战。

"所有今日的冷静应对，都来自于昨日的星夜兼程。"吴凡说，这就叫有备才能无"患"，居安要思危。

谈迎战 H7N9 的成功经验，还没到总结时，这次比上次难

如果说，每个人职业生涯中有几段高光时刻，迎战上海 H7N9 禽流感疫情，算是吴凡的高光时刻之一。

这里简要"回放"下这名"疾控女侠"的职业生涯：1989 年，她是上海医科大学（现复旦大学上海医学院）的学生会主席，1991 年进入上海市卫生局的第一个工作岗位就在疾控处，1998 年参与筹建我国第一个疾病预防控制中心——上海市疾控中心。过去 20 年里，她亲历"非典"、禽流感、疫苗风波……尤其是 2013 年，正是她建言上海果断关闭活禽交易市场，为中国有效阻击"全球恐慌"的人感染 H7N9 禽流感立下汗马功劳，获国务院和世界卫生组织高度评价。

"抗击人感染 H7N9 禽流感的成功经验，在这次疫情防控中有没有发挥作用的空间？"面对记者的问题，吴凡的语速回归到正常节奏，但每个字都说得很有力量："现在还没有到可以总结的时候，但可以说的是，这次比上次难。"

这番话，是这名身经百战的疾控专家在与这个全球新型病毒"鏖战"十多天后得出的阶段性认识。

人感染 H7N9 禽流感距离我们其实并不遥远，就在 2013 年。那一次，

世卫组织带着全球医学专家组来到上海，最后给出了六个字的评价总结——"灵敏、专业、高效"。

"灵敏"说的是上海的疾控监测体系，将疫情及时处置在"苗子"状态。吴凡说，如何在"苗子"阶段就发现，并在其还没扩散前即扑灭，这点对战"疫"进程很重要，但其实很难，而上海做到了。

"专业"说的是上海所有的处置措施，包括轻症患者的处理、对新型病毒的研究、病人的整体救治工作等。

"高效"说的是政府防控策略与举措。而高效的背后是专业的调查，给予政策制定者正确的支撑与决策参考，如果说这是"破案"，就是要"带对路"。

为什么说这次更难？吴凡分析，这次与上次最大的不同是：人感染H7N9禽流感是上海自发的，在本地发生，更容易及时发现"苗子"，掐灭在摇篮期；而这次是输入性的，一开始就不是"苗子"阶段。

"上次运气比较好的是，H7N9禽流感病毒我们判断是'有限的人传人'，而这次的病毒传播力强，已经不是有限的人传人了。"吴凡说，她不是为了"挺"武汉同行，但她强调要科学认识，"一是一，二是二，这就是科学"。

与迎战H7N9禽流感时不同的是，当时身为市疾控中心主任的她，是绝对"一线"。那年的吴凡，上午在市里开各种会议，下午出席媒体通报会；下午4点半以后召开市疾控的内部集中讨论会，大家一起发现问题、研判问题；晚上6点半再赶去参加市里的工作组会议；到晚上8点再回到市疾控布置第二天的任务；晚上10点半，继续开内部研究会议……

如今，身处"二线"的吴凡节奏一点不慢，但流程略有不同：上午基本是市级专家组的碰头会，分析治疗进展、讨论特殊病例、研判疫情走势。"此时，一线人员都在做调研，我们不能过多打扰。"吴凡说，专家组秉持"帮忙、不干扰"的工作原则。到了下午和晚上，吴凡会出现在各种市级碰头会、决策咨询会上，讨论的问题既有全局性的，也有专题性的，事关防控策略的每一步转换和每一个最新的全市部署。

领命成为"静下来的脑袋"，吴凡明白这个角色的分量。

每个人在战"疫"中都有任务，只是角色不同

上海市疾控中心的一块白板上贴满了党员们的心声，展现出他们在这场战"疫"中的无畏和奉献精神。

回顾 H7N9 禽流感"上海之战"，吴凡记得，当时很忙，也发了不少研究成果。对于这次疾控相关部门开展的科学研究遭遇某些质疑，这位"疾控女侠"有些忍不住想说几句。

"在我们行业内部，管这叫'应急研究'。我想说的第一个观点是，如果没有这些科研，没有这些第一时间找出的关键问题，形成对应策略和具体措施，疫情的'战线'可能会拖得更长。所以，疾控部门在这个时候一定是要做研究的。"吴凡进而说到第二个观点："要明白，这类研究的目标是什么，一定是要为控制疫情服务，解决现场发现的问题，而绝不是科学家个人的兴趣导向，这点要明确。"

吴凡告诉记者，针对此次疫情，上海很快就启动了"应急研究"，疾控人员、医学专家等都参与其中，开展流行病学调查研究、基础研究、临床研究等。

就在记者采访的这个下午，吴凡还要参与一个"应急研究"的讨论。"我们已经有研究成果应用于此次防控工作，比如科学模型的建立、大数据的预判，我们一边防控一边发现有大量轻症患者，就得赶紧采取措施，走在疫情发展的前面。"吴凡语速很快。

在市级专家组里，专家讨论时也频频迸发着"火药味"。用上海市医疗救治专家组组长、华山医院感染科主任张文宏的话说，"会有 debate（辩论）"。吴凡也不回避"争执"，她笑言这是"科学的争执，对事不对人"。

"专家都是基于不同研究背景与工作经历走到一起的，在科学图景没有完全浮现之前，大家看到的都是自己这一块的片段，看到的是现象。那么本质在哪里？探究本质的过程就需要讨论乃至辩论，这个过程就是把大家看到的片段拼起来。争论得越多，我们是不是距离全貌更近些？"吴凡说，每次大家都会达成一些共识，当然也不排除有很好的理论，但现实难以实现，理论必须结合实际。

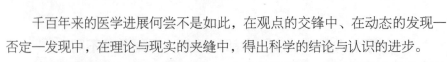

千百年来的医学进展何尝不是如此，在观点的交锋中、在动态的发现—否定—发现中，在理论与现实的夹缝中，得出科学的结论与认识的进步。

结束记者的专访，吴凡还要参加一个专家咨询会，讨论防控立法的相关议程。在此期间她接到两通"电话任务"：一通是市教委来电，讨论学校防控要点；一通是全国政协来电，她是全国政协委员，所在界别希望她在此前提交的关于加强公共卫生体系建设的调研报告里，将此次疫情防控经验及时总结出来，以此推动全国的进展。

就在如此紧凑的行程表里，吴凡还要接受另一家媒体的采访。都说她是有名的"媒体友好型"专家，而其实这是在牺牲她自己的休息时间。"只要有时间，我愿意接受采访，因为我认为通过媒体可以让更多老百姓知道这件事。老百姓需要知道，这不仅仅是知情权，更重要的是，知道政府、专家、这座城市、这个国家的防控节奏，大家就能明白自己为什么要配合、如何配合。"吴凡强调，"每个人在防疫中都是有任务的，只是扮演的角色不同。"

结束采访，12时58分，吴凡还没有吃上一口饭。这是她职业生涯的第一个寒假。去年，吴凡履新复旦大学上海医学院副院长，从征战几十年的疾控系统进入教育系统。没想到，第一个寒假还是天天上班，天天回到曾经的单位——上海市疾控中心"上班"。

【记者手记】曲突徙薪

下午一点多，我走出市疾控中心的大门，回头看看这栋已灯火通明十多天的大楼，一行大字赫然映入眼帘："曲突徙薪、博学明道、方寸纳海、健康为上"。

后面三个词应该大家都能读懂，第一打头的词——曲突徙薪，语出《汉书》，说的是一个人到别人家去做客，然后建议主人把直的烟囱改弯（曲突），搬离易燃柴草（徙薪）。主人不理会，果然，之后就因风倒灌而失火。事后，主人大摆酒席将救火者奉为座上宾，却忘了最初那个建议曲突徙薪的人。

2012年，上海市疾控中心提炼"上海疾控精神"，"曲突徙薪"领衔。如今，每个进出市疾控中心的人都能望见这十六字精神，这背后照见的何尝不是这座城市的精神。生活不会始终岁月静好，风浪有时，暗礁有时，但越是这种时刻，越是考验这座城市的预判力、决策力与联动力。曲突徙薪说的是一种预见性，及时行动，步调一致，我们定能迎来这场战"疫"的凯旋号角。

（原载《文汇报》2020 年 2 月 5 日）

"90后"、"00后"守护城市和家园的故事感染了千万同龄人——
我们必须成长得更快，勇挑重任！

文汇报记者 姜 澎 首席记者 唐闻佳

今年是特殊的一年，突如其来的新冠疫情全球蔓延，白衣战士冲上抗疫一线，舍生忘死，阻断病毒攻击，更有成千上万的普通人在各条战线携手共战疫情。抗疫战中，千千万万"90后"、"00后"充分展现青春担当，或在抗疫一线奋勇阻击病魔，或在后方默默守护城市、家园，他们的事迹也感动了千万同龄人。昨天，上海市抗击新冠肺炎疫情表彰大会和上海抗击新冠肺炎疫情先进事迹报告会先后举行。不论是场内参会，还是场外在线聆听的"90后"、"00后"，通过前辈和同龄人的事迹再次重温抗疫时的点点滴滴，备受鼓舞。

倪湫是上海第三批医疗队最年轻的队员，24岁的她是岳阳医院护士，小年夜，她写下了"请战书"，花样年华就是她"请战"的理由——"我年轻，没负担"。昨天的上海市抗击新冠肺炎疫情表彰大会上，倪湫和不少同龄人共同受到了表彰，并现场聆听"战友"发言。"我们只是做了应该做的事，我身边还有许多优秀的人在用自己的方式发光发热，融化新冠的'坚冰'。今天的荣誉对我们来说更是鞭策，我会时刻提醒自己永葆赤忱，尽力提高护理之标准、务谋病者之福利。"

"90后"战"疫"不是个例，而是群像。在武汉雷神山医院，来自仁济医院重症医学科的8位护士组成了抢救与护理重症患者的中坚力量。在护士长、预备党员厉燕的带领下，戴倩、张彬、桂晓波、陈桂林、钱琳、黄敏、黄睿等护士纷纷发挥自己在ECMO、CRRT以及其他重症护理技术方面的专业特长，同时间赛跑，和病毒较量。他们中，有6人是"90后"，戴倩是其中之一，她被授予"全国抗击新冠肺炎疫情先进个人"称号，并在雷神山医院光荣"火线入党"。

同样身为"90后"，在疫情暴发后，上海市第七人民医院胃肠疾病诊疗部（消化内科）医生廖冰灵义无反顾参与到发热门诊的工作中。在结束了发热门诊支援工作后的两周，她又奔赴浦东机场的41号隔离点，"为国守门"。面对表彰，廖冰灵说："我只是此次抗疫战斗中一个普通的"90后"。确实，'世上没有从天而降的英雄，只有挺身而出的凡人'，身为共产党员，又是医生，我只是在党和人民需要的时候贡献了自己微薄的力量。在发热门诊和集中隔离点，我也有幸结识了许多战友，共同的战'疫'情谊，值得一生回味。"

"90后"走上抗疫一线，"00后"也不甘示弱。在今年新冠疫情防控的过程中，成千上万名"00后"大学生自发组成志愿者队伍，有的为医护人员守护留守家中的孩子，有的参与到社区防控志愿者队伍里，有的撸起衣袖献血帮助疫情期间急需用血的病人，也有的用己所学投入科研为抗疫出力……昨天，他们也聆听了表彰大会和下午的先进事迹报告会，用一名志愿者的话来说，"国家有难，没有人能够置身事外，我们必须成长得更快！"

据统计，在复旦大学，今年共有1700多名"90后"与"00后"志愿者加入学校组织的"鹅旦梦"计划，疫情最严峻的时刻，他们做起了一件特别的事——为疫情抗击一线的医护人员子女及全国各地有需要的家庭提供线上辅导和陪护。

支教队员柴权洲就是其中一位志愿者。他说："表彰大会让我重温了我们的优秀党员、先进集体为上海疫情防控作出的无私奉献。疫情暴发之初，即将奔赴西部支教一年的我报名参加了'鹅旦梦'计划，在线为一名医护人员子女辅导数学。这名孩子的妈妈直到4月底才结束隔离平安回家。正是他们和各行各业的凡人英雄不舍昼夜、不计得失的付出，才为我们筑起城市安全的'铜墙铁壁'。我们要做的就是传承他们的精神，用己所长服务社会，服务国家，服务人民。"

张家旭是上海交通大学医学院2014级临床医学八年制（仁济医院）的学生，他在新冠疫情期间坚守在徐汇云医院"新冠工作室"，并参加发热咨询平台的值班。"今天接受表彰的先进典型，都是我学习的榜样。疫情期间坚守救治一线的师长让我更深刻理解了'敬佑生命、救死扶伤、甘于奉献、大爱无疆'16字的真谛。我辈定会传承这样的精神，在困境面前不惧挑战，勇挑重任。"

（原载《文汇报》2020年9月30日第6版）

新民晚报

那时的你们　那样的勇敢
再一次回望　再一次致敬

新民晚报首席记者　左　妍　记者　郜　阳

"我们不会忘记，你们与病毒狭路相逢、短兵相接，以生命赴使命、用大爱护众生。我们记得，上海第二批援鄂医疗队领队李晓静出发时，隔着车窗向送别的人群敬礼；我们记得，中山医院院长朱畴文出征时说的那句"这是我们的责任，义不容辞"；我们也记得，儿科医院护士长夏爱梅送 7 月大的齐齐出院，那一幕温暖了一座城……你们，是奋战在抗疫一线的医务人员，是在疫情防控阻击战中作出重大贡献的上海人民的优秀代表。

一个个奔忙而坚定的身影、一张张疲惫却坚毅的面孔，激励着大家砥砺前行。你们，是新时代最可爱的人。今天，再一次向你们致敬！

重逢

"我们回来了！"近日，复旦大学附属华山医院部分援鄂医护人员来武汉开学术会议，在同济医院光谷院区，和曾经并肩作战的武汉战友紧紧相拥。华山医院神经外科急救中心护士长汪慧娟也在同事们奋斗过的地方拍照"打卡"，但这一次，心情完全不同。

1 月 23 日，在接到援鄂通知后，汪慧娟毫不犹豫加入上海首批援鄂救治医疗队重症组，除夕夜随队奔赴武汉市金银潭医院。"1 月份的萧条已经全然不见，武汉的热情和活力又回来了，没有什么比这更令人开心！"坐在世博中心，周围都是一起奋斗过的"战友"，感慨这来之不易的胜利成果，汪慧娟的思绪又回到了武汉，"下一次，我还要回金银潭再看看"。

　　和汪慧娟有同样心情的，还有复旦大学附属中山医院的治疗师刘凯。因一张"落日余晖"照感动全中国，刘凯本月初再次回到武汉。照片中的两位主角在武汉大学人民医院东院重逢，两双手紧紧握在了一起，王老先生流下了激动的泪水。刘凯给记者看了两张合影，彼时寒冬，他身着防护服，老人躺在病床上；再次合影的照片里，他脱下了防护服，王老先生也坐了起来。"落日余晖下的瞬间"再次定格，依旧温暖人心。

记录

　　"从武汉回到上海已经 6 个月了，还记得去武汉的时候是寒冬腊月，回上海的时候是春雨绵绵，如今的上海已是秋高气爽。回到了原来的岗位，生活工作早已步入正轨，这次的抗疫经历会让我更加珍惜现在所拥有的平静生活；珍惜我们上海第一批援鄂医疗队所拥有的革命友谊；珍惜生命中出现的每一个可爱的人。"在前往表彰会场的路上，上海交通大学医学院附属仁济医院呼吸科医生查琼芳写下了《查医生援鄂日记》的第 68 篇。

　　68 个日夜、67 篇日记、10 万余字。从除夕到 3 月 31 日，在武汉的抗疫一线，上海首批支援湖北医疗队员，被称作"日记女神"的查琼芳写成了目前出版最完整的抗疫日记。在查医生的记录中，有医疗队里一起救治病人的战友，有奔忙于后期保障的队员，但更多的还是普通人：在医院门口等着接送他们的志愿者、酒店里等候他们夜归送上餐点的工作人员、上门为他们服务的理发师……一张张面孔，一件件小事，感动了所有人。

　　查琼芳说，从最初时的忐忑，到后来的自信，她不断在挫折和学习中成长。"今天的表彰是对我们医护之前抗疫工作的认可，也是新征程的激励。我们所有人的任务都任重道远。做好自己，保持平静的心态，走好走稳自己的路。"在新一篇日记里，查琼芳写下了这样一段话。

泪目

　　复旦大学附属中山医院副院长朱畴文，今天又带着他的队员们"出发"了。和去武汉时的凝重氛围截然不同，即将接受表彰的队伍充满欢声笑语。

许多网友认识朱畴文，是因一张"背影"照片。寒冷的冬夜，他站在班车前送几个年轻的护士去值夜班。班车还没开走，他却流泪了。在朱畴文眼里，她们还是孩子。身为领队的他明白，她们都是专业人员，不会退缩；但身为长辈，他于心不忍。

武汉一战有多艰苦，已不需多说。有一次做电视节目和主持人对话，他沉默良久忍不住落泪，他说从来没有一座大城市是这样的：没有声音、没有灯光，这是只有在幻想的电影里才有的画面。"但我们是来工作的，人对人的关心是油然而生的。"他说自己最大的愿望是队员们平安回家。

"敬畏生命、敬畏专业、敬畏职责、敬畏规则。"从医近30年的朱畴文常给后辈说这句话，是责任也是担当，是坚守更是使命。今天在表彰大会上，他给自己的队伍打了100分，记者再一次看到，他眼含泪水，却依然坚毅。

牵手

"我出门了啊！侬等我回来，给侬看奖章！"清晨6时40分，上海市胸科医院胸外专业病区副护士长冯亮对外婆亲昵地说。"你得了先进，外婆为你高兴。"拉着外孙女的手，外婆有些激动。

这一幕，把家人的回忆拉到了1月24日的晚上——"我会平安回来的，外婆侬勿要哭哦，妈妈在的……"冯亮弯腰站在床前，轻声对外婆说。那本是举家欢庆的除夕夜，但"团圆"二字，并不属于冯亮。和外婆道完别，冯亮心有愧疚，但她知道哪里更需要她。

冯亮的外婆今年93岁了，曾是华山医院的一名药剂师，明白救死扶伤是医务工作者的天职，却也知道外孙女此行面临的挑战，道别时流下了不舍的眼泪。冯亮和外婆家离得很近，与外婆感情也很深，几乎每周都会去探望。

冯亮有两个可爱的孩子，出发那会儿，怕自己说太多会有更多眷恋，她只是安慰孩子们，妈妈去那帮助需要帮助的人，很快就会回来的。回忆起当时的决定，冯亮坚定地说："每个人都有自己的理想，我从小的理想就是帮助别人，很高兴能够通过这样的方式实现这一小小的愿望，为国家尽一分绵薄之力。"

看着外孙女走出门的背影，躺在床上的外婆笑了，笑得很高兴。

敬礼

他们都进过"小汤山"，也都曾奔赴汶川，当新冠疫情席卷荆楚大地，两人的请战书干脆利落：若有战，召必回。今天，戴着大红花的他们走进了表彰大会的礼堂，再行军礼。

浦南医院护理部主任李晓静与上海中医药大学附属岳阳中西医结合医院心内科主任樊民，一个奋战在武汉金银潭医院，一个在雷神山医院战斗。面对月台上含泪送别的亲友、隔离病房中向医护致敬的退伍老兵，脱下军装的他们，庄严敬礼。

大年初三，50 名护理人员组成的上海第二批援鄂医疗队紧急驰援武汉，李晓静是这支医疗队的队长，此前，她曾是一名军人。出征后不久，李晓静将微信头像换成了本报记者为她拍摄的一张照片。照片里的她，向着车窗外敬了一个军礼。

樊民比李晓静晚半个多月出发，他的战场，在雷神山医院感染三科七病区。3 月 12 日，当樊民给 79 岁的金老先生发出院证明时，这位有着三十多年军龄的老先生神情肃穆，挺直了腰板。"医生，谢谢你们！我年纪大了手抖，写不了感谢信。我给你敬个礼吧！"樊民曾经也是个军人，当了 28 年兵，他明白一个军礼的分量胜过千言万语。他回礼致敬，这一幕被眼疾手快的战友拍下来，成为第四批国家中医医疗队（上海）一个难忘的瞬间。

"我们都是凡人，面对未知病毒都会紧张害怕，面对身心重负都会疲累难受。但当穿着厚厚防护服的我们，看到病人痊愈的那一刻，却有常人无法体会的巨大喜悦。"樊民动情地说，"医生，是无悔的选择，是神圣的事业。抗疫是一时的，而救死扶伤的事业是一生的。"

拥抱

复旦大学附属儿科医院感染传染科护士长夏爱梅出发赶到会场之前，刚刚结束了上一个值班。她和往常一样，穿着防护服，抱了抱负压病房里的小患儿，轻轻说"再见"。这样的场景，从今年新冠疫情发生至今，夏爱梅已经重复了无数次。

当第一个儿童患者送到医院，夏爱梅成了第一批穿上防护服走进负压病房的人。孩子和成人患者情况不一，他们离开家长，所有的一切都要由医生护士来承担。

让夏爱梅印象最深刻的一个孩子，就是 7 月龄的齐齐，她进入病房后，医生护士 24 小时陪护，这里的每一位护理团队的成员都轮班上岗。齐齐出院的时候，科主任曾玫和护士长夏爱梅轮流抱她，把她交到妈妈的手中。上海最小患者治愈出院的照片在朋友圈里刷屏，温暖了一整座城市。

夏爱梅还遇到过一位不配合治疗的 11 岁女孩，她的父亲更是提出种种理由要带孩子回家。当所有的"理由"都被驳回后，夏爱梅开始了艰难的日子。她百般体贴，尽可能地满足孩子的需求。夏爱梅知道，"额外"的要求，正是这些大孩子内心痛苦所致，而这些，是无法用药物医治的。渐渐地，女孩越来越乖巧，出院那天还给了夏爱梅一个拥抱，悄悄在她的耳边说："阿姨比我妈还疼我呢！"那一刻，夏爱梅的眼眶有些湿润。

"家长不在，我们就是临时妈妈！"夏爱梅用儿科护士特有的温柔细腻，为患儿们带来了温暖和慰藉，驱走了病毒带来的恐惧。

承诺

昨天一早，上海交通大学医学院附属瑞金医院重症医学科护士杜颖开车送 8 岁的女儿上学，到校门口，她为女儿整理了下头发和绿领巾，挥手告别。"下一次见面，要 24 小时后咯，放学见！"

杜颖因为工作的缘故，时常不能陪伴女儿，内心觉得是亏欠孩子的。今年 2 月，她接到任务要去上海市公共卫生临床中心重症病房支援，说好了"只去 10 天"，却在病房里工作了足足 54 天，团队在重症医学科主任瞿洪平的带领下，圆满完成任务。而杜颖再次回到女儿身边，已经是 2 个月后的事了。

杜颖的女儿特别懂事，她常常在视频里鼓励妈妈，"照顾好病房里的爷爷奶奶，我自己可以照顾自己！"这半年来，女儿成长了许多，不仅功课没落下，还受到妈妈影响对医学产生了浓厚兴趣。在班级分享时，她骄傲地给同学们讲了妈妈抗疫的故事。杜颖还说了一件趣事，刚读两年级的女儿有些小马虎，在用"钟"字组词时，她毫不犹豫地写下了"钟南山"。

回归日常工作后，杜颖又开始了三班倒的日子。昨天上午她把女儿送入学校，到医院上班，今早出了夜班，直接和大部队一起乘车出发，去表彰大会现场。她承诺今天放学后去接女儿，女儿在电话里反复关照，"把大红花带回来，多拍点照片！"这一次，杜颖说不会再"食言"。

把关

"核酸报告带好了吗？出门前体温都量过了吗？"去表彰大会现场的路上，上海交通大学医学院附属仁济医院感染管理科主任傅小芳没闲着，提醒大家做好防护、帮着战友整理领带……一如她在雷神山医院时的细心。

傅小芳明年就要退休了，她是上海第八批援鄂医疗队里年龄最大的专家。自从疫情发生以来，傅小芳带领队伍，始终坚守在医院防控工作第一线，负责解答和现场指导全院医务人员与防护、消毒、隔离等相关的全部问题，每天连续工作14—16个小时，在春节期间也是24小时连轴转，时常每天仅能睡1—2小时。从援鄂医疗队收治病人的那一刻，傅小芳几乎每天都守在雷神山医院里。医护人员防护服的穿脱，她都一个个盯着。傅小芳说，"你们守护病人，我来守护你们。"她的心愿再也普通不过了，只有六个字：平安来，平安回。"今天，我又想起了在武汉战斗的四十多个日夜。此次抗疫经历对我来说是永生难忘的，也是非常宝贵的人生财富。我在每位战友身上都看到了爱、善良、无私、勇敢、坚毅的品质。"傅小芳说。

在抗击新冠疫情这场没有硝烟的战斗中，涌现了太多可歌可泣的感人故事，涌现了大批可敬可亲的英雄人物。今天，上海召开全市抗击新冠肺炎疫情表彰大会和上海防控新冠肺炎疫情先进事迹报告会，向抗疫英雄致敬。在抗击新冠肺炎疫情中，他们以实际行动践行初心使命，树立起新时代的丰碑。

1月23日小年夜，复旦大学附属中山医院重症医学科医生钟鸣独自一人，乘坐高铁奔赴武汉，驰援疫情最为严重的金银潭医院，成为上海首位

"最美逆行者"。随后，1600多位医护人员组成11支医疗队驰援武汉，以人民至上、生命至上的担当，奋战在武汉疫情最严重的各家医院。

更多的上海医护人员则战斗在申城抗疫一线，参与医院救死扶伤、社区联防联控等抗疫重点领域工作。上海各行各业的普通市民同样行动起来。数以百万计的社区工作者、公安干警、行业员工、志愿者们，不惧风雨、坚守一线，入城口、落脚点、流动中、就业岗、学校门、监测哨等关键点关键环节，都可以看到他们的身影。

没有从天而降的英雄，只有挺身而出的凡人。全市各条战线的防疫人员并肩作战，全市人民守望相助，共同筑起上海这座超大城市的生命防线。

随着疫情防控常态化，城市重燃"烟火气"，恢复了往昔的生机与活力。今天，我们致敬所有携手抗疫的人们，牢记这段众志成城、共渡难关的历程，就是要更好地汲取攻坚克难、奋力前行的勇气和力量，在全面建成小康社会的目标引领下，努力夺取疫情防控和经济社会发展"双胜利"，在实现疫情防控和经济社会发展两手抓、两手硬、两手赢中，体现更大担当、展现更大作为。

（原载《新民晚报》2020年9月29日第4～5版）

医生:"孩子别怕,这里很安全!"

独家探访两例新型冠状病毒肺炎患儿负压病房

新民晚报记者 左 妍

久违的晴天让昨天午后的隔离病房洒满阳光。7 岁的豆豆(化名)躺在病床上吃零食、看动画片,跟普通孩子没两样。很快,他发现门口有人在"偷看"他,豆豆没有害怕,向护士招了招手。

他住在这里 10 天了,是上海首例确诊新型冠状病毒感染的儿童,上海籍。连日来,病区的医生护士和医院领导无时无刻不在关注他的状况。复旦大学附属儿科医院感染传染科主任曾玫说,患儿病情已平稳,但还处在排毒期,尚未达到出院标准。"虽是轻症,我们也不能掉以轻心!"

"放心,把孩子交给我们"

1 月 19 日,豆豆妈妈带着他来就诊。豆豆爸爸有武汉暴露史,已经被确诊新型冠状病毒肺炎,孩子又出现了发热、咳嗽症状,濒临崩溃的妈妈强打起精神,把儿子送来医院。"我们该怎么办?完了,我怕……"妈妈的眼神里充满了恐惧。

这个家庭,因为这一场名叫新型冠状病毒肺炎的疾病而改变。"目前孩子情况还好,请放心,把孩子交给我们吧,我们会把孩子的病看好的!"曾玫已在一线奋战 25 年,她的一席话,让妈妈过度紧张的情绪有所缓解。

曾玫心里早就做好了准备。医院前几天已进行全员培训,进入应急状态。感染传染科全体医护就是随时迎战的前线战士。在医院的协调下,传染病房很早腾出了负压病房,豆豆顺利住了进去。

这里的门窗紧闭,不能随意进出。虽然对传染病有着丰富的处置经验,但面对这次的新型病毒,在还未完全清楚其特性的情况下,大家仍不敢放松警惕,接触患儿和采集呼吸道标本必须做好防护。

第一批穿上防护服进入发热诊室和病房的是曾玫主任和住院总医师林怡翔，还有感染传染科护士长夏爱梅、护士张莹。来到陌生环境，又看到 4 个"全副武装"的人走进来，豆豆有些害怕。曾玫需要立即对孩子进行病情评估和体格检查，还要采集孩子的呼吸道标本进行病毒检测。孩子需抽血化验，但看到抽血针头就大哭了起来。"别怕，这里很安全！我们是来帮你的！"听到医生护士这样说，孩子似懂非懂地点点头。此时他突然认出，眼前的一位护士阿姨，就住在他同一个小区，两家的男孩还是玩伴。有了熟悉的护士阿姨在身边，豆豆放松了一些，破涕为笑："阿姨好！"

"孩子入院时没有肺炎，处于疾病早期的轻症阶段，治疗以对症为主，但需要警惕未来一周病情加重的可能性。"曾玫说，专家组医疗团队决定先给孩子口服药物，暂时不需要静脉注射用药，再根据疾病进展调整方案。

不过度治疗，是曾玫多年管理患儿的工作原则。入院 24 小时以后，孩子体温就趋于正常，咳嗽没有加重。"在这例患儿身上，密切观察就是最好的办法。"曾玫是有底气的，源于她带的这支队伍非常"能打"，经历过手足口病、人感染 H7N9 禽流感、2009 年流感大流行的考验，他们在实践中掌握了传染性疾病的规律，即便是面对新发传染病，也有信心处理好眼前的患儿。

哄孩子，也要安抚家长

密切观察，可并不是眼睛"看"那么简单。每天的值班医生护士，都对这个小患儿格外关注。"哪怕不进门，也要在玻璃窗外悄悄观察一下，除了治疗，还要关注安全。"护士长夏爱梅说。他们趁每次穿隔离服进病房喂药的机会，给豆豆送去饼干、糖果，还有 iPad，豆豆也可以在里面看电视。后来几天，全副武装的"小白人"进入房间成了他每天最期待的时刻。叔叔阿姨们又来陪他了！

孩子可以哄，难的是消除家长的恐惧。最初几天，豆豆妈妈每天提心吊胆。夏爱梅回忆道，妈妈曾趴在她的肩头大哭，医生护士安慰了三天，她才调整好情绪，第一次露出笑容。

曾玫做儿科医生这么多年，她深知家长的心理。"沟通技巧很重要，同样是家属谈话，先说好的结局还是坏的结局，效果大不同。"她不喜欢直接把"最坏的结果"告诉家长，而是婉转告知；同时想办法先说好的一面，给家长看到希望。

"我们可以理解家长的恐惧。我家人也担心我,不过我是专业人员,要相信我!"夏爱梅说,护士们每半小时都要去看孩子一眼,穿隔离服进去的次数每天至少也要四五次。赢得了信任后,孩子很配合治疗,且乖巧听话。

入院一周,孩子的情况比较稳定,心跳呼吸和肺部影像均没有异常。但鼻拭子标本病毒检测依然呈阳性,还需要隔离。曾玫对治疗效果有信心,她也知道,上海家长密切关注这名孩子的感染和治疗情况,治愈出院将会是一颗重磅"定心丸"。

"家长不在,我们就是妈妈"

在豆豆的隔壁,住着 11 岁的女孩,她也是新型冠状病毒感染的患儿,她的姐姐从武汉回沪,不幸中招,28 日已治愈出院。

在负压病房,患儿的生活让人没少操心。洗澡、换衣,甚至买零食,护士们都尽量满足。"家长不在,我们就是妈妈!"夏爱梅已在这里工作 12 年,对照顾传染病孩子得心应手,特别体谅家长的心情和孩子的需求。

她早早地打电话给营养科,"能不能给我们这里开开小灶?增加点营养,也增加点花样?"非常时期,也要给孩子们特殊的关怀。很快,饭菜翻起了花样,品种也更齐全了。过年期间,感染传染科的医护天天坚守岗位。医院相关部门发来了酸奶、饼干、蛋糕给他们加餐,可护士却转身送给了小朋友。

这几天,曾玫和同事们异常忙碌。除了治疗,还要和院领导以及各个相关部门协商与沟通,确保负压病房的合理使用和运转,实时汇报患儿情况并进行随访。尽管每年过年都要坚守岗位,但今年显得特别"不一样"——整个医院举全院之力,投入抗击疫情的战斗中,他们更是奋战在最前线。

现在,病区还有一些疑似病例等待排除。这部分病人最少要在医院住 3 天,等二次复核病毒核酸阴性才能走。不久前,有个婴儿呼吸道感染,因家中好几个长辈均有类似症状,外婆又刚从武汉回来,同样也出现了咳嗽发烧。曾玫高度警惕,很快就把孩子收进来。经检测,孩子流感抗体检测呈阳性,新型冠状病毒核酸检测呈阴性,两次复核后,被排除了。

曾玫松了一口气:"虽然目前来看,孩子的感染率明显低于成人,但我们依然承担重大的责任,不能漏掉疑似病例,也不能过度诊疗,否则会造成医疗资源的浪费和患者的心理压力，更会引起社会恐慌。"新发传染病，有许多未知的因素，在她看来，不轻视、不畏惧，科学对待，才能打赢这场仗。

记者走出病区的时候，这里依然静悄悄的，但那些平静背后，是不为人知的艰辛和忙碌。两例患儿的病情牵动人心，大家都在心里盼着这里尽快传来好消息。

（原载《新民晚报》2020 年 1 月 30 日第 3 版）

反复上门排摸负责块内居民

居委干部有多拼： 敲门敲肿了手

新民晚报首席记者　潘高峰

为了防御疫情，上海的居委干部有多拼你知道吗？

"这是一位居委干部的手，敲门敲的。"昨天，一张微信朋友圈的照片引来了众多点赞与转发，照片中的手，指关节已然红肿且有多处破皮。这位敲门把手敲破的居委干部，是陕北居民区负责民政和老龄工作的党员社工沈怡敏。

照片下面都是"基层最辛苦""点赞"等评论，还有热心人提醒"社区工作者要保护好自己，佩戴手套"。得知自己获得了那么多关心支持后，沈怡敏笑了："上门的时候我们是戴着手套的，谢谢大家的关心，我会保护好自己。"

春节期间接到疫情管控宣传排摸任务以来，沈怡敏一直没有休息，走街串巷上门走访，宣传疫情防护知识，排摸户数人员情况。她负责块内实有户数约150户，虽然数量不多，但由于北京西路附近都是老房子，出租率很高，有时连续几天上门排查，借出去的房子内都无人应答。

"只能反复上门，经常敲门，多做尝试。"沈怡敏很无奈，但没有放弃。除了反复上门，她还尝试微信、电话联系房东，询问租客信息、返沪行程等，力争全面掌握块内户数情况。

"笃笃笃……"一次连续敲门十多分钟之后，门终于缓缓地打开了，一名80多岁的空巢老人蹒跚着前来开门。沈怡敏赶紧把疫情防控的温馨提示大声告诉老人，叮嘱她要少出门、勤洗手、戴口罩，一定要注意自身防护安全。遇到老人不明白的，她还要耐心解释。"我们这里老房子多，里面留守着的大都是子女不在身边的空巢老人。老人年纪都大了，有些耳朵不好，所以敲门时间要长一些，要有耐心，敲门的力气要大一点，这样老人才听得见。"这些都是沈怡敏的经验之谈，也是她为何戴着手套依旧把手敲肿的原因。

将自己块里的居民全都上门跑一遍，将所有户数情况摸清，沈怡敏依旧停不下来：时刻关注返沪居民，及时登记；有湖北接触史的，及时掌握；这家的阿婆、那家的爷爷要重点宣传，这些事都萦绕在她心头。

坚守岗位的沈怡敏已连续多日没有陪伴家人，她爱人是位人民警察，也在一线加班加点。"我是一名共产党员，在需要的时候应该坚守社区一线。基层螺丝钉不起眼，但居委干部的敲门声，会让居民知道疫情管控大家都在行动，让他们真正感到安心！"这是沈怡敏的真心话。

（原载《新民晚报》2020 年 1 月 31 日第 5 版）

上海今启动"居村委会预约登记+ 指定药店购买"口罩供应方式
居委干部各显其能　市民群众守序登记

新民晚报记者

小小一只口罩，牵动千家万户心。今天，上海全面启动"居村委会预约登记＋指定药店购买"的口罩供应方式。如何在满足市民需求、确保公正公平的同时，尽量减少人员聚集等待、避免交叉感染?

社会治理需要"绣花"功夫，更需要大胆创新的基层智慧。本报今天上午派出多路记者，深入全市社区一线预约登记现场，直击居委干部如何为办好这件好事，各尽其责、各显其能。

新民晚报记者　杨洁

网上"口罩预约"不出门、不扎堆

"居民们，大家好，预约口罩，就上瑞金二路街道公众号，不出门不扎堆好预约!"昨天傍晚，社区小喇叭响遍了黄浦区瑞金二路街道的各个社区。

今天上午，瑞金二路街道公众号上线"疫情防控"界面，"口罩预约"栏目正式推出。拿出手机，打开瑞金二路街道公众号，"疫情防控"界面很清晰，点击"口罩预约"，提交预约信息，居委会审核确认无误后，将电话通知居民携带证件到居委会领取购买凭证。"网络预约，有效压缩排队时间，减少人员流动，避免人群聚集，减轻居委会工作压力。"瑞金二路街道永嘉社区党总支记颜琳说，居民网上预约，只要出一次门，就可以完成领取凭证和购买口罩的全部流程。

截至今天上午9时45分，永嘉社区1557户居民中,180户网上预约口罩, 80 户现场预约，还有很多居民表示不急用，把口罩留给急需的人家。"一个友情提示，社区老人可请子女、居委干部、志愿者代为网上登记预约。"颜琳说。

这样的做法在许多区都有。昨天，徐汇区天平街道通过微信公众号发送通知："为向居民提供便利，缩短现场等候时间，天平辖区居民可登录'天平家园'微信公众号，点击右下角'口罩'选项，填报相关个人信息并提交。"

这让很多居民宽心不少。公众号页面右下角，"口罩"一栏清晰可见，操作便捷，居民只需输入"姓名""手机""居委""证件类型""证件号"等个人信息，点击提交即可。

在协调公安部门对居民的登记信息进行核实后，居委会则将根据口罩供货情况，按照登记先后顺序电话告知居民，并将购买凭证发放至每户居民的信箱中。

新民晚报记者　姚丽萍　陆梓华

阿拉社区不排队电脑抽取分楼组

今天早上 8 时 30 分，在大宁街道慧芝湖小区门口，几名相熟的老人结伴到居委会，准备排队登记。

"阿姨、爷叔，阿拉不排队。"居委会主任陈莹站在门口，耐心讲解。为降低交叉感染风险，慧芝湖社区口罩预约采取楼组抽签方式。

"怎么抽，阿拉没运道，抽不到就没有喽？"李大爷情绪有点激动。"您放心，都有，我先跟您介绍一下流程。您记录一下我的电话，随时可以打给我。"陈莹介绍，这几天居委已经把预约抽签办法贴到每个楼组，但不少年纪大的居民还是一早来排队。"慧芝湖小区一共 3429 户, 37 个楼组。我们每天在电脑上抽取 128 户，分 10 天陆续抽取。整个小区有 9 个块长，每个人负责几个楼组，把抽签视频发到微信群里，公示给大家。每个楼组根据户数，每天抽取 2—5 户，再由居委会通知他们来登记。如果不愿意、不方便来现场登记的，居民只要把相关身份和居住信息微信发给我们，购买口罩前来领取一下凭证就可以了。"

上午 9 时，在社区民警和不少居民的见证下，大宁街道慧芝湖小区的居民代表平桂珍在电脑上按了两下，二号楼随机产生了两户室号，居委会工作人员及时登记到表格中。居民陈先生说："我就过来看看要不要排队，排队的话我就不登记了。这个办法好，公开透明，又减少了感染风险。"

对不会进群的老年人，居委会工作人员帮老人扫码入群。没有到现场的，工作人员也会一一通知到位。"也有很多居民主动表示，口罩够用，如果抽到了就让给其他居民。有紧迫需求的，我们也会在微信群里协调。"

新民晚报记者　叶薇

预约口罩有"神器"居民自制小程序

居委干部连夜研究制定预约方案，热心居民开发"神器"鼎力支持。今天一早，一个"新鲜出炉"的小程序应用到了口罩预约购买上。

王舰是洋泾花园城业委会主任，此前曾运用问卷软件为居民区量身定制了"疫情防控告知书在线反馈"和"健康状况信息登记"两个小程序。眼看本市要预约购买口罩，王舰建议，同样可以采用制作网上小程序的方式预约，既方便居民，也减少人员聚集，防止疫情传播。

昨天晚上，直到 0 时 45 分，王舰还在微信群和居委干部们商量制作小程序。今天一大早，刚刚"出炉"的小程序受到居民的欢迎。居委干部也在现场设点，帮助不会使用的老年居民扫码登记预约。

不少区都有类似做法。在闵行区梅陇镇中海寰宇天下小区，居委昨天连夜开会调整方案，把口罩预约从线下搬到线上。所有居民可以通过"优你家"社区 APP 完成预约，居委会则为不会用手机的住户登记。对于上了年纪的老人，居委也安排专人负责登记，并由楼组长将预约券送上门。

新民晚报记者 宋宁华 邻声项目部 蔡骏

坐在家中打电话购买凭证投信箱

"您的编号为 1 号,稍后请留意信箱,我们会发送凭证,可凭票购买。""阿姨好!身份证号码背得出吗?您别着急,我已登记好,会有社区志愿者帮忙购买口罩送到您家里。"

上午 8 时 30 分,滴水湖馨苑一居民区"家门口"服务站内一片繁忙景象。电话一个接着一个打进来,为了确保口罩预约登记工作的顺利开展,6 名工作人员正守候在 3 台电话前轮流接听居民的来电。"昨天正式通知发出后,铃声一直没断过,电话快要被打爆了!"胡静蓉是居委会的工作人员,上午 7 时她已到岗,负责向居民解释具体的操作办法和正式开始预约的时间。

记者在滴水湖馨苑一居民区"家门口"服务站的公示栏上,看到了具体的预约登记办法:从 2020 年 2 月 2 日 8 时 30 分起,凡是需要购买口罩的,请统一致电滴水湖馨苑居委进行电话预约,凭报告有效证件信息核对居住房屋,获取登记编号。第一轮预约每一户(一个居住地址)可购买 5 只口罩,每一户(一个居住地址)仅限预约购买一次。每天根据药店供货量,按照预约登记发放凭证,购买凭证将由工作人员在购买之前或当日联系后上门发放,居民凭证到指定药店,先后分批、排队购买。

滴水湖馨苑一居委党支部书记、居委会主任杨连君告诉记者,为减少排队造成的人员聚集,降低交叉感染风险,居委会反复修改最终敲定了电话预约和网上登记同时进行的方法。考虑到一些高龄老人出行不便,还安排了工作人员帮忙购买送上门。此外,大家还可以通过微信公众号进行线上登记。

"今天是预约第一天,我们会根据大家的反馈进行调整,也会参考其他小区的优秀做法。"杨连君说。

新民晚报记者　杨欢

跨前一步提前分流多管齐下预约登记

今天上午 8 时 30 分，是松江区泗泾镇向阳桥居民委员会登记口罩的正式开始时间。早上 7 时 30 分，记者来到这里，只有一位骆先生在门口等待居委会开门。记者心里纳闷，今天上海第一天登记预约购买口罩，为什么这个居委会门口这么冷清，没有人排队？

8 时许，居委会提前开门开始办理预约登记。"师傅，您好，昨天家里有人登记吗？"工作人员王小姐问。"没有。"骆先生回答。"身份证给我一下吧，手机号码报一下。"王小姐说："今天先登记，对面药房通知我们后，我们会再联系你们的。"

原来，从 1 月 31 日下午口罩统一由居委会预约登记的消息出来后，就有人来居委会咨询，向阳桥居委会马上制作简易口罩登记表格，启动了预登记。"31 日以来，已经有许多居民预登记过了，除了现场可以预登记，通过小区微信群、电话等多种方式都可以。"王小姐说。

向阳桥居委会书记徐巧林告诉记者，居委会这次跨前一步主动出击，提前启动预登记，可以防止登记日集中登记造成的交叉感染风险和拥挤风险，让提前来咨询的居民也少跑路。登记后工作人员会和底卡核对，楼组长也会进行二次排摸，避免重复登记。

新民晚报记者　屠瑜

线上线下同步走口罩配额六四开

告知书上附有小程序二维码，"扫一扫"就能预约报名，半小时登记 295 户……位于松江区方松街道的文景苑小区，采用线上预约登记与线下联合登记的办法，今晨预约现场排队人数基本都在个位数，没有出现人员聚集。

"居民通过扫描小程序二维码接龙报名，以接龙的顺序确定发放购买凭证的先后顺序，重复登记无效……根据药店每天的口罩发放配额，其中 60%

用于线上预约人员，40％用于线下预约人员。"现场的公告栏上，张贴着流程详细的操作流程和口罩发放方式。

线上预约登记的发起人、文景苑小区业委会主任宋苏伟告诉记者，这几天，口罩预约登记的消息公布后，不少业主提出："非常时期人员集聚危险，出门一趟还要多消耗口罩，有没有线上登记的办法？"居民的需求大多比较集中，不少人还发来专门私信建议。业委会与所属的安琪花苑居委会一商议，就决定采用线上线下同步进行的模式。"考虑到前来现场登记的大多是老年同志，我们给予线下40％的名额，予以一定照顾。"

截至上午10时，文景苑小区有线上360多户、线下100多户完成信息登记。此外，除了政府统一调配口罩外，小区业委会还自行采购了23000只口罩，资金由业委会办公经费、物业出资、业主捐赠三部分构成。"口罩明天开始陆续到货，我们准备安排楼道志愿者挨家挨户发放，每家可以分到20个。"宋苏伟说。

新民晚报记者　杨洁

发放排队号码纸等待叫号再登记

8时17分，杨浦区开鲁六村的居委会门口，开鲁六村居委书记范伟华拿出一叠号码纸，走出居委会。为了避免门口排起拥挤的长队，开鲁六村居委会参考餐饮取号排队的方式，让居民们领好号码，分散开来，不必等在一列长队中。

"号码五个一叫，叫到你，你再过来登记。"范伟华告知居民，只要拿了号码，今天居委下班之前都能来居委办理登记。

率先拿到号的居民，分散在开鲁六村的凉亭与绿化步道中。20余米的长亭，人们分散坐。步道上，有位30余岁的妇女，找了个角落，依着地上石砖，跳起了格子。居民赵阿姨带来了昨天的《新民晚报》，在凉亭里读起报来。

9时37分，排队取号已经叫到50号。居民也迎来了好消息——药房的口罩已到，取到号码的居民，现在可以去药房买口罩。而明天开始，开鲁六村还将开通扫码排队的功能，让居民少跑腿。

在静安区和泰花园居委，居委干部在活动室辟出一个200平方米左右的专门场所，供居民前来登记预约，现场还摆放了三四十只座椅，和泰花园小区居委会主任陈蕴琛告诉记者，如果居民有排队的，这些座椅可以让他们休息一下，"我们事先告知居民，请他们错峰前来现场预约登记，现在来的人不多"。

由于错峰有效，半小时仅有17户居民前来登记预约，现场秩序井然。

邻声项目部　夏扬　新民晚报记者　江跃中

地上粘贴一米标记排队登记保持距离

上午8时，奉贤区金海社区金水苑居委会门前就已经有居民开始排队。记者在现在看到，地面上粘贴了许多间隔一米的定位标记，在十多位居委会工作人员的引导下，居民们保持着一定距离，安静地排队登记。

金水新苑党支部书记陆杰告诉记者，今天上午5时30分工作人员就已经到岗，准备工作昨晚就已经完成，粘贴定位标记是该登记点的创新之举，以减轻人员聚集对防疫工作产生的压力，让居民之间空出距离，更为安全。

陆杰告诉记者，一些居民没有带证件，但只要能报出相关信息，和登记信息匹配，也能完成登记。还有一些居民对领取规则不是很了解，居委会干部也积极解释，争取理解支持。登记过程很平静，2小时完成约100户的登记。整个登记过程大概会持续2到3天。

现场有居民提出，目前口罩登记是按照户来计算的，但小区基本都是上海农民，有人分到好几套房，也有好几人都在一户的情况，物资分配不太合理，希望能够针对农村进行优化。陆杰认真地听取了居民的建议，表示会将情况反馈上级部门。

一位完成登记的老人告诉记者，家里口罩早已用完了，只能在经过简单消毒处理后反复使用旧口罩。农村地区老龄化较为严重，老人们获得口罩的途径较为有限，只能通过长时间排队完成登记，之后还要再次去药店排队购买，体力有些吃不消。此外一些高龄老人出行不便无法排队，但对口罩也有一定需求，希望能考虑到这一情况，为特殊群体的登记购买打开方便之门。

新民晚报记者 李一能

"您动笔！我登记！少说话！都安全！"

今天上午7时30分，杨浦区殷行街道国和一村居委干部、街道指导员、社区民警已经全员到岗，居委干部根据社区卫生站医生提供的配方，用84消毒液自制了消毒水，带来了餐巾纸。

因为前期宣传到位，没有出现此前药店门口清晨大排长龙的情况，8时后才陆续有居民前来排队。8时30分准时开始登记预约后，30分钟就登记了101户家庭，仍在排队的只剩下20余人。居委干部还组织社区党员志愿者为独居老人提供代预约、代购买服务。截至上午9时50分，已有2名独居老人在志愿者陪同下完成预约。在殷行路250弄，虽然排队居民相对较多，但是因为前期准备充足，半小时就登记了300余人，排队的居民仅余80余人，现场十分安静，没有嘈杂争抢情况。

在新江湾城街道政立二居民区，居委干部披着雨披、戴着摩托车头盔坚持工作；在江湾国际小区，居委干部在每个楼道门厅墙壁上张贴登记表，居民在楼下即可填写；在九龙仓玺园，热心业主编制微信小程序让居民们足不出户填写预约表；政青路保利维拉小区的热心居民为装备简单的居委干部送来体温枪……

在杨浦不少社区，居委干部都积极动脑想办法。五角场街道南茶园志愿者举着"您动笔！我登记！少说话！都安全！"的"土味标语"，长白新村街道图们路居民区的418位居民已经在微信小程序中登记"接龙"，殷行街道开鲁六村居委干部的小程序计划明天上线，长海路街道盛世御龙湾的党员志愿者还制作了微信登记，让业主每天在线上报健康情况。疫情当前，大家群策群力，搞好联防联控。

新民晚报记者　孙云

表格带回家填写队列流动更迅速

清晨 7 时不到，上海康城山林道 68 号门口，康城第二居委党总支书记丁超和工作人员就开始忙着张罗起"摆摊儿"的事。"购买口罩预约登记"指示牌下，"测量体温""核实证件""领取表格"三道"关卡"一字排开。

居委会门口的通道有些狭窄，大约只能并肩站下两人，不过丁超介绍，这个位置的选择也是有讲究的。"居民们可以在右侧排成单列，领完表格后从左侧离开，形成一道流动的队列，避免人员集聚。"工作人员前一天已经提前做了预演。

7 时 37 分，居民陈先生第一个来到居委会门口排队。"我今天戴的这只口罩，是家里唯一的存货了。"陈先生说。他的身后，业主陆陆续续赶来，登记队伍逐渐长了起来。上午 8 时 30 分，预约取号正式开始，此时现场已经约有四五十人。"您好，请先测体温，然后出示证件，领取表格后，从另一侧离开……"整个流程完成每人约一分钟。现场发放的登记表分为上下两联，都印上了统一编号，纸张的上半部分是姓名、住址、身份证号等信息，需要填写完毕后交还给居委会，下半部分则是留给居民的凭证回执。

"我们建议大家尽量回家自行填写，把表格上半联投递到居委会门口设置的登记表回收箱内。"丁超一遍遍向居民告知注意事项。

现场不填写，大家岂不是又得多跑一趟？丁超坦言，这其实与小区特征有关。上海康城是超大型小区，人一多，再简单的工作也会变得繁琐。居委会就想出了这么一个"把登记表先领回家再送过来"的"土办法"。

"家里住得近，回去填一下再送过来就行。"现场，大多数居民都表示配合理解。

（原载《新民晚报》2020 年 2 月 26 日第 6～7 版）

方舱医院的患者们感慨医护人员辛苦，憧憬未来生活

康复后想吃火锅，也想捐血浆

新民晚报记者　郜　阳

"要会员啊?"

14 时许，武汉东西湖方舱医院 B 厅的近十名患者来到电视机前，多数是青壮年小伙儿的他们很快和彼此聊开了。用遥控器翻上翻下，大家的意见很快统一了：《叶问 4》。没看几分钟，屏幕上突然跳出视频软件的会员二维码。人群发出了一阵叹息，有人发声，要不换点别的吧。一会儿功夫，屏幕上太乙真人搞笑出场——大家选择了《哪吒》。年轻人站着，看得出神……

昨天，湖北省新闻发布会上传出消息，武汉计划再建 19 家方舱医院。同时，进一步加强方舱医院的医疗设备配置，不断提高方舱医院的救治病人的能力。

在来到江城的日子里，记者换上防护服，"全副武装"跟随同济大学附属东方医院国家紧急医学救援队的医生孙贵新和华晶，进入到上海医生主要负责的 B 厅，和数位不同年龄的轻症患者聊了聊。在这里，人们对于生命的热爱和坚强远远超过了恐惧和消极。

镜头 1：　虽是病人也能做点什么

"他们穿着防护服，一整天不能吃饭，我看着心好痛好痛。"61 岁的史阿姨有些激动，"假如我的儿子来这里，我也会心疼啊!"你没法不注意这位穿着蓝色毛衣、带着"武汉志愿者"袖章的阿姨。在一片空地上，她旁若无人地对着手机唱歌，记者的镜头对准她，也毫不在意。

"她自己的心态调整得非常好，还能用好心态感染其他患者。"戴着 N95

医用口罩和面屏，华晶的声音听起来有些急促，"目前还没有特效的抗病毒药物，要靠自身机体产生的免疫力去对抗、杀灭病毒。"

史阿姨说，自己也搞不清楚为什么核酸检测会呈阳性，但反复强调，"我是轻症患者"。来到方舱医院后，看到这么多全国各地来的医生护士和志愿者为大家服务，史阿姨坦言自己的内心被触动了，她也想做点什么。

"看到有些人心情不好吵架，我特别痛心，此时此刻的武汉需要加油。"史阿姨说，"不想让白衣天使们对武汉留下不好的印象。"每天半夜，看到保洁员打扫卫生，史阿姨会从床上爬起来，帮忙一块儿捡卫生纸。年龄和疾病不允许她长时间劳累，她选择把自己这块区域打扫干净。

"他们真的很辛苦，每天好几班，晚上也不能休息。我们有很多病友都说，希望他们多休息一下，别太累了。"

镜头 2： 等我好了约"华仔"吃饭

"华仔，等我好了，请你吃饭哦！"小赵是"80后"姑娘，记者来到她病床前时，她正躺着听音乐。见到来人，她利落地起身摘下耳机，简单理了理头发。

现在的小赵乐观开朗，时不时和"华仔"（华晶）开开玩笑。和不少患者一样，刚刚入舱那会儿，她显得特别焦虑，这让医生和她的交流都变得异常困难。好在年轻人适应起来很快，医护人员也用耐心抚平小赵的焦躁。

"当我知道家里就我一个人感染的时候，我反而没那么担心了。"小赵的这句话，让气氛一下子沉默了。她把有些掉落的口罩向上推了推，这似乎成了她的下意识动作。

真正让小赵安心的，是医护人员无微不至的照顾。"华仔"会发微信为她打气，"这个病能治好！"有时晚上难以入眠，她会走到过道里，远远看着护士站里依旧忙碌的景象，"就一下子放心了"。她说，这里的病友们都会相互鼓励支持，他们都相信自己能迈过这道难关。

方舱医院里，病友们经常会问医生自己的病情，什么时候可以做检测、什么时候能够出院，医生护士都会很耐心地解答。

年轻人或许还不习惯加入广场舞的圈子，小赵的娱乐还是聊聊天，陪临床年龄相仿的小伙伴打打游戏。她想着出院那天，能美美吃一顿火锅，再约上三五好友，唱个痛快。

镜头 3：　感恩医护拍视频成网红

"我身体在慢慢恢复，但一活动还是会出虚汗。这次肺部伤得有点严重。"郭磊（化名）憨厚地笑了笑，他是个热心肠，病友找他帮忙，他都会一口答应下来。

"等我康复了，在身体允许的条件下，我想捐献我的血浆，有可能的话用来救治重症患者。"他突然特别认真、严肃地告诉记者，"我的第二次生命是医生护士救回来的，我得懂得报恩。"

一口气说了很多话，郭磊有点气喘吁吁。一旁的病友插话："他是个'网红'咧！"这个高大的汉子挠挠头，有点不好意思。"我会拍点短视频上传，比如护士帮病人剪指甲、铺床单，保洁员打扫卫生之类的，我想让更多人知道他们。"他想了想，"大概有几百万（次）播放吧！"

1月23日，郭磊有些不舒服，就没敢回家。让家人搬去新房子后，他孤身在另一处隔离。烧了两天，他去金银湖街卫生院拍了胸片，当时的诊断是支气管肺炎，给开了些药。可效果并不明显，郭磊越烧越高，三天后的夜里，他被急救车拉去了医院。"当时拍了CT，就确诊了。"但当时医院没法收治，郭磊只好回到家中。情况并没好转，他一度发烧到39.6℃，那一刻，他觉得很无助。发着烧，他强撑着开车来到医院，发现队伍已排成了长龙。由于是确诊病例，他需要到另一栋楼寻求治疗，可到了后，郭磊再次绝望了。他用了四个"很长"形容那天的队伍。"我前面有100多人，可我那时已经呼吸困难，快昏厥了。我想感谢一位好心的护士长，是她拿着我的病例求了两次医生，才为我争取到了一张床位。"

郭磊被送到另一家卫生院，在那住了两天，可仍旧高烧不退。药物治疗已经无法控制，医生只能开了些激素，总算把体温降了下来。2月10日，有些好转的郭磊被转送至东西湖方舱医院。

"希望在这次疫情过后，不要再出现医闹了，别再让这些'逆行者'们心寒了，好吗？"他真诚地说。

镜头 4： 追剧刷博"95 后"想火锅

你看不出邓斯（化名）和普通人有什么区别，记者来到她身边时，她正拿着一袋中药准备去加热。小姑娘的病床打理得很清爽，一旁的储物柜上，放着零食、化妆品和平板电脑。"95 后"的她喜欢追剧、刷微博，听到采访请求，她让记者稍等 1 分钟。对着屏幕，她赶紧理了理头发。

被收治进方舱医院前，邓斯也从网上看到了些传言。"曾经担心这里的环境不好，但进来后发现，条件还是不错的。"小姑娘笑着说。她工作的城市不在武汉，原本是想陪家人好好过个热闹年。在自己确诊后，她第一时间告知了接触过的亲朋好友，万幸的是，他们中间没有人感染。除了核酸检测呈阳性，邓斯几乎没有其他症状。在方舱医院的大部分时间里，她习惯一个人坐在床沿上看视频。

"出院后想干什么？"

"我想玩，想吃火锅！"小姑娘不假思索地说。

一旁的医生适时告诉邓斯，她的核酸检测已经两次呈阴性，只要 CT 显示肺部炎症明显吸收，她在这两天就能出院了。

"你愿意为重症患者捐献血浆吗？"医生问道。

邓斯下意识看了一眼自己的手臂，想了一下，点了点头。

镜头 5： 不再难受每天跳舞逗孙

"奶奶在哪里呀？"56 岁的张阿姨看着手机，温柔地问。

"奶奶在医院。"手机那头，是她三岁的孙女，活泼可爱。

"奶奶为什么会在医院啊？"张阿姨继续逗着孙女。

"因为病毒把奶奶打败了！"

"你应该说，奶奶你要好起来，把病毒打倒！"张阿姨佯装生气，可眼里流露的，是掩盖不住的慈祥和疼爱。

"奶奶你快好起来，我等你回来和我玩！"

关了视频，张阿姨眼角有点湿润。"我每天要和孙女通话两次，早上下午各一次。"她说，"和孙女视频（聊天），是让我坚持下去的动力。"

张阿姨还记得离开家那天的情景，她哭着说，进了方舱医院还能回到这个家吗？"那时心情很压抑，真的特别难受。"刚进医院，她把自己"藏"了起来，不愿意多说话。医生护士看到这样的情形，经常过来陪她聊天，开导她。日复一日，张阿姨心里的石头终于放下了。

"我是空着手进来的，这里基本生活所需都能保证。有次我托护士妹妹给我买东西，她坚决不收我钱。"吃完晚饭，张阿姨也会跟着大家一块儿唱唱歌，跳跳舞，做做健身操。她开玩笑说，病毒做梦也想不到，自己输给了广场舞。

"你们大老远来支援武汉，这是个传染病，你们又那么年轻，真的很不容易！"她说，"护士每天为我们送饭、查血氧、量血压，她们的辛苦我们看在眼里，真的很感动。"

16 时 30 分，护士站的广播正呼唤某位病人来拿药；电视机放完了电影，人群渐渐散去，有人正在点歌，是齐晨的《遇见彩虹》。

当天的晚饭也已经送到，隔着面屏和两层口罩，闻不到饭菜的香味，一位大叔打量了记者几眼，拿起盒饭和筷子回到病床边，打开盒盖，热气冒了上来，有红烧肉和鸡蛋，看他大口吃饭的模样，应该很香。

（原载《新民晚报》2020 年 2 月 22 日第 4 版）

发现上海"一号病人"的医生是他

新闻晨报记者　陈里予

同仁医院呼吸内科的于亦鸣医生突然"火"了。1月15日，当新冠病毒疫情还没有扩散的时候，于亦鸣因为临时支援发热门诊，敏锐地捕捉到了几丝隐约的线索，火眼金睛地发现了上海的"一号病人"。

回忆起这一个多月前的这个新冠肺炎病人，于亦鸣却很淡然，一叠声地说着："运气、运气！"看似偶然的一次发现，满含着做了13年呼吸科医生的于亦鸣一分分积累。"我们不仅是看病，也是在看病人。"于亦鸣说，他平时看病喜欢察言观色：观察病人、思考疾病。

在上海，正是一个个像于亦鸣这样负责的医生在发热门诊做好"守门人"，使得新冠肺炎病人第一时间得以发现，尽早治疗，尽可能阻挡了上海新冠病毒扩散。

几丝隐约的线索让他警觉

"那天坐诊发热门诊是一个偶然。"进入流感季后，作为呼吸科医生的于亦鸣被派来支援发热门诊。1月15日17点，于亦鸣坐诊发热门诊，"正值也是流感季，病人比较多，晚饭后发烧病人络绎不绝，一直忙个不停"。

"一号病人"出现在晚上十点多。"这位老太太在家人的陪同下走进发热门诊的时候让我印象很深刻。"于亦鸣告诉记者，老太太精神不太好，有感冒咳嗽的症状，"我当时问了老太太一句是从哪里来的？我发现老太太有丝丝紧张，说是武汉来的"。

和"一号病人"面对面的时间不长，几丝隐约的线索突然出现在了于亦鸣的脑海中："来自武汉"、"连续多日发热咳嗽"、"精神萎靡"，于亦鸣突然警觉起来，"作为呼吸科医生，我也一直在关注新冠病毒，但是那时候还没有扩散开来。当这位老太太说自己武汉来时，因为职业敏感性，我的脑海里突然就想到了新冠肺炎这个疾病"。

于亦鸣追问这位阿姨，是否去过华南海鲜市场。得到否定回答后，于亦鸣还是不放心，立刻给武汉阿姨安排了胸片检查。

晚上 22 时 30 分左右，影像学表现进一步印证了于医生的猜想，患者的两侧肺部呈现多发渗出病灶，这是"非典型肺炎"的"典型"征象。于亦鸣一边安慰这位病人，告诉她没有多大问题，只是需要留在医院观察一下，一边马上向总值班和医务科报告，经过 5 天时间，1 月 20 日晚，国家卫生健康委确认上海市首例输入性新型冠状病毒感染的肺炎确诊病例。

得知确诊信息第一反应： 幸亏没有漏诊

当确诊这是个新冠肺炎病人消息传来的时候，于亦鸣已经居家观察了五天。于亦鸣说当时的第一反应是，"幸好没有漏诊，没有给大家造成更大的危害"。

为了做好防护，在发现疑似病人以后立即就居家观察了。于亦鸣坦言，整个过程中已经做好防护，但是依然会有点担忧，担心会传给同事、传给家人，"儿子已经送到山东外婆家，我太太也是医生很理解我"。于亦鸣就自动成为了上海首批居家观察的人，一个人一个房间，餐具分开一套。

14 天过去了，于亦鸣解除了警报。于亦鸣告诉记者，这个病人真的只是一个偶然，凭着呼吸科医生的职业本能有一种感觉，"我看病一直喜欢多问问、多想想。每个病人我都会习惯性地观察一下的表情样子、言行举止，甚至是陪同他看病的人"。

不过这段时间，于亦鸣也思考了很多，"做医生，埋头读书不如抬头看人。我更加知道了问诊重要性，需要对每个病人认真负责，不漏过一点蛛丝马迹"。

居家观察后，他又报名驰援武汉后备梯队

居家观察后，于亦鸣回到同仁医院上班，第一时间志愿报名加入驰援武汉的后备梯队，他说"国有难，召必应，战必胜"。在疫情全面爆发后，呼吸内科更是成了医院最忙碌的科室之一，本来冬季就是呼吸疾病高发的时节，又要对发热门诊进行支援，参与疑似病例的会诊筛查，于医生和他的同事们白天、黑夜连轴转。

"80后"的于亦鸣医生身上不仅有上海男人典型的温文尔雅、体贴善良、守规矩懂道理，也有拼劲和韧劲……

同仁医院呼吸科的同事们告诉记者，病人和家属都喜欢和于亦鸣交流，其他医生遇到难缠的病人，于医生出马一定能搞定。

2007年，于亦鸣医生从上海交通大学医学院临床医学专业毕业，终于披上了从小向往的"白大衣"。呼吸内科医生是综合性医院危急重症疾病救治和传染病防控中最重要的一支力量，在年复一年高强度的历练中，于亦鸣医生的业务能力日臻成熟，临床思维愈加缜密。

同仁医院呼吸内科男女比例严重失衡，2013年两院合并前，于亦鸣几乎是呼吸科里的独苗。而身处"花丛"中、深受主任器重和同事喜爱的他，却一点没有被"养娇"，相反总在别人需要的时候挺身而出。十余年的临床一线工作，让于医生对于呼吸内科常见的胸腔闭式引流、支气管镜检查等操作驾轻就熟。

女医生们遇到穿刺困难，都会习惯性地找"小于哥"帮忙。很多恶性肿瘤或结核性胸膜炎患者，常常需要反复抽胸水，只要经于亦鸣治疗过，就一定从此认准了他，他若是正好休息，人家就非得等到他来才肯做。"我是男人，我不干谁干！"他还承包了呼吸内科所有男病人的导尿操作。

于亦鸣平日里也是超级顾家的"模范老公"，有好几次明明已经下班回家了，晚上8点又出现在医院。护士长问他，他轻描淡写地说："我再来准备点资料，等11点半回家正好喊儿子起床上厕所。"……算是工作、家庭两不误！

他们眼中的"小于哥"

"60后"女主任：困难给自己，方便给别人，任劳任怨的老黄牛！内心很丰满，诚挚地用打游戏的专注做好本职工作！

小伙伴说，在我焦虑气愤抓狂时，他会突然云淡风轻地来一句"想开点，这都是命，来喝口可乐压压惊！"

护士长说，小于医生平时生活细节有点粗，但当初我看他学做气管镜，发现悟性真好，细致。我觉得他内心是真的喜欢他自己医生这个角色的。他是个认真细致负责的医生，生活中还是个大男孩，呆萌可爱，笑起来像个憨憨，还是个游戏达人！

凤毛麟角男同胞举手发言：于医生是妻管严，下班后的活动基本不参加。

（原载《新闻晨报》2020年2月26日）

20天，750人次，经手近4万件防护服
这批上海志愿者干了件大事

新闻晨报记者 孙立梅

2月28日晚8点半，浦东新区周浦智慧产业园区门口，陆续有人来到保安处登记。

"去哪里？""诚格。"

"是来做志愿者的吗？""对的对的。"

保安用手一指："亮灯的那栋。"

非常好找。

因为，上海诚格安全防护用品有限公司所在的3号楼，是此时园区内唯一灯火通明的一栋。

自新冠肺炎疫情发生以来，无数医护人员奋战在抗疫一线，而他们的"战衣"——医用防护服紧缺的消息，更牵动着全国人民的心。

作为被纳入国家防疫重点物资生产企业名单的上海企业之一，诚格紧急转产普通和医用两类防护服。工人们在经过培训之后，日夜轮班，把所有力量都扑到了生产线上。辅助工人方面，却出现了人力缺口。

"你们在前方守护生命，我们在后方守护你们！"由浦东新区团委发起的志愿者团队，迅速填补了这块空缺。

从2月10日至今的20天时间里，仅在诚格一家工厂，已累计安排志愿者上岗约750人次，服务时长超过7600小时，完成防护服质检、贴标、整理、装箱近4万件。

从事财务工作的李丹霞，在上了一天班之后来到诚格，这已经是她第三次参与晚上9点到凌晨5点的志愿者轮班了。"这些天关于医护工作者的新闻，看得太令人揪心了。每个志愿者从心底里都有种紧迫感，就觉得我们手

快一点，多做一点，就是给前线多一点的保护。要说不累肯定是不可能的，但对比在前线的那些人，这点累就真的算不上什么。"

诚格的生产车间内，贴着这样的大幅标语："我们的每一份努力，都是在守护一个家庭。"

这些热心的上海"守沪者"们，也借由这个机会，成为更多人、更多城市的"守护者"。

见证上海速度！企业 5 天转产，超 700 名志愿者半天到位

在此次疫情之前，上海并没有真正意义上的医用防护服生产企业。上海诚格安全防护用品有限公司，原本生产的是服务于高温、电弧等工业环境的专业阻燃防护服。

1 月 27 日，诚格接到上海市经信委应急征用通知，立刻做出了转产应急物资的决定。短短 5 天之内，在各部门大力协助下，诚格就完成了生产线改造、设备调整、员工招募、生产线工人培训等多项准备工作。

2 月 1 日起，可供外围人员使用的普通防护服进行投产；医用防护服生产线的改造也在同步筹备。

2 月 9 日，诚格转产后的首批贴条款医用防护服，已经发往抗疫一线。

为了达到更高的产量目标，诚格员工施行两班运转，早班 8 点到 21 点，晚班 21 点到凌晨 5 点。也就是说生产线上的机器，一天 24 小时，只有 3 小时作为停工调整之用。

但在争分夺秒的生产线之外，相对应的辅助工人却因春节放假和防控隔离而出现了缺口，产品整理、质检、包装等环节，都急需人手。

2 月 9 日下午，浦东新区科经委就相关情况与团区委进行对接，团区委立刻着手进行志愿者招募及后续工作。当晚 9 点左右，一条招募防护服生产服务志愿者的海报，就在上海市民的朋友圈刷了屏。12 小时之内，报名人数已经超过 700 人，还有不少外区志愿者踊跃参加。

2 月 10 日上午 8 点，紧急招募的第一支 20 人的志愿者小分队，就来到园区门口报到上岗，连诚格的管理层都感叹：没想到响应速度能这么快！

为了配合生产线上技术工人的工作节奏，志愿者服务时间同样分为白班

和夜班，平均每个班次 20 人，并根据生产要求随时进行调整。

召集令发布之后，浦东新区团委共收到 1200 余个志愿者的报名，并根据他们不同的服务时间进行分批分班。从 2 月 10 日早班至今，共有约 750 人次的志愿者在这个工厂车间里，剪线头，查贴条，贴标签……从他们手上经过的防护服总量，接近 4 万件。

致敬上海态度！"没有人能置身事外""做好力所能及的事"

当晚 9 点，上海市新陆职业技术学校年轻教师孙隽云结束了自己的第二次志愿者服务，与同班总共 15 位志愿者合影留念。有意思的是，这 15 位志愿者当中，有 7 位都是被孙隽云带动过来的。"第一次志愿者做完之后觉得很有意义，跟朋友们一说，大家也都积极响应。"

对孙隽云来说，为防护服企业做志愿者，还有一点个人原因。就在此前几天，她一位在武汉的朋友曾在群里求助，说小学同学的妈妈感染肺炎，正在联系医院救治。"这位朋友在群里说，当身边有亲戚朋友生病的时候，才觉得疫情离自己那么近，他当时的情绪是非常焦虑的。然后我们学校有两个学生，家就在湖北，我要每天询问他们的健康情况。我觉得这种事情，没有人能置身事外，必须去做一些什么。所以看到招募信息，跟家里人商量了之后，我第二天一早就报了名。"

除了孙隽云的"朋友档"，当天白班的另一支力量，是来自华侨永亨银行的"单位档"。华侨永亨的吕晶说，之前是一位部门同事参与了志愿者活动，单位觉得很有意义，于是组织同事结队参加，"虽然不能像医务工作者那样直接上前线，但普通人也能提供一些力所能及的帮助"。

夜班的二宝妈妈蔡海燕，是拉着弟弟一起的，这也是她的第二次志愿者服务。因为是熟手，她被安排做质检员工作，说起手上的防护服，她已经头头是道了。"不贴条款的防护服，可以给外围工作人员用，比如道口、海关这种；贴条款的密封性很强，医院普通科室可以用，所以我们要特别注意看贴条是不是覆盖了所有接缝，还有剪去所有线头，保证拉锁可以顺畅地一拉到底，这样工作人员穿的时候就不会有任何阻碍。"

白班 13 个小时，夜班 8 个小时，如此长时间、高强度的工作，对专业的技术工人来说压力都不小，对志愿者们的挑战则更大。孙隽云做了一天的撕标签、贴标签之后，当晚手臂酸胀到无法入睡；李丹霞负责检查防护服的门襟，一次次弯腰从纸箱内取出、打开、检查，腰酸背痛无可避免。

还有一位志愿者从遥远的嘉定辗转赶到周浦来上夜班。凌晨5点下班的时候，回家的早班地铁还没有发车，他就在地铁站等了40多分钟。

但是，20天了，负责组织志愿者的浦东新区团委工作人员说：没有听过抱怨。

共建上海温度！"你会觉得这特别上海"
"这在上海应该是很普通的事情吧"

"朋友档""同事档""夫妻档""亲子档""微信群友档"……志愿者们结队报名的情况层出不穷。而在他们身后，是更多的上海人，对志愿者工作的支持和理解。

"我可能总共带动了十多个人过来做志愿者，有我的朋友、同事、以前和现在的学生，连我们宠物店老板看到我的朋友圈后，都报了名。我觉得大家心态都是那种很自然、也有点为之自豪的，你会觉得这就是在上海啊，这特别上海。"孙隽云笑说。她的妈妈，本身就是居委会的热心志愿者。

蔡海燕说，自己的先生曾是一名军人，"所以我特别能够体会到医护人员上战场却没有战衣的感受。我做了第一次志愿者之后，他也很想来，但家里得留个人照顾小孩。我婆婆还说，缺人的话她也来，被我们劝阻了"。

早在2月11日，半导体工程师汪翼就和太太一道，来上过一次夜班。因为复工后要居家上班，他特意选择2月28日周五晚上，来做第二次志愿者服务。"第一次来了之后，照片被同事看到了传到公司，老板也特别支持。在上海，这（做志愿者）应该是很普通的事情了吧。"

汪翼笑言，自己第一次是抱着试试看的态度来的，"因为不知道这个事情靠不靠谱"。但从团区委到企业，用细致入微的工作打消了所有志愿者们的顾虑。

在接受报名时，浦东团区委就特别关注和强调个人健康情况；进厂开展志愿服务前，发放《致青年志愿者》的温馨提示，联合厂方落实好志愿者防

护及体温检测等措施。每天两班开展工作之前，团区委都有工作人员在场，与厂方进行沟通、协调、分组，以提高工作效率。此外，团区委还为志愿者们准备了牛奶、面包等食物，并购买了保额 50 万元的"守护志愿者"特定保险。

按照时间和班次，团区委组建了多个志愿者微信群。每天不管是晚上 9 点下白班，还是凌晨 5 点下夜班，工作人员都会及时在群内发出提醒，确保每个志愿者平安到家。多位志愿者在接受采访时提到这一点："特别暖。随时问问题，随时都能得到回复，感觉他们就是 24 小时在线的。"

这对白天正常上班的工作人员来说，当然是极大的体力、精力付出。"他们是志愿者，我们也把自己看为他们服务的志愿者。他们是抱着一腔热血来的，我们也应该回馈同样的热情，让他们在志愿服务过程中，能感受到自己的付出是有价值的，他们的好意是没有被辜负的。我们也是用我们的方式，维护这座城市的文明和温度。"

（原载《新闻晨报》2020 年 2 月 29 日）

一大波李佳琦正在路上

新闻晨报记者　唐　舸

对于"带货一哥"李佳琦而言，登上热搜榜算是常规操作，但昨天一条来自上海市崇明区人社局的消息却让"口红哥"火出圈——在上海市崇明区2020年第一批特殊人才引进落户公示名单上，李佳琦在列。

在直播带货这个眼下最具眼球效应的新兴行业里，李佳琦的江湖地位毋庸置疑。他从一名普通的化妆品导购员，成长为名副其实的带货王：凭借一句"Oh my god"就能轻轻松松把一款口红，从满库存卖到脱销；不到三个月时间，粉丝破1000万，获赞9000多万；与马云同台，"打败"马云，成为比马云更会赚女生钱的商人……这些辉煌的履历都让人很自然把他和流量明星联系在一起，却很容易忽视了他作为"特殊人才"的一面。

李佳琦算特殊人才吗？如果按照传统对人才的定义，在电商直播领域C位出道的李佳琦，的确可以被打上另类的标签，甚至我们很难把普通劳动者的身份和他联系起来，似乎只有网红、流量明星才适合他。然而，一个社会对人才的定义，从来就在不断变化，也应该是与时俱进的。尤其在电商直播站上风口的当下，在直播带货成为了重启经济突破口的特殊时期，作为绝对的头部电商主播，李佳琦以特殊人才落户上海，可以说是时代和机遇对这类人才的一次全新定义和肯定。

让李佳琦这样的特殊人才落户上海，这不单单是对李佳琦一个人的肯定，也是对他所代表的新兴行业的一种肯定。今年5月，中国就业培训技术指导中心发布的《关于对拟发布新职业信息进行公示的公告》，提出拟新增10个新职业。其中，"互联网营销师"职业下就增设了"直播销售员"工种。李佳琦、薇娅们正属于此类。由此可见，尽管电商经济兴起时间不长，但相

关职业早就在制度上得到认可。

如何定义李佳琦的成功，就如同如何定义李佳琦的身份一样，这是一个需要跟随时代、顺应时代的问题。但无论是流量先锋也好、网络主播也罢，李佳琦身上的劳动者的基本属性并没有改变。如果剔除他身上那些光鲜亮丽的符号，他依然是一个平凡的劳动者，他在直播带货这个行业里所付出的努力、奋斗和辛劳，和我们过去赋予"劳模"任劳任怨、兢兢业业的内涵并没有什么不同。

其实，我们不必拘泥于李佳琦身上的那些特殊的符号标签。作为一个行业的领头人，一个新兴职业的践行者，只要他做的符合时代的价值观，能够为这个时代创造价值、引领一个行业的发展，他就既担得起流量先锋之名，也理应成为时代之选，这才是"特殊人才"的应有之义。

事实上，引进李佳琦这样的电商直播领军人物，也不单单是引进一名人才，更是引入他背后所代表的产业系统和商业模式。淘宝数据显示，上海目前已经成为"直播第一城"，将这个行业的头牌人物揽入怀中，对于进一步确定产业优势，将发挥直接作用。值得一提的是，李佳琦当年正是从上海开启了他的直播带货之路，他的成功也足以证明，只有营造多元、开放的人力资源发展环境，才能让一座城市"育才"和"引才"相互成就，为各式人才的喷薄而出提供基础支撑。

一定程度上，一座城市在人才评价和定义上的开放性，正是城市本身开放性的一种直接体现。作为一直站在改革开放潮头的一座城市，李佳琦的落户，也是上海在人才评价上的开放性、科学性，敢于打破条条框框，尊重市场的最好体现。

海纳百川，一直就是上海的城市精神，也是吸引四方人才汇聚的核心价值观。要聚天下英才而用，需要制度上的健全，也需要观念的更新，从这个角度而言，引进李佳琦这样的特殊人才也许只是一个开始，更多的李佳琦应该还在路上。

（原载《新闻晨报》2020 年 6 月 30 日第 A2 版）

上海打造品牌直播第一城背后的"技术功臣"

新闻晨报记者　秦元舜

"电商带货与教育领域的直播增长真惊人。以前只是零散的在线教育机构，现在连教育局、学校也来找我们做直播了。"阿里云资深产品专家徐刚感叹道。

直播，正变成上海全城最潮的生活方式。6月初的上海品质生活直播周，7天上万场直播，带动消费50亿元，撬动了市民游客的购物热情，凝聚上海高质量发展的信心。

当市民看着网红主播在申城夜市走街串巷、买买买的时候，在城市"隐秘的角落"，有着另一群互联网人，他们盯着电脑屏幕上不断滚动的数据，确保直播信号、云服务器、obs（推流），每一个环节严丝合缝，不能出现任何问题。

"娱乐领域的字节跳动、快手、爱奇艺，教育领域的晓黑板等都是我们的客户。当他们做直播时，我们接收他们的推流，把视频流上传到云。经过云端的网络，分发到全国各地的边缘节点。用户就可以在手机、电脑、平板上，看到缤纷多彩的直播了。"科创板云计算第一股——上海本土云计算服务商"优刻得"直播产品研发负责人梁旭说。

除了像优刻得这样的云服务商传输直播数据，还有上海联通等运营商建设5G网络，他们共同打造了品牌直播第一城的"里子"，成为幕后的"技术功臣"。

"2019年上海联通开通6300个5G站点。在5G技术方面，上海也是新技术的前沿阵地，完成了200M大带宽载波聚合新技术部署，峰值速率达到2.7Gbps，为在上海直播的流畅网速打下基础。"上海联通政企客户事业部总经理胡卫东说。

品牌直播背后的云计算

"网红是一场直播的'面子',我们则是直播的'里子'"。这是各大云服务公司内部群流传的一个段子。纵使有董明珠这样名人的"面子",也可能因为网络卡顿、黑屏等"里子",导致直播折戟沉沙。

由此,越来越多的"里子"公司冒出来。沙利文数据显示,2019年中国视频云市场规模已达185亿元,预计未来5年增速高达37.9%。而视频云主要服务的客户,就是直播、短视频领域的企业。

"直播业务真的已经成了基础设施。现在教育、电商、体育、政企都在搞直播。"梁旭感叹,受年初疫情影响,各行各业都开始涉足直播。比如电商行业的客户,就对直播与电商业务的融合很重视。这种直播场景强调主播与观众的互动,卖家能及时回答用户的提问,用户能增强对产品的了解,进而促进消费。

在梁旭看来,强交互性是网络直播重要的特点之一,一方面吸引了海量用户参与,一方面也给后台IT技术提出了更高要求。

"新兴起的电商直播、教育直播,比近两年娱乐领域直播对技术要求更高。像主播打游戏,延时两三秒也能接受。但电商需要播出后,立刻上架货物。在教育直播中,学生会通过视频提问,老师也要及时回答,这对直播的延时要求就非常高。"徐刚说。

内容分发比短视频更难

"前两年火热的短视频,其实质是传统CDN(内容分发网络)静态加速传输,而直播则需要主播和用户两端同时加速。"梁旭一语道出了直播比短视频分发更困难的原因。

短视频是用户上传后,云服务器先缓存好视频,再等待用户打开。而直播视频流是流式的,主播这边会不断产生新的视频内容,需实时找最快的路径,把主播新产生的视频推到用户那一端,传输模式更复杂。

不同场景下，互联网企业对于直播的需求也不尽相同，给云服务商带来更多挑战。

徐刚说，比如在线陪练钢琴的直播，需要对钢琴的音色进行单独处理。在线教画画，则要对图像的清晰度、还原度进行处理。游戏娱乐主播需要美颜功能；而在线课堂，需定制老师与学生共同使用的在线白板等。

梁旭坦言，直播中，即使只是轻微的网络干扰或数据处理不及时，都会影响到观看的流畅性。这对云端网络的分发与调度能力都有着很高的要求。"还要考虑适配不同的终端，用户还可能处于不同的网络情况。"

保证千万用户流畅观看

虽然网络直播存在诸多难点，新兴的云服务商们也各怀本领。

6月5日，优刻得的青浦数据中心获得批准，支持建设数据中心服务器达3000个。目前，依托全球的33个数据中心、超500个CDN节点，优刻得已经构建了一张全球实时传输网络，完成对直播领域的初步布局。

技术层面的不断迭代，是云服务商的底气。"主流的直播平台主要是采用RTMP（实时消息传输协议），目前比较成熟。我们还利用UTP（用户报文协议）的传输协议，它能够对于弱网络环境下的传输效果进行优化。"梁旭说。

目前，优刻得的服务还可通过AI机器学习，根据不同场景的差异优化编码算法，达到更高的视频压缩比例，使得直播更流畅。AI机器算法，已经是优刻得正在研究的技术突破口。

徐刚则坦言："虽然比不上'双11'那种世界级的流量冲击，但不管是'618'，还是此前支撑优酷的世界杯，都有几千万观众瞬时涌入。这对云服务器和背后的技术带来很大的挑战，因此，我们每年都会做许多次全链路的演练，防止视频出现卡顿、黑屏等问题。"

5G推动直播走向更高清

"近年来，直播已开始从广播级逐渐向新媒体和网红级延伸，逐渐开始走向普通大众和千家万户。5G 具有大带宽和低时延的特点，与直播产业相结合，有着广阔的应用前景。"华为无线首席品牌官缪云飞说。

"截至目前，我们已开通 1.3 万个 5G 基站（含共享），实现了上海市域全覆盖，为用户提供了连续感知的高速 5G 网络，城区平均下载速率达到 585M bps，约为 4G 网络的 15 倍，5G 人口覆盖率达到了 80% 以上。"胡卫东说。

在胡卫东看来，5G 网络条件下，直播涉及的采集、编码、传输、解码、终端显示等流程都能高速、低时延地跑通，这会提升用户的观看体验。另一方面，采播环节更高效，成本大幅降低。

"5G 大带宽将进一步打开视频传输的天花板，推动视频往更高清方向演进。4K 超高清、8K 超高清的画面分辨率分别为高清的 4 倍和 16 倍。5G 网络将制作和传输超高清视频变得可能。"胡卫东表示。

缪云飞也兴奋地说："5G 使得直播迅速地向高清化发展，同时向体验多样性发展。比如 360 自由视角、运动员第一视角、上帝视角等，让观看直播的群众获得身临其境的沉浸式体验。"

聚焦技术在产业链延伸

直播的实时性应用场景越来越多，每时每刻都有海量的视频内容产生，面对体量越来越大的直播数据，技术在这个直播产业链条上如何延伸，如何推动直播产业健康发展，这也是上海打造品牌第一城绕不开的问题。

"我们的 AI 能够准确识别短视频和直播里的画面和语音内容，进行深入分析。"中译语通 CEO 于洋说，比如及时从大规模视音频内容、直播中发现不良信息，协助进行内容监管审核；比如基于大规模的视音频内容分析，可以实现完善的版权保护，保护内容原创者的知识产权。

目前直播链条有三大环节：供应链、主播和运营。其中，运营环节数据，主要依附于各主要直播平台；而直播供应链端目前已暴露众多问题，对众多品牌方或厂商来说，物流已成为痛点，如何精准、高效、经济的匹配直播销售，是亟待解决的行业问题。

"在主播层面，我们可以把大数据分析，应用到网红主播统计分析领域。"于洋说，针对直播供应链的问题，中译语通也可以利用数据分析技术，在供应链端与直播端做嫁接桥梁，逐步实现多领域、多平台、多机构的云仓服务，用数据服务实现供应链与直播的精准对接和相互促进。

由此，不管是云计算、运营商，还是其他科技公司，都成为上海打造品牌直播第一城的"技术功臣"，构建了上海"新基建"的底气。

（原载《新闻晨报》2020 年 7 月 17 日第 A4 版）

被"新冠"击中的医护们：1716 例感染缘何发生

澎湃新闻记者　黄霁洁　明　鹊　朱　莹　温潇潇　葛明宁

张小莲　实习生　张　卓　沈青青　陈媛媛　蓝泽齐

住院 15 天后，2020 年 2 月 1 日，阳光明媚，湖北黄冈市中心医院的医生黄虎翔准备出院了。他瘦了一些，洗了澡，换了衣服，戴上口罩，联系好社区的出租车，住到岳母的空房里，一个人隔离，在家看一张张病人的片子。

之前一年只休七天，他说，从医以来，从未休过如此漫长的假期。

2 月 12 日，和许多被感染的医护人员一样，结束隔离的黄虎翔回归医院，与同事一起再次投入对新冠肺炎患者的治疗。

这些患者里，可能包括他的同行，也是他的病友。

2 月 14 日，国家卫生健康委副主任曾益新在新闻发布会上透露，截至 2 月 11 日 24 时，全国共报告医务人员确诊感染 1716 名，其中有 6 人不幸辞世。

就在新闻发布会的这天，武汉武昌医院的一位护士柳帆又因感染新冠肺炎不治离世，仅四天后，2 月 18 日，武昌医院的院长刘智明因感染新冠肺炎抢救无效逝世。

医护感染是如何发生的？回溯和审视这些，早期的"未设防"，疫情爆发后猛增的病人和相对不足的防护和人力，互为因果，又共同酿成了悲剧。

始于 12 月：未设防的"人传人"

距离华南海鲜市场 300 米，武汉市优抚医院是最早接收到新冠病毒信号的医院之一。

去年 12 月 12 日，一位海鲜市场的商贩来就诊，身体不舒服，高烧不退。"主任聊了几句，建议他去后面的五医院或者中心医院"，在优抚医院工作了 4 年的护士王露说。

优抚医院是一家以精神专科为主的二级医院。王露告诉澎湃新闻，因为距离海鲜市场近，商户们喜欢在医院停车场卸货，市场的蛇曾经钻到医院里来，要是有商户发烧感冒，优先会来优抚医院，"小医院人少，流程简单，挂个号，连队都不用排"。

优抚医院一位门诊医生陆阳说，那段时间医院陆续接诊到一些"像是流感"的病人，医生们之间也在讨论。"这些病人也不是难受也不是胸闷，都是发烧、咳嗽这些症状"，医生们会建议上 CT，拍个胸片，但好多病人不会一下子就愿意做 CT。

当时，对于新冠肺炎的传染性，即使是一些医护人员也无从知晓。优抚医院精神科病区一位医生透露，12 月中旬，医院曾得到上级指示，大意是华南海鲜市场附近有肺炎个案，但不是非典，也没发现人传人。

武汉市卫健委 12 月 31 日的通报再次强调了这点。通报称，在全市医疗卫生机构开展与华南海鲜城有关联的病例搜索和回顾性调查，已发现 27 例病例，其中 7 例病情严重，其余病例病情稳定可控，有 2 例病情好转拟于近期出院。到目前为止调查未发现明显人传人现象，未发现医务人员感染。

这天是跨年夜，王露下了班，按照计划，她准备去华南海鲜市场买火锅底料和食材。转念，她想起主任在开晨会时提到"医院出现了疑似病例"，同事在微信群里极力劝说，王露担心起来，最终早早回了家。

没人料想到，病毒在悄无声息地蔓延。病人在短时间内涌入，与之相应的医院防护却慢了半拍。

2020 年 1 月 8 日，湖北省第三人民医院紧急开放发热门诊，此前主要负责住院部的医生胡晟被临时调往门诊做负责人。

"刚开始的时候，都是 I 级防护，戴口罩。"胡晟告诉澎湃新闻，到 1 月中旬，问题变得严重了，医院赶紧提升了防护等级。

1 月 17 日，优抚医院也大面积出现发烧、咳嗽的病人，CT 结果显示异样。"那时候我们用的都还是普通的医用口罩"，王露介绍说。在不设发热门诊的这家二级医院，防护等级跟上得更晚一些。

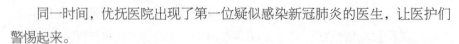
同一时间，优抚医院出现了第一位疑似感染新冠肺炎的医生，让医护们警惕起来。

医院的外科医生易立新对这一病例很熟悉，"当时没有核酸检测，CT是有侵蚀状的，3—4天中进展很快，出现临床症状，非常典型，"易立新觉察到情况危急，"但是上报后，因为没有核酸检测，上级部门不认同这个病例。"

陆阳告诉记者，优抚医院较早申请了核酸检测，但卡在检测试剂很紧张的关头，一直没有拿到，医院第一批通过核酸检测确诊的病人直到1月23号上午才拿到结果。

易立新说，所幸医院反应快，17日就成立了隔离病房，叫停了这天的春节联欢会。在陆阳的记忆里，17号下午，医生们就往新建大楼的隔离病房里搬了物资，18号消毒，当天下午病人就住进去了。

"我们在进呼吸科（隔离病房）的时候已经穿了隔离服，那个时候护目镜还有，我们和医院提出来，医院马上就把（防护）物资搞进来了"，陆阳回忆。

当时上级部门提出排查新冠的标准之一，是华南海鲜市场接触史。但陆阳发现，一些没有接触史的病人CT也有问题。他们决定"先斩后奏"，把这些病人也收治进了隔离病房。

易立新透露，自那之后，优抚医院医护感染总人数大约50人，没有新发病例，都在慢慢痊愈。

1月以后：病人激增，没有"一线"概念

1月份，邻近优抚医院，距离华南海鲜市场大约1.5公里的武汉市中心医院发热病人激增。

18日前后，中心医院疼痛科主任蔡毅接诊了一位疑似新冠肺炎的病人。令他纳闷的是，有些人开始没有症状，只是疼痛，后来拍了CT，他察觉到不对劲。蔡毅记得，那会儿大家不了解疫情，医护人员都没有戴口罩。

"这一病人感染了科室里的一位护士，目前护士仍在住院，"蔡毅透露，"李文亮医生发声后，我们最初都以为是造谣，上面也有领导这么说，直到后来我自己收了一个这样的病人，马上上报，才知道不是（谣传）。"

而李文亮自己，也在接诊一位"病毒性肺炎"患者后，出现咳嗽发热症状，1月12日入院治疗。

病人增多，人手不够，第二天，蔡毅关了科室，11个医生全部上了一线。"潮水"，那是蔡毅想到大量病人出现时的第一个词，"那两天，30个病人，一下子就收满了"。

"疫情早期，还没有'一线'概念，医院（按科室）照常工作，没人提防护，口罩是自己备的"，另一位在17日确知自己感染的中心医院医生尹文向澎湃新闻记者分析。

这解释了为何初期，一些急诊和呼吸科以外的普通科室反而成为医护感染的重灾区。"确实低估了传染性"，武汉市第一医院的内科医生林子宁也后知后觉病毒的"狡猾"。

和普通民众一样，对呼吸道传染病并不熟悉的林子宁也是在新闻中得知新冠病毒出现在华南海鲜市场，"当时没有很害怕，1月初，还没听说这个疾病要死人。平时我们工作中会用普通口罩戴两层，外科口罩也是从17、18号左右开始戴的"。

林子宁告诉澎湃新闻记者，在第一医院，普通科室医护人员的感染率高于发热门诊，这源于很多病人并不是因为发热就医，"例如他的症状是以腹泻为首发，后来才发现不是单纯的腹泻"。

武汉大学中南医院在医学期刊《JAMA》发表的回顾性研究显示，1月1日到1月28日，该院138名确诊患者中，41%（57人）为院内感染，其中29%（40人）为医护人员。感染的医护人员中，来自普通科室的医护人员共31人，占77.5%。

1月22日，林子宁自己中了招，咳嗽不断，直至27日确诊入院。她能想起的传染源是之前接诊的一位病人，林子宁给他听诊，需要贴很近，病人当时正在说话。彼时，普通科室没有防护服和护目镜，她的"装备"只有口罩、帽子、手套、隔离衣。

两天后，林子宁的眼球结膜开始出血。

和林子宁类似，同济医院中法新城院区心血管内科医生周宁也是意外被感染。

1月17日，一位已经出现心源性休克症状的病人前来就诊，鉴于当时的肺炎疫情，周宁习惯性地询问有没有发热和华南海鲜市场暴露史，病人否认了，"但你不能太责怪病人，他入院时确实体温正常、没有咳嗽等症状，所以我们除了口罩帽子的日常防护之外，没有提高防护级别"。

1月19日，手术顺利结束，21日出院时，病人突然告诉护士入院之前曾经发过烧，12月初还去过华南海鲜市场，"要命的是，他是厨师，经常会处理从华南海鲜市场流出来的活禽和野生动物"，周宁后来回忆。

当时，武汉的疫情已经扩散，周宁紧张起来，开始回想与病人的接触史和暴露风险——18日术前谈话时虽然戴着口罩，但没有保持1米的安全距离；手术成功后，周宁曾摘下口罩和他握手致意、交谈。

周宁一下子感到自责，立即通知科室同事自行监测体温，加强防护。1月21日，周宁下了夜班，出现发热、恶心、腹泻、晕眩的症状，第二天血常规和CT结果表现为高度疑似，他开始居家隔离。

新冠肺炎患者最初症状的模糊让不同科室的医护措手不及，直至1月20日，国家卫健委高级别专家组组长钟南山在接受央视新闻采访时表示，新冠肺炎"肯定人传人"，明确存在14名医务人员感染。

同日，国家卫健委发布1号公告，将新型冠状病毒感染的肺炎纳入《中华人民共和国传染病防治法》规定的乙类传染病，并采取甲类传染病的预防、控制措施。

澎湃新闻查询发现，这一时间前，医护人员感染人数已较快攀升。

1月29日，《新英格兰医学杂志》发表了一份由中国疾控中心、湖北省疾控中心等单位人员撰写的研究报告。报告对截至2020年1月23日向中国疾病预防控制中心上报的425例新冠病毒感染患者进行了分析，发现在1月1日之前发病的确诊病例中没有医护人员；而在1月1日—11日之间，医护人员占确诊患者比例达3%；在1月12日之后，比例增加到了7%。

而截至2月14日，中国红十字基金会字节跳动医务工作者人道救助基金资助名单所公布的278名被感染的医护人员中，大量在18日后被确诊感染，2月5日后，确诊人数下降。

1月24日除夕，周宁出现疑似症状的第四天，因为工作和学习10年没和父母一起吃年夜饭，为了了一了父母的心愿，不让他们伤心，周宁戴着双层口罩，坐在餐桌旁，保持了一米的安全距离，"看"了一桌丰盛的年夜饭，筷子没动一下。

周宁后来在自己的公众号上自述：

> 强忍泪水的笑脸之下，我知道爸妈心里该是有多难受和担心。
>
> ……
>
> 每当我回家手舞足蹈地告诉他们我今天救活了哪个病人，每当我发表了论文、捧回了奖杯、得到了表扬，还有当我哭笑不得地拎回了病人送的土鸡蛋，他们脸上总是笑开了花。
>
> 但更多的时候，我带给他们的不是荣耀，而是无尽的担忧、害怕。
>
> ……
>
> 我不能指望老人们能理解我们。作为同济医院的医生，我们要承担的任务，远远不止看几个病人、做几个手术这么简单。就像这一次疫情当头，作为暴风眼中的医院，同济是稳定疫情的基石，是镇定军心的旗舰，也是指挥战役的前哨。
>
> 我们的使命注定更多、更重。
>
> "看"完年夜饭，我又开车回到了隔离屋。

苦战1月：防护"黑洞"与"超载"工作

"就地转岗。"何军是武汉一家三甲医院的医生，1月17日上午，全院开会，宣布科室重排；当日下午，何军进入新成立的感染二科。

病人数量只增未减，"一线"被不断扩充——这意味着越来越多的定点医院、被临时改造的病房和紧急接受培训的各科室医护人员。

但武汉原有的传染病防护资源有限。在武汉市中心医院南京路院区重症医学科工作了近11年的护士朱诚分析，这是即使一些定点医院也无法接收病人的原因，"按传染病房标准来设置的医院不多，除了金银潭医院和肺科医院，其他医院临时改造的病房不一定能达到标准"。

1月24日除夕傍晚，何军已连轴转了一周，一天睡2～3小时，门诊病人最多时一天有350～370个。躺在病房外的沙发上，何军向澎湃新闻吐露多日的担忧，声音嘶哑：医院里用担架、轮椅将重症病人运入隔离病房，没有专用电梯，只有经过医护通道，消毒难以及时跟上。

呼吸道传染病房的设置遵循"三区两通道"原则，即清洁区、缓冲区、污染区与医患分开的两条通道，而在一些紧急时刻，这些分界并不明晰，暴露出院内交叉感染的隐患。

武汉一家三甲中医院的急诊科护士吴悦在 24 日接受澎湃新闻采访时也提到，她所在的急诊科当时不具备相应的隔离条件，黑压压的病人聚集，"高度疑似患者自由地走来走去"。当时科室的防护只有手术衣，数量有限，仅能提供抢救的医护人员穿。

吴悦透露，元旦过后，医院内部即公布了新冠病毒人传人的消息，"但是不允许拍照、不允许录音、不允许外传"。即便如此，物资也无法立即到位。

正是同一时期，防护物资开始肉眼可见地告急。

1 月 23 日，湖北省中医院、武汉协和医院、武汉大学中南医院、武汉市中心医院、武汉市第一医院、武汉市第三医院等 8 家医院相继对外发出公告，呼吁社会捐赠 N95 口罩、防护服等物资。

"节约，再节约，能多穿半个小时就穿半个小时……"护士长催何军。何军已很难顾及防护服需 4 小时更换的时限，通常，防护服会分配给更急需的医护，"护士要给病人输液，近距离接触，更危险；一些为病人插管的医生也会优先穿，以防病人有分泌物喷溅出来"，他介绍。

何军隔天回家洗澡，衣服全部晒完之后，还用火烤，"病毒怕热"。从浴室里出来，何军立刻吃两片安定。睡不着，但他必须要入睡，不然无法保证免疫力。

疫情蔓延，医院人手紧张，医护人员往往超负荷工作。1 月 5 日，黄冈市中心医院医生黄虎翔在呼吸科接诊了第一位发热病人，1 月 15 日左右，中心医院被设为定点医院，病人一天天增多。

黄虎翔后来回想，那段时间病患多，可能不小心接触到感染患者，又经常加班，免疫力也下降。在黄虎翔被感染前，科室里 24 个医护人员中，已有 2 名护士、1 名医生被感染。

武汉大学中南医院急救中心护士郭琴也忆起被感染时可能不足的免

疫力。

1月初，正是流感、心脑疾病高发期。1月6日，医院里来了位50多岁的重症患者，郭琴参与了紧急抢救。之后一周，她又接触到四五位后来被确诊为新冠肺炎的患者。那阵子，她每天工作十几个小时，只能睡四五个小时，感觉很疲惫。

郭琴成了中南医院首个被感染的医护人员。1月13日，住院第一晚，郭琴彻夜失眠。耳边，回响着治疗推车走动的声音，监护仪器的响声，和护士急匆匆的脚步声。

武汉大学中南医院重症医学科主任彭志勇向澎湃新闻记者介绍，郭琴感染后，医院开始重视防护措施，"之后各医院的医护人员都很警惕，我们会注重戴口罩、洗手，避免人员接触，医护人员吃饭时也背对背，彼此距离一两米左右"。

1月底至2月："还在顶着"，"支援来了"

印象中，林子宁只知道自己是第一医院第一批倒下的医护，在她之前已有同事被感染。林子宁回忆，武汉市第一医院在20号设立发热门诊后，在发热门诊和发热病房配发防护服、护目镜，"估计基本可以保障，但是其他科室可能就有点跟不上"。

从1月27日确诊住院至今，她的病情反反复复，但更多的时候，她想的不是自己。"每天看着一线的同事那么辛苦，心里面很难受。"林子宁说，她现在每天也换口罩，只要医护人员进来，就算在吃饭，也要把口罩戴起来，就怕他们也被感染了。

各医院的防护等级渐渐达标，物资缺口还是最头痛的难题。

武汉市第一医院在23日第一次宣告物资短缺后，又于1月26日、2月10日再次求援。这几天，来打针的护士带着不符合规格的口罩，林子宁问起来，她们只是说："哎呀，每天都在变。"她们乐观、坦然，让林子宁很感动。

只有一次，她意识到自己曾离死亡很近。一天清晨近5点，她觉得乏力，缺氧，迷迷糊糊在睡觉，没听到对面床的重症病人被宣告临床死亡。林子宁没看见他的脸，直到殡仪馆过来接人，才知道这一消息。

林子宁体质不好，原有哮喘，此后呼吸特别困难时，她会在心底生出害怕。

何军的一位搭档在科室成立第一天接诊发热病人后，浑身酸疼、发烧，确诊感染新冠肺炎，有病人离世，"腾出"一张床，搭档成了他的病人。

一个月来，他所在医院的防护物资依然短缺。2月初，科室的防护服已耗尽，医护们只能穿着蓝色的隔离衣进入重症病房。

2月9日，何军也感染了，他向记者发来CT报告单，"自己给自己看病"。笔记本上，他细细写好接下来要服用的药物，为自己开了吊瓶。

2月16日，澎湃新闻回访吴悦，她也确诊感染了新冠肺炎，于2月初住院治疗。"前几天做CT，肺部磨玻璃状还在涨"，吴悦对澎湃新闻说。

她用了14天的激素治疗，"脚背的趾头、踝关节都疼，晚上稍微动一下，不停地出虚汗。早上把衣服换下来，搓一下，我的呼吸就跟不上来，要吸氧、躺好半天，才能缓过来"。

"武汉一线医护人员物资仍有较大缺口"，2月11日，湖北省卫生计生宣传教育中心运营的"健康湖北"公号再次公布武汉25家医院受捐公告。

那时，武汉市中心医院剩下的物资指日可数，医护只能在工业N95口罩外面加一层外科口罩。"外科口罩防水、防液体喷溅，工业N95只能防油性颗粒、雾霾等"，中心医院负责物资联络的医生黄磊介绍。

"医用N95口罩非常少，每天给我们发两三百个，要用4000个，怎么够呢？每天防护服要发出去2300套。我们要屯10天的量，所以防护服至少要准备20000套，口罩要准备40000个。"黄磊在2月11日对澎湃新闻表示，她的电话在近日被"打爆了"，"我们也在收民间捐助，但是消耗太大，合格的物资产量本身就不高，肯定是不够的"。

澎湃新闻获取的一份武汉市中心医院物资需求清单显示，从防护类用品的每日消耗量来看，医用防护服2280件，N95口罩4560个，一次性隔离衣4560件，医用防护靴套2280双，防护面屏2280个。

2月17日，中心医院负责物资联络的医生胡晓松告诉记者，现在物资情况好转了一些，政府定向捐助和民间捐助多了起来，"但N95口罩还是比较缺，一线医护人员的外科口罩、隔离衣可以保障了"。

过去一个多月，中心医院至少 150 名职工确诊或疑似感染新冠肺炎，受访的两位中心医院医生向澎湃新闻证实了这一数字。

"后湖院区 19—21 楼，每楼有半个病区是本院职工，每半个病区编制 47 张床，不包括轻症没住院的"，另一位感染新冠病毒的中心医院后湖院区医生尹文对澎湃新闻说。

多位中心医院医生证实，该院眼科、心胸外科、泌尿外科的三位大夫，一位上了呼吸机，两位在靠 ECMO（人工肺）维持生命。在重症病房的护士朱诚没想到，最后送进来的会是昔日的同事。

医护人员感染，进一步加剧人手不足，蔡毅见过护士长的哭，"她没有感染，是她底下的人感染了，其实她也一直在咳嗽，但肺部没有感染，所以每天还在顶着"。

2月之后："期盼医务人员零感染"

2 月 7 日，跟随上海第四批援鄂医疗队出发去武汉时，陈翔压力很大，"都期盼医务人员零感染"。

陈翔是上海中山医院院感科的医生。院感，即对医院内部发生的感染进行有效的控制。疫情中的医护感染将被忽视的院感问题带出水面，此次各地支援武汉医疗队中增添了专业的院感科医生。

平日里，院感科的工作大多是预防患者因长期住院导致的交叉感染，在医务人员方面，院感科会关注医生护士护理病人时的接触预防、无菌操作，"很少遇到这样大型的传染病，医护人员周围都是确诊的传染病人"，陈翔对澎湃新闻说。

培训时，她能感受到团队里医护人员对防护的重视，"一个人穿防护服，旁边的人都会帮忙看对不对，有没有包严"，这让她觉得欣慰。

成员大多年轻，没有经历过 2003 年的非典，很少有感染防控经验——有的医护觉得一层口罩不够安全，就戴两层，"这是不可以的，随着活动肯定会错位或移动，漏气就相当于白戴"；有的医护会把护目镜戴在防护服外面，"摘掉护目镜后，脱防护服时眼睛就没有受到保护"。

陈翔介绍，感染防控是一个全套的流程，到达武汉后，她最先投入到医疗人员居住的酒店、上下班的公交车的防护中，感控措施包括消毒、避免人员接触等等。

到达武汉大学人民医院东院后，她也亲眼见到当地硬件条件的滞后，普通病房很多是临时搭建，区域之间做不到完全密封；理论上从清洁区进出污染区，有两个分开的缓冲区，但医院里只有一个，有人在穿脱防护服时，还会有其他人进出，风险重重。

陈翔只有从最原始的方法开始改进：门与门之间的缝隙拿胶带贴，进入缓冲区前要求先敲门……

实操起来也有困难。在污染区，长时间工作，穿着防护服呼吸发闷，体力也吃不消，一些医护人员会急于脱掉；在实际工作中一般是一个人脱，没有办法互相监控、监督，而脱防护服往往是风险较大的环节，需要缓慢细致来保证安全。

陈翔临时去家具店买了全身镜摆在缓冲区，让医护慢慢对镜操作，医院也安排护士长和专门的感控护士一起配合监督。陈翔知道，感染控制在于把控细节中的每一个风险，"管天管地管空气"，她这样笑称院感的工作，"精准、科学的防护也很重要，无需过度防护，例如在清洁区，一般要求戴外科口罩，穿工作服"。

医疗队带了一部分物资接管病区，缓解了物资的紧张，只是仍要吃紧着用。每天，陈翔会从医护人员那里拿到不同标准的防护服，她要一一审核，除了查看检测报告，还需要检查包装是否破损，使用期限是否过期。

最初物资缺乏，她和医疗队刚来时，没有长筒的鞋套，就用医用垃圾袋替代，厚实一些；没有 N95 口罩，就戴工业口罩，外科口罩戴在外面，效果会好一些。

她很难判定，此前大量医护人员感染是源于哪一个环节，"特别是这种经过呼吸道传播的疾病，一点点的漏洞也许就会被感染"，这让陈翔感到难受，"每一个数字对我来说都很心痛，都是我们的战友，而且我们也可能会变成其中的一个"。

回望 2003 年的非典疫情，医务人员感染多发于疫情初期。北大附属人民医院在 2003 年 3 月 15 日收治了一位疑似 SARS 患者后，没有采取严格防控措施，直至 93 名医护感染，4 月 24 日，整座医院被隔离；而在后期建立的小汤山医院，参与治疗和护理的 1383 名医护人员中，无一人被感染。

"相比 SARS 期间，我们对院感的重视有了非常大的进步"，陈翔说，"理论上来说，只要做好防护，是可以保证医护人员不被感染的"。

如今，陈翔最害怕医疗队成员工作时间长了以后逐渐麻木，有一些细节会松懈。她每天在群里发信息，叮嘱感控的要点，测量体温，提醒有不舒服的医护及时上报，先休息。

目前，医疗队 136 名队员没有感染，她做好了长久作战的准备，最终能带队员平安回家，"这是我的使命啊"。

尾声

2 月 1 日，周宁治愈，隔离至 2 月 9 日，回到同济医院光谷院区上班。周宁说，后期医院的防护措施加强，医护感染人数渐渐下降。

中国疾病预防控制中心新型冠状病毒肺炎应急响应机制流行病学组在《中华流行病学杂志》上发表的最新研究显示，至 2 月 11 日，在为新冠肺炎患者提供诊治服务的 422 家医疗机构中，共有 3019 名医务人员感染了新型冠状病毒。其中，武汉市感染新冠肺炎的医务人员中，重症比例从 1 月 1 日—10 日期间最高 38.9% 逐渐下降，到 2 月上旬为 12.7%。

国家卫健委医政医管局副局长焦雅辉在受访中解释称，疾控中心公布的医护人员感染数据来源于直报系统，该系统只会显示感染病例的身份和是否感染。前述 3000 多人中，有些医护人员是在医院、在工作岗位上感染了新冠肺炎病毒，还有一些医护人员可能是在家庭或社区感染了新冠肺炎病毒。

在医院防护加强的同时，增援力量也在充实。从 1 月 24 日除夕夜到 2 月 15 日，全国各级医院共派出 203 支医疗队、25424 名医疗队员支援武汉。

在家隔离时，周宁脑海中闪过回忆，2003 年非典时他刚结束临床实习，没想到这次就上了前线。现在，医疗队来支援后，病房情况有所缓解，但要盯疫情一线和日常科室班，人手还是不太够，排班常常排不过来。

陈翔也感受到，医院内护工或保洁人员紧缺，卫生消毒、病人个人护理都靠护士负责，导致护士的工作量非常大，这是她来武汉前没有想到的。

林子宁仍在医院住院，病情在往好的方向发展，"就想快点投入到工作中，让辛苦的同事尽量休息下"。

吴悦有些担忧康复后的生活质量和工伤认定，她期望出院后，能健康地在岗位上工作。

蔡毅说，医院已安排第一批医护人员换岗休息，他还想继续撑着，就希望物资充足，"继续战斗下去"。

他念着，疫情结束后，最想吃宵夜，喝啤酒，武汉市民喜欢吃喝玩闹。他还想回到科室开刀，做回一个疼痛科医生。（王露、易立新、陆阳、林子宁、朱诚、何军、吴悦、尹文为化名）

（原载《澎湃新闻》2020 年 2 月 18 日）

康复后的幽灵

澎湃新闻记者　黄霁洁　实习生　张颖钰　澎湃新闻记者王莲张对本文亦有贡献

　　窗外天蒙蒙亮，丁宇辉躺在床上，浑浑噩噩的，好像听到贴在墙上的对讲机发出沙沙的噪音，"量下体温哦"，是护士的声音。

　　丁宇辉条件反射般醒来，抓到手机，清晨6点半。

　　床头看不到温度计，手指头也没了血氧夹，这是家里卧室，不是医院的病房。他转过身，两个孩子还在熟睡，口水的痕迹蜿蜒着留在下巴上。

　　他们对这个刚治愈新冠肺炎的33岁男人的心思一无所知——总揣摩着身体还带着毒，怕传染，他一度习惯背对孩子睡。出院半个月，妻子仍在隔离点接受医学观察，他疯长的焦虑无处可诉。

　　丁宇辉屏着呼吸，小心翼翼帮孩子补上踢掉的被子，勒令自己再次睡去，起床后，他还要面对邻居、同事的冷眼。

　　截至3月26日24时，全国累计报告确诊病例81340人，死亡3292人，治愈出院74588人。

　　他们出院了，从疑似患者、确诊患者到治愈者，迈过一道道坎，却发现自己成了"感染过病毒的人"。

　　北京大学精神卫生研究所2004年的一项调查显示，非典痊愈出院病人在3个月内抑郁状态和焦虑状态的检出率分别是16.4%和10.1%，这种心理损伤可能是慢性的。北京安定医院的心理医生在2003年非典疫情后期也发现，约85%的患者出院后有自卑心理，认为自己很倒霉，愈后不被社会正常接纳；而那些把病传染给别人的人又感到愧疚。

　　治愈者另一版本的故事，是传染病留下的长久余响。

流言

从医院走出来那一幕太令人熟悉了。握手、献花、拍照，医生戴着口罩道贺，"恭喜你啊，你治愈了，克服了困难，又一例出院了"，两人都满脸喜色。"官方而暖心。"丁宇辉回忆说。

他曾是汕头确诊病例的 1/25。2 月 12 日出院，"自由的气息"，丁宇辉在朋友圈写道。

业主群里，他马上发了一条信息报告出院。群里一派欢欣，有欢迎他回家的，有叮嘱多休息的，缓和了他不安的神经。临近出院，他反复问医生回去后可不可以出门，医生说只要戴口罩，基本上没什么事了；他担心病毒在自己车里留存，"在没载体的环境下存活不了多久"，这点他也特地向中心的人确认了。

刺耳的言论还是冒了出来，是某个业主的方言语音，"你生病了回来干吗呀，到时候传播给大家"。丁宇辉默默听着，没有回复。

一些康复者因此"不想回家"，身处湖北黄石的田静向开车来接她的社区书记倒苦水——田静 48 岁，1 月底确诊住院后，密切接触者隔离政策还未颁布，爱人和女儿经邻居投诉被送至隔离点。因此，田静尤其在意邻居的反应。

社区书记安慰道，"谁也不愿意碰到这个事情……"田静心不在焉，精神紧张，和他有意隔着一段距离，用酒精把衣服喷得深一块浅一块。

回到小区卡点，邻居在门口指指点点，怎么回家了？他们家有几个人感染了？经过她们家要带几层口罩？……

田静一句句听得真切，皱着眉快步往家走。

冬夜寂寥，回家第一晚，田静坐在卧室床上，睡不着觉，"我该不该回来？"她想不到还有什么退路。

之后没几天，邻居的流言蜚语又窜了出来。

田静家住 2 楼，房间窗户外是一块空地，厨房的排气口正对空地，天气好时邻居们会在这里晒太阳、聊天。他们的议论声也从窗口传来，"诶呦，他这个气传出来有毒的，你们离他家远一点。"

田静不理不睬。"你能怎么样？你只能听别人说，是不是？"她向记者倾诉。

某天早晨，冲突差点升级。窗外，她看到对门邻居藏在一棵树后面盯着她的房间。"像被关在动物园里的动物一样。"田静形容。

她忍不住多日的愤怒，拿起手机拍照，没想到那人摘下口罩，对窗户吐了一口痰，她止不住害怕。

忧思集中在小小的房间里。早上醒来，晚上睡前，想到现在的处境，田静的眼泪流进口罩。

邻居的健康是她的头等大事。田静每天问爱人，附近的邻居是不是没事？听到肯定的回答，心才落下来，"如果有什么事，人家肯定会放到你头上来"。

流言从小区蔓延到城市和网络。田静担忧的事，在荆州首例治愈的危重症患者李振东身上成了真。

李振东1月31日出院后，曾在2月16日因为左心室下有点疼，去医院做了复查，再次住院。李振东知道这不是复发，他做了三次核酸检测，结果为阴性，出院记录写有"经新冠肺炎专家组讨论，排除新型冠状病毒肺炎"。

2月19日，他的手机突然涌入大量信息，朋友们转来一张微信聊天截图——"因为之前那个出院的李振东又住进去了，他又复发了，现在小区成重灾区了。"

新增了确诊和疑似病例，小区强制隔离，每家每户封门，李振东猜测，业主们"有了想法"，认为他是传染源。

实际上，最初确诊后，李振东就住进父母的社区，没有接触过原来小区的住户。

截图在各个群流传，骂声一片。不认识的微信好友也给他发私信，打电话。

4天后，区防控指挥部将小区所有病例行动轨迹公布，李振东才感觉获得"清白"。

难听的话还是钻进了他和家人的耳朵里。一次视频聊天中，家人无意中说出，刚开始那几天，他们不敢出门，怕见到人被指着鼻子骂，觉得尴尬。

郁闷、气愤，那几日，他总是不由自主会想到这些事。后来，他不再回想，"调整心态，身体是自己的"，电话那头，37岁的李振东憨憨地笑。

这不是他第一次被"全网转发"。1月确诊后，荆州市办公室信息综合室一份关于荆州市新增1例危重症疑似病例的报告在网络上泄露，李振东的姓名、工作单位、家庭住址被曝光。

那时，他正病重，不知能否熬过生死关头，电话都转到家人手机，很多客户打到公司询问他的病情，担心自己被感染。

这是他事后知道的，还有后来才知道的事情是，爱人到政府办公室找人询问，最终获得道歉，但仍不清楚在哪一个环节发生了泄露。

他被冠上"毒王"的名号，网络上，恐慌还在倾泻，"有说我把我公司的人都感染了，后来变成只要我去的地方，所有人都感染了"，而李振东的同事家人实则没有一人感染。

"有时候，觉得病毒都没什么，真正伤害大的就是这种谣言"，说到这里，李振东的声音低了下去。

驱逐与隔离

有家难回。武汉姑娘倪晶73岁的外婆居住在孝感镇上的老小区，3月11日隔离后回家，街道书记担心引起抵触，特意将时间安排在晚上。不知道怎么走漏了消息，到了封闭小区的门口，几十人堵着不让老人进门。

这场闹剧最终以拨打"110"收场。警察劝诫无效，只得护送倪晶外婆到家门口。

倪晶说，老太太怕给邻居添麻烦，之后在家不愿开窗开门。洗好的衣服要晒，只敢晾在卫生间，怕挂在阳台上水滴到楼下。

身为在外地的湖北租客，徐盛的回家路更漫长一些。

父母早年来广东打工，在村里租的房子中住了十几年。1月27日徐盛被确诊为新冠肺炎，当天下午，救护车拉着警报到家门口，房东下了最后通牒：一个星期之内搬走。

父母四处打电话找房子，因为家有感染者和湖北人的身份，找了十几家无果。

"你们住在那我们就不敢回来,"房东催得紧,"你们必须走,永远离开这里。"2月11日徐盛出院,住处仍没有下落。

徐盛得知,村委会同所有房东规定,不接纳湖北人,违反者罚款。他后来找到村委会,工作人员告诉他,只要房东愿意租房子,可以破例并提供他的健康证明。

眼看搬家期限将至,2月16日,徐盛在网上发出求助信,信中说,"我们战胜了'病毒',却被像'病毒'一样排挤、隔离,无处可去"。

当天下午,镇长联系徐盛,安排了酒店住处。镇政府跟房东协商,为房东提供两个月住宿,2月25日,徐盛一家终于回到自己房中。

回到了家,出门也不那么容易。3月14日,一位湖北黄石康复者的房门被社区贴了封条和告示,社区称要打个洞穿链子把门上锁,他无法接受,"我们又不是犯人,何况家里还有无感染的人要生活"。

大多数时候,那是无意之举。武汉的治愈者邵胜强有天发现,家门口的猫眼上多了一张粉色的纸,一个爱心圈着一行字"肺炎防治关爱家庭",他总觉得有些不是滋味。

康复者房门上贴有"肺炎防治关爱家庭"的字样

"一个标准的工作流程,本身并没有任何的错,可是它带来的这种感受是需要平复的。"湖北省心理咨询师协会常务秘书长、国家二级心理咨询师杜洺君曾在心理热线的电话那头听到过随之而来的"耻感"。

"耻感是在大型公共事件中,社会后来加之于个体的感受",杜洺君渐渐明白,康复者所面临的不仅是心理问题,也是一个社会问题。

回归社会之困

徐盛母亲10年的工作差点丢了。最初,是老板迟迟不让报到,清理了所有私人物品。报到后,要求选择其他职位,老板透露出辞退的意思,质问,"你知道多少人在投诉你吗?你知不知道你现在都是个名人了?"

"她当场就哭了,回到家伤心了很久",徐盛只有不断劝母亲,内疚不已。闲时说起，一家人坐在一起落泪，互相安慰。3月10日，徐盛告诉记者，经镇政府协商，母亲获得了另一岗位，只是工时加了一倍多。

徐盛说，身边治愈的病友也在经历类似的困境，"他过了两三个隔离期了，公司还是不让他去，他觉得是变相的开除"。

如何真正回到人群中，成为康复者与家人共同的担忧。

2月18日，《浙江工人日报》报道了一位在杭州食品公司打工的湖北籍员工因为被确诊过新冠肺炎，公司决定解除劳动合同。

来自湖北的康复者周鹏还在线上办公，但已经做好今后线下工作的打算。早会时，他会坚持戴口罩，到天气热了为止；他准备待在独立办公室，用麦克风跟员工交流；每天上班最早去，下班最晚走；订了臭氧杀菌机，"尽可能在环境上给大家更多安全感"。

湖北外地区复工早，出院又再隔离14天后，丁宇辉去公司上班。刚进办公室，同事神色惊讶，"你怎么回来啦"。"你不在家里休息两天吗"，有同事语气委婉。也有人心直口快："回家补一下身体啊，过两天再来。你千万不能有事啊，你有事大家都有事。"有人往后缩了缩，"我现在特别怕，压力特别大"。

丁宇辉理解，"都是正常的情绪"。他拿出医生的说法，详细解释了情况。

话说多了，又戴口罩，心情和气息浮动，丁宇辉咳了一下。同事们看他一眼，他感觉整个空气"凝固了"。隔着口罩，丁宇辉看不清他们的表情。

这天中午，以前一起去食堂的同事和他谁也没叫谁。有人经过他座位，会绕道走，路上碰到会让他先过。

丁宇辉性格大大咧咧，平时和同事间也爱开玩笑。这次，他固定在座位上不想再离开，"没法哭，会被人说跟小孩子一样"。其他人有说有笑，他对着电脑文档，变换着姿势打字。

丁宇辉甚至想过去山里生活，"最好一个人待一个月"。

疫情暂时得到控制，但曾弥漫的恐惧与羞耻不会立时消散。纪录片《非典十年·被遗忘的时光》记载，"我们采访了3个（非典患者）家庭，每个主人都会战战兢兢问：要不要喝水？介不介意用我们自家杯子？怕不怕非典？"

当时的采访时间，是2013年3月。

社会氛围难解，但是心理支持或许能像创可贴一样包扎康复者的伤痛。

湖北省中医院神志病科主任李莉对一位方舱医院的康复者印象深刻。后者在隔离时接到朋友电话，说好等出来以后一起喝咖啡。她不断跟李莉揣测对方会有的心路历程，"（朋友）她其实是照顾我的情绪，其实她肯定还是怕我的"。

这个康复者还说，今年一年就不出去了，不跟外界联系。

"慢慢来。"李莉告诉她。

李莉给她分析了新冠的传播性、传播途径，让她消除疑虑。"然后我们鼓励他们，不一定非要去跟别人去相处，这段时间先学会跟自己相处。从封闭的环境到上班的环境，中间一定要有过渡，再慢慢扩大，去适应。"李莉说。

杜洺君在接听热线时，会引导治愈者把个人和集体、社群的反应分开，"我们邀请他把焦点调到自己身上"。随后，把新冠病毒和他这个人分开，"这只是生命当中的一个经历，不能因为这个经历去否定和抹杀了自己的全部"。

在电话的最后，杜洺君会和来访者一起讨论一个行动方案，先在认知和情绪上进行调整，再强调生理上的营养、运动、睡眠的恢复，"这也是另外一种调焦，把他从情绪的点扩大到身心全部"。

庆幸和感恩，是治愈者常提起的两个词，"他们也说，通过我自己的力量，把现在的时光当第二次来活"。

这反而让杜洺君意识到，他们的心理状态恰恰是婴儿的状态，"从我们社会支持系统来讲，我们能做点什么？"杜洺君对记者感叹："他们是因为这场疫情付出了沉重代价的人，我们要予以他们尊敬和感谢，而不是排斥和疏远。"

治愈者的自我怀疑

走出医院的时候，山东滨州的康复者赵冉冉看到了太阳，有种"囚禁了很久解放的感觉"。在隔离病房时，窗户不能打开，她住在阴面，偶尔阳光斜射进来，更多的时候，只能望见连绵的雨雪。

真正出院之后却没那么舒心。赵冉冉向记者描述那种"不确定感"："就想听到一个权威的说法，说你彻底康复了，你跟正常人一样了。特别想。那样的话，哪怕有什么风吹草动，我也不用担心了。"

出院隔离到第10天，她的精神还一直处于紧绷状态，"一直走在钢丝绳上小心翼翼，就想赶快跑、奔跑"。

丁宇辉出院时，网上刚好出现康复者复阳的消息，他翻来覆去看新闻，安慰自己，出院做了咽拭子、肛拭子等六项核酸检测，结果全部是阴性，但身边人的躲闪让他更加动摇。

姐姐告诉丁宇辉，你不在这段时间，嫂子这个人啊，看到你们家小孩就跟看到鬼一样，跑得特别快。"小孩都检测过，很健康"，丁宇辉懒得再解释。

他开始怀念起在医院的日子，想要躺在病床上的安全感。

出院隔离观察结束后，丁宇辉再次和医生确认，"我是不是真正的出院？"

医生说，电梯在前面，你可以自己下去了，我们不用送你，你回去可以叫滴滴，上班，去食堂，你前后做了八次核酸全部通过。

但上了班，自己是个"带毒的人"的想法又扎到心里。他耳朵变得灵敏，听别人咳嗽，想到万一"传染"给同事，公司整个厂区就要隔离，承担不了，压力越来越大。

一有空，丁宇辉就去门房测体温，"你看！我才36度5"，他对门房说。连花清瘟，每天吃三次，"其实没什么问题，也想吃"。

湖北省荣军医院老年病科主任张晋在新冠疫情中管理医院的发热三区，在对出院病人进行电话回访时，她发现"死"仍然是高频词，"但凡出现一点点不舒服，比如食欲差一点，拉肚子，呼吸不顺畅，胸闷，就会联想到原来的病"。

张晋做出解答后，有患者会说，"医生你别骗我，我会不会死？""我这样搞会不会半天就不行了？"一位在隔离点的出院病人拉肚子，浑身无力，吃止泻药也不见好，"早知道我就不出院了呀，我好想住回来，想打针"。

不少康复者依靠安眠药度过焦虑的长夜。多数求助，想要的就是医生简单一句"没事的"，"在最痛苦的时候，病人是跟我们一起朝夕相处的，所以在信任度、依从性上会好一点"，张晋说。

"没有得过这个病，就没有办法去说，别人是不是矫情"，张晋感受很深，她的同事也感染了，"他们对这个病的认识肯定比一般人更清楚，但他们也会和病人一样，无比焦虑，无比害怕每一个指标"。

一个医生每天问张晋，"我的背每天到几点钟的时候就开始微微发热，我一量我也不烧"，张晋不知道怎么安慰好，她能隐隐感觉到，"这个病会改变人很多"。

疫情还没结束，张晋回不了家，有时候晚上躺在酒店的房间，她也在想，人最重要的是什么？还是健康。

后来，张晋建了"康复之家"微信群，对自己科室经手出院的 20 多个病人"负责到底"，跟进后续用药和身心的康复。

一些康复者会解读每一版指南里更新的诊疗措施；有患者一直核酸检测阴性，只能诊断为疑似病例，内心焦虑，"他说我这个病得了一场，我还不是这个病，心里很不甘"；有人出院后想到一些问题，会给管床医生、张晋和群里都发一遍，希望得到各方的认定。

张晋能想象咨询的病人在手机那头焦急等待的样子。有时她一回复，对方马上就发来一条"谢谢"。一天清晨 7 点，一位一家 6 口感染的 30 多岁女患者往群里转了一张新闻截图，是从方舱出院回家的病人 4 天后突发身亡的事件。女患者提出想再做抗体的检查，张晋觉得，她可能挣扎了一晚，等到早上才发出消息。

医生张晋与患者沟通病情。

"你想 TA 在隔离点或在家，一个人在房间，捧个手机，也没有什么娱乐，眼巴巴等着你回一下，而且现在有小毛病也没法去附近医院看，医院都在治新冠。"

康复群给了出院病人一种归属感，张晋说，那是像定心丸或者后盾一样的东西。出院患者互相打气和安慰，说的话特别管用。

3 月 5 日，首个新冠肺炎康复门诊在湖北省中医院开诊，主要对出院并隔离后的患者进行恢复期的复查和心理评估。湖北省中医院感染科副主任医师肖明中告诉记者，他接待了很多焦虑的康复者，一个明显的特征是，有些人来，戴着帽子，穿着袄子，围着围巾，"捂得严实"。

除了在指标上给出专业的判断，肖明中也会告诉他们：你已经是个健康人或正常人了，只不过有时候有一些小的问题，还没有完全跟你以前一样，但是这不影响什么。

负罪感

张晋的手机像树洞一样，从早到晚接收着出院病人的情绪。问的最多的，除了是否完全康复，有没有后遗症，就是，什么时候能够正常接触到家人？"很多人感觉自己像个定时炸弹。"

最初，丁宇辉在家面对两个孩子，一般仰着脸，戴着口罩。1 岁半的老二伸手要拿口罩，丁宇辉只好一直往后躲。

"小孩上完厕所，我就看他的便便，稀的，中了新冠肺炎了？喝水呛了咳嗽两声，我也觉得完了，你又被我感染了，怎么办呢。"

即使在家，田静的口罩也没有摘下来过，不戴反而觉得空空的。回家第一件事，是把衣服丢在门外垃圾袋，然后冲到卫生间洗澡，爱人没来得及和她说上几句话。

洗完澡，她把浸湿的口罩换了，换下来的衣服拿开水和 84 一起泡，随后马上钻进自己房间。

不得不和家人住在一起让她痛苦。晚饭时，爱人原打算庆祝一番，田静出来端上碗就走，"你们离我远一点"，田静说。爱人神经大条，"哎你别搞那么紧张！"他劝，田静不听。

仿佛在病房一样，房间里外，田静分出属于家的污染区和清洁区，并嘱咐家人也戴口罩做好防护。

上厕所是唯一出房门的时刻，这让田静感到头疼。出来必须经过客厅，她会等到家人离开，不对着任何人说话；有时水喝多了，家人还在，她就憋着不出来。上完厕所，消毒也是必须的，看着马桶里泡沫螺旋往下冲，田静觉得安心。

日常吃饭变成一场精细的作战。家人将盛有饭菜的一次性的碗筷放在房门口，微信传达，"饭放在那里了"。门开一条缝，田静伸出一只手，用酒精喷一圈，再拿进来吃。

透过这条门缝，她能看到客厅的样子。过去，一家三口会坐在沙发上一起看电视，其乐融融，"肯定会想到以前的生活，人谁都渴望自由，你说是不是？"

感到憋屈，丁宇辉给病毒研究所、主治医生、疾控中心挨个打电话，"你们能不能帮我再检测下？""要不给我小孩检测下吧？"

"我觉得很辛苦"，他谈到那种自责的感受。

主治医生安慰他，"你现在需要一个心理医生，也有很多病人要我重新给他们检测，但是我觉得没有必要，治愈的病人很多有负罪感，这种心理对你们来说是正常的"。

周鹏在重症时，执意在身旁护理他的父母也被感染了。好在他们都是轻症，最终治愈出院。

等到父母病情稳定，周鹏终于提起，"儿子对不起你，让你受苦了！只有等你们康复回来了，儿子好好照顾你"。

75 岁的母亲听了没说什么，只说一句："知不知道你有多危险，我们都以为你回不来了"，眼泪瞬间往下掉。

周鹏才知道，在病情最严重时，自己的血氧一度到了 82％，再往下低就要切气管了。

从 ICU 出来没几天，周鹏听说有护士感染了，"虽然不一定跟自己有关，但总会觉得有愧疚"。

他说，等疫情完全结束，一定要回一趟医院。穿着防护服的护士们看不到脸，不知道名字，"真的要去谢谢他们"。

长久的创伤记忆

2 月中旬开始，湖北省心理咨询师协会的热线中，康复者的求助来电逐渐增多。

杜洺君告诉记者，很多人把感受封存起来，还没有要进行梳理，但是在他们内心，感受都是翻腾和裹挟的，有一点点外界的触动，马上会被提取出来。

64 岁的武汉康复者沈芳青来不及想太多，她的丈夫在 ICU 已经超过 50 天，仍在尝试脱呼吸机。医生说，病毒、大白肺、持续高烧，引起脑梗，若能活下来已是奇迹，后期的恢复是漫长的。

在隔离点，沈芳青每天心揪着痛，吃饭有一顿没一顿，她看小说分散些注意力，疲倦了睡觉，醒来就在与先生的微信私聊中自说自话，把焦虑、担心用语音存进去，希望他醒来后能听到。

这是他们结婚 42 年中最久的一次分离。沈芳青常常责怪自己，为什么没有早早发现先生的不适。

隔壁房间三个康复病友的老伴都离世了，沈芳青看她们回忆当初的场景，眼泪都流干了。那是武汉最艰难的时期，十多天没地方查病，"最后好不容易坐在大厅里，在椅子上一边输液，针还在手上，人就去世了"。

康复者，这个名字意味着他们也是灾难的幸存者。让不少心理专家更为关注的是，在更长的时间跨度上，康复者可能会出现创伤后应激障碍（PTSD）。

"汶川地震以后 PTSD 的发病率比正常人群高了 10％左右。SARS 时，我们调查的一个数据显示是 13％左右。玉树（地震）也一样，一直到过后三年，PTSD 的发生率仍然居高不下"，温州康宁医院集团精神心理科主任医师、浙江省第三批援鄂医疗队心理医生唐伟告诉记者。他曾参与过汶川地震、温州 "723" 动车事故、丽水里东山体滑坡等灾害的心理援助。

唐伟介绍，现在一些患者和医护人员存在急性应激障碍，而 "PTSD" 会在事件发生后三个月开始出现，有几个症状——闪回，清醒时，脑子里会想起以前痛苦的画面；躲避，不敢到相似的环境和场景；警觉性增高，比如睡不着，听到稍微一点小动作，心惊肉跳；再严重者甚至会自残、自杀。

熬过病危的 30 岁康复者邵胜强记得重症病房里的安静。一天，透过病房门上的玻璃窗，他看到几个医护人员拖走一张床，床上是包得很严实的白布，医护人员正对着白布消毒。

他感到害怕，和一种说不上来的情绪，"有多少人都在经历着这样的磨难？"

病房里，大家都见证着，没有人说话。

身边人逝去，病友间会以故作轻松的方式提起，"旁边房间今天又打包了一个"，"昨天不是看着还好好的"。

回到家，偶尔，邵胜强会梦到病房的场景，医护人员还在奔跑，正在查看各个病人的生命体征。

中国中医科学院广安门医院心理科主任医师王健向记者提到，因为"PTSD"，一些康复者还会出现抑郁的心理状态。

王健曾在 2003 年对非典患者心理干预，后续长期支持，也曾参与汶川地震的救援和 2014 年马航坠机事件的危机干预。

非典疫情后期，他在心理科门诊坐诊，陆陆续续有一些患者来看病，他们有非典的病史，已经出院一两个月，抑郁，对什么都不感兴趣，很自卑，"觉得自己怎么那么倒霉，这辈子怎么就摊上这事儿了呢"。

一位护士留下了"PTSD"，将近一年来找王健看诊。她在一次运输中近距离接触患者，感染了病毒，"好长时间老去想，当时怎么得的病，不能释怀"。

也有人在冷眼中产生自卑。不过，王健指出，不是所有自卑都会发展成心理问题，灾难后，随着时间推移，开始新的生活，人们就会淡忘恐慌，患者也能慢慢走出来。

"如果需要，也可以寻找精神科或心理医生，评估心理状态是否达到抑郁或者创伤后应激障碍，再进行吃药、认知重建、情绪疏导等等专业的治疗"，王健说。

目前，让唐伟、王健忧心的一个问题是，当各地心理干预队伍撤退后，后续的心理支持谁来做？能否形成长期机制？

唐伟提出，是否可能延续一省援助一市的机制，回去之后，由各省的心理医生、精神科医生继续与湖北各市对接，然后以当地的心理咨询机构为主，形成组织，"长期 1 年—5 年继续做，我们后方提供技术和信息方面的支持"。

王健已经在患者中排查了一些高危人群，同他们建立了联系。"之后同行的门诊还能继续做心理辅导"，王健在北京通过网络、电话做心理康复。

治愈后，邵胜强变得乐观、豁达。他开始觉得，除了生死，一切都是小事，"很多事情要做，就尽快去做，不要等了"。

整个武汉按下了暂停键，邵胜强的创业项目也是，资金链断裂，一个月有几十万的缺口，员工要还车贷房贷，一度让他焦头烂额，但他也不怕了，"大不了从头再来"。

过去，他一天工作 18 小时，现在久违地早睡早起，锻炼，看书，学习。他开始看孩子的手工视频，列好了和妻子未来旅游的时间表。

回家后，邵胜强在手机上做志愿咨询，为不了解新冠肺炎的人科普解答，凌晨他会接到人们慌乱的信息。"他们看到我一个重症患者恢复过来，是一个活生生的例子。"这也给了他使命感，让他更好地重返生活。

许多康复者提起捐献血浆的场景。丁宇辉也捐了血，"弥补一下自己给国家添麻烦的过错"。看到血从静脉中被抽出来，丁宇辉心里"感觉好多了"。

周鹏变得感性，血站反馈他血液合规，抗体也达标，两名患者用上了，在第 2 天已经情况好转，"我听了特开心"。

田静所在的地区还未解封。在家待着，田静格外想看窗外，外面的世界现在只有一排排房子，所幸，陪伴她的还有一株桂花树和家人的支持。

"春天来了，好多树叶都发芽了。"她期待真正走出家门的那一天。

（丁宇辉、田静、倪晶、徐盛、周鹏、沈芳青为化名）

（原载《澎湃新闻》2020 年 3 月 27 日）

武汉，不能后退的理由

澎湃新闻记者　张小莲　朱　莹　温潇潇　实习生　刘昱秀

澎湃新闻记者葛明宁、实习生胡友美对本文亦有贡献

距离武汉封城，已经过去了 40 天。

这 40 天，有人离世，有人痊愈，有人还在忍受病痛。有人日夜奋战在一线，有人匆匆奔波在路上。有人彻夜失眠，有人在凌晨四点做了一个重要的决定……这座城市付出了沉重的代价，也熬过了最艰难的时期。

无数人的每一个瞬间，构成了武汉的 40 天。因这无数人的无数瞬间，一切在慢慢变好。

这是武汉，不能后退的理由。

无声的蔓延

去年 12 月 30 日，许世庆和一帮中老年歌友去 KTV 唱歌。年过半百，快退休了，他没别的爱好，就喜欢唱歌，这已经是他这个月第 4 次去 KTV 了。KTV 距离华南海鲜市场只有一两公里，环境不错，每天人很多。

K 房封闭，开着空调，大家边唱边跳，气氛欢乐。许世庆为了给大家拍视频，时而蹲下来，时而站着高高的。

他后来回想，应当是在这次聚会中，被感染了新冠病毒。

他没有去过海鲜市场，也没有接触过动物。平时要么在家里，要么在上班。他是一名央企单位的保安，一个人坐在监控室里，极少和人近距离接触，目前单位还没有其他人感染。而那次聚会的歌友中，有几个人都住院了。

聚会回来后，他感到浑身发冷，还有些发烧，他关了门窗，把家里空调

开得很热。当时以为只是普通感冒。之后有个同学聚会，大家都迁就他的上班时间，他本来有点纠结，最后还是参加了，要了一副公筷，吃得不多。事后他感到庆幸，他的同学没有人感染。

1月2日，正在上班的许世庆感到很不舒服，去同济医院拍片子，医生说有点严重，建议去武汉市肺科医院，那里有全科专家正在搞发热门诊。随后他便去了肺科医院，没确诊，开了一些药回家吃。

过了两天他发高烧，又去了肺科医院。医生说他有肺气肿、支气管扩张，在普通病房住了两天，才转到隔离病房。在他住院的第二天，妻子也发烧入院，后来被送去金银潭医院。

此后40多天里，包括春节，他都在病房中度过。

在许世庆发病的同时，郭琴也感觉到，来医院的发热病人开始增多了。

郭琴是武汉大学中南医院急诊科的一名护士。去年12月底，医院下发了通知，对发热病人有一套专门的就诊流程，需要发口罩、登记信息。几天后，急诊病房改造为隔离病房，专门收治这类患者。

郭琴说，急诊科风险较高，1月7日起就开始穿防护服；在此之前，他们会戴外科口罩，如确定患者有不明原因肺炎，也会穿防护服。

1月6日，郭琴初次接触新冠肺炎患者。那人50多岁，从菜场买菜回家后接连高烧，入院时已是重症，生命体征不稳定，她在ICU参与了抢救。之后一周，她又接触到5位后来被确诊的患者。

那阵子，她每天工作时间很长，有时只能睡四五个小时，直到身体出现不适。

1月12日，她上完10个小时的夜班，回家后身体一直发冷，到了晚上开始发烧。她怀疑自己可能感染了，没再和家人接触，自己睡一间房，吃了抗病毒的药，喝了大量的水。

第二天早上起来，感觉头痛、四肢疼痛，下午烧到了39摄氏度。丈夫把她送去医院，查血、做CT、做核酸检测。确诊结果是两天后才告诉她的。当时同事只是委婉地表示，怀疑是新冠肺炎，需住院观察。并安慰她说："不要害怕，有我们在，我们这么优秀，对吧？"

她嘴上说"我还好"，心里还是有些害怕。那天晚上，她住进隔离病房，和之前护理的患者住在一起。她不由想起那个重症病人，入院后出现呼吸窘迫综合征，最后上了体外膜肺仪（ECMO），才抢救回来。她担心，自己会不会也发展成那样？

郭琴不会忘记，生平第一次作为病人躺在病床上度过的那个夜晚。

她整夜没能入睡，伴有发热、恶心、乏力和疼痛。耳边回响着监护仪的滴滴声，病人的呻吟声，治疗车轮子的滚动声，还有同事急匆匆的脚步声。

当晚值班的同事是郭琴的徒弟，一个年轻的小姑娘，刚进来一个月，"她一来接班，就说：'郭老师，等我不忙的时候，就来陪你说话'"。但那天晚上她特别忙，一晚上没停。郭琴心疼她，却帮不上忙。

"每次她停下来站在我的床边，我可以感受到，她在看着我。"郭琴想到自己以前值夜班的时候，也是这样到每个病人床边，观察他们呼吸是否顺畅平稳，睡得怎么样。有老人要上厕所，还要帮忙脱穿裤子、抱上床。

当郭琴成为那个被照顾的角色，才体会到，原来医护人员这样忙碌、辛苦，原来病人真的会不忍心麻烦护士，不好意思喊人。

也许正是那个无眠之夜的某一刻，让她暗自下定决心，等病好了，就回来上班。

凌晨四点的朋友圈

虽然早期已有一线医护感染，但大部分普通百姓真正认识新冠肺炎是从1月20日开始的。那天，钟南山院士在央视采访中确认，"新型冠状病毒肺炎是肯定的人传人"。

然而，居住在武汉郊区盘龙城的邱贝文一家后知后觉。

邱贝文的丈夫万路在盘龙城开发区第一小学旁经营着一家海鲜烧烤店，基本上每星期都要去华南海鲜市场进一次货，那阵子店里的货比较充足，隔了10来天都没去市场，正好错开了出事的时间。

后来他们看报纸才知道，其中一家有感染的店就是他们经常进货的商铺。那家店已经有人因新冠肺炎去世了。

邱贝文当时有点吓到，后来又释然，"因为我们拿的不是野味，只是牛肉，而且十多天没去了"。邱贝文说，她老公也觉得很庆幸，两人之后没怎么关注新冠肺炎的讯息，以为就是"可以控制"的小传染病。

1月20日左右，万路还在为店里采购各种肉类海鲜，以备营业到大年初六。之后两天，封城的消息传来传去，大家开始谈论肺炎，但邱贝文感觉，郊区的人对这个病没什么概念，即便在封城后，很多人也没有意识到疫情的严重性。

2月中旬封控小区之前，她还经常看到有些人出门不戴口罩，她过去劝说，对方不以为意。

封城后，每天看着网上各种信息，朋友圈里也在传医护人员求助的截图，邱贝文揪心到睡不着觉，心里开始有个念头在滋长。

1月24日除夕夜，身边在医院上班的朋友发来一段语音，一段崩溃的哭诉。这压倒了邱贝文的"最后一根神经"，她无法再继续袖手旁观，必须要做点什么。

在丈夫万路眼中，邱贝文那天晚上"边看边流泪"，捧着手机在编辑朋友圈，犹豫了很久。他不知道妻子在想什么，先睡着了。

这条后来登上微博热搜的朋友圈，在25日凌晨06:33发出来了。

"我在盘龙城，开车送161医院15分钟，送协和医院40分钟，只要医院医护人员需要吃饭，无论哪个点，提前半小时打我电话153＊＊＊＊1171，24小时在线。"

早上六点多，第一通电话打进来了，此后连续两三天24小时电话都没停过。起初很多人打电话只是为了核实、转发，此后才主要是医护人员。

被电话声吵醒后，万路才知道妻子瞒着他做了这么大一个决定。刚开始他有点蒙，"挺无语的"，但还是觉得这件事值得一做，只是要量力而行。

其实在发这条朋友圈之前，邱贝文已经考虑一天了。"不是因为怕感染，我当时对感染一点概念都没有，我想的第一点是人手够不够，能不能做？"她事先问过6位员工，他们都很支持，但朋友圈发出来后，因家里人反对，都不能到场。

正发愁着，"后援军"就到了。那条朋友圈她屏蔽了爸妈，却忘了屏蔽其他家人。尤其亲妹妹知道后特别担心，"骂骂咧咧"地说她，"我们姐妹俩很爱彼此，她觉得我要考虑孩子，但又很想支持"。于是，妹妹带着妹夫来了，万路的弟弟和妹妹也加入了。

当天上午，万路到超市采购了三千多元的蔬菜、鸡蛋和大米，同时作为唯一的厨师掌勺，其他人负责准备食材和装盒打包。但除了万路，其他人平时都没怎么下过厨房，邱贝文更是连菜刀都没碰过。

第一天"手忙脚乱"地做了180份盒饭，两荤一素，每份15元。邱贝文说，原本想定价10元以内，但菜价贵，这个价格做不了多久就会亏到做不下去。"我们是小本生意，我们一定要收费，但一分钱不赚。"

订单量与日俱增，从两三百份涨到八九百份。后来婆婆叫上公公，公公又喊了爸爸，除了在家带孩子的妈妈，一大家子9口人全上阵了。最忙时，一天要做将近一千份饭。9个人从早上8点忙到晚上12点，中间几乎没得休息。有一次为了准备第二天的食材，切菜切到凌晨两三点。

超市10点开门，限定人数，负责采购的公公每天一早在门口排队，第一个进去。超市人流密集，但是没有办法，他们没得选择。菜市场都关了，离得最近的批发市场环境更糟糕，那里的人连口罩都不戴，或者戴了口罩把鼻孔露出来。

在邱贝文看来，家人的全力支持，一个最主要的原因是，他们和自己一样不知道疫情有多严重，如果知道了，可能就不会同意了。

第一次去医院送餐，邱贝文记忆很深刻。当时刮着很大的风，下着雨，街上空空荡荡，很冷清，没什么人，也见不到几辆车。她从来没有见过这样的武汉。还没靠近医院，消毒水的味道就扑鼻而来，她在医院旁边停了车，不敢更近一步。四周一片寂静，她站在外面等，鸡皮疙瘩从脚底蔓延上来，整个人都在发抖。

那一瞬间，她突然害怕了。

当时她只戴了一个普通的口罩。之后再想备些医用口罩、酒精、消毒水，已经很难买到了，不得不求助亲友。

尽管如此，她还是庆幸自己做了这件事情。因为那段时间，是一线医护人员最难熬的时期，"什么都缺"，缺吃、缺用、缺防护、缺人手，连上下班也成了一个难题。

多休息一刻钟也好

在邱贝文考虑为医护人员送餐的同一天，住在汉阳区的张伟加入了接送医护人员的志愿者大军。

张伟今年 31 岁，长期在泰国做射击教练，1 月 9 日回武汉，陪父母过年。除夕中午，他看到越野发烧友群里发了招募车队志愿者的帖子，立即扫码入群，当时群里只有几十人，接活儿全凭自愿。他当晚接了一个护士去医院上班，还送了一批定向捐赠的防护服给三个指定医院。

其中 200 件送给湖北省中医院。到了医院，门口站着一位 50 多岁的男医生，穿着白大褂、皮鞋，仅戴着医用帽和外科口罩。

那个画面令张伟难以忘怀：一个年近花甲的男医生，看到防护服来了，一边拍手一边在台阶上跳，"太好了！太好了！"他一连说了好几次，然后迫不及待地打电话，让科室人员推着小推车来收货。"感谢你们！你们都是好人。"医生真挚地说道。

仅仅过了一晚上，群成员就增加到 500 人了。张伟又加了十几个志愿者群，哪个群有消息，需要用车，他有时间都会去接。"我这个人用武汉话说就是'岔巴子'，喜欢管闲事，爱揽事儿。"张伟自侃说。

从除夕晚上至今，他每天接送医护人员上下班，有空就去运送物资，目前大概累计接送过 200 余人次。

父母担心他，也劝过他："你冒着生命危险，至于吗？"但张伟觉得，医护人员才是冒着生命危险在救人，"我还年轻，抵抗力好一些"。

刚封城那几天，医院最缺防护物资。张伟白天拉物资往医院送，跟调配物资的负责人和捐赠人联系，问可不可以留几套防护服给志愿者用，他们同意后，就给他发一两套防护服。每次他拿到防护服就放在副驾上，接送医护人员时送给他们。

"医护人员距离危险最近，比我们更需要。"他说。泰国的同事听说他在做志愿者，给他寄了 200 个 N95 口罩。他出门就戴个口罩，此外没有别的防护措施。

大年初二早上 9 点多，他去市第五医院接一位下夜班的护士。两天前，这家医院成为武汉第一批被征用的七家定点医院之一，也是汉阳区唯一收治发热病人的定点医院。汉阳区所有发热病人、新冠肺炎患者一下都涌到第五医院，人满为患。

护士告诉他，封城后公共交通停运，有时求助找不到车送，便骑共享单车上班。她住在靠近沌口开发区的地方，距离医院十几公里。骑一两个小时到医院，再爬十几层楼的楼梯（电梯是污染区），再穿上防护服，连续工作8个小时，中间不能脱，不能吃饭，不能喝水，不能上厕所。

张伟听完后"特别心疼"，在他眼里，这位护士不过是一个"90后的小姑娘"。

他还听说一些医护人员家住汉阳区，医院在江对面的武昌，找不到车，不得不从三环大桥走过去上班。他恨不得在车上贴张纸，写"医护人员招手即停！"但打印店都关门了，他只能多看看群消息。

他每天早上5:30起床，会收到6000多条新消息。查看完重要消息，就要把群聊记录删掉，不然手机会卡死。每天晚上，他会把第二天早上的接送任务尽量排满，几点钟，去哪，接谁，送到哪，安排好再睡觉。

早上6点出门时，父母还在睡觉。一般送完上早班的医护人员，他再吃早饭。运气好的话，遇到卖早点的店铺，可以吃到热乎乎的东西；运气不好，只能到超市买点东西垫垫肚子。等到9点，上夜班的医护人员下班，他再过去接。

早班的医护人员基本都是8点上班，他不能出发太早，冬天早起困难，医护人员都很疲惫。有次他和家附近的一个护士约好时间，但第二天早上，临时需要接一个医生去省中医院光谷院区，6点多给护士打电话，问她10分钟后可不可以出门，当时护士还在睡觉。等快到她家楼下时，她打电话说不用接她了，一会儿她再想办法去医院，她想多睡一会儿。

这件事让张伟挺不好意思的。他是一个时间观念很强的人，和别人约好基本不迟到。平时医护人员上车地点分散，下车地点也分散，路程也比较长，中途还要停车，但他必须在早上8点前将每一个医护人员送到医院。如果早班的医护人员迟到了，意味着夜班的医护人员没办法正点下班，"大家都很辛苦，能多休息一刻钟也好"。

有一次早上9点多，张伟去市第四医院接三个护士下夜班，她们都住在汉阳区，距离他家不远。送完后，他回家吃早饭，一边刷群消息，突然看到刚刚送回去的三个护士的求车信息，要再从家送到医院。他马上联系她们，出门去接。第一个护士上车后解释说，领导刚来电话，上早班的两个护士晕倒了，需要两个人过去顶班。

"刚刚下了夜班，回家不到半小时，又要去上 8 个小时的早班。"张伟没法想象这种高负荷的工作状态，在此之前他也不知道，医院的人手这么紧张。

类似的情况邱贝文也遇到过。

1 月 26 日下午 1 点，她把 150 份盒饭送到汉口医院，当时医护人员正在重症病房里忙碌，没办法出来取餐，她一直等到下午 3 点，才接到对方电话，让她把饭放在门卫室。但返回店里没多久，又接到电话说，他们现在有紧急任务，没时间吃饭，希望把这些饭免费送给其他医院。

她和志愿者又返回医院。这时盒饭已被搬到一楼的食堂。她不敢进食堂，志愿者替她进去，把 150 份盒饭抬上车，然后辗转送到各个医护人员安置点。再次回到店里时，已经晚上 8 点了。

有人逝去，有人归来

当护士的第 15 年，郭琴住进了自己工作的病房，成了医院第一个感染新冠肺炎的医护人员。幸运的是，她也是第一个痊愈的病人。

1 月 16 日，住院三天后，郭琴退了烧，各项检查都显示情况稳定。隔离病房 15 张床都住满了，还加了两三张床，但床位还是很紧张。郭琴便出院回父母家隔离了。父母家有两层楼，可以分开住。直到此时，父母才知道她感染了新冠肺炎。

一开始，母亲没有很在意，有时候不听劝，非要进她房间聊天，还不戴口罩。父亲关注得多，就比较担心她，老是问："你要吃药啊，你什么药都不用吃吗？你要不要打电话问下专家？会不会越来越严重了？这好得了吗？"

隔离期间，郭琴每天在家看书、听音乐，为了加深对病毒的认识，还看了 SARS 和埃博拉的纪录片，以及相关医学文献。她说，很久没有这样休息了。

但看着工作群里的同事越来越忙碌，人员越来越紧张，她只想快点回去跟他们并肩战斗。

1 月 27 日第二次复查，结果也是阴性。当时，她第一反应是终于可以去见孩子了。但转念一想，上班了还是要继续隔离，还是不能见面。

第二天，郭琴就回去上班了。十几个同事以拥抱迎接她，说咱们的英雄回来了。其实她并非无所畏惧，她只是觉得，自己是第一个感染并痊愈的医护人员，这对同事是一种激励，对病人而言则是安慰，是战胜病毒的信心。

返岗后，郭琴像往常一样护理危重病人。不同的是，这次需要全副武装地面对"敌人"。

为了节省一点物资，她和同事们每天只穿一套防护服，尽量不喝水不上厕所；防护服很闷，一活动就会出汗，湿了又干，干了又湿；口罩戴着也闷，有时候喘气都有点困难；护目镜容易起雾，老是看不清楚；长期接触消毒水、戴手套，手也长了湿疹，出现干燥裂痕……

她无暇在意这些不适感，只要一穿上防护服，就步履匆匆地忙到停不下来。

"我们这层楼有三十多个病人，这里的护士走路都是连走带跑的。"这是许世庆住院这么长时间的最大感受。有一天他问早班护士，你们什么时候吃饭，护士说（下午）两点半下班后再吃。

在许世庆眼里，这些护士跟自己的女儿差不多大，但女儿也没有像她们这样无微不至地照顾自己，"真的是特级护理"。他只要看到医护人员，心里就很踏实。

刚住院那两天，他吃不下饭，只能喝一点粥，吃个鸡蛋白；一躺下来就呼吸困难，只能坐着。连续发烧十几天，一直在喘气，直到烧退了才不喘。心电监护仪用了二十多天，每天接受吸氧、雾化、抗病毒等治疗。

1月28日，妻子出院回家，女儿当天下午开始发烧，第二天烧到39摄氏度以上，后来也住进了医院。他和爱人生病，他都不紧张，但女儿一生病，他当天晚上睡不着觉，"心都在绞痛"。直到几天后女儿病情稳定了，他才松了一口气。

一家三口都能住上院，他觉得运气挺好的。但有些人就没有那么幸运了。

他有一个歌友，69岁，在圈子里特别活跃，1月份还在组织活动。1月20日开始发病，到门诊打针，在朋友圈求助，等了10天，没排到床位，2月1日在家里去世了。

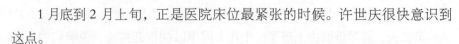
1月底到2月上旬，正是医院床位最紧张的时候。许世庆很快意识到这点。

2月4日，住在硚口区的岳父开始咳嗽，连续发烧四天，去社区发热门诊拍CT，显示肺部感染，只能在家等做核酸检测，身边无人照顾。两天后被送去隔离点。

2月7日，许世庆入院的第34天，因停了9天药，病情复发，咳嗽、胸闷，又去拍片抽血，还打了青霉素。之后医生每次来查房，都让他叫家人去买丙球蛋白，说可以提高免疫力，帮助治疗。

可是谁帮他买呢？女儿在住院，妻子刚出院在家吸氧，一动就喘不上气，也没有交通工具。

过了几天，医生告诉他，可能要把他转去方舱医院。他表示愿意，毕竟自己一直不转阴，应该把病床留给更需要的重症病人，他中午清理好物品，随时准备走。

那段时间，好消息和坏消息总是交替传来，让人的心也跟着起起落落。

2月12日，女儿出院回家。16日，妻子再次查出双肺疑似感染，晚上11点被送往酒店隔离。同一天，许世庆也终于出院了。

那天下午，他骑车骑了十几公里，大概两个小时，回到家已经天黑了。他感觉到久违的自由。

他活到56岁，已经送走了6个亲人。每去一次殡仪馆，都觉得，人生活着就是胜利。经过这场大病，他更加爱惜身体，决定在家好好调养，一年内不再唱歌，担心对肺不好。

不能后退的理由

现在回头看，邱贝文觉得当时做这个决定"太冲动"。

至今，她给武汉八成以上的医院都送过餐，接触了很多医护人员和志愿者，才了解到原来疫情比她想象的严重得多。她说，如果一开始就知情，她应该不会去做这件事。"因为我就是个很普通的人，我有家庭有孩子，没有人是不怕死的。"

但是她没有后悔过。

"因为需要你的人太多了，每一个向你求助的人，你根本没有办法拒绝。当他们开口说出第一句，你可能就受不了了。你明显能感觉到，他们冲在最前面，已经为你挡了很多东西。就像打仗一样，必须有一排兵去挡那些子弹。这个时候，我觉得是个人都不会说退，也退不了。"

有一次，她给洪山区一家骨科医院送 500 份盒饭，四个护士出来迎接，每个人脸上都有压痕，看样子是刚刚脱下防护服，还没来得及穿外套，只披着一件白大褂，里面的秋衣也很薄。

邱贝文站的地方离医院有一段距离，走在最前面的那个女孩，一路小跑跑过来，稚嫩的嗓音喊着："姐姐！姐姐！"然后在离她两米远的地方，停住了。

那一瞬间，她突然有了勇气，一点都不怕了。不知道是因为"姐姐"这个称呼，让她想起了自己的妹妹，还是因为，这个女孩只有 23 岁，一副青春单纯的模样，可能还不知道前面的路会怎么样，但说出的话却透露出一股坚强，像极了 20 岁的自己。

第二天，女孩告诉她，他们医院要开始收治重症肺炎患者了。

志愿者张伟也遇到过一个年纪很小的女护士，她一路上很安静，没有说话，下车时送给他一盒阿比多尔，她说这药是医院给内部人特发的，有预防作用。当时这个药在武汉已经断货，后来他在群里看到有人发图片求药，才知道它这么珍贵。

在张伟看来，医护人员都很善良。一个白头发的男医生令他印象深刻，那人很斯文，也很执着。"早上我送他上早班，到了医院后，他不让我走，让我等他一下，然后急匆匆跑进医院。过了一会儿，他把医院里的紫外线灯牵出来，要给我的车消毒。到处找接线板，我说我有准备消毒液，但他坚持要连紫外线灯，问了保安、同事，找了很多人，最后实在找不到这么长的接线板，他才不好意思地让我走了。"

接送医护人员这件事，张伟说他会一直做下去，直到不需要他的时候。

邱贝文也抱有同样的想法。最近因为送餐的饭店多了起来，单量回落到两三百份，轻松了许多。

如今，医院不缺吃不缺喝了，她开始琢磨自己还能做些什么。听说免疫力强，病毒不易入侵，她就想，要不要做些汤给医护人员喝。她想起自己坐月子时喝的鸡汤，就去超市买了五千多元的黑土鸡，加上山药等配料，做了几百份汤，免费送给医护人员喝。

本来只想送一两次，但鸡汤受到一致好评，其他没喝到的人都说想喝，邱贝文就决定再送几次。能被他们需要，她觉得"超开心"。

大概半个月前，邱贝文对疫情还比较悲观，担心这担心那，还跟丈夫说，万一自己真的感染了，也挺值得的。丈夫觉得她太焦虑了，劝她说，有这么多人在努力，情况必然会越来越好。

2月21日，一个护士给她发消息，说他们现在不缺东西了，各方面都在往好的方向发展。她看到之后特别欣慰，期待在不久的将来，武汉恢复往日的生机。

她向记者介绍自己的家乡：武汉是一座很热闹的城市，很有市井烟火气。大家每天起得很早，一定要去吃早餐，早餐很丰富。武汉人也很喜欢吃宵夜，不论有没有钱，都喜欢，这是一种生活方式，尤其到了夏天，你会发现，男女老少都在外面吃宵夜。武汉没有夜晚，走到哪里都是灯，时时刻刻都有人，到处都有24小时营业的店……

最后她说："很高兴认识你，我叫邱贝文，疫情过后一定要来武汉玩，它是座充满热情的城市，像我。"

元宵节，邱贝文一家为医护人员准备了汤圆。墙上写的是邱贝文的座右铭：人总要仰望点什么，向着高远，支撑起生命和灵魂。（文中张伟为化名）

（原载《澎湃新闻》2020年3月4日）

上海市民模子！争相来当"临时工"

白领、职员、创业者一夜不眠　志愿投入口罩生产

劳动报首席记者　罗　菁

2月1日上午7时许，施伟铭终于走出了口罩生产车间。他更新了自己的朋友圈——"经过一晚上的努力,30万只口罩产量已达到"。

此时，施伟铭和车间里其他人一样，已经工作了整整一夜。

白领、职员、创业者……这些流水线前的人身份各异，他们从申城各区驱车几十公里，不眠12小时，志愿前来，就为了在这家位于松江的口罩厂里当一名"临时工"。劳动报记者的镜头，捕捉下了这些市民的工作场景，记录下了他们的身份转换，也留存了他们真实的心声吐露。

一次特殊的志愿者活动

让我们把时钟倒转到1月31日的19时，美迪康医用材料上海有限公司的会议室中。

上海益路同行公益促进中心副主任周蓉点完了名，心头热乎乎的，"有这么多志愿者来"，这是一次特殊的志愿者活动。

美迪康医用材料上海有限公司是疫情口罩的指定生产厂家，加班赶制的产品均送往急需使用的医院。由于生产一线人手紧缺，正急需相关人手。

机缘巧合之下，益路同行公益促进中心知晓了这一消息，周蓉抱着试试看的态度联系了厂家，双方一拍即合，后者提供出夜间的生产线，让志愿者从事口罩质量筛检并装箱等工作。

"请各位志愿者携带保暖的外套及保温杯，必要的话也可以准备一些咖啡，由于通宵工作，第二天早上可能会体感较冷。"

"厂方会在午夜12时左右提供每位志愿者一顿宵夜，如果有必要可以自行携带一些食物。"

到达之前，周蓉在微信群里不厌其烦地发布着各种提醒。"我们的志愿者来自于各行各业，对于几乎没流水线操作经验的，必要的通知还是需要的。"

接受培训，换上生产工作服，接受消毒，记者和志愿者们走进车间，一股闷热和机器的轰鸣声迎面而来。

12小时的工作，从这一刻开始了。"出乎意料，我竟然没有一丝困意。"48岁的志愿者潘艾方笑着告诉记者。在1月31日之前，她已经来这里参加过一次志愿活动，算得上是"熟练工"。

潘艾方在沪上"小有名气"，她曾是上海市人大第一批农民工代表，全国三八红旗手。

当她在朋友圈中看到招募志愿者的消息后，她第一时间就报名参加了。潘艾方特别清点过那一晚整理和打包的"战果"——30400个口罩。这，是她心中的"高光时刻"。

从写字楼到车间一线

"本来，我和老公应该这个时候喝着热红酒，在四明山度假。"志愿者之一、上海一家外企的财务总监EMMA笑言，"现在，我们成了工人。但这比度假更值得回忆。"

对于EMMA来说，她习惯的工作地点，是宽敞明亮、环境宜人的写字楼内，"非常安静，同事之间，大多通过邮件和微信沟通"。

尽管有心理准备，但走进车间流水线的那个瞬间，EMMA还是被震撼到了。转动的机器、轰鸣的声响、不断落下的成品……

"之前我一直还以为自己心灵手巧，现在突然发现自己笨手笨脚。"EMMA手足无措之时，旁边的"师傅"先送上了贴心的工具——一副耳塞，然后手把手地教她操作——25个口罩一摞，用手撑开检查有无问题，然后放在一旁等待装箱。

作为阿克曼医疗检验所的一名员工，又曾经在 120 急救上过班，施伟铭对疫情的感受更深。早在几天前，他个人募捐 20 万只口罩、十箱消毒水、三箱泡腾片发往武汉。

"就想尽一分个人之力。"施伟铭淡淡地说道。在来工厂里之前，他还专门在火车站担任志愿者，负责的是测量体温。

"其实，我在家也没事。"一个小时后，施伟铭终于等来了消息——他可以帮忙去装箱。

十一个小时后，他更新了自己的朋友圈——"经过一晚上的努力,30 万只口罩产量已达到"。

此时，已是 2 月 1 日，施伟铭和车间里其他志愿者一起，工作了整整一夜。

（原载《劳动报》2020 年 2 月 2 日）

为画出疑似患者行动轨迹

流调"侦探" 9小时抽丝剥茧

劳动报 黄 兴

眼下，上海每天两次发布新冠肺炎患者的确诊和疑似病例人数。在关注数据上下起伏的同时，还有一个问题也牵动着大家的心，那就是每个确诊和疑似患者的行动轨迹。他们去过什么地方？和哪些人接触过？会不会和我的生活产生交集？

从字面上看，患者行动轨迹只是几个简单的场所，但这些地点以及相关的密切接触者是如何挖掘出来的？做个小测试：你能回忆起昨天在哪儿干了些啥么？一周前呢？两周前？越往前推，记忆越是模糊。抽丝剥茧、模拟推导，最终将人的只言片语拼凑成一张张完整的患者轨迹图，这就是流行病学史调查员的工作。

为了还原神秘的流调工作，劳动报记者来到了闵行区疾控中心蹲点，跟着这些"侦探们"体验了一场奇妙的"绘图"之旅。

2月18日14: 40 闵行区疾控中心总值班室

"泓泓，你负责这个病例，他之前去过五院，有发热症状。"一楼总值班室内，值班员金宝芳递给流调员陈泓泓一张从第五人民医院传真过来的疑似病例门诊单。

闵行区疾控中心的流调小组有42个人，他们肩负着区内所有医疗机构的流调工作。陈泓泓就是其中之一。

她迅速浏览了一遍疑似患者的基本情况，迈开步子冲向应急物资准备室，换上白大褂，拖出一个拉杆行李箱。

这个箱子就是流调员陈泓泓的流调包。"一次性口罩 10 个，N95 口罩 2 个，防护服 2 套，免洗消毒液 1 瓶……"她快速清点完物资，又抓起一台笔记本电脑和一个样本箱，直奔院子。

院子里，一辆出勤车正等着她。半小时后，她将抵达市第五人民医院，完成疑似患者小朱的流行病学史调查，同时带回检测样本。

上车坐稳，陈泓泓立刻打开电脑，手指飞快地输入病例信息。这是她参与流调工作后积攒的经验。按规定，从接到医院通知那刻起，她必须在 2 小时内填写完成流调核心信息报告，24 小时内提交完整报告。除去路上的时间，留给她完成核心信息录入的时间不足 1 小时。

争分夺秒。陈泓泓一边对照着门诊单，一边抓紧时间填表，身体随着汽车的摇晃左右摇摆。

2月18日15：46　上海市第五人民医院

第一次来五院做流调，不小心迷了路。兜兜转转，陈泓泓终于找到僻静的办公室，拨通了疑似病例小朱的电话。她铺开一张 A4 白纸，接下来的 1 个小时里，这张纸上将如实记录下所有的时间节点。

流行病学史调查最核心的内容是追踪病例出现症状前 14 天的行动轨迹。小朱是 2 月 13 日被社区工作人员送往集中隔离点的。而在 1 月 27 日—2 月 5 日间，他和妻子都在辽宁省抚顺市探亲。陈泓泓在纸上迅速列了一个时间轴，1 月 27 日—2 月 14 日，后面空出来填写具体人员、活动。

"探亲这段时间，你和谁在一起，去了哪儿？""怎么去的火车站，坐的哪班车？""去过公共场所吗？比如超市、公园……"这是流调员问得最多的问题。所有的问题都围绕着"时间、地点、人物"进行。

"我，我真的想不起来了。"当问到其中一天具体活动场所，电话那头的小朱卡了壳。对于两周前的事情，他脑子里乱哄哄的，更何况他是第一次去抚顺，地名根本记不全。

"别急，是和老婆出去逛街了吗？有没有在小区里遛一遛？"陈泓泓感觉对话陷入了死胡同，试着建立可行性场景，模拟当时的行为，"你可以看看手机照片，说不定有记录"。

"就在小区里转了转，主要是陪岳父岳母。平时烧饭也是他们负责。"随着陈泓泓的引导，小朱似乎想起些什么。"那你和老婆出去买过菜吗?"陈泓泓又提出一种可能。

"也没有。"

"2月6日回到上海后，做了些什么事?"

"我……我还是想不起来……"说到这里，小朱开始焦急起来。

感觉到小朱情绪上的变化后，陈泓泓改变了直接询问的方式，开始拉起了家常。"这么久没回家，家里应该没菜了吧? 有没有出去买菜?"

"去了去了!"仿佛一下子打开了记忆的大门，小朱开始陆续说出行程细节……

"菜场地址是哪里? 几点去的?"

"我查查看……"在陈泓泓的提醒下，小朱通过支付宝账单找到了当天的确切时间地点。陈泓泓悬着的一颗心终于放下了。

在流行病学史调查过程中，像这样引导患者回忆的小方法还有很多。通过一步步引导，同时也是一步步印证。

2月18日17: 26　出勤车

从疾控中心出来时，还是阳光明媚;收工返程时，已是夕阳西下。上了车，陈泓泓第一件事便是掏出随身携带的矿泉水，猛喝了一口。1小时的"聊天"，没有一分钟的停顿，她早已口干舌燥，嗓子嘶哑。

稍微缓了缓后，陈泓泓又开始填表，在之前记录表上圈重点。

一份准确完整的流调报告，必须详细记录下患者在各个时间节点里所有的活动，并要形成一条完整的证据链。这意味着，患者的行动轨迹必须经得起推敲，行为符合逻辑，每个环节都要尽可能细致。任何一个细节的缺失，都有可能使报告推倒重来。

陈泓泓习惯在回程路上就开始复盘整个活动轨迹。因为患者记忆常会有偏差，复盘时就会发现其行为逻辑上的不顺畅，一旦看出问题，流调员就可以在第一时间联系患者或者家属复核情况。

2月19日 00: 38　闵行区疾控中心总值班室

输完最后一个空格，鼠标轻点"保存"，小朱的流行病学史调查报告终于完工了。陈泓泓长吁了一口气。这时她才发现自己有些饿了，于是从旁边的柜子中取出一碗方便面。熬夜吃夜宵，这是她长期以来加班养成的习惯。

事实上，这不是陈泓泓第一次凌晨加班。对于流调员来说，24 小时待命值守是家常便饭。而流调时间常常集中在下午，甚至是凌晨。收到医院发来的疑似病例信息，便要立即出发。从疫情发生以来，流调任务非常繁重，队员们都自觉守在疾控中心待命，只为了减少路上来回的时间。

这天凌晨，这份花费了 9 个多小时的行动轨迹图被火速上报。几个小时后，天光放亮，一场围绕患者小朱的流行病防疫战在全市的各个角落打响了。

（原载《劳动报》2020 年 2 月 21 日）

"肺"常时刻| 记者直面"新冠"转运急救人员

有过彷徨和恐惧，但毅然冲在最危险一线

劳动报记者　胡玉荣

急救人员必须分秒必争完成转运重任。他们，也有过彷徨和恐惧，最后毅然冲在最危险一线。

"我们也怕，但职责所在！"

面对突如其来的新型冠状病毒感染的肺炎疫情，除了和患者密切接触的医护人员外，负责疑似患者转运的 120 急救人员无疑也深处危险的第一线。

2 月 1 日，记者来到了奉贤区医疗急救中心设在该区金汇镇的转运急救站。自 1 月 22 日成立以来，转运站无论白天黑夜，只要有需要，急救人员必须分秒必争完成转运重任。他们，也有过彷徨和恐惧，最后毅然冲在最危险一线。

自告奋勇完成"自我救赎"

走进转运站，正在值班的急救医生李博文趁着休息间隙，正抓紧时间和未婚妻在微信上聊着悄悄话。因为肺炎疫情，他取消了 2 月中旬准备举行的婚礼，主动报名参与了转运任务。

而就在一周前，这个小伙子被领导严厉斥责"不能干，就交辞职报告"。

1 月 24 日傍晚，还在值守普通班的李博文接到了指令，迅速出车前往海湾地区，有发热病人需要救治。

因为当时拨打 120 电话的病人自诉没有湖北的过往史也没接触相关人员，李博文就和司机两人和平时一样，仅戴着普通的医护帽和口罩出发了。到了现场，李博文看着眼前时不时咳嗽的病人，再三询问病情和经历。突

然，病人的一句话让他的心吊到了嗓子眼。"我们单位有一个同事，刚刚从武汉回来。我有些发烧，才打电话给你们的。"

他强忍着紧张，将病人送到了中心医院发热门诊就医。可是下班回家后，再也睡不着了，各种可怕的念头出现在脑海中。凌晨2点，他再也忍不住了，直接打电话给中心领导王仕豪，开口就是一通埋怨。"这样的病人，你们为何不叫我们穿好防护服，以后这样的活不要叫我干！"电话那头，领导再三安慰解释，但是他就是听不进去，"你以为就你最危险，比你危险的医护人员多得去了。如果你不能干，交辞职报告！"王仕豪也发火了。

"当时我真的太害怕了！"回忆着一周前发生的事，李博文的脸红了。他告诉记者，第二天醒来，想到过去十几个小时发生的事，再看着网上铺天盖地关于同行们不顾自身安危救治新冠肺炎病人的消息，彻底"醒"了。当转运站需要第二批急救人员时，他第一时间毅然报名，完成了人生中的最重要"自我救赎"。

确诊病人康复让我很幸福

"前几天看到这位病人康复出院，是最幸福的事，我兑现了对她的承诺。"承担转运奉贤区首例新冠核酸检测阳性病人的韩世忠医生，这几天的心里是甜的。

1月22日，奉贤组建成立了专门负责疑似患者转运的转运急救站，并将于次日正式启用。作为首批报名的医生，正当韩世忠当天准备下班告诉家人这件事时，突然接到了指令，"请工作人员做好防护准备，待会将转运隔离病房病人"。一听电话中凝重的语气，大家知道即将发生什么。

"我们转运的主要是三种人，一种是有湖北接触史、发热及相关症状的病人，前往医院发热门诊；还有一种是检测下来为阴性，但是需要前往隔离观察点继续观察的；最后一种就是检测为阳性，送往定点医院需要进行进一步确认的。"韩世忠说，这次转运的病人就是第三种。

第一次这么近地接触患者，韩世忠也十分紧张，整个人觉得呼吸不畅。"当时看到患者明显在发抖，问她收拾好东西没有时，她不耐烦地说了一句'急什么'"。看到病人的焦躁情绪，聪明的韩世忠马上小声回答"不急的，

你慢慢理东西，我们等着"。

几分钟后，他们走出了医院，病人的情绪得到了明显舒缓。一路上，韩世忠不断劝慰着她，"当年的 SARS 比现在还严重，后来都看好了。都过去十多年了，医疗技术突飞猛进，肯定能看好你的病，别怕!"病人听后，平静地点了点头，最后很配合地进入定点医院治疗。

"穿着防护服转运病患，与以往的急救相比大不一样。"韩世忠告诉记者，由于防护服密闭、不透气，闷在里面很难受，口罩密闭效果好，呼吸也不顺畅。转运病患时，这身装备常常一穿就是两三个小时，里面的衣服每天都被汗水打湿，护目镜也经常蒙着一层水汽。脸部因为护目镜、口罩等，会被勒出深深的痕迹。

"真希望转运出去的病人都能早日康复出院，我们也早一点能脱下这身防护服。"他幽默地表示。

一天 200 通电话力求后方保障

从 1 月 22 日至今，目前拥有 16 名工作人员的奉贤转运站 24 小时不休，随时响应市区二级的指令。已经组建完毕的梯队，也随时准备接力冲锋一线。

每一项使命必达的背后，既需要一线人员迅速出击，也需要后方人员全力保障。采访中，奉贤区医疗急救中心负责业务的副主任朱贵的电话不时响起，半个多月来，他几乎没有好好休息。每个急救人员首次接受转运任务，他都要一一确认流程是否到位，防护设备是否穿戴整齐。同时，还要想法设法把各种防护和消毒物资筹集到位，以备不时之需。

朱贵说，目前奉贤有一辆负压急救车负责转运任务，这种特殊车辆可以保证车内的空气不外溢。"每次任务回来，不仅车辆的全身需要消毒，车内也要用特殊的喷雾设备进行消毒。最多的一天，出车近 8 次，物资消耗很快。"可是，消毒和防护物资筹集太难了，尽管 1 月初开始筹备，但是经不起长久的消耗。

在他的手机上，有一天的通话次数达到了 200 多次。"大家都在抢物资，兄弟们在前面拼命，我们只有动足脑筋，想方设法做好他们的保障!"

而在医疗急救中心领导的心里，最害怕的是急救人员遇到隐瞒过往史或者情绪失控的病人。"隐瞒过往史，不仅对病人自己的治疗不利，也会给一线急救人员增加风险；而情绪失控的，会出现随时吐痰、拉开急救车窗等举动，都十分危险。"朱贵表示，在这非常时刻，大家都需要一点理解和配合，只有万众一心，这场抗击新冠肺炎疫情的战役最终会取得胜利。

（原载《劳动报》2020 年 2 月 19 日）

"我在武汉迎接春天"

——连线上海援鄂医疗队女护士周春燕

劳动报记者　裴龙翔

疫情如火，武汉成为全国战"疫"第一线。金银潭医院 ICU，聚焦着全国人民关切的目光。在这个抗击疫情的最前沿，活跃着一支来自上海的医疗队。大年初三晚，由 50 名护理人员组成的又一批上海医疗队再次紧急驰援武汉，市八医院呼吸科护士周春燕正是其中的五十分之一。战"疫"最紧要最吃劲的关头，周春燕正和无数的最美逆行者一道，负重前行。数日之间，她已经倒了两次班。尽管疲惫，传来的照片中，她坚毅的眼神透过护目镜依然清晰，"我们和时间赛跑，与病魔抢人，武汉必胜，中国必胜！"

带上尿不湿出发到武汉先剪短发

金银潭医院的北三楼，上海医疗队负责的 ICU，周春燕战斗的地方就在这里。

"到今天下午，已经上了两天的班。昨天的班是今天凌晨两点钟下的。"周春燕昨日通过微信表示，自己已经适应了这里的工作节奏和环境，"将近凌晨四点半左右睡觉，然后明天早上凌晨四点再去上班"。

出发前，为了节省隔离服，她特意在行李中带了许多尿不湿，到一线后得知需要剪头发，她也没有犹豫，带头修成了短发。

进 ICU 第一天，周春燕就负责三个病人，昨天增加到六个，病人的情况都很稳定，让她一直悬在心里的石头落了地。"这边的老师都蛮好，有事情都可以问，他们都会教我。"信心越来越足，她也会给病人们打气鼓劲，"病人也蛮好的，有一些能说话的病人还会体贴地安慰我们医护人员"。

周春燕说，她在病区里碰到一个大叔。大叔对她说："小姑娘不要一直在这边走来走去，要注意休息，不然会很累的。"她听了以后心里特别温暖。

目前，护士的值班时间从六小时缩短到了四小时。医护力量的不断增强，加上对病毒的恐惧逐渐消退，周春燕对胜利充满信心："人心齐泰山移，只要我们众志成城，战胜疫情的时间就会越来越近。"

一封来自火线的入党申请书

"我周春燕志愿加入中国共产党，作为一名医务工作者，疫情就是命令，李总理亲临一线指挥，我们充满必胜信念。"

出发当夜，周春燕将一封简短而充满力量的请战书交给了八院党委，这也是一封来自火线的入党申请书。

当晚出发的医疗队，汇聚了来自上海40家医院的呼吸科、感染科、重症科、内科等科室的骨干护理人员。入选的条件也十分严苛，不仅思想和业务出色，而且大多数人都有着丰富的护理经验。

"我当时报名是主动请战的，一开始还好，到后面快出发了，我反而开始紧张了，但到了这里病区反而踏实了，反正不懂就问，这边的团队都好。"周春燕的这个决心，定得很快，却并非心血来潮。

为她送行的护理部主任益伟清知道，她是面对这份挑战的不二人选，"春燕平时话不多，却是这个科室的患者及家属最放心的责任护士，也是实习生们喜欢的带教师傅。虽然平时看上去比较腼腆，但是在抢救危重患者时总能看到她快速的反应、坚毅的身影"。

呼吸科主任储德节也告诉记者：十余年的呼吸科专业护理工作，使得她积累了丰富的临床经验，她的健康宣教、穿刺技术等业务能力，都得到了患者和同事们的高度称赞，任劳任怨、精益求精是她的工作特色。

而在周春燕眼里，自己最大的底气来自无与伦比的"中国速度"，"李总理亲临前线指挥和解放军医疗队快速抵达第一线，给了我力量和必胜的信念"。

"家人和单位是我最大的支撑"

在武汉一线，周春燕最挂念的，还是家中的幼子。

周春燕有个幸福的小家庭，有两个可爱的小公主，小女儿只有 20 个月大。"开始家里还是很担心的，后来我做了些工作，家里也理解了。"周春燕的逆行壮举，得到了爱人的全力支持：婆婆主动帮助照顾两个宝宝和料理家务。出发前，只知道妈妈要"出远门打怪兽"的二娃也帮着一起准备行李。到武汉后，她才发现包里多了一只猫咪玩偶，这是小女儿最爱的玩具。

初到医院人地两疏，任务又重，周春燕心里难免紧张，单位的关心为她提供了前行的动力。"其实刚开始到这里的时候，我还比较紧张，怕不太适应，然后益主任、院领导等每天都跟我发消息，鼓励我，给我做心理疏导，让我放下了心里的包袱。"

昨天，她和同事们领到了新补充的个人洗漱用品，消毒液，洗手液等物品，"我们这边不差东西，吃的什么都有，缺什么都会及时供给。谢谢大家的关心"。

在和病毒奋战的日子里，每个温暖的细节都让周春燕印象深刻。穿着隔离服互相之间难以区别，大家会在衣服上写字、签名，然后写"武汉加油！"等鼓劲的语句，每个人看到都会很开心，充满干劲。共同支援经历也让大家彼此非常团结。

休息时间，从医院的窗户往外眺，春天已悄然来临。周春燕说，病房里大家互相鼓劲："春天已经到了，我们也快回家啦，加油！"

（原载《劳动报》2020 年 2 月 1 日）

蹲点实录
一家五口确诊新冠肺炎后

劳动报记者　叶佳琦

"403 室想要清洗空调，居民们有些担心，怎么办?"2 月 18 日，在怡佳荣和居委会，一名志愿者匆匆跑来向翟世国求助。

"他们昨晚已提出了申请，我们也请示过疾控中心了，正常清洗空调绝对没有问题，请居民们科学看待病毒，不要太大惊小怪。"翟世国掷地有声。

为何 403 室洗空调会让其他居民担忧? 这是因为，这里住着的一家人被确诊为新冠肺炎，其中还包括上海最小感染者，那个 7 个月的女婴……

自从 2 月 3 日，上海通报了感染病例和女婴情况后，这个小区的居民曾陷入了恐慌……

连亮路 111 弄，在这 16 天里到底经历了什么? 翟世国，又是何许人也?2 月 18 日，劳动报记者来到这个小区蹲点采访，通过翟世国的工作笔记，为大家重现这里曾上演过的"没有硝烟的战争"。

（文中涉及患者、隔离者住址及姓名均为化名）

2月2日　22时，恢复工作前一晚，我被空投到了"疫区"

翟世国是一名转业军人，他现在的职务是桃浦镇社区管理办公室副主任。今年春节，他载着老婆、孩子自驾回合肥六安舒城。然而，在老家才呆了一天多的时间，他就坐不住了。镇里所有的干部都下沉一线支援去了，看着手机里不停弹出的消息，他心急如焚。"要不我们也赶紧回去吧。"翟世国的太太，同样也是川北街道的社区工作者。记不清是谁提议的，两人一拍即合，把孩子留在了老家，一路奔袭 7 小时回到了上海。

"到家后，我们先是居家隔离。这个时候，我还不知道领导准备把我'空投'到哪里去。"直到 2 月 2 日晚，翟世国恢复工作的前夕，宁静的生活终于被打破。"你去怡佳荣和居委会吧，那里出现了疫情，急需支援……"

2 月 3 日， 9 时，走马上任第一天，"密切接触者"吵着要回家

怡佳荣和居委会管辖的小区有三个居民区，既有公租房、安置房、廉租房，还有别墅区，外来人口密集，人员流动性很大。1 月 21 日，一辆鄂牌车驶入小区后，4 位居民报了警，还有人向居委会报告了这一信息。然而，2 月 2 日 20 时 15 分，随着疾控中心车辆将一户居民从家中带走，次日上海通报了普陀感染病例后，居民的恐慌达到了最高峰。

到岗后，翟世国先摸了摸情况。原来，403 室住着陈峰一家 3 口，1 月 21 日，陈锋的岳父岳母从湖北来沪，与陈锋父母、孩子、太太一同用餐；1 月 24 日，7 人又同桌用餐。随后，陈锋的父亲就出现了发烧的情况，2 月 2 日被确诊。

当晚，陈锋一通电话打到居委会，要求接受检测。经过隔离观察，陈锋的妻子、女儿、岳父被确诊患病，而陈锋及其岳母的鉴定结果为阴性，从 1 月 21 日算起，两人已过了 14 天观察期。

"2 月 3 日一早，我刚到岗就接到陈锋电话。他说，他没患病，要和岳母回家居家隔离。同时，我们居委也接到疾控中心的通知，要我们做好接收准备。"翟世国甚至都来不及坐下，就急忙找来了居委会书记、机关联络员。

"新闻里说，有一些病人会出现假阴性，他们作为密切接触人员，居家隔离太危险了；再说，居民已经很恐慌了，若是看到他们回家了，更要胡思乱想。"翟世国说，当时，他本能觉得，陈锋不应贸然回家，最好在集中点延长隔离观察。然而，电话那头，陈锋情绪已十分激烈。"医院都说阴性了，你凭什么不让我回来？你比医生还权威吗？你不能限制我的人身自由！"翟世国苦口婆心，后者针锋相对，这通电话打了足足两小时。

这样下去可不行啊，陈锋和岳母可能随时回到小区，怎么办？翟世国想了想，自己的话陈锋听不进去，那医生的话总有些作用吧？是否该再和医院沟通下，慎重对待陈锋隔离的问题？于是，他立马将情况和建议报告镇疫情

指挥部，通过指挥部协调区疾控中心和医院。与此同时，他也带领门岗居委干部和物业工作人员，严防陈锋从天而降。

"有个小插曲。我们都到小区门口了，说起陈锋长啥样，大家面面相觑，没人认识他啊！那怎么拦人？我又通过各种途径采集了他本人图像，告知了志愿者、门卫。"最终，医院对陈锋及其岳母进行了留院隔离观察。

这一天的"战斗"成果在三天后见分晓。3 天后，陈锋被确诊为"新型冠状病毒"感染，正式被送至定点医院观察治疗。

2 月 7 号， 11 时，"阿婆，这问题我回答不了啊，要不请南山来回答您！"

陈锋一家生病后，房子里没人住了，恐慌的情绪却在小区蔓延开来。

"每天少则十几人，多则几十人，一个个冲到居委会来，质问我们为何不通报确诊病例的信息及门牌号，为何当初要让鄂牌车开进小区；现在小区里到底彻底消毒了没有？居委会有没有采取紧急措施？会不会大规模爆发疫情？"那几天，翟世国费尽口舌，自备了胖大海，一个个解释过来。

其实，陈锋的岳父母刚进小区时，居委就已经嘱咐他们不要外出。1 月25 日，社区卫生服务中心也接到 2 人主动健康申报，1 月 26 日将 2 人纳入重点地区来沪人员进行管理。"在居委的严管下，两位老人足不出户，按理说不会在社区里引起大面积的传染。"然而，无论翟世国怎么解释，居民仍旧感到害怕。

有一位阿婆愤怒地跑来问他："病毒可以传播多久？到底什么时候会丧失活力？什么时候会不再传人？"翟世国哑然，回了一句："这个问题恐怕只有请（钟）南山来回答您了。"阿婆立马表示："那就请南山来回答啊！他在哪儿？"翟世国撇撇嘴："他在武汉正忙着呢，闲了会告诉您的。"

办公室里的那部热线电话，也变成了名副其实的"热线"，几乎没消停过。

这天，翟世国紧急召集物业、居委会人员，成立了值勤小组、排摸小区、数据统计小组、口罩预约登记小组、应急机动小组、政策宣传小组、服务保障组。面对居民的轮番责问和不理解情绪，翟世国带领 5 人政策宣传小组研究口径、分类答复，一个口径反复劝、劝反复，一天答复十几次、几十次。

渐渐地，电话铃声少了，但微信群里的消息又多了起来。在拥有 400 多人的业主群里，居民们仍然情绪激动。

翟世国见招拆招，化被动为主动。"这一次，我们根据市政府的口径，主动发布了小区疫情的情况，并在群里向居民们解释了居委会积极防御的举措。我们也主动发布一些防疫小知识，让谣言不攻自破。"翟世国说，这些信息披露后，一些党员志愿者自发跟帖表示支持，群里气氛终于平静了。

2月11日　15时，"拐点"来了！一个鞋底消毒池，让居委、物业得了民心

2 月 3 日到 2 月 9 日，是翟世国最难熬的日子。但随着小区防疫工作稳步推进，居民的情绪慢慢平复了下来。2 月 11 日这天，小区甚至还迎来了"拐点"。

66 岁的李国良那天和往常一样，穿着红马甲在门岗当志愿者。他亲眼看着翟世国、小区物业经理、居委会书记在门口忙活了半天，他们先后搬来了木板、防渗水垫，又铺上了红地毯和消毒液，并在门口贴了标识：鞋底消毒区。

原来，翟世国此前曾听一名居民嘀咕：现在小区大门都出不去，自己的游泳健身卡都快要过期了。翟世国听了一拍大腿：游泳馆里的"消毒池"是不是可以在小区入口处也放一个？他立马把他的想法告诉居委会党支部。经过一番"头脑风暴"，鞋底消毒区方案成型了。

李国良看到，当"红地毯"铺好之后，每一位走进小区的居民，都会自觉在垫子上踩几脚，对鞋底进行充分消毒后再回家，大家对这样的"红毯秀"纷纷赞扬。

"曾不配合门岗工作的人，看到了红地毯，当场就对保安竖起了大拇指；还有那些曾质疑物业、居委会不作为的人，也终于看到了社区的努力。"李国良退休前，也曾干了 11 年的社区工作，对居民的心思揣摩得很透。当天

做完志愿者，他回家就和太太说，这下好了！果然，当天居委会就收到了 2 份感谢信。接着、居民自发从家里拿来泡面、暖宝宝，送给一线人员。

2月14日 18时，亮剑：违反居家隔离的，一次劝诫，两次依法处理！

翟世国说，居民区里有安置房、公租房、廉租房，群租合租现象比较严重，为此，他和居委会干部、志愿者逐一排查区分业主、租户、群租户、合租户，理清离沪和未离沪清单，摸清离沪去向、返沪时间，形成了疫情防控大数据。目前，居民区共有 1443 人在接受居家隔离，如何看住他们，成了他的头等大事。

住在 97 号楼的小刘 2 月 8 日从湖南返沪后，居委干部第一时间上门与他签订了居家隔离协议。小刘的 4 名室友虽然未离沪，但由于同住关系，按照规定也必须居家隔离 14 日。他们的快递包裹、日常用品，都将由专人送上门。

然而，2 月 10 日晚，巡逻的保安发现小刘正准备走出楼栋。"我就去拿个快递，买点东西，很快就回来。"保安立即予以制止，并通过对讲机向居委汇报。由翟世国、社区民警吴宝安等组成的应急机动小组迅速到场，对小刘进行了口头警告。

不料，2 月 13 日，保安通过摄像头，又捕捉到了小刘室友悄悄出门的踪迹。"再上门警告一次？太没威信了。直接带到派出所训诫？他们在居家隔离，又不合适。"翟世国与吴宝安心生一计，决定要让小刘及室友真切意识到严重性。

2 月 14 日，翟世国、吴宝安和几位居委干部带着两段视频敲响了小刘的门。"看看，这就是你们违反居家隔离规定，在小区活动的证据。由于你们现在正处于居家隔离，不便带至所里进行训诫。所有的证据我们都会保存，事后再进行依法处理。"吴宝安的一席话让这几个"80 后"青年面露菜色。

从那天起至今，保安仍监控着 97 号楼，但再也没看到这几个人的踪迹……

2月17日 20时，"生活总得继续啊，陈锋和妻子回来了！"

2月15日、16日，陈锋和妻子陆续痊愈康复出院，回到家中康复休养。居民得知消息后，又炸开了锅，要求翟世国像十多天前那样"堵"住陈锋。

"他们已经康复了，我们为何不让人家正常生活？谁还没有生病康复过？再说，这些天来，我们天天对小区全方位消毒，陈锋所在的楼栋更是一天要消毒四次，就算有病毒，也早死啦。"翟世国这些天已树立了威信。听他这么说，居民们也就不再作声。

翟世国又和陈锋本人交流，询问他们的需求。不问不知道，一问吓一跳。原来陈锋回到家的第一件事，是准备找邻居算账。"他凭什么把我家的个人隐私都发在微博上！我要求他立刻删掉。"翟世国赶忙劝住了陈锋，承诺会替他解决。

又一次，应急机动小组出战了。这次，居民区党总支书记王彩英对该邻居进行了批评，吴宝安则讲清擅自在微博上发布信息泄露他人隐私应承担法律责任，责令其删除微博。陈锋看到自己的信息被删除后，不满的情绪得以缓和稳定，终于向居委表示了感谢。

"生活总得继续啊，如今防疫工作稳定了，其他工作也得推进。"处理完陈锋家人的事情，翟世国又上门去看了2号楼的独居老人王阿姨。"坦白说，这些天，我们忙得三头六臂，对他们关心不够。现在得赶紧去哄哄他们啦！"翟世国笑着说。

2月18日 22时，记者蹲点手记：翟世国的同事们太不容易了……

蹲点当翟世国的助理，真的不容易。军人出身的他奋战昼夜，每天13小时，站岗、巡逻，光是一天来回巡查三个小区，就得徒步走8公里。做他的同事，更不容易。居民区党总支书记王彩英，从大年三十起就驻扎在了小区，天天靠泡面打发一日三餐。翟世国来了，她也跟着他巡查，终于有一天走得体力不支、双腿浮肿，一摁就是一个凹陷，被翟世国强行赶回了家。

吴宝安是"镇山之宝",也是翟世国的得力搭档。共事了那么多天,吴宝安一看到翟世国就想本能地和他"保持距离"。"他总拉着我一起巡逻。哪里有突发,他也是二话不说就拉着我冲过去。有一天晚上,有 5 个湖北来沪人员,没有租赁合同,想硬闯小区,翟世国竟然也不下班,就和他们干耗着,一直到 23 时 50 分把他们耗走了。"吴宝安悄悄说,和翟世国一起干活,真的太累了。

小区物业经理孙学军也是翟世国心中的"好汉"。"做事从不拖泥带水,每天和保安一起就站在门岗这里值勤。考虑到保安夜里值班冷,还为他们搭帐篷;下雨天,担心快递包裹受潮,又搭了一个简易堆放点。"说干就干,身先士卒,翟世国自己的故事说得言简意赅,却反复关照我要狠狠地夸他的同事们……

告别前,翟世国还要夸一夸自己的太太。据悉,他的太太同样在基层忙个不停,却还是抽出时间为翟世国做了"爱心便当"。

"昨天我吃到一半就去处理事情了,剩了许多菜没吃,回家挨老婆批评了。今天,我肯定要把这些全部吃完。"话音刚落他就拿起了筷子,狼吞虎咽地吃了起来。阳光洒在他的办公桌上,让人不由感慨:春天,真的来了。

(原载《劳动报》2020 年 2 月 3 日)

隔离病房里的精神科医生：我要守护的是人心

青年报·青春上海记者　顾金华

"陈医生，我昨天晚上睡得很好，我是不是马上可以出院了？"昨天上午，当陈俊再次走进隔离病房时，新型冠状病毒感染的肺炎患者张女士（化名）对她做出了一个胜利的手势。在第一次新型冠状病毒核酸检测中，张女士的检测结果为阴性；如果下一次检测仍为阴性，即意味着她将可以解除隔离、痊愈出院。这让陈俊的心情也跟着好了起来。

在上海市公共卫生临床中心（简称公卫中心）的 A3 大楼，陈俊身份有些不一样。从大年初二开始，他作为这里唯一的一名精神科医生，进入隔离病房工作。陈俊说："我们总是在守护一些东西，但有时连自己都不知道具体是什么。但现在，我非常明确，那就是人心。"

主动请缨提供心理援助

从大年初二开始，陈俊的任务就是身穿防护服，给别人做"精神体检"，对他来说这个工作并不轻松。

早上 9 点医护大交班，大家通过值班手机视频与指挥中心的专家组交流，逐一汇报患者情况。陈俊在一旁听着每位患者的病情变化，留意哪些人可能需要精神心理评估和干预。交班结束，按照专家组要求，今天他需要与 4 位患者"聊聊"。

穿戴隔离衣前后需要 20 分钟左右的时间，不过陈俊开始渐渐熟悉这种感受。"我的脑子里显现出一线医护被口罩磨破的脸颊和被汗水湿透的衣背，真的很荣幸能成为其中一员。我们绝不会退缩,因为这是医者的职责。"陈俊告诉记者。

陈俊是上海市精神卫生中心临床研究中心办公室主任,大年初一下午,上海市卫健委传来了要在传染病诊疗机构提供心理援助的信息,陈俊和多名同事在第一时间报了名。"当时没多想,觉得这是医生的责任。"

陈俊的妻子王女士也是一名医务工作者,目前也正在抗击新型冠状病毒感染的肺炎的第一线。"一家人要共同战斗,我没有犹豫就报名了,果然爱人也很支持我。"

2008年,陈俊曾经用一份请战书把自己送到了汶川抗震救灾一线,这一次的主动请缨让他觉得:"久违的慷慨激昂又回来了。"

很快,陈俊接到了通知:大年初二一早出发,进入公卫中心的 A3 大楼工作。

给患者带去"心理安慰"

陈俊坦言称,入驻公卫中心后,身上的责任并不轻松。

考虑到隔离病房的环境和新型冠状病毒感染的肺炎患者的身体状况,精神检查过程压缩至约15分钟。这段时间里,精神科医生与患者近距离接触。

"在隔离病房,不少患者出现了焦虑、害怕的情绪,但是有明显精神症状的患者只是少数。"陈俊告诉记者,有的患者担心"这个病治不好",还有的患者担心"怕睡着后就醒不过来了";极少数患者会出现抑郁,觉得是自己把病传染给了家人,和家人打电话时忍不住哭泣。"在这个特殊时刻应激状态下,出现情绪紧张和焦虑都是正常反应,经过对症的药物治疗和心理疏导,改善效果普遍良好。"

30岁出头的张女士就是一名新型冠状病毒感染的肺炎患者。陈俊第一次接触张女士的时候,张女士告诉他,常常感觉到手麻脚麻,还睡不着觉。

"我就问她在担心什么,她告诉我担心家人,也担心睡下去后就再也醒不过来。"陈俊耐心地告诉张女士,已有研究表明,新型冠状病毒传染性不低于 SARS,致病性重症和死亡明显低于 SARS! 陈俊还告诉张女士,不少患者已经痊愈出院了。怕张女士睡不着,陈俊还给她配了安眠药。

经过心理疏导，第二天，当陈俊再次见到张女士的时候，张女士很高兴地告诉他，前一晚并没有吃药，并且手脚也不麻了，心理上也不再那么害怕。第三天，张女士更是带来了好消息，在接受第一次新型冠状病毒核酸检测中，她的检测结果为阴性，这意味着距离成功越来越近。

守护忙碌于一线的医护人员

除了给患者们带去"心理安慰"，陈俊此次来到公卫中心，还有一个重要任务，就是守护这群忙碌于一线的医护人员。

"对于这个陌生的新型冠状病毒，大家都有着自己的恐惧，而连续多天的一线工作，也让一些医护人员身心疲惫"，陈俊说，一线医护人员可能出现这些心理问题，比方说"面对大量患者感到压力、紧张和害怕""对家人的愧疚"等。

在得到允许后，陈俊在公卫中心专门辟出了一间茶室，作为医护职工的"心灵减压室"，并把个人微信二维码附在宣传海报上，供有需要的医护职工和自己单独联系。

陈俊说，隔离病房环境特殊，长时间待在里面的患者和医护人员都可能出现心理问题，有专门人员在，对他们是一种保障。"不少医护人员会来找我聊天，我就用谈心的方式，对他们进行疏导。"

采访中，陈俊一直觉得，医护人员更加让人感动。"面对的是看不见的病毒，工作风险高、强度大，他们偶尔在休息时会宣泄一下，但整体心态还是积极向上的。如果患者任何状况的时候，他们都会立即冲上去，不少人主动提出要进隔离病房替下疲惫的同事，这些都令我感动。"陈俊说。

"我很明确，我要守护的是人心"

记者了解到，在此次新型冠状病毒感染的肺炎疫情防控中，上海是全国最早向隔离病房派驻精神科医生的城市。作为"先锋"，陈俊将在公卫中心工作两周，之后由其同事接替。"工作两周再加上隔离两周的时间，即意味着我'离家'前后要一个月的时间。"

据上海市精神卫生中心表示，将根据需要和上级统一部署，派遣专家参与心理援助工作，直至疫情得到完全控制。

昨天晚上，当记者和陈俊通电话时，他刚刚通过视频和家人聊了几分钟。"因为要待上一个月，两个儿子都交给家里的老人了，有点内疚，所以每天希望给他们报个平安，告诉他们我很好。"

一天的工作结束后，陈俊在笔记本上记下了这段话：

"现在是深夜，我写下了这些文字。我不是想标榜自己，只是希望记录一些心得和体会。听说病房里来了精神科医生，很多患者都主动要求聊聊天。我觉得这非常棒，这是社会文明进步的展现，人们除了关注自己的身体健康，也越来越关注自己的心理健康。我们总是在守护一些东西，但有时连自己都不知道具体是什么。但现在，我非常明确，那就是人心。"

(原载《青年报》2020 年 2 月 1 日第 8 版)

我们在口罩厂上夜班

——志愿者为上海"抗疫"出力

青年报·青春上海见习记者　周紫薇

站在轰鸣的口罩生产机器前,20 位身份各异、互不相识的人有了共同的名字：松江口罩厂"临时工"。

1 月 31 日开始，每晚都有 20 位志愿者来到位于松江车墩的口罩厂，他们中有"00 后"的大学生、刚退休的戏曲工作者、尚未复工的餐厅后厨……2 月 2 日，青年报 3 位记者也加入了这群志愿者，和他们一起驱车几十公里，不眠 12 个小时，协助夜班工人完成口罩质量检验、装箱、打包和搬运。

一呼百应的召集令

流水线，厂房车间，这些都是曾在我的镜头中看过的，从没想过自己也会坐在生产线上做口罩。几天前，同事在网上偶然看到可以去口罩厂去做志愿者，我们几个快速预约，拿到了大夜班工作名额，能为上海"抗疫"做点事让我很兴奋。

——记者　常鑫

晚上 6 点半，益路同行公益促进中心副主任周蓉早早到达了美迪康医用材料上海有限公司的会议室，准备迎接即将到来的志愿者们。

春节期间，面对突如其来的疫情，位于松江车墩的美迪康医用材料上海有限公司需要紧急赶制一批口罩物资，但工人尚未复工，生产一线人手紧缺。

机缘巧合之下，益路同行公益促进中心知晓了口罩厂的困难，在微信公众号上发起了志愿者的召集令。

最初两天，周蓉担心人手不够，亲身上阵，在流水线上连续工作了两天。

不过，随着微信上召集令的浏览量突破 10 万，志愿者报名群也开始"人气爆棚"。"一直到 2 月 8 日的每天 20 个名额已经都报满了。"周蓉告诉记者，报名群一开始只有几十个人，还有很多是看热闹的，而现在已经有将近 300 个人，连后台的管理员也从一开始的三个人变成现在的 12 个人。"

"我们已经关闭了所有报名通道，还是有很多的人在加群，还有人因为排不上班而不满意。"一些志愿者没等管理员确认就直接冲去口罩厂，但由于前期对志愿者的筛选工作非常严格：需要身体健康、近期没有出过本市，并提前购买保险，周蓉只能将他们"劝退"。

"一对老夫妻看了家里小孩的转帖，因为加不进群，特地从宝山顾村开车来了工厂大门口"，周蓉"无奈"又感动地在报名群里和大家分享道，"最后只能请回了"。

她还特地加了一句：天气很冷，人心却很暖。这场面，除了感动，还是感动。

一刻不停的流水线

在报社天天上夜班的我，在口罩厂做到凌晨 4 点钟的时候已经不成样子了。机器声震耳欲聋、流水线目不暇接、长时间的工作让我的竖脊肌酸痛不堪、水泡眼呆滞无神……我坐立不安，忍不住不断看表——还有 3 个小时、还有 2 小时 50 分、还有 2 小时 45 分……我感觉自己要坚持不住了。一抬头，我远远看到了其他志愿者们，没人休息，没人放弃。　　——记者　马鋐

点名、接受培训，换上防护服、接受消毒，走进轰鸣声一刻不停的车间……12 小时的工作，从这一刻开始了。

口罩成型、断切、耳带焊接、包装……生产车间内，每一台机器都开足马力，以每分钟约 50 个口罩的速度满负荷生产。25 个一叠,50 个一摞,2000个一箱，流水线上，志愿者们紧跟节奏，完成每一个口罩的质量筛检、装箱、封箱等工作。

第一次上流水线工作的傅静有些手忙脚乱，"其实动作就是叠、串、拉、抖、放，想想蛮简单的。但要边数数，边拿出次品、补上正品，稍不注意就会漏数，混进次品。数数的时候，还伴随着高分贝的机器发出的噪音的干扰，塞着耳塞，也能清晰地听到"。

生怕出错的她只能时刻保持全神贯注，在没有靠背的四脚凳上一坐就是几个小时，即使浑身酸痛，也不敢轻易分神。流水线不停机，傅静也没空休息，因

为怕麻烦巡视机器故障的员工，12个小时，她只停下过两次，喝口水，上个厕所。

"我们只是工作一个通宵就累成这样。在这特殊的时期，工人真不容易！"傅静感慨。

而在志愿者中，不乏连续几次上岗的"熟练工"，马旭就是其中之一。

突然而来的疫情，让身为餐厅后厨的马旭无法返工，"闲着也是闲着"，他选择来口罩厂"打工"。

"第一天去了没想到这么累。"马旭笑着说，噪声和枯燥的工作让他觉得时间过得很慢很慢，本来以为流水线工作会比较轻松，能有休息和聊天的时间，但去了之后才发现，一刻不停的机器和震耳欲聋的轰鸣声让这些都成了奢望。

但他还是鼓起勇气，咬牙坚持，连续来了三次。"我来上海10年了，特别喜欢上海。"马旭提高了自己的声音，"能为社会贡献自己的一分力量，我其实挺开心。"

一次特殊的生日会

12个小时，在闷热的气流和机器的轰鸣声中，大家一丝不苟，天亮之后，我们生产的这30万只口罩将给上海6万家庭带去一份安心和放心。

——见习记者　周紫薇

2月1日，志愿活动还临时添加了一场特殊的"生日会"——钟银萍将工作时间选在了自己的生日和退休日。

为此，周蓉特意买了 20 块蛋糕，在夜里 12 时休息加餐的短暂瞬间，为这位志愿者过了一个短暂但富有意义的生日。

"我想昨天是我人生值得回忆的一天。"钟银萍说，她能够清晰地记起自己经手的口罩数量：5000 只一箱，2400 只九箱。

"几乎是分秒必争的工作状态，我本来就有腰间盘突出，其实到晚上十点时候我的腰就明显酸疼，但是看到那些"80 后"、"90 后"的年轻志愿者那么义无反顾有担当，他们的善心义举更加激励了我，所以昨晚夜班真的很累，但很值得。"

高强度的连续工作，没有人喊停。对于所有志愿者来说，每完成一只口罩，就意味着多一个人获得一次保障。

一直坚守的员工们

机器不停我就要跟着机器检查，计数、摆放装箱，坐久了就站起来，站不住了就原地走走，十几个小时下来胳膊腰腿和脖子都是各种酸痛，切身体会到了一线工人的不易。——记者　常鑫

实际上，这是一场"白加黑"的志愿行动。

早上 7 时，志愿者"临时工"们下班回家，而白班工人已在车间外的准备室清洁消毒，准备接班。

疫情爆发后，上海市商务委向美迪康应急征用了 2500 万只一次性口罩。为了保障口罩供应，美迪康春节期间就 24 小时不间断生产，厂区灯光昼夜不熄。

"我们大年初二就复工了。"美迪康副总经理王丽花说。尽管大量员工返乡，美迪康还是在正月初二恢复了 9 条生产线，紧接着在正月初五恢复了全部 13 条生产线。同时，在原本的白班外，又增加了晚 7 点至早 7 点的夜班。

"我都是每天半夜回家，7 点多就到厂里，公司管理层都在超负荷运转，我们就一个想法，保证产品质量和供应需求量。"近期，王丽华每天都亲自上生产一线，睡眠时间几乎不足 3 小时。

目前，每天有超过 100 万只口罩从这个位于车墩的工厂发出，经过上海

的大街小巷，送到每一位需要它的市民手中。

记者手记：

周紫薇：一场关于"坚持"的战斗

工作几个小时之后，我的头脑越发混沌，时间的存在突然失去了意义，取而代之的是"箱"——又完成了一箱 2000 个口罩，再来一箱！我坐在流水线的末端，听着有节奏的机器轰鸣声，看着口罩一个个掉落，突然意识到：我正身处于一场战斗中啊！这是一场关于"坚持"的战斗，志愿者前赴后继，口罩厂工人加班加点，而更多其他岗位的城市守护者正坚守在一线。

马鈜：让爱和希望比病毒蔓延得更快

国难当头、匹夫有责，我来到这里是想尽自己的一分力，希望这场疫情能快点结束！看着流水线上的口罩出来得越来越快，它仿佛是在与病毒赛跑。"让爱和希望比病毒蔓延得更快。"为了兑现志愿者群里的诺言，我们咬牙坚持。当灾难来临，我们不再旁观，在疫情面前，我们逆风而上，今天，我们在口罩工厂当一次"临时工"，但接下去我们的共同"抗疫"的决心不会"临时"。

（原载《青年报》2020 年 2 月 5 日第 4 版）

每天采样数十例 连续工作 7.5 小时

护士一身蓝袍"守国门"

青年报记者 刘晶晶

位于浦东金桥的上海海关所属上海国际旅行卫生保健中心浦东分中心，离浦东国际机场约半个小时车程。自 4 月 7 日正式启用，这里就承担起上海口岸所有入境人员的核酸检测任务。在这场没有硝烟的战争中，每天要负责样本采集的"90 后"护士陆佳怡就像是冲在最前面的"排查兵"。

最长连续工作 7 个半小时

陆佳怡是保健中心传染病监测科的护士，主要负责在浦东机场现场采样，包括采集鼻咽拭子，采血等。她是自己报的名："小伙伴们和两位科长春节期间都去浦东机场支援过一个多月，那时我没有赶上，这次当然不能错过上前线的机会。"

每天早上 9 点到机场，时刻关注飞机到达情况，认真穿好防护服，检查所需采样物资，发现有不充足的情况立马补充，为采样工作提早做好准备；告诉旅客采样注意事项，阐述需要礼貌简洁，得到旅客的积极配合才能采样到位；采样完毕后，将样本放入保温箱内确保样本的质量稳定，到一定数量后再进行汇总，保证每个航班的样本数量及采样情况得到快速有效的清算；采样工作结束后及时整理，对不足之处和团队"盘"过之后再进行改进。

这就是陆佳怡每天的工作。一班就是 24 小时，最长一次连续工作时间达到 7 个半小时，这已是穿防护服的极限时间了。

她挺怕遇到小朋友。孩子们看到大人采样后会感到紧张焦虑，不停哭闹，抗拒人接近。这种情况下，只能耐心劝说。采样时，陆佳怡会尽量做到

"轻、准、稳、快",最大程度减轻旅客的不适。幸好在家长的帮助下,最终都能完成采样任务。

"大部分旅客都明白,目前境外新冠疫情肆虐,回国第一站就接受免费检测,对自己和周围人都多了层保障,配合我们的工作不但是对自己负责,也是对别人负责,所以都能理解和支持采样工作。"

每天要和病毒"面对面"

采样面对的是未知的危险,陆佳怡可以算是和病毒"面对面"。采样时要用拭子同时擦拭被采样者的双侧扁桃体及咽后壁,这个过程很容易引起被采样者的不适,虽然采样过程只有很短的时间,但在采集时,受检者容易打喷嚏、咳嗽、干呕等,产生飞沫,她时刻直面危险。"本来心里多少是有点害怕的。但是守卫国门,做好采样工作是我的首要任务。加上我们的防护措施非常到位,所以就不害怕了。"她说。

从头到脚全套防护服,每次上班,陆佳怡都要不停地采样,截至目前,采集了多少样本,她没有计算过。但在航班客流量大的时候,每个航班每个采样人员就要采集 50~80 名乘客的样本。

随着天气渐渐炎热,穿着防护服工作变得更辛苦难耐,陆佳怡和同事们上岗前甚至贴上了冰宝贴来降温。上星期上海持续高温,有一天最高温度更是达到 34℃。陆佳怡和同事们在采样车上工作,穿着密不透气的防护服,高温环境下,特别闷,呼吸都很困难。"当时汗水都汇成了小水流,从额头、耳朵一股股地流下来。脱掉防护服时身上都冒着热气,衣服也被汗水浸湿了,冰宝贴也不管用。"陆佳怡说。

从 4 月初到现在都没回过家

从 4 月初到现在,陆佳怡已经坚守岗位近 1 个半月了。因为工作有一定危险性,她都不敢回家,就连五一小长假她也没有回家和家人团聚。"他们每天都会发微信支持我、鼓励我,让我做好防护,保护好自己。"

"其实我的日常工作很平凡,但是在这个特殊的时刻,我的工作有着非常重要的意义。这一次抗疫工作是对我的历练，让我得到了锻炼和成长。"陆佳怡说。

她也曾经历过惊心动魄的一刻。4月10日那天，一架来自莫斯科的重点航班抵达上海，乘客不算多，但却发现了数十名有症状的旅客。那天从早上9点到岗，她和小伙伴们对每一位旅客采集鼻咽拭子和血样，一刻没有停歇。"当时就真的像是在战场上打仗一样，脑海中只想着一件事：一定要把采样工作做到位。"她还记得，那天这个航班一共做了将近7个小时，换下防护服的一刻，她才感觉到疲劳和饥饿。后来得知，这个航班上检测出了数十例新冠病毒核酸阳性样本。"是有点后怕的，但同时又很激动，因为我们守住了这一关。"正是这样的"硬战"，让她迅速成长。

在与疫情战斗的过程中，她也收获了太多令人感到温暖的力量。家人朋友的叮咛、后勤团队坚实的保障，还有来自旅客的理解与配合，一句"谢谢你们，你们辛苦了！"就可以让她感动，也激励着她继续坚持。

"日夜奋战在抗疫一线，虽然有辛苦、有危险，但是在最好的年华做最有意义的事情，让我觉得奋斗的青春特别有意义。"她说。

■对话

担负起自己的责任就是英雄

青年报：当护士多久了？当初为何会选择这份职业？有没有一些收获？

陆佳怡：快7年了，选择这份职业是一个偶然。每次穿上工作服的那一刻，我会觉得我的工作虽然很平凡，但是非常有意义，这是一份责任和使命。

青年报：奋战在一线最大的感受是什么？

陆佳怡：在这个没有硝烟的"战场"上，很多人都无私地奉献出自己的一分力。机场休息室里的一句标语"担负起属于自己的责任就是英雄"，每个默默坚守在自己岗位上的平凡人，筑成了最坚不可摧的抗疫防线，让我深深体会到了祖国的强大和人民的团结一心。

青年报：疫情中很多90后冲在了一线，也得到了习总书记的寄语，作为一名90后，你有何感想？

陆佳怡："青春由磨砺而出彩，人生因奋斗而升华。"上海"90后"很多都是独生子女，曾有很多质疑的标签在我们身上。但这次我们证明了自己。作为一名"90后"，在国家和人民需要我们的时候，我们责无旁贷挺身而出，迎难而上，绝不因为有危险而退缩。面对突如其来的疫情，我们也要用行动证明："90后"也可以勇挑重担，用行动践行青春无悔，用勇气和担当践行守"沪"誓言。

（原载《青年报》2020 年 5 月 14 日 A08 版）

是什么让中国年轻人挺身而出

青年报评论员　尚青平

2020 年席卷全球的新冠肺炎疫情，以一种冷峻而直接的方式，成为了人性与国力、道路与制度的试金石。

最新消息，当中国已迎来战"疫"曙光，中国以外全球确诊病例却超过了 80 万例。有别于中国"全国一盘棋"的大手笔，海外有些国家却因种种原因，抗疫行动姗姗来迟，不幸错失了窗口期，呈现出一言难尽的众生相。

以年轻人来说，这次疫情，各国青年的表现的确也有所不同。在中国，被习总书记"点名表扬"的"90 后"，一批又一批舍小我为大家，主动冲锋在全国抗疫的各个战场，不少人刚下战场，又上一线，再接再厉打硬仗，成为中国"外防输入、内防反弹"战疫新主场上的勇敢担当。而在另一边，有些国家的年轻人最近却频频被当地政府和专家"点名批评"，颇为无奈，除思维习惯的差异之外，确有不少西方年轻人视个人自由高于一切，无视疫情蔓延和社交距离警告，对群体生命安全置之不理，在疫情蔓延之际仍热衷于社交派对、春假旅行和聚会狂欢。毫不收敛的青年"派对文化""社交需求"直接影响了"疫情低龄化"，也就不难理解了。

我们不禁要问，在疫情面前，为何一批批中国的"90 后"放下个体的幸与忧，而与祖国、与人民同此凉热，在抗疫之中不畏艰险、挺身而出？在灾难面前，中国年轻人为何愿意听党话、跟党走？又是什么让中国共产党再一次赢得了广大青年？

答案的最根本，是因为世界上没有一个国家的政党像中国共产党这样，从战略高度重视关心和培养年轻人，所以疫情面前，中国的年轻人愿意听党话、跟党走，以大无畏的革命精神积极投身到疫情防控的各个战场，谱写一曲曲感人的青春之歌。

是永葆初心的文化基因，激荡着中国青年。中国共产党建党的血脉里，流淌着青春的特质。陈独秀36岁创办《新青年》杂志，成为开一代新风的时代号角;13位参与中共一大会议的建党创始代表，平均年龄只有28岁。近百年来，先锋本色、勇于革新、面向未来的文化基因，吸引了一代代生机勃勃的青年群体，在意气风发的人生初始就满怀信仰和抱负加入党组织。中国共产党历经百年风雨而始终充满生机活力的一个重要原因，就是党的队伍中始终活跃着怀抱崇高理想、充满奋斗精神的青年人，"代表广大青年、赢得广大青年、依靠广大青年，是我们党不断从胜利走向胜利的重要保证"。

是党管青年的价值取向，引领着中国青年。中国共产党自成立之日起，就始终把青年工作作为党的一项极为重要的工作。有别于一些国家把青年列为"社会问题"的定位，中国共产党始终从"育新人"的高度，关心和培育青年，为实现民族复兴注入新生力量。毛泽东同志生动指出："世界是你们的，也是我们的，但是归根结底是你们的。"习近平总书记多次出席青年活动，与青年谈心，提出了一系列高瞻远瞩的青年工作新思想新观点，深刻展现了中国共产党人的青年观。在党的十九大报告中，习总书记在结尾段落特别强调了青年，指出"青年一代有理想、有本领、有担当，国家就有前途，民族就有希望"。

是一以贯之的组织魅力，凝聚着中国青年。在这场战"疫"中，与海外青年各自为营截然相反的是，中国的年轻人紧密团结成一股绳。党旗所指就是团旗所向，作为党的助手和后备军，中国共青团对青年构成强大的凝聚力、组织力、号召力。下午报名晚上就集体奔赴援鄂前线、36小时内建立起一支"隔天"就能上岗的300人青年志愿者队伍……不胜枚举的响应速度和热情，诠释了中国青年的战斗力。由团组织发动的各列青年突击队、各类青年志愿者队伍，在医疗、科研、社区、道口、海关、心理援助和社会支持等战线也发挥着举足轻重的作用。

是众心所向的制度自信，振奋着中国青年。在全球抗疫战中，中国所显现的全局指挥优势、组织动员优势、国民保障优势，充分向世界昭示了中国特色社会主义制度的优越性和吸引力。在党中央的集中统一领导和及时部署下，全国总动员，集中力量办大事，较为迅速地扭转了疫情的严峻态势。在基层区县、街道和社区，联防联控、群防群治的社会治理制度优势，转化为抵御风险的治理能效，有效遏制了疫情的蔓延。中国青年经历了战疫的风雨洗礼，更深刻地体悟到中国的道路优势、制度优势释放出的强大能量，更激发了爱国心、报国志。

是声气相求的榜样力量，感召着中国青年。一场战疫，让中国的年轻人不仅倾心于钟南山、李兰娟这样的中国"男神""女神"，也认识了无数面罩下"不知道你是谁，但知道你为了谁"的同辈英雄。当大洋彼岸的年轻人对病毒威胁无动于衷、对自己的社会责任熟视无睹，任性扎堆酒吧餐馆、肆意聚集公园海滩、崇尚被曲解的"自由"时，和他们同龄的中国"90后"的党员们，早已成为了抗疫一线的"逆行"者、排头兵。这些穿上防护服如同"战士"、脱下口罩还像个孩子的年轻人，成为新一代中国青年的表率，以自己的铁骨铮铮向广大青年昭示了党员先锋本色，昭示了党组织的向心力，吸引更多的青年紧紧靠拢。

是春风化雨的信任关怀，温暖着中国青年。在新的时代背景下，党和国家对年轻人特点的把握与时俱进，对年轻人成长、成材、成家、成业的诉求全方位关爱，对年轻人为国为民挺身而出的奋斗与奉献精神，给予及时的勉励与褒奖，显示了党和国家是青年成就自我价值的强大后盾。习近平总书记给北京大学援鄂医疗队全体"90后"党员的回信持续在青年中引发热烈反响，"备受鼓舞""责任担当"是出现频率最高的感想词。对他们而言，可以名正言顺撕去曾经被误读的非主流标签，可以在主流舆论场被看见、被认可、被鼓掌，是最大的前行强心剂和团结凝聚剂。

习近平总书记面向"强国一代"强调，要教育引导青年正确认识世界和中国发展大势，正确认识中国特色和国际比较，正确认识时代责任和历史使命，正确认识远大抱负和脚踏实地。现在想来，这些一一得以印证。向上、立体、有爱的"90后"，在突如其来的全球疫情中，在党和国家的领导下，无畏冲锋、抗击疫情，完成了新一代中国年轻人的成长礼。正是文化基因、党性本色，是大国担当、家国情怀，是时代使命、道路自信……吸引着中国年轻人跟党走，在祖国和人民最需要的时刻挺身而出。

一个民族有一群仰望星空的人，他们才有希望。青年传承的是根脉，面向的是未来。在全球战"疫"的考验中，中国青年在大风大浪袭来时那一声声响亮的"我上！我可以！"不但高亢在此时此刻，也必将响彻在实现中华民族伟大复兴中国梦、以开放胸怀捍卫人类命运共同体的光辉岁月中。

（原载《青年报》2020 年 4 月 2 日 A04 版）

千份在线问卷引出一件"凌晨建言"

联合时报见习记者 林 海

　　2 月 18 日零点，市政协常委、徐汇创客中心创始人邵楠紧盯着电脑屏幕。一份在线问卷调查——"上海复工一周企业实际情况调研"刚过了收卷截止时间。后台数据显示，问卷阅读量总计 13447 次，共提交有效样本 1359份。这次线上调查由他牵头发起，市青联委员杨畅一起参与，得到上海市委统战部新的社会阶层人士工作处大力支持。

　　邵楠和杨畅顾不得休息，两人将一千多份问卷分门别类进行归纳，整合成一份 50 页的 PPT 图表，再根据这份庞大的图表，梳理出六大问题和六条针对性的建议。经过一番头脑风暴，凌晨 3 时，两人完成了所有问卷的归纳梳理，随即提交了"上海企业复工一周凸显的六大问题及六条建议"提案。"这既是一份提案，也是上海复工一周来企业最新情况汇报，希望成为下一步施策的参考。"提案中，邵楠就当前企业经营、用工、现金流、优惠政策感受度、防疫物资储备等问题逐一剖析，并提出了针对性强、可操作性高的六条建议举措。

　　自 2 月 10 日起，上海各类企业已逐步进入复工状态。2 月 15 日傍晚，邵楠拨通了杨畅的电话，围绕当前上海企业的复工情况展开讨论。杨畅是中泰证券宏观经济学者，对复工复产情况始终关注。邵楠和杨畅认为，上海企业复工已近一周，复工后各方面工作开展，尤其是疫情防控工作的部署情况如何，企业家最有发言权。"发放一份问卷调查来摸摸底？"两人一拍即合，当即就问卷的具体细节问题展开讨论，直至深夜方罢。

　　2 月 16 日一早，邵楠与杨畅继续打磨问卷，临近中午，一份聚焦几大行业、锁定多个共性问题的在线问卷生成。"请大家支持填写并积极转发各企业主所在群！"下午 3 点 45 分，邵楠把问卷发在了朋友圈，并通过市政协各专委会、各区政协、工商联、行业协会、外地驻沪商会等微信群广为转发。"多一份数据就多一分精确，请大家一起努力，给政府决策提供强有力的真实数据支持！"邵楠在各微信群中表示。

问卷调查得到热烈回应。"问卷的问题设计很切合实际，抓到了我们企业的痛点！"许多企业负责人做完问卷，通过各种途径给到邵楠反馈。后台数据显示，问卷的平均答题时长达到了 5 多分钟。"大数据不会骗人，这说明企业家们都在认真答卷，毫无敷衍。"邵楠自信表示。

在提案中，邵楠的六条建议全部来自企业反馈的共性问题，如：一些企业反映，复工审批条件存在各层级要求不一致现象，为此他建议，市相关部门要抓紧统一全市层面的复工复产审批条件，让企业复工走上"快车道"；另有企业反映，复工后存在因防疫物资不足，导致企业再次停工现象，提案建议，有关部门在防疫物资调配上，要向企业做一定程度的倾斜，确保企业落实疫情防控和恢复经济社会发展双胜利。

（原载《联合时报》2020 年 2 月 21 日第 1 版）

主动向不健康生活方式说"不"

120多位政协委员联名提交"推广公筷公勺"提案

联合时报记者　戚尔达

"我一直在新闻发布会上呼吁，效果正在显现。但要形成长效机制进而培育健康好习惯，还得采取更多举措。"谈及一篇超过120名委员参与联名提案的形成过程，提案执笔者，市政协委员，市卫健委党组副书记、新闻发言人郑锦介绍说。

在每天下午2点举行的本市疫情防控工作新闻发布会上发布有关信息，已成为郑锦近期一项固定工作。除了回应关切外，他还着重吁请广大市民养成健康文明好习惯，特别是使用公筷公勺。

2月23日，市健康促进委员会、市文明办、市卫生健康委、市健康促进中心联合向全体市民发出使用公筷公勺的倡议书。3月1日的新闻发布会上，郑锦即表示，戴口罩、勤洗手、多通风、不扎堆在上海成为自觉行为，保持社交距离、使用公筷公勺逐渐成为风尚，"倡议发出后，10多个小时内，仅上海发布、市卫健委官方公众号的总阅读量就超过126万次。广大市民留言表示赞同"。

不过，郑锦也看到市民在留言中提出的"疑虑"：公筷公勺不方便，餐桌上容易搞错，难以坚持；疫情期间，全民健康意识高涨，疫情过后，公筷公勺意识会逐渐淡化；餐饮企业嫌麻烦，觉得增加清洗工作量，不愿意提供公筷公勺；外出就餐尚能做到，但家庭就餐采用公筷公勺，麻烦且觉得没必要，还担心疏远亲情。郑锦认为，推广使用公筷公勺势在必行，但并非一蹴而就，必须要市民、餐饮企业、政府部门、专业机构、媒体几方面形成合力。她感到，可以通过政协提案方式，提出一些推广公筷公勺的系统性举措建议。

3月3日至4日，郑锦在繁忙工作之余，与卫健委的同事围绕使用公筷公勺的必要性、推广中需要采取的举措进行充分探讨，在晚上撰写了"关于在全市推广使用公筷公勺的建议"提案初稿。3月4日晚，郑锦将初稿发到市政协教科文卫体委委员微信群中供大家讨论。委员们立刻予以热烈响应，在市场监管局工作的张磊委员还就修订《上海市食品安全条例》中有关条款提出建议供郑锦参考完善提案。提案于3月6日提交市政协。

这件提案介绍了使用公筷公勺在切断疾病传播途径方面的必要性，坦陈推广使用公筷公勺，需要改变传承几千年的用餐习惯，不是一件轻而易举的事。提出加强健康教育、营造社会氛围、创建支持环境等建议，特别是提出，要加快修法进程。郑锦认为，一个全社会习惯的养成，既有赖于全民积极参与，也离不开法制的规约，"在上海取得切实成效的公共场所控烟、垃圾分类等工作，都得益于率先地方立法。《上海市食品安全条例》中原来餐饮单位应根据消费者的要求，提供公筷、公勺等公用餐具的规定，建议改为餐饮单位应主动向消费者提供公筷、公匙等公用餐具，让法制成为公序良俗和文明健康生活方式的推进器"。

一晚上，120多位委员踊跃参与联名。"提案撰写中没有帮上什么忙，参加联名是为了表达一同向不健康生活方式说'不'的决心。"委员们表示，参加联名后要更加主动当好使用公筷公勺的示范者和宣传者，在培育健康生活习惯方面凝聚各界共识，使上海在移风易俗、引领风尚上开全国之先，彰显开放、包容、创新的城市品格。

（原载《联合时报》2020年3月10日第2版）

携手同心战疫情

——本市政协委员和统战成员积极投身打赢疫情防控阻击战

联合时报记者 刘子烨 顾晓红 戚尔达 见习记者 林 海

新型冠状病毒感染的肺炎疫情发生以来，习近平总书记高度重视，亲自指挥、亲自部署，连续作出重要指示，要求把人民群众生命安全和身体健康放在第一位，坚决遏制疫情蔓延势头。按照党中央、国务院决策部署，中共上海市委、市政府把疫情防控作为当前最重要的任务，紧紧依靠全市人民，万众一心、众志成城，争分夺秒、全力以赴做好疫情防控各项工作。

这是一场阻击非常疫情的非常战役，是一场与时间赛跑的紧急战役，是一场唯有坚定信心才能打赢的人心战役。市政协主席、党组书记董云虎明确提出，全市政协系统要坚决贯彻落实习近平总书记重要指示精神，严格按照中共上海市委、市政府有关部署要求，把疫情防控作为当前压倒一切的重要政治任务，作为在危难险重工作中体现专门协商机构政治功能、协商职能、制度效能的直接检验，助力打赢疫情防控阻击战。

连日来，本市各级政协委员和统战成员积极投身打赢疫情防控阻击战。作为医务工作者，他们不畏艰险冲向一线；作为基层干部、社区工作者和志愿者，他们也日夜奋战守护防线；作为企业管理者，他们组织力量千方百计为物资供应尽一分力；作为企业员工，他们为保供应保市场加班加点。他们始终没有忘记的，是发挥专业特长为疫情防控工作积极建言献策、更好凝聚共识。

紧急驰援防控第一线

1月24日晚，上海首批医疗队受命出发驰援武汉，农工党党员、上海市金山区亭林医院呼吸内科副主任郑永华就在其中。一到驻地武汉金银潭医院，他就马不停蹄地转运随机带来的各种医疗物资，一直忙到凌晨 5 点才休息。民进会员、金山医院呼吸科副主任周海英也是首批"逆行者"之一，接到命令后，她只对家人做了简短的告别，就赶往集合点。1 月 28 日下午，同为民盟盟员的上海市光华中西医结合医院护理部副主任周萍、中山医院重症医学科副主任医师屠国伟来到虹桥机场，同上海第二批驰援武汉的医务工作队一同出征。

据不完全统计，已有 10 位本市民主党派成员和党外知识分子成为奔赴武汉疫情防控一线的"最美逆行者"，他们此刻依然奋战在前线。

统战系统中的其他医务工作者同样放弃休假，坚守在急诊、发热门诊、疾控中心、卫健委系统、居民社区，为守护健康、守护上海竭力奔忙。

"我们全体医务人员一定会确保上海人民安全！"除夕夜，全国政协委员、上海公共卫生临床中心主任朱同玉在民盟微信群拜年视频中说。从上海出现首个疑似病例开始，朱同玉再没回过家，每天坚守岗位，工作到深夜。

在上海市防控工作领导小组每日举行的疫情防控新闻发布会上，经常能看到全国政协委员、上海市预防医学会会长吴凡的身影。作为预防医学领域的专家，她每日奔走在上海疫情防控的第一线，围绕公众关切，介绍本市防控工作最新情况、医疗救治情况、防控措施，并及时回应热点问题。

致公党党员、吴淞街道社区卫生服务中心总部医疗组组长苏振美带领团队，在 G1503 公路道口，配合有关部门对进入上海的外牌车辆上的人员进行体温测量，信息登记。来自徐汇区各社区卫生服务中心的 10 多名农工党员响应号召，第一时间参与基层排摸管控……

据不完全统计，有超过 200 位来自全市统战系统的众多医护人员、疾控人员众志成城，夜以继日奋斗在各自岗位上，筑起平安上海防线。

除了医疗卫生行业之外，来自本市其他行业的政协委员和统战成员，纷纷立足本职工作，驰援疫情防控一线：

——加快药物研发。由民盟盟员、中国科学院院士蒋华良等专家领衔，20 余个课题组参与的中国科学院上海药物研究所和上海科技大学免疫化学研究所抗新型冠状病毒感染联合应急攻关团队，利用前期抗 SARS 药物研究积累的经验，开展抗新型冠状病毒药物研究。民革党员潘讴东所在企业——和元生物技术（上海）股份有限公司，火速成立了一支新型冠状病毒研发团队，正与相关研发机构联手，整合现有 CDMO 技术平台和资源优势，轮班无休，争分夺秒研发疫苗。闵行区政协委员、埃提斯生物技术有限公司创始人熊磊带领团队，全力以赴投入体外诊断试剂研发工作，开发病毒检测试剂盒，试剂盒直接供应武汉火神山医院、雷神山医院的病毒检测。

——提供法律服务。1 月 24 日一大早，市政协常委游闽键在团队群里提出倡议：成立法律服务志愿团，根据情况分配任务。律师们在群里积极响应，由近 60 位优秀律师参与的协力法律服务志愿团，以微博、微信、公众号的形式，免费提供相关咨询服务并协助处理相关纠纷。

——加强市场管理。春节以来，民进会员、闵行区市场监督管理局监管员华盛荣坚守在市场监管执法一线，开展晨检记录以及畜禽类原料的索证索票等工作，同时，对防疫药品、口罩、消毒用品等销售经营活动进行严查。九三学社社员、松江区卫健委监督所科员虞洋洋对辖区内 20 家大型酒店进行现场监督检查，排摸、核查外来人员入住登记情况，对酒店相关工作进行监督指导。九三学社社员、市文化旅游局资源开发处处长朱国建会同市区相关部门，说服外国邮轮公司，共同参与疫情防控工作，协调各大邮轮公司对部分疫情相关游客实施了退票政策。

紧盯问题积极建言献策

庚子年大年初一，由市政协副主席、民建上海市委主委周汉民领衔，市政协委员中的民建会员集体提交建言，希望以"四全措施"根绝野生动物交易、消费行为。这份"庚子年上海民建首份建言"，是广大政协委员、民主党派成员踊跃建言、助力疫情防控的缩影。

十几天来，全市各级政协委员和统战成员冲在一线发现问题，聚焦重点精准建言，助力依法科学、有序高效防控疫情。统计显示，自 1 月 23 日至 2 月 2 日，市政协共收到 726 篇信息，采用编报百余篇，为市委市政府决策提供参考。

围绕公众高度关注的防疫问题，市政协委员、复旦大学附属中山医院结直肠外科主任许剑民与一些医卫界政协委员、农工党徐汇区委的医卫界党员

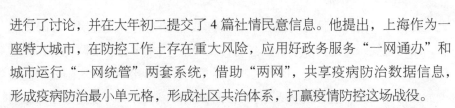
进行了讨论，并在大年初二提交了 4 篇社情民意信息。他提出，上海作为一座特大城市，在防控工作上存在重大风险，应用好政务服务"一网通办"和城市运行"一网统管"两套系统，借助"两网"，共享疫病防治数据信息，形成疫病防治最小单元格，形成社区共治体系，打赢疫情防控这场战役。

1 月 24 日，上海启动重大突发公共卫生事件一级响应机制。此前在社区街道中，摸排和居家隔离工作已经有序展开。1 月 26 日，上海已对来沪重点人员完成集中隔离和居家隔离。市政协委员教授卢永毅及时提出建议，为湖北来沪人员提供必要的居住点，并在施行"居住地隔离"中提供更多帮助。黄浦区政协委员曹天风建议，设置专人，统计、采购隔离人群的生活所需物品，同时及时为其回收生活垃圾，为其提供更人性化服务，以此稳定被隔离人群的情绪，保障后续工作有效开展。农工党党员王芳建议，借助电话热线的咨询服务，对隔离人员进行初步筛查，并给予其专业建议，减少对方的恐慌情绪。

随着疫情扩散，多地已开设了医疗机构发热门诊，引导受感染病患就诊。为避免医疗场所人员过度集聚、增加交叉感染的风险，市政协委员廖瑛及时提出，在社区增加老人慢性病配药网点，为所辖社区的慢性基础病患者提供预约采购、配药服务。宝山区政协委员陈苏华表示，在未来疫情防控期间，上海会产生大量废弃口罩以及其他防护废弃物，为了避免造成二次污染，建议有关部门对这类用品加强专项收集和处理，在居民小区、公共场所、机关企事业单位等人口密集区域增设医废垃圾收集容器，并采用专业运输设备，对医废垃圾进行独立收集和运输，进行无害化处理。

1 月 27 日，上海市政府发出通知，上海市区域内各类企业不早于 2 月 9 日 24 时前复工，上海各级各类学校 2 月 17 日前不开学，具体开学时间将视疫情防控情况评估后提前公布。对于延长春节假期、延后开业开学时间，市政协委员陈贵建议，有关部门可出台相应政策和采取措施，调整疫情下应急强制休假及薪酬制度，按照危难共担合理分配原则，合理分配中央政府、地方政府、企业及个人的社会责任。民进会员宓晓亭、程皓提出，部分与企业有关的、有实效限制的规定事项，应有相应调整，各职能部门应尽快就相关事项作出具体规定。农工党党员严慈萍、许怡婷提出，为防止新型冠状病毒感染在青少年群体中扩散，要尽快建立严密的预防机制，在假期部署好开学后的应对工作。

政协委员们表示，当前全市疫情防控正处在重要的窗口期、关键期，要认真学习贯彻落实习近平总书记重要指示精神，按照党中央、国务院部署和中共上海市委要求，坚定信心、同舟共济，围绕科学防治、精准施策等继续贡献智慧，推动各部门把各项防控措施进一步落实好，以最大决心、最严举措、最大努力争取最好结果，坚决打赢这场阻击战。

捐款捐物真诚奉献爱心

自疫情防控启动以来，本市各个民主党派及人民团体接连发出倡议，发扬"一方有难八方支援"精神，急抗疫之所急，助抗疫之所需，积极捐款捐物，贡献爱心。

1月30日14时30分，一辆中国邮政专车从上海长宁区出发，满载着防疫救护物资和上海盟员的深情大爱，火速驰援，奔赴黄冈。金色的阳光撒在奔驰的邮政专车上。"上海民盟同舟公益基金会为湖北加油！""心系黄冈、共抗疫情！"车上的标语和阳光一样温暖人心。当得知黄冈防控物资缺乏的消息，民盟上海市委、上海民盟同舟公益基金会发动各方力量，打通物资筹集、打包装箱、流通运输等各环节，以最快速度紧急筹措了整整一车救援物资，包含黄冈急需的口罩、消毒液、护目镜等。78箱救援用品将带着上海盟员满满的关心和祝福，经民盟湖北黄冈市委，送到抗击疫情最困难的"前线"。

湖北医院口罩、防护服、护目镜等医用防护用品紧缺。致公党上海市委积极推进医院和愿意捐赠消毒设备的生产厂家之间的对接工作，向湖北的3家定点医院提供企业的资质介绍文本，并不断落实医院关于病区设置和隔离床位安排等信息，便于企业能够根据医院的实际需求做到精准供货。1月30日，致公党市委根据疫情变化，进行紧急协调沟通，调整支援医院，重新安排生产企业和有关医院进行技术对接。

自疫情公布以来，民革党员、上汽大通海外部总监杨峻岭和他的同事们，每天都花费近10个小时，绞尽脑汁在全球募集物资。在他们的协调及采购下，来自海外华侨华人的援助物资纷纷抵达武汉：6万只口罩从澳大利亚直接送达武汉的医院;2.38 吨口罩装车奔赴武汉。

自 1 月 26 日起,市政协委员、金杜律师事务所中国管委会主席张毅率领员工紧急动员,通过美国纽约和硅谷分所紧急采购抗击疫情的紧缺物资,还从韩国和日本分别采购的首批总重约 2700 公斤的 13050 件医疗物资,后续将有来自韩国和美国的近 133.2 万件医疗物资陆续抵达国内。

在沪全国政协委员、春秋航空股份有限公司董事长王煜,在沪全国政协委员、上海均瑶(集团)有限公司董事长王均金分别要求所属的春秋航空、吉祥航空,在疫情防控期间免费承运防疫救援物资,为抗击疫情第一线加油助力。

发挥优势广泛凝聚共识

连日来,本市政协委员充分发挥委员专业优势,创造感人的文艺作品,着力营造齐心协力、众志成城的社会氛围,构筑起群防群治的人心防线。

1 月 24 日早晨 7 点,曲艺音乐人、上海农工党党员曹哲维接到了曲艺作家徐开麟的电话。电话那头,徐开麟说,凌晨两点他带着灵感投入创作,几个小时后,广播说唱《逆行天使》剧本诞生。曹哲维当即应允,他拿到剧本火速开始编曲与配乐。"在下不过年! 守望相助,众志成城,网络合成,曲艺心声!"曹哲维的这条"朋友圈",折射出农工党员对抗击疫情的信心。短短半天,他便完成音乐小样并发至微信群。这个创意得到了上海市曲艺家协会领导的支持。曹哲维继续联络更多说唱演员加入。接到电话时,同为农工党党员的国家一级演员顾竹君正在日本,她当即表示"一定参加"。很快,一个十几人的"群口说唱《逆行天使》群"创建起来,经过 24 小时的紧急创作,1 月 25 日凌晨,一曲饱含着上海曲艺人心声的广播说唱《逆行天使》诞生,作品饱含着曲艺界民主党派成员对抗击疫病的坚定信念,也充满了对"武汉人民加油"的有力支持。

1 月 30 日,一场名为"献给非凡的英勇"的线上艺术作品展正式上线,展览由中共上海市委统战部指导,上海市新的社会阶层人士联谊会主办。展览策划者,市政协委员、上海新的社会阶层人士联谊会副会长陈海波表示,市新联会自由职业者联盟、浦东新区自由职业人员联谊会的艺术工作者连夜开工，最终，由 22 位艺术工作者创作的 50 件作品成为线上展览的展品："为抗击疫情尽一分力，不分'体制内外'！"

近日，一首《手牵手》迅速在网上走红。在这首有 20 多名上海知名艺术家倾情献唱的 MV 中，全国政协委员茅善玉，以及民盟盟员钱惠丽、傅希如、佟瑞欣等参与其中。为确保安全，摄制组采取"云合唱"的方式，艺术家分别来到录音棚里录音，互不见面。从年初四定下来要拍这部 MV，到完成录音，只用了一天时间。全国政协委员、民盟盟员王苏领衔录制的配乐诗朗诵《2020，这一个春节》，也是一次"云上"完成的合作。1 月 29 日，创意学院的党支部书记方军创作了一首长诗《2020，这一个春节》，当晚，王苏就与分别在青岛、延庆和上海三地的刘婉玲、薛光磊、马聪三位教师一起，用手机话筒分别录制，然后再合成。

（原载《联合时报》2020 年 2 月 4 日）

武汉不明原因肺炎已做好隔离
检测结果将第一时间对外公布

第一财经日报记者　周　芳　马晓华

12320 热线工作人员表示，武汉疾控部门第一时间前往救治医院采集患者标本，具体是何种病毒仍在等待最终的检测结果。

30 日晚间，一份名为《关于做好不明原因肺炎救治工作的紧急通知》，落款为武汉市卫生健康委员会医政医管处的红头文件在网络上广泛传播。

第一财经记者 31 日早间拨打武汉市卫生健康委员会官方热线 12320 得悉，该文件内容是真实的。

12320 热线工作人员表示，本次在武汉出现的不明原因肺炎为何种类型肺炎，还有待查明。

上述文件称，根据上级紧急通知，武汉市部分医疗机构陆续出现不明原因肺炎病人。各医疗机构要强化门急诊管理，严格执行首诊负责制，发现不明原因肺炎病人积极调动力量就地救治，不得出现拒诊推诿情况。

文件强调，各医疗机构要有针对性地加强呼吸、感染科、重症医学等多学科专业力量，畅通绿色通道，做好门诊和急诊之间的有效衔接，完善医疗救治应急预案。

另一份名为《市卫生健康委关于报送不明原因肺炎救治情况的紧急通知》亦为真实的。这份文件称，根据上级紧急通知，我市华南海鲜市场陆续出现不明原因肺炎病人。

所谓不明原因肺炎病例是指同时具备以下 4 条不能做出明确诊断的肺炎病例：发热（≥38℃）；具有肺炎或急性呼吸窘迫综合征的影像学特征；发病早期白细胞总数降低或正常，或淋巴细胞分类计数减少；经抗生素规范治疗

3～5 天，病情无明显改善。

据了解，本次现身武汉的首例出现不明原因肺炎症状的患者来自武汉华南海鲜市场。

12320 热线工作人员表示，武汉疾控部门第一时间前往救治医院采集患者标本，具体是何种病毒仍在等待最终的检测结果。不明原因肺炎患者已做好隔离治疗的工作，不影响其他患者到医疗机构正常就医。武汉有着全国一流的病毒研究机构，病毒检测结果一经查出将第一时间向公众对外公布。

（原载《第一财经日报》2019 年 12 月 31 日）

时代的尘埃:
一位武汉基层官员眼中的封城之前八小时

第一财经日报　马晓华

一切都无法假设。

回想起 1 月 23 日,武汉封城的那一天,作为武汉市武昌区的一位基层官员,梁鑫(化名)至今依然有种透不过气的感觉。

"封城是个正确的决策,能够将传染源风险控制在最小程度。而封城前后流出的数百万人,事后也可以换个人道主义的角度来看,如果不是那样,整个武汉被感染和死亡的人数会比现在多很多。"

作为一位当事人,他试图勾勒出武汉在封城之际的惊心动魄。

梁鑫说:"我永远不会忘记这一天,这是悲壮的时刻,而且还是在春节就要到的那一刻,人类史上史无前例,一座千万人的城就这样被封了! 一群人想方设法地夺路狂奔,而留下的人,将与这座城市共生死。现在每次回想起来,我的心脏都会震颤。"

一场与时间的赛跑

1 月 26 日晚,湖北省人民政府新闻办公室就新型冠状病毒感染的肺炎疫情防控工作召开新闻发布会,武汉市长周先旺表示:目前有 500 多万人离开武汉,还有 900 万人留在城里。500 万这个数字引起一片哗然。

历史回到 1 月 23 日这一天的凌晨两点,在经历了 98 年特大洪灾和 03 年非典之后,武汉这座城市又迎来了一次大考:官方宣布自当天上午 10 时起封城,全市城市公交、地铁、轮渡、长途客运暂停运营;无特殊原因,市民不要离开武汉,机场、火车站离汉通道暂时关闭,恢复时间另行通告。

一座上千万人的城市实施封闭，只为保障疫情不扩散。这在新中国历史上尚属首次。

此前一天，即 22 日晚间，武汉市政府发布通告，要求全市在公共场合佩戴口罩，不听劝阻，构成犯罪的，依法追究刑事责任。"从这个时候开始，我们其实已经预感到事情严重了。"梁鑫如此说道。

从 23 日凌晨两点宣布，到上午 10 时正式执行，中间空出了 8 个小时。

"公路，高速，机场，高铁……都在这个时间段里人流攒动。尤其是公路和高速，很多的私家车，大家的心思就是先出武汉再说。"

实际上，梁鑫对于"封城"二字有着非常敏感的认识。他说，只有遇到非常重大的变故或者其他敏感事件时，才能做出这样的决策，而"这样的决策一旦做出，就必须严格执行"。

对于 1 月 23 日武汉正式封城的决定，梁鑫尽管在最开始感到惊讶，毕竟这是"破天荒"的头一次。但他非常清楚，如果不及时封城，事情会演变得更加糟糕。他说，做出封城的决策对谁来说，都是相当困难，因为"那个时候其实谁的心里都没有把握，封城之后留下的人们到底命运如何，是否能遏制疫情?"

梁鑫说："23 日凌晨发的通告，这个通告发之前，没有任何预先知会的信息，直接以通告形式公布。不过从发出通告到正式封城，还有 8 个小时的窗口。这个窗口时间，走了很多人，包括我所知的自己身边的很多人。"

得到"封城"的消息后，很多人开始在 24 小时便利店抢购物资。Today、中百罗森里一群戴着口罩一言不发的市民将速冻饺子、面包、泡面等商品疯狂地装到购物袋里。而药店里的口罩、莲花清瘟胶囊、抗病毒口服液、板蓝根甚至酒精一上架就被抢空。

而从停运通告发出起，凌晨到达武汉天河机场出发层的车辆就逐渐增多。最多时，几乎一秒钟一辆车到达。乘客拎着行李箱希望赶飞机离开武汉。机场每个值机柜台前都站满了旅客，排队的队伍长达百米。而当时就有航空公司接上级领导通知，可为十点前航班的旅客办理值机手续，十点后的则不办理，并对购票旅客原价退票。

23 日 0 点到 10 点，天河机场进港 20 架次，出港 45 架次。尽管各航空公司取消了大部分涉及武汉的航班，但依据"软着陆"原则以及涉及联程航班等原因,10 点以后仍有少数航班从武汉天河机场起飞,分别前往哈尔滨、西宁、拉萨、巴黎等地。最后一班出港航班在 12 点 55 分离开,目的地广州。至此,年旅客吞吐量近 3000 万的天河机场关闭离港通道。

没有人知道封城之后的武汉会怎样,所有人心里其实都没底,慌慌的。唯一能做的就是,要不继续留下,要不赶快逃离。

据中国铁路武汉局发布的数据显示,"封城"前一天的 22 日,近 30 万人次乘坐火车离开这座城市。1 月 23 日 0 点到 10 点间,武汉至少发出列车 251 列,北到哈尔滨,南达深圳,东到上海,西达成都。这座被誉为九省通衢的交通枢纽,具有将人们送往中国几乎每个角落的能力。

"即使 10 点之后,也有不少的人成功出去了。"梁鑫说:"23 日下午六点,有个洗车门店的人问我是否可以走?那个时候应该是火车站和机场都停运了,只能尝试走高速和公路。事实上,他成功离开了武汉。封城之后,陆续关闭了市内交通、铁路、航空、高速等出口,不过这种缓慢流出一直持续到初二,都有人在陆续离开武汉。"

一个没有答案的问题

"封城完全有必要,但现在回过头再来看,当初从武汉走掉的那些人,对个体而言,未必不是一件幸事。否则,武汉的伤亡将更惨重。"

"因为在封城之后的一个月里,我看到了基层社区太多的人间悲剧,一家人家,前一天走了一个,第二天又走了一个……"说到封城后在基层社区的亲眼目睹,梁鑫再次哽咽地说不出话。

"如果说一个人都没有出去,我看武汉市的人,肯定被感染的数量会高很多。因为现在从数据来看,全国被感染的人数有 8 万多,对不对? 其中湖北省有 6 万多,武汉市有 4 万多,从这个数据是可以看出来的。"梁鑫说:"再加上医疗资源和物质资源的匮乏,以及疫情之初的防控失措,可以想象会糟糕到什么程度。要知道,后来确诊的人群中有相当部分是在等待中被感染的,在家中交叉感染的,有的在等待床位中死去。假设封城前后出走的500 万人还继续留在武汉,我想武汉这座城市真的是存在失控风险的,会遭遇比现在严重得多的伤亡。真的,这绝非危言耸听!"

"因为拖的时间长了，得不到及时治疗，病情自然就恶化了。疫情之初的这个阶段是最困难的阶段，我们都在一线，那个时候大家基本上不说什么话，都非常难过。"

"所以，在武汉封城前的那八个小时，事实上相当于做了一点分流，就像在面临洪水汹涌而来之际，没有堵在一个地方，造成决口。否则的话，城内的死亡人数一定会多很多。"梁鑫说，非常时期的非常选择，并不是非黑即白的。

时代的尘埃无法假设

梁鑫的"担心"在中国疾控中心后来发布的《新型冠状病毒肺炎流行病学特征分析》追溯性论文中得以佐证：1月21—31日，有26468人发病。也就是说，1月21—31日之间，武汉发病的人数是最多的。因为，当时的新冠病毒已经彻底传播开了。

梁鑫说，尽管1月24日，湖北省新型冠状病毒感染的肺炎疫情防控指挥部启动湖北省重大突发公共卫生事件Ⅰ级响应，但最基本的传染源控制行动，其实没有真正有效落实。更不用说与广东省相比，这个一级响应还晚了一天。

即使在1月23日封城之后，武汉由于没有严格有力、有效地管控传染源，加上医疗资源发生挤兑，导致在2月1日到11日，又有12030人发病。直到2月10日，武汉市新冠肺炎疫情防控指挥部第12号通告发出：决定依据相关法律法规和一级响应相关要求，自即日起在全市范围内所有住宅小区实行封闭管理，对新冠肺炎确诊患者或疑似患者所在楼栋单元必须严格进行封控管理。

这个时候，在中央指导组亲临一线指挥后，武汉的疫情防控工作才算真正的有效落地。而在1月21日—2月11日之间的这段日子里，已有3.8万多人感染上了新冠肺炎。

医学论文预印平台medRxiv上2月10日发布的一篇论文认为，武汉新冠肺炎感染率在0.3%～0.6%之间。2月28日，钟南山院士团队在国际著名顶尖期刊《新英格兰医学杂志》报告了1099例新型冠状病毒肺炎（COVID-

19）的临床特征。从全国范围来看，中国新冠肺炎的死亡率为2.3%。而根据中国疾病预防控制中心2020年3月4日的官方报告，武汉的死亡率为4.6%（49540例确诊病例中有2282例死亡），北京为1.9%（414例确诊病例中有8例死亡），上海为0.9%（338例确诊病例中有3例死亡）。

假设500万人继续留在武汉，同时按照上述的0.6%感染率和4.6%死亡率来粗略测算，将有3万人被感染，以及死亡上千人。

梁鑫说："我不想去假设，对那些出走的个体而言，活着是最重要的，留下来的话，他们的伤亡率会更大。但也要看到封城前后出走的500万人使全国陷入巨大危险之中，全社会几乎停摆，代价之大无法计算。所以，大账小账不能分开来算，怎么办？"

大年初三这一天，身处"一线"的梁鑫明显感觉到疫情防控"吃紧"了，不仅病人增多了，而且有相当多的病人不停地求救和寻找等待床位。同时还有病人由于没有地方去，流散四处。这些都造成了广泛的交叉传播，加剧了感染情况。

"一个人感染，一家人几乎就不能幸免了。从病例的数据增加与信息来看，大部分是以家庭为单元的，也造成很多悲剧。"梁鑫说。

梁鑫认为，社区防控的措施和行动起初都是不专业的，"你封控小区以后，这些人还在里面，没有处置的话，内部还会扩散"。

如果在封城的同时立即封小区，并采取强有力的隔离措施，哪怕缺少医护人员，哪怕条件很艰苦，先想办法把已经确诊的集中一块，疑似的集中一块，密切接触的集中一块，虽然这种集中有一定的风险性。但这样做，就能切断传染源，不会造成类似家庭集聚传染、社区扩散传染的悲剧。

这在梁鑫看来，"封城之后没有同步，是因为当时顾不过来"。除此之外，梁鑫还表示，当时大家可能都慌了，他认为湖北省委和武汉市委基本上也急晕了。

结局

封城前后那些天，正是春运期间，离开武汉的500万人去了哪里？据第一财经新一线城市研究所统计，从1月10日至1月22日春运期间（武汉封城之前），每天从武汉出发的人群中有 6 至 7 成的人都前往了湖北其他城市，其次是河南、湖南、安徽、重庆、江西。从城市维度来看，除了湖北的城市，从武汉前往信阳、重庆、长沙、北京、上海、郑州的人群比例也较高。在湖北省内，孝感和黄冈是接受武汉返乡客流比例最高的两个城市。

截至 2020 年 3 月 12 日 24 时，湖北全省累计报告新冠肺炎确诊病例 67786 例，其中武汉市 49991 例，全省累计病亡 3062 例，其中武汉市 2436 例。

全国 31 个省（自治区、直辖市）和新疆生产建设兵团累计报告确诊病例 80813 例，累计死亡病例 3176 例。

3 月 11 日开始，湖北新增病例首次降至个位数。

（原载《第一财经日报》2020 年 3 月 15 日）

离开武汉的 500 多万人去了哪里？

第一财经日报　陈姗姗

500 多万离开武汉的人群中，有不少是回到自己的家乡，还有的飞去了国内外更远的城市。

26 日晚，湖北省人民政府新闻办公室就新型冠状病毒感染的肺炎疫情防控工作召开新闻发布会，武汉市长周先旺今日表示，因为春节和疫情的影响，目前有 500 多万人离开武汉，还有 900 万人留在城里。

这 500 多万人到底去了哪里？

根据第一财经此前的报道，由于武汉是外来人口流入城市，武汉的外来人口返乡过年也是极为普通的事情。根据武汉市文化和旅游局发布的"2018 年春节统计信息"，2018 年武汉在春节期间发送人数为 232.82 万人。每年都有近一半人口离开这座城市外出过年。

有关数据统计，武汉人口热门来源地为：信阳占武汉流入人口总量的 1.54%；重庆占武汉流入人口总量的 1.4%；南阳占武汉流入人口总量的 1.13%。排在前 10 名的来源城市还有：驻马店、广州、周口、北京、商丘、深圳、长沙。（以上信息来自百度地图大数据）前十名中，信阳、南阳、驻马店、周口、商丘都来自**河南省**。

因此，500 多万离开武汉的人群中，有不少是回到自己的家乡，尤其是上述几个城市。

第一财经·新一线城市研究所引用百度地图慧眼的迁徙大数据也显示，1 月 10 日至 1 月 22 日春运期间（武汉封城之前），每天从武汉出发的人群中有**6 至 7 成**的人前往了**湖北省内的其他城市**，其次是**河南省、湖南省、安徽省、重庆市、江西省**。

从城市维度来看，除了湖北的城市，从武汉前往信阳、重庆、长沙、北京、上海、郑州的人群比例也较高。而在湖北省内，孝感和黄冈是接受武汉返乡客流比例最高的两个城市，离开武汉的人当中，平均每天有 13.03% 和 12.64% 是从武汉出城到达孝感和黄冈。

另外从过去一段时间的武汉出港航班数据，也可以对 500 万人去哪里有更多的了解。

根据航班管家统计的 2019 年 12 月 30 日—2020 年 1 月 22 日武汉航班国内出发、国际出发、港澳台出发的运力数据，北京、上海、广州、成都、海口、昆明、厦门、深圳、三亚、南宁是武汉出港航班前 10 大城市。

根据出港座位数的统计可以看出，在武汉封城之前的 20 多天，最多可以有 6 万多人从武汉飞到北京，5 万多人分别从武汉飞到上海（虹桥＋浦东）、广州和成都。

港澳台方面，武汉出港航班量最大的是香港，其次是澳门和台湾，不过这些城市接纳的武汉人都不超过 1 万人。

国际方面，武汉出港航班量最大的是泰国曼谷，最多有 1 万多人从武汉飞往曼谷，出港量排名第二的是新加坡，排名第三的是日本东京。

（原载《第一财经日报》2020 年 1 月 26 日）

对话武汉协和出院医护：

那 10 秒是生命中最艰难时刻

第一财经日报　金叶子

在这不到 30 天的时间里，张昌盛是如何被感染的？又是如何治愈的？

2 月 14 日，武汉协和医院首批感染新冠肺炎的护士张昌盛已经出院一周有余，再过 6 天，也就是 2 月 20 日左右，等两周的居家观察期一满，他就可以重新回到医院上班。

武汉封城已 20 多天，情人节当天，以往热闹的氛围不再，医院双职工张昌盛夫妇也对这个日子没有更多的期盼，"今年就在家老老实实呆着和爱人一起做顿好吃的就够了"。张昌盛在电话那头对第一财经记者笑称。

作为华中科技大学同济医学院附属协和医院（下称"协和医院"）首批感染并治愈的十余名医护人员之一，在这不到 30 天的时间里，张昌盛是如何被感染的？又是如何治愈的？他经历了怎样的心理煎熬？

确诊时"蒙了一下"

在接受第一财经电话专访时，"问题不大"、"还不错"、"淡定"是这个"85 后"说得最多的几个形容词，而当回忆起自己 1 月 18 日当天确诊的细节时，他还是表示，"当时确实蒙了，没想到自己会中"。

据张昌盛回忆，在 1 月 16 日的时候，他出现了浑身乏力的症状，不过因为没有发烧，17 日还接着上了个夜班，之后回家休息，"就和我平时感冒的症状一模一样，所以并没有多想"。

此时，他所在的神经外科已经收治了一名普通门诊的脑垂体瘤患者，这位术前检查没有任何异常的病人，也正是钟南山院士提到的导致了协和医院十余名医护人员感染的患者。

"这位病人确诊后就转到了感染科。此时我们部分同事也出现了发热和肺部 CT 异常的情况，院领导立即就给我们这批有不适症状的医护先做了核酸检测。看到结果呈阳性后，我确实蒙了，因为觉得自己应该不会中。甚至不清楚到底是哪个环节出了问题。"

张昌盛说，首批共有多个科室十余名医护确诊。在最初那种完全不知情的状况下，医护人员所有流程的操作，不可能都是戴护目镜或是配备三级防护的，况且防护服也没有那么多。"不同于传染科或是口腔科，一般我们接诊的病人其实和普通人没什么区别，住院时也会和医护人员正常地聊天、交流。"比如以他日常工作的监护室为例，外科口罩、帽子、手套都是必备的防护，如果患者有传染病的话，还配有隔离衣。

然而，这个新冠病毒恰好有一个潜伏期，这位术前没有任何异常的病人，手术之后，可能机体受到了一些影响，身体就变得虚弱一些，此时病毒也彻底爆发出来了，随之出现高热、咳嗽症状。

时至今日，张昌盛依然无法确认到底是患者还是同事将病毒传给了他，这个病人只在他工作的监护室里呆了一晚上，接触时间也不是很长，这个当时极为普通的一个病人，并没有特殊的症状需要医护特别关注。

这种初期难以排查的病人，也成为医务人员感染的重要隐患。

张昌盛补充说，由于科室毕竟不属于发热门诊或传染科，发热、感冒咳嗽这种病人一般也不会来他们科室就诊，所以在 1 月 20 日之前也并没有做特别完备的预防措施。像新冠肺炎病人的无症状潜伏期也让初期的排查非常困难。"每一个来神经科的病人，不可能都给他做一个核酸检测，一般情况只会做一个肺部胸片的平扫以及手术前的常规检查，这样也会有一些隐患。"

2 月 14 日，在国务院应对新型冠状病毒感染肺炎疫情联防联控机制新闻发布会上，国家卫生健康委副主任曾益新介绍，截至 2 月 11 日 24 时，全国医务人员确诊新冠肺炎 1716 例，占全国确诊病例 3.8%，其中 6 人不幸死亡，占全国死亡病例 0.4%。湖北医务人员确诊新冠肺炎 1502 例，武汉 1102 例。

确诊后，张昌盛赶紧前去医院隔离，同样在协和医院工作的张昌盛爱人听到他确诊后表现得十分淡定，作为密切接触者也在家开始了隔离，"可能她不淡定也没在我面前表现出来"。张昌盛打趣说，不过因为平时工作时他们夫妇就会经常见到一些包括患（普通）肺炎的危重的病人，以自己的身体条件，暗忖应该是可以克服的。

幸运的是，在1月16日出现不舒服症状的前两天，他已经将两个女儿送到了姐姐家，"我们医务人员在前线有危险没什么，但是唯一害怕的就是连累家里人"。

第7天的凶险十秒

据张昌盛介绍，协和医院首批感染新冠病毒的医护人员年龄层涵盖了"60后"、"70后"、"80后"。相比其他同事，每周都会打两到三场羽毛球的张昌盛身体素质相对不错，"虽然以前做过一个甲状腺小手术，但是由于经常锻炼，所以我的感染情况还比较轻，平时就是乏力、低烧以及出汗等症状来回波动，有的同事情况严重一些"。

但是确诊后的第7天，张昌盛度过了最艰险的十秒。

"1月23日的早晨，一下子感觉呼吸跟不上来，感觉身体要罢工了。当时浑身出冷汗，嘴巴不受控制地流口水。然后我就赶快把旁边的氧气拿过来吸并呼叫护士，整个过程持续了大概十秒。"

等护士过来时，张昌盛自己已经缓了过来。如果那个时候不能保证呼吸道的通畅以及提供足够的氧气，后果非常凶险。

在张昌盛看来，熬过这十秒，就感觉自己基本已经撑过来了，因为在他的认知中，这个病应该不会持续很久。他向记者解释道，任何疾病都会有一个发展的过程，就像打仗一样。当病毒侵入身体之后，我们自身就要进行防御。虽然最后会两败俱伤，但肯定会决出胜负，就看哪一方赢得快。"如果我自身恢复得快，那就会好转，反之就是病毒胜利。所以最终仍然是在药物的促进作用下靠自身免疫力战胜病毒。"

大年初一，他已有的症状开始明显好转，后面几天基本就没有特殊的不适了。随后在医院两次病毒核酸检测均为阴性，于2月6日解除隔离出院。

在治疗期间，张昌盛并没有打针，主要吃了几种不同的药品以及雾化治疗。

"住院后我先吃了拜复乐，然后就是盐酸阿比朵尔，接着又吃了奥司他韦（这个时间不是特别长），主要前两个药吃得时间较长，另外还做了一个α-2β的干扰素雾化。"

张昌盛介绍，他吃的这些药物也带来了一些副作用，例如腹泻和伤肝，因此又配了调解胃肠道菌群失调和护肝的药物。

他说，因为并没有特效药，所以不同的患者，使用的药方是不一样的，这个需要根据每个人具体的身体状况来用药。

在治疗过程中，张昌盛建议，除了乐观的心态，新冠病人需要关注出现症状后第 3 天、第 7 天、第 10 天的几个关键时间节点，这也可能是疾病发展过程的几个高危点。同时应该尤其注意是否有呼吸困难等症状。

"因为人体的肺部是给我们提供氧气的，如果肺部功能损伤导致心脏缺氧，大脑缺氧，会对生命造成巨大危险。所以这个时候家里如有可能，可以备点氧气、制氧机，尤其是家中有老人的话还是很有必要的。"

疫情过后就是生死之交

谈到在隔离病房的日子，张昌盛不止一次提到了他们神经外科的特别待遇。"除了医院的餐食，每天晚上还有一碗鸡汤给我们补充营养，这段时间感觉像在坐月子。"他笑称。

不只有餐饮企业每天赞助的滋补鸡汤，科室领导每天自备的无限量水果，年三十那天护士长为每人准备的两朵玫瑰，外科领导跑腿买齐个人物品，同事和网友不间断的打气……都成了这个寒冬里最温暖的记忆。"我们这批医护人员在隔离时最长说的一句话就是，疫情过后大家就是生死之交。"张昌盛说。

他告诉记者，确诊当天，他正好结束夜班在家休息，"那会电视里的《中国机长》正在全民呼叫着'8633'航班，我这边接到隔离通知后，同事们纷纷打电话、发微信鼓劲，那一刻就忍不住地想流泪"。张昌盛说，出院那天早晨，又看到网络上和朋友圈那些祝福的消息，就觉得一直都有很多人都在默默地关注着他们。

出院后，继续居家观察的张昌盛有意避开网络上的负面消息，经常看看地理中国等纪录片。因为在家闲不住，他还会时不时在房里蹦跳一下，或是做做平板支撑，挥一挥羽毛球拍子，"这也有利于后面顺利去医院复工"。除此之外，他还会每天和两个女儿视频，看看两个小家伙。不过，由于夫妻俩仍要继续在医院上班，短期内为了安全也并不考虑将女儿接回家。

再过几天，等到两周出院观察期一满，张昌盛要再做一次复查，没问题后他就能继续回到医院工作了，"我们恢复治愈后，相对来说更为安全，也可以去做一些其他同事不便做的事情，尤其是派往一线"。

张昌盛介绍，现在他们神经外科的很多同事都被抽调去了武汉的各个方舱医院以及协和医院的感染科，不过他们这批出院不到两周的医护人员现在还不能报名去一线，"要等我们完全恢复，各项指标评估通过了才可以报名，包括捐献血浆也是一样的（标准）"。

对于目前的防控措施，张昌盛认为，虽然湖北省的确诊病例有一天激增上万例，但是将临床诊断纳入确诊也是一个好的消息。与此同时，还应该更加透明地公布病人的信息，"比如确诊、疑似病例的活动轨迹，虽然这些会暴露公众的一些隐私，但需要权衡一下如何公开，这也是非常需要重视的方面。也能让那些在家里待着的居民心里有一个概念，需要远离哪些地方和人"。

另外他还提醒，由于封城，武汉的物资配送基本都靠志愿者、快递员以及社区工作者等代劳，这个群体也特别需要注意自身防护。"当一个人持续在外面奔波，如果不能好好休息，抵抗力就会下降，所以他们一定要做好防护。毕竟这个病毒传染性还是非常强的。"

张昌盛最后强调，若是不幸患病，坚定和乐观的心态必不可少，而且在这个时候一定要听医护人员的意见，"这种情况下，没有任何一个医生跟护士会希望患者情况变差，所以大家也要充分相信医务人员，好好配合他们"。

（原载《第一财经日报》2020 年 2 月 17 日）

不断货不涨价！中百集团奋力扛起
武汉 85% 蔬菜瓜果供应

上海证券报　覃　秘

"我们都还好，生活上没有问题，中百一直开门的，现在不让出门了，但是可以在网上下单，社区统一买回来后送到楼下，昨天还搞了一些，又可以过三四天了。"2 月 18 日，武汉的熊先生在电话中告诉记者。

从 1 月 23 日离汉通道关闭开始，家门口的中百，成为很多武汉人生活物资的主要来源。

"日均销售蔬菜 600 多吨、肉蛋 200 多吨、米油 300 多吨……"中百集团董秘汪梅方向记者介绍，从销售数据推算，中百集团在疫情期间承担起了武汉市一半以上的民生需求，特别是蔬菜供应占了近 85％ 的份额。

员工紧缺怎么保供应？"有走一两个小时上班的，有把被窝搬进门店仓库的，有夫妻俩都在一线把小孩丢给邻居的……"中百集团内部人士说，正是这些平凡的岗位在关键时刻保住了民生供应。

"加油，零售人！"日前，中百集团总经理杨晓红在朋友圈如此打气。

2 月 14 日，中百集团以党政工团的名义发了一封致全体员工的信，信中说：你们不是社会关注的焦点，而我们知道，你们的工作岗位也是一线，正是你们的默默奉献，支撑着万千家庭的生活。

万人奋战，不断货、不涨价
疫情面前，国企中百集团当仁不让，承担起保供重任。

"各种时节菜，在我们超市基本都可以买到，（武汉市民的生活）完全可以保障，价格也和平时差不多，我们现在只卖平价菜。"中百仓储副总经理黄胜强向记者介绍，他分管的中百集团生鲜物流园，是公司生鲜产品采购配送的中枢。

黄胜强说，目前公司在山东和云南等主要产地都有大宗采购，加上在周边省份的一些补充，每天600多吨新鲜菜运进武汉，次日凌晨就可以配送到门店。

中百集团遍布武汉市及湖北省几乎所有县城的网点，为这次民生保供提供了基础保障。

"我们统计了一下，武汉市内日均830家左右门店营业，武汉市外160家左右门店营业，每天有100家左右门店要歇业进行消杀。"汪梅方介绍。

特殊时期，"不断货"这句承诺一度成为中百人面前最大的挑战。

"需求量短期增长太多，以前老百姓买菜，每个品种也就一两斤，三五个品种算多的，现在都是几十斤，一次买一小车回去，要攒足一个星期甚至半个月的量，这个我们也能理解。"中百仓储一位负责人介绍。

怎么办？补货！据中百集团统计，1月23日以来，生鲜总仓共向门店配送果蔬15300吨，配送车次5700多趟，日均配送650多吨，是平时配送量的6倍多；干性商品物流发车8700余次，配送商品330多万件。

"很多数据是我们平常的数倍，不得不全员紧急加班，所有人上一线。"黄胜强介绍。幸运的是，在交通封闭前，中百集团已经为春节假期储备了大量的蔬菜等生活物资，加上全国各地的积极支援，卖场一直没有断货。

人手紧缺成为最大的困难，女员工当成男劳力用，一个人干几个人的活，都成为常态。

如中百仓储武东店精肉区员工黄海枝，她的搭档和两位厂家促销先后因身体不适无法到岗，课长也被隔离在崇阳老家，黄海枝不得不独自操刀坚守，每天工作9个小时，一连坚持了10多天，被同事戏称为"独行刀侠"。

据中百集团统计，公司武汉市保供在岗人员8453人，武汉市外在岗人员4226人，支援小分队与应急保供突击队461人，合计超过13000人，春节期间一直奋战在自己的岗位上。

从人群聚集地到"菜篮子"加工厂

特殊时期，如此多的员工上班，又要直接面对数量众多的消费者，如何做好防疫？

"确实不容易，我们每天都是提前一个小时左右到岗，做好卫生和消杀工作，每位员工在上岗前，都必须测体温并登记，下班的时候还要再测一次，对进店的顾客也是需要测体温，并根据营业面积大小严格控制客流量，出去一个再进一个。"中百仓储相关负责人介绍，防疫工作落实到了每一个细节。

为了更好的做好疫情防控工作，中百集团还通过防疫指挥部协调到专业力量到店协助和指导，开展空间喷洒式的全面消杀，提高消杀工作的科学性。"对每个营业的门店，轮流进行歇业消杀，在关门前做好提示，消费者也都能理解。"

线上业务的推广，让不接触购物成为可能，
并逐渐在武汉市得到推广。

据介绍，针对大量消费者排队买菜的情形，中百仓储台北路店的员工们主动想办法，建了几个微信群，让消费者在群里先下单，到店直接取货，这种模式受到老百姓的欢迎,4 个微信群也很快满员。

"我们以前也有线上业务，但是用的人不是很多，大多数人还是愿意自己到现场挑选，疫情出现后，线上业务一下子爆发了。"中百仓储台北路店店长王燊介绍。

后来有顾客建议超市和社区对接，做团购。王燊随即拜访了附近的桃源里等几个社区，与社区物业沟通，商量以社区为单位进行团购，双方很快达成一致。"大家的想法一致，既能让老百姓买到菜，又能减少流动，对疫情防控有利。"

和线下的顾客相比，线上的用户明显要活跃得多，参与度也很高。各类"套餐"很快被设计出来。有顾客晒出了自己的菜单，其他居民直接在后面跟"＋1"，并逐渐出现了流行的"四拼""五拼"。"有了这种产品标准，我们员工的负担会减轻很多，闲的时候就可以打包好。"

记者收到的中百仓储线上购物指南显示，一份套餐包括芜湖青椒、西兰花、黄瓜、上海青菜、豌豆角、胡萝卜等各一公斤，另加上一袋金针菇和一份葱姜蒜组合，总价80元。"这是我们卖得较好的一个套餐，再加点肉，一家三口可以管个三四天。"中百仓储相关负责人介绍。

王燊介绍，以前超市的中心任务是卖货，现在则变成了加工厂，接受千家万户的订制。

汪梅方介绍，目前，中百仓储的线上团购业务已经在全武汉市推广，市民在网上下单后，小区代办人到门店自提或者由有条件的超市配送至小区统一提货点。

"事情办成、支援到位"是我们的承诺

在此次疫情防控战中，除了保障老百姓的民生需求，中百集团还承担着为防疫一线提供各种紧急物资支援的任务。

如全国关注的雷神山医院建设中，中百集团负责为建设者们提供生活物资保障，为了确保抗疫一线物资能落实到位，中百仓储组织突击队，从凌晨5点一直忙碌到第二天清晨2点，24小时收集订单、协调货源、调配物资、联系物流，所需10000余箱保供商品、100车次物资，均在第一时间内及时配送至雷神山医院。中百集团还负责雷神山医院建设者的供餐，每天近1万份。

7天建成的火神山医院让世界见证了"中国基建的速度"，中百超市则在一天时间内，完成了配套超市的建设并实现营业。

据介绍，2月1日当天，由于现场抢着施工的单位众多，中百运送设备的货车只能停放在目的地1公里外，员工们通过肩扛手抬的方式将设备搬运到超市场地。2月2日凌晨0点30分，完成了货架的安装和设备的调试，凌晨4点，完成了全部货品的陈列。

方舱医院的建设中，中百集团也积极提供各种物资支持。

"办法总比困难多。大车不能通行，用私家车送货！物流仓太远，用门店样机！数量大，联系供应商办证通行！……"中百集团办公室相关负责人介绍，特殊时期，中百人主动想办法，体现了责任和担当。

任务还在持续更新中。2月11日下午，中百仓储接到武昌区政府关于保障34家酒店,3533名援汉医疗救援团队日常生活物资的任务。据介绍，中百仓储立即针对34家酒店的地址匹配就近的中百仓储门店，在完成民生保障任务的同时，想方设法挤出人手来设立保供专班，对接酒店的物资需求、组织货源、分拣商品、安排协调车辆，尽全力满足医疗团队的生活物资需求。

汪梅方说，只有一句话：事情办成、支援到位，这是我们的承诺！

（原载《上海证券报》2020年2月19日）

行业龙头领航　上海辖区上市公司复工复产显活力

上海证券报记者　祁豆豆

3月22日，振华重工湖北襄阳隧道项目鱼梁洲东汉施工场地，女焊工潘敏手中的焊枪打出火花。

一花独放不是春，百花齐放春满园。随着疫情防控形势持续向好，各行各业复产复工如火如荼，上海辖区上市公司守望相助、互联互通，为积极复工复产描绘出上海独特的风景线。

行业龙头们率先复工，发挥头雁效应；国企关键时刻"挑大梁"，快速修复相关产业链；金融"活水"源源不断注入实体经济，为上海全面复工复产带来阵阵暖意。

龙头企业成了复产"领头雁"

面对疫情带来的口罩核心材料——熔喷布料巨大产能缺口，上海石化充分发挥自身在聚丙烯生产上的产业链优势，紧急启动研发攻关，加快口罩专用熔喷布料的研发。2月23日，上海石化紧急研发的口罩专用熔喷布料试产成功。2月29日，随着12号生产线投入使用，上海石化达到每天8吨口罩熔喷布专用料，可满足日产800万片一次性医用口罩的原料需求，为全社会的复产复工提供了可靠的防疫保障。

新晋全球最大钢企的宝武集团在疫情面前有效应对，在疫情防控和经济恢复过程中实现"全国一盘棋"。疫情防控期间，宝武集团在全国的10个钢铁基地互相支撑，多基地发挥协同效益，保障特殊时期国民经济基础产业的安全和稳定。3月初，宝武集团下属全部546家子企业中，已复工502家；

总体产能利用率 95％左右，仅比上年同期下降 5％。集团下属上市公司宝钢股份第一时间协调各相关部门、属地政府协助 16 家上游企业复工，及时打通了产业链。今年 1—2 月，宝钢股份宝山基地实现整体满产超产。宝山基地因全流程的智慧制造升级，大部分工作都可实现自动化和远程运维，避免工人在生产现场的聚集。疫情防控的考验下，宝武集团更坚定了未来转型升级的战略思路，集团已经加速向全国其他基地推广宝钢股份宝山基地"黑灯工厂"的流程。

伴随工业生产复工，商业活动的恢复重新点燃上海的城市活力。豫园股份旗下上海的标志性商业街豫园商城于 2 月 24 日逐步开放经营，商城内的中华老字号绿波廊酒楼也于 3 月 3 日恢复了午市。商城对游客、员工、物流等所有出入人员都采取了体温测量、出示随申码等防疫措施。

在推进上海地区复工复产同时，辖区上市公司正在积极"走出去"，将上海活力传递至全国市场。3 月 11 日，绿地控股与广西壮族自治区人民政府签署全面深化战略合作协议，公司将围绕广西经济发展和产业布局，针对"六大领域"及区域开发建设、基建、科技、国际贸易、大健康等重要产业，全面加大在广西的投资，预计未来总投资超 1000 亿元。其中，在国企混改领域，绿地控股拟作为意向战略投资方参与广西建工集团混改，持续做大做强大基建产业，充分发挥"地产＋基建"核心产业优势。

全面修复产业链激活生产力

受疫情影响，国内企业开展国际贸易、开拓海外市场遇到不少困难和挑战。随着复工复产有序推进，上海辖区上市公司快速修复与全球市场间的产业链，呈现出积极的发展态势。

上港集团和中远海运集运借助区块链技术可追溯、可信任的特点，通过船公司和港口系统间数据的互联互通和流程的协作互信，实现进口放货全流程的无纸化，保障了客户进口业务的零延时。该平台与上港集团前期建成的上海口岸电子 EIR 平台、受理中心网上一站式服务平台、"E 卡纵横"集卡服务平台、"港航纵横"港航信息服务核心平台实现了流程协同和数据贯穿，物流客户验证、代理、缴费、托单一站全线完成。上港集团表示，下一步，将利用其在上海本埠口岸和长江黄金水道龙头地位的辐射力，将该平台的应用深入长江经济带，并以中国快速应用为起点，推动该平台在国际航运物流领域的应用落地，为该领域的国际话语权和规则制定权奠定中国基础、上海模式。

2月21日，一艘巨轮从上海长兴岛码头出发，载着4台每台上千吨重的岸桥设备，前往欧洲市场。这是春节复产后，振华重工发往海外市场的首船项目。这批发运设备均为"超级"岸桥，将先后分两批运抵荷兰和德国的港口。振华重工相关负责人告诉记者，春节期间，为保障出口订单，在上海长兴基地组织了专门的生产队伍，采取封闭式管理，确保了重点项目的完工进度不受疫情影响。

疫情影响下，国内汽车市场遭遇了短期的"寒流"。上汽集团在扎紧防疫篱笆的同时，坚持国际化经营战略，抓住增长机遇，减少疫情带来的损失。今年2月，上汽集团发往沙特、埃及、欧洲地区、南美地区等市场的名爵品牌汽车已超过5000辆。3月份，上汽集团还将有产品按计划陆续发往澳大利亚、菲律宾、欧洲等国家和地区。

自2月18日发布复工定制包机服务以来，东方航空主动对接，联络各地政府、企业客户的需求，以空中航线为全国复产复工保驾护航。

引金融"活水"助力实体经济

引金融之"活水"浇灌实体经济，令上海复工复产春意盎然。据记者了解，抗疫期间，辖区金融上市公司积极为承担公用事业保障任务的骨干企业提供金融支持。同时，新冠肺炎疫情使国内广大小微企业的现金流压力陡增，辖区金融类上市公司和龙头企业通过普惠金融或纾困基金等形式，积极扶持中小企业渡过难关。

复工复产后，锦江国际集团决定筹措35亿元、推出五项金融支持措施，支持旗下加盟酒店渡过难关。具体来看，一是流动性支持贷款，帮助加盟酒店解决生存需求；二是物资采购支持贷款，帮助加盟酒店疫情后重建；三是延缓已有酒店贷款基金6个月还款期限；四是减免部分加盟酒店的品牌加盟费和管理费；五是对新加盟酒店的流动资金和装修改造资金实行"双重低成本资金"支持。

浦发银行联席主承销的全国首单国有农业食品企业疫情防控债发行规模10亿元，募集资金将部分用于疫情防控期间北京市的猪肉类产品保障采购。上影集团则联合旗下上市公司上海电影、上海精文投资有限公司共同推出10亿元"影院抗疫纾困基金"，全力助推长三角影院行业复苏。

中国太保进一步加大了普惠金融的力度和广度。公司面向小微企业主的融资产品——"太享贷"在疫情防控期间为客户提供全线上化金融服务，客户足不出户即可完成业务办理的全流程。对于受疫情影响较大的批发零售、住宿餐饮、物流运输、文化旅游四大行业中暂时无法正常还款的小微企业主，中国太保主动减免1个月个人信用保证保险保费，全力保证小微企业资金链不断裂，源源不断为小微企业复工复产注入金融"活水"。

（原载《上海证券报》2020年3月24日）

中国力量在这里绽放： 湖北企业的抗疫三部曲

上海证券报　覃　秘

沧海横流，方显英雄本色。

1月23日凌晨2点，湖北武汉市宣布离汉通道暂时关闭。疫情面前，谁是英雄？冲在一线的医护人员，挺身而出的志愿者，恪尽职守的社区工作者、奔波不已的快递员……

他们都是，而与他们一同战斗的，还有一个庞大的社会主体，尤其是湖北当地的上市公司。危难时刻，这些公司充分调动资源，不计成本为一线抢购物资；封闭期间，它们发挥各自的专业能力，保障前线的需求以及民生供应；疫情稍缓，它们率先复工，转入另一场以它们为主角的战斗……

4月8日，武汉解除离汉通道管控，熟悉的生活已经在逐步回归。这是很多人、很多企业共同努力的结果。海明威曾写道：每个人都不是一座孤岛，一个人必须是这世界上最坚固的岛屿，然后才能成为大陆的一部分。湖北人民与湖北企业，在疫情防控期间，用实际行动，展现了守望相助的中国精神，展现了精诚合作的中国力量。

支援一线： 把防护物资送进隔离区

据悉，在离汉通道暂时关闭前，有些人离开了武汉。也有很多人原本离开了武汉，却赶了回来工作。和医护人员一样，他们也是逆行者。

"1月22日晚上，我们集团发出紧急通知，要求总经理、副总经理及各主要业务部门的负责人全部回到岗位上班，全力保障药品的供应。"九州通董秘办主任刘志峰介绍。

九州通是我国医药流通领域的龙头企业之一，总部位于武汉。疫情发生后，公司董事长刘宝林提出"保障供应、保证不涨价、保服务、保质量"。

作为防疫指挥部指定的供应商，九州通一方面发动员工联系生产厂商采购，一方面协助各医疗机构进行配送。"最紧张的那几天，每天都是半夜一两点才下班，饿了就吃方便面，很多基层员工真是了不起，给医院、方舱送药，都是抢着去。"刘志峰说。

两个多月里，九州通约 15000 人的大队伍战斗在一线，累计向医疗机构、零售药店、社会团体和广大民众提供防疫药品、治疗药品、防护用品、消杀用品以及其他抗疫物资约 3.8 亿件。

奥美医疗的员工们也已赶回岗位。1 月 19 日，奥美医疗向全体员工发出返岗倡议，公司高管也从深圳赶回湖北。公司于 1 月 21 日紧急启动口罩生产线，并将原来的一班制、两班制调整为三班制，加班加点生产口罩。

为了激励员工，奥美医疗在生产车间挂上了横幅，上面写着："每天多做 3 个口罩，就能多保护一名医护人员。"

抗疫初期，医疗物资紧张成为最大的困难，一线医护紧急求援的消息在朋友圈刷屏，也令众多国人揪心。

"买！买！买！"1 月 24 日下午，阎志召集已经休假的卓尔控股高管紧急召开电话会议，任务很明确：口罩、防护服物资要"不论价格、不论数量、不设上限，有多少要多少，尽快运往武汉"。

阎志创立的卓尔是湖北当地最大的民营企业之一，是汉商集团、华中数控的控股股东，旗下还有港股卓尔智联和中国通商集团，以及美股兰亭集势。

平时积累的供应链资源，在关键时刻发挥作用。1 月 26 日下午，第一架飞机抵达。1 月 26 日晚上，第二架飞机抵达……前后 11 天，11 架飞机，将40 余万只 N95 口罩、30 万余套防护服、300 多万只医用口罩、近 4 万副护目镜、200 余台呼吸机和制氧机运回武汉。

买到了物资，要送进医院一线并不容易。"主要是不晓得情况，机场停运了，接收物资的医院那边是红区，所以大家只能尽最大努力做好预案，临时再想办法。"卓尔控股总裁办副主任、卓尔应急医院服务志愿者黄萱介绍。

1 月 26 日，黄萱与伙伴们一起将两飞机的医疗物资送进医院。

为一线抢购医护物资的公司还有很多，一些公司还组织了专业的志愿者团队。如天风亚瑞，这支主要由当代集团年轻伙伴们组成的队伍，从大年初一起，往返 200 多次，将 5 万个口罩、6 万件防护服、3000 副护目镜、2 吨消毒剂、5000 升 84 消毒液等送到一线。

除了口罩和防护服，呼吸机一时间也是极度短缺，人福医药的一群小伙伴奔跑在多家医院，和医护人员一起与时间赛跑。

"人福呼吸机团队的人不多，他们每天都是争分夺秒，订货、安装、调试、操作培训，奔波于武汉市及部分地市州近百家医疗单位，早上 6 点出发，半夜才回来，为了节省时间，有时候只能在办公室睡觉。"人福医药品牌部负责人王磊介绍。

人福医药还是湖北省疫情防控指挥部指定的防控物资主力储备配送企业，公司第一时间成立临时党支部，组织了一支近千人的保供队伍，发挥在湖北省内的配送网络优势，24 小时轮班作业，为武汉市和湖北省各地市州医疗机构特别是定点医院、火神山医院、雷神山医院以及各方舱医院提供物资保障。据统计，疫情防控期间，人福医药配送口罩、防护服、呼吸机等防护物资及医疗设备 4500 多万件（套/台）。

和远气体是湖北省两家拥有医用氧气供应资质的公司之一，公司为省内 156 家县级以上公立医院以及 370 家其他医疗机构提供医用氧的供应和保障，包括武汉市金银潭医院、武汉儿童医院、武警医院、武汉五医院等。为了配合一线的需要，公司还紧急对金银潭医院、大别山医院、仙桃市人民医院等医院的氧气设施进行改造升级。

"什么是战时状态？"和远气体副总经理王臣对记者说，对于公司来说，就是不计一切代价保障供应，"在暂时没有非常有效的药物的情况下，高流量的吸氧就是重症患者生命的唯一希望，氧气就是药！"

双线保供：以专业承诺保证到位

交通封闭后，保障市民生活物资成为最为紧迫的任务，武汉还有 900 多万人留守。

为春节长假储备的物资，给大型超市留下了缓冲的时间。中百集团官方微信 1 月 23 日消息称，公司储备了蔬菜 1600 吨，水果 3600 吨，肉类 1500 吨，鸡蛋 33 万公斤，将确保门店不断货、不脱销。

然而，短期内需求量的快速增长，仍给公司带来压力。"以前老百姓买菜，每个品种也就一两斤，三五个品种算多的，现在都是几十斤，一次买一小车回去，这个也能理解，毕竟要攒足一个星期甚至半个月的量。"中百仓储台北路店店长对记者说，门店不得不紧急向物流中心求援补货。

位于江夏的中百仓储生鲜配送中心拥有 2.3 万平方米的仓库，是公司各大卖场的后盾，高峰时段每天光蔬菜就要配送 600 吨。

"人手不够，为了订货，我们有个采购经理感冒了，在家里一天打了 200 多个电话；我们的配送负责人王玉璟，有 30 多天一直住在园区；除夕夜那天，他们工作到凌晨 5 点多，才将市内 86 家中百仓储大卖场和 800 多家中百超市、中百罗森门店的货物配送完毕。"中百仓储副总经理黄胜强如此回忆。

据中百集团统计，疫情防控期间，中百集团武汉市内日均 830 家左右门店营业，武汉市外 160 家左右门店营业，承担起了武汉市一半以上的民生需求，特别是蔬菜供应占了近 85% 的份额。高峰期，公司日均在武汉市内配送各类生活物资 650 多吨，是平时配送量的 6 倍多。

鄂武商 A 旗下的武商超市，70 多家门店坚持正常营业，配送中心车队旗下共有 18 台庆铃五十铃轻卡，这些车辆穿梭在武汉市内的大街小巷，保障武汉抗疫物资的供应和市民生活物资的配送，有同事取了个"庆铃 18 骑"的名字，很快在全公司传开。

"最了不起的是那些一线员工。"武商超市总经理朱曦说，由于没有了公共交通，很多员工都是互帮互助，以私家车、电瓶车、自行车或者步行的方式，确保门店能够正常开门营业。他们一方面要克服对疫情的恐惧，一方面还要面对个别顾客的情绪宣泄。

武汉中商在湖北省的 36 家超市以及近 40 家校园店也坚持营业，面对物资供应的一度紧缺，公司生鲜副总监唐礼虹带领团队，克服交通受阻等困难前往物流和市场，从车转车，到车转仓，从仓转卖场，最后提供给消费者。"组织货源、分拣、打包，对接社区，这个时候我们必须上！"

一些基层员工自发地站出来多做事。如中百集团的刘熠，他本来是超市的酒水买手，疫情发生后去新华西路门店支援，顺便帮助居住的小区完成采购，"每天都是'满载而归'！"

除了保障"菜篮子"，各种其他订单也是纷至沓来。

2月4日，洪山区石牌岭高职被征用为方舱医院，次日需要安置800名隔离患者，急需800张床和床上用品。当天下午两点，中百集团江南三区大客专员助理邹耀敏接到求援信息，当天下午5点半确定货源，晚上8点确认物流，到次日凌晨2点半，所有床上用品按时按量送达石牌岭高职。

沌口体育中心方舱医院急需的1100套床上用品，在武汉市内一时间还没有找到货源，急需到汉川市徐家畈村拖货，由于交通管制普通货车无法出行，中百集团大客专员宋刚紧急向集团物流求助，在物流中心的协助下，最终及时完成援助。

武商超市也接到了不少特殊订单，如援汉部队需要1000支手电筒，方舱医院需要1.5万个衣架、3000个挂钩等。"想尽一切办法保障供应。"朱曦说。

紧急状态下，做事专业、可靠的上市公司，往往成为防疫指挥部派活的第一选择。

九州通是1月29日晚上10点多接到任务的，武汉市防疫指挥部要求协助武汉市红十字会做好捐赠物资的物流运营管理。此前，受制于人力不够等多种因素，各地捐献给武汉的物资堵塞在仓库，舆论压力极大。

临危受命的九州通连夜组建专班，一天之内在武汉国博中心建立起一个微型现代物流系统，工作专班24小时作业，依托自主研发的物流系统，发挥医药物流优势，很快实现捐赠物资入库出库高效有序。

"捐赠物资品种多，标准不统一，但是我们平时经营的药品器械有36万个品规，拿下这个没问题。"九州通物流总经理张青松介绍。

九州通还承担着煎熬配送中药的任务。国家卫健委推荐的新冠肺炎治疗2号方和3号方，以及2号预防方，由九州通旗下的九信中药负责煎熬配送。2月以来，公司累计向方舱医院、指定隔离点以及社会各界提供中药超过200万袋。

3月22日，中央指导组专家组成员、中国工程院院士张伯礼在接受央视专访时点名九州通："我问他们能不能帮忙做点药？他说没问题，'您说做多少我们都能做，我们都全力配合'。我说没有钱，现在不知道谁给钱。人家不问价钱，直到现在也没问。"

一天时间内，中百集团在火神山医院旁边完成了配套超市的建设并营业。由于现场施工的单位众多，中百运送设备的货车只能停放在目的地1公里外，员工们通过肩扛手抬的方式将设备搬运到超市场地。2月2日凌晨0点30分，完成了货架的安装和设备的调试，凌晨4点，完成了全部货品的陈列。

一批公司紧紧盯着抗疫一线需求，积极主动寻找支援的机会。如火神山和雷神山医院的建设中，华新水泥主动找上门免费供应水泥；烽火通信主动向三大运营商请战，协助通信网络的建设；和远气体主动上门要求免费供应医用氧气……

"我们没有能力上一线，但是该我们上的时候，或者说有这个机会的时候，我们保证把事情办成，搞到位！我们也是专业的！"中百集团一名员工对记者说。

复工复产：产业链重新转起来了

随着疫情形势持续向好，复工成为紧迫的问题。上市公司作为经济活动中最为活跃的一支力量，当仁不让地成为经济发展"第二战"中的主角。

"我们3月中旬已经复工，在湖北省经信厅协调下，省内有100多家相关配套企业复工。"华工科技相关负责人向记者介绍，目前公司整体复工率已经超过90％，产能基本恢复。

华工科技主营业务为激光技术及其应用，在智能制造领域提供关键产品及解决方案，产品广泛应用于机械制造、航空航天、汽车工业、钢铁冶金、船舶工业、通信网络等重要领域，与众多全球500强企业建立合作伙伴关系。

前瞻性的产业布局在关键时刻发挥作用。在深圳，华工科技与大客户共建有VMI仓和HuB仓，能保证1个月左右的供应；另外，公司在全国各地的子公司、分公司和办事处，充分打通资源调配，及时响应大客户需求。"部分产能转移到深圳、苏州、宿迁等外地子公司，全力保障国际客户和国内大客户的需求。"

为保障华为、中兴等5G建设的核心器件供应，华工科技旗下的华工正源于3月上旬复工，也是当地最早复工的工业企业之一。

"返岗人员和新进员工都必须进行核酸检测，才能安心复产。从物资储备到环境消杀，从体温检测到食宿管理，都有严格的流程规范，千方百计保障生产经营工作的有序开展。"华工正源工作人员介绍。

除了"新基建"（5G和存储中心）带来的增量业务外，华工科技的自动化、智能化设备还有助于客户企业的复工。如苏州华工自动化公司测量产品线为某客户定制的全尺寸滑板检测设备，可实现从送料到检测全自动化生产，有效减少人工操作，在这个特殊时期，也解决了客户复工的难题。

与华工科技一样，锐科激光的复工不仅保障了下游加工企业的需要，还带动了上游数十家企业复产。

锐科激光是全球光纤激光器行业的龙头企业，公司产品是下游工业加工企业必不可少的"利器"。复产10多天后，公司原材料库存亮起红灯，公司副董事长、总工程师闫大鹏请求政府部门帮忙协调。第二天，4家供应商获批复工；第三天,8家获批复工；一周内,25家供应商全部复工。

一直奋战在抗疫一线的高德红外，以一款"复工神器"助力更多的企业复工。

高德红外生产的全自动红外热成像测温告警系统，可以远距离同时测量多人的体温数据，帮助复工企业筑牢"第一道防线"，目前已经在华为、美的、汉口银行、中百仓储等一批复工企业中得到应用。此前，公司的红外测温设备广泛应用在武汉天河机场、北京大兴机场、武汉三大火车站等人流密集的场所。

全产业链自主可控，使得高德红外有能力快速扩充产能。据介绍，过去的两个月中，高德红外测温报警系统的产能达到每天1000台套，疫情发生以来，公司已累计出货上万套红外测温产品。

华新水泥是湖北最大的水泥生产企业，从2月下旬开始，公司就开始推动下辖工厂有序复工复产。截至3月24日，公司旗下59家水泥生产工厂，除 8 家在错峰生产外（已具备复工条件），均已复工生产。

由于要协同处置生活垃圾、市政污泥等，华新水泥还有一些"停不得"的工厂，一直在坚持封闭式生产。面对医疗废弃物的急剧增加，公司积极参与处置，由此也找到了新的业务市场。"可以说是临危受命，却不是仓促应战。"华新水泥副总裁、华新环境工程董事长杨宏兵说，公司在技术、管理方面均拥有充足的储备。

为保障全球婴配乳粉企业原料供应，作为国内核心营养素生产企业，嘉必优于 3 月 5 日正式复工。为做好防控，江夏区政府还帮助邀请了中国疾控中心营养与健康所丁钢强所长、江西援鄂江夏疾控队队长付俊杰主任医师到公司培训。

"食品行业，安全永远是第一位的，我们今年的工作重心就是'三保'，保员工，保生产，保客户，我们全力以赴。"嘉必优董事长易德伟对记者说。

3 月 30 日上午 10 点，鄂武商 A 旗下的武商广场、武汉国际广场和世贸广场恢复营业，雄踞汉口解放大道商圈的三家大型购物中心，是湖北省乃至整个中部地位的商业地标。

"困难当然有，这个时候我们应该带头，提升大家的信心！"鄂武商 A 相关负责人对记者说。百货店的恢复营业，让市民更直观地感受到了复苏。

复工后感受到了哪些变化？"更加珍惜吧，无论是生活还是工作。"当代明诚董秘高维表示。

高维说，疫情防控期间，除了捐赠外，公司很多年轻的小伙伴都在做志愿者，接送医护人员上下班，帮助社区运送生活物资。这让她很意外，也很感动。高维自己也在做"摆渡人"，接送过程中还偶遇了刚从医院一线下班的初中同学。"世界真的很小，怨天尤人于事无补，各尽所能、有所作为，才是助人益己的正确之道。"

（原载《上海证券报》2020 年 4 月 8 日）

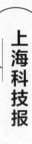

中医药如何走向国际抗疫主战场？

——"中医药在新冠肺炎防治中的作用与传承创新发展"研讨会侧记

上海科技报记者　耿　挺

"东边春花烂漫开，西方疫魔猖厥来。隔岸观火丧时机，仓促应对现乱态。病毒不识亲与疏，嘴上功夫也无奈。一张试卷考全球，千万生灵任赌裁？"

当中国工程院院士、中央疫情防控指导组专家组成员、天津中医药大学校长张伯礼将这首诗名为《疫考全球》的最后两句念出来时，隔着屏幕的听众也露出了自豪的微笑。

这一幕发生在 4 月 24 日在上海科学会堂举行的"中医药在新冠肺炎防治中的作用与传承创新发展"研讨会上。来自北京、天津、江苏、浙江、武汉的院士专家与上海主场的院士专家正在进行一场热烈的视频连线对话。

在对抗新冠疫情的战斗中，中国取得了"上半场"的胜利。无论是在情况万分危急的武汉，还是在严防死守的上海、浙江、江苏，中西医从科研到临床、从治疗到预防，不仅并肩作战，更交汇融合，在抗疫中发挥了关键作用。

随着抗疫进入"全球化"的新阶段，传承数千年的中医药如何走向国际抗疫主战场？如何继续与现代科技碰撞出绚烂的火花？又如何能够与西医进一步融合发展？这些问题成为当天研讨会的焦点。

研讨会由上海市科协、中国中医科学院、中科院上海药物所、上海中医药大学、天津中医药大学、浙江中医药大学、南京中医药大学、华中科技大学同济医学院、上海科技发展基金会主办。中国科学院院士、上海市科协荣誉委员、中科院上海药物研究所研究员、中华中医药学会副会长、上海中医药大学学术委员会主任陈凯先担任会议主席。国家中医药管理局局长于文明，上海市卫健委党组书记黄红，上海市科协主席、中国工程院院士陈赛娟等分别代表指导单位、主办单位致辞。市科协党组书记、副主席马兴发，市科协党组成员、二级巡视员黄兴华出席会议。

阻挡轻转重的中医药

"我们中医将新冠肺炎称为'湿毒疫'。"张伯礼说，中医药抗疫与西医抗疫不一样，"西医一定要对病毒有较深的认识，但中医的关键是认症"。中医药全程参与了新冠肺炎的治疗，从轻型、普通型患者到重症、危重症患者，再到恢复期患者，都活跃着它们的身影。全国共有 74187 人使用了中医药，占患者总数的 91.5%。而湖北有 61449 人使用了中医药，占患者总数的 90.6%。

新冠疫情传染力强，一旦转化率过高，就会出现对医疗资源的挤兑，带来死亡率陡升。而中医药在抗疫中发挥的最关键作用是阻挡了轻症病人向重症病人的转化。张伯礼透露，"中药进方舱、中医包方舱"的江夏方舱，共收治病人 564 人，采用汤药、中成药、针灸、推拿、穴位按摩、太极拳、八段锦等中医综合疗法后，实现了病人零转重、医护零感染的奇迹。与之形成对比的是，中国方舱整体轻症转重症率是 2.5%；而世卫组织报告的国外重症率则高达 13%，危重症率为 7%。

"在疫情暴发以后，没有特殊的药物和疫苗，形势非常严峻。"中国科学院院士、国家中医医疗救治专家组组长、中国中医科学院首席研究员仝小林说，"这个时候，中医不可能一个病人一个病人看，就先确定一个能够用于轻型、普通型患者的方子，同时还要对疑似病人和发热病人也有作用。"

在武汉，由仝小林等科学家推动的"寒湿疫方"成为了一号方。随后，一号方以及之后的二号、三号方，实现了下沉社区的大规模给药，从 2 月 3 日开始到 3 月 2 日共发放了 72.3 万份中药。"对 4371 例寒湿疫方服用者的统计显示，在 3 天之后 90% 以上人的主要症状几乎已经消失。"仝小林说，"寒湿疫方"给重症和危重症治疗留出了一个缓冲地带。

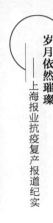
复旦大学华山医院感染科主任、上海市新冠肺炎疫情防控专家组组长、上海市微生物学会副理事长张文宏表示，随着防疫进入常态化，如何防止轻症向重症发展，能够在中医中寻找到非常重要的措施。"我相信是中医当中非常独特的一个治疗的思想，中医始终是以预防为主，把'中医治未病'的思想引入治疗。"

中医现代化的新契机

来自中科院上海药物研究所的中国科学院院士蒋华良没有坐在研讨会的主场，而是出现在了武汉的连线视频中。"我在这里刚刚完成一项临床研究，但目前还没有审核，不能公布结果。"视屏中的蒋华良显得心情不错，而给出的建议也十分中肯："我是个做西药的，我认为中医药完全可以按照循证医学的方法进行临床试验，也可以按照现代科技的方法来进行临床研究。"

他认为，对于中医药，人们原来的焦点的是放在多基因疾病、慢性疾病上，但现在已经把更多的注意力放在了中医药对突发性传染病的作用上，而中西医之间可以相互融合、相互作用，催生出更多新药，服务百姓健康。

"西药研发人员能从中医药中获得很多线索，如通过传统中医药药方，找到药方中的有效成分，作为西药开发的先导化合物，再通过科学方法提升化合物的活力，从而发展出新的西药。青蒿素就是其中的一个案例。"蒋华良说，"传统是根和魂，而创新是时代的生命力，不管是中药还是西药，关键是有效。我愿意做中西药之间的使者，搭起桥梁。"

上海中医药大学校长、上海市科协副主席、上海市医学会会长徐建光也建议，要进一步创新中医药的临床和科研平台建设，特别与现代医学科技实现紧密结合。"加强智慧中医体系的建设，特别是在模式创新方面要下更大的功夫。要加快中医大数据平台建设，包括人工智能辅助决策支持技术等。希望能够真正利用现代科技，全面提升中医的临床医疗服务能力"。

"当医学到了一个比较高的阶段的时候，事实上很难去区分是中医起的作用更大，还是西医起的作用更大。"张文宏说，"中西医结合，既要中医药和中医学不拒绝西药，也要西医也不拒绝中医药融入。我已经看到了今天的中医药引入了循证医学等西医思想，也使用了分子生物学等技术，大家可以在用相同的科学语言来讨论交流，将走得更远、走得更好。"

（原载《上海科技报》2020 年 4 月 29 日）

"蒋华良院士还待在武汉寻宝"

上海科技报记者　　王　阳

公众已经知道中医在参与抗击新冠肺炎中发挥了巨大作用。那么，搞西医医药的抗击新冠肺炎专家是如何看待中医的呢？

"中医有几千年的历史，值得挖掘，西医要在中医中寻找宝藏。你们看蒋华良院士还待在武汉寻宝……"24 日在上海科学会堂举办的"中医药在新冠肺炎防治中的作用与传承创新发展"研讨会上，复旦大学附属华山医院感染科主任、上海市新冠肺炎疫情防控专家组组长张文宏在接受记者采访时说。

此次会议的主会场设在上海，北京、天津、杭州、南京、武汉等地专家通过网络视频连线参会。

"疫情毕竟还没有结束，因此我们还在武汉。"在武汉连线主会场的中科院上海药物所所长蒋华良院士说，"大家都知道我们做了双黄连的临床研究，4 月 12 日结束，昨天刚把临床数据统计出来，效果还是非常好的，相关研究结果要经过国家科技部和卫健委审核后才能公布。"

他说，我是做西药的。从西医角度来做中药或者中成药临床研究，总的体会，中医药完全可以按照循证医学的方法进行临床实验，可以按照现代科技的方法来进行临床研究。

他认为，中医药和西医药研究相辅相成。有了临床线索再回到基础研究，这次我在武汉 3 周进行回顾性研究的时候，在临床上发现了很多的线索，可以回过头进行基础研究。这样的循环往复能够促进中医药的发展，反过来，这里可以发现有些现代生命科学看不到的现象，促进生命科学和现代医学的发展。

中医药价值优势和作用如何彰显？原来我们关注的是慢性疾病或者疑难杂症中医药会发挥很大的作用，现在公共卫生事件当中，也可以发挥一定的作用。

另外，做西药的人在中医药这里也得到了很多的线索，中医药的优势价值和作用不仅仅从中医药本身来反映，还体现在从中医药中发现的线索放在西药研发中。

"我为什么来做中医药的临床？就是认为，不管是中药、西药，大家都是药，只要有效，不问'东西'，争取做中西药之间的使者，努力把中西药融合起来。"蒋华良院士说。

记者在会上获悉，我国至少有 3000 年以上的疫病历史，中医在防治疫病的实践中积累了丰富经验，形成了完备的理论体系。而此次中医抗击新冠肺炎既注重传承，有强调守正创新，除了中医急救和呼吸学科外，还综合应用了中医基础理论、文献学挖掘、中药学、病毒学、免疫学、网络药理学等，比如在效果评价研究方面，严格地开展随机平行对照实验。多个中医专家团队研发出了有效抗击新冠肺炎的中药方剂，并得到广泛应用。

实践表明，西药研发从中医药中寻找线索和灵感的成功案例很多。张文宏说，可以用西医指标来评价中医疗效，把中药有效成分提炼出来，像青蒿素就是单药提取。"我欣喜地看到很多中医药科学家已经开始做有效成分的分离纯化。在这些成分的提纯中，相信如果能够取得结果，那么这个成就应该不亚于屠呦呦所做的青蒿素的成就。"

"当医学发展到了一个比较高的阶段，你很难去区分在这里是中医起的作用更大还是西医起的作用更大。"张文宏强调，把中医的精神纳入到西医的治疗之中。如何防治轻症向重症发展？中医始终是以预防为主，一个显著作用是把疾病控制在早期。因此，可以把中医"治未病"独特的思想引入治疗中。"整体采用中医治疗的武汉江夏方舱实现零重症率。从这个结果看，其方法非常值得提倡，要把这些重要思想引入下阶段的疫情防控上。"张文宏说。

（原载《上海科技报》2020 年 4 月 29 日）

中西医结合，武汉战"疫"的一件关键"武器"

上海科技报记者　耿　挺

如果把人类与新冠疫情的对抗看作是一场战争，那么随着 4 月 26 日武汉宣布在院新冠肺炎患者清零，武汉战"疫"迎来了足以载入史册的时刻。在这场战役中，除了全民动员、全国驰援之外，中西医结合的治疗方法成了关键"武器"之一。在阻止新冠肺炎患者从轻症、普通症向重症转变，救治重症、危重症患者，以及患者康复治疗的不同阶段，中医与西医的联手抗疫效果，不仅体现在数据与事实面前，更体现在抗疫思路和指导方针上。

几乎覆盖中国抗疫全过程

中国工程院院士、天津中医药大学校长张伯礼认为，在武汉战"疫"中，中西医并重、中西药并用是中国抗击新冠肺炎的重要经验之一。

"中医药全程参与新冠肺炎的治疗。"张伯礼说，针对轻型、普通型患者，中医药以改善症状，降低轻症转重比例为主要目标，在临床上实现缩短退热时间、痊愈时间，降低轻症转重症的比例，提高中性粒细胞、淋巴细胞计数等效果。

针对重症、危重症患者，中西医结合治疗，挽救生命。一些中药注射剂的使用发挥了重要作用：生脉、参麦注射液可稳定患者的血氧水平；血必净注射液对控制炎症反应综合征有明显作用；热毒宁、痰热清注射液可与抗生素产生协同作用。

针对恢复期患者，中医药以促进康复、减少后遗症为目标，发挥了清除余邪、扶助正气作用，改善康复期症状；促进肺部炎症的吸收、减少粘连；

促进损伤脏器组织的彻底修复；提高免疫功能。

从重症、轻症的确诊患者到发烧、疑似、密切接触、留观的人员，从定点医院到方舱医院再到隔离点，全国共有 74187 人使用了中医药，占 91.5％；湖北共有 61449 人使用了中医药，占 90.6％。中医药几乎覆盖了中国抗疫全过程，成为"中国经验"中的瑰宝。

社区缓解压力，医院救治重症

在没有特效药和疫苗的情况下，中国科学院院士、中国中医科学院首席研究员仝小林等科学家推出了武汉抗疫一号方。"我们把这个方子叫做'寒湿疫方'。"他说，"这个方子的产生源自几个方面：一是对历代医家疫病防治的总结；二是对定点医院及社区患者的实际考察；三是经过和武汉专家的讨论，最后确定下来。"

事实上，在武汉"战疫"早期，由于缺乏对轻症转重症的认识和治疗手段，同时大量发烧人员涌向医院，给当地医疗资源带来了巨大的压力，对重症救护资源形成了挤兑。而一号方以及之后的二号和三号方既能控制轻症向重症的转变，也通用于发烧等症状的治疗。因此，仝小林与武昌区政府、湖北省中医院商讨，第一时间内把药物通过社区服务中心发放到处于隔离的、发热的、疑似的、确诊的轻型和普通型人员手中。从 2 月 3 日至今，已经发放寒湿疫方72.3 万副，覆盖了 5 万多人，使很多病人在发病早期时就得到控制，不向重症发展，从而大大缓解了武汉医疗资源的压力，也由此控制了病死率。

中国工程院院士、中国中医科学院院长黄璐琦率领的首支国家中医医疗队进驻的是抢救重症和危重症患者的武汉金银潭医院。医疗队边救治、边总结、边优化，最终形成了由 14 味中药组成的"化湿败毒方"。

"我们在病区对重症患者进行了'化湿败毒方 + 支持疗法'与西药组治疗的对比研究。"黄璐琦说，从 55 例病例中可以得出的结果是：中医能够明显缩短重症患者的核酸转阴时间，加快肺部病变的吸收，保护心肌细胞，而两种疗法在安全性方面没有明显的统计学差异。

统计显示，首支国家中医医疗队接管的病区累计收治 158 例，出院 140

人，其中纯中医治疗 88 例，治愈出院率 88.61%。对金银潭医院具有可比性的 8 个病区分析：2 月 1 日到 2 月 29 日共收治 862 例患者，南一区死亡和恶化率是一位数，其他 7 个病区平均是两位数。由此可以得出结论，中药是重症患者治疗过程中安全有效的方法。

（原载《上海科技报》2020 年 4 月 29 日）

徐建光： 疗效好，成本低，中医药抗疫有优势

上海科技报记者 刘 禹

"绝大多数病人都不需要使用西药。"在昨日举办的"中医药在新冠肺炎防治中的作用与传承创新发展"研讨会上，上海中医药大学校长、上海市医学会会长徐建光语出惊人。

徐建光之所以做出这样的判断，是基于三点事实：轻型普通型新冠病人占90%以上；中医治疗的效果不比西医差，甚至更好更快；中医的治疗费用远低于西医。

"但并不是拒绝西医。"徐建光强调，中西医优势互补，互为双方创造条件。

中医作用："四两拨千斤"

"零死亡、零复阳、医务人员零感染。"在徐建光的展示中，三个"零"十分显眼。

由上海中医药大学重点参与的第四批国家中医医疗队（上海）接管了雷神山两个重症病区的96张病床，收治病人201人，中医药治疗率100%，是收治病人最多、西药使用最低的病区之一。其中192名病人出院，纯中药治疗率高达66.7%。

徐建光说，对于新冠肺炎这种未知疾病，西医到现在还没有特效药，但从中医角度，这就是瘟疫的一种，属寒湿疫，对此，"中医是很有经验的"。

中医药治疗新冠肺炎的关键作用点，要一分为二来看：轻型、普通型病人中，中医药可以明显、快速改善病人的症状，治疗优势明显，可以阻断病

人向危重型转变，帮助医生掌握主动权。这是新冠肺炎治疗中的分水岭，对救治具有重要意义，已成为全国救治专家的共识。

在重型、危重症病人中，中医药也并非没有意义。上海中医药大学副校长、上海市中医药学会会长胡鸿毅说，重症病人不只是肺部，全身多个脏器都会同时发病，比如腹胀导致呼吸不畅等，也会导致病人危在旦夕。西医对此并没有很好的缓解方法，但"几贴中药下去，腹胀症状很快就缓解了"。这为 ECMO 救治创造条件，赢得了宝贵的时间。

"新冠病人尤其是重症病人的治疗，一定是中西医结合互相创造条件。中医某种程度上有着四两拨千斤的作用。两者各展所长，充分协同，在不同时期各有侧重。"徐建光强调，"中医是有科学意义的。有些患者甚至主动要求转到南区进行中医药治疗。"

"性价比"远高于西医

中医的优势，不止在于疗效，还有成本。

会上，徐建光给出一组数据：该医疗队在雷神山医院接管病区病人的人均住院费用 7500—7900 元，重症病人的平均费用 1.1—1.3 万元。

4 月 11 日，国家医保局医也披露一组数据：确诊住院患者人均医疗费用已经达到 2.15 万元。其中，重症患者人均治疗费用超过 15 万元，少数危重症患者高达几十万元，甚至超过百万元。

"我们并不是拒绝西医，从卫生经济学角度来说，中医药的优势是很大的。"徐建光认为。

此外，对于此类新发未知疾病，中医药还可以给予西医很大启发。"西医没有头绪的时候，可以试着从中医的角度找线索。循着中医有效的证据，深入研究为什么有效，寻找全新的药物靶标和作用机理。"徐建光认为，青蒿素的成功就是很好的例子。

除了中药，疫情期间，上海中医药大学还开展了很多其他中医学疗法的相关研究。

针刺就是其中一种。在雷神山医院，上海中医药大学展开了 87 例针刺治疗新冠疗效研究，其中针刺组 43 例，对照组 44 例。结果显示，针刺组住院时间缩短了2.8天，胸闷、乏力、睡眠障碍、便秘等症状明显改善。

在胡鸿毅看来，中医治疗很大程度上是调节人体的免疫功能。而人的情绪和免疫功能也息息相关。可以通过调节病人的心情，达到提高人体免疫力和治疗疾病的目的。"从这个角度来说，冥想、五禽戏、太极拳都是有可能有效的，非常神奇。"

加强中医、公卫复合人才培养

这次中医抗疫的另一特点，就是科学研究与临床防控救治的同步推进，除了中医急救和呼吸学科外，中医基础理论、文献学挖掘、中药学、病毒学、免疫学、网络药理学，乃至基于人工智能的中医四诊客观化、创新药物研究等中西医多学科汇聚在一起，标志中医药现代化进入了新的阶段。

但问题依然存在，尤其是中医以往在公共卫生方面参与力度严重不足。徐建光建议，在人才方面，强化"人才强医"战略，增强中医药公卫高等教育投入，加强中医药特色公卫人才培养力度。同时，要重点完善中医"治未病"的服务体系，持续提升中医基层服务能力。

他还意识到，中医药循证研究的意识有待增强，尤其是实验对象具有特异性、临床研究标准化和规范化不高、结局指标科学合理性欠妥等问题比较突出。他建议，开展中医药临床大队列研究，加强中医药临床医学研究中心建设投入，同时结合现代科技，推动中药靶标发现，构建"病、证、方、效"研究关键技术，系统阐释中医药科学内涵，利用5G、人工智能等现代技术优势，全面提升中医临床服务能力。

（原载《上海科技报》2020年4月29日）

沪苏浙，贡献抗击新冠肺炎中医智慧

上海科技报记者　王　阳

博大精深的中医药如何在新冠肺炎面前发挥作用？沪苏浙中医药界与疫情拼速度，辨证施治，灵活应对，守正创新，在积极开展临床治疗的同时，运用现代科学手段，开展了大量科研工作，取得了一批高水平的成果，拿出了不少硬核产品，很多已经在临床治疗中发挥了重要作用。

在"中医药在新冠肺炎防治中的作用与传承创新发展"研讨会上，上海中医药大学校长徐建光、副校长胡鸿毅介绍了上海中医抗疫情况，南京中医药大学校长胡刚、浙江中医药大学校长陈忠分别连线介绍了江苏和浙江的相关情况。

上中医：　中西医结合天地宽

徐建光说，上海这次派出中医医护援鄂人员为 252 人，其中大学派出的3 批共计 227 人。驰援武汉雷神山的中医队伍，主要接管了 2 个病区，一共96 张病床，收治 201 人，做到了零死亡率。撤离雷神山医院时对病人进行随访，复阳也是零。

临床救治过程当中，既开展了疫情防控应急科技攻关，对荆银颗粒、六神丸等做了医理分析文献的研究，也开展了针刺治疗新冠肺炎临床研究。收集整理一些处方，采用一些数据挖掘的办法，不断论证中医诊疗的思路，为临床救治工作提供参考，同时通过医理分析系统，评价新型冠状病毒临床的疗效。

应国家科技部的委托，开展了清肺排毒汤的机理研究，特别是进行了清肺排毒汤与疾病关联性分析，发现它对新冠肺炎相关症状具有非常好的治疗改善作用，现在还在积极开展清肺排毒汤抑制新冠病毒的研究。抗击新冠肺炎疫情以来，制定了上海新冠肺炎中医方案，形成专家共识，发表论文44篇，同时举办网络研讨会5场。

南中医： 贡献抗疫智慧和力量

胡刚介绍，面对新冠疫情，南京中医药大学展现了双一流建设高校的担当，在江苏省驰援武汉的2800多名的医务人员中，有四分之一来自南京中医药大学附属医院和临床医院。

南中医附属南京医院汤山院区作为南京的"火神山"镇守着一方平安，这里实现了医务人员零感染，患者零死亡。

胡刚还谈了5个方面的工作体会：要守正创新理论，推进中医药现代化。充分应用现代科学，特别是整合生物信息学、结构生物学、基因编辑、脑科学等多学科支持和先进的技术，形成中医药优势或特色技术的现代表达形式。

要传承发展技术，推进中医药现代化和创新发展。要将现代科技与中医药有机融合，把大数据、云计算、物联网、人工智能等新技术作为中医药现代化的重要抓手。

要做大做强产业，推进中医药创新发展。要在中医药品牌打造、中医药健康养生、中医药文化旅游方面加大工作，把中医药产业培育成新兴产业。

要营造良好环境，推进中医药创新发展。在制度安排、制度保障、资源配置上下功夫，优化制度供给，真正把中西医并用落到实处。要深化放管服改革，激发各方活力，推动中医药海外发展，融入一带一路建设。

要改变育人模式，推进中医药人才培养。对中医学、中西医结合学等课程模块要进行大幅度改革，帮助学生建立中西医两套思维模式的融会贯通，整合人工智能、合成生物学等现代生命科学和临床医学的知识，培养出中医药创新意识和临床实践能力强的中医药人才。

浙中医: 抗击疫情持续发力

陈忠说, 目前, 浙江全省中医药系统医务人员在战"疫"一线, 参与救治确诊病例的比例逾 95％, 参与救治疑似病例的比例逾 92％。在抗击新冠肺炎的阻击战中, 浙江中医药深度介入参与救治, 中西医联合完成"轻症病例早日治愈、减少重症病例、重症病例转轻"的目标。

中医药介入疫情治疗的关口还被前移到诊治疑似病例和预防阶段, 在疫情防控方面发挥中医药重要作用。组织中医专家拟定了高危人群中医药的预防方, 针对高风险人群的中医预防取得较好效果。如在医学观察点提供了高风险人群中药预防汤, 没有一个病人给了这个方子以后病毒检测呈阳性。

根据国家新型冠状病毒肺炎诊疗方案中有关中医治疗方案等, 浙江先后印发了 4 个版本的《新型冠状病毒肺炎中医药防治推荐方案》。浙江中医药大学副校长温成平教授带领团队投身疫情防控科研攻关, 与西溪医院合作, 研究制定临床治疗方案与科研设计方案, 组建医学伦理委员会, 完成国家临床研究注册。团队采取最严谨的 RCT 研究后, 发现脾肺两虚症人群感染新冠病毒后, 更容易转化为重型肺炎, 采用"培元宣化解毒方"予以针对性治疗后, 临床总体治疗符合预期。

陈忠在谈到几点思考和建议时提出, 进一步把中医药抗疫经验推向国际, 提升中医药的国际地位; 总结各地中医药治疗经验, 用证据说话, 客观解读治疗的作用机制, 提供客观的标准, 进一步完善疾病发病机制及相关疫情防控的中医理论等。

(原载《上海科技报》2020 年 4 月 29 日)

从 "三药三方" 看中医现代化

上海科技报记者 刘 禹

"大疫出良药。" 抗疫期间，国内中医药专家经过广泛的临床试验，已经筛选出有效的方剂 "三药三方" 用于抗击新型冠状肺炎。"三药" 分别是连花清瘟胶囊、金花清感颗粒、血必清注射液，"三方" 分别是清肺排毒汤、化湿败毒方、宣肺败毒方。目前，3 种方剂正被做成颗粒药物，其中 2 种已经获得了临床批件。

"疗效确切，证据成链"

"宣肺败毒颗粒，是中医古代的验方和现代科学技术的结晶。" 中国工程院院士、天津中医药大学校长张伯礼说。

明确证候情况是中医药治疗的基础。对新发疾病的认识，既需要专家经验，也需要全面证候学调查。张伯礼团队自主开发了 TCM-COVID 系统，可以通过手机端的填报和图像上传，实现数据及时上传尽早分析，对来自全国 20 家医院的 1000 例不同病情分级患者。通过中医证候信息的分析，得到该病的证候特点和演变规律，为湿毒疫。这对后来后方的筛选和中医药的全面介入奠定了良好基础。

通过十几年的积累，张伯礼团队建有一个 6 万多种中药有效成分的大数据库。根据整体证候表现，制定了新的宣肺败毒方。该方剂是由 4 个方子取舍、组合构成，包括麻杏石甘汤、麻杏薏甘汤、千金苇茎汤和葶苈大枣泻肺汤。

临床试验用实际数据证明了宣肺败毒方的优秀疗效。通过对湖北省中西

233

医结合医院等地 120 例病例的对照观察，发现该方在改善新冠症状方面，效果十分不错，包括退热、治疗咳嗽、憋喘、乏力都有一定的效果。另外，对于降低 C 反应蛋白，提高淋巴细胞的计数这两点客观指标方面效果非常明显，可以提高淋巴细胞计数 17%，降低 C 反应蛋白 75%。

张伯礼介绍，宣肺败毒颗粒作为医院制剂已经申报成功，同时现在还在进行药学的相关工作，包括它的化学工艺优化、质量标准制定。目前进行的是毒理和药理的实验，有望在这月底完成这些工作，将按照绿色通道申报新药的研究。

按照新药研究要求，张伯礼团队完成了该方颗粒剂的制备工艺及质量标准研究。采用高载药量颗粒剂制剂技术，载药量可高达 80%，充分保留处方有效成分。据悉，现已开展中试产品稳定性考察。

此外，张伯礼透露了连花清瘟胶囊和金花清感颗粒的相关临床试验结果，中国工程院院士、中国中医科学院院长黄璐琦也透露了武汉东西湖方舱医院化湿败毒颗粒治疗新冠肺炎患者的临床试验数据，结果证明其疗效显著。

"'三药三方'疗效确切，证据成链。"张伯礼强调。

用现代科技解析"神秘"成分

除了临床试验验证中药的疗效外，此次疫情中还开展了多项基础研究，从网络药理学的角度来解析中药的"神秘"组分。

张伯礼团队通过网络药理学研究发现，宣肺败毒方主要化学成分调控的 286 个关键靶标和 21 条通路，具有避免或缓解细胞因子风暴、多靶点保护肺脏等器官的作用。

受国家科技部委托，上海中医药大学也开展了清肺排毒汤治疗新冠肺炎的机理研究。分析发现，清肺排毒汤的 21 味中药有 16 味归肺经，多味中药还同时归脾经、胃经、心经、肾经等。也就是说，其首要作用部位是肺，其次是脾等。通过调控若干与血管紧张素转化酶 2（ACE2）共表达的蛋白，以及与疾病发生发展密切相关的一系列信号通路，可以起到平衡免疫、消除炎症的作用；通过靶向作用于病毒复制必需的蛋白—核糖体蛋白而抑制病毒 m

RNA 翻译，并抑制病毒蛋白与受体的相互作用，以起到抗病毒作用。

有效延续中医独特思维

对于中医来说，中医药的现代化刻不容缓；而对西医来说，中医的独特思想同样值得借鉴，需要有效延续。

在上海市新冠肺炎疫情防控专家组组长、复旦大学华山医院感染科主任张文宏看来，中医不应拒绝科学的方法，西医也不该拒绝中医药的融入。"我们团队在讨论治疗方案的时候，会研究如何阻止患者进入重症，会根据相关指标在早起予以干预。比如西医对新冠肺炎患者的凝血因子和炎症指标进行早期干预，充分体现了'中医治未病'的思想。"

如今，中医科学研究已经充分吸纳西医优势，引入循证医学思想和信息化研究机制等。张文宏介绍："更值得钦佩的是，许多中医药科学家已经开始研究中药有效成分分离纯化，包括用计算机辅助分析来做最有效的小分子化合物的提纯。我相信一旦出成绩，应该不亚于屠呦呦先生的成就。"

在抗击新冠肺炎过程中，西医思想着重于寻找对症药物，而中医防疫思维注重将患者病情控制在早期阶段，阻止轻症病人向重症转化。张文宏认为，这是几千年中医防疫思维的良好体现，在推动中医现代化的同时，进一步有效延续中医的独特思维才能走得更远、更好。

（原载《上海科技报》2020 年 4 月 29 日）

不缺席春日美景 "云赏"申城

旅游时报记者 张敏蕾

时光流转,眼下已然到了惊蛰节气,沪上寒意渐消,春光明媚。作为报春的第一花信,这两天申城的梅花、白玉兰和河津樱都进入了怒放时刻,让人感受到春天的来临。随着气温的逐步回升,桃花、油菜花、郁金香等花卉都即将接力绽放。往年每逢春日,赏花便是上海人的头等大事之一。如今疫情之下,旅游业仿佛按下了暂停键,市民暂时无法随心所欲地出门踏春。

目前,本市有201家城市公园和郊野公园闭园,不少区除开放式公园绿地外的区属公园全部闭园,恢复开放时间还在等待另行通知。尽管公园还没有开放,但为了让市民仍然能感受到春的气息,最近辰山植物园、上海植物园、共青森林公园等部分公园陆续推出了云赏花、云游园服务,通过各自的微信公众号,将满园春色呈现在大家眼前,邀请大家线上"云"赏花海,用特别的方式为中国加油。春花烂漫,除了美的视觉感受,更能一扫人们心头阴霾,给予心灵抚慰。

"梅花香自苦寒来",梅花已开,春日不远。疫情尚未过去,我们虽然依旧心怀担忧,但始终满怀希望。我们坚信这场战"疫"必将胜利,就像相信春天不会缺席。春回大地,万物复苏的时候,请跟着我们看一看上海各区的美好春景,欣赏枝头春满,期盼山河无恙。

防疫期间公共场所行动指南

新冠肺炎主要经呼吸道飞沫和接触途径传播,气溶胶和消化道传播途径也不能排除。潜伏期及无症状感染者也具有传染性。空气不流通、人员密度大的地方,都是高危地区。

疫情期间尽量少扎堆集聚，少去公共场所，若实在不可避免，应遵循以下几点：

① 正确佩戴口罩，口罩及时更换。

② 进入公共场所前，请自觉接受体温监测。

③ 勤洗手。

④ 咳嗽、打喷嚏时，用纸巾或手肘遮挡。

⑤ 不要用手揉眼睛，接触口、鼻。

⑥ 遵守防疫隔离规定，不带病上岗；如有身体不适，及时报告和就医。

一、出行须多加注意

出行尽量选择步行、骑行，或乘坐私家车、班车上下班。在乘坐公共交通工具（包括长途汽车、火车、动车、飞机、地铁等）时全程佩戴口罩，建议尽量隔位而坐。在旅途中就餐前、摘口罩和换口罩后、如厕后、接触公共部位后，及时洗手，或用消毒湿巾、免洗消毒液擦手。

二、在公共区域须当心

进入公共场所前，请自觉接受体温监测。一定要戴口罩，尽量避免接触门把手、公用水龙头、公用电话等。接触以后要及时洗手。同时减少与他人的接触，尽量与他人保持 1.5 米左右的距离。

三、工作/学习场所多注意

1. 注意保持办公、学习区域环境清洁。

2. 减少中央空调使用，每天开窗通风三次，每次 20～30 分钟，通风的同时注意保暖。

3. 对电话、门把手、键盘、鼠标、桌面等经常进行消毒。

4. 到工作或学习场所，第一时间洗手，减少握手、拥抱等寒暄方式。进食前、如厕后、传阅纸质文件后及时洗手。

5. 室内也应佩戴口罩。

6. 减少面对面交流，减少集中开会，控制会议时长，尽量线上沟通。人与人之间尽量保持 1 米以上的距离。

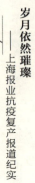
7. 多饮水，每人每日饮水≥1500 毫升。

四、饭堂餐厅须小心

就餐时建议分开坐，坐下吃饭才脱口罩。尽量避免面对面就餐及过多交谈。饮食注意食物种类多样、营养均衡。尽量创造条件自己带便当。

（原载《旅游时报》2020 年 3 月 3 日）

宅家"云"赏春

旅游时报记者　苏　洁

今年的上海很特别，缺了期待中的全家出游，少了想象中的热闹欢愉。因为，整座城市都在静悄悄地等待新冠疫情被彻底控制的那一天。沉默着、等待着，不知不觉间，满城春色正悄然亮相。春天依旧如约而至，树枝还是抽出了嫩芽儿，花儿还是迫不及待吐露芬芳，春风还是在树梢沙沙地唱，春雨还是不时洒落于天地之间……但这些并不是让我们放松警惕的信号，请再耐心等一等，齐心协力挺过战"疫"关键期。请先通过美文与美图，欣赏上海各区当下的明媚春光，一饱眼福。本期将先为大家送上奉贤、金山、松江等区的如画春景。

宅家"云"赏春之奉贤篇

春花秋月，夏风冬雪，四时美景轮替间，春天已来。乍暖还寒时，梅花一如既往，承担起了"报春"的重任。古人将梅花视为具"五福气"的"五福"者。梅花五瓣更是各有象征：快乐、幸福、长寿、顺利、和平，寄托着人们对生活的美好祝愿。此时，奉贤区的海湾国家森林公园内，梅花开得恰到好处。

海湾森林，梅香浮动
连片梅花开成海

国家运动休闲特色小镇——海湾镇，坐落于海湾镇的上海海湾国家森林公园有着得天独厚的自然条件，四季皆有不同的美丽风景。此时，正是梅花的主场。粉红色的花海似云雾般飘散于园区，呈现着朦朦胧胧的动人之美。

公园东侧的梅园区占地 2000 亩，以梅花、腊梅景观为主。目前，已种植梅花 4 万株，包括唐梅、宋梅、梅王、梅后在内的稀有古梅。

梅林深深深几许？唯有花香扰我心。园区内，楼阁错落有致，湖水波光粼粼，梅花层林尽染，在寂静的天地里，一切都显得格外如梦如幻。在暗香疏影的梅园里，在白墙黛瓦的映衬下，花开连片，随风摇曳，恰如缤纷繁星撒落人间，还有梅花疏枝横斜香自来，自然而然流露出一派写意自在的境界。

梅花不仅美在姿态，更美在它的风骨。若非一番寒彻骨，哪得梅花扑鼻香？赏梅一事，历来风雅，还有着年、月、日、时之分。从寒冬到暖春，时节之间的流动，让梅花历久弥香，愈发动人。寒风送香时，梅花开在素白的雪影里，优美的芳华香染人间；春风吹暖时，梅花喜立枝头，清香如故，为我们定格下那些关于美与爱的芬芳记忆。

不仅如此，园区更有关于梅花的深厚文化，引人入胜。梅园区倚靠"五大古梅"的历史线索，依势打造以"楚、晋、隋、唐、宋"精髓为主导的建筑景观，缀入"唐梅、宋梅、梅王、梅后、梅花丛林、民族花巷"等植物景观，以史为镜，延续千年艺梅文化。

园内有唐梅与宋梅，交相辉映，传承梅香古韵，展示古道梅风。值得一提的是，作为朱砂型梅花中的"铁骨红"，唐梅花色淡紫红色，气味清香。虽然早先的主干已随数百载岁月演化成品字状的三把指天"铁锥"，还是不弃不离守望着新生枝干，迎接年复一年的花团锦簇。梅的坚韧品格，由此可见一斑。

"云"游奉贤
处处绿意迸发，献来春意

"云的故乡、树的世界、花的海洋、鸟的天堂、人的乐园"，得天独厚的自然条件造就了奉贤的良好生态环境。生机勃勃的春意，正遍布于每一寸充满诗意的土地。

奉贤海湾，海风清爽；花米庄行，泥土泛香；上海之鱼，生态休闲；古华公园，绿意萌发……奉贤不仅有着自成一体的自然风光，更有人文气息浓郁的历史遗迹与人文传承，在那些老街上、古镇中，一如既往，散发时光的深厚魅力。

宅家"云"赏春之金山篇

梅花盛开，已觉春来到。大地苏醒，万物焕新之际，梅花的存在，总是令人格外心动。粉嫩的颜色，娇俏清丽。春意盎然间，梅香氤氲，既有着将开未开的含羞带怯，也有着已然开到烂漫多姿的生机盎然。如画的金山，正逢梅开时，显得更为多姿多彩。

花开海上，花开如画
"梅"好时光如期至

时时有花，处处有景。位于金山区的花开海上生态园，是一座大隐于市的赏花主题公园。各色植物于此肆意生长，无言却充满力量。此时此刻，梅花正是主角，于此方清幽的天地里，展露着它的曼妙风姿。

园内的梅园占地 300 亩，精品梅花 3000 余株，主要集中在梅溪香岭、梅影曲径、梅宫探梅等各具特色的小园。每到花开时，宫粉、朱砂、绿萼、江梅、玉蝶、美人梅等 60 多个品种，交相辉映，绽放各自不同的光彩。乍绽的梅花亭亭玉立，怒放的红梅嫩蕊轻摇，在风中翩翩起舞，展示着蓬勃的生命力量。不同品种的梅花，更是各有各的不同风姿。朱砂梅总是直直地伸展，绯红艳丽，繁花锦簇；宫粉梅开花繁密，花色淡红，香气引得蜂蝶驻足；还有绿萼披翠，淡青秀丽……呈现一派明媚清新的春日风光。

"花开十万家，一半傍流水"，梅花大多依水而植。园内梅花吐蕊之时，如海荡漾开去，再加以粼粼碧波的映衬，更添了几分江南水乡特有的柔情与甜蜜。粉的、红的、白的、绿的……各种暖人心脾的颜色杂糅在一起，彰显着自然的强大生命力，暖目且暖心。

色、香、韵、姿俱佳，梅花自古便多受赞美。万物肃杀间的那一点红，正是送来春天信息的"使者"。那份在冰中孕蕾、雪中开花，在春回大地时，装扮天地的美丽，承包了初春时分，属于金山的浪漫。虽暂时不能亲临梅海观赏，但片片绯红，花开成海的瑰丽景象，始终都是我们心目中，关于春的美好记忆。

"云"游金山
海蓝天阔，诗意且浪漫

3月悄然而至，在寒热交接间，不仅将吹来我们期盼的春风与春雨，更将吹得吕巷中花苞渐绽，吹得廊下小草葱茏，田野里百花争艳……加上蓝天澄澈，大海澎湃，一切都将美成我们期待中的样子。悠长的生态海岸线上海蓝天阔，更是滋生出了诸多与海有关的，浪漫的事儿。

唯美的海边日出，承载着不知多少人对金山的美好印象。成片的彩云簇拥在天空，等待着太阳朝生暮落，宽广的海洋一碧万顷，辉映穹苍。城市沙滩水清沙绵，海风轻拂，处处都是春和景明的景象。金山的海，如斯浪漫，那般难忘。

顶着"上海最后一个原生态渔村"的名头，小巧雅致的金山嘴渔村，在保留了原有老街古韵的基础上，融入了时尚与创新的元素。历经风吹雨打的小河石桥，古朴民居乃至渔船，都散发着低调动人的魅力。不仅如此，更有廊下郊野公园良田万亩，吕巷水果公园四季瓜果飘香……

不光风景醉人，人文风情同样令人流连忘返。金山区北部的枫泾、朱泾、亭林等地以吴越文化为核心的特色乡土文化、宗教文化、艺术文化源远流长；南部地区金山卫、山阳等地的卫戍文化、海渔文化、红色文化影响深远。丰富多彩的文化资源在金山区文化和旅游融合发展的时代浪潮中，熠熠生辉，散发着蓬勃的生命力。

宅家"云"赏春之松江篇

春风拂面，春林渐盛，那些属于春天的美好景象又如期而至。作为沪上知名的"赏春地"，松江区辰山植物园的"美色"，历来为人津津乐道。眼下，长达800米的粉色樱花隧道上，已有早樱绽放，散发着醉人无比的春意。眼看春花开始"上岗"，辛勤的蜜蜂一如既往，也马上就位，等着采集那甜蜜的味道。那些萌生在春天里的似锦繁花，总是有着温暖人心的力量。

八百米樱花大道
上演"粉色浪漫"

辰山植物园收集和展示的河津樱，主要以樱花大道的形式列植。河津樱为蔷薇科樱属植物，因在日本静冈县贺茂郡河津町被发现而命名，不仅是日本列岛开花较早的樱花，也是上海地区最早开放的早樱品种之一。整体的树形显得格外优美，而且花朵繁密，显得尤为美丽动人。密密麻麻的花朵沿着樱花大道一路蔓延开来，似彩云在飘荡，如梦如幻。

透过密密匝匝的粉色花雨，但见浅丘含翠，远山如黛。天空更是碧蓝如洗，清澈得令人怦然心动。

每一种花的开放，一半是美好，一半是希望。当它们争先把自身的颜色撒向人间的同时，既带给我们以感官上的享受，又燃起了我们对大自然的惊叹，感叹它的创造力与慷慨。花开固然惊喜，花谢也不必感伤。樱花便着实是一种奇特的花儿，花开绚烂，花谢依然。欣赏樱花开满树的美丽，与感叹落樱飘落的缤纷，并不冲突。樱花的花期虽然短，但自有一种不滞不沾、干脆利落的美感，更为动人。

此时此刻，无言的静好，铺就一段专属于春的时光。待春天过后，炎热的夏将携带如火的热情，席卷而来。辰山植物园也将换成另一番景象，更多颜色各异的娇花将接连登场。

"云"游松江
每一分春意自难忘

松江是个有故事的地方，不仅风光醉人，更是人文荟萃。谈及松江，佘山自然是不可不提的重要景点。山、水、林相协调，人、景、物融为一体。"云"游松江从"云"游佘山开始，别有一番美妙滋味。

佘山的存在，使一马平川的上海平原呈现出了灵秀多姿的山林景观。随着春天的到来，伴着鸟的欢唱与风的轻拂，万物复苏春光里，百鸟欢唱绿色中。佘山上，春风轻拂，清新动人的山花开始舒展筋骨，渐渐覆盖了山坡，仿佛给大地披上了"花毯"，诠释着烂漫二字的精髓。

春色烂漫固然醉人，此地的人文风情同样拔尖。广富林文化遗址便是代表。广富林文化遗址号称"揽尽上海千年历史"。原生态保护的古遗址，加以梅花映衬，别有一番美感。从风华初露，到对接千年时光，这片土地总是这样沉稳，如此厚重。

谈及悠久的人文风情，江南地区著名的古典园林——醉白池公园，也是处处弥漫着古色古香的味道。园内古木葱茏，亭台密布，自然风光更是秀丽盎然。方塔园同样如此，宏伟神奇的古建筑，与幽雅奇采的竹林花卉相得益彰，使整个园林显得严整和谐之余，也十分自然多趣。

疫情当前，我们能做的唯有保护好自身安全，减少外出，等待彻底摘下口罩的那一天。正常生活正在慢慢回归，但是还没有到为所欲为的地步，所以一定要做好个人防护工作，静候取得最终胜利的那一天。

（原载《旅游时报》2020 年 3 月 3 日）

众志成城　同心战"疫"

旅游时报记者　王　路　肖　丹　张敏蕾

面对严峻的新冠肺炎疫情，上海市各区文旅系统党员干部不忘初心、牢记使命，以实际行动落实落细防控措施，全身心投入到这场没有硝烟的疫情防控阻击战。

下沉一线，全力投入防"疫"战

疫情就是命令，防控就是责任。上海各区文旅系统以对人民群众高度负责的态度，坚决扛起责任，严格落实"三个覆盖""三个一律"工作要求，靠前一步，下沉一线，主动战"疫"，与下属事业单位和属地管理企业共同携手，全力以赴筑牢疫情防控的坚实堡垒。

黄浦区文化和旅游局接到区委区政府指令后，立即启动应急响应机制，当晚便紧急协调征用两家宾馆落实集中隔离留验点设置，由40名党员干部组成"突击队"，直插现场协调落实相关服务保障和舆情应对工作。局文化执法大队党员干部冲锋在前，加大对娱乐场所、网吧和棋牌室日常巡查力度。

闵行区文旅系统的志愿者前往浦江、吴泾，定点驰援社区，参与测量体温、值班、站岗、维持秩序等联防联控工作。各街镇文旅干部在第一时间会同辖区派出所、网格中心等，对辖区文化场所和宾旅馆进行全面排查，对入住人员登记备案，了解去向和身体状况，累计排摸区内近千家宾馆旅馆，送达入住提示单数万张。

长宁区文化和旅游局构建防御组织领导体系，建立应急防疫工作机制，督促指导各区属相关场馆及时制定防疫应急预案和流程，形成了"一馆一预案"的防控体系。

普陀区文旅局由局主要领导带头，每天安排至少一名处级干部带队下沉居委一线参与疫情防控工作。

疫情尚未结束，各区文旅局"靠前一步"，已开始先行谋划和考虑公共文化场馆、景区、宾旅馆、文化娱乐场所等服务场所下阶段开放预案和应急措施，为后续工作平稳有序推进打下坚实基础。

线上发力，为群众居家提供文化大餐

疫情发生以来，旅游行业处于暂停状态，但上海各文化场馆和景区并未停下前进的脚步，而是着重利用数字资源，推出"云刷馆""云看展"等文化大餐，让群众居家生活更加丰富多彩。

闵行区博物馆通过微信公众号推广"云看展"的方式，展示了三大常设展《上海县七百年展》《马桥文化展》《中国民族乐器文化展》的魅力；刘海粟美术馆从馆藏作品中遴选一批主题画作举办线上作品微展览；新虹桥文化艺术交流中心将"聆听肖邦"活动与抗疫主题相互结合，打造线上音乐会；静安区文史馆特别推出"在线寻访"专栏，通过介绍一家展馆、推荐一个展项、讲述一个故事的方式，让市民游客在家也能"云"游静安。

上海各区的旅游龙头企业、景点以实际行动感谢医务工作者的坚守奉献，陆续推出了优惠措施，欢迎医护工作者在各景区恢复营运后，前来免费畅游。浦江游览、海昌海洋公园、共青森林公园、安徒生童话乐园、金山嘴渔村、浦江郊野公园奇迹花园、长兴岛郊野公园、东滩湿地公园、东平国家森林公园、前卫生态村、江南三民文化村、紫海鹭缘浪漫爱情主题公园等沪上知名旅游景区不约而同，接连发声，通过免票的形式，诚挚感谢奋战在一线的医护人员，愿他们早日归来，平安凯旋。

疫情考验初心，旗帜彰显担当

新冠肺炎疫情发生以来，各区文旅系统的众多党员干部带头冲在一线，积极发挥基层党组织战斗堡垒作用和党员先锋模范作用。

责任在心，冲锋在前。黄浦区文化和旅游局市场管理科刘国亮同志接到疫情防控指令以来，一直处于高强度、高难度的工作状态。在连夜对全区430余家宾旅馆进行排摸后，他又积极投入黄浦区集中隔离观察点的一线防控、投诉热线处置等工作，在防护物资紧缺的情况下不畏惧、敢担当、善协调、巧化解，以实际行动树立起共产党员的旗帜。

一句铿锵有力的"这都是应该做的！"则是明复图书馆工会主席兼行政部主任秦东勇做"明复逆行者"的"最美宣言"。在节前疫情还未爆发时，便未雨绸缪提前准备，预先采购了一批防疫物资。他还对从外地返沪的员工，第一时间收集信息、组织排查，为图书馆防控工作的开展提供了有力保障。

除了做好本单位的防护工作，各区文旅系统的志愿者们更心怀大爱，赶赴联防联控一线，支援社区开展防疫工作。返沪的援疆干部、闵行区文化执法大队的朱国红便是其中一位光荣志愿者。疫情当前，他义不容辞，主动赶到居住地颛桥镇兴银居委会，协助工作人员进行居民口罩预约登记。像朱国红一样，那些奔赴"前线"的文旅系统志愿者，不图回报，只是希望能用自己的行动，守护家园。现场就是岗位，认真登记、核对信息、维持秩序，处处是他们忙碌的身影。

以艺术之名，凝聚防疫力量

"诗言志，歌永言"，优秀的艺术作品往往有着打动人心的强大力量。为鼓舞斗志，坚定抗击疫情的必胜信心，一大批优秀作品不断涌现。各区的文艺工作者纷纷发挥文艺轻骑兵作用，为反映一线工作、凝聚社会力量，创作了一大批脍炙人口的优秀作品，赢得了社会大众的热烈反响。战"疫"作品形式多样，涵盖了歌曲、戏曲、漫画、诗歌等群众喜闻乐见的艺术形式。

唱响"抗疫"最强音：黄浦区文化馆推出快板作品《众志成城克时艰》，用基层文艺工作者的声音，诉说对一线防疫工作者的感激与敬意；静安区文化馆原创歌曲《守望》，用歌声鼓励大家万众一心，众志成城；长宁文化艺术中心创作的歌曲《逆行中的你》，生动记录非常时期抗击疫情的点点滴滴；

黄浦区文化馆快板作品《众志成城克时艰》，献给战"疫"中的"无名英雄"；青浦太浦韵艺术团带来了防疫主题的沪语快板表演《花开春暖在明朝》，为公众科普防疫知识；奉贤区青村镇制作的抗疫 MV——《我们的答案》传播着众志成城、共克时艰的正能量；嘉定区原创 MV《平凡英雄》则致敬防控一线"守护者"。

把所见所闻画出来：金山农民画用画说"疫"，用画笔记录抗疫之路上的点点滴滴，向所有战斗在一线的医护人员、工作人员以及志愿者致敬；普陀区文化部门通过智慧科普、趣味漫画、线上"声"援等一系列贴近百姓生活的内容、生动新颖的宣传形式，进一步普及了疫情防控知识。

发出群众的心声：杨浦区文联和市楹联学会联合主办"众志成城抗疫情专题创作书画作品网络微展览活动"；宝山区文联联合区美术家协会、区书法家协会，创作出了一大批鼓舞人民斗志，凝聚群众全面抗击疫情的美术和书法作品；松江区各界文艺工作者积极行动，创作了众多抗击疫情的艺术作品；徐汇区文化馆戏剧团队擎起诗歌的旗帜，为全民抗击疫情加油鼓劲。

当前，疫情防控形势虽然还是比较严峻，但战胜疫情的信心始终坚定。抗击疫情，你我同行，共同期待风雨过后，春暖花开。

（原载《旅游时报》2020 年 2 月 25 日）

到战"疫"一线去

首批市委政法委干部支援社区

上海法治报记者　胡蝶飞　夏　天

"这位先生，您先等一下，请配合测量一下体温。"今天一早，在徐汇区吴兴路 270 弄小区门口，拦下外来人员的，不是社区工作者，而是身穿橙色志愿者服的市委政法委机关干部志愿者。

疫情大考，重在基层，难在基层。

随着大量复工人员返程，在至关重要的社区防线上，"连轴转"的社区工作人员十分不易，也更显紧缺。

"你们来了，是对我们更好的补充！走，我现在就带你们巡查。"今天起，徐汇、静安、浦东、长宁四个区迎来首批 39 名由市委政法委政法机关干部们组成的平安志愿者（下简称"志愿者"）增援。

他们将下沉到社区战"疫"一线，与社区工作者"并肩作战"，共同筑牢疫情防控的坚强堡垒。

他们今天"承包"了小区的"门岗"防线！

社区是疫情联防联控的第一线，也是外防输入、内防扩散最有效的防线。

而要守住社区这道防线，守牢小区门至关重要。

"我们最缺的就是门岗志愿者，"面对复工返沪人流压力，宛平居民区党总支副书记陈琳坦言，"志愿者们来的正是时候。"

"这位先生，您先等一下，请配合测量一下体温。"今天一早，在徐汇区吴兴路 270 弄小区门口,男子正准备进小区,就被身穿橙色志愿者服的平安志愿者叫住。志愿者拿起手中的测温枪,认真测量起来。"温度正常,感谢您配合。"

疫情当下,该小区目前正实行"封闭式"管理,人员进入必测温、必询问。

一名身穿黑色上衣的女子,推着行李箱朝着大门走来。志愿者立即"警觉"并询问起来。"您好,请配合测量体温。""请问您是从哪里回来?"

得知女子是居住在小区 3 号楼的租户,从江苏盐城返沪后,志愿者拿起胸牌背面的一个"二维码":"请您配合扫码登记。"

原来,这是天平路街道自行研发的一个小程序,针对 2020 年 1 月 20 日后人员返沪来沪情况予以备案登记,便于管理。

"监督"女子现场登记完毕后,志愿者才予以放行。与此同时,社区工作人员已给该住户"挂了号",予以关注。

不仅对人员,志愿者们对进入小区的车辆也不"放过",逢车必拦下测温询问。记者在现场看到,志愿者"值守"短短半小时,已为 20 余名人员测温,拦下问询 5 辆车。

据宛平居民区党总支副书记陈琳介绍,小区一共有 3 幢楼,700 余户居民,租户比较多,其中 1/3 为外来人员。"虽然小区不大,但是人员密度比较大。"加之小区内还设有宛平社区卫生服务站,不少辖区老人会来此配药、取药,无形中给小区管理增加了难度。

连日来,天平路街道对辖区 2.9 万余户居民进行了"全覆盖"排查。"我们居民区 6 名居委干部春节就没有休息过,之前用三天时间将 1000 余户居民全部排摸完毕,真的是'连轴转'。"

"我们来,就是希望能为'连轴转'的社区工作者分担一点。"今天下午,已经在小区"站岗守门"一个小时的志愿者感叹:"我们只站一个小时还好,社区的工作者们最辛苦,很不容易。"

记者了解到,此次共有 10 名志愿者支援徐汇区。当天,这 10 名志愿者轮流"站岗",几乎承包了小区的"门岗"防线。

"硬核"居委封了17道门

储孝君是静安区曹家渡街道叶庆居委会书记。从大年夜到现在，他和居委干部、街道平安志愿者没一天休息。十几天战斗下来，今天他们迎来了由市委政法委机关干部们组成的平安志愿者增援。这让储孝君深感欣慰："你们来了，是对我们更好的补充！走，我现在就带你们巡查。"

为应对复工返城高峰，叶庆居委封锁了辖区内17道小门或弄堂，加配了近1200把钥匙，分发给各户居民。每户居民出入时，都要自觉开门、锁门。"这样一来，基本做到来沪（返沪）人员都要先找居委或安保登记、测温，才能获得钥匙回家。同时，也防止在沪无居处、无工作人员流入社区。"储孝君说。

志愿者一行从延平路康定路路口出发，沿康定路拐上胶州路，再绕行回延平路。一路上，他们挨个检查17个小门的封闭情况，如遇未锁之门，则立即召集相关责任人，询问原因，进一步压实责任。

在胶州路上，志愿者一行看到一条小弄堂，已被一块铁皮围栏改造的小门临时封上。居委解释："这条弄堂连接了胶州路和延平路，之前是开放式的。现在我们为了对辖区进行封闭式管理，就在两头临时加装了这样的围栏，居民统一从胶州路这头出入，同样加装了门锁。"

在弄堂深处，志愿者们巡查了某青年旅社。自疫情发生以来，这间旅社在街道和居委安排下，做好既有客人的管理，也不再接受新客入住。旅社经营者则向居委询问：本店到底该关还是留？又如何在无客源的情况下应对房东催讨房租？对此居委方面表示，将尽快协调街道有关部门给出确切答复。

另一路志愿者队伍下沉至曹家渡街道武西居民区，支援基层疫情联防联控工作。期间，志愿者们在居委韦慧书记的指导下，学习查看整个居民区的住户状况总表，分辨正常、离沪、回沪隔离等不同状态色，并开展对居民区全部小区的治安巡逻、进出人员体温测量、身份核对、信息登记等驻点守护工作。

韦慧说："我们充分利用市委政法委志愿者在信息比对、录入方面的优势，发动他们配合居委干部，对每日采集重点防疫人员信息进行汇总录入。

此外，我们还注重运用他们的专业优势，协助我们排查居民区治安隐患，以保障防疫工作万无一失。"

一位参与志愿服务的市委政法委领导表示："我们此次增援居委，同时也是一次向各位'小巷总理'和一线社工学习基层工作经验的宝贵机会，这有利于我们在防疫和今后的工作中，更好贯彻市域治理现代化。"

不走形式，不走过场。志愿者们正支援社区原有力量，筑牢社区疫情防控的铜墙铁壁。

（原载《上海法治报》微信公众号 2020 年 2 月 11 日头条）

在社区，在道口，在上海"北大门"，他们积极投身"一线"

战"疫"一线中的"政法"担当

上海法治报记者　胡蝶飞　陈颖婷　季张颖

在社区，他们用自己的绵薄之力为社区筑起坚固的"防火墙"；在道口，他们连站数小时来不及喝水、上厕所，铸成一道抗疫防线；在铁路上海站、"北大门"，他们克服"害怕"24小时不间断投入防控工作，守牢"北大门"。

在这场无声的战"疫"中，在疫情防控的关键期，有这样一群政法人，他们主动请战积极投身"一线"，为严守战"疫"防线贡献着政法力量！

守护社区

"这名快递小哥请你下车，把快递放到门口，电话通知对方过来。现在非常时期，外来人员不允许进入小区了，希望理解。"徐汇区长桥街道汇成五村的大门口，戴着口罩、身穿平安志愿者马甲的徐汇区人民法院执行局副局长徐沁这边刚劝导完一名快递人员，那边又立即拿起测温枪，忙着对进出小区的每一位居民实施体温测量。

这样的情景，对于徐沁而言，已然成为这些天的日常。汇成五村是一个老旧小区，住着1900多户居民，而社区工作者人数又十分有限，徐沁从2月3日主动报名支援一线防疫工作以来，就被安排在了这个"岗位"。

"我来的那天，正好是上海启动社区口罩预约登记的第一天，所以第一份'工作'就是协助社区干部帮忙做好登记工作。"有时候社区干部忙不过来，徐沁也会帮助小区隔离户出门配药、买菜，解决生活所需。

而更多的时候，小区门口的岗亭则是徐沁相对固定的"工作点位"。"社区大、人口多，进进出出很是繁忙。"徐沁每天从早上8点半上岗，一站就是 3 个小时，"中午吃口饭稍微休息个半小时，12 点又要上岗了，一直就这么工作到下午 4 点半"。所以这么粗粗一算，徐沁每天累计站岗时间也有七八个小时。

尤其前些天气温低还碰上下雨天，就这么一整天站在风口里，对于年过五旬的徐沁而言着实是一种考验。"还好我以前经常参与各种大型的执行活动，各种恶劣环境都经历过，再看看站在我身边的社区干部，他们其实远比我们更累更辛苦，却一样坚守在一线，用自己的绵薄之力为社区筑起坚固的'防火墙'。"徐沁觉得，自己的这点辛苦不足为道。

在上海徐汇法院，像徐沁这样主动报名，参与到社区防疫一线的志愿者首批共有 20 人。上海徐汇法院政治部副主任章斐告诉记者，"当时，我们响应区委号召，向各党支部发出通知，根本不用动员，招募消息一出，很多党员、团员就纷纷报名，20 个名额马上就满了。"最终在 2 月 1 日，由来自全院各部门的 19 名党员和 1 名群众组成的徐汇法院疫情防控工作志愿服务队正式成立。

"疫情牵动着我们每一个人的心，尤其看到医护人员逆行在一线，我很是感动。疫情就是命令，群众的安危就是工作的重心，在这种紧急时刻，冲锋在前，就是对'不忘初心，牢记使命'的最好体现。"这是徐沁的原话，其实也是无数逆行在疫情防疫一线的平安志愿者们共同的心声。

上海还有许多像徐沁这样投身抗疫一线的政法机关志愿者。长宁法院的梁玫法官就加入了法院防疫志愿者队伍，她始终坚持在社区协助防疫工作，每天往返奔波，为有居住变动情况的居民及时传达口罩申领等防疫通知；作为一名老党员，静安法院法警大队副大队长赵明也主动报名，在中远两湾城小区配合社区防疫工作。

"我必须顶上！"

为加强社区疫情监控，上海各小区都采取了相应措施，在小区的出入口处设疫情监测点，安排一至两名社区工作人员或志愿者负责对进入小区的人员逐一进行登记和体温检测。

2 月 6 日下午，小雨下的江诚苑门口也有一位志愿者在值守，三个小时的值守时间里，这位志愿者一直坚守在岗位上，不曾离开，她就是松江区检察院第六检察部副主任顾燕青，一名优秀的女检察官。

"您好，请出示您的小区出入证。把额头露出来，测一下体温。"

身穿蓝色的羽绒服，带着帽子和口罩，动作干练、指令明确、态度有礼，这样的她完全看不出几个月前曾深受疾病困扰，接受了恶性肿瘤切除手术。身体尚在康复期的她，面对这场突如其来的疫情，本可以待在更安全的后方，但一听到区机关招募党员抗"疫"志愿者和社区招募入口值守志愿者，还是果断报名参加了。

原因很简单，她说，她想为上海的疫情防卫战贡献自己的一分力量，而且现在社区防疫急需志愿者，作为一名党员，在国家有需要的时候，必须要顶上去！

守好道口，青年干警无惧苦累

"防疫一线人手不足！""让我去吧！"日前正值外地人员返沪高峰，上海各个高速道口车流量激增，急需人手支援道口检查工作。青浦区人民检察院的10位青年干警自愿前往高速道口开展志愿服务。

24岁的朱易清是第一批前往高速道口开展服务且累积服务时间最长的志愿者。

"8个小时的班，我站了8个小时，没喝一口水，也没上一次厕所。"在青浦S32申嘉湖检查站，她为入沪人员一一测量体温、登记信息。

24周岁生日那天，她刚好当班，微信群里满满的问候与祝福，但她没来得及回复，便要去为一位发热病人和一位有湖北居住史的人员进行信息登记。"我第一次在防疫一线度过自己的生日，每位返沪人员说的'谢谢'都是我收到的礼物。"朱易清表示。

无独有偶。

"我是党员，我先报名。"2月5日，接到征集志愿者支援高速道口的报名通知，松江检察院法警大队的干警尹天响率先报名。2月6日，接到上岗通知后，他和检察院其他志愿者一起赶往G60枫泾道口集合。经过高效的岗前医务培训后，所有志愿者统一换上全套防护装备，穿得严严实实，拿上手持非接触式红外测温仪器，正式上岗。

"说句实话，刚来到道口时，看到现场有这么多身穿白色防护服的人，背后着实有些发凉，有了一种自己来到抗'疫'一线的感觉。但是，我不停地跟自己说，我是一名党员，越是在这种时刻，党员越是要起到带头作用，就这样，靠着自己给自己壮胆，也就没那么恐惧了。"

一辆白色的家用轿车驶入道口，值守在此的交警伸手示意车主停车，要求车上人员摇下车窗，接受检测。随后，尹天响手持非接触式红外测温仪，迅速上前，引导司乘人员配合测量额部温度，并仔细询问车主和车内乘客有无可疑接触史。确认无误后，向交警示意，由交警引导该车安全离开。这便是他在做志愿者的两天里反复完成的动作，经过最初的几次生疏尝试后，他愈发游刃有余。

一天的志愿者工作结束已是晚上9点多，坐在道口服务区的餐桌上，尹天响认真感受着身体的反馈，腿酸、全身累、数个小时无法也不敢喝水上厕所、戴着N95口罩呼吸困难等是他作为志愿者感受到的工作上最大的不易。

但他们相信，在全社会共同努力下，这场疫情防控战一定能赢！

守住"北大门"
"支援抗疫不是年轻干部的专利"

随着复工开始，越来越多的人回沪返程，其中有不少旅客通过火车的方式到达上海。作为上海的"陆路北大门"，守住铁路上海站这第一道防线至关重要。

"我报名。"得知静安区在全区抽调干部支援上海站地区，军医出身的静安区司法局二级调研员王平积极报名，"支援抗疫工作不是年轻干部的专利，我才五十多，在国家需要、人民需要的时刻，义无反顾。"

接受指派当日，王平即成为上海站地区"闭环式"管理中的坚强一环，全身心投入到东南出口、西南出口、西北出口三个点24小时不间断防控工作中。

曾担任部队医院院长的王平一直紧密关注着疫情发展，军人和医生的天职都让他始终保持着强烈的使命感和责任感。早在年前，他就全力投入，与同事们一起积极想办法、找资源，为司法行政服务一线的窗口工作人员及支援社区抗疫一线的司法所工作人员落实了口罩、消毒用品等抗疫物品。对王平来说，在抗疫战场上发光发热，是责任，是使命，更是一种荣耀。

如果说上海站是疫情防控的大动脉，那么街道、社区、居委会则是防控工作的毛细血管。静安司法局尹勤思、邱侃尔、王建军 3 名机关干部果断放弃春节休假，深入基层血脉，奔赴北站街道，支援社区一线抗击疫情。他们与街道、居委会干部一起，从协助预约购买口罩、挨家挨户摸排、了解企业复工情况、引导商业商务楼宇及园区开展疫情防控、劝阻居民不要聚众娱乐等等细小工作着手，化身居民中的"热心人"、"贴心人"、"暖心人"。

（原载《上海法治报》2020 年 2 月 14 日 A2 版）

与病毒正面"交手"的"特战队"

上海法治报记者　胡蝶飞

突如其来的疫情，让大家对原本专业的一个词汇——"核酸检测"熟悉起来。每天，关注所在城市或区域有多少经核酸检测呈阳性的新冠肺炎确诊病例，已经成为不少人近期的习惯。

但你知道，作为临床确诊的重要判断依据，这些核酸检测都是在哪里完成的吗？一份病例样本的检测确诊需要经过哪些步骤，花费多长时间，负责检测的人又是谁？他们每天与病毒"交手"，不害怕吗？

带着这些未知，记者专访了其中一支与"病毒"正面交锋的"特战队"——静安区疾控中心微生物检验科，走近了一群可爱的"特战"队员。

其实，在上海，这样的"特战队"不止一支，在这场没有硝烟的战争中，他们的勇敢和担当令人肃然起敬。

实验室里"跨年夜"

1月24日大年三十凌晨，静安区疾控中心8楼的微生物应急检测实验室里灯火通明。

微生物检验科科长袁峰带着副科长蔡明毅、组员沈琦正在进行首个新型冠状病毒的核酸检测实验。

当天傍晚，静安区疾控中心接到辖区内华山医院报送，需要对两个病例样本进行核酸检测。

接报后，中心立即派出专人专车上门取样，随后，病例样本被运回检验科实验室。

"我们立即组队。"接到任务后，袁峰没有二话带头响应。

身为党员的副科长蔡明毅也立即退掉了外出的机票，被大家亲切称呼为"大白"的沈琦也一起加入"战斗"。

当天晚上9点，三人一组的检测实验组一起走进了实验室。

为了确保检测结果准确，实验组用了两组试剂，严格按照流程标准操作。经过一系列精细而繁复的流程后，最终检测结果显示：两个病例一个呈阴性，另一个呈阳性。

送市级疾控中心复核后，结果与袁峰他们检测的一致。

袁峰和组员们走出实验室时，已经是凌晨3点多。"我们当时还开玩笑，说这是第一次在实验室里'跨年'过除夕。"蔡明毅回忆。

彼时，可能他们也没有想到，这样的"节奏"在此后一段时间里，成为了他们的"日常"，实验室也成为了"战场"。

实验室就是"战场"

戴上一次性帽子、N 95口罩，穿上一次性隔离衣，然后戴上第一层手套，穿上连体防护服，拉上防护服拉链、撕掉防护服上的胶条、封住领口等位置，再穿上一次性鞋套，戴上护目镜和第二层手套。走进第二缓冲区后，最后再佩戴全面罩动力送风过滤式呼吸器……这些听上去就很繁复的三级防护穿戴程序，是检验科实验组成员们每天都要经历的。

"三级防护穿好一般需要半小时左右，独立完成比较难，通常大家需要互相帮助。"蔡明毅告诉记者，"被层层包裹后，你的动作都会慢下来，就连转个身弯个腰也不是那么方便。"因此，为了加快检测速度，实验组成员进入实验室前都不敢喝水，不敢吃太多的东西。

"进入应急检测实验室，你们要待多长时间？"

"一般是6个小时，因为要穿着防护服做实验，这6个小时我们基本不吃不喝，也不上洗手间！"队员们告诉记者。因为一旦出来就要更换一套，在疫情期间防护物资本就紧张的情况下，"我们尽量节约一套是一套"。

时间最长的一次，沈琦所在的实验组共检测了26个病例42件样品，上午进去的，直到傍晚才出来，创下了实验时间最久的记录。

"那次只能是午饭并在晚饭一起吃。"袁峰告诉记者，沈琦从实验室里出来的时候，同事们帮他拍下了一张照片：因为连续穿着防护服时间太长，汗水干涸后，在里层的衣服上留下了一副"美人鱼"图案。

让袁峰欣慰的是，尽管大家面对的是疑似病人的病例样本，面临着感染的风险，但是这支 16 人的"特战队"里，却从来没人说过苦，没人抱怨过累，没人打过退堂鼓。

检测全程需"6 小时"

为何穿上防护服要尽量坚持 6 小时不吃不喝，不上厕所？

"一般来说，一个核酸检测全流程走完大概就需要 6 个小时。"

袁峰介绍，她所在的实验室负责的，是静安区辖区内包括华山医院在内的 7 家有发热门诊医院的病例样本检测工作。

通常，医院采集到样本之后，会统一报送给辖区疾控中心。疾控中心再出动专人专车上门取样，放置在 A 类生物安全运送箱中运回。

随着疫情变化，上门取样时间方式也在随之发生变化。"最早我们是医院有报送我们就上门去取，后来由报送取样改为集中取样，现在是 1 天取样两次。"

病例样本运回疾控中心后，便立即送至实验室，放置在生物安全柜中。"为了防止样本被污染，也防止人员被感染，病例样本必须在生物安全柜中才能打开并取出。"袁峰告诉记者，样本取出后，首先要进行"前处理"，也就是在专门设备中对病毒进行 56 度灭活 30 至 60 分钟。

病毒灭活后，组员们会取出一定量的样本进行核酸抽提。核酸抽提需在大型全自动核酸抽提系统中进行，全程约需要 1 个小时。

抽提结束，加入成品试剂后，放入荧光定量 PCR 仪中进行基因扩增，整个过程需 1 个半小时。

"等到全部扩增完毕后，就可以在设备上查看并判断结果，根据 CT 值及扩增曲线综合判断是阴性还是阳性。整个过程大概需要 6 小时。"袁峰介绍。"有的时候，同一个病例可能会有鼻咽和痰液两个标本。我们最多一次拿到 26 个病例，也就是 40 余个样本同时进行检测。"蔡明毅补充道。

记者了解到，从大年三十启动新型冠状病毒实验室检测开始，团队就被分成了 5 组，一直 24 小时连轴转。截至目前，共完成 397 人次合 578 项次检测。

害怕吗？

新型冠状病毒核酸检测是患者临床确诊和康复出院的重要依据，也是接触者解除隔离的重要判断依据。

在这场没有硝烟的战争里，这支 16 人的"特战队"所表现出的团结、勇敢和担当令人肃然起敬。

"我们 16 个人里面女性有 13 人，最年轻的只有 23 岁。但面对看不见的病毒，她们却像战士一样坚强。"袁峰说，尽管大家面对的是疑似病人的病例样本，面临着感染的风险，但是却从来没人说过苦，没人抱怨过累，没人打过退堂鼓。

"直面病毒，你们不害怕吗？"

"其实说完全不怕是不可能的，这种直面病毒的环境还是很考验人的，但是，我们实验室的职责就是要及时有效地为临床提供技术依据，职责使然，我们没有怨言。"队员们说。

为什么核酸检测会出现"假阴性"？

谈及当前有媒体披露出现病毒核酸检测"假阴性"问题，"其实并不是核酸检测不准"。袁峰分析，出现所谓"假阴性"有两种可能。

"比较大的可能是，早期患者病毒感染量不多。"袁峰解释，患者在做检测的时候因为体内病毒数量还不多，不足以被检测出来。还有一种情况就是疾病发生发展的过程有关，和人体排毒也有关系，也会影响检测结果。

（原载《上海法治报》2020 年 2 月 19 日 A2 版）

一枝一叶总关情

文学报　徐　鲁（湖北武汉）

很久以后，当人们回忆起 2020 年的春节假期时，大概仍会带着复杂的情感。这是一个"延长期限"却没人感到高兴的假期，所有国人的心都被一场影响波及全国的新型冠状病毒感染所牵动。

我们一次次关注各地疫情的最新情况，因为那不仅是一串冷冰冰的数字，而是一个个因病痛饱受折磨的人和家庭。而在他们身后，更是无数昼夜奋战、为了守护生命而不懈努力的医护人员，以及更多各行各业不断驰援和负责后勤保障的人们。

我们所关心的，也是更多的普通人——那些因为防护需要而身处"围城"的人们，那些为防病毒扩散而自觉居家隔离的人们，那些戴着口罩出行、保护自己也保护家人的人们……在这一时刻，很多词语似乎是多余的，但生活仍在继续，信心和勇气持续积累，而阴霾终将消散。

我们约请了数位作家，请他们带来自己身边的声音，也收到了许多来自读者的回响。这组记录，不仅是为了给大家带来属于当时当刻的声音，更希望以此形成慰藉，并和大家一起共同期待阳光普照的日子尽快到来。

疫灾无情，不仅毁了许多中国人这个万家团聚、其乐融融，浅浅杯盘共笑语、暖暖灯火话平生的传统佳节，更给不少猝不及防的家庭带来了痛失亲人的不幸。

春节前夕，不祥的阴霾就已经开始笼罩在全国人民的心头了，更不用说身处阴霾中心的武汉人。除夕那天，我的心境，和易中天先生在微博上写下的那几句话一样：在我的同胞和乡亲面临生死存亡的日子里，哪里还有什么过年过节的心思！所以大年夜之时，只是默默地喝了小半碗鸡汤，就算吃过了年饭。然后独自在书房枯坐了许久，心中觉得无限悲凉。

正好那一时刻的微信圈里，很多人都在转发"霍去病"和"辛弃疾"这两个名字。我当时也想到，只有这时候，大家才算真正懂得了，这两位中华先贤的名字有多么美好。"家国霍去病，亲友辛弃疾。"那一刻，我的心里只有一个愿望：愿时艰共克，灾情早除，天佑苍生，国泰民安。

接下来的这些日子里，一半是因为贪生怕死，一半也是出于清醒的理智，觉得应该"从我做起"，尽力保护好自己和家人，能不给社会添堵添乱，就算是对这座正处在水深火热中的城市作"贡献"了。所以连日来除了老老实实地在家里待着，别的什么事也没心思做了。如此一来，倒也就真切地体验到了"苟且偷生"的滋味。——轻贱一点的说法，就是在享受着所谓"岁月静好"吧。

但是，城封了，心是封不住的，爱与怕、痛与忧……也是封不住的。身在一己的屋顶之下，耳边却自有万千风声和雨声，心头也怎会没有丝丝惦念与牵挂？郑板桥的诗："衙斋卧听萧萧竹，疑是民间疾苦声。些小吾曹州县吏，一枝一叶总关情。"书斋虽然不比衙斋，自己也非州官县吏，但是，"家国情怀"还是有的。尤其是每天都有大量的信息和各种图文故事在告诉我们：那些奋不顾身、舍生忘死地奋战在第一线的平凡的医护人员，正在承受着怎样的艰难和压力！还有像钟南山院士这样的或已逾古稀、或近于耄耋之年的医学专家，他们在国家遭遇危难之际，依然挺身而出，甚至挂杖而行，为国家担当，为政府分忧，慰百姓于慌恐，救生民于水火……

什么是"英雄儿女"？这些年轻的、美丽的，在关键时刻毅然剪掉心爱的长发，义无反顾地走进重症病房的普通的医护人员，她们就是了。什么叫"国家英雄""国士无双"？像钟南山院士这样84岁的老人了，仍然揣着一颗悲悯苍生、救死扶伤的赤子之心，鞍马劳顿、慷慨赴难，他们就是了！

也只有这时候，相信我们每个人才能真正地理解，"哪有什么岁月静好，只不过是有人在替我们负重前行"这句平时被大家说得烂熟的话，到底有着多重的分量。

来自抗击疫情第一线的那些平凡的医护人员的故事，没有一个是不美、不感人的。我也十分赞同不少网友的那个说法：不要说她们是什么"白衣天使"，当她们摘下了口罩和防护帽，露出被勒破的鼻梁和脸颊的那一刻；当她们脱下密封的防护服，露出不知已经湿透了多少遍的衬衣的那一刻……你会发现，她们有的还只是十八九岁、二十几岁的小姑娘；有的是一接到医院暂停休假的通知、就毅然取消了早已定好的婚礼的"准新娘"；有的是自己的宝宝才只有一两岁的年轻妈妈……她们都是最美的女儿、姐妹和妈妈！她们都是祖国母亲最美丽的和最可爱的"英雄儿女"！

在这里，请允许我以其中一个故事为例吧。这是来自湖北省蕲春县人民医院一位普通护士的故事，我们甚至都可能不知道她的名字。

她的丈夫在北京工作，春节前几天，她就买好了车票，带着不满一岁的宝宝，到了北京和丈夫团聚、过年。可是就在大年三十这天，她突然接到了单位召回的通知。她明白，如果不是太缺护士人手，单位是不会这么"不顾人情"地急着要她回去的。于是，二话没说，她立刻改签了返回湖北蕲春的火车票。

然而，大年初一上午，她刚坐上了返程火车，武汉就宣布封城了。当机立断，她选择在离湖北最近的河南新县车站下了车，然后包了一辆车，转道安徽的宿松县和太湖县，往鄂东方向的家里赶路。

没想到，车到太湖县弥陀镇的时候，安徽和湖北的省界公路也关闭了。没有别的选择了，她只好抱着幼小的孩子，顶着寒风步行向前。

从太湖县弥陀镇步行到蕲春县的漕河镇，大约有 80 公里。这个平时里也总是要被丈夫呵护着，被爸爸妈妈和公公婆婆疼爱着的女儿和小媳妇，竟然咬紧牙关，抱着宝宝，顶着凛冽的寒风，硬是一步一步地走回了蕲春，回到了属于她的那个抗击新型冠状病毒的岗位上！

这位普通的护士，这位年轻的妈妈，步行回到了蕲春漕河镇时，身上的内衣早已被汗湿透了，宝宝也在她怀里不知睡了醒来、醒了又睡着几次了……

这不是"中国好女儿"，还能是什么？

这不是"最美女护士"，还能是什么？

封城之后的这些日子里，承蒙《人民日报》《中国作家》《文学报》《诗刊》《中国新闻出版广电报》《人民政协报》等不少报刊社和多家出版社的编辑好友关心和惦念，殷勤问候和加持，给了我无限的温暖和力量，也让我对我们这座城市、对我们这个国家，一定能够万众一心、共克时艰、战胜这场疫灾，充满了信心。承蒙这些报刊编辑朋友的信任，大多也真诚相邀，希望我写一点这方面的诗文，或报告文学书稿。我从心底里表示感谢，也感受到了媒体人、出版人和文学界的同行们在大灾大难面前的一种"铁肩担道义"的职业精神。但因为我不在抗疫的第一线，实在无法接触到那些真实和鲜活的第一手的人物故事，所以，就只能一一抱愧婉谢了。

封城之后，因为日夜忧虑着疫情变化，也更加心疼从微信上看到的那些负重前行的医护人员，也为那些不幸被疫魔夺走了亲人的生命的家庭感到难受，心绪不宁，是自不待言的。

承蒙《文学报》总编、好友陆梅来信约稿，希望写一写自己在封城后的"居家生活"，以及对周遭生活的观察。在我看来，这样的一篇"生活记"，也算是一个向文学界的朋友们报个平安，并向连日来一直在殷切地关心着湖北和武汉、惦念着身处疫区的武汉百姓的朋友们真诚地道一声"谢谢"的机会吧。此刻我想，所有人的心里都有一个共同的愿望，就是我在前面说到的那句话：愿时艰共克，灾情早除，天佑苍生，国泰民安！

2020 年 1 月 29 日，写于武昌梨园书房

（原载《文学报》2020 年 2 月 6 日第 4 版）

记录下特殊时期的特殊感受
记录下人们的心理和情感

文学报记者　张滢莹　郑周明　何　晶

蒋登科：需要时间，从海量作品中进行反复遴选

记者：这段时间，每个人都被动地席卷于大量庞杂信息，也涌现了大批作品，其中诗歌和纪实文学首当其冲。从评论家的角度而言，为什么诗歌屡在抗灾事件中成为文学力量的号角？

蒋登科：在所有文学样式中，诗歌应该是最敏锐的文学样式，它可以非常敏锐地捕捉到事件中的细节、心理、情感的变化，可以超越时空地抒写诗人的情感，再加上篇幅一般比较短小，具有一定的旋律感，更易于和读者的内在情感合拍，也就更容易传播，所以在每次重大的事件中（不只是抗灾事件），诗歌往往都在文学中扮演着排头兵的角色。扩而言之，在整个文学甚至社会思想的变革中，诗歌在很多时候都扮演着开路先锋甚至预言家的角色，记录了人们情感、思想、心理的细微变化。

记者：此次疫情抗击涌现的诗歌中，是否有给你留下深刻印象的作家作品？

蒋登科：现在的媒体太多了，每天通过各种媒体发布的诗歌作品不计其数，可以用铺天盖地来形容，我不可能读完，我读到的有些作品显得口号化，概念化，比较空洞，能够触动内心的作品并不是很多。我想，要梳理出具有艺术特色而又能够触动内心的作品，还需要一些时间，需要大家一起从海量的作品中进行反复的遴选。

记者：这次抗击病毒的文艺界反应，会让很多人联想到汶川地震时期喷涌而出的诗歌创作，在你的观察中，两者之间有怎样的异同？

蒋登科：抗灾主题的诗歌都和灾难本身有关联。此次疫情和汶川地震存在很多不同。灾难本身的性质决定了诗歌在主题、情感取向等方面的差异。汶川地震时候的诗歌主要体现为对死者的悲悯、对生命的思考和对救援者的赞美。此次诗歌，除了这些方面的主题，还有一些质疑管理者、质疑人类自身的作品，也有思考人与自然关系的作品，在主题上显得更多元一些。

记者：从"歌诗合为事而作"的角度，呼唤诗歌与现实的强关联，其实也是对部分诗歌创作虚无空泛的反拨，就此意义而言，此次疫情下诗歌创作的火热，是否形成了一个向现实回流的具有普遍意义的契机和通道？

蒋登科：我一直认为，文学和现实具有密切的关系。诗歌也是。但是，对于诗歌，我们不能把它和现实的关系理解得太狭隘。诗歌是一种情感的艺术，表达的主要是内在世界的丰富。除了外在的现实，也不能忽略内在的现实，即情感、心理、思想等等。外在现实在诗人那里主要是一种触发因素，它触发诗人内心的体验，调动诗人的经验和情感积累，或者提炼外在现实所包容的情感、思想、心理元素。一个诗人，如果仅仅描述外在现实，而没有融入自己内心的深度体验，往往难以创作出动人的诗篇。此次抗击疫情，将诗人的关注中心集中到这个共同的现实之中，在一定程度上可以引导诗人思考诗歌和现实的关系问题，但我们注意到，虽然面对同一个事件，诗人们写出来的作品在主题、格调和风格上是千差万别的，这主要还是因为诗人在内心中、在情感上对事件的不同理解和解读。

记者：同时响起的一种质疑声音是，经历社会重大事件时，情绪和冲动书写不该成为落笔的理由，文学不应当承担新闻的功能，沉淀和反思才是其具有长久生命力的品格。

蒋登科：在一个多元的时代，任何质疑都是可能出现的，也是正常的。不同的诗人、读者对诗歌的观念和要求本来就存在差异，见到和自己的观念不同的作品，自然就可能出现不同的看法。同时，到现在为止，我们读到的作品确实也是参差不齐的，有些作品质量较好，抒写了对生命的思考，对逝者的痛惜，对人与自然关系的重新打量，对逆行者的歌唱，等等，而很多作品并没有突出的特色，口号化的文本不少，给人一种同质化、外在化的感觉。但不管怎么，我并不反对诗人关注重大的社会事件，尤其是灾难事件。

这个时候，大多数诗人不可能走到一线去参加疫情防控，但我们可以用自己的笔，真诚而善良地写出我们内心的感动和思考，写出我们对于奋战在一线的同胞的敬意。我在想，随着时间的流逝，这些作品或许不能成为诗歌史上的经典，但一定能够成为历史的组成部分，记录下这个特殊时期的特殊感受，记录下人们的心理和情感。

吕永林： 非虚构的力量在于从文本直接进入现实的能力

记者：全世界围绕灾难书写方面留下了许多经典作品，比如诺奖作家阿列克谢耶维奇对切尔诺贝利的书写最近常常被提及，你关注了哪些作品？

吕永林：灾难书写方面，蕾切尔·卡森女士的《寂静的春天》是绕不开的，这本书直指现代世界的生态灾难和相关社会灾难，以及由人类的狂妄、骄纵、无知、欺瞒等所导致的灾难升级和次生灾难。这是一部经典的非虚构作品，但其第一章《明天的寓言》却动用了虚构笔法，描述了一个被死亡阴影完全罩住的人类小镇。

诺贝尔文学奖得主萨拉马戈的《失明症漫记》无疑也是一部书写灾难的经典之作，它既写了四处蔓延的疾病与死亡，也写了人类新生的必要、可能，以及许多人不愿新生的惰性和可怖。中国当代文学作品中，刘震云的《温故一九四二》也不错。

记者：疫情之中，一些媒体的非虚构报道赢得了公信力，这对文学界特别是报告文学层面日后书写同类题材有什么可借鉴的经验？

吕永林：不同的书写方式，必然会有不同的文本要求和去向，这个很难逾越，如果逾越了，它们也就失去了各自的本质力量。我曾经在一篇文章中讨论过，现实题材类的非虚构的力量就在于，它具备跟人的现实生活可进行物理对接的敞开性，具备从文本世界直接进入现实世界的能力，无需中介和转译，这里面有它的一套卷入机制——实实在在的卷入，而非虚假的卷入，比如在疫情之下，一点点虚构都会出问题，这就是现实。虚构作品最终仰仗的则是文本世界的自足性和完整性，不行虚构之实，成不了理想之事，这就必然会造成它的某种封闭性，而它恰恰是经由这种封闭性来跟现实世界进行最深刻的照映和对话的，不过，这种照映和对话是需要中介和转译的，直接不得。报告文学首先要清楚自己究竟归为哪类？非虚构还是虚构？归属不同，其行动方式自然不同。

张定浩： 诗歌应成为生命的本能，而非好看的游戏装备

记者：最近引起争议的"奥斯维辛之后，写诗是野蛮的"让不少大众第一次知道了这句话，但是学者阿多诺其实想谈写诗如何做到不野蛮，人类文明进程中诗歌从来都是重要的，你如何评价当下一些抗疫诗，诗歌应如何面对灾难？

张定浩：我是看到一些和这次疫情有关的诗，但我不太想称之为"抗疫诗"，因为语言本身是有实体性的，当我们同意用"抗疫诗"这个词的时候，我们就会默认诗是可以抗击疫情的，但诗其实不能抗击任何灾难，包括这次疫情。好的诗歌也从来不书写灾难，而最多只是书写灾难施加于自我的创痛，即便策兰也是如此。我能理解很多人写诗的初衷，包括我的一些朋友也在写，但我觉得这些诗如果从积极的意义上来说，首先是作用于这些写诗者自身，所谓"情动于中而形于言"，是解决和释放他们自身在灾难面前的痛感，当然这种痛感也是很珍贵的。

而如果一个诗人，认为自己在这样的灾难面前写诗是在做贡献，甚至有种出了一分力的感觉，那么，我觉得阿多诺这句话的字面意思就完全没有说错。

记者：诗歌的主动姿态常常不得不遭受两极评价，对日本捐赠物资使用诗词的讨论也让我们反思，我们并非不知道这些诗词，但是表达使用的日常性的确成为了一个迟滞的难题。

张定浩：如今我们的诗词教育是通过许多诗词大会节目来灌输给公众的，这对于青少年认识诗歌是有一定的伤害的，因为它把诗歌当作知识来竞赛。我很同情那些参赛选手，要背那么多古诗，却依旧茫然不知诗教为何物。我看到飞花令那么流行，把那么多孩子变成了四角诗橱。这里面最大的诱惑就是竞争和炫技，是胜过别人，而不是学习如何用诗和人交流。孔子讲，不学诗，无以言。诗歌从最初开始，就是帮助我们表达和交流情感的，读诗是要

去理解写诗者的心事，以便更加理解自身，并在生命的某个时刻得以印证这样曾经被诗人很好表达过的情感，最终，是让诗歌成为自己生命中的一种本能，成为认识世界的一种新的感官，而非一样好看的游戏装备。

记者：前段时间逝去的批评家乔治·斯坦纳曾说，社会面对灾难时，阅读经典会重启，你会推荐什么诗集或诗歌给读者？

张定浩：可以看看古诗十九首，和相关比较好的解释，比如朱自清的《古诗十九首释》。因为那些诗完成于一个特别动荡不安的时代，可以去体会一下在恶劣的环境中，一个中国传统诗人曾经是如何得体和高贵地写作，而这种得体和高贵，才是诗可以作用于人心的地方。并且，朱自清写下这些解读之时，也是在抗战烽火中。

宋小词： 对自然多生一分敬畏，对生命多生一分尊重

记者：疫情发生后，我们都有一番心理活动路径，你作为湖北籍作家，身在武汉，感受应该有一些特异性。

宋小词：我于 2015 年工作关系调入到了江西南昌，因家在武汉，所以这次刚好赶上了疫情，被封在了武汉。快要过年，小区物业都忙着给每棵树挂红灯笼，营造节日的喜庆气氛。我每天也流连于超市和商场，盘算着团年宴和过年新衣服，一心只想过盛世太平年。我们的原计划是三十在武汉团年后，初一去松滋我老家，给我爸妈的坟上送灯亮，然后回宁乡的婆家过春节。

22 号那天十点多钟，我和孩子刚睡醒，爱人说，武汉封城了。我一下子就懵了。来不及多想，我和爱人赶紧去菜场，又到药店抢口罩。那时口罩和一些消炎消毒的药品就快脱销了，街上百分之九十八的人都戴上了口罩。

我当时觉得封城对我的生活没什么影响，反正我很宅，我们全家都很宅，只要有吃有喝有 Wi-Fi。所以我照样生碳火过除夕、穿汉服过初一。我对疫情真正开始感到恐惧是在大年初四那天，跟爱人同一个办公室的同事被确诊为新冠状病毒型肺炎。看着身边看《汪汪大队立大功》哈哈大笑的孩子，我悄悄流下了眼泪。若是我们被感染了，我的孩子怎么办？这个问题不能想，不敢想。那段日子是我精神最为紧张的一段时间。我们在家日常都戴着口罩，爱人隔离在小房间。我们各自分了餐具，使用公筷和公勺。每天一

听到外面有什么坏消息或是小区有确诊的，疑似的，我就给家里喷一遍84或是医用酒精。

我在高度紧张中，给自己和爱人鼓劲。不能被感染，不能倒下，孩子还太小，我们要筑这世上最坚固的城堡，守护他长大。那段14天的医学观察期里，我每天的工作就是给孩子洗手，我自己洗手，然后给每个人都吃两颗VC，用菊花金银花煮水喝。直到过了七八天，没有什么症状，人才慢慢把心放宽。现在说实话，不到疫情结束，我们永远都不知道自己的结局。

记者：从你的朋友圈我了解到你的一些生活状态（比如为了孩子尽力做好每一餐饭之类的）。作为一个普通人也作为一个作家，在特殊时期你的日常是怎样的？

宋小词：封城战疫期间，我的主要身份是一个家庭主妇，是我爱人的妻子，我孩子的妈妈。我每天的日常就是打保卫战，保卫自己保卫家人。我每天的工作就是一日三餐，然后洗洗涮涮，给家里消毒，所有的遥控器、门把手、水龙头、按键、孩子的玩具书本，包括包装食品的袋子，只要能想到的地方。然后一日三餐，我也很认真，本来我也还蛮喜欢做饭，我爱人和孩子也都还蛮认可我的手艺。这段时间，我是更加精心了，虽然食材有限，但还是力求在有限上变出尽可能多的花样来。我觉得在疫区做为一个家庭主妇的神圣职责就是把饭菜烧得美味可口，让老公孩子多吃两碗饭。就像京剧《沙家浜》里面沙妈妈对待新四军的伤病员同志一样，把家人养得膀大腰圆，一个个像座黑铁塔。身强力壮，增强免疫力，这样才能打败病毒。

记者：在此期间也会仍然关注文学、文艺作品吗？自己也会做一些记录、笔记之类的吗？

宋小词：自武汉疫情爆发以来，我每天关注的是一些关于疫情的消息。每天新增多少确诊病例、新增多少疑似病例和死亡人数。政府对疫情展开了哪些救治措施。基本都是关注新闻，关注媒体报道，关注疫情的事态发展。因为目前这整个还是一个事件，适合用新闻、消息来观察，来全面了解。还没到用文学来展现，来梳理和深刻反思的时候。事件到文学，需要很长一段时间。

封城期间，每天夜里趁小孩睡觉后，我会起来写日记。确实也是心里有触动，想写。

记者：据我此前对你作品的了解，你是一个离现实很近的作家。对你而言，这次疫情，会对你的写作发生一些影响吗？你会有什么样的文学思考吗？

宋小词：这次疫情我只深深认识到人类在灾难面前，在瘟疫面前是如此弱势，狼狈，不堪一击。人类积跬步，以至的千里；积小流，以成的江海，数千年累积起来的科技、文明，以为的厉害和强大，却抵不过大自然轻轻摇一摇手指头。铁打的地球流水的人类。其实这段时间，我还没怎么思考过文学，要说疫情对我以后的写作有什么影响的话，我只能说，经历了这次疫情，以后无论是写作还是生活，我都会对自然多生一分敬畏，对生命多生一分尊重。

（原载《文学报》2020 年 2 月 20 日第 4 版）

反映灾难和疫情的文学创作引发思考——

记录生命经历的磨难悲苦
更要书写人性的温暖和闪光

文学报记者 傅小平

诚如十七世纪英国诗人约翰·多恩在诗里写的:"没有人是自成一体、与世隔绝的孤岛,/每一个人都是广袤大陆的一部分。"人类就是这样一个休戚与共的命运共同体,面对如此次新冠肺炎疫情这般席卷全球,关乎人类生死的灾难,没有人能置身事外,肩负记录和书写使命的作家们更是不会独善其身。

事实上,正是得益于一代代作家的辛勤劳作,我们才得以重温薄伽丘《十日谈》、笛福《瘟疫年纪事》、加缪《鼠疫》、马尔克斯《霍乱时期的爱情》、萨拉马戈《失明症漫记》等国外灾难文学经典,也才得以读到阿来《云中记》、迟子建《白雪乌鸦》、张翎《余震》、毕淑敏《花冠病毒》、徐小斌《天鹅》等相关题材的优秀文学著作。在疫情期间,我们尤其想到要读它们,因为从这些充满文学感染力的文字里,能感受到心灵的慰藉、生命的力量,从而增强活着的信念,增强与灾难抗争,以及在灾难过后重建家园和心灵的决心和勇气。

毫无疑问,当我们阅读这些作品,阅读其中描写的灾难场景,会有身临其境之感,也会觉得它们仿佛就发生在当下,发生在如我们正在经历的新冠肺炎疫情的时时刻刻,但实际的情况是,这些作品无一例外都是在灾难发生若干年以后写下的,更有甚者,作家本人都不曾亲历他们所写的灾难事件。

这看似有些不可思议,实则自然而然。因为以透视和洞察人性见长的文学书写有其特殊性。诚如作家东西所言:"有人说,新闻结束的地方文学才刚刚开始,所以在灾难面前,作家不会缺席。但作家对灾难的写作不应一哄

273

而上，而是需要倾注思想和情感，也需要时间来沉淀。"进而言之，作家深入理解灾难，让素材发酵，并转换为相对成熟的艺术形式，他们穿透碎片化的各式经验，对整个灾难有整体性的感知与把握，都需要时间，甚至是漫长的时间来沉淀。

灾难的文学书写要找到"另外的光芒"

当然，这并不是说作家要写出优秀的灾难文学作品，只是需要时间沉淀，并且可以全凭资料或想象。实际上，对于作家来说，那种不能置身事外的在场感是极为重要的。以阿来写《云中记》为例，他在汶川大地震十周年那天，开始写这部后来获得诸多赞誉的作品，不能不说首先是因为地震发生时，他就置身于"现场"。

惟其如此，我们才能理解何以阿来说，地震的经历对他在情感上的强烈程度仅次于年轻时的恋爱。在汶川大地震几天后，他开车绕道进入汶川，参加到抗震救灾的工作中。"我的汽车引擎盖上，有一个被飞石击穿的洞，我至今没有修理更换。这个洞就像一只眼睛，一直在默默注视我。"

但在之后漫长的十年时间里，阿来都没有写有关地震的文字。这在一定意义上是因为如作家蒋蓝所言，阿来深知，在灾区人们的苦难与承受面前，任何即时表达怜悯与同情的书写都会显出无力与浅薄。在某种程度上也因为此，当时很多作家想写地震，而且不少作家都写了。阿来同样也想写，但他觉得没法写。"我怎么写？我要当时写，写出来最多不过是把新闻报道转化成小说的样子。我看到很多地震小说，就是用这种方式写出来的。不是说不能这么写，但作为一个写小说的人，我本能地觉得，要这么写，对小说艺术本身，其实是没什么意思的。"

这并不是说，阿来认为即时书写这次地震的文字没有价值。相反，他不吝支持和褒奖这些真正切实的作品，他为一些地震题材的作品作过序，肯定它们的史料价值，但这与他心目中的小说艺术存在距离。他更是对那些有投机心理的表达存疑。蒋蓝记得，在一次作协会议上，当许多人表达对灾难题材有创作意向时，阿来警觉地表示："除非你能够让死亡都闪现出来一点另外的光芒，不光是悲苦的，不然还是别写了。"

　　阿来之所以在地震发生十年后提笔写《云中记》，也自然是因为他找到了"另外的光芒"。就像蒋蓝说的那样，《云中记》集中地展现了阿来对生命的顾念。在小说主人公阿巴的返身之路上，阿来包罗了灾难题材写作要处理的所有难题，比如灾难的后续、新生活的重建、灵魂的安妥等，展现了非凡的概括力。针对自然的凶险所带来的毁灭，阿来更肯定了自然的抚慰、人间的生机。

　　作为一个被文学拯救的人，阿来也相信真正的文学包含了一种拯救的力量。在为《云中记》举行的相关发布会和研讨会上，他都强调，之所以将《云中记》写得温暖醇厚，是他相信这部作品能带来的救赎功能。他表示："当一个小说家尽其所能做了这样的表达，那么，也会希望读者有这样的视点：在阅读时把他者的命运当成自己的命运，因为相同或者相似的境遇与苦难，不同的人，不同的族群，在不同的历史时期，或者曾经遭遇与经受，或者会在未来与之遭逢。从这个意义上说，任何一个文本都是一个人类境况的寓言。"

　　毕淑敏出版于 2012 年的小说《花冠病毒》就是这样一个寓言：20NN 年3 月，一种罕见的病毒"花冠病毒"侵袭中国燕市，这座拥有数千万人口的城市瞬间沦为病毒的猎物，由此开端，城市封锁、民众出逃、抢购成风等等，这些场景与此次疫情发展过程中发生的事有些相似，以至于有网友评论，这本小说像是一则"预言"。这也恰好应了东西的话：从某种意义上讲，作家是预告灾难的人，他们常常虚构未曾发生的灾难，这不是诅咒，而是一种警示。

　　有必要说明的是，作家"虚构"灾难都是有现实依据的。毕淑敏写《花冠病毒》就源于她 2003 年深入北京抗击非典一线采访的直接经验，但她历经大量阅读，并且做了很久的功课，才写出这部具有预言性的小说。她说，因为她需要时间，需要思考，甚至需要梦境的参与。她回忆说，"非典"过后，她在理智层面上就判定瘟疫并没有离我们远去。"有些人乐观地以为'非典'只是偶然和意外，我觉得就大错特错了。"下这样的判断，是因为她了解病毒，了解城市，也了解人性。"我在非典采访中，涉及各个层面，得到的信息量比一般人要多一些。关于疫情爆发之后的那些情况，则都是可以想象出来的。"

正因为通过对非典全过程的回忆和思考，加上大量阅读人类进化史和病毒学等资料后，毕淑敏才得出了"人类和病毒必有一战，甚至多次血战"的结论，只是她没有想到来自病毒的挑战来得那么快。但她并不主张因为病毒于人类有威胁，就将其妖魔化。"过去，人类总将病毒视为敌人，我们总是想尽一切办法去消灭它，但其实病毒并不是我们的仇人，它出现得比人类要早，资格比人类要早得多，而且病毒是无知无觉的，是人类袭扰了它的生存之地，从这个层面上来说，病毒是无辜的。我们应当以万物平等的心态，学会与病毒和平共处。"

抵抗遗忘，发现人性中"磷火般的微光"

显而易见，毕淑敏写《花冠病毒》这部小说，就像她自己说的那样，是将思考镶嵌在其中的故事里，希望能传达给更多人以生物危机意识，起到警醒作用，竭尽全力防范悲剧重演。但悲剧来临的时候，作家也有责任以手中的笔抵抗遗忘。换言之，抵抗遗忘也是作家承担责任，警戒悲剧重演的一种体现。

迟子建以 1910 年冬至 1911 年春发生在哈尔滨的鼠疫为背景创作了《白雪乌鸦》。尽管开始写这部长篇小说的时候，她已在这座城市生活二十年了，但对这场灾难却是一无所知，直到 2003 年非典爆发，她看到有报道说，当时重灾区北京采取的防范措施，和一百年前哈尔滨大鼠疫时一模一样，也是呼吁民众佩戴口罩，把他们进行隔离，等等，她才通过历史资料了解到，她生活的城市在那场大鼠疫中共有六万多人因此失去生命；仅有两万多人口的傅家甸，疫毙者竟达五千余人。

对于迟子建来说，在小说里还原真实的历史固然重要，更为重要的还是展现灾难威逼之下坚韧豁然的人性。也因此，她虽然写了真实的历史人物，如华侨医生伍连德、官员于驷兴等等，但她浓墨重彩书写的还是那群生活在傅家甸的平凡人物，以及他们的生活、情感，正如她在小说后记里写道："我想展现的，是鼠疫突袭时，人们的日常生活状态。也就是说，我要拨开那累累的白骨，探寻深处哪怕磷火般的微光，将那缕死亡阴影笼罩下的生机，勾勒出来。"

同样是写历史上的灾难，也同样是写人性中那缕"磷火般的微光"，相比而言，张翎在创作了以唐山大地震为背景的小说《余震》后，在受到诸多好评的同时，也承受了某种难言的委屈。她写这部小说最初只是因为受了一本题为《唐山大地震亲历记》的书的触动。她恰巧在 2006 年 7 月 29 日，也就是唐山大地震 30 周年纪念日那天，在北京机场百无聊赖候机时读到了这本书，这本书写的是很多人对那一天的记忆，里面那些关于孩子们的事情给她留下了深刻的印象。

但张翎没有经历过唐山地震，她甚至从未去过唐山，难免有读者质疑她怎么能写好地震题材，但这显然不成为苛责的理由，因为张翎写这部小说是出于对那场天灾和对那些地震孤儿的关切。而即使没有经历过那场撕心裂肺的大灾难，它造成的疼痛却会穿越时空深深地刺伤她，也刺伤我们，一如迟子建虽然没经历过哈尔滨大鼠疫，当《白雪乌鸦》写到中途，她还是感觉到了沉痛。这沉痛不是行文上的，而是真正进入了鼠疫情境后，心理无法承受的那种重压。"我感觉自己走在没有月亮的冬夜，被无边无际的寒冷和黑暗裹挟了，有一种要落入深渊的感觉。我知道，只有把死亡中的活力写出来，我才能够获得解放。"

在《余震》里，张翎也是最终让从小就性格倔强的主人公"小灯"与地震中做出舍弃她救弟弟的决定的母亲实现了和解，也相当于让她被报复意愿禁锢和捆绑的心灵得了解放。但她的笔触是极其克制的，尽力避免"催泪"的效果。"我只是想尽可能少有杂念地还原当时我所感受到的灾后儿童的'疼痛'。地震不管多么惨烈，只要给予一定的时间，房子是可以重盖的，家园可以重建的，但是孩子们被突兀地剥夺了的童年，以及心灵的重创是不是也能像地貌一样地很快修复？我就是从这个角度创作了《余震》。这部小说其实不是在探讨地震，地震只是一个背景，我真正想要说的话是关于心灵的余震。"

审视和反思之外，导向对人性的深入开掘

确实，张翎以《余震》这部小说，提供了一个不同的打量和书写灾难的角度。同时，如她所说，对待灾难题材应该允许有多种写法，正面遭遇是一

种，侧面观察也是一种。对一个事件的表述也应该允许有多重视角——有亲历者的视角，也有旁观者的视角。视角越多，叙述就变得越丰富。

纵使再丰富的叙述，都不能欠缺审视和反思的视角。用毕淑敏的话说，未经审视的疫情资料是不值得写的。而审视之所以重要，在于提供思考路径和方式。它要求人们自己对自己提问，以找到那些早就习以为常甚至觉得理所当然的现象背后，是否存在罪恶的邪祟与愚蠢的蒙昧。而作家写灾难，之所以如此需要时间的沉淀，某种意义上，就是因为他们需要拉开一段距离来做深入的审视和反思。

与毕淑敏一样，在 2013 年非典期间，作家何建明也曾临危受命，亲赴"抗非"一线。在长达两个月的时间里，他冒着生命危险采访了众多医务人员、抗击非典指挥部的工作人员，以及为抗击非典作出突出贡献的社会各界人士，写下宝贵的现场文字资料，这些文字当时曾在《文汇报》上连载，十年后，何建明在这些文字基础上，写了《非典十年祭》，作为对曾在那场疫情中失去生命的祭奠。

在这本书里，何建明曾预言：如果一些国人不改变饮食方式，SARS 病毒会以另外一种形式重现。他还不无感慨地写道：非典带给北京和中国的是什么，我们不曾作深刻的反省。中国人似乎一直在为了自己的强盛而发奋努力向往，在这条发奋向前的道路上我们甚至连一丝停顿和小歇的时间都顾不上。"我们的社会应当严肃考虑这些问题。从管理体系到灾难预防能力，从公民意识到灾难资金的投入。但是，非典过去 10 年，真的有再深思熟虑这些问题吗？"

这般带有前瞻性的呼吁和反思是可贵的，作家们也理当对公共安全管理、医疗卫生等许多领域有自己独特的、深度的思考。而作家最擅长的，除了做出一些社会学层面的思考，写下疫情期间发生的真实的故事外，或许还是由此出发经由时间的沉淀，导向对人性的深入开掘。以徐小斌写《天鹅》为例，她写这部长篇最初的想法来自一个真实的故事，非典时期曾经有一对恋人，男人疑似非典被隔离检查，女人冲破重重羁绊去看他，结果染上了非典。男人出院后照顾女人，最后女人还是去世了，男人悲痛欲绝。这个错位的真实故事，让她当时就心里一动，想写一个关于真爱的故事。

但迟至 2005 年，徐小斌才动笔，写了六万多字后，她发现自己写不下去了。当时社会的价值观、爱情观、婚姻观有了极大的改变，让她觉得假如正面写一个真爱的故事无异于以卵击石。就这样，又是过了五年时间，她重读之前写好的六万多字，觉得依然有一点点能打动自己的东西，就继续写了下去。小说最后，她让在生活里都容易害羞的男女主人公古薇和夏宁远的爱情经受住了时间的考验。

用徐小斌的话说，她写这样一个故事，是在"用个人化的青少年与整个世界的中老年对抗"，但实际上这更可以作为人类无论经历怎样的灾难，最终都经受住了时间的考验，人性也终将复苏的注解。就像毕淑敏在《花冠病毒》写的那样，虽然在疫情发展过程中，有各方势力不惜一切手段想从疫情中获利，但由詹婉英导师、李元博士为代表的民间志士冒着生命的危险发明特效药物，终于击退了这场瘟疫，而男女主人公李元与罗纬芝这对以病毒为媒人的年轻人也终成眷属。

而文学之光正如美好的音乐一般，总会冲破现实的重重迷雾，给人以心灵的慰藉。阿来曾感慨说，正是莫扎特的《安魂曲》陪伴他度过写《云中记》的漫漫旅程。因为在他看来，只有以一种安魂的方式，才能让汶川大地震在文学中得以呈现，他也才得以借这次安魂式的写作，抚慰依然坚强活着的人们。"我愿意写出生命所经历的磨难、罪过、悲苦，但我更愿意写出经历过这一切后人性的温暖和闪光。"而这或许也是时间所能给予作家写出优秀灾难文学作品的最好馈赠。

（原载《文学报》2020 年 3 月 12 日第 2 版）

东方体育日报

上海医疗队的"前锋"
在金银潭的 26 个日夜

东方体育日报记者　姬宇阳

导语：1995 年，一位还在读中学的少年，和这座城市里他的同龄人一样，被 10 连胜的申花队深深吸引。他并没有想到，25 年后的 2020 年，自己会在一场艰苦却又必须获胜的比赛里，成为了前锋的角色。

他叫阮正上，上海交通大学医学院附属新华医院麻醉与重症医学科主治医师。新冠肺炎疫情爆发后，阮医生是 1 月 24 日即大年三十当晚连夜出发的上海援鄂第一批医疗队的成员。到昨天为止，他已经在武汉最早集中收治新冠肺炎患者的金银潭医院北三病区，奋战了整整 26 天。

处在这场战役最前沿阵地的阮医生，在这 20 多个日日夜夜里，有着太多的故事和感慨可以和各位分享。

"紧急集合感觉就像上战场"

作为上海援鄂首批医疗队成员之一的阮医生，从接到电话通知，到他站在虹桥机场，这中间只有四个小时。

"我应该是大年三十差不多傍晚 5 点多接到电话的，当时，我正在和自己的母亲准备年夜饭的食材。放下电话我立刻告诉妈妈，儿子没法陪你好好吃这个年夜饭了。"

"给我打包行李的时间，只有 40 分钟。打包好行李，我第一时间回到医院领取一些必要的装备。我们新华医院和我一起参加首批医疗队的一共有两位，另一位是心内科主管护师刘立骏。"

就这样，在这个特殊的大年三十的晚上 9 点多钟，阮正上与其他 100 多位上海的医护人员一起，在虹桥机场登上了前往武汉的包机，成为了上海乃至全国援助湖北的医疗大军的先头部队。

"最初的考验，超乎事先想象"

"武汉这座城市，之前我开会或者义诊时去过很多回，但这次的感觉，注定和之前的每一次完全不一样。"

上海首批医疗队乘坐的包机，大概在 1 月 25 日，也就是农历正月初一的凌晨时分降落在武汉天河机场。几天之前武汉已经开始封城，当医疗队一行领好行李并住进酒店的时候，阮医生看了一下时间，差不多已经是年初一的清晨 4 点。

作为一位常年在 ICU 病房工作的医生，对各种危重的病情，阮医生也经常会遇到，但这次对包括他在内的很多医务人员来说，第一个挑战首先来自于这个新型冠状病毒肺炎的高度传染性。

"2003 年'非典'那一次，当时我还没有毕业，没有机会亲自去参与和经历。2008 年'汶川抗震救灾'的那一次，我的资历还比较年轻也没有能够去参与，这一次能被选中，我自己也觉得，这是我义不容辞的责任。我们第一批支援武汉的医生，大多数都是有过在 ICU 和在呼吸科工作的经历，但是对于我来说，这是我第一次接触传染病的疫情。"

首批上海医疗队工作的主要地点为金银潭医院的北楼 2 层和 3 层病房。其中北楼 2 层当时收治了 30 位病人，均为轻症患者，北楼 3 层收治了重症病人 27 人，其中无创呼吸机支持病人有 15 人。

而阮正上医生接到的任务，正是进驻收治重症病人的北三病区。

在他记忆中，年初一当天下午的培训几乎是以最快的速度完成的，因为病房已经不能再继续等待了。差不多下午 3 点，上海医疗队的医生和护理人员换上了宛如太空服一样的隔离装备，终于正式走进了和疫情搏斗的战场。

"今天回想起来，我第一天走进病房的时候，当时的情况的确比较严重，以前在我工作的新华医院，一般我们工作的一个 ICU 病区最多也就四五个病人。但是这次，无论是一个病区里危重病人的数量和危重程度，都大大超过了之前正常情况的最高极限。送到这里来的病人的病情也都非常危重。经常会出现同一个病房里，同时有两个人在接受抢救。"

阮医生向我们回忆说，从当天下午 3 点进入病房，等到他脱掉隔离服，结束第一天的值班的时候，已经是第二天上午的 10 点。

"最初的几天，的确我们从各方面都在努力地适应中。首先大家都看到我们医生和护士进入病房穿的这个隔离服，这个衣服本身是完全不透气的，普通查房的时候可能穿着隔离服就行，但是如果要进行一些类似插管这样的操作，那么背上还要挂一个比较重的负压空气过滤装备，并且双手还要戴着三层手套。另外，为了避免交叉感染，病房里和我们病区里是不开空调的，很多医护人员在病房里工作的时候其实已经是汗流浃背。"

"但是这些防护又是必须的，大家通过前两天的新闻也看到了，到目前为止有不少医生已经被传染到了这个肺炎，包括我们在抵达武汉的当天下午做的培训，也是学习如何通过细致的规范操作，确保自己不被病毒感染。包括在一些我们工作的群里，也会有一些如何正确穿脱隔离服的指导视频给大家看。"

阮医生告诉我们，由于他们中的不少医护人员也是第一次接触到传染病病房，所以最初的几天，每次穿上全套隔离装备就要花不少的时间，穿一次要 15 分钟，脱一次同样也要 15 分钟。后来随着大家对流程的熟悉，穿衣服的速度也比过去加快了。

除了适应这种特殊的工作环境之外，病房里的病情是医生们最初几天遇到的更加严峻的挑战。

"病人和我们医生一起在战斗"

上海医疗队增援金银潭医院重症病房的最初几天，无论是危重病人的数量还是危重程度，都给前往支援的医疗队医护人员留下了深刻印象。

"我一直比较认可一句话，那就是病人也是医生的老师。而这一次在和疾病搏斗的过程中，这些病人既是我们的工作对象，其实也是我们的战友。"阮医生印象中比较深刻的好几位病人，其中有一位也是他同行，一位武汉当地的骨科医生，或许因为是医生的缘故，所以他可以更加准确地向医护人员描述他的病情。这位骨科医生后来脱离了危险，转去普通病房。

"虽然我们约好了以后会保持联系，但是我相信如果将来我们再遇到，我能认出他，他不一定认识我。"阮医生的这个描述也适用于这次战斗在前线的很多医护人员，或许在病人出院后的回忆中，医生和护士们大多数都是穿戴着全套防护装备，看不清面容的一个个"太空人"，但其实他们之间又是如此熟悉和关系紧密，在一起的那么多日日夜夜里，共同经历了不止一个生死攸关的时刻。

让阮医生印象深刻的另外一位病人，不仅因为她一度的病情危重，更因为她的年轻。

"虽然一开始我们一度以为这个病更多的会威胁到一些上了年纪、并且有并发症的老年患者的生命，但其实在我负责的危重病房里，也遇到过几位年轻的患者。包括有一位只有 31 岁的女患者，在我正月初一进入病房的第一天，她已经被送进来了，当时这位 11 床的病人情况真是非常危急，一刻都不能离开氧气面罩，如果拿掉面罩，她的血氧饱和度立刻会降到 70%，心跳也加快到 150，只要氧气面罩拿掉，很快就会有生命危险。可以这么说吧，以她的病情，如果当时不是及时地住进了医院里，这个生命已经消失了。而让我们感到欣慰的是，经过一段时间的治疗，她前两天已经从重症病房转去了普通病房。"

"虽然刚刚到那里的几天，因为病人的病情比较危重，的确作为医生，我们有时候也会有些挫败感，但是在过去的 20 多天里，我们同样也有过不少次把病人从死亡线上拉回来的经历。我们这里有两位 65 岁以上的病人，曾经一度也非常危重，但是至少这两天，他们的身体情况已经比较稳定了。"

尽管原本就是 ICU 工作过的医生，但是此次在金银潭战斗的 20 多个日夜，还是让阮医生的内心经常能感受到强烈的震撼，而感动更是每天都会遇到。

"由于这个病具有较强的传染性，所以一般的住院病房里的护工或者陪护家属这次都没有出现，正因此，我们的护士这一次真的是非常非常辛苦，要知道她们中的大多数都是被父母非常宝贝的年轻女孩，这次不仅要做病房里全方位的工作，而且和病人在一起接触的时间非常长。大多数重症病人其实都已经近乎昏迷，生活都无法自理，而全部这些工作都要我们的护士去做，包括病房里的不少重体力的事情也需要护士去做，在最初的几天，极限状态下有的护士甚至隔离服一穿就是八个小时。"

"通过报道也都知道，为了避免浪费这些宝贵的隔离服，我们大多数的医生护士在上岗之前都不喝水，也不吃什么东西。这种工作强度对每个人的身体和意志都是前所未有的挑战。我现在基本也养成了进入病房前不吃不喝的习惯，等到回到驻地宾馆的时候，再好好地吃一顿。"

当年，一边听申花队比赛广播一边做作业
现在，医疗队工作方式有点像国家队集训

"其实，我们这次从全国各地支援湖北的医疗队，在一起的工作方式有点像国家队的集训。大家很多人也都是当地所在医院的业务骨干，但在这里，我们为了一个共同的目标，要在最短的时间内完成磨合形成合力。从实际效果来说，我感觉到这次我们全国各地的医生在武汉的配合和团队协作，也是相当不错的。毕竟大家目标一致，而且因为我们最早去的一批，基本都是各地的 ICU 和呼吸科的大夫，所以在工作流程上也很快就能找到合拍的感觉。"

学生时期的阮医生，和当时他的同龄人一样，一起经历了上海申花队的第一段黄金岁月。他回忆说，自己当时只要是看到身边报纸上有关于申花队的报道，全部把他们用剪刀剪下来贴在本子上。他还记得自己的同班同学里，有神通广大的球迷，不知道哪里弄来了有吴承瑛等球员签名的照片，包括他自己在内的同学，对照片拥有者的那分羡慕嫉妒，至今回想起来都让阮医生印象深刻。

一线医生工作的忙碌，可能很多普通的朋友是无法想象的。或许正是因此，在工作之后，阮医生仅有的关于体育的业余爱好，就只剩下围棋了。他的水平在业余的棋手里也算不错，医院方面曾经还想过推荐他去参加医疗系统的围棋比赛。

从大年夜进驻武汉金银潭医院，到现在已经快一个月了。阮医生原本打算利用春节长假一家三口到国外旅游，但是这个计划只能留到以后去实现了。现在在上海的他的女儿特意给他写了一封信，信中所写到的很多话，也

能代表战斗在武汉最前线的医护人员，他（她）们背后的家人想对他（她）们说的话。

"以前在中学读书的时候，父母怕看电视影响我的学习，所以我只能一边听广播里申花比赛的直播一边在做作业。后来大学时候开始学医，学医你们应该知道那是非常辛苦的，上一次在虹口现场看球，我记得是很久很久以前了。"

作为一个学生时期那样喜欢足球的球迷，如今十分忙碌的阮医生，希望未来自己能有机会重新回到球场的看台上，看一场申花的比赛。

当然，此时此刻，他最大的希望还是和这场疫情有关。

"和最初几天相比，现在的情况已经好了很多了，作为援助武汉的上海医疗队的一员，我现在最直接的希望，就是希望更多的病人能在我们这里转危为安。同时也希望这场疫情能早日被彻底遏制住，希望我们能早日获得这场战斗的最后胜利。"

写给在武汉战疫的爸爸的一封家书——
爸爸，你是一个不怕任何困难用热血融化冰冷病魔的大英雄

亲爱的爸爸：您好！

我还依稀记得在大年夜那天，你作为上海第一批赴武汉抗击新冠肺炎医疗队成员之一，逆行的背影！转眼间，你在武汉快半个月了。您好吗？我们在上海过得挺好的！

您去武汉的这段时间里，我非常思念你，担心你，同时也为你而感到无比的自豪和骄傲！你在积极治疗病人的同时也不要忘记做好自身的防护。现在上海的家里一切安好，只不过少了你在家时带给我独特的欢乐……虽然我很想念你，但我觉得武汉的病人更需要你们医疗队的帮助。我相信你一定能够和其他医生叔叔、护士阿姨们一起击败这场疫情，治愈我们祖国受病痛折磨的同胞们。我、妈妈、外公和外婆都期盼着你带着胜利的喜悦凯旋！

爸爸，你知道吗？在我眼里和心里，你是一个不怕任何困难和挫折，用自己的热血融化冰冷病魔的大英雄！你也是我心中不折不扣的"超级大学霸"。我暗暗下定决心，要向你和爷爷学习，将来也做一名救死扶伤、悬壶济世的医生，帮助更多需要战胜病魔的人们！

我不禁想起了一年级时学过的一篇课文《我是中国人》。我是中国人！我爱我的祖国！祖国加油！武汉加油！爸爸加油！

爱你的女儿：阮仁颖 2020.02.05

阮医生日记·节选

1 月 26 日

没有想到今天就进病房了。下午 2 点半，我们进的是北楼，我前往的是专门收治中、重症病人的三楼，一共有 27 人。其中无创呼吸机支持的病人有 15 人。我们需要熟悉的地方太多了，除了楼层房间的布局，还有关键的信息系统操作界面，必须赶紧熟悉起来，才能开医嘱写病史。我只能自己摸索各种操作细节，仔细研究每个病人的病史。

真的打仗，不能只靠雄心壮志。还得要关注各个细节，才能保障对患者的诊疗质量。

1 月 27 日

昨天晚上是我们上海医疗队值守的第一个夜班。今天上午 8 点我们开始与白班团队交班。由于大家来自不同的医院，第一件事情就是要梳理诊疗流程，形成标准，供每一位医疗队员熟悉。忙忙碌碌一直到上午 10 点多，才离开病房回去休息。

刚刚那一夜还是非常紧张的。我们负责的这个病区相当于 ICU，28 个病人中，大约有一大半是戴着呼吸机，需要高流量吸氧的。我跟华东医院和市六医院的两位主任一起值班，三个一起吃晚饭，一起值守。这一夜也是惊心动魄，也是感慨万千的。

上午晚一些时候，李克强总理到了我们驻守的金银潭医院，大家都很振奋。很遗憾那个时候，我正在休息，没能见到李克强总理。这让我们医疗队员都很振奋，也相信我们前方在打仗，后方也有保障支持我们。虽然一开始有点仓促，但经过这一夜，我们还是有信心完成任务的。

1 月 28 日

令人欣喜的是，我当班时抢救的一位 31 岁的女性患者，今天各项指标有了明显好转，近期很有可能尝试脱离呼吸机。看到患者好转，我心里真的很高兴。我们现在工作的各种条件也在好转，第二批医疗队也给我们带来了一些物资，现在医疗队的物资是比较丰富的，基本上可以满足我们临床的需要。我也有信心完成医院交给我们的任务。

1 月 30 日

今天早上在群里看到了一个好消息，我管的一个病人转回普通病房了。虽然不在我的班上转回去的，但我这一天的心情都好极了。走在医院附近的马路上，虽然空空荡荡，但见到了久违的阳光，活着真好！

2 月 2 日

在危重病房，每分每秒都可能有紧急的情况。最开心的，莫过于患者在接受治疗后能平安地走出这个病房。回家隔离观察也好，去普通病房继续治疗也好，只要患者病情好转，对我们这些医护人员来说，就是最大的欣慰。

困难肯定是有的，但办法往往也比困难多。在重症病房的每一天，都是在和病毒赛跑。我相信，大家一起努力，一定能打赢这场硬仗。

2 月 15 日，武汉，天气小雪

我是上海新华医院麻醉与重症医学科主治医师阮正上，今天是我来到武汉金银潭医院的第 23 天。

半个多月的时间，原本组里 10 个重症患者换了许多新面孔。有不少患者转去普通病房，意味着患者脱离了危险期，病情平稳了。回想刚来到金银潭医院的那两天，有好几个病人每天都要抢救，现在大部分患者的情况都趋于好转。

随着各项工作都步入轨道，我也终于能挤出点时间和家里人聊聊了。女儿写了封信，太太用手机翻拍下来发给了我：

"亲爱的爸爸，现在上海的家里一切安好，虽然我很想念你，但我觉得武汉的病人更需要你们医疗队的帮助。我、妈妈、外公和外婆都期盼着你带着胜利的喜悦凯旋！

爱你的女儿：阮仁颖"

谢谢我的女儿，我们一定会平安回去。明天又是新的一天，希望这次的疫情能够尽快控制，所有人的生活都能重回正轨。

（原载《东方体育日报》2020 年 2 月 19 日 A4—5 版）

天使曹静　上港球迷美丽逆行

东方体育日报记者　薛思佳

导语： 1月28日，上海上港用一场酣畅淋漓的胜利拉开新赛季序幕，身为上港球迷一员的曹静却依旧忙碌在自己的工作岗位上，这是她成为隔离病房护士的第二天。如果不是因为新型冠状病毒肺炎疫情的影响，曹静此时应该和丈夫、儿子一起出现在源深体育场的看台上，但那一刻她却穿着一身厚重的防护服，在另一场战"疫"中成为最美"逆行者"。

1月20日，工作于上海市徐汇区某二级甲等医院的护士曹静接到了一通电话，不同于往常，打给她的并不是直属的护理部，而是医院领导，"领导就告诉我医院临时建成的隔离病房需要人手，希望我能够去到一线帮忙"。2004年开始迈上护士岗位的曹静，曾在胸外科、骨科等科室服务，长达16年的工作经验让她得到了领导的信任，"我们这支团队以来自呼吸科和胸外科的为主。其实领导也挺不好意思开口的，毕竟还是存在一定的风险，但我也没想这么多，毕竟是国家需要，一口就答应下来了"。

身为医者的责任和担当，让曹静没有任何的犹豫就接下了这个任务，但这并不意味着她对疫情没有恐惧的心理，以至于她如今回想起来当时的决定还有些后怕，"主要是担心孩子"。她笑着说道，这种乐观得益于家人的鼓励和支持，而每天下班回家和孩子在一起的时间，是她最开心的日子，"家人和父母都挺支持我的，其实只要做好防护工作就行了，没有特别需要担心的"。

一周之后，曹静第一次进入了隔离病房，据她透露自己所任职的医院感染科，平日里相比于其他科室的病患很少，病房也只有普通的发热病房，自从成为定点医院之后，为了收治新型冠状肺炎的疑似病人，医院临时开辟了一批隔离病房，分为污染区、半污染区和清洁区，"就是有发烧症状，并且14 天内接触过确诊病人，或是 14 天内与来自湖北地区的朋友有过聚餐等活动的患者。一旦他们确诊，就直接送往金山的上海公共卫生临床中心"。

从 1 月 27 日到 2 月 3 日，曹静在为期一周的时间内，每天上班 12 个小时，大部分时间段都通过病房的摄像头和对讲机来了解病人的身体情况，一旦出现问题，她和同事们就要穿上厚重的防护服，戴上护目镜进入病房为病患进行治疗，"最久的一次大概在病房里待了差不多三个多小时，因为物资比较紧张，所以进去一次就要充分利用，尽可能多地为患者提供治疗和服务"。

与新闻报道中如出一辙，一次防护服的穿戴将近要花费半个小时的时间，曹静在这段时间内不能进食，不能上厕所，而防护服长时间的穿戴，更让她每次都湿透了全身，"防护服是密不透风的，很容易出汗，而且护目镜戴的时间长了也挺难受的，我本身就戴着一副眼镜，压的时间长了鼻梁上面也会有印子"。

儿子取名 Oscar 球迷会鼎力驰援

自 2016 年开始，曹静和丈夫从散客成为了天狼星球迷会中的成员，2018 年她携一家五口一起，在广州见证了上港客场击败恒大一役，"因为护士平时的工作时间比较弹性一些，每年南京的远征是必须要去的，其他重要的客场比赛也会考虑"。

在曹静和丈夫的熏陶下，她七岁的儿子唐哲瀚如今也成为了上港球迷中的一员，"我们去年给他也办了一张卡，他挺喜欢现场看球的氛围，唱啊、跳啊，动个不停"。和曹静喜欢颜骏凌不同，唐哲翰最喜欢上港的中场指挥官奥斯卡，巧合的是，他的英文名恰好也是 Oscar，"新赛季就是希望球队的新援能够发挥自己的水平，帮助球队在亚冠赛场上夺冠"。

随着上海多批次医疗队驰援武汉，防护服、护目镜、口罩等医疗资源在各大医院都成为了紧俏物资，在得知这一情况后，曹静所在的天狼星球迷会第一时间联系到了前者，希望能够提供力所能及的帮助，"大家知道我们在一线工作，都非常关心我们，告诉我们有什么需要的尽管提，他们会想办法给我们提供护目镜、口罩、消毒水等物资"。曹静说道，"我觉得在这个时期，能有家人、朋友以及球迷会的支持，让我们更有理由相信一定能够战胜这次疫情，渡过这个难关。武汉加油！中国加油！"

除了曹静之外，在上海市普陀区某三级甲等医院工作的石慧同样收到了球迷会捐赠的口罩、护目镜等医疗物资，已有 13 年医务工作经历的她在这个春节的大部分时间，都在工作中度过，"自己就是做这个的，必须得接受，所以也不会特别紧张"。

据了解，自天狼星球迷会发起募捐活动以来，一共有 106 人次参与其中，购得 500 只口罩、50 个护目镜，帮助到一线工作的医生两名、护士三名，此外进行疫情排查工作的上港球迷也得到了部分物资。

上港球迷"战疫"物资抵达一线

新型冠状病毒肺炎疫情牵动人心，由上港红日球迷会创立的红日梦享汇已经向武汉市华润武钢总医院捐赠了 60 件医疗防护服，并且向武汉洪山区红十字会捐赠了 3000 只口罩，为抗击疫情奉献出一分自己的绵薄之力。

在此次疫情爆发之后，武汉医疗资源、设备短缺的情况一时间成为了社会关注的焦点，红日球迷会中的一员汪杨便联系到了在湖北工作的医务工作者，了解一线的具体情况，"她们告诉我武汉的一线医务工作者缺少必备的医疗用品，甚至有一些医护人员都已经裹着塑料袋上去了，随后她们就推荐给我们武汉市华润武钢总医院的呼吸科主任曹医生，我们也想通过自己的一些办法帮助到她们"。汪杨说道，因为自身工作的原因，他联系到了一批符合一线医护人员需求的医疗防护服，这 60 件防护服于 1 月 30 日被华润武钢总医院签收，用于一线医务工作人员。

据了解，在红日球迷会发起驰援武汉的号召之后，在短短两天的时间内，一共有 66 人次参与其中，募集到了近 2 万元，再加上之前的一些积蓄，购置了 60 套医疗防护服和 3000 只口罩发往武汉，"我是在医院工作的，从同事这边了解到武汉洪山区的基层卫生机构是负责发热病人的筛选工作，但是他们连最基础的防护设备都没有"。红日球迷会的张子敏说道："基本的隔离衣没有，口罩也是定量发放。"

因为恰逢农历新年，货源稀少和购买渠道成为了让他们唯一头疼的问题，好在同一球迷会中杜昊璇施以援手，一解燃眉之急，"我太太所在的公司有一部分口罩库存，以往都是通过线上销售的，近期疫情爆发之后，他们的口罩订单暴增，公司也是优先考虑湖北地区，我问她的时候库存几乎都没有了，当天下午他们线上的口罩就因为库存不足下架了"。杜昊璇说道，"最后是我太太和公司协调，经过和德国总部的沟通，从那边运了不少口罩和其他医疗用品过来。听说我们是捐赠到武汉一线的，很干脆就帮忙给配了 100 盒口罩，总共 3000 只"。让人感动的是，当记者向他和太太的举动表示感谢之际，他淡然地说道："这真的没什么，能帮上忙就很开心了。"

据记者了解，目前这 3000 只口罩已经由武汉市洪山区红十字会分发至下属五家社区卫生服务中心，其中包括三家隔离点。此外，来自红日球迷会的刘铭通过个人渠道找到了一些医用手套，一部分寄到湖北省恩施市的一家幼儿园，一部分送去了上海志愿者驿站，为防疫抗疫贡献出自己的一分绵薄之力。

"武汉加油！中国加油！"这几乎成为了近期上港球迷朋友圈中最常见的八个字，在用实际行动抗击疫情的同时，大家纷纷向奋斗在一线的医护人员致以崇高的敬意，其中不少人有过奔赴武汉客场远征的经历，并且在那里因为足球结识了不少兴趣相投的朋友。他们约好了这个赛季在武汉五环体育中心再相见，他们约好了比赛结束一起把酒言欢，他们在这一刻彼此鼓励，并且相信下一次的相聚不会让他们等待太久。

（原载《东方体育日报》2020 年 2 月 12 日 A4 版）

像带球突破一样冲到战"疫"前线

校园足球女将勇当志愿突击队

东方体育日报记者　丁　荣

　　绿茵场上是英姿飒爽的女足球员，疫情面前变身青年志愿者突击队员，挺身而出来到防控疫情前线。这个春节，上海工程技术大学女足队员徐雨铭选择参与这场没有硝烟的战役，为疫情防控贡献自己的一分青春力量。

　　徐雨铭是上海工程技术大学的一名大四学生，大学期间她入选了上海工程技术大学女足队，从大二开始连续三年参加上海市大学生足球联盟比赛，曾随队在 2018 年上海市第十六届运动会足球比赛暨上海市大学生足球联盟联赛女子甲组比赛中获第 11 名、2019 年上海市大学生足球联盟联赛女子校园组比赛中获得第八名。

　　今年的寒假因为疫情，徐雨铭无法和同学们相约绿茵场，只能宅在青浦区的家里。她一直关注新型冠状病毒肺炎疫情的报道，作为一名大学生党员，她很想能够为疫情防控尽上自己的一分力。

　　1 月 27 日晚上 7 点，徐雨铭看到了由青浦团区委在"青春青浦"微信公众号上发的"'疫情防控青春同行'志愿服务＋物资驰援，我们需要每一个'你'！"的志愿者招募公告，她毫不犹豫地给自己报了名。"我虽然不是学医的，但作为一名党员与其在家里看手机，不如有力出力，为疫情防控做贡献。"徐雨铭的报名，得到了同是党员的父亲和母亲的支持。不仅自己报名，徐雨铭还把报名微信推给了高中同学、球友，上海健康医学院女足队的张怡，她们结伴一起参加了志愿者突击队。

　　第二天 28 号下午 4 点，徐雨铭和张怡就根据安排来到了沪苏浙高速公路吴江汾湖经济开发区出入口收费站点，帮助医务人员测量和记录进沪车辆人员的体温。据徐雨铭介绍，收费站有两道测体温的排查点，第一道是预检，但凡有体温升高的人员就会到复检点进行第二轮复查。徐雨铭的工作就是在复检点帮助社区卫生服务中心的医务人员进行复查,如果发现体温确实升高的人员,就要立刻协调车辆将相关人员送去医院检查。"现场凡是体温高的人员、包括鄂字车牌的车辆人员都要登记,医生一个人又要测温又要登记,真的是忙不过来,我们去之后就好了很多。"

徐雨铭的工作时间是从下午 4 点到晚上 12 点,共 8 个小时。由于人手比较紧,只有在吃晚饭的时间才换班,其余时间一直要坚守在岗位上。晚上 10 点,气温下降刮起了风,尽管进沪的车辆少了,但医务人员、警察、志愿者们依然迎着寒风站在收费站口。虽然徐雨铭穿着防护服、戴着口罩,但一双手还是握着登记簿和笔,冻得冰凉。她笑着说:"平常市区踢个球回青浦也不早,足球运动员要有这个体能!"熬夜 8 个小时的奋战,徐雨铭和大家都收获了"战果":登记了 16 名体温升高人员的信息,其中 5 名人员直接被送到医院进行排查。徐雨铭下班到家时,已经是 29 号凌晨 0 点 45 分了,"通过一天的志愿工作,我感到医务人员真的特别辛苦,我很想为他们多分担一些,如果有需要,我愿意一直工作到开学,随时等候通知!"

回家后的徐雨铭也没闲着,作为学校能源与动力工程专业班的班长,她每天都要配合辅导员老师排查、上报假期在外省市的同学人数及相关情况。得知徐雨铭当志愿者的情况后,老师和同学们纷纷给她点赞加油。"他们担心我会不会冷,是不是有接触风险,我告诉他们都很 OK!因为上海这座城市特别温馨和周到,昨天晚上 11 点多,为了方便排队的车辆人员上厕所,还专门搬来了移动厕所,帮助大家缓解内急。"

平时在学校里,徐雨铭是十足的足球爱好者,从高中开始踢球的她自称是梅西的伪球迷,特别享受足球带来的快乐:"在踢的时候眼里只有足球,踢完后就有一群共同爱好的好朋友相聚。"她不仅是学校女足校队的创始人、队员兼教练,同时也是学校的志愿服务达人,学校的志愿活动、支教活动,甚至青浦区的元旦登高活动和申花亚冠比赛,都有她志愿服务的身影。

即将踏上工作岗位的徐雨铭经过了一番纠结,最终还是选择了在一家足球类体育公司实习,"既然是自己喜欢的事情就要做下去!"去年 7 月,她还组建了一支名为"ALITA"的上海青年女子足球队,不局限于学校,凡是社会上喜欢踢球的女孩子都可以参与。成立至今,已经汇聚了 50 多名女生经常约球。徐雨铭说 ALITA 这个名字来源于一部电影《阿丽塔战斗天使》，用来形容绿茵场上踢球的女孩子们，"我真心希望疫情赶快过去，大家都可以回到绿茵场上享受足球运动的快乐！"

（原载《东方体育日报》官方微信 2020 年 1 月 29 日）

我有个愿望： 疫情过后以球迷身份来一次武汉

——连线一位上海援鄂医疗队的蓝魔球迷

东方体育日报记者 姬宇阳

吴平·上海援鄂医疗队成员

吴平，一名 10 年前就已经加入蓝魔球迷会的申花球迷，而他的另一个身份，是上海中山医院的一名员工。2 月 6 日晚上 10 点 30 分，吴平接到了一个电话，第二天的傍晚，他已经身在武汉。

昨天，我们连线在武汉抗击疫情前线已经工作了差不多一个星期的吴平，作为全国各地 20000 多名援鄂医疗队中的普通一员，吴平也有很多感想和故事，想和各位分享。

"师傅，给我个最短的发型"

其实早在小年夜，中山医院就派出了第一批增援湖北武汉的医疗人员，而吴平接到领导的电话，是在 2 月 6 日晚上 10 点 30 分。

后来我们知道，中山医院方面也是当晚 8 点多才接到通知，要组建第四批增援武汉的医疗队，并且第二天就要出发。

从接到通知到开始组队，两个多小时之后，中山医院第四批 136 人的医疗队就已神速组建完毕。

这支医疗队由 30 名医生、100 名护士、6 名行政管理人员组成，包括了重症医学科、呼吸科、传染病科、护理等学科，均为科室骨干，队员里有将近一半是"90 后"，还有很多"80 后"。而吴平就是随队的 6 名行政管理人员

295

之一。

接到电话的吴平，没有一刻的犹豫就给出了"愿意去"的回答。

"我坚信我们医院那天晚上接到电话的所有医生、护士和工作人员，一定都是毫不犹豫地给出了和我一样的回答。"

和领导通完话之后，吴平紧接着就给自己的爸妈打了一个电话，告诉第二天他将前往武汉。吴平的妈妈接到电话后很快来到儿子的住处，帮他一起收拾前往武汉的行李。在儿子眼中，吴平的母亲平时是个非常温柔的人，这一晚，母亲默默地帮他准备着行装。

第二天上午，吴平来到了医院的理发室。"你就给我来个最短的发型吧，越快越好，越短越好。"

"第一次见到这么空的机场"

中山医院第四批医疗队是 2 月 7 日下午从虹桥机场出发飞赴武汉的，在这批出征的医疗队中，共有 48 名党员，吴平也是其中之一。

"我真正感觉到一种和疫情决战的前线的气氛，是当飞机降落在武汉天河机场后。"

"我们下了飞机走出来，发现这是一个空空荡荡的机场。"封城后的武汉，武汉机场迎来的主要客人可能就是从全国各地支援湖北的医务人员。非但机场空空荡荡，包括从机场前往市区的高速公路上也没有什么车，但是当他们看到旁边的电子指示牌上，跳动出欢迎全国各地的医务人员来帮助武汉的字样时，内心还是有一些震撼和特别的感受。

吴平和中山医院医疗队的全部成员当晚顺利抵达驻地。所有的事情都安排好，物资分发完之后，已经是次日凌晨的 2 点多。

"我们住的是一家酒店，由于是非常时期，和平时住酒店的感觉完全不一样。"医疗队所住的酒店，全部是安排每人一个房间。一人一间是为了避免可能的交叉感染，同样是为了避免潜在的危险，酒店没有每天服务员到房间来打扫房间，所有这些细节都在时刻提醒着医疗队的成员，他们所要对抗的疫情是一种具有高度传染性的疾病。

"医护人员的辛苦无以言表"

吴平作为中山医院总务处的一名工作人员，他这次在武汉的任务是确保给医疗团队每天的物资分发到位。在他看来，在武汉抗击疫情的前线，真正艰巨的考验是属于那些医生和护士。

"我们中山医院这次是整建制地接管了武汉大学附属人民医院两个病区，其实对平时住院情况有所了解的朋友，应该知道一般住院时候，病房里会有护工，有时候会有家属的陪护，但是这次由于这个新型冠状病毒肺炎是具有传染性的，所以在我们的很多病区里基本上只有医生和护士，那么你可以想象，我们的护士们，要比平时多做多少事情？"

一线护士和病人接触的时间很长，不仅包括一些常规的病房工作，而且我们所熟悉的核酸测试，从所有病人口中采样取样的工作也全部是要护士完成。简而言之，此次在武汉前线战斗的那些护士，她们的工作强度和工作的风险，都远远超过了平时。

"平时我因为在医院会参与排班这些工作，所以也和我们医院的一些护士比较熟悉。这次看到很多平时非常爱美的小姑娘，脸上真的像外面报道的那样，被口罩勒出一道道的血印子。但是尽管如此，我没感觉到她们有任何怨言或者抱怨。"

和方舱医院里轻症患者为主不同的是，中山医院所接管的病房里有相当一部分都是危重病人。所以不光是为他们治病，缓解他们的精神压力，也是医护人员要去做的事。

"在治疗疾病的同时，中山医院的每一位医护人员会特别关注对患者的人文关怀，经常给予病人鼓励和疏导。而且我们的医护人员有时候也会给病人带一些零食和水果，从生活的各个方面来鼓励他们早日康复出院。"

"其实你说克服困难，在前线的很多医生和护士，我感觉大多数人为了完成这次的任务，都在克服着属于自己小家的不同的困难。前两天我们有一个在武汉前线的医生，到了武汉之后，忽然接到家里打来的电话，他的父亲脑梗已经被送到医院，虽然有大哥陪着，但是毕竟那是他父亲，他怎么可能不着急呢?"

后来这件事被中山医院的随团领导知道了。他亲自出马打电话到他的父亲所在的城市,帮他解决了住院的问题。

"我们的医生也是平凡人,平凡人遇到的所有困难和焦虑他们都会遇到。"这几天,不少医护人员晚上找吴平来领眼药水。每天都在和各种消毒水、消毒液打交道,眼睛不舒服都是小事了,想象一下,戴着三层手套,穿着密实的防护服,还要在病床前完成各种操作和抢救,一天下来会是怎样的消耗。

更值得一提的是,现在从全国各地去武汉的医护人员,只有去的,基本还没有离开的。以中山医院为例,中山医院从小年夜开始已经去了四批医护人员,但是到目前为止,还没有一个医生或护士从前线撤下来。

"疫情过后,我有两个愿望"

作为全国支援武汉的医疗团队中的一员。吴平和他的同事们都坚信,我们一定能够最终战胜这场疫情。

吴平告诉我们,等疫情结束之后,他有两个心愿希望能实现。

"我在医院的行政部门工作,平时也会遇到一些医患矛盾的事情。这次在疫情爆发之后,医务人员的表现是怎么样的,我相信全国人民都看在眼里了,所以我的第一个心愿是希望这次疫情结束之后,我们的基层医务人员能够得到全社会的更加尊重和认可。"

吴平的第二个心愿和他的球迷身份有关,作为一名"80后",吴平很早就开始喜欢足球,他的微信朋友圈的封面图就是一张在球场看台上的照片,吴平在10年前加入了著名的蓝魔球迷会,过去的10年里,只要有时间,他每个主场都会换上申花球迷的装备,去虹口的北看台为球队加油。

很巧的是这一次在武汉前方负责团队物资的吴平,前两天还收到了一批捐赠的物资,捐赠者正是上海上港队的国门颜骏凌。

吴平的第二个心愿就是,他希望等到疫情结束之后,自己能有机会以申花球迷身份,完成一次前往武汉客场的远征。

"此前我就去过北京工体的客场,但是这次之后,我希望自己能抽时间,再以球迷身份来一次武汉，在恢复了生机的武汉街头走一走，就像我的同事、我们中山医院的钟鸣大夫说的那样，那些曾经你觉得再普通不过的生活，其实真的来之不易。"

（原载《东方体育日报》2020 年 2 月 17 日 A4 版）

"美小护"再次出征采样忙

上海大众卫生报记者　张天成

　　"若有战，召必回"，这曾是军人退役告别军营时的誓言。如今，奉贤区3位"90后"的"美小护"——庄行镇社区卫生服务中心方伊娜、奉浦街道社区卫生服务中心姚瑶和胡桥社区卫生服务中心金方怡在抗疫战场上也履行着这一充满激情与勇气的诺言。在完成奉贤区观察隔离酒店核酸检测采样任务的2周后，她们仨又无惧危险，再次出征浦东机场，对入境旅客进行核酸检测采样。

　　"当领导问我有没有问题时，我毫不犹豫地回答说，我有经验，愿意再次出征。奔赴一线抗疫是我义不容辞的责任！"已递交入党申请书的方伊娜说。对着恋恋不舍的准丈夫，准新娘姚瑶动情地说："我会照顾好自己的，放心吧！一个月很快就过去了。"看到妈妈一脸不舍的表情，金方怡嬉笑着说："妈妈请放心，就让我这个后浪继续在抗疫一线拍打浪花吧！"就这样，美小护仨再次奔赴浦东国际机场T2航站楼担负起防疫守门人的重任。

　　5月11日下午，她们仨和其他22位医学采样队队员穿上防护服、隔离衣，戴上护目镜、工作帽、N95口罩、面屏，并套上4层手套、2层过膝鞋套开始了采样工作。"你好，我现在为您采样，请您张大嘴巴，发'啊'的声音。""别紧张，请放松一点。""再坚持一下，马上就好了，谢谢配合。"这是她们都在重复几百遍的话。采样时，她们要对试管、护照和健康申明卡进行仔细核对，确保不出差错。对重点航班的入境人员，她们还要进行鼻、咽拭子双部位的采样。

　　金方怡说："每天进行鼻咽拭子采样时，被采样的人时常会引发打喷嚏、干呕、咳嗽等反应，以致大量飞沫直接喷在我们面屏和隔离衣上。幸好有过第一次的采样经历，这次我已不再那么担心和纠结了。"

方依娜说："第一天上岗后，来了一位中年旅客，我刚将采样棒伸到他鼻腔，就开始连续打喷嚏。我耐心安抚他，消除他紧张情绪，最后顺利完成了采样。每一次的鼻咽拭子采样，都有可能与病毒'邂逅'，所以要聚精会神，不可有丝毫疏忽。"

6月16日，原定于14:25到达的日本航班飞机发生延误，与15:40到达的重点航班埃塞俄比亚飞机前后抵达，两架航班共有500多人需要采样，而且对重点航班乘客还要进行鼻咽部采样。采样时，有一位埃塞俄比亚乘客鼻炎发作，一坐下来就不停打喷嚏。采样队员边安抚，边在这位旅客还没回过神来之际就完成了鼻部采样，娴熟的技术让这位乘客连声称赞。

一开始，采样区临时设在集装箱内，没有空调。由于天气炎热，箱内最高温度达到42℃，采样队员总是汗流浃背地工作。到下班时，每个人防护服下的内衣也是湿的，几近脱水虚脱。在高温环境下高强度地连续工作12小时，这对每一位采样队员来说是一种毅力的挑战。而且，下班后休息的宾馆处在T1和T2航站楼之间，昼夜都有飞机起落声，严重干扰休息。遇上大客流航班，休息的队员也可能要到场支援。因为工作辛苦，压力较大，方依娜在坚持工作了10多天后，突发急性阑尾炎而不得不离开机场。其他医学采样队队员们也时有身体不适，但都自己悄悄地克服掉了。有一次，在12小时夜班后回到休息处，金方怡忽然感觉头很胀，提不起精神。同住的队友马上拿出使出中医绝活，帮她拔火罐熏蒸艾灸，还给泡了祛湿茶给她吃，很快就让金方怡恢复了活力。

"在机场值守的日夜里，我们看过机场日出和日落，见过灯光交融的机场夜景，经历过37度的高温，遇到过今年最大的暴雨……虽然一个班一干就是12小时，可有时甚至达到14小时，到下岗时衣服都是湿漉漉的，可我们没有一丝怨言。"金方怡回忆说，"回到宿舍，我们谈论最多的就是当天的工作感受和经验，最有趣的话题就是怎样才能降低防护服里的闷热。为此，我们想方设法尝试了很多方法，比如在防护服外喷清凉水雾，在防护服内贴冰宝贴等。"

整整38天，医学采样队员们完成精准采样22428人。最后一次采样工作结束后，她们慢慢地走过长长的采样通道，脑海里浮现出曾经发生过的故事和感动。在泪眼迷蒙中，她们看到了队友们被汗水浸透的手术衣，看到了各自脸上深深的防护口罩的印痕，看到了披着军大衣和衣而睡的无限倦意……

（原载《上海大众卫生报》2020 年 6 月 30 日）

三个鼻咽采样的"美小护"

上海大众卫生报记者　张天成

"您好！我是来做核酸检测采样的。"

"请把头抬一下，嘴巴再张开大一点，好的，谢谢配合！"

4月7日下午，来自奉贤区胡桥和奉浦街道、庄行镇3家社区卫生服务中心的3位"90后"护士金方怡、姚瑶、方依娜穿戴好防护服、护目镜和口罩、手套、脚套后，在一集中隔离医学观察点开始了她们第一天的新冠病毒核酸检测采样工作。

贴近隔离人员进行鼻咽部位采样，对她们仨来说真的很不容易。她们坦言道："尽管我们主动报名参加采样工作，也经过了严格的专业培训，一直以为自己很淡定，但在穿上全副防护装备并真的要无安全距离地面对隔离人员采样时，我们还是很紧张的。"

姚瑶的第一位采样对象是一位阿姨，在核对姓名和房间号后，她引导这位阿姨坐下。可能是感受到了姚瑶的紧张，这位阿姨并未按要求直面坐下，而是侧身坐下宽慰说："你也可以离我稍微远一点，那样就相对安全些。"姚瑶才意识到阿姨没有直面对着自己坐下的原因，这一细节让姚瑶心中一暖。在她迅速完成采样后，这位阿姨又动情地说："谢谢你，你们真不容易。"首次采样成功给了姚瑶很大的信心。

采样是通过鼻腔和口腔两次采集咽部后壁黏膜细胞，具体操作要求精准到位。因此采样时，隔离人员需要尽可能张大口腔和鼻腔以方便涂擦取样。因为在"抖音"上看了一段别人采样后非常难受的视频，一位隔离小伙很紧张，只要采样拭子一靠近，头就朝后退缩。为了减缓他的过度紧张，方依娜耐心指导："嘴巴张大，下巴抬高，跟我一起念'啊'。"采样很快就完成了，小伙尴尬地笑着说："虽有一点难受，但没有抖音上说的那么夸张嘛！"

一位从新加坡回来的阿姨也非常害怕，不管怎样劝说，采样时总不自觉地将双手挡在嘴巴前，最后这位阿姨提议让她自己采样，金方怡柔声细语地回答说："不行呀，阿姨。采样有操作要求，如果不规范会影响检测结果。请相信，我是专业的，很快就 OK 了。"经过耐心解释和细心安抚，终于让这位阿姨的紧张情绪放松下来，配合完成了采样。临走时，这位阿姨得知金方怡已经连续采样几个小时并且还没吃饭后，致歉说："谢谢，姑娘！你们太辛苦了！真不好意思我耽搁了你那么多时间。"

虽然采样并不复杂，在顺利情况下半分钟不到就可完成，但常常会碰到一些比较紧张或敏感的隔离人员，会发生喷嚏、呛咳，甚至出现恶心、呕吐等反应，点点飞沫就会扑面而来。万一隔离人员是新冠肺炎感染者，她们仨就处在离病毒最近、被感染风险最高的危险位置。尽管极富危险性，但身为娇美上海女孩的她们仨硬是顶住了身体和精神的强大压力，不辱使命地坚持了下来。"第一天从两点半开始正式采集，当采样到第 6 位隔离人员时，我已浑身汗淋淋，面罩也已起雾。这样一直采样到第 19 位隔离人员时，由于出汗太多了，密闭防护服里的我又热又闷，感觉头都晕爆了，此时我的手臂又酸又胀，双眼也因高度专注而酸胀，体力和精力都已耗费得很厉害，汗水已经湿透了所有衣服……"方依娜说。就这样，她们仨第一天连续工作近 8 个小时，坚持尽量不喝水、不进食、不上厕所、不拿手机。

在完成 132 人的全部采样后，她们仨的第一天工作结束了。但脱下严密的防护服，摘下几乎是湿漉漉的口罩和满是水汽的护目镜后，她们看到彼此汗渍渍的脸上深深的压痕时，都露出了会心的笑容。

在以后的 3 天里，她们仨又连续在 5 个集中隔离点为近 400 位隔离人员进行了核酸检测采样。她们说："尽管有感染的风险，每天都累得手抬不起来，但我们还是坚持了下来，以实际行动证明'90 后'一代是能堪当重任的。"

（原载《上海大众卫生报》2020 年 4 月 28 日）

上海： 用健康科普助力构筑疫情防控 "铜墙铁壁"

上海大众卫生报记者 宋琼芳

上海，正面临前所未有的新冠肺炎疫情防控战，和全市医疗救治、疾病预防、道口检测人员等并肩作战的，是一支健康科普队伍，他们在传播科学、解疑释惑、安定人心、稳定情绪等方面发挥着重要作用，为全社会群防群控疫情筑牢健康科普的 "铜墙铁壁"。

面对这场突如其来的 "大考"，为什么上海市民能够从容答题、淡定交卷？他们文明理性、自律克制的底气从何而来？正源于长期积淀的科学素质与健康素养：据权威部门统计，上海市民具备科学素质比例达 21.88%，健康素养水平为 28.38%，连续多年双双位列 "全国第一方阵"。此次疫情防控中，在健康中国战略和健康上海行动引领下，上海大力推进健康科普，做到 "三全" ——全覆盖、全媒体、全过程，突出 "三重" ——重要节点、重点人群、重量级专家，"六位一体" 提前干预，为全民抗击新冠肺炎赢得先机——"阿拉" 市民能 "摒牢"，因为健康上海有 "腔调"！

一直在身边： 要做就做 "全套"

"从疫情开始就关注你们，谢谢每天的及时科普，总能回答我们最关心的问题，我也把这些微信转给家人看，希望我们一起度过艰难时刻！" 这是不久前，一位网友给市卫生健康委官方微信 "健康上海 12320" 的留言。正如市卫生健康委新闻发言人郑锦女士所言，上海的疫情防控，从一开始，就把健康科普与信息公开、新闻发布同部署、同推进，让市民有更多的知情权、参与权，从而不断提升自我防护意识和能力。

1月19日晚，本市第一时间发布加强可疑病例排查的预警信息后，呼吸道疾病预防的科普宣传立即跟进，并以12320上海市卫生热线等作为收集社情民意的主渠道，针对市民关切的热点问题，以需求为导向，开展健康咨询服务。

从本市防控新冠肺炎疫情起，健康科普就实现"全覆盖"，运用"全媒体"，跟踪"全过程"。上海市民只要留意一下，就能感受到申城无处不在、时时刻刻的健康科普：在随处可见的宣传栏、在街角路边的小店面，在长途客运站、在地铁等候区，在农贸市场、在出租车上……"洗手≠矫情""不聚≠忘记"，上海市健康促进中心与上海市广告协会合作的创意标语让人过目不忘；"科学防疫36字口诀"、"复工健康防护八句话"，简明好记又科学实用的健康提示屡屡"刷屏"。

本市通过电视、广播、报刊、微信、微博等各类媒体广泛宣传，健康科普覆盖全市16个区、215个街镇、6077个村居。向每一位市民推送健康提示短信，加大新媒体健康资讯发布力度，"上海发布"广为转发，"10万＋"已成常态，科普微信获得"千万级"阅读效应，短信推送和新媒体阅读量近6亿人次。包含海报、折页、视频等多种宣传形式的科普防疫"工具包"，发放至全市社区、医院、学校、工地、商务楼宇、企业、交通口岸等各类场所。6万多块地铁、公交东方明珠移动电视屏幕，近1万块新潮传媒智能电梯屏，滚动播放防控知识视频；近10万个社区横幅、户外电子屏、宣传栏、黑板报等，持续宣传卫生防护知识。

什么最"吃重"？市民关注"拎得清"

"这个消毒科普很及时，我们差点就准备把消毒剂往身上喷了！"在浦东陆家嘴上班的白领陈小姐说。返程复工人流叠加，防疫到了关键期，健康科普更要"精准投放"。当发现一些商务楼宇、街道小区出现错误的预防性消毒方式，本市立即开展科普宣传，呼吁公众"科学、依规、不过度"。

什么最"吃重"？上海健康科普，对市民关注永远"拎得清"。重要节点——春节长假前集中提示假期不外出、做好居家卫生，并在拥有700万用户的"上海健康云"APP上推出"新春到、学知识、赢口罩——健康在线竞答"；重点人群和场所——无论上班族、返程务工人员还是老人、儿童、孕产妇，无论沿街小型公共场所、农贸市场还是建筑工地、住宅小区、办公楼宇，个人防护提示与卫生管理措施，因人而异，因地制宜。

另一方面，健康科普更有"重量级专家"登场。"控制传染病、保护人民生命安全和身体健康，需要党和政府的坚强领导，需要多部门的通力合作，更需要全社会的共同参与！"1 月 28 日，汤钊猷院士、闻玉梅院士等 12 位院士联名向市民发出倡议书，共同向全社会呼吁：科学认知新发传染病，配合排查、及时就医、做好防护。同时，在上海市新冠肺炎疫情防控系列新闻发布会上，各位"大咖"纷纷现身，为疫情防控"打 call"：86 岁高龄的闻玉梅院士坚定表示："历史上从来没有一个传染病把某一个国家的人打倒，它总是有一个过程或者有一个恢复期。"复旦大学上海医学院副院长吴凡呼吁市民一定做到三个"千万"："千万不能麻痹大意，千万不能心存侥幸，千万不能放松措施。"

这场"战役"也催生多位"科普网红"：复旦大学附属华山医院传染科主任张文宏"牺牲睡眠时间做科普"，屡有健康科普的"神来之笔"，被网友称为"传染病问不倒"；上海市健康促进中心主任吴立明主任医师，在新闻发布会上介绍复工健康防护提示后，接受多家媒体采访，并因《口罩，五戴三不戴》《重复用口罩，三要三不要》等多篇科普文章而被记者称为"口罩达人"；上海市疾病预防控制中心朱仁义主任医师在新闻发布会上介绍消毒知识后，立即被众多媒体"追捧"，迅速成为"消毒明星"；上海市精神卫生中心党委书记谢斌主任医师，两次上新闻发布会，"该追剧追剧，该追星追星""增加生活的仪式感，唤醒自己的心灵"瞬间成为"金句"，他也火速被封"600 号男神"。

后防疫时代："大健康"书写"大上海"

疫情终将过去，健康才是永恒的人生主题。"跨部门合作、全社会发动，非常时期的全民健康科普，正是健康上海行动的本色彰显。"上海市健康促进委员会副主任、市卫生健康委主任邬惊雷表示。

此次网传"上海人买口罩全国第一"，在市健康促进委员会办公室副主任、市卫生健康委健康促进处处长王彤看来，正从一个侧面显示了上海市民的健康素养、科普素质与自律特质。健康早已注入上海这座城市的基因之中，与城市发展的脉搏共同跃动。上海市政府连续 12 年向全市 800 多万户家庭的 2400 多万市民免费赠送"健康大礼包"；上海市民三大健康指标连续十多年达到世界发达国家和地区领先水平；世界卫生组织赞誉上海是健康城市工作的样板城市。作为改革开放排头兵、科学发展先行者，上海在健康促进与城市可持续发展方面的引领作用愈发凸显。去年，上海出台全国第一个省级中长期健康行动方案——《健康上海行动》，在这个特殊时刻看来，这份健康工程的"任务书、时间表、路线图"尤为珍贵：只有让"健康上海、人人行动、人人受益"的理念深入人心，只有让"健康融入万策"，更精准施策、更前端干预，才能让传染病和慢性病的防范更加科学，才能为卓越的国际城市奠定健康之基，书写时代传奇。

"边做边总结，边做边评估，边做边提炼。"王彤认为，"我们应当深刻反思——我们的生活方式，我们的文化理念，我们的价值判断。我们要把'大卫生、大健康'作为通识教育——不是可有可无的选修课，而是所有人的必修课。在传染病面前，没有人能成为局外人。我们每个人，都是自身健康的第一责任人，都是公共卫生体系不可或缺的一部分！"

（原载《上海大众卫生报》2020 年 2 月 19 日）

众志成城抗疫情　勠力同心担使命

上海织密新型冠状病毒感染的肺炎疫情防控网

上海大众卫生报记者　瞿乃婴

启动病毒检测网

自新型冠状病毒感染的肺炎（以下简称"新冠肺炎"）疫情发生以来，上海每天的新增确诊病例数、排除疑似病例数都牵动着广大市民的心。那么，这些病例究竟是如何通过检测来确认的呢？让我们走进上海市疾病预防控制中心，来看看 24 小时不打烊的检测工作是如何开展的。

上海市疾病预防控制中心病原生物检定所病毒检测实验室长期承担疾病监测和应急检测工作。自 2019 年 12 月底武汉出现不明原因肺炎的消息散播后，实验室主任滕峥带领团队开始着手一系列事情，包括梳理应急试剂储备量、拟制可能需要开展的工作计划、部署具体环节，做好随时迎接应急指令下达的准备。与此同时，实验室团队密切跟踪事态发展，调整值班人员组合、启动应急试剂采购，并细致分析应急筛查样本的实验数据，反复确认高通量快速实验室检测方案，并将其纳入上海市整体防控方案。

1 月 16 日，通过反复验证，样本被确认新型冠状病毒核酸检测呈现弱阳性，这很可能是上海首例疑似病例。事不宜迟，团队立即开展从标本中直接测序，经过整整两天两夜的核酸提取、测序、生信分析，并将样本送到了国家疾病预防控制中心。在经历了焦灼的等待后，国家疾病预防控制中心回复，上海市疾病预防控制中心送检的 1 例疑似 2019 新型冠状病毒感染的肺炎患者呼吸道标本 3 份，经对送检标本进行核酸复核检测，结果均为 2019 新型冠状病毒阳性。至此，上海首例新型冠状病毒实验室诊断顺利完成。

此后，上海市疾病预防控制中心病原生物检定所病毒检测实验室承接了全市疑似病例的样本检测工作，排班 7 组，每组由 5～6 名专业人员组成。每次进入实验室的检测人员均要身着厚重防护服，连续工作 6～8 小时才能走出实验室。为了能够以最快速度发现新冠肺炎确诊病例，让患者能够在第一时间得到治疗，实验室每天 24 小时开足马力，不间断地开展样本检测工作。

滕峥介绍，疑似病例一般需要取 2～3 份标准样本进行标准核酸检测，每轮检测一般需要 6 小时，检测得到的报告每天分 2 批上报。目前所使用的检查试剂非常稳定，样本在首轮检测结果明确的情况下，6 小时即可出具报告；若样本在首轮检测中呈弱阳性，则需进一步复核，通常 24 小时内也可出具报告。

与 2003 年的非典疫情相比，如今的检测手段有了质的飞跃。滕峥介绍，高通量快速实验室检测平台的运用，让实验室的检测更加高速、准确。

此外，上海各区疾病预防控制中心作为国家流感网络实验室的成员单位，均具备核酸检测能力。在先期做好核酸检测试剂的储备，以及检测人员的理论和技术培训后，各区疾病预防控制中心已根据全市部署，展开区内疑似病例采样后的检测工作。

守住院内救治网

"您好，请配合测量体温。"1 月 26 日年初二，记者一踏进上海市第六人民医院（以下简称"市六医院"）的宜山路大门，就被保安人员拦了下来，要求测量体温。

面对突如其来的新冠肺炎疫情，上海 110 家设有发热门诊的医疗机构医护人员打起十二分的精神，坚守在与疫情短兵相接的最前线。作为三甲医院，市六医院的每日平均门诊量约为 12000 人次，为保障"大客流"不受病毒袭扰，院方将预检分诊关口前移，在大门、停车场等 5 个通道安排了安保和志愿者坚守。他们手持红外额式体温计，对每名进入院区的人员进行体温测量，超过 38℃者将在做好防护措施工作人员的引导下前往发热门诊就诊；对于体温在 37℃～38℃间的人员，根据其流行病调查史作判断，若前往过重点地区，或与新冠肺炎疑似、确诊病例有过接触，同样会被引导至发热门诊。

市六医院的发热门诊连同感染科都处在一个相对独立的院落内，相较周边高大上的门诊楼、骨科楼和科研楼，感染楼显得格外低调。然而每次面临危机，这栋小楼就如定海神针般及时化解。在这幢小楼内，庚子年新春的年味被新冠肺炎疫情带来的忙碌和紧张冲淡了。随着近期接诊病人的不断增多，"注意防护""保护好自己"取代了"新年快乐""恭喜发财"，成了最好的祝福语。以往增添喜庆气氛的装饰、摆件，都因可能成为污染源而被取消了，一切从简再从简。

面对突如其来的疫情，医院快速梳理了发热门诊等的流程布局，并不断调整、完善相关环节。市六医院副院长陶敏芳介绍："以往，发热门诊通常配备 2 名医生。但随着疫情的发展，常规医护人员的配备显然已无法满足日渐增长的接诊量。对此，医院增加了发热门诊的人员配备，同时开启 4 个诊室，并将感染楼 3 个楼面的病床腾出，以应对平均 300 人次的发热门诊日接诊量。此外，医院配备了 3 个梯队的支援力量，第一梯队是急诊科的高年资医生，第二梯队是内科的高年资医生，第三梯队则是所有备班医生，全力支援 24 小时开放的发热门诊。"

市六医院感染科于 1994 年 4 月正式建科，葛争红护士长在当年 8 月加入该团队后，一干就是 26 年。"我们经历过非典、甲流、乙肝、禽流感……要说怕，天天都可以担惊受怕。但只要按规范操作、按流程执行，风险都在可控范围内。"从葛争红飞快的语速中就能感受到她的忙碌，不同于一般科室的护士长，她面临着门诊、病房都要管，且都要管好的双重压力，而人员调配无疑是其中的难点。"现在这批在发热门诊一线工作的护士都是 35 岁左右的中坚力量，她们有经验、有能力，心理素质过硬。"葛争红坦言，"这个年纪的女同志，上有老、下有小。但在大义面前，姐妹们依然服从安排、坚守岗位。""门诊发现疑似病人，病房要准备收治。"说话间，葛争红被通知又有 1 例病人要被收进病房，"我院感染楼之前准备了 2 个楼面收治病人，目前看来很可能要用到 3 楼的病房了。其实，铺得越开，我们所需投入的人力就越多，感染的风险就越高，如此高强度的工作对每个人都是考验"。

在经历了大年三十和年初一的"战斗"后，感染科主任臧国庆感慨良多，"一线的医生、护士都很不容易，感谢我们团队在关键时刻没有一个人'掉链子'，没有人讨价还价"。面对 24 小时接诊的发热门诊、每日平均 300

人次的就诊量，接踵而来的就是连续工作 13 个甚至 15 个小时。忙完门诊忙病房已经成了医护人员的工作常态，大家都经受着巨大的考验。陈小华、余永胜、奚敏……臧国庆报了一连串名字，对每个人都深表感谢。

筑起心理防御网

在夜空的裹挟下，宣告休战的新冠病毒与城市一同入眠。然而，有一个人的休息时间却不受黑夜左右，他就是本次疫情的上海市医疗救治专家组组长、复旦大学附属华山医院感染科主任张文宏教授。

1 月 29 日凌晨 0 点，刚刚结束了国家卫生健康委专家团对河南省新冠病毒感染的肺炎疫情督导工作的张文宏，连夜搭乘红眼航班到达上海浦东国际机场。1 点半，他独自一人驱车 80 公里来到上海市公共卫生临床中心，这里集中收治了上海所有感染新冠病毒的成人患者。回到宿舍的张文宏并未准备休息，他还有"功课"要做。1 个半小时后，一篇洋洋洒洒近 4000 字的"历史上从未有过的对决：超级疫情 VS 举国之力"诞生了，这是他给"华山感染"微信公众号撰写的疫情解读文章。早上 7 点半，才睡了 3 个小时的张文宏出现在了上海市公共卫生临床中心的病房中，召集救治组成员了解所有新冠肺炎患者的具体情况及救治方案。9 点多，张文宏赶回复旦大学附属华山医院，穿上防护服进入隔离病房查房，详细了解留观病人的病情、生命体征、用药情况、情绪状态等。

"其实，华山医院不需要我查房，我查房的主要原因就是要消除医生的恐惧。"为了稳定军心，张文宏当天做了 2 个决定，第一是自己带头每周进新冠肺炎患者的隔离病房查房 1～2 次，第二是将去年年底至今所有奋战在一线的医生全部换成科室里的共产党员。

在当天 10 点半接受采访前，作为感染科党支部书记的张文宏还召开了一次党支部组织生活会。"这场'战役'现在到了关键时候，鼓舞士气、重温入党誓言很重要。"谈及做决定的原因，张文宏坦言，"这批医护人员非常了不起，他们在对疫情的风险性、传播性和致病性一无所知的时候，就把自己暴露在疾病和病毒前面，值得表扬。共产党员在宣誓的时候说过，要把人民的利益放在首位，迎着困难上，现在是时候拿出党员的样子来了。在华山医院，最困难的工作、最辛苦的岗位，党员必须先上，这个没有商量"。

张文宏的"强心针"不仅要给自己医院的医护人员打，还要给被此次疫情扰得心绪不宁的广大市民，以及被隔离在负压病房里的患者来上一"针"。自疫情发生以来，许多自媒体所发布的谣言满天飞，若任其发展，空气中都能闻到恐惧的味道。在张文宏看来，恐惧源自对真相的不了解，而给微信公众号"华山感染"写科普稿，就是做好公众健康教育、传递专家观点、释放正能量最重要的手段，可以有效破除市民的恐慌心理。

自疫情发生以来，由"华山感染"发布的武汉肺炎实时追踪系列文章已达 10 余篇，阅读量直线飙升，几乎每篇都达到了"10 万＋"的顶格线。张文宏说："我们的稿子是对国际、国内形势进行了综合分析，基于科学数据研究，再结合中国的发病情况，来对本次疫情做出的研判。这些科普文章很受欢迎，最高一篇的阅读量达到了 1000 万，我们原创文章的最高阅读量也有 70 万。"

在经历了 2003 年"非典"疫情，此次新冠肺炎疫情来袭后，还有一件事是张文宏始终牵挂的，就是对在负压病房接受隔离治疗的病人开展心理干预。经沟通、协调，目前上海市精神卫生中心已派遣心理医生入驻上海市公共卫生临床中心的负压病房，为病人舒缓情绪。

织密社区防控网

1 月 24 日，上海启动重大突发公共卫生事件一级响应机制。为加强重点地区人员的早发现、早报告，上海快速启动网格化、地毯式追踪排摸，各区疾病预防控制中心、社区卫生服务中心、街道居委等多部门协同联动，全面落实重点地区近期抵沪人员的集中隔离医学观察或居家隔离观察举措，确保社区防控无死角。

对于没有居家隔离观察条件的人员，上海各区根据情况启动落实了集中隔离医学观察场所，并配备了必要的设施、设备和物资。1 月 25 日，闵行区紧急启用集中隔离医学观察点，首批 12 位来自疫情重点地区来（返）沪的人员入住于此。

负责该集中隔离医学观察点的社区卫生服务中心主任介绍，在此隔离观察的人员大部分都是从各道口进沪的。集中隔离观察点内分为清洁区、半污染区和污染区。隔离人员所住的房间为污染区，房间所在楼面的走廊、电梯等区域为半污染区。医护人员穿着二级防护服，方能进入半污染区和污染区。所有隔离人员均由独立的通道上楼进入房间，在隔离观察期间，只能在房间等指定范围内活动。此外，他们的生活垃圾、排泄物都统一回收，按照"医疗废弃物"进行处理。医护人员每天2次记录隔离人员的体温，在结束14天的医学观察且无症状后，即可解除医学观察；一旦发现体温异常，将立即被转诊至设有发热门诊的对口医疗机构。

在青浦区一集中隔离医学观察点，一对年轻夫妇临时入住，未携带任何换洗衣物。上海市青浦区疾病预防控制中心的小谢留意到后，特意嘱咐购买物资的同事为他们置办。在春节假期，青浦区疾病预防控制中心的公共卫生专业人员每天大清早便赶到该观察点，与社区卫生服务中心人员一同展开当天的工作，配置消毒药水、指导消毒隔离、询问隔离人员的身体状况、填报报表，并要处理记录了好几页纸的诉求，大家都不辞辛劳，尽力满足。

要保证社区疫情防控工作无死角，对辖区居民的排摸必不可少。1月26日一早，上海市浦东新区一社区卫生服务中心的医护人员就兵分多路，对辖区2周内去过疫情重点地区，或与疑似病例、确诊病例有过密切接触的人员了解情况，并指导他们做好14天的居家隔离观察。

此外，该社区卫生服务中心内还特别辟出一间隔离病房，一旦发现就诊者中有发热情况，预检台就会进一步询问发热者是否有重点地区旅游或居住史，是否有与新冠肺炎疑似患者及确诊患者接触等情况。若确有上述情况，就诊者将立即被安排至隔离病房，再联系120急救车辆将患者转送至相关定点医院；对没有重点地区旅居史及病例接触史的就诊者，则推荐至附近设有发热门诊的医疗机构就诊。

复旦大学上海医学院副院长、上海市预防医学会会长吴凡表示，重点地区人员潜伏期病患的尽早发现、疑似病人的尽早诊断和确诊病人的尽早治疗，对相关人员自身及其亲朋好友的健康都有益处，也能有效降低疾病在社区的传播风险。

（原载《上海大众卫生报》2020年2月4日）

上海社会科学报

升级生活理念，时机或已到来

上海社会科学报记者　程　洁

　　新冠肺炎疫情肆虐全球，而根据走势恐怕远未见顶。疫情在世界的蔓延大大超出各国年初的预期，很有可能成为历史发展的关键点。《外交事务》称，与其说新冠肺炎会改变世界历史发展的基本方向，不如说它会加速世界历史发展的进程。日前，执教于伦敦政治经济学院的《新政治家》杂志首席书评人约翰·格雷在文章《新冠危机为何是历史的转折点?》中提醒，"如果我们想在未来变得不那么脆弱，就必须在生活方式上作出永久性的改变"。

　　疫情之危，或许带来生活之机。

过度的物欲导向造成人的片面发展

　　目前的全球疫情追踪实时地图当头棒喝：疫情最严重的地区大多是物质文明最发达的国家和地区。当然，图片数据与检测、统计范围有关，仅供参考，但是，这场突如其来的疫情让我们不得不反思当下生活方式的科学性与合理性。

　　物，是人们得以存续的基础，也是维系人与世界的纽带。人都会不知不觉地积累物品，在尤瓦尔·赫拉利的《人类简史》中，这被解释为虽然生活在现代，但是我们的大脑和心灵都还是以狩猎和采集的生活方式在思维。对物的执念源于人的习性和欲望。工业社会以来，物质财富的不断积累甚至成为进步的同义词。法国生活美学大师多明妮克·洛罗于《理想的简单生活》的开篇就说："绝大多数的人，在生命的旅程中，都携带了沉重甚至是超重的行李厢。"其实，据陕西师范大学哲学与政府管理学院院长袁祖社教授研究，马克思主义经典作家早就有"物的世界的增值同人的世界的贬值成正比"，及"我们的一切发明和进步，似乎结果是使物质力量成为有智慧的生命，而人的生命则化为愚钝的物质力量"的敏锐思考。

重物质难免滑向享乐主义，消费的冲动被粗暴地理解为"狂欢"。2019年 11 月 11 日，阿里巴巴天猫 14 秒成交额破 10 亿，1 分 36 秒成交额破 100 亿。2 月 25 日，全球领先的整合传播咨询公司罗德传播集团与亚洲领先的市场研究公司精确市场研究中心联合发布《2020 中国奢侈品报告》，称在过去一年中，中国内地消费者在奢侈品上年均花费近 330400 元。三线及以下城市的年度花费约 393900 元，高于一线城市的 344100 元与二线城市的 275000 元。

消费似成为确立人的主体性，彰显个人价值的核心标度。人们过得更幸福吗？认为身处"流动的现代性"的英国著名学者齐格蒙·鲍曼在《工作、消费、新穷人》一书中表示："如果消费是人生成功、幸福甚至尊严的度量器，那么人类欲求的盖子就被打开了；无论多少占有和激动人心都无法'与标注同步'所许诺的那样带来满足——因为不存在可以达到同步的标准。"同样，主张满足人们的"需求"而不是"欲求"的美国思想家丹尼尔·贝尔也认为，以快乐为原则，以奢侈性消费为基本特征，人们生活在一个"虚伪的世界"之中。

丰裕非但未加深获得感，反成为焦虑的温床，我们进入了"一种与先前时代根本不同的日常"，越来越多人"吃不过来、穿不过来、用不过来、看不过来、做不过来"，与恣意消费相应强度、烈度的反噬扑面而来，生活碎片化、精神迷茫化，日常生活异化。"在物化意识的支配下，以快乐为原则、以物质性奢侈消费为基本特征的享乐主义生活方式，既是人片面性发展的重要表现，又是造成人与自然关系紧张的重要原因。"武汉工程大学马克思主义学院张三元教授如是说。

卢卡奇对"物化"的批判也好，鲍德里亚的消费社会理论大厦也罢，都妙不过海德格尔对此在状态描述时的那一个"烦"（Sorge）字，他说人们"烦忙"（Besorgen）又"烦神"（Fürsorgen）。哲学家的深意需详加品评，词的表层含义已经足够传神。

简单的生活也能带来幸福

3 月 20 日，联合国年度网络出版物——2020 年《世界幸福指数报告》（World Happiness Reports）新鲜出炉。五个北欧国家又一次不出意外地跻身前十名。

2008 年前往挪威攻读发展经济学硕士的桑旸，毕业后留在当地从事继续教育工作。她认为北欧人的生活方式有可借鉴之处。比如这种方式依靠的基础，包括可靠而广泛的福利，低腐败和有效运作的政府机构等。更值得一提的是，北欧公民具有不错的自治权和自由感，以及彼此之间的高度信任。而且，北欧人勤俭的观念深入骨髓，在社会可持续发展的主张下，在个人消费欲望满足的同时，还会考虑群体和下一代的需求与幸福，从而刻意克制过度消费。比如，利于物质循环的二手市场非常普遍。崇尚自然的北欧人对现代极度便利的生活还具有一种"反驯化"态度。北欧式传统的度假木屋甚至需要自行发电，多数没有洗浴设备。在桑旸眼中，"挪威剧作家易卜生笔下的 Friluftsliv（户外生活）正是北欧人向往偏远地方寻求精神和肉体幸福的写照"。

日本自我完善大师本田直之在《少即是多：北欧自由生活意见》中也鲜明指出，"幸福所钟爱的，果然还是简单的生活"，"从物质中获取幸福的时代已经结束，我们要从加法时代来到减法时代"。事实上，"少即是多"（Less is more）这个由德国建筑大师路德维希·密斯·凡德罗于 20 世纪 20 年代提出的口号早已成为人们耳熟能详的标语或标签。该理念在善于学习并创新的日本大行其道甚久，无论是山下英子略带禅宗气息的"断舍离"，还是 MUJI 时尚前卫的简约，都成为"极简主义"最好的注脚。

黑龙江省社会科学院东北亚研究所所长、全国日本经济学会常务理事笪志钢告诉本报，日本人追求一切与自然和谐为伍的境界。体现在生活方式上则是追求简单的实用，淡化过分奢华的物欲。例如，日本饮食文化固然追求色香味的精致搭配，但注重食材的原汁原味和去复杂加工化，实则折射出尊重原生态的健康趣味；日本园林文化清幽、质朴、简雅，散发着师法自然并回归自然的古意，彰显了文化与审美的联姻。

经济停滞、老龄化加重，以及"3·11大地震"等社会和自然问题，让日本民众幡然醒悟。日本社会学家三浦展潜心研究30年，认为日本已经进入"第四消费时代"，从崇尚时尚、奢侈品，过渡到注重追求消费的体验，进而过渡到回归内心的满足感、平和的心态、地方的传统特色、人与人之间的纽带上来。

北欧和日本的"简约"殊途同归，都抵达低欲望、人际简单、人与自然和谐的幸福彼岸。

倡导身体美学和生态文化的深圳大学教授王晓华认为："极简主义的要义不是节约，而是循环、有机、可持续。这种意义的极简主义会成为一种生活方式。从某种角度看，极简主义可能意味着苦日子，但它更可能带来极乐：当我知道自己的行为有利于生命世界的循环时，快乐可能充盈整个身体。"

在以极简主义为代表的简约思潮中，既可见上世纪60年代西方艺术界Minimalism的流，又蕴涵抱朴见素之传统东方美学的源。《道德经》云："万物之始，大道至简，衍化至繁。"孔子曰："君子食无求饱，居无求安，敏于事而慎于言，就有道而正焉。"简约风尚造极于赵宋之世，摒弃了唐三彩之花哨的宋瓷，器简意高远，弥漫着"雨过天青云破处，这般颜色做将来"的寂定安然。与色彩饱和的西方油画相比，水墨氤氲的中国画又何尝不诠释着极简的美学真谛。

今天，长途跋涉回来的简约风潮旧瓶里盛满了新酒，如露入心，又似醍醐灌顶。个人心灵的力量有限，简化正是重新发现自我，是个人能量的再聚焦。"少"不是绝弃而是精简，"多"不是拥挤而是完美。这种"治愈系"的方式意味着过一种精挑细选、真正成熟的生活，过一种更有意义、更负责任的人生，从而获得最大化的幸福、最大化的自由。

绿色生活方式构建是一种行动

有些东西是物质无法到达的，比物质更重要的是精神的安顿与内心的塑造。马斯洛需求层次理论明白告诉人们，人的需求越是低级，越与动物相似；越是高级的需求就越为人类所特有。一个时代有一个时代的生活美学。

疫情给五光十色的生活按下暂停键，恰可以"繁华落尽见真淳"。

身为国际美学协会（IAA）五位总执委之一的中国社会科学院研究员刘悦笛多年来一直倡导"生活美学"，他告诉记者："当今日常生活已被异化，不仅是人为物役，而且人与人之间关系对立，最终还是人与类本质的疏离。未来需要一种与自然、与人际、与社会得以共同进化与发展的、合情合理的和谐生活理念。"生活方式变革的实质是人的发展。这与张三元教授的观点异曲同工，消费主义与社会核心价值观背道而驰，我们必须构建绿色生活方式，其根本在于人的全面发展，首先需要有正确价值观和消费观的确立。

"极简主义"包含着物质时代对消费主义的反制，但上海大学文化研究学者李磊主张对此冷思考。在他看来，极简主义不过是碗心灵鸡汤，本质上是一种精神致幻剂。"苹果"也好，"无印良品"也罢，其背后极简主义的审美逻辑无疑为消费主义"保持饥饿"和"制造饥饿"的逻辑所整合利用，它只是资本为了增值目的而采取的一种制造消费需求的手段。极简主义生活是城市中产阶级的消费美学，那咬了一口的苹果符号或使得消费者完成了对中产阶级身份的想象。

在我们告别物质匮乏，阔步走向脱贫攻坚的决胜之机，我们尤其需要保持警惕。

未来取决于此刻人们的选择。"升级生活理念，首先需要行动。"疫情期间高举分餐制大旗的王晓华教授正色道："内在的思想不能直接改变世界，中国知识分子应该适当走出书斋，更重要的是找到恰当的行动策略。难处在于如何整合貌似冲突的各种价值观。譬如，极简主义可能与市场经济发生冲突，而人类可能暂时找不到比市场经济更好的经济模式，因此，需要掌握调和的技艺。"

一种新的生活理念或生活方式的形成乃至普及，并非一蹴而就。中国还是发展中国家，区域发展尚不平衡，人们所处消费阶段也不同，笪志钢研究员强调："就此而言，生活理念升级的困难和阻力颇多，还有很长的路要走。一方面，需要不断满足民众对美好生活的需要，提供更加具有生活品味和文化内涵的产品；另一方面，要不断瞄准有利于全球可持续发展的简约生活，做升华民众消费观念、提升精神层面需求、重文化素养等产官学研各界的总动员，在全社会共鸣下努力践行，那一天迟早会到来的。"

疫情让人直面生命可贵，珍惜当下。在这段不得不"宅"于家的日子里，很多人可能已经体会到了理性消费、家人相伴、自己动手、守望自然……这些简单而踏实的快乐，无数人在细小与平凡中，触摸到生活的纹理，多年求而不得的心境不期而至。

绿色生活方式的种子，已经萌芽。

（原载《上海社会科学报》2020 年 5 月 7 日第 1 版）

疫情下的世界经济变局与中国应对

上海社会科学报　黄建忠

2020 年春季以来，新冠肺炎疫情迅速在全球大面积、大范围蔓延，包括全球七大经济体在内的大部分国家和地区相继"沦陷"，造成巨大的生命健康与经济损失。世界"百年变局"中的结构性矛盾借疫情演化而进一步显现和激化。

2020 年春季以来，新冠肺炎疫情迅速在全球大面积、大范围蔓延，包括全球七大经济体在内的几乎所有国家和地区相继"沦陷"，造成巨大的生命健康与经济损失。单以股市为例全球股市市值的蒸发已超过 200 亿美元。金价、债市和石油、大宗商品价格下挫明显，一些国家政界、学界与商界都有一些声音对全球经济作了衰退、萧条的现状及前景判断。迄今为止，各国政府抛出的财政、货币政策救市"疗方"效果乏善可陈，"G20"特别峰会关于各国加强合作、共同抗疫的声明、方案是否能够付诸实际行动与落地有效，也有待观察。世界"百年变局"中的结构性矛盾借疫情演化而进一步显现和激化。

疫情对世界经济的冲击

短期影响疫情对世界经济的短期影响主要取决于三个因素。一是疫情延续的时间长短。经验数据表明，北美流感、"非典"与"埃博拉"疫情都曾经历 8 个月以上的影响周期，但随着全球气候季节性逐步转暖，新冠疫情来势凶猛。考虑到大量国家和地区深陷其中产生的海量样本支持，以及各国将展开的有效的科技和防控合作，我们预计疫情会逐步呈现收敛趋势。二是金融恐慌引发的震荡。从目前美国实施 QE、零利率货币手段失效和主要大国主权债务与企业债务基数大、财政扩大开支受到预算与法律双重制约的情形分析，一旦出现大型、超大型金融机构倒闭（例如"桥水基金"）和美国油股崩盘，就可能演化成为引发和催生又一轮全球金融危机的"最后一根稻草"。三是地缘政治反应。沙特与俄罗斯的"石油战"、美国选战中共和党向左与民主党极左倾向导致保护主义与民粹主义继续升级，也会对世界经济产生不良影响。年内世界经济走势将主要取决于上述三大因素的相互作用结果。换言之，抗疫成果能否在时间上跑赢全球金融市场反应及地缘冲突演化，决定了年内世界经济的最终表现。

长期影响疫情对世界经济中长期的影响也取决于三个变量。（1）疫情对全球经济的直接冲击程度，包括贸易"二次坍塌"、投资萎缩特别是直接投资收缩与收益下降导致的利润再投资锐减、疫情下人员与服务国际流动受阻等对全球供应链、产业链造成严重损害的时长与深度。（2）疫情对全球经济结构性矛盾的影响。疫情下贸易"坍塌"引起产业链与价值链的收缩"停摆"，投资流量锐减与存量"回归"造成大量失业，以及科技革命非普惠性增强下的收入分配更加不平等，会导致世界经济陷入中长期衰退（不排除某些大国期间呈现间歇性"弱复苏"）。（3）大国间后疫情期的经贸政策协调。若大国之间继续奉行"以邻为壑"经贸政策，则世界经济衰退不可避免。在财政、货币政策持续多年边际效益递减条件下，政策工具空乏与转嫁危机意识驱动将导致世界经济整体提振无望。当此情形，我国必须在竭力保持战略定力、稳定外部关系的同时，提高国家治理能力与治理体系的现代化水平，立足国内市场继续挖掘改革开放红利，保障国民经济向高质量发展方向迈进。

疫情对中国经济的影响

若全球经济陷入衰退泥潭，中国经济当然不可能独善其身。首先，全年经济增长可能受到影响，一季度经济增长减缓、二季度恢复增长也面临较大挑战。以"三驾马车"与 GDP 增长率之间的经验数据作为弹性依据，在没有特殊有效刺激经济措施出台的情况下，全年经济增长不容乐观。其次，以静态考虑，在充分考虑疫情影响与中美经贸不确定性、国际限运禁流短期内无法改变等情况下，有较大可能性出口贸易和进口贸易呈微弱增长。主要贸易伙伴国排序和出口商品结构也随之发生变化，顺差与外汇储备压力增大。再次，外贸出口、服务与消费收缩将加大中小企业经营困难。当前，上海与"长三角"地区复工达产率逐步恢复到 90％，但消费与服务市场启动不足、外贸供需不平衡将成为主要的矛盾，社会就业压力不小。同时，因中外疫情"时空差"影响，国际资本追逐安全资产，可能会增加我国资本流入，但以短期资本为主，可能对金融稳定造成一些风险。最后，短期资本流入使人民币汇率贬值空间受限，政府财政开支的扩大也会影响后续的宏观调控能力。

中国面临的选择与对策建议

中国经济与社会制度的优越性、基于综合实力基础的宏观经济包容韧性是无可比拟的。随着我国抗疫取得阶段性胜利，全球疫情防控在中外之间形成不断扩大的"时空差"，中国内外经济出现"时空窗口"。客观地看，"时空差"有助于国内企业通过复工复产和增量扩产、进出口贸易与双向投资增强对全球供应链的"粘度"，增加国内产业链嵌入全球价值链（GVC）的长度与高度；生产、服务与消费的有序恢复将逐步激活市场，帮助中小微企业走出困境；国际油价与大宗商品价格下挫有利于我国国际战略储备结构优化调整；基于抗疫"中国经验"的国际合作，有利于我国在全球特别是"一带一路"沿线推进数字产业、智慧物流、外贸海外仓、服务外包、电子支付，以及医疗与健康等产业的出口与对外投资布局等。对于疫情后的我国对内高质量发展、对外全方位开放而言，宏观政策的着力重心已经逐步从"供给侧"转向"需求端"。

综合以上分析，我们建议：第一，中央政府在京津冀、粤港澳、长三角一体化发展战略基础上，提前启动以"新基建"与"都市圈"建设相互融合为导向的"十四五"规划，依靠庞大的国内市场与加大投资力度对冲疫情影响，保持国民经济与社会的稳定发展；第二，坚持全方位开放与重点突破相结合，基于相似的文化背景、防控模式与中国经验，在抗疫合作中加快RCEP 落地与推动中日韩经贸合作（含 FTA 谈判），沿"一带一路"拓展双向贸易与投资，布局外贸海外仓与发展"反向加工贸易"；第三，加快中欧BIT 谈判与开启中英"自贸港"合作，"脱欧"后的英国已积极启动"创新型自由港计划"，中英可携手推进全球自由港创新发展的新时代；第四，抓住全球油价与能源、大宗商品价格调整有力时机，提升我国的全球资源配置与金融定价能力；第五，向全球推广抗疫中数字经济发挥巨大作用的经验，促进我国数字经济的发展。

在当前阶段，中央与地方政府应在密切防控疫情输入性风险的基础上加强指导复工、复产、复市；在人员恢复自由流动之前促进货畅其流，充分依靠市场的力量稳定经济、保障就业。在对外关系中，加强国际抗疫与经贸合作的协同联动，最大限度地保障外贸供应链与国际产业链稳定运作，为疫情后的世界经济复苏发挥应有的作用。

（作者系上海对外经贸大学国际经贸学院院长）

（原载《上海社会科学报》2020 年 4 月 16 日第 2 版）

构建科学的国家应对重大公共危机制度体系

上海社会科学报　雷　明

　　从现代国家治理角度，应对重大公共危机，制度建设、制度保证是关键，应从进一步深化改革和实现稳定可持续发展角度，彻底转变过去重发展轻风险防范的发展思路，尽快把构建科学系统完备的国家应对重大公共危机制度体系列入国家治理的首要议事日程。

　　目前，新冠肺炎疫情还在发展，防控初现成效。如何打赢这场二十一世纪第二个十年中国乃至世界的病毒防控战役，有效应对今后此类公共危机，基于对目前疫情防控成效进展的观察，从国家治理现代化角度，我们认为最关键的还是要充分发挥我国国家制度和国家治理体系的优势，进一步加大国家公共服务体系基础建设和体制改革力度，彻底转变过去重发展轻风险防范的发展思路，迅速建立常态化的国家（应对重大公共危机）紧急事务部，并构建以此为核心的、科学系统完备的国家应对重大公共危机制度体系。具体有以下建议：

　　1. 制度建设：构建科学系统完备的国家应对重大公共危机制度体系。重大公共危机影响面广，影响力大，影响长远。从现代国家治理角度，应对重大公共危机，制度建设、制度保证是关键，应从进一步深化改革和实现稳定可持续发展角度，彻底转变过去重发展轻风险防范的发展思路，尽快把构建科学系统完备的国家应对重大公共危机制度体系列入国家治理的首要议事日程。

　　2. 组织保障：迅速组建常态化的国家（应对重大公共危机）紧急事务部。重大公共危机服务属于典型的公共品，必须主要由政府承担，这是政府义不容辞的责任和义务。公共危机发生后，要想迅速消除危机、转危为安，令行禁止、高效率组织保障是关键，这是构建科学系统完备的国家应对重大公共危机制度体系的关键。这就需要有一个常态化国家应对重大公共危机的组织机构——国家（应对公共危机）紧急事务部。紧急事务部平时由常务副职负责，制定应对公共危机特别是重大公共危机预案，研发关键性科研支撑，构建科学系统完备的应对公共危机特别是重大公共危机线上线下管理体系，包括人财物调动配置管理体系、社会动员管理体系、预案设置管理体系和危机处置管理体系，定期举行应对重大公共危机演习。危机发生时，紧急事务部应在党的领导下实行中央/地方一把手负责制，重大危机由最高首长亲自负责，执行准战时（战时）管理条例，统一集中管理，各个部委机关、地方政府等政府职能机构、事业单位无条件响应，确保紧急事务部强有力的绝对领导力和权威性。

3. 有效机制：高度重视预警和防控，建立起高效的重大公共危机预警机制和完备的公共危机风险防控体系。凡事预则立，不预则废。构建科学系统完备的国家应对重大公共危机制度体系，必须高度重视重大公共危机预警和风险防控，建立起高效的重大公共危机预警机制和完备的公共危机风险防控体系。同时建立起高效的重大公共危机关键性科研支撑、研发和储备体系。

4. 健全法制：依法应对重大公共危机，尽快制定颁布《国家重大公共危机应对法》。应对重大公共危机必须有法可依，这是依法治国和依法理政的重要原则。必须建立起完备的应对重大公共危机的法律体系，尽快制定颁布《国家重大公共危机应对法》。

5. 有效应对：危机发生时，第一要务是稳住阵脚防止忙中出乱，国家预备队和有效的应对预案最重要。公共危机发生时，由于影响面广，加之情况复杂、不确定性因素多，很多情况不明，极易造成大面积社会恐慌，应对此类危机，第一就是要迅速稳住阵脚，防止忙中出乱，而要做到这一点，在第一时间拉出应对重大公共危机国家预备队最重要、最关键。面对公共危机，特别是重大公共危机，凡事都要有一支召之即来、来之能战，拉得出、打得赢的强有力高效率的国家应对重大公共危机预备队，不仅要有人财物的充分保证，还要有有效的解决预案，其中有效的应对预案最为重要。

6. 目标任务：应对重大公共危机，首要任务目标就是人。危机发生后，人命关天，救人要紧。应对的首要任务目标就是要不计代价地无条件救人，所有的资源都应无条件指向人。特别是面对重大公共卫生危机，第一目标就是坚决阻断疫情传播，将人的损失降到最低。应依法授权紧急事务部，由紧急事务部依法绝对领导指挥调动，统一应对预案，统筹配置各方面相关人财物，各个部委机关、地方政府等政府职能机构、事业单位无条件响应，广泛动员全社会包括军队。

7. 舆情治理：危机发生后，必须要有高度公信力的权威的声音，以稳定社会情绪、防止焦虑恐慌。重大公共危机发生后，要迅速稳定社会公众情绪，防止焦虑恐慌蔓延。而消除公众焦虑恐慌的关键是要有高度公信力的权威的声音第一时间发声，凡与疫情及疫情防控相关的一切数据、信息均以权威部门如紧急事务部统一发布的为准。公信力至关重要，决不容许出现一颗老鼠屎坏一锅汤的情况，要建立严格的问责制、一票否决制，要有挥泪斩马谡的决心。

8. 应急体系：危机发生后，应立即启动"应急响应＋分级诊疗＋集中救治＋分类管理＋网格化管理"应急管理体系。应对重大公共卫生危机，国家应对重大公共危机制度体系中必须建立一套高效完备的"应急响应＋分级诊疗＋集中救治＋分类管理＋网格化管理"应急管理体系。危机发生后，特别是具有强传染力的公共卫生危机发生后，要分层分级、联防联控、群防群控、隔离阻断传播链。应对措施的第一条就是第一时间采取完全隔离措施，彻底阻断传播链。应立即启动"应急响应＋分级诊疗＋集中救治＋分类管理＋网格化管理"应急管理机制。

9. 应对策略：危机发生后，集小胜为大胜，以空间换时间。重大公共卫生危机影响面大，加之情况复杂、不确定性因素多，危机发生后，面对复杂多变的情况，特别是面对情况不明、有极强传播性的疫情，一个有效的应对策略就是破面灭点。必须采取破面灭点策略，区域隔离阻断，死守严控，集中收治，打破大面积区域性面状疫情。同时精准识别、精准发力、精准管理、精准防控，逐一消灭以社区为单位的点状疫情。破面灭点、由面及点、由点及面，集小胜为大胜，以空间换时间。

10. 后期管理：消除周期内传染，严防死灰复燃。应对重大公共卫生危机，特别是面对具有极强传播性的疫情，必须严格控制人员流动，坚决杜绝周期内传染，开工至少控制在一个传染周期以后。同时严防严控，防止死灰复燃、病毒卷土重来。

11. 经济利益：牺牲眼前顾全长远。重大公共危机发生后，应对的首要任务目标就是要不计代价、无条件救人。所有的资源都应无条件指向救人和消除危机，其他如经济利益可以采取堤内损失堤外补的策略。眼前经济损失，日后可通过诸如增加货币流动性、减税、补贴等政策性手段让利于企业、居民。对困难家庭可通过增加临时性生活救济、临时失业救济等财政转移支付等二次分配政策性手段提供帮助。

（作者系北京大学光华管理学院教授）

（原载《上海社会科学报》2020 年 4 月 23 日第 3 版）

微信群"开小灶"，老人停课不停学

上海老年报记者　吴汝琴　程　峰

每天上午 10 点，侯小瑛都会准时打开班级微信群，开始一天的英语学习。侯小瑛是上海老年大学新概念英语二册（五）班的班长，和她一同进行线上学习的，还有同班的 40 多名同学。"非常自觉、非常快乐、非常感激"，侯阿姨用这三个词形容自己三个月的网课学习。

目前，本市各级各类老年大学仍未开学，但上海老年大学小班化、个性化的线上教学，三个月来从未停歇。

困难：进度不一，统一网课未能实现

"从 2 月底开始，我们每天都会接到大量老年学员的电话，大家最关心的就是什么时候能开学？"上海老年大学教务办主任方帼萍回忆说，在表示对疫情防控措施理解的同时，老年学员也表达了强烈的学习愿望，"后来全市中小学生统一开始上网课了，很多老年学员也致电学校，说很羡慕中小学生'停课不停学'，希望老年大学也能开设统一的网络教学。特别是有些需要演练、操作的课程，如钢琴、声乐等，一日不练三日空，学员们更是希望能固定上网课"。

但开设网课看似简单，在老年大学里却面临着重重困难。"老年教育和中小学义务教育不同，它没有统一的教材，由于每名学生的基础不同，甚至连每个班级的学习进程也不一致。比如由同一名老师任课的中国画，可能有的班级还在学习最基本的花鸟鱼虫的画法，有的班级则已经在学工笔仕女画

了。"方帼萍表示，尽管校方做了很多网课相关的计划、预案，但因为不符合老年教育的实际情况，最终都未能实现。

转机： 小班教学，教学计划如常完成

全校统一的网上课堂没开起来，但实际上，小班化的微信课堂却一个个陆续开课了。"我们事后了解到，很多老师非常敬业，他们为了满足学员的学习需求，主动利用原有的班级微信群，在群里为不同学习进度的班级开设个性化的'小灶'。最早的微信课堂，早在2月底就已经上线了。"方帼萍说。

竹笛班就是该校最早一批开展网上授课的班级之一。2月24日，任课教师王少庆就开始在班级群里发布语音指导，网课正式上线了。他认为，器乐学习比较特殊，课程内容包含大量的练习或实践环节，如果没有定期的复习，基础就不扎实，很容易半途而废。于是，每周一上午10点，王少庆就会将本周的学习要点发布到群里，为全班26名学员指定不同的练习曲目，并逐一进行点评。

竹笛长沈玲敏很感激王老师的兢兢业业。"为了达到好的课堂效果，王老师之前尝试了多种教学方式，比如用直播软件进行直播教学等等。但同学们年纪大了，不会操作，所以最后还是语音教学。就算学员当时有事听不了，也能事后回听，非常方便。"沈玲敏说，尽管学校仍未开学，但他们的学习进度一节都没落下。

据不完全统计，在上海老年大学，像王少庆这样自发开设网课的老师很多，且均取得了良好的教学效果，教学进度也并未延缓。如文史系格律诗词赏析与创作基础班，就已经完成了原定的春季学期教学计划。

收获： 潜心学习，闷在家里寻觅乐趣

"对我们老年学员来说，上网课可不是老师逼着的被迫学习，完全是我们自愿参与的学习。"新概念英语二册（五）班班长侯小瑛笑着说，和孩子们"被逼着"学习不同，老年人学习尤其认真。"张琴老师每天都会在群里发布今日英语学习的单词和语法，为了方便我们学习，她自己特意录了好几

讲的视频课程，比如有关新冠病毒的英语写作等等。虽然不是直播课，张老师在视频那头看不见我们，但据我所知，每名同学听课都特别认真，课后大家在群里互晒笔记，彼此帮忙检查记录得对不对，互相取长补短。"侯小瑛说，在张老师的带领下，群里经常会开展一些有趣的学习活动，比如为美剧小片段配音、学习一些"冷门"的英语词汇等等，群里每天都很热闹，"'闷'在家里的这段时间，我们就靠学习来分享快乐了。我觉得，这段时间，我比孙子孙女的学习效果可好多了。"

有意思的是，这些深入浅出、丰富多彩的微信小课堂，还走出了老年大学，吸引了更多的市民。该校古陶瓷鉴赏班的教师是知名的古陶瓷学者程庸，两周前程老师在微信群为学员们上了一堂"从陶器到兵马俑"的课程，还穿插了不少真品与仿品古陶瓷的照片，让大家猜一猜孰真孰假。不久后，学员们就整理出一篇原汁原味的讲稿，发布在了学校古陶瓷研究会的微信公众号上。没想到的是，这篇讲稿在上海的古玩爱好者中引发了很大的反响，点赞数一天天往上增长。

方帼萍表示，新冠疫情为老年教育带来了不小的挑战，但也带来了新的机遇。"现在看来，老年学员对网络授课的接受程度正在逐步提升。学校'长者星空'空中课堂也于日前正式上线，像《老年人的健康管理：从预防新冠病毒说起》等公共课程均已上线，老年学员的反响都很好。"

（原载《上海老年报》2020 年 5 月 26 日）

特殊时期，热心、积极、认真、负责的老年志愿者发挥所长

小区一线又见忙碌的阿姨爷叔

上海老年报记者　吴　玮

当前疫情防控还在吃紧的关键时期，在申城的一个个居民区里，总能看到许许多多老年志愿者的身影，他们和社区工作者一起，全身心地守护在家园防控疫情的第一线。热心、积极、认真、负责，有的会用上自己的一技之长，这些阿姨爷叔们在为居民区的疫情防控，在为特殊时期的邻里需求，用自己的行动传递着一份安心和暖意。

老爷叔"把关"老城厢

"他做事情非常认真、细致，看到身份证的前三位，老高都知道是哪个省份的！"在黄浦区老西门街道学宫居民区防疫一线的志愿者中，做事格外认真、讲究原则的高正华深得当地居民的信赖。

69岁的高正华年轻时曾是一名军人，退休前在单位里负责基层安全工作30多年，历炼出"环境安全了，人才能更安全"的职业敏感度。当老城厢开始布控防疫时，志愿者高老伯和其他的志愿者伙伴一起驻守在居民区防疫的第一线。

"做事情不能只求60分，而要尽力争取100分！"在紧张而有序的疫情防控一线，高老伯有着自己对标准的坚守，还有一套自己总结出来的方式方法。最近返沪人员不断增多，而老城厢里租户较多，人员相对比较复杂，高老伯在居民区临时出入口驻守时，对于来自外省份的人员，只要看到身份证的前三位数字，他就能立马知晓哪个省份。见到"生面孔"，他在核对地址等信息时会多问几句，一边询问一边注意观察对方的神态和随身携带的行李

物品，对答不上来或是支支吾吾的人员，高老伯马上会加强警惕。"特殊时期，有负责任的"老高们"在，我们就更加放心了。"采访中，居民们纷纷为热心而负责的老年志愿者点赞。

七旬阿姨担当"理发匠"

"武阿姨，预约居民到了，来剪头发了!"26日上午，一声呼喊，住在大宁路街道大宁二村居委隔壁的热心居民武小妹阿姨"全副武装"地出现了——戴着口罩、发套，穿着理发专用围兜，武阿姨拿出剪刀、梳子、推子等工具，仔细地消好毒，开始给预约前来的居民理发。

"我们这里是老式小区，60岁以上的有700多人，孤老等有近200人。"大宁二村居委党总支书记张金凤告诉记者，疫情防控期间，社区周边的理发店暂时不能营业，而居委在排摸情况时，发现很多老人有理发的需求。

住在居委隔壁的武阿姨得知情况后"主动请缨"。"我年轻时学过理发手艺，现在情况特殊，居民没办法剪头发，我想帮他们剪头发。"武阿姨今年78岁，平时在社区里是个热心肠，居民区开始疫情防控后，老人多次到居委来捐款，并一直希望能为社区做点什么。

用上自己的特长，成为理发志愿者后，武阿姨这些天忙碌了起来，她给不便出门的老人上门服务，也会在居委干部的安排下，到居委会里消毒过的场地，为预约好的居民理发。老人的热心行动温暖着邻居们，大家更是对武阿姨的理发手艺感到满意。

一个电话就赶来的贴心人

家住普陀区新长居民区的沈阿婆今年85岁了，因为患脉管炎，溃烂的伤口需要每天换药。保姆春节前不慎烫伤，休息在家，又逢春节时期小区开始疫情防控，独居老人的换药照护一时"断档"了。在接到老人的求助电话后，甘泉路街道家庭互助养老志愿者周瑶芳和程玉梅立即赶到了沈阿婆的家里。在做好防护措施后，她们开始为老人换药，清洗伤口，敷上抗炎药，再包扎，做医生多年的志愿者周阿姨给老人换起药来非常仔细，有条不紊。因为老人创面大、伤口多，近七十的周阿姨和程阿姨互相配合，整个换药过程要2个多小时。两位志愿者有时炖了汤，烧了好吃的小菜，都会给沈阿婆捎上一些，让无法出门的老人换换口味。

而在黄浦区瑞金二路街道，当"心悦夕阳"心理志愿者朱美玲了解到社区的独居高龄老人孔阿婆每天都很苦闷，便承包了"聊天任务"。不仅与老人"煲电话粥"，每隔一天，朱美玲还要"全副武装"上门去看望孔阿婆，给老人说说权威渠道发布的防疫信息，陪着老人聊聊她感兴趣的话题。"心悦夕阳"服务指导站负责人浦骏告诉记者，疫情防控时期，像朱阿姨这样的心理志愿者比平时更加关注社区里那些孤老、独居老人。"如果电话联系中发现社区里的老人出现异常情况，志愿者会及时反映，制定解决方案并上门看望老人。"

（原载《上海老年报》2020 年 2 月 29 日）

居家服务再上门　　社区食堂菜喷香

沪上社区为老服务陆续重新启动

上海老年报记者　彭　玥

　　"石阿婆，是我。""侬来啦！"早上9点，戴着口罩的为老护理员汪月娥来到了已服务5年有余的石阿婆家。两个多月前，受疫情影响，部分居家上门为老服务暂停。前不久，上门服务重新启动了，石阿婆终于见到了阔别两月的小汪。不仅如此，随着申城复工复产复市逐步开展，不少为老服务项目重现往日活力，为老服务点又开始热闹了。

为老服务员时隔两月再上门

　　今年春节，考虑再三，汪月娥放弃了回老家过年的打算。而原本应该年后就恢复的居家上门服务却因为疫情影响被中断了。"都是做了很多年的老人，两个多月不上门也担心他们。"暂停的这些时日，汪月娥会跟老人通电话，了解老人的生活情况。今年85岁的石阿婆自己做了一段时间家务事后还是感到力不从心，于是打电话给已照顾她5年多的小汪，希望她能继续服务。"阿婆有需要，我就过来。"前不久，石阿婆再次迎来了为老护理员汪月娥的居家上门服务。

　　在黄浦区五里桥街道，像石阿婆这样需要服务的老人有160多位。疫情期间，街道一一征询了意见，其中的30位非刚需老人暂停了居家上门服务，石阿婆就在其中。"街道会通知居委会密切关注暂停服务的老人，严格落实一天两见面制度。"黄浦区五里桥街道办事处副主任王小尚告诉记者，暂停服务的老人由志愿者和社工等帮忙解决送餐等需求。如今，疫情形势向好，160名需要照护的老人基本全部恢复居家上门服务，"3月份的工时约2000小

时,与去年同期持平"。目前,街道 3 个长者日间照料中心的升级改造工作已全面启动,2 个家门口养老护理站也将于近期恢复正常运营。

社区食堂飘出阵阵饭菜香

上午 10 点半,护理员汪月娥的服务还没有结束时,徐汇区漕河泾社区食堂已飘出了饭菜香。食堂里,坐着轮椅的周阿婆正在一个空座位旁等着去买饭菜的女儿。"我一直在这里吃的,是'老食客'啦!"今年 90 岁的周阿婆平时都由女儿照料,家附近的漕河泾社区食堂便成了"第二食堂"。疫情期间,食堂关闭,一家人只能在家里自己烧。"一日三餐,也蛮辛苦的。"得知社区食堂开门了,周阿婆一定要女儿带她来。"这里饭菜好吃又实惠,红烧肉、肉圆都是我喜欢吃的。"周阿婆笑着说。

记者看到,食堂门口设有测温洗手台,还关闭了原先的茶歇区域。因防疫需要,食堂撤掉了一部分桌椅,且椅子均同向摆放。该社区食堂负责人鲁小锋告诉记者,往日里,食堂日均接待五六百位食客,其中 70% 以上是老年人,还有部分附近上班的白领等。4 月 8 日,关门两个多月的食堂又重新开门迎客了,"当天来了 90 多位老食客"。

据悉,截至 2019 年底,全市累计建成 1020 余个助餐服务场所,其中社区长者食堂集膳食加工配置、外送及集中用餐等功能于一体,累计建成 210 家;集中用餐的老年助餐点共有 800 余个。

近期,本市老年助餐服务场所在做好各类疫情防控措施的情况下逐步恢复堂吃服务。据统计,目前日均提供老年助餐服务达 1.5 万余客。

(原载《上海老年报》2020 年 4 月 11 日)

给美珍的 100 多封情书

疫情期间无法探视　84 岁老人每天给老伴写信隔空递爱

上海老年报记者　吴　玮

　　"我亲爱的美珍，我爱你，祝你早安……"每天一早，在金山区社会福利院梅州分院的沈美珍老人，都能收到一封"情书"。端正的字迹，朴实的语言，字里行间流露着浓浓的爱意。这是老伴张世发对她"爱的表白"。从疫情至今，这份不间断的"情书"已写了 100 多封。

每周的探望，老人的期盼

　　5 月 18 日下午 3 点 10 分，距离每周预约一次的探望还有 20 分钟，84 岁的张世发老人已早早地赶到了福利院门口。老人一头银发，梳得整整齐齐，浅色衬衫配灰色西服，穿戴得干干净净。待登记、测温、出示随申码后，老人忙不迭地开始穿起一次性雨衣、套上一次性鞋套。"马上就能看到美珍了，我要快点准备好。"老人手中忙碌着，脸上洋溢起幸福的微笑。

　　"美珍，我来了，侬今朝好口伐?"来到沈阿婆床前，张老伯轻轻地握住了老伴的手，柔声地问道，而床上的沈阿婆微笑着，点点头。细心地给老伴喂好果汁和小点心，张老伯拿起一早自己为老伴写的"情书"，温情地读了起来。

　　"阿公的'情书'每天一早会随着一杯鲜果汁一道送进来，阿公无法进来探望时，我们护理员就天天念给阿婆听，有时一天要念上好几遍，阿婆爱听呀。"护士长宋美娟回忆说，3 月底福利院开始向家属开放预约探望后，老两口两个月来第一次见面，当护理员推着沈阿婆的轮椅走进探访室时，张老伯几步上前一把搂住了沈阿婆，两人激动得相拥而泣。

"当时第一次看到她，非常激动，因为好久没看到了，真想她！"张老伯动情地说。

不能相见，每天写来一封信

在未能相见的日子里，张老伯将对老伴的关心和爱意，一点一滴全部转化成了文字，从 1 月 31 日开始，每天一封信，长短不一，至今没有中断。好心的工作人员将老伯的信收纳了起来，已有满满一盒，放在沈阿婆床头，好让她抬眼就能看到。

"美珍，你好，已经 23 天没有看到你了，真的好想你，希望你在福利院多多保重，我每天打电话到福利院，听到你蛮好，我就很放心，晚上也睡得着了……"

"我爱你，美珍，祝你早安，再隔几天我们就要见面了，昨天下午阿姨说，你一定要见我，但不能如愿，我还是想，你要乐观，开心的事多想一点。只要心情愉快，身体才会一天天好起来。我身体蛮好，会照顾好自己，别挂念……"

"亲爱的美珍，最近几天天气忽冷忽热，你要保重身体，吃穿用的东西，都带进来了，估计不会少，现在疫情形势一天比一天好，相信很快我们又可以天天见面了……"

"可爱的美珍，我爱你，还有三天我们又好见面了，这次见面有半个小时，时间多了 20 分钟了……"

打开一封封信，贴心的问候，切切的挂念，简短而平凡的言辞中饱含着甜蜜。"我当时看不到她，很想念，就想到写信给她，让她每天能从信上'看到'我，她心情好了，我就放心了。"张老伯说。

老伴进福利院后，天天陪伴

张老伯和老伴结婚已有 53 年，这次疫情是他和老伴分开最久的一段日子。说起几乎每封信里都有的"我爱你"三个字，曾是中学音乐老师的张老伯有些腼腆，他说平时生活中也不会说，但动笔写信时，这三个字自己就

"跳"了出来。

4年多前，患有脑梗的沈阿婆生活逐渐无法自理，家人商量后决定送阿婆去养老院。因为家附近的养老院没有床位，需要等待一段时间，沈阿婆暂时住进了离家几十公里的青浦一家养老院。张老伯担心沈阿婆看不到他会难过，每天6点多就出门，换乘三辆公交车，去看沈阿婆。一路奔波，来回6个多小时，就这样，风雨无阻，一连好几年。

两年多前沈阿婆转至金山区社会福利院，后又转至离家更近的梅州分院，张老伯一如既往地每天来陪伴沈阿婆。西瓜汁、胡萝卜汁、银耳羹……每天翻着花样，还有老伴喜欢但平时不舍得买的"哈尔滨"曲奇等小点心。每天清晨6点多，福利院里就能见到张老伯的身影，他耐心地给老伴喂吃的，陪着老伴说说话，给老伴翻翻身，拿出手机轻轻地播放老伴爱听的抒情老歌……直到晚上6点多，张老伯才动身回家。

爱的"情书"会继续写下去

"阿公和阿婆的感情真的很好，当时看到老人写的这些信，感动得不得了，这是电视剧里才有的情节，但现实中真实地发生了，而且就在我的身边，真的很受触动，让我看到爱情真实的模样。"金山区社会福利院副院长屠鸿达感慨地说。

目前金山区社会福利院共住着249位老人，其中90岁以上的高龄老人有70位。张老伯和沈阿婆的美好爱情，感动着福利院的"老伙伴"们和每一位工作人员。4月16日正逢老两口结婚纪念日，福利院为张老伯和沈阿婆特别准备了99朵玫瑰和粉色皇冠蛋糕。在"最浪漫的事，就是和你一起慢慢变老……"的歌声中，看到自己的老爱人捧上玫瑰，并不知情的沈阿婆又是意外又是惊喜，当张老伯切好蛋糕，一口一口地喂到自己口中，沈阿婆绽开笑容，不住地说："开心额，开心额！"

"我们结婚这么多年，从来不争吵。她脾气性格很好，对我好，对两个孩子也好。"采访中，张老伯甜蜜地回忆起他们年轻时的故事，经亲戚介绍认识的两个人，初次见面就一见钟情，约会时，会一路从静安寺走到西郊公园（上海动物园）再一路逛回来，"我们之间像是有说不完的话"。在张老伯

眼里，他俩的这分浓情蜜意并没有随着岁月而减淡，而是一直延续到了耄耋之年。

"现在每个礼拜都能见到美珍了，见到她，我真的开心，而这封写给她的信，我也会天天写下去。"张老伯说道。

（原载《上海老年报》2020 年 5 月 21 日）

党徽照我去战斗

——市教卫直属机关10名青年党员支援疫情防控一线纪实

东方教育时报记者　魏小潭　柳　琴　范昕茹

　　12小时遴选，2小时集结。2月14日，市教卫直属机关成立首批由10名青年党员组成的支援疫情防控一线顶岗工作队。2月17日一早，他们就到青浦区教师进修学院报到，在了解了青浦区夏阳街道和盈浦街道的情况之后，立即奔赴两个街道所属的5个居委会开展工作。测体温、发放口罩预约凭证、在楼道张贴居家隔离告知书……一到岗，10名青年党员就和居委干部一起成为小区管理的"守门员"，共同构筑成一张疫情防控的安全网。

　　在国家面临危难的时刻，如果说医务人员是在"战疫"前线，那么，基层一线工作者就在守卫祖国的"防护线"上。2月14日，支援疫情防控一线顶岗工作队成立的同时就成立了临时党支部。每天晚上，党员们都要碰头开支委会，交流工作情况。他们每天完成工作日志，清楚地记录每个人的工作状态和身体状况，在工作中遇到的问题以及为改进工作所提出来的思考和建议。临时党支部书记孙利强告诉记者："虽然是临时党支部，但是大家的党心不临时，作用也不临时。"

关键时刻，他们都能顶得上

　　组干处四级调研员孙利强所在的仓桥社区是一个2003年建成的新小区，其中大部分居民是青浦本地人，还有部分外来人员和外籍人士。"你从哪里来？要到哪里去？是否途径重点疫区？"每天面对进进出出的居民，孙利强都要进行这"灵魂三问"。测体温，办理出入证，每隔2~3天，还要全副武装为小区里的 9 户隔离户收垃圾、送生活物资。"我们每天做的都是一些稀松平常的小事，守好小区的大门，看好进进出出的人，看好口罩这些重要物资。"然而，就是发放出入证这件小事都凝聚着基层干部的智慧。孙利强告诉记者，居委干部给青浦本地人发放的是蓝色出入证，外省市回沪人员的是桔红色的，而从重点疫区回来需要隔离的人则是红色的。这样做的目的是为了便于区分不同人群，从而采取不同的管理措施。与此同时，所有居民的返沪信息都在进入小区大门的墙壁上清楚地显示着，而在每栋楼楼底下的公示栏里也标注着每户居民的相关信息。"哪些人家是隔离户，每个居民都心里有数。"孙利强说，只有信息畅通了，才能调动每个居民关注疫情，提高防护意识。这些源于基层的智慧深深地打动着孙利强，也让他对从事的工作投入更多的热情。

每天早上 8:30，市教委信访办一级主任科员沈洋就来到盈储街道解放居委顶岗。他的主要工作任务是做好物资统计工作，为居民登记并发放口罩，保证每个口罩不遗漏。一天下来要接待 100 多人。刚到这个岗位的时候，沈洋听不懂青浦方言，只能半听半猜。因此，"如何预约？""什么时候才能买到口罩？"面对居民遇到的各种问题，他只能耐心、耐心、再耐心地解释。解放居委是老小区，共有 2000 多户居民，主要以老人和外来人员为主。"2月 17 日，50 户，每户 2.8 元""2 月 18 日，30 户，每户 7.3 元"……沈洋的笔记本上清楚地记录着每天口罩发放的情况和口罩价格。"批次不一样，口罩价格也不一样，每天都要和居民说清楚。"由于前来购买口罩的大多都是老年人，所以和他们的沟通交流尤为重要。有些人把地址写错了，有些人是前几天接到居委电话，却错以为是今天……沈洋说，发放口罩这项工作虽小，但却能遇到各种各样的问题，而他做好这项工作的方法还是耐心、耐心、再耐心。

时间回到 2 月 14 日，市教委基建中心体育中心管理部副部长张毅在党支部的微信群里得知需要一名一线志愿者的信息。但是，在他报名之前，已经有 10 人报名。于是，他特别和支部书记说："我是一名中层干部，身体素质比较好，家里也都安排好了，这个时候我应该冲在最前面。"最后，张毅成为代表所在党支部去防控一线的唯一一名志愿者。2 月 17 日，他来到青浦区夏阳街道仓桥居委。在抗疫第一线，张毅和所有基层干部一样，"哪里需要就到哪里"。为隔离户提供必需的物资保障，为居民开具各种证明，一遍又一遍地向居民告知注意事项……基层的工作很琐碎，也很磨练人。每天早上8点，市教委教育技术装备中心党总支委员、职教教师培训管理科科长赵晓伟都身着志愿服到夏阳街道东盛居委会顶岗。为了防止疫情蔓延，他一刻也不敢放松，充分发挥党员的先锋模范作用，时刻关注着居民的健康状况，及时解决居民遇到的各种问题。在东盛居委会，师资培训中心党办副主任王树生每天的工作主要是帮助居民预约口罩、贴抗疫宣传告示、给隔离户送去生活必需品，所有的工作都比较琐碎，几乎每天都要接社区居民几十个电话，每个电话他都耐心细致地为大家答疑解惑，得到当地居民的真心感谢，真正做到了"看好门，管好人，管好物，强宣传"。

他们把智慧带到防控一线

在夏阳街道东盛居委会顶岗的第一天，师资培训中心党办副主任王树生就发现，居委会口罩预约发放申请说明书内容繁多，密密麻麻的文字容易让居民抓不住要领，特别是老人们读起来比较费劲。他就利用自己的信息技术专长为大家优化疫情期间的办事流程，将整个申请流程用简洁的图画形式简化成三大步骤：能否领口罩，什么时间可以预约，打哪个电话领。图文并茂，让人一目了然。此外，他还简化了居民出入证申请流程等其它 7 项办事流程、重新梳理了 3 项志愿者工作职责。

张毅在顶岗时，一名外籍人士来到仓桥居委，由于语言不通，这位外籍人士显得很焦躁。这时候，张毅发挥外语优势，担任起居委干部的"翻译"。原来，这位外籍人士来自津巴布韦，前两天刚和妻子从杭州返沪，来居委是为了开具相关证明，但根据社区防控政策要求，他们需居家隔离 14 天，因此，居委无法开具这个证明。在张毅详细地解释之后，这名外籍人士表示知晓和理解社区的规定，并表示会在办理好社区登记手续后，自行居家隔离。在此后的好几天，这位外籍人士多次来到居委会寻求帮助，每一次，张毅都耐心地帮助他解决问题，帮助社区干部做好外籍人员防控工作。

2 月 22 日，郑煜和同事去佳园小区的 9 户隔离户家收集垃圾，当他第一次穿上严密的防护服带上防护手套和眼罩的时候，气氛骤然紧张了起来，他顿时体验到一线医护人员的工作状态。而这 9 户隔离户大部分多是在没有电梯的多层楼房上，最高的在 6 楼顶楼，不断地上下楼让穿着防护服的他大汗淋漓。"平时的体育锻炼没白练呢！"他们气喘吁吁地相互打趣道。在一天的工作时间里，市教育考试院网络信息中心主管郑煜时而化身为体温测量员站在小区门口为居民测量体温，时而化身登记员在电脑旁为大家统计口罩预约信息，时而化身配送员给隔离户送去一大袋蔬菜和 20 斤大米。有老年居民求助如何网上挂号，他主动协助老人完成了家人的网上挂号预约；当同事不会运用表格统计来自重点疫区的隔离人员时，他"手到病除"；当有住户没有认领口罩时，他打电话一一通知；当汇总分散数据时，他细心地发现了里面的错误……郑煜告诉记者，他去居委会报到的第一天，只能做一些发发口罩、送送菜的简单事，现在他已经进化为熟悉居民出入证申请、健康承诺书、复工证明等申请流程的合格的顶岗者。

由于工作原因，上海市教委教研室质量监测部主任汪茂华走到哪都习惯带着一个电脑包。这次下沉到青浦社区顶岗，他也带上了自己的电脑。没想到，到达他和搭档李强临时办公的青浦区三元河居委会的第一天，电脑就派上了用场。原来，这次他分配到的任务是外来返沪人员信息登记，以及小区出入证的发放。如今正是防疫的关键时期，居委会防疫工作细之又细。要办个出入证，并不容易。不仅要区分是否来自重点地区，还要涉及到隔离时间，光表格就有好几种，十分复杂。虽然有熟悉工作的街道人员给他们介绍工作事项，但居委会却没有成文的工作流程。这让平日里每天都和各种数据打交道，凡事都要理清流程的汪茂华很难受。当即，他便和李强一起，理顺工作流程。当天，一份逻辑分明、表述清晰的工作流程表便出现在了居委会的临时办公桌上。"我们在市级事业单位工作的，来基层做事，总要贡献点自己的方法。"他说，"也是为了方便之后的志愿者，有了系统的工作流程，他们接手起工作来也更简单。"除了梳理文字版的工作流程，他还把质量检测教研员分析整理能力发挥在了居委会各类表格的整理上。"就好像工作总得有个台账，你得把账记清楚，心里才踏实。"于是，他给材料进行分类、编码，并最终利用 Excel 表格进行汇总，做成清单。原先没人管的材料到了他这就变成了 4 份条理清晰的数据清单。表格上不仅记录了填表人的个人信息，还记录了抵青日期、填表日期以及隔离人员的隔离起始日。他说："这要是有人问起来，各种数据也能一目了然。"

用心做好一线防控工作

东方绿舟党政办副主任钱建来到青浦区庆华社区顶岗服务。这次顶岗，他和同行的傅杰被安排在了庆华社区小区的门岗，任务是查验小区居民的出入证。做惯了党建工作，钱建到达服务社区的第一件事就是排摸情况。经过一番了解，他发现，自己服务的庆华社区是一个老居民社区，社区里的居民以老人居多。和钱建一起服务的社区志愿者队伍里，70％都是 60 岁以上的老人。

钱建说，"既然这个岗位安排我到了小区的门口，那我的职责就是守好门、管好人"。在门岗执勤，做的事很简单，就是进出要凭证，人人量体温。但实际工作起来，钱建却常常犯了难。因为小区里住的独居老人特别多，过来看望老人的人也特别多。来看望的大多是老人的子女，但却并不住在该小区。如今正是防疫工作的关键期，防疫工作无小事，按照规定，不住在小区不能办出入证，没有出入证，就不能进入小区。但是，真要把八九十岁的老人放家里不管，把他们 60 多岁的子女拦在门外？

"我们的任务是守好门，不是挡住人。"钱建的想法很简单。身为老人的子女，来看望老人，给老人送点吃的，这种要求很简单，也很合理，没道理拒绝。"再说了，"钱建说，"刚性制度也需要柔性执行，办事情要原则也要灵活。"遇上来看望老人又没有出入证的，他就主动充当跑腿的"快递员"。每次"快递"的东西都不一样，可能是一箱牛奶，也可能是刚出锅的饭菜。东西不重，但都是为人子女的心意。

东方绿舟教务管理部副部长李强来到了青浦区三元河居委会，进行顶岗服务工作。他和同行的汪茂华一合计，决定各取其长，分工合作。常年在工会工作，经常和人打交道的他，理所当然当起了三元河居委会的"前台"，接待前来登记信息、申请出入证的居民。登记信息、发放出入证看似简单，但仔细追究起来，不同返沪地区、不同情况的下出入证的申请流程就有 5 种之多。再加上查验信息、询问情况、说明政策等等这些附加工作，居委会"前台"的工作并不轻松。到岗以后，李强就经常会遇到一些刚刚返沪的居民，因为不了解防疫政策，而办不了出入证。有一个家住松江，工作在青浦的年轻人，由于不了解政策，在返沪扫二维码的时候，填了公司的地址，系统就默认他归青浦区管。接到三元河街道的通知后，他带着材料来办出入证，却被告知没法办理，当场就发起火来。碰见办不成事而发火的，李强也很理解，如果基层干部还是衙门式办公，觉得凡事都得"按我说的来"，不仅干不了事，有时还可能火上浇油，激化矛盾。李强说："干居委会这工作，就需要心大。"比这更复杂的事也有。前两天，小区一位业主跑来居委会办证，办的却不是出入证，而是健康证。原来，这个业主是安徽人，今年接了父母来上海过年。如今，孩子要读书，一家人准备返回安徽。没想到，安徽当地要求他提供健康证，不然不给回乡。其实，这样的情况不算少数。防疫工作不容马虎，各地都抓得紧，但不同地区政策难免有差异。遇到这种情况，作为社区工作者，李强也只能尽量帮他协商。一方面他告诉业主，居委会无法开具健康证，让他去医院试试。另一方面，他告诉业主，如果其他证明的话，可以帮助他开具其他证明。"做社区工作，需要我们想得多一些，当然有时候也需要大家相互体谅，问题解决起来就方便了。"李强说。

上海市教委科技发展中心信息与政策研究室助理傅杰下沉到青浦区庆华社区顶岗服务。一周的时间里，他的所有工作都与一张小小的出入证有关。庆华社区是老社区，社区规模大，住户有1200多户。每日里，小区进出的人数少则几百人次，多的时候有上千人次。恰逢防疫工作的关键期，为了保证小区居民的安全，小区规定进出小区不仅要查验出入证，还得看身份证。每天与这么多人打交道，尤其碰上出入高峰，难免出问题。前两天，傅杰就遇到一个司机和保安起了争执。原来，司机是小区的新租户，想着趁天气好，把需要的东西搬一点到住处。但无奈，前一天只给自己办了出入证，没给车子办。保安就把他的车子给拦了下来。碰上这件事，司机一脸不服气，心想自己有出入证，又是小区租户，搬家也合情合理，凭什么不让车子进。

经过观察，傅杰和其他志愿者就发现，司机带的东西其实不多，来上两三个志愿者，帮忙跑个两三趟，车子不用进小区，也能搬好家。经过一番协商，司机终于同意把车停在小区外，跟着志愿者一起动手搬家。看着问题顺利解决，司机也有点不好意思。临走前，他一边承诺隔天去给车办通行证，一边朝志愿者说"谢谢"。其实，查验证件的规定刚出来的时候，小区一些居民就觉得非常不能理解。很多居民自认是几十年的老住户，不用出入证，刷脸就成。"我在这小区住了几十年，哪个不认识？还要靠这小小的一张出入证来证明身份？"话头一摆，就是不愿意出示。面对这样的情况，傅杰也不着急。"如果人人都这样，规矩怎么立得住？"他一边耐心跟居民分析不查验出入证的利弊，一边坚决要求出示证件。经历过几次不情不愿的查验，这些老居民也习惯了每天进出主动出示证件。

习近平总书记指出，社区是疫情联防联控的第一线，是外防输入，内防扩散的最有效的防线。顶岗工作结束之后，李强决定和组里其他4位志愿者一起，延长一天服务时间，带接任工作的志愿者熟悉下工作环境，说明下工作内容。"居委会的工作人员也很辛苦，他们很多都已经1个月没好好休息了，我们做好对接工作，也让他们省点力。"李强说，"反正我们住得近，需要帮忙的时候，我们也愿意来帮忙。"

（原载《东方教育时报》2020 年 2 月 26 日）

在战"疫"一线书写青春答卷

东方教育时报记者　臧　莺

　　这是一个不寻常的春天，这是一次不寻常的召唤。穿上厚重的防护服，面对繁杂忙碌的工作，接待不同国家的外来人员，着实是一场严峻的挑战。作为上海外国语大学国际关系与公共事务学院 2017 级博士研究生，王畅在此次疫情防控阻击战中，奔赴上海浦东国际机场防疫前线，用自己的实际行动为这座城市注入了青春的力量，展现了上外学子在这场战"疫"中的奉献与付出。

"首战用我，用我必胜"

　　王畅是上外国关学院的博士研究生，也是浦东新区区委党校的一名优秀青年教师。3 月 6 日至 21 日，王畅作为上海市第一批奔赴浦东国际机场负责入境人员转运的"突击队"成员，在浦东国际机场 T1 航站楼驻点值守接送重点国家入境人员进行有序分流及后续隔离观察，累计工作 120 小时，共计登记入境 506 人次。

　　在我国疫情防控形势持续向好之际，国际疫情形势却急转直下，境外输入病例的增加拉响了新的警报。守好上海的"东大门"，成为浦东责无旁贷的新战"疫"防线。3 月 5 日晚上 11 点，王畅接到组织的紧急召唤，要求她第二天带好换洗衣物在浦东党校集合，具体工作内容还不得而知。王畅的内心虽然有些忐忑疑惑，但思忖片刻后，她回复道："首战用我，用我必胜！"

　　在首个工作日晚上，一对日本父子因看不懂中文登记表，使当值民警工作无法开展。王畅见状，立即上前用英语、日语与对方交流，顺利地帮助他们完成登记工作。因志愿者召集令下得很急，驻场并没有专业翻译人员，于是指挥部紧急决定，让王畅从原本跟车集中转送的工作安排中"火线转职"，负责旅客信息登记点的登记与翻译工作。由于小语种语言服务志愿者到岗时间有限，王畅急中生智，用电话联系日语、韩语翻译，与旅客进行三方沟通，出色地向外籍旅客阐释了整个防疫工作流程。

通过交流打开旅客心扉

由于征集令下得紧急，王畅第一次出征，直到浦东国际机场现场才领到防护服。尽管穿上防护服之后闷热难忍，而且为了减少上厕所的频率而不得不少吃饭、少喝水，但王畅还是坚持了下来。

现场遇到的困难比王畅想象的更多。由于机场需要 24 小时值守，志愿者们的工作形式是 12 小时白班与 12 小时夜班轮流倒，连续作战、通宵作战对每个人的身心都是巨大的挑战。而在经历入境的一道道严格防控流程后，面对房源紧张的留验点和隔离点，到达登记点的旅客们也往往显得敏感脆弱，其中不乏情绪失控、哭闹埋怨者。

面对各种情绪，王畅"照单全收"，晓之以理、动之以情，主动向各国旅客解释境外疫情骤变形势与上海最新隔离政策，耐心化解旅客的情绪，通过交流打开旅客的心扉，在相处中达成互相理解。

出于安全防疫的要求，对居住地在酒店与酒店式公寓的入境人员是采取集中隔离方案的。然而，一个长期居住在上海酒店式公寓的波兰小哥却拒绝去集中隔离点隔离。王畅苦口婆心地劝说，从安全健康角度向他摆事实、讲道理，最后他由不解到愿意，等待期间还主动与志愿者们互动交流。王畅凭借出色的沟通能力，成功地将矛盾解决于无形之中。

展现当代青年的使命担当

这次执行的任务突发而紧急，当王畅第一时间告知父母和导师的时候，亲人们都是既牵挂又支持。王畅的父母都是胜利油田的党政干部，所以，爱国自强、拼搏奉献的"胜利精神"是王畅成长的底色。王畅的导师马丽蓉教

授也一直教育师门弟子"做个大写的人",要敢于担当、勇于奉献。还有上外国关学院党委副书记、辅导员蒋灏老师,以及王畅博士班的同学们,他们都是王畅最坚实的精神后盾。

王畅所在的志愿者团队也是一个团结友爱的集体,他们毅然上阵、筑成人墙,用尽全力保卫上海这座城市,保卫上海市民,展现了在未知和无常面前应有的坚强无畏。

谈及参与这次志愿者工作的初心,王畅简短而有力地回答道:"疫情就是命令,防控就是责任。""格高志远,学贯中外"是上外的校训,"党校姓党,党性铸魂"是浦东党校人的担当,王畅早已视自己为文装解放军。疫情之灾让各国人民真正开始深刻体会习总书记所说的"人类命运共同体",相信在科学有序的组织下,只要做到团结信任、真诚相守,就一定能够取得疫情防控阻击战的胜利。

"我希望用自己的实际行动守护上海这座城市,以'青春之我'创造'青春之中国',在这次的抗击疫情阻击战中不仅展现上外学子的青春力量,更展现我辈青年人的家国情怀。"王畅表示。

(原载《东方教育时报》2020 年 4 月 8 日)

构筑守护上海的铜墙铁壁

——上海各级党组织采取各种应对措施应战复工潮

组织人事报记者　蒋捷舟

近日，上海各大企业开始陆续复工。上海的疫情防控工作，随着返程大客流的到来，压力倍增。如何切实守牢自己门、管好自己人、做好自己事，打赢这场疫情防控的人民战争？上海各级党组织坚持守土有责，采取各种应对措施应战复工热潮，全力以赴构筑守护上海的铜墙铁壁。

一线道口"防输入、防输出、防扩散"

2月8日、9日，全市大客流集中返沪，隧道股份城市运营管辖范围内87个高速收费站已进入临战状态。隧道股份城市运营党政领导班子、3500余名运维、清障、应急、信息登记人员全员到岗，24小时值守一线道口；各检查站、道口设施严格按照防疫标准，实施道口设施、初检区域、复检区域、隔离区域定时消毒，实施作业人员岗前岗后安全交底、健康状况检查，严格落实进出沪车辆人员"逢车必检"，建立人车信息档案，确保每辆进出沪车辆信息可追溯，"防输入、防输出、防扩散"保障市民安全。

省界入沪高速道口防疫工作人员紧缺，市建设交通工作党委第一时间在市建设交通工作党委、市住建委、市房管局动员组织党员干部带头支援道口一线值守。短短一天内，就有131名机关、事业单位党员、干部报名争当道口值守志愿者。

审计局、团市委等单位也分别组织本机关干部、青年志愿者增援一线，参与联防联控志愿服务，累计上岗志愿者超过 1.6 万人次。目前，市级机关系统有 1975 名党员干部已报名参加疫情防控应急志愿者队伍，随时听候组织召唤。

结合实际，筑牢家园安全的篱笆

在防疫形势依旧严峻的当下，全市各街道、居民区结合各自实际，想办法、出实招，及时掌握返程居民健康信息，筑牢家园安全的篱笆。

位于浦东川沙新镇西北角的德馨居民区，一直是外来人员密集区域。居民区党总支通过电话排摸、门岗登记、线上登记等方式，全面进行再排查、再跟踪、再梳理。在此基础上，居民区制作了一张涵盖四个小区的全覆盖排摸情况表，结合实有人口变动情况表，形成一张实时更新的"作战图"，将有关动态变化信息及时更新，做到一图在墙、一网打尽、一目了然，全方位、全覆盖织牢织密防控网。根据排摸表数据，德馨居民区将情况分成七类，用不同颜色或旗帜作为标识："未出上海"住户用绿色标记，表示该住户属于健康状态；"居家隔离"住户用黄色标记，需要每日每时关注了解，为该住户居民提供日常生活服务；"解除隔离"住户用蓝色标记，虽已解除但仍要持续跟踪关注，如有相关情况发生及时报告；"重点区域"已返沪人员用彩色旗帜标记，居委明确专门团队每天电话跟踪，实施严格的健康管理，确保其到家之时起第一时间掌握，每天报告体温等健康状况；对于"重点区域"未返沪人员用红色标记，最为突出醒目，居委每天电话询问，说明实际情况，劝导尽量延期返沪，并在涉及住户的家门上张贴居委联系表和返沪情况登记二维码，安排楼组长和对门邻居时时关注，一有消息第一时间通知居委；"非重点区域"返沪人员则用白色标记，安排楼组长联络跟踪，叮嘱住户自行做好隔离；对于情况复杂的合租房，用黑色旗帜标记，若与其他颜色（情况）重叠，同时标记。

而在虹口区凉城新村街道文苑一居民区，党总支组织成立了 9 支党员志愿者突击队，以应对回沪返程高峰的到来。由于居民区外来租户较多，为了对小区人员情况全面掌握，各突击队党员按照分管区域排摸返沪人员，并动员返沪人员积极填写"健康信息表"，带头守好每个门洞。按照疫情防控工作新要求，文苑一居民区根据范围广、人员多、租户陆续返沪的特点，决定通过红蓝两种出入牌进行人员流动管理。"红色"门牌发给未出上海的本市人员，"蓝色"门牌发给情况已了解的外省市人员，如果不能出示出入牌的人员入住文苑一小区就要进行人员排摸。这种方式有效提高了人员排摸管理的工作效率，使得社区干部的防控疫情工作更加有的放矢。

把园区、楼宇疫情防控抓实抓细

"把这条疫情防控的横幅挂起来。"

"园区的人员进出情况登记了吗？对来往人员测温的设备准备好了吗？"

面对 2 月 10 日复工潮，徐汇区华泾镇所属的天华实业公司党支部书记王武华早早来到天华园区开始了紧张的部署。

天华园区是华泾镇 9 个园区中人流量最大的园区，高峰时期园区白领人数达到 1 万多，而且园区地理位置在 1 号线、3 号线、12 号线交汇之中，毗邻上海南站，人流输出、输入体量都很大。为了赶在复工潮之前迅速、高效、精准地做好企业疫情排查管控工作，天华公司与园区内所有企业"点对点"沟通，一一确认各企业的复工时间，并向企业宣传疫情防控要求，明确告知企业主体责任，要求企业防控疫情要做到"三个覆盖""三个一律"。天华公司还联合物业公司通过对园区内公共区域进行整体消毒，优化园区停车方案，制定食堂用餐统一打包带回等工作预案，筑牢园区环境安全、停车安全、饮食安全，确保防疫工作"全覆盖"。

杨浦区相关街道、园区党组织也跨前思考、积极行动，以严而又严、细而又细的举措，努力把园区、楼宇的各项疫情防控工作抓实抓细。

大桥街道第一时间抽调 10 余名工作人员成立园区企业服务组，深入辖区所属各园区企业，指导企业抢在复工前做好各项防控措施，帮助解决存在问题。同时，指导园区加强集中区域、重点领域人员管理，加大回沪员工排摸力度，做到底数清、情况明、全覆盖；发动企业党组织和党员提高政治站位，发挥"两新"组织党组织战斗堡垒作用和党员先锋模范作用，齐力维护好大局稳定和周边安全，做好"主心骨"。

江浦路街道成立商务楼宇防控疫情党员突击队，聚焦辖区内 11 幢商务楼宇，明确专人逐一上门对接楼宇物业公司；以楼宇为单位建立企业联络微信群，向辖区内企业发出倡议书，呼吁"两新"党组织积极带头，在防控疫情中作表率。

（原载《组织人事报》2020 年 1 月 13 日）

新民晚报社区版·家庭周刊

"逆行英雄"守护爱与生的希望

因为被需要 所以一往无惧

新民晚报社区版·家庭周刊见习记者 戴砚君

新冠肺炎疫情爆发以来,时刻牵动着全世界人民的心,不少医务工作者纷纷主动报名,赶赴武汉一线。疫情就是命令,使命召唤担当。他们带着责任负重前行,把亲人与牵挂留在了这里。对于患者而言,迎面走来的是生的希望;对于家属而言,这是一场魂牵梦萦的牵挂。

教师岳母牵挂女婿日夜祈祷平安归来

"临走前连夜到医院准备,出租车司机得知我要去武汉救援,拒收我车费。等我在医院收拾好后,司机再把我免费送了回来。各条战线都在用自己的方式抗击病魔,作为医务人员,我更加义不容辞。"作为第二批驰援武汉的中山医院重症医学科副主任医师屠国伟说。他原本准备回浙江绍兴老家过年,得知疫情后,第一时间把车票退掉,主动请缨奔赴前线。

屠国伟有着幸福的家庭,岳母与他们三口同住,平时生活上互相照料。用岳母的话说,"他是个做事非常认真的人"。此次出征,家人表示:"虽然很担心、很舍不得,但是我们会全力支持他!"

自屠国伟离家那一刻起,家人们就未停止过担忧。72岁的岳母每天开着电视机,放着各种电视剧,只为分散一些注意力。前不久家中的电视机坏了,自己又不会用手机,女儿是仁济医院外科监护室的护士,经常值班不在家,焦虑的岳母只能临时租了个9寸的小电视机,来了解武汉地区的情况。由于前线工作繁忙,屠国伟很久未与家里联系。一日,一个视频电话响了,电话那头只是短短的几句话"我现在在医院""我有点忙""我挺好，放心吧"……而岳母却捕捉到屠国伟脸上口罩的压痕，看着女婿一脸倦容，她止不住泪水盈眶："他平时报喜不报忧，从来不会说累，看到他现在这样，我真的很心疼，我日夜祈祷他平安归来……"

屠国伟的儿子才 8 岁，还不太懂，只知道爸爸去工作了。当问及他未来的理想时，他嘟嘟嘴说："我想当一名医生，和爸爸一样。我知道挺辛苦的，我还是想当！"

傍晚时分，屠国伟的妻子从医院下班回到家，母亲端上热腾腾的饭菜，三人围坐在饭桌前。这时，视频电话响了，儿子迫不及待地把头凑到镜头前"爸爸、爸爸"地叫着。一家人看到屠国伟的"出现"，脸上露出了笑容，屏幕里，屠国伟把最灿烂的一面留给了家人。这一刻，他们用不同方式在团聚……

默默支持上前线家人借物传思念

"周主任，来剪头发啦！"同事们在喊周萍。出征前两个小时，周萍坐在了镜子前，剪掉了春节刚烫的过肩长发。心里虽然舍不得，但这个爱美的上海姑娘义无反顾：不能让头发变成污染源，也不能因为长发影响工作效率。

周萍是上海市光华中西医结合医院护理部副主任，也是第二批出征的长宁区医疗救护队护理组组长。小年夜，接到紧急支援武汉的报名通知，周萍在微信群里第一个打出"我去！"她说，这是医务工作者的本能反应。得知周萍要奔赴武汉，爱人并不意外，但还是问了一句："为什么要你去？"周萍不假思索："不是要我去，是我要去！"

周萍的母亲说，女儿很早就坚持要报考卫校，成为一名医务工作者。在岗 20 年，周萍积累了各种专业经验，也坚定了这次抗击疫情的信心。爱人打趣说："当初我们俩认识还是因为她给我护理呢，然后我就一路猛追，把她追到手了。"

14 岁的儿子面临母亲的离家，并没有太多顾虑，起初甚至暗自高兴，"妈妈终于不用管我学习了"。十几天过去了，儿子看着家里的猫、妈妈最爱的植物，心中泛起了想念。他不善于表达，默默地给一盆盆花浇水，还经常抱着那只被他称为"弟弟"的猫。儿子说："希望能接到电话，想听到妈妈的消息，但不想听到坏消息。"渐渐地，他肉嘟嘟的脸上浮现出一丝愁容。

"爸爸平时不爱说话，也不怎么玩手机，最近晚上他总是睡得很晚，每天都捧着手机在看。"儿子尽管只有初中二年级，但也看得明白父亲的担忧，"外婆更是睡不着觉了"。

说这话时，儿子叹了口气，他的心中满是对母亲沉甸甸的牵挂。

周萍的母亲一如既往地在厨房准备晚餐，只听得见刀剁在砧板上"笃笃笃"的声音，家里的氛围比较低沉。母亲做的是周萍最爱吃的炒土豆丝和炸春卷，她低头切着菜，回忆道："周萍离开家的那天，和我说了句'你要照顾好自己'。这个菜，她就算吃不到，我也要做！"这一刻，母亲泪如泉涌，滴在砧板上的泪水，渗透着一位母亲对女儿深深的爱。

吃饭时，周萍的爱人拨通了视频电话，向周萍介绍桌上的每一道菜。母亲默默地听着女儿的声音，眉头舒展开来。儿子迫不及待地"抢"过手机，对妈妈说："妈妈，我在家会帮你照顾好你的花还有你的猫，你以后要更温柔一点哦！"电话那头爽朗的回答，餐桌上其乐融融的欢笑声，打破了原本的沉静，暖意萦绕着这个家……

医务工作者的家庭： 责任比牵挂更重要

2月6日晚上十点，一通电话打破了家里的安静，复旦大学附属中山医院肾内科副主任医师邹建洲从床上坐起来："可以，没问题，血透室工作和家里我会安排好。"邹建洲没有犹豫，接下了驰援武汉的任务，他相信同为医务工作者的妻子会理解和支持他。放下电话，邹建洲转身告诉妻子："明天我要去武汉了！"他的眼神里充满了坚定。

2月7日，邹建洲带着家人的牵挂、医院的支持、患者的期盼出发了。临行前，儿子的一句"爸爸，注意安全！你什么时候回来？"让他甚感温暖又无言以答。"放心，我会平安回家"是邹建洲医生对家人的承诺。

原本计划了今年过年要回江西老家看望邹建洲的父母，因为疫情的缘故，妻子医院要求全员留上海随时待命，只能放弃了回家团圆的机会。可对于邹建洲的"出征"，二老并不知晓。邹建洲临行前特意嘱咐妻子，不要将自己驰援武汉的事情告诉父母，免得他们担忧。

邹建洲与岳父母家住得很近，平日里都是在老人家吃好饭再回自己家。邹建洲离开后，两位老人每天通过电视新闻了解一线情况，晚上还准时与女儿通电话，了解一下女婿的平安。通过这次疫情，两位不善于表达的老人更加关心前线的女婿，也拉近了一家人的距离。

"其实武汉那里设备、药品还跟不上，白天要把晚上的药准备好，晚上药房都没有，有些事情很难处理。"这是邹建洲反映给妻子的一线情况。其实邹建洲的妻子也是名在一线抗击新冠疫情的医务工作者，平日里在公共卫生临床中心感染科工作。2003 年进过 SARS 病房工作的她，对于疫情防疫有一定经验，她说："我做好了被调去病房的准备，到那时候，我就把孩子交给父母帮忙看护吧。"

邹建洲临走前嘱咐儿子要记得写日记，如今儿子也在遵循他的诺言，有时候写着写着放下笔，悄悄问一句："妈妈，爸爸什么时候能回来呀?"虽然孩子平时与父亲交流不多，也习惯了父亲经常加班，而这时，血浓于水的亲情还是冲淡不了孩子的思念。

"其实我们家里人都不意外，他早就想好要去的，也做好了准备。"妻子面对邹建洲的"逆行"，语气颇为淡定，她说："很多事情遇上了是没有退路的，也不要去害怕、担心，这些只会徒增焦虑，有些时候要做就必须要做，责任比牵挂更重要，我相信他会保护好自己，平安归来。"

在上海，数千名医护人员赶往武汉驰援，这背后寄托了数千个家庭的牵挂，他们舍弃小家，奔赴前线，拯救百万家庭乃至全国的希望。在生活中，或许他们很平凡，但在这场"战役"里，他们用逆行的身影谱写着这个时代的传奇。

（原载《新民晚报社区版·家庭周刊》2020 年 2 月 19—25 日）

利群医院的战 "疫" 姐妹花

新民晚报社区版·家庭周刊记者　傅佩文

面对突如其来的疫情，作为普陀区发热门诊之一的普陀区利群医院，上下齐心，共同投入到这场没有硝烟的战争中，有这么一对 "姐妹花"，一个主动请缨奔赴武汉，一个留在后方严防死守，无私奉献着自己的正能量。

高莉：战 "疫" 一线的护理 "智多星"

高莉是上海市普陀区利群医院外科党支部委员、骨科护士长、全国青年文明号号长。刚刚 30 出头的她，有着丰富的护理经验，ICU、急救、骨科护理样样都在行。支援武汉的号召一发出，高莉第一时间就报了名。在武汉，她将 "倾听服务" 等工作法运用于护理一线，并在同事们的帮助下改进、设计了部分工作流程，大大提高了工作效率。

此去武汉，孩子尚小，从未离开过母亲，但高莉克服重重困难，在家人的全力支持下出征。当问到她为什么义无反顾要去援鄂时，高莉坚定地说："我是党员，我就应该冲在最前面。"

到达武汉后，高莉迅速进入工作状态。为了保证体力和节省时间，更为了节约防护物资，她每天上班前吃一些干点垫饥，尽量少喝水。因为一上班，就要坚持全副武装 5 个小时左右，防护服很闷，一个班下来身上的衣服湿了好几回。

刚去时，武汉第三医院光谷院区病区新开，刚刚收治确诊的新型冠状病毒感染的肺炎患者。新病房虽然基础设施已到位，但还有许多流程和细节问题需要完善。高莉主要协助护士长管理病房，协调医生护士和患者之间的问题。

她有病区管理经验，一工作就发现"危急值"登记本、输血登记本等流程尚未建立，立即动手制作；由于病区床位一直在增加，原有的床位登记表已经不能清晰地反映患者的分布情况，她马上着手改进，设计了新的病员一览表，让每天的床位分布、使用以及责任护士包干情况一目了然，便于每天早上核对。她说："这是平时我们质控一贯的要求，早已烂熟于胸，既然来了就要做好。"

她还将青年文明号的"倾听服务法"带到了武汉，倾听患者、护士需求，因地制宜开展工作。她说："现在是非常时期，更要付出百分之百的心思。"

病房里有位老先生，虽然意识清晰，但生活不能自理，生活上都需要护士帮助。他嘴唇很干，一直要喝水，但病房里没有吸管，也不能从外面随便带东西进来。高莉就与护士们想办法，剪了一小段吸痰管当做吸管给他喂水。喝到了水，老先生也平静了下来。

还有的患者出院时需要开具回家证明，她逐一记下立即反馈给医生，马上办理。高莉总是用心倾听责任护士们对于一线工作的反馈，悉心思考、改进方法，提高工作效率。比如同事们反映临床血糖、氧饱和度等小治疗很多，这给了她灵感。经过大家讨论，她设计了"分组治疗单"，这样到什么点做什么事、做过与没做过的情况都能十分清晰地反映出来，责任护士之间交班时也方便了很多。

援鄂期间，高莉还收到了一封特殊的来信。原来，还在读初中的侄女听说姑姑驰援武汉的事情后，心中不由敬佩，给姑姑写来了一封"家书"。她很意外也很感动，在繁忙的工作之余回信鼓励小侄女要努力完成学业，将来用实际行动报效祖国。

丰富的工作经验、出色的工作表现都来源于日常的积累和历练。日常工作中，作为利群医院年轻的骨科护士长，高莉立足岗位，注重专科护理质量提升，积极发挥集体智慧和力量，提高工作效率。她带领团队创新管理机制和服务方法，凝练了一套"倾听服务法"。通过"二听一聚焦"，倾听患者、护士心声，聚焦解决问题，不断提升患者舒适度和护理疗效，成为创新创效的摇篮，成绩显著。短短两年里，她带领护理组聚焦并全周期解决案例 10

项。比如针对患者在使用冰袋和沙袋消除肿胀、肢体制动时总是一动就掉、效果不佳的问题聚焦讨论，研发了可多部位使用的改良型冰袋沙袋固定套装，成本低、效果好，患者舒适度大大提高，2017 年还获得了"国家实用新型专利"。

吴颖："发热门诊进进出出"的把关人

"吴姐，有武汉来的患者看病，怎么办？"

"吴姐，这位患者需要会诊，怎么办？"

"吴姐，刚才这位患者需要隔离，怎么办？"

"吴姐，这位患者转运，需要做什么？几点转运？"

作为上海市三八红旗手、上海市卫生系统第十七届"银蛇奖（提名奖）"获得者，同时也是利群医院医务科负责人的吴颖医生，以院为家，在 2020 年春节前后共 20 天的日子里，出台了 15 项医疗服务内容、制定了 19 个符合防控要求又具有实际操作性的制度和流程，进行了 21 场各类培训及工作部署会。

作为院内专家组成员之一，吴颖时刻关注来院患者的情况，与院内、区内专家一起，绝不放过一个疑似病例。20 个昼夜，换来的是发热门诊诊治流程越来越顺畅、"五不出门"制度的严格执行；是和感染科主任党宗彦、呼吸科副主任医师朱峥共同组建的会诊专家"三人先遣小分队"；是防疑似患者漏诊的、由临床和影像科主任组成的"双保险"预警上报机制；是每一位进入医院大门都必须经过"三层"流行病学史筛查，并签署《流行病学史调查告知和承诺书》的患者；是只要发热就会被安排呼吸科副主任医师仔细排查的住院患者；是在疫情防控期间，为满足患者基本医疗需求，必须五人（手术申请者、科主任、疫情排查医生、医务科、分管院长）共同签署的手术审批单；是每一天，都有患者"进进出出"的发热门诊隔离一病区；是 16 位完全理解、支持、配合疫情防控工作，实行隔离诊治的疑似患者；是为应对返城高峰人群，即将投入使用的隔离二病区……疫情面前，吴颖医生将每一项工作做到了落地有声。

作为副主任医师的她，和发热门诊、急诊科、呼吸科的兄弟姐妹们日夜坚守在防控第一线。每一例疑似患者启动会诊程序、书写情况汇报、监督执行诊疗方案、与120急救中心联络转诊疑似患者……她都亲力亲为。

有一次，一位老太太的临床症状和检查不能排除新冠肺炎疑似诊断，需要隔离诊治。由于老太太来院看病时没想到自己将会被隔离，还没吃午饭的她满脸焦虑、眼含泪花。吴颖医生在会诊时细心地发现了老太太的难过，将自己买好了还未吃的午饭拿给了老太太，让她能够安心留在医院配合发热门诊医护人员进行各项工作。

吴颖从事急诊工作以来，一直致力于各种急、危重病患的抢救。2013年，作为急诊医学科青年骨干，吴颖医生在利群医院急诊医学科何再明主任的指导下，在医院急诊率先引入CRRT（连续肾脏替代疗法）技术，大大提高了危重症患者的抢救成功率。为切实提高患者的抢救成功率，她亲历亲为，是极少数能独立为患者全程实施CRRT技术的医生。目前，急诊科承担全院危重症患者的CRRT会诊工作，她作为主力军，经常为了抢救患者，连续几天都"吃""住"在患者身边，加班加点成了家常便饭。

她创建"吴颖安宁疗护创新工作室"，围绕"五维一体"开展安宁疗护的医疗体系建设，即：医疗管理、学术理论、服务模式、诊疗模式、人文情怀"五个维度"的实践工作，让患者生命最后一公里的道路上散满阳光，该项目获得普陀区巾帼创新工作室。

（原载《新民晚报社区版·家庭周刊》2020年3月11日—17日）

她身体力行诠释无悔抉择

——记参与上海首批支援武汉的医护人员殷敏燕

新民晚报社区版·家庭周刊记者　范献丰

早晨8点30分，武汉金银潭医院，抗击新冠肺炎疫情的最前沿，全国人民目光之所系。

来自公利医院急诊科的护士长殷敏燕刚刚上完大夜班，跟接班的护士交待了每一个病人的情况，特别叮嘱"有几个病人情绪不高，多跟他们说说话放松放松"。

脱去防护服，摘下口罩，殷敏燕轻轻地按压着脸上被箍出的深痕。工作一夜，她还不能休息："酒店里的物资还需要我们整理，为接下来工作做准备。"

窗外，白日渐长，阳光回暖。身处"暴风眼"，殷敏燕丝毫不显紧张慌乱："这是我的工作，是我的职责，没有什么特别的。"

要喂药，也要喂饭

除夕夜，殷敏燕作为上海首批支援武汉的医护人员，告别家人踏上征程。"情况紧急，一到武汉我们就投入紧张的工作。当时刚刚接手病区，对这里的情况一无所知，而且人手也不够，说实话，一开始我们也有点手足无措。"殷敏燕的岗位在武汉市金银潭医院——这是全武汉最早收治新冠肺炎病人的医院。作为经验丰富的急诊科护士长，殷敏燕被编进重症护理组，在备受全国关注的金银潭医院北三重症区工作——这里 28 名病人全部是重症患者，大多需要上呼吸机，生活无法自理。

按照通常情况，重症监护室的病人和护理人员比例一般维持在 1∶2.5

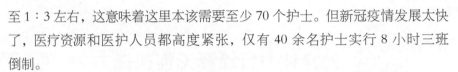

至 1 : 3 左右，这意味着这里本该需要至少 70 个护士。但新冠疫情发展太快了，医疗资源和医护人员都高度紧张，仅有 40 余名护士实行 8 小时三班倒制。

刚到这里，殷敏燕一个人就要负责 4 个病人的护理工作，其中 3 人上了呼吸机，生活护理、基础护理、治疗及抢救等工作殷敏燕全部要参与。"特别是刚来的时候，我们几乎什么都得做。"金银潭医院北三重症区是完全的封闭隔离病区，家属和其他人都不能进来，自然也没有护工，护士们除了正常的护理工作，还要帮病人喂药、喂饭乃至换尿布。"这里甚至也没有保洁人员，我们还要负责病区的清扫工作。""身兼数职"的殷敏燕一个班头要持续工作 8 至 10 小时，这样的状态维持了一个多星期。"好在接手两个班头之后，我们这些'外援'对医院和病人的情况就熟悉了，接下来的活虽然累，但至少能有条理地开展。"

"第一个星期是最累的。"殷敏燕回忆，当时每天工作结束回到酒店，"连说话的力气都没有，只想快点休息，倒下立即能睡着。"

身体之外，也要呵护心理

重症病人的护理工作辛苦，除了考验护士们的技艺和体能，更要求她们极度的细致和耐心。"因为这里的病人几乎都上了呼吸机，说话和行动都不方便，病人有什么需求，到底哪里难受？这要求我们护士得主动关心、仔细观察。"殷敏燕说，自己会定时间病人是否需要喝水，通过他们的动作判断是否存在不舒服的情况。

殷敏燕记得曾有年轻的男患者被送进重症区，但这名患者排尿时间明显已过却没有要求更换尿布，她这才发现这些年纪较轻的病人会不好意思请护士帮忙换尿布，"之后我就算好时间主动询问，为需要更换尿布的病人第一时间更换，这样也能逐渐免除他们的尴尬"。

护士护理病患的身体，也在呵护他们的心理。进了重症区的病人，除了病情本身较重之外，往往情绪十分低落。为了缓解病人的紧张焦虑，殷敏燕在做护理工作之时，也会和病人聊天，宽慰他们紧绷的神经。

殷敏燕刚到医院时，护理的 19 床病人姓卓,50 多岁，由于氧饱和度不稳定需要上呼吸机。他清醒的时候，殷敏燕会一边工作一边跟他聊天，还会说起各地美食。渐渐地，老卓的心放宽了，看到殷敏燕等医护人员在忙，还会主动嘘寒问暖。刚拿下呼吸机，老卓就拿出自己的饼干给殷敏燕："你们太辛苦了，我看你们饭都没吃，这些饼干你们拿出垫垫饥吧。"老卓还说，等他病好了，一定带护士们"吃遍武汉"。殷敏燕记得护士们跟老卓的约定："听到这些家常话，我心里是备感温暖。"

请缨逆行，无悔选择

进入隔离病房护理病人，要求必须达到三级防护，工作至少 8 小时。每次上班之前，殷敏燕必须穿上厚厚的防护服、护目镜和口罩，整个人被严严实实地包裹着，只露出一双眼睛。

"我们这里光看衣服是认不出人的，医护人员都把名字和医院写在防护服上，这样大家也好辨认。"

"前线物资太宝贵了！"一开始殷敏燕和同事们就约定，工作期间尽可能不吃不喝以忍住不上厕所，这样才能尽可能地节省防护服——每天长达 10 小时的时间，他们就是这样"三不"状态工作，交班后卸下的防护服里全是汗水，人因摄入太少累得几近虚脱："这时候拼的就是体力、毅力还有一身正气！"

如今，殷敏燕所在的小组每个班头时间已经缩短至 4 小时。殷敏燕直言，不是护士们不愿拼，而是"现在防护物资依然短缺，1860 医用口罩更是少得可怜，我们现在只能叠戴一个外科口罩和一个薄型 N95 口罩，两层一起防护。但这样的防护时间比较短，4 个小时必须换班"。

如果时光能倒流，殷敏燕还会选择第一时间报名援助武汉吗？"作为一名护理人员，当国家发生了这样的疫情，正是需要我们的时候，我总归要报名参加的。"殷敏燕是"80 后"，2003 年非典时刚参加工作，还没有机会直接参与援助一线。如今，她已经是一名有丰富经验的护理人员了。"我希望用我的经验能帮助到更多需要帮助的人，"殷敏燕说，"当时就想报名到一线来，根本没想这么多，也没觉得害怕。其实直到现在，我也没觉得有多危险。只要守好我们的专业，科学护理，危险是可以降低到合理范围的。"

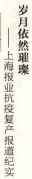
出征之时本该是除夕团圆之夜，殷敏燕很感激家人的支持，"他们都说不给我拖后腿。"得知殷敏燕驰援武汉，她的父亲特别跟她说，"援助武汉是光荣的，也是一次历练的好机会，你应该去"。

结束一天的工作，殷敏燕会和父母通一个电话，报一声平安，问问家里的事，再讲讲病房里的感受。放下电话，她也来不及休息："非常感谢社会各界的支援，每天酒店都会收到很多捐赠的物资。我们下班就把这些物资进行整理，好给下一个班头的医护人员使用。"

（原载《新民晚报社区版·家庭周刊》2020 年 2 月 26 日—3 月 3 日）

看，大飞机一线这样复工

大飞机报记者　郑小芳

2月14日，包括大飞机在内的一批国家重点科技工程开始安全有序复工的消息在央视《新闻联播》上报道。在做好防疫工作的同时，大飞机一线正按照项目计划有序推进。在上海、东营、南昌、阎良等地，中国商飞公司一手抓疫情防控，一手抓复工复产，努力降低疫情对型号产生的影响，保障工作稳定运行，做到"两手抓、两不误"。

排除万难　分批"会师"

2月10日，一支由C919大型客机外场试验队副书记巢沧海、队长助理王海带领的先遣队率先出发，前往南昌基地，正式拉开了C919大型客机外场试验队的复工序幕。

17日9时40分，第二批试验队员从中国商飞总装制造中心祝桥基地出发，经过近9个小时长途跋涉，顺利抵达南昌，两批外场试验队队员在南昌胜利"会师"。

18日9时30分，由43名队员组成的先头部队，乘坐由中国商飞公司特别安排的4辆中巴车，向东营进发，开启了C919大型客机在东营基地的试验试飞之行。

19日，第三批前往南昌的外场试验队队员集结出发……

疫情就是命令，防控就是责任。C919外场试验队坚持一手抓疫情防控，一手抓主责主业，在打好疫情防控阻击战的同时，全力打好型号研制攻坚战。

在积极做好疫情防控的同时，为确保 C919 外场试验队南昌基地如期复工，C919 外场试验队科学策划、精心准备、积极协调、统筹兼顾，与江西省、工信厅、南昌市、高新区、航空城管委会、洪都集团、试飞院等单位密切沟通，联防联控，搭起安全健康防护屏障。经多方沟通和协调，在各方支持和帮助下，2 月 9 日晚，C919 外场试验队南昌基地获批首张复工许可。在符合当地政府要求和公司规定的前提下，C919 大型客机外场试验队南昌基地第一批 21 名复工人员排除万难、科学复工、有序复工，在南昌基地打响了外场复工的"第一枪"。

在当前疫情防控的关键阶段，C919 外场试验队东营基地成立疫情防控领导小组，全面领导开展东营基地疫情防控工作，从严把控东营队员输入关口，确保选派队员身体健康；协调派遣专车，屏蔽途中感染风险；协商东营市、经济开发区、东营机场、东营宾馆、交运公司、军融物业公司、东营市人民医院等单位进行联防联控；严肃住宿、工作纪律；避免队员集聚就餐；严格出行管理；保持办公区环境清洁，严格执行消杀程序；严格控制会议活动；建立 C919 外场试验队东营基地相关人员健康登记表，监测队员身体情况，多措并举，确保外场试验队员安全健康。

C919 外场试验队积极与属地政府、协作单位、供应商等相关单位建立联防联控机制，强化落实有关防控措施，健全统计报告制度，确保外场试验队队员生命安全和身体健康的同时，力保型号攻坚顺利开展。在用餐、出行、工作、返程等环节，在宾馆、车辆、机库等场所，贯彻落实"24 小时全天候"的防疫措施，持续做好疫情防控工作，做好办公场所、酒店、车辆等按时消毒，以及食堂用餐过程的防控，所有员工的体温检测，保障防疫物资设备到位和按时发放。

防疫无死角　生产不停步

2 月 10 日，中国商飞总装制造一线也正式复工复产。在抓好疫情防控确保安全的前提下推进型号研制，已经成为浦东基地与大场基地生产现场的常态。

复工第一天，在两大型号的生产现场，早会时间出现了不一样的一幕。不同于往常的肩并肩排排站，车间职工们自觉保持一定间距，纷纷拿出手机，点开了群语音。班组长在群里进行安全、质量、防疫等方面注意事项的宣贯并布置工作，在岗和居家办公人员依次在线进行身体状况说明和工作汇报后，现场开始了忙碌。

既要有序复工，又要努力隔绝病毒传播，难，但必须要做。生产现场人数多、任务杂，更是面临巨大的考验。

于是，每天清晨 8 点，当大部分职工还行色匆匆赶在上班路上的时候，在总、部装厂房门口，有一群人已早早来到岗位上，开启了一天平凡而紧张的工作。

部门疫情防控指挥小组领导干部带队，青年志愿者们轮班值守，消毒、测温、盘查、登记……全套预检流程不放松，坚决做到逢进必查，逢人必测，坚决杜绝未戴口罩、不符合上班条件的职工进入厂房，坚决杜绝隐患进入厂房，全天候提供消毒清洁、测温等保障服务，严格外来人员出入厂房管理，建起装配生产线的"防疫墙"，为一线生产人员保驾护航。

在 C919 研制现场，浦东基地总、部装厂房门口都设有检查点，进出人员做到逢进必查，逢人必测，形成进入厂房消毒、测温、盘查、登记等全套防疫流程，坚决杜绝隐患进入 C919 生产线。

为了更好地保障职工在岗期间的安全，除了早上上班前在总装和部装门口配合安保人员组织预检之外，ARJ21 事业部对返岗职工科学安排人员分布，引导大家分散开工。巡查志愿者们的监督提醒，让职工在开展生产工作的时候，多了两道"安全屏障"。

大飞机设计师"变身"线上主播

在大飞机研发一线，有序复工复产的同时，大飞机设计师摇身一变，成为线上教学主播。为了让岗位资质培训不受疫情影响，上飞院开拓了线上教育这一培训教育新方式。课程采用融媒体技术进行线上教学，提高了培训工作信息化程度，摆脱时间和空间的限制，学员们可以利用零碎时间随时学、反复学，足不出户就可以完成岗位资质培训和认证。

在线教学第一课，包括新员工在内的 1000 余人通过内网 OA、腾讯会议、企业微信在线观看了这场由质量部同事直播讲授的岗位资质培训通识必修课《质量体系与程序》。不管是隔离在家还是复工路上，都能第一时间随时随地观看直播，有问题也可以直接通过弹幕留言让老师现场解答。

提升产品质量是每一位设计人员的自我修养，而做好设计质量的重点就是要树立质量意识、夯实岗位知识、严守质量程序，时刻做到"心中有质量"。飞控系统部的郝碧君在上完第一堂课后表示："特殊时期的这节在线培训课程，教给我的不仅是严谨详实的质量体系理论知识，也是质量安全意识理念的深度渗入。"

复工复产的同时，疫情防控工作也容不得一点马虎。为降低员工乘坐公共交通带来的感染风险，上飞院二所倡议党员干部职工充分利用现有资源，以自愿拼车出行的方式上班，党总支出面协调部门内外、所内外拼车资源，制定拼车实施办法。满足复工条件的党员带头共享车辆资源，无畏绕路不惧早起，复工第一天就解决了所内 50 余名员工出行问题。

只要飞机还在飞，客服保障不能断。客服公司各党（总）支部、各部门成立防控工作管理小组，按照从严、从实、从细的要求，压实责任，做好信息上报、关心关爱、复工复产安排等部门内疫情防控工作，全力以赴打赢疫情防控阻击战。适航管理部正常开展航线信息报送，休假期间保持筛选航线信息，报送持续适航事件，协调局方批准超手册修理方案，审查紧急类服务通告，确保机队顺畅运行。客户培训部制定了飞行、机务、签派、乘务 4 个专业在疫情防控期间的远程培训方案，以 LMS（学习管理系统）线上课程学习为主，企业微信互动和教员实时答疑为辅，保证风险可控的同时实现培训正常开展。

2 月 20 日下午，北研中心多电综合研究部的工程师们通过精心准备，通力合作，顺利完成了多电集成试验任务，实现了该项目研究的开门红。因疫情影响，武汉供应商两位项目负责人无法到场试验，多电部就协助他们克服困难，通过电话和蓝信等方式不间断跟踪项目进度，安排项目组相关人员在做好自身防护的同时，及时全面掌握样机情况，在试验一线与供应商协调沟通有关情况，扛起了确保项目节点的重任。大家通力配合、各司其职，克服了人员少，无现场技术指导等诸多困难，顺利完成了试验任务……

一分部署　九分落实

岁末年初，一场突如其来的疫情打乱了人们的工作和生活节奏。为了打赢这场防疫阻击战，党中央多次召开专题会议，分析研判新冠肺炎疫情形势，研究部署疫情防控和复工复产工作。

习近平总书记在 2 月 12 日召开的中共中央政治局常务委员会会议上指出，当前，疫情防控工作到了最吃劲的关键阶段，要毫不放松做好疫情防控重点工作，加强疫情特别严重或风险较大的地区防控。各级党委和政府要按照党中央决策部署，突出重点、统筹兼顾，分类指导、分区施策，切实把各项工作抓实、抓细、抓落地，坚决打赢疫情防控的人民战争、总体战、阻击战，努力实现今年经济社会发展目标任务。对于疫情防控和复工复产工作，党中央已经作出了明确部署，为我们各项工作的开展提供了基本遵循。

崇尚实干、狠抓落实，是我们党执政能力的重要体现。一手抓疫情防控，一手抓复工复产，这是公司目前最重要的工作任务。两手抓，两手都要硬，既要严格按照国家和上海市的有关要求做好疫情防控工作，又要努力实现年度工作目标任务，这是公司党委的明确要求，也是我们下一步的目标和方向。

为企之道，忧无策，更忧有良策而不落实。如果不沉下心来抓落实，再好的目标，再好的蓝图，也只是镜中花、水中月。公司发展的"坐标系"已经设定，"路线图"已经明确。等待观望，不推不动，不去有重点、有步骤、有秩序抓好落实，不去紧锣密鼓地抓好各项决策的落地，蓝图就会成为"画饼"。

大飞机事业的发展时不我待。我们必须以"等不起"的紧迫感、"慢不得"的危机感、"坐不住"的责任感，紧紧抓住安全发展高质量发展这个牛鼻子，坚持"三个第一"，切实将公司党委关于疫情防控和复工复产的各项要求落到实处，在确保安全复工、高效复工的同时，努力提升型号研制效率，确保"三个一"目标的实现。

观望错失机遇，实干赢得未来。多难兴邦，面对危机和大考，我们只有不采华名、不兴伪事，以奋斗为通行证，当好新时代的实干家，才能在沧海横流中彰显大飞机人的本色。

（原载《大飞机报》2020 年 2 月 26 日）

武汉，我们来了！

大飞机报记者　陈伟宁

2月21日16时许，包括4架ARJ21飞机在内的成都航空5架飞机从双流机场相继起飞，搭载着四川省第九、十批援鄂医疗队的231名医护人员以及医疗物资，向新冠肺炎疫情防控最前线湖北进发。这批医疗队员主要来自成都、绵阳、广元、资阳等地医院。

按照国家卫健委和民航局的统一部署，西南地区民航各单位全力架起疫情防控阻击战的"空中闪送通道"。

在接到关于医疗驰援专机任务后，成都航空多次与相关保障单位沟通协调、精心部署，从机型的选择，机组的选派到整个流程的管控都进行了周密安排。成都航空总经理查光忆担任机长带队执飞航班，ARJ21飞机首航机长张放等一批经验丰富的飞行员联合执行此次保障任务。成都航空飞行、乘务、空保、机务、航务人员密切配合，全力保障航班飞行顺利。

疫情发生以来，民航成为交通运输保障和防控疫情的重点环节。成都航空始终把人民群众生命安全和身体健康放在第一位，成立了以党委书记、董事长汤劲为组长的疫情防控领导小组，科学有序推进疫情防控，最大限度减少疫情通过航空器传播，坚决遏制疫情蔓延势头。

（原载《大飞机报》2020年2月26日）

我们安全复工、科学复工、有序复工

大飞机报记者　周森浩

2月10日早上9点多，两辆中巴从中国商飞总装制造中心浦东基地出发。一路穿州过府，晚上7点多，到达距离上海700多公里的江西南昌试飞基地。中国商飞C919外场试验队的骨干队员，顺利通过了消毒、隔离、体温检测等重重"战疫"考验，奔向C919大型客机的试飞一线。同一时间，3辆将要奔赴山东东营的中巴整装待发。而在陕西阎良，十几名试验队员早已枕戈待旦。

在北京，在上海，在成都……节后复工第一天，按照上级要求和公司党委部署，中国商飞公司各单位、各部门、各条线把员工健康和安全放在首位，按照安全复工、科学复工、有序复工的要求，吹响战疫情、攻型号的集结号。

一定要把员工生命安全和身体健康放在第一位

这个鼠年春节，新型冠状病毒引发的肺炎疫情揪住了全国人民的心。中国商飞公司党委坚决贯彻落实习近平总书记关于打赢疫情防控阻击战重要指示精神，贯彻落实中共中央《关于加强党的领导、为打赢疫情防控阻击战提供坚强政治保证的通知》要求，坚持"一把手"抓部署、一张网抓防控、一条心抓引导，以"四个全覆盖"做到守土有责、守土担责、守土尽责。

在复工前，公司专门印发通知，要求提前做好复工前疫情防控准备。复工次日，公司又发布《关于加强疫情防控做好有关复工事项的通知》，根据疫情态势，结合各单位实际，再次明确复工后有关防疫要求。

连日来，公司领导多次到一线进行检查疫情防控工作。"疫情防控是当前最重要的工作，一定要把员工生命安全和身体健康放在第一位。"公司党委书记、董事长贺东风在现场检查疫情防控时多次强调。2月10日，公司党委再次强调："抓好疫情防控是开展复工复产的前提和基础，要把疫情防控放在第一位，统筹处理好两者之间的关系。只有防控到位，才能真正做到安全复工、平稳复工。"

为做好复工期间的疫情防控，公司总部在全面、细致排摸所有员工情况的基础上，实行错峰上下班，同时严格落实体温检测、消毒、佩戴口罩等各项防疫要求，并创新采用蓝信预约的方式，疏导食堂就餐人流，确保疫情防控措施到位，确保员工身体健康。

北研中心严格按照北京市部署和公司党委要求，落实返岗人员防疫措施，对入园员工例行体温探测，并发放口罩等防护物资，保证内部防控不留死角。对班车实行车长管理和登记制，采取乘车人员体温检测、分散乘坐、乘坐位置拍照存档等。复工当天，到岗的各部门、各项目团队员工立刻投入到紧张的科研工作当中。

试飞中心成立疫情防控党团员志愿者突击队，自2月10日起，持续在工作园区内开展入楼体温检测、就餐秩序维护等工作，当好疫情防控的战斗员、宣传员、保障员。

为确保复工安全，2月9日，四川分公司在成都大飞机示范产业园开展复工前专项安全检查，重点检查入园人员管控、园区消毒、防疫物资保障等关键环节。2月10日，四川分公司和成都航空开展联防联控，对园区进行全面清洁消毒，突出重点区域，不留盲区死角。

作为航空运输企业，成都航空着力确保春运保障工作和疫情防控工作齐抓共管。各部门均制定了具体应急处置程序和防控措施。乘务和安全人员在航班保障前，加强学习防护知识，不断温习疫情防控新要求、客舱服务新程序，确保旅客出行。机务和保障人员坚持安全工作高标准、严要求，为旅客出行加上一把"安全锁"。

在确保安全的前提下奋力推进型号研制

打赢疫情阻击战是当前最重要的政治任务，拼搏"三个一"目标是关系公司发展全局的阶段任务。中国商飞公司干部职工迎难而上，坚决落实公司第一次党代会精神，落实 2020 年工作会部署，按照安全复工、科学复工、有序复工的要求，扎实推进型号研制各项任务。

复工前一天，上飞公司发布《关于加强疫情防控确保有序复工复产的通知》。2 月 10 日，在严格落实前期疫情防控专项工作方案要求的前提下，浦东基地与大场基地两地有序复工复产。按生产计划，总共 10 架 ARJ21 在浦东、大场两地同时开展部装、总装工作。C919 大型客机相关生产工作同步开展。

复工第一天，上飞院各个项目团队、重点试验室迅速进入角色。为了保障 ARJ21 飞机航线运营安全，快响指挥中心运行支持团队采取 7×24 值班制度，除轮流现场值班外，通过在家值班、电话会议、蓝信群办公等方式，第一时间响应客户需求，保障春节期间 ARJ21 飞机安全运营 300 个航班。

阵脚不乱，主业不断，就是担当，就是胜利。复工首日，客服公司居家办公人员有序办理远程账号，现场办公人员工作照常开展。各部门建立了应急保障措施，做好服务，做好保障，在严峻的疫情态势下，千方百计保运行，保障业务工作不掉队、有突破。

2 月 10 日，上航公司围绕生产现场、型号外场、三大型号研制、信息化运维保障、上航公司综合计划既定任务、员工切实利益和合理诉求，完成了包括桌面云远程支持、型号标准审签、支线飞机运营数据分析、疫情动态情报编制等在内的 233 项任务，切实确保了型号任务。

（原载《大飞机报》2020 年 2 月 19 日第 2 版）

进一步提高复工率 做到应复尽复正常工作

大飞机报 任淑华 张倩楠

在各条战线的辛勤努力下，中国商飞公司有序推进疫情防控和企业复工复产。公司党委强调，随着全面复工复产，各项工作要坚持两手抓、两不误，各级党组织书记要对疫情防控负主责，继续严防死守。要在确保安全的前提下，进一步提高复工率，做到应复尽复、正常工作。

一线"找茬"每天至少刷出两万步

日前，在 ARJ21 飞机批生产现场，一派忙碌的景象。

这些天，ARJ21 事业部总装车间安全员沙骏每天都在生产一线"找茬"。除了进行防护用品穿戴的管理，他还要监督班组包干区消毒、现场安全管理，确保防疫措施到位。

"车间班组加上办公室近 30 多个大大小小的区域，他就每天坚持两次消毒检查，中午还要引导现场有序就餐，其他时间在现场巡察，但凡有人能走过的地方，沙骏都不敢放过，复工以来工作量一下子上来了，他每天至少要走两万步。"ARJ21 事业部党总支部书记郭念辉表示，多亏了像沙骏这样的安全员，ARJ21 大场基地生产现场七百多名职工才更安心地投入型号任务。

复工千万条，安全第一条。值守在一线，既"找茬"，又"添柴"助力，累是肯定的，但不把问题处理完，沙骏都不会安心下班。他开玩笑说："咱们这里没有火神山和雷神山的大兵团作战，搞好型号一线防疫，保障安全生产，只有靠咱们把每一处的消毒防护工作都做到位！"

这个春节有点长　早想着回来上班了

"早想着回来上班了。"当 ARJ21 事业部部门助理岑科峰走进车间看到再熟悉不过的 ARJ21 飞机，依然掩饰不住自己的心情，这个春节有点长，但他的工作节奏早就开始了。

负责生产准备、计划调度，他和团队做的永远是"提前量"的工作，要让批生产"齿轮"持续运转，防疫复工同时抓，分寸如何拿捏，节奏怎么把握？岑科峰一度为此着急："疫情影响，大家春节期间分散各地，我们的工作协作性很强，如何共同完成好这道考题？"

办法总比困难多。居家远程办公，他和团队成员就提前一一核对盘点第二天上机操作人员健康数据，根据到岗实际人数匹配生产计划，避免人员扎堆操作，并提前梳理计划节点不断作出优化。

计划有了，如何保证协调零件、工具等生产资源准时配送到位？他们通过微信、蓝信"云"沟通，根据具体情况、时间节点和工作环境，制定远程办公的任务清单，定时定点报工作进展……"他们不在生产现场和在现场一个样，感觉一直都在我们身边。"现场职工发出了内心的感叹。

恨不得时间可以"掰开了用"

在南昌外场，基地外面的道路上冷冷清清，但队员们还是利用一切可以利用的资源，努力推进工作进度。型号攻坚需要争分夺秒抢抓时间。每一天，外场试验队的队员们都恨不得把时间"掰开了用"，"还是感觉每天时间不够用。"作为 C919 大型客机外场试验队工程中队副中队长，严子焜一直在现场支持型号试飞和改装工作。

和疫情前相比，早晚例会在疫情期间一切从简，改为线上开展，沟通方式也从当面交流讨论转为了线上消息和电话会，虽然沟通协调方式发生了变化，口罩戴久了也并不舒服，但大家工作的热情一如既往，干活儿更投入了。"这次离开飞机的时间特别长，感觉都把自己憋坏了，心里想着必须把延误的机上工作给抢回来，大家的工作热情都特别饱满，虽然需要处理的事情增加了,但很享受这个过程。"严子焜笑着说。

对于第一批复工的 20 多人来说,固化疫情期间的工作流程、过程和方法,协调第二批、第三批复工人员安全返岗,实施 101 架机改装工作,为 105 架机复飞做准备……一系列工作并不轻松,即使下班后回到酒店,外场试验队员们也还在远程工作,相比以前,工作强度更大了,却无一人抱怨。

试飞节点和改装节点对所有外场试验队员来说是一个巨大的挑战,但相信每个人的辛苦付出、用心做好每一件事的态度、科学的规划和管理一定能够帮助大家赢得挑战。

（原载《大飞机报》2020 年 3 月 4 日第 3 版）

中国宝武报

中国宝武与全球铁矿石三大巨头实现人民币跨境结算

中国宝武与全球主要铁矿石供应商的合作实现新"跨"越！

中国宝武报　孙延军　袁　涛

最近，中国宝武下属宝钢股份与澳大利亚力拓集团完成了首单利用区块链技术实现的人民币跨境结算，总金额逾一亿元。这是宝钢股份继今年 1 月和 4 月分别与巴西淡水河谷、澳大利亚必和必拓完成首单人民币跨境结算后的又一新进展。至此，中国宝武与全球三大铁矿石供应商之间都已经实现了铁矿石交易的人民币跨境结算。

中国宝武为何要推进铁矿石交易人民币跨境结算？

中国是国际贸易大国，人民币在国际贸易结算中已开始得到越来越多的采用，这体现了国际市场对中国经济稳定性的认可。中国宝武每年的铁矿石进口量巨大，积极推进在铁矿石交易中部分使用人民币支付结算既是经营上的需要，也符合人民币国际化的发展趋势，对于希望与中国市场长期合作的国际企业也有吸引力，值得产业链生态圈上下游合作伙伴共同探索。

巴西淡水河谷、澳大利亚力拓和澳大利亚必和必拓，是全球最大的三家铁矿石供应商，与中国钢铁业有着广泛合作。中国宝武与三家供应商保持着长期友好的合作关系，特别是近年来合作的领域和范围不断深化。

铁矿石交易人民币跨境结算，也是高层交流中的重要内容。中国宝武董事长陈德荣多次在与主要铁矿石供应商的高层会见中探讨和推进此项业务。他强调，愿意与各方从长远考量，在更广领域、更深层次加强合作。

铁矿石人民币跨境结算进展顺利

经过宝钢股份与各主要供应商的共同努力，铁矿石人民币跨境结算进展顺利：

● 今年 1 月与全球最大的铁矿石供应商巴西淡水河谷顺利完成首单人民币跨境结算，总金额约为 3.3 亿元人民币。

● 4 月，与必和必拓公司完成了首单进口铁矿石人民币跨境结算，总金额近 1 亿元。

● 随着交易流程的日益完善，宝钢股份进口铁矿石人民币跨境结算已开始从试单向一定数量的常态化结算过渡。作为国内第一家开展此类业务的钢铁企业，中国宝武也将成为第一家常态化进行铁矿石人民币跨境结算的中国企业。

在人民币跨境结算中首次应用区块链技术

除了积极推进人民币跨境结算之外，中国宝武也十分重视区块链等数字化新技术在贸易业务中的应用。自去年起，就与供应商围绕采用数字化新技术进行系统合作等主题进行了探讨，以提升业务效率和打造新的体系场景。此次宝钢股份与力拓集团的人民币跨境结算，就首次采用了区块链技术，为探索未来新型贸易场景建设奠定了扎实基础。

与此同时，宝钢股份积极同必和必拓等供应商一起研究如何在更大范围内使用云端等新技术，助推新型业务模式的建立及发展。

作为中国钢铁行业的领军企业，中国宝武将持续努力，同生态圈合作伙伴一起推进创新技术与自身业务发展需要、行业发展趋势及人民币国际化趋势的有机结合，向更加高效、更具竞争力和国际市场影响力的方向不断迈进。

积极推进人民币国际化，体现央企的使命与担当，在成就"国之重器"的道路上，中国宝武又迈出了，历史性的一步！

（原载《中国宝武报》2020 年 5 月 11 日）

这座英雄的城，"我"守护！

中国宝武报　王　莹　余明程

"累是肯定的，但如果我们停了，谁给医院供氧，病人怎么办？"槽罐车司机罗新是武钢中冶的一名普通员工，春节期间一直为各医院运送氧气，加班加点从未缺勤，事迹在央视网播出后他也只是说出心中最朴实的想法。

"该扛的责任要扛、该做的工作要干，不然怎么打赢这场战斗？"武钢绿城项目管理部部长侯冰冰带领团队四进四出收治发热病人的医院。

坚守，是为了最后的胜利！关系到国民经济、人民生命安全和生活后勤保障的行业必须保持有效运转，才能全方位地支撑国家疫情防控工作正常进行。

于是，我们看到这样的画面：

武汉，疫情核心区，武汉，有一群勇士，他们舍小家顾大家，义无反顾坚守岗位，快速响应主动担当，开足马力火速驰援，责无旁贷奔赴一线，硬核守护这座英雄的城！

于是，我们看到这样的数据：

疫情最危险的时候，她拿出——3家宾馆，1个大型体育中心，1个大型物流转运基地，1所大型高校4个校区，1个党校校区，2家综合医院，24小时不间断输供医用氧气，为2座"神山"提供钢材、专家、技术！

自疫情爆发以来，中国宝武武汉总部上下认真贯彻习近平总书记重要指示精神，不折不扣落实党中央、国务院和省市、集团公司疫情防控的决策部署，勇于担当、快速行动，积极履行政治责任和社会责任，坚持把职工群众生命安全和身体健康放在第一位，把疫情防控作为当前最重要的工作，在全力支撑政府抗击疫情的同时，千方百计确保职工安全，做到守土有责、守土担责、守土尽责。

1 战"疫"前方不可少"我"

各大医院的呼唤、众多病人的期盼，是"我"义不容辞坚守岗位生产氧气输送希望的原因。

从制氧到配送，只要疫情不退，"我"就在！

在医院的用氧量达到日常用量峰值 10 倍以上，武汉市多家收治医院面临"缺氧"的困境下，武钢有限气体公司作为武汉本地最大的医用氧生产企业，为全市一半以上的医院供应医用氧气。疫情期间，宁愿高炉少氧，也要保医院供氧。调整工艺参数，24 小时开足马力不停工，每天供应液态医用氧量为疫情前 4 倍。从 1 月 1 日起到 2 月中旬共向各医院供应医用液态氧约 2000 立方米。为他们提供配套服务的专业化危化品运输公司——武钢中冶气体事业部 50 余人坚守在氧气配送第一线，从 1 月 28 日至 2 月 19 日，为 34 家医院供应各类氧气 12468 瓶、液氧槽车 133 车。

火神山、雷神山以及各大医院发来的工程建设紧急求援，是"我"义无反顾奔赴战场的动力。

供专家、供技术、供材料，只要用得上，"我"就干！

武钢有限检修中心临危受命、紧急牵头组建"战疫情先锋队"。由技能大师马保华领军，集结一批管网焊接的能工巧匠，在 5 个昼夜派出 6 个批次、130 余人次持续驰援火神山、雷神山医院。

武钢中冶先后为金银潭医院、天佑医院、市三医院、九医院、中医院等多家医院提供了供氧系统建设服务。24 小时的专业及时服务，为各医院抢救和治疗新冠病人提供了有力支撑。

武钢绿城多次参与新冠肺炎救治医院基础设施抢建工程。完成金银潭医院、武汉市中医医院汉阳院区、武汉市九医院新增液氧罐基础工程，华润武钢总医院康复楼发热病房改造工程，武钢党校、二技校隔离点改造工程等，协同参与多个疫情防控地的通信保障项目。

在武汉火神山医院、雷神山医院建设中，鄂城钢铁 3 次开通"绿色通道"，不到 3 小时的调拨，火速支援 500 多吨钢材。在鄂州市雷山医院一期、二期建设中，先后 5 次支援 400 余吨钢材，以"分钟"为单位送到现场，堪称"神速"。武钢有限冷轧厂彩涂机组全速生产，保障雷神山 23 吨彩涂板顺利产出。武钢绿城金结公司火速驰援雷神山建设，按时完成所需 28 吨钢结构件制作。武钢资源乌龙泉矿业公司协调动员 25 台装载机、反铲等设备，连夜驰援武汉雷神山医院建设。

收治紧张的困境，阻断疫情传播的需要，是"我"腾出空间无条件支持抗疫工作的决心。

宾馆、体育中心、学校、物流基地，只要需要，"我"就给！

武钢好生活公司积极响应政府号召，腾退武钢宾馆 158 间客房用于隔离观察青山区与新型冠状病毒感染者密切接触人员。员工 24 小时值守，确保宾馆公共区域消毒、门禁、能源设备维护、消防监控等运营保障工作正常开展，截至 2 月 17 日，相继接收医学观察隔离人员 198 人，日均接收量在 110 人左右。

武钢体育中心腾出 23500m² 的场馆改建青山方舱医院。2 月 13 日，武钢体育中心方舱医院使用开舱收治患者。体育馆 175 张床位、训练馆 213 张床位，共 388 张床位。截止 2 月 18 日 18:00，武钢体育中心青山方舱医院住院人数 368 人；2 月 19 日 15:30，第一批 20 位新冠肺炎患者出院。

武钢集团组织对武汉工程职业技术学院（原武钢大学）罗家路校区（原党校），白玉山校区（原二技校）以及江北校区进行清理改造建隔离观察点。罗家路校区一期提供床位 40 张，白玉山校区提供床位 210 张，后期根据实际情况江北校区还可以改造提供 1000 张左右床位。

应武汉市武汉文创会的求助，江北公司北湖分公司于 2 月 1 日开始作为慈善捐赠物资仓库，成立了青年志愿先锋队，截至 2 月 18 日，累计收取防护物资 2320 件，发货 1295 件。

武钢资源大冶铁矿将吉达宾馆提供给政府作为医护人员集中生活、休息点，并保障每天的工作餐供应；金山店矿业配合政府将金山宾馆改建为集中隔离点。

2 战"疫"后方缺"我"不行

关乎国计民生，城市运转的需要，居民生活的保障，隔离观察点、医护人员保障酒店、定点医院的需求，是支撑"我"逆行的力量。

中国宝武党委书记、董事长陈德荣指出：武钢是中国宝武的一面旗帜，一定不能倒，要挺住。作为关系到国计民生的连续生产的大型钢铁联合企业，武钢有限负责国防、航天、重大工程以及"一带一路"项目的材料供应和民生保障，有着庞大的上下游产业链，一旦停产将导致全产业链无法估量的严重后果。不仅如此，焦炉、高炉、转炉、加热炉等均是高温高压密闭的炉窑，必须连续生产才能保证安全。一旦停产，将会产生炉缸冻结、高炉炉壁烧穿、焦炉炉体爆炸、煤气极度紧张等极端安全生产事故。为此，武钢有限、鄂城钢铁等在鄂企业一手抓疫情防控，一手抓生产经营，两手抓两手都要硬，切实承担起央企的责任与担当。为交付订单、满足用户需要，武钢有限一线员工坚守岗位、精心操作，1月份铁、钢、材产量分别完成119.9万吨、129.3万吨、114.4万吨，铁、钢产量均略超计划，合同完成率达到96.08％，为保障国家经济发展作出了贡献。

武钢有限能环部既负责青山区八个街坊、白玉山整个地区及武钢医院、诊所供电，也负责从江边水站送水到港东水厂制备自来水。对供二医院发热门诊的变电所实行重点管控，安排专人对社区供电线路和江边供水管网进行24小时不间断巡查，为整个社区和后方医院的安全供水供电创造了条件。

武钢好生活保供餐保物业保生活，不间断地为武钢有限主体厂矿、武钢体育馆方舱医院、武钢党校医学隔离观察点、武钢总医院、青山区干警等社会企事业团体提供餐饮服务，承担着一般社会餐饮服务团体无法负担的任务。对方舱医院日供餐量近2000份，对武钢党校医学观察隔离点日供餐量达120余份。同时，对汉阳锦绣雅苑、阳逻香榭花都、东湖网谷、大数据等四个项目部，每天安排约80余名员工为8000多名服务对象提供公区保洁消毒、门禁秩序服务、供水供电维护、生活必需品订购组织协调等基本生活后勤保障。

武钢江南燃气成立抗疫供气重点保障和缴费圈存服务两个工作专班。一方面保障重点防疫点的燃气正常供应，截止2月15日承担区域含隔离观察点、医护人员保障酒店、定点医院等12个重点保障点的供气服务，确保供应正常运转。另一方面，保障供气区域内居民正常用气。目前日供气量达30万方，最高峰达近43.6万方。在确保气源充足供应、保证供气稳定和用户安全用气的同时，做好缴费圈存保障，确保 26 个小区圈存机正常使用；开放 3 个营业厅 24 小时自助缴费圈存服务；成立流动圈存服务突击队与区域内小区物业或社区建立联络机制，专门服务孤寡老人、不方便就近圈存的特殊群体和小区上门集中圈存；发动各小区党员骨干担当缴费圈存志愿者，覆盖圈存点方圆 800 米以内的居民用气圈存。

武钢绿城通信公司 7×24 小时确保通信正常，为武钢有限生产及武钢居民区做好强有力的通信保障工作。同时，保障武钢厂区基础绿化保洁、杂物清理等。武钢绿城市政园林公司风雪夜对倒倾树木抢险，保障武钢厂区基础绿化保洁等。

武钢员工既是爱岗敬业的好员工，也是有爱心、有担当的好市民。2 月 19 日，武钢有限下属单位 WINSteel 的员工何景林登上武汉官方微博，"武钢工人下班后接着当志愿者"令人动容，更令人钦佩。焦化公司职工马鼎的妻子是武汉协和医院护士，一直奋战在抗疫一线，马鼎毅然选择与妻子并肩战斗，成为一名志愿者，义务协助转运医疗和生活急需物资。他们是武钢志愿者的缩影，也是武钢员工的优秀代表，他们的勇毅前行，让广大市民再次看到了武钢的责任与担当。

3 战"疫"的英雄"我"竭力保障

"对外让政府放心、对内让职工放心"，是"我"作出的庄严承诺。

武钢有限全力保障防疫物资需求，春节前将 6.2 万只 N95 口罩、12.02 万只医用口罩、3 万瓶消毒水和 3910 台体温枪配发至一线员工手中，并加大协调采购力度，确保防疫物资供应，仅医用口罩一项，截止目前已发放超过 40 万只。严守疫情防控"第一道防线"，严格员工出入厂管理，所有门岗配置体温枪，设置检测点；每台通勤车每天全车消毒两次，配备体温枪、设置专门车长监测，100% 做到上通勤车、进厂门必须接受体温测量，杜绝发热、咳嗽人员进入厂区。严格执行武汉市交通管制的要求，将必须保证生产运行和应急保障的通勤车和公务车进行报备。加开倒班通勤线路，增加运营通勤车至 170 辆，降低单车乘坐人数，目前车辆平均上座率已不到 60%，保障了职工上下班和防护需求。加大对疫情防控职工、坚持上班职工、困难职工的关心帮扶，发放特别补贴、特别慰问金，奖励一批突出贡献的团队与个人，加大对疫情感染员工的支持帮助和抚恤抚慰，用实实在在的举措表达对员工的敬意，鼓励员工众志成城、共克时艰。加强宣传引导，积极宣传疫情防控期间的典型人物和感人事迹，传播好声音、弘扬正能量。中央电视台、央视网、国资委官微等官方媒体多次报道武钢有限保供医用氧气和员工参与城市防疫工作的典型事迹。这些报道向全国人民展示了武钢员工投身抗疫阻击战的坚定决心，展示了央企的责任与担当。

武钢好生活公司为确保服务对象及员工自身安全，一是建立防控工作专班，实行领导值班带班制度，每天坚持召开视频会通报协调相关工作。二是建立信息沟通反馈机制，加强疫情防控工作监督检查，强化领导干部表率作用，推动各职能部门各司其责。三是加大防疫物资采购配备，采购口罩66600只、84消毒液2578瓶、防护服40套、医用酒精25公斤、抑菌洗手液260瓶、医用乳胶手套1800双、红外体温枪30把。四是建立疫情期间专项慰问资金，用于解决疫情防控期间临时性、紧急性事件的费用支出，并对疫情期间坚守岗位，表现突出的员工进行慰问奖励及困难帮扶。

武钢中冶坚持日管控模式：一是建立公司、事业部、作业区、班组四级响应机制，每天清理和检查检修作业、危险作业与疫情防控工作落实情况，并执行零事故报告制度；二是公司每天召开网络会议，及时协调防控疫情与安全保产工作。建立安全保产应急预案，并24小时值班；三是坚持领导值班、带班制度，凡是有保产任务的，事业部经理或作业长必须带班。公司领导及部门长执行疫情防控分片包保责任制，加强检查督促，促进防控措施落实。四是完善上岗作业流程，保产人员上岗前先防疫，再开班前会，做安全交底，然后上岗作业。五是落实借班人员管控制度。做到防控疫情与安全保产两手抓。

武钢绿城党委坚决压实疫情防控责任，提高政治站位，主要领导靠前指挥，把保障公司员工健康、抗疫责任担当放在第一位。一是成立新型冠状病毒感染的肺炎防控领导小组，制定疫情工作防控预案，实行各单位党政负责人、部门长负责制，确保防疫举措落实到位。周密安排好战疫支援项目，通讯、园林单位的保产与防疫两手抓两手硬。二是关心关爱员工，做好人员监控。实施疫情日报告和零报告制，对所有职工身体状况分层实行严格监控，对身体有异常的员工逐一制定措施。三是加强宣传引导，对公司抗疫冲锋在前的人物和项目团队及时进行宣传，弘扬正能量，展现企业的责任担当。每天利用公司微信公众号、微信群、QQ 群向广大职工及时传达各级文件精神、疫情动态和各类防护信息与应对措施、疫情安全生产工作注意事项等，帮助职工用积极心态面对疫情。四是加大防疫物资采购配备，采购口罩 3.8 万只、手套 1000 双、消毒液 400 公斤、防护服及护目镜 200 套、红外体温枪 24 把、消毒喷壶及酒精若干，保障职工上班安全。

武钢江南燃气做好安全保障，结合岗位作业要求制订疫情防控工作指引，指导作业人员做到事前防护确认，事中按规程操作，事后消毒措施确认，并留影像资料；做好服务保障，各专班领导 24 小时带班，准备好应急物资和车辆，及时统筹做好应急处置；加大防护物资采购储备，也得到了武钢集团、宝武清能、燃气行业办的支援，截至目前共计采购储备口罩 25000 只、各类消毒液（含集团捐赠）近 250 斤、酒精 140 多斤、防护服 120 套、手套 3000 多只；后勤保障组截至目前购买自热饭、方便面等共计 2084 份，解决岗位员工就餐问题。每日网上上传员工测温、消毒、防护工作图，并做好记录及跟踪指导。

武钢江北公司成立了疫情防控工作领导小组，严格执行疫情防控工作要求，组织各园区在开展物业服务、值班带班等工作时，严格落实防疫措施，确保各园区疫情期间安全；组织为武钢有限保产单位，在严格做好自身防护、全力保证疫情防控的同时，做好生产组织工作。坚持疫情信息每日报制度，确保信息及时畅通。所属园区均安排人员值守值班，做好上班员工的防护措施。员工进入工作区域前需进行体温检测并做好相应的记录。员工开启工作场所门窗，通风换气不少于 3 次，每次 20—30 分钟。保持工作环境清洁卫生，保持室内空气流通。定期用消毒水为办公室设备、门把手和楼梯进行消毒。各单位给在岗员工定时发放口罩，每 4 小时更换，员工与员工之间必须保持 1 米以上距离。安排员工错峰进餐，并熬制发放预防中药。指导员工如有任何不适，及时上报，部门领导或值班领导做好后续工作安排。截至 2 月 18 日，组织采购口罩 8.4 万只，酒精、各类消毒液 2360 瓶，医用手套 260 双，防护服 2000 件。

鄂城钢铁一是压实疫情防控责任。公司迅速召开党委会、总裁办公会，及时成立了以党政主要领导为组长、分管领导为副组长、其他战线领导为成员的领导小组，明确 6 个工作小组职责与 10 个方面的防控举措，切实加强防控工作的组织领导。二是建立包保机制和网格化管理。领导干部坚守岗位、靠前指挥、压实责任，公司领导每人包保 2～3 个单位，中层领导人员及助理近 200 人包保了全部车间（科室）、班组，实现了包保责任全覆盖，筑牢群防群控的第一道"防火墙"。三是加强防控物资发放管理。截至 2 月 16 日，公司采购或接受捐赠口罩 19.63 万只，发放 13 万只，酒精、各类消毒液 53 吨，按需发放 20 吨。建立发放流程，坚持优先一线原则，分批领用，每班发放口罩，每天消毒，做到车间、班组全覆盖。四是加强人员健康状况监控。全公司明确 35 人每天对全公司正式员工和协力工 8000 余人身体状况进行拉网式排查，采取日报告制，对身体有异常的按照"四类人员"进行分类，并逐一制定措施，切实把员工身体健康和生命安全放在心上。五是加强现场每天消毒。坚持每天对作业区域、办公区域、食堂等区域全面消毒；在公共区域张贴提示标语，确保不发生交叉感染。六是全力减少人员聚集。实施远程办公，会议采用音视频客户端分散召开；调整作业班制，由原来四班三倒改为四班二倒；关闭澡堂，减少集中用餐，防止交叉感染。

武钢资源提高政治站位，高度重视疫情防控。公司多次召开党委（扩大）音频会议，学习传达上级党委精神，就进一步加强疫情防控进行了专题研究部署。一是公司及各单位领导班子严格执行值班、带班工作，按职责分工，靠前指挥。实施日报告例会制，及时研判疫情，及时解决问题。二是成立疫情防控领导小组，分工协作履职履责。组成联合巡查组加强对现场职工正确佩戴口罩、体温、精神状态、身体状态的检查；加强门禁管理，对外来闲杂人员一律禁止进入厂区；各单位还发动党员干部、团员青工成立党员突击队、青年志愿者队伍，对辖区定时消毒。三是积极关心关爱职工。将口罩、消毒液、测温仪、84 消毒液、酒精等防疫物资及时配备给职工；在卫生间、洗手间、食堂等区域摆放洗手液、肥皂等杀菌物品。四是根据疫情发展，开展疫情大排查。

武汉总部各级纪检组织将疫情防控监督工作作为首要政治任务，聚焦监督的再监督职责，把纪律挺在疫情防控工作的第一线，督促落实中国宝武"四个一律"防控要求和防控各项工作部署，坚决杜绝疫情防控工作中的形式主义、官僚主义问题。武钢集团纪检监督部组成督查组，每日派一名党员赴基层一线岗位对疫情防护用品配备情况、岗位人员佩戴口罩情况等进行督导检查，并及时了解疫情防控工作困难需求。聚焦疫情防控重点工作和重点环节开展监督，坚持抗击疫情工作推进到哪里，监督保障就跟进到哪里，为坚决打赢疫情防控的人民战争、总体战、阻击战提供坚强的纪律保障。

一盘棋、一家人、一条心。兄弟同心，其利断金，众志成城，共克时艰，武汉，有"我"一定赢！

（原载《中国宝武报》2020 年 2 月 20 日）

你的微光，是带着温度的力量
——奋战在湖北抗"疫"一线的中远海运人侧记

中国远洋海运报　报道组

感动，并不一定要热泪盈眶。很多时候，感动带给人们最宝贵的礼物，是信心和力量。

在湖北，在武汉，在全国防抗疫情的各条战线上，一幅幅场景被真切记录、传播着，让我们为之感动和鼓舞。

责任与担当面前，中远海运人从不曾缺席。在全国疫情防控重中之重的武汉市，中远海运人更是"越是艰险越向前"。一个多月以来，集团在汉单位的干部职工，一方面严格执行中央和地方防控疫情相关要求，最大限度地阻断疫情传播和发展；另一方面，在严格做好个人安全防护的前提下，坚定地值守在抗疫一线，在集团系统内各单位协同下保障物资运输线各个环节的高效衔接，让物畅其流……

这一个个在汉的中远海运人的故事，大多数不曾被我们所知晓。诚然，在这场防抗疫情的人民战争、总体战、阻击战中，他们只是一个个微小的个体，但他们真实而立体的身影汇集而散发出的这一束束微光，正给予我们带着温度的强大力量。

感到振奋的背后

我们都知道并感到振奋，2月上旬，为保障湖北地区米面粮油供应，中远海运为中粮集团保供任务提供运输服务，顺利及时地将两个批次的 24 个集装箱 2000 吨冻猪肉运送至武汉中央储备库。

但我们大多数人并不知道，集运武汉供应链公司的员工王凌，在任务前夜为避免车辆人员交叉感染，在个人消毒完毕后，选择睡在仓库等待第二天任务的到来——那可是正月里一个寒冷的夜晚。

我们都知道并感到振奋，为打通长江中游航运中心铁水联运的"最后一公里"瓶颈，即使在新冠肺炎疫情期间，中远海运武汉码头也从没有停止过于 2019 年 10 月起就全面展开的阳逻码头二期建设项目。

但我们大多数人并不知道，武汉中远海运港口生产业务部的员工王巍，为了减少身在抗疫一线的妻子——一名党员护士的后顾之忧，一边安抚和照顾好家中老小，一边远程办公持续推进码头建设，通过与合作方的反复沟通探讨，前后共完成了平面布局及行车路线对比、TOS 选型讨论、操作流程完善、仿真参数设定等工作。

我们都知道并感到振奋，在新冠肺炎疫情暴发后，中远海运从集团到各个二三级公司反应很快、措施得力、行动快速，各项工作都在第一时间部署和实施，"远程办公""无接触服务"……一系列优质的"云服务"只为及时保证防疫物资运输和满足特殊时期客户的服务需求。

但我们大多数人不知道，这条"全工作链条"的完整和高效运转背后是一支何等庞大的团队在支撑。在武汉"封城"之后的 50 个小时，中远海运特别是集运在武汉的各个部门、各网点、各单元的骨干人员充分协作，完成了近 400 人规模的"远程应用"配置。

这是一项从未开展过演习和模拟的工作，而是直接进入了"实战"。没有混乱，只有井然有序；没有抱怨，只有快速响应；没有"折扣"，只有全力以赴。

这一束束微光，给予了我们带着温度的强大力量。

彼此给予的信心

于我们来说，了解事实背后的故事，是一个感知、感动、感恩的过程。心怀感恩，能教人接棒起彼此给予的信心。

2 月上旬，湖北省受捐赠的防疫医疗物资量非常大，急需进一步加大仓储和分拨能力。为了加快防疫医疗物资的收发，湖北省需要在武汉市西北方向增加一个防疫医疗物资收发点。作为央企，中远海运义不容辞地接下了这个任务，经武汉集运所属供应链公司、湖北储运等公司的紧密协同、克服各种困难，连夜将医疗物资分发到全省18家一线医疗机构手中。

而这些给力的行动背后，是每一个身在武汉的中远海运人的坚守。易朝晖就是武汉集运供应链公司的一员。防抗疫情期间，因供应链公司有着承担医疗物资运输、保供物资入库和仓储等职责，易朝晖一心扑在工作上，随时待命，从没任何托词。

"每次收到任务，做足防护踏出家门，他从没有半点犹豫。"同为中远海运员工的妻子李佳对丈夫也是倾力支持。远程办公期间，她承担起家中所有的事务，一边带娃上课，安排家人衣食住行，同时还能做到确保公司各项业务不间断。易朝晖在抗疫期间接到后勤保障任务，需外出采购各类生活、防疫物资并配送。"说实话，出门在外时心情难免忐忑，但想到能为大家做些事就会马上感到振奋。"他还会在这个过程中尽量给司机们多买些物资，因为"他们才是最辛苦的"。

在这场战"疫"里，太多人逆行而上、勇敢担当，有的以奔赴疫区救治病患而为之，有的像易朝晖、李佳一样以坚守本职而为之。"尽管难免有风险，但只要保持乐观心态，做好必要的防疫措施，一切困难终将被战胜。"

奔向美好的前方

突如其来的病毒，把武汉这座城市"封印"在方寸之间，原本川流不息的城市仿佛倏忽间被按下了"暂停键"。武汉"封城"已有1个多月，但封不住全国人民的守望相助——闭门坚守没有让他们倦怠和松懈，反而越战越勇、信心倍增。

这就是每一束微光所带来的有温度的力量。

回望这1个多月，在集团的各个信息发布平台上，"服务在线""打通防疫物资运输'绿色通道'""优质服务不间断""全力以赴抗疫情稳经营""全力保障外贸物流畅通"……战"疫"攻坚，央企有责，中远海运人持续为打赢疫情防控阻击战贡献着自己的所有能量。

满满正能量，也体现着中远海运人的本色担当。

逆流而上的在汉中远海运人，曾经历怎样的心理变化？如果对此没有了解，他们对责任和使命的坚守就很容易被一笔带过。

武汉员工胡大宽说，什么是恐慌？就是疫情刚开始时新闻报道武汉每天2000多例新增确诊病例，不看心里没底、看了觉得揪心；什么是迷茫？迷茫就是疫情发展到 2 月上旬，每天达到 3000 人以上新增确诊数量，不知道何时是个头……

胡大宽谈到自己心理从迷茫到如今"明朗"的转变过程，依旧保持着理性的思维状态："我每天早上按时起床，准时打开电脑进入工作状态，在家远程办公。随着每天新增确诊人数的下降，社区一些功能与服务在恢复和完善，这让我们更有了信心。"

和胡大宽一样，武汉员工罗霈杰也对战"疫"胜利充满信心："一切都在向好的方向发展，我的心情也逐渐明朗。"

居家隔离的罗霈杰与营销团队的同事坚持每天在线远程工作，其间，他们创新求变，克服了各种困难，做好项目开发、外贸进口、外贸电商以及冷特危业务等各项工作。针对所有人没有远程办公经验，以及在家办公容易出现的作息不规律、注意力不集中等情况，他们制定了每日早例会、每周总结等制度；为了提高电话会议效率，罗霈杰每天上午分别于项目开发、外贸进口等团队召开专项视频会，一切都先从了解同事及其家人的身体状况开始，随后布置每日工作；针对执行力监督，罗霈杰每天下午整理当天工作落实情况，分析存在的问题，每周进行工作小结，确保"当日事当日毕、当周工作当周结"。

罗霈杰与部门同事们有序、充实的一天，无疑显示着在汉中远海运员工对美好生活的追求和珍惜。

他说："疫情毕竟是暂时的，在危机中我们也不忘寻找机会。"为了尽可能保持疫情前业务增长的势头，罗霈杰的团队及时调整工作方向，制定了市场开发"三部曲"。

疫情到了最吃劲的时候，是克"疫"制胜的信心支撑着他们铆足干劲投入边战"疫"、边保生产的状态，也正是不打折扣、屡获客户好评的业绩让他们进入了越战越勇、信心倍增的良性循环中。

在这次不能称之为充分的远程采访中，我们先后收到 30 余位在武汉工作的中远海运人的采访答复。但不得不指出的是，所有上述文字中出现的故事，无一例外都来源于同事的讲述。当我们与本人去核实内容时，透过邮件或语音，甚至能"看"到他们羞涩的面容——或是因为他们认为这些事太过微小，又或是觉得自己理应这样做……

事实上，应该感到忐忑的是我们，因为怕记述的原因，没能把这份真实的感动准确地传递给更多人。

回眸、审视、体会、回忆、再体会……所有经历感知、感动、与感恩的人们，都会真切地感受到战胜疫情的曙光一定会到来。因为这曙光，是由一束束微光所汇集，是带着温度的力量，也是我们战胜一切的信心源泉。

（原载《中国远洋海运报》2020 年 3 月 6 日）

全力打通防控疫情物资运输 "绿色通道"

中国远洋海运报　吉　轩　张冬玮　周　骊　吴　剑　戊　流

在新型冠状病毒感染肺炎疫情防控关键时期，中远海运集团深入贯彻落实习近平总书记重要指示精神和党中央、国务院疫情防控工作一系列重要部署，积极履行中央企业社会责任，全力支援打赢疫情防控阻击战。

疫情不止，保障不息。连日来，面对疫情，中远海运集团在全力做好疫情防控，做到守土有责、守土担责、守土尽责的同时，勇于履行使命担当，充分调动各类优势资源，克服困难，为保障社会运输平稳有序坚守岗位，为防疫物资运输打通"绿色通道"。

暖心接力　全力确保医疗物资原材料运输

新型冠状病毒感染疫情发生后，口罩需求大增，中国石油大连石化公司加班加点对口罩的原材料聚丙烯产品优先排产、优先生产、优先外运、全力保障市场需求。物资生产加班加点，运输任务同样十万火急。中石油是中远海运集运重要 KA 客户，中远海运集运所属上海泛亚航运有限公司承担着全国沿海、长江、珠江等水路运输重任，也是中石油在国内的唯一集装箱海运承运商，疫情当前，责无旁贷。

1月27日，泛亚航运收到中石油 H39S－3 聚丙烯产品紧急运送通知后，第一时间成立公司大客户、内贸、支线、供应链、相关口岸公司组成的项目组，快速建立医疗物资"绿色通道"，全力保障该牌号产品的及时装箱发运及配送，满足终端客户生产需求。

为确保充足箱源，泛亚航运迅速集结可能箱源，保证中石油医疗原料物资无障碍装箱。同时，根据中石油需求和货物流向，泛亚航运动态调整船期，提前预留舱位，做好中转衔接，以保障船舶运输顺畅。其中对营口在港3654吨聚丙烯产品，改变原有2月1日天隆河轮运输计划，提前至1月26日由天丽河轮出运。针对湖州无纺布生产企业紧缺H39S产品的情况，泛亚航运紧急协调安排长江驳船运力，沟通码头安排装卸，将上海、南通在港物资驳运至嘉兴，保障无纺布生产。此外，泛亚航运提前储备拖车运力，对抵达目的港的物资确保最快速度送达客户仓库或工厂，实现不停滞、高效率到门运输。

与疫情赛跑　悉心"护航"应急物资运输

为全力保障疫情防控相关物资应急运输工作高效、顺畅，中远海运集运积极贯彻落实中央精神和集团要求，要求全系统全力以赴协同做好疫情防控相关物资的运输工作，保障物资安全运输、及时送抵。连日来，中远海运集运旗下泛亚航运多方协同，开通应急防疫物资运输"绿色通道"，保障应急物资运输。

1月28日上午，泛亚航运支线运营中心接到上海集运常州公司的紧急通知，一批口罩和防护服生产的辅助原料已经抵达南通港，为抗击疫情，不耽搁工厂口罩和防护服的生产，客户要求务必配合提前加急完成送货。接到通知后，泛亚航运火速展开组织工作。航线调度当即联系每一条停航船舶，最终选定皖宏远集19轮提前复航。在船东的积极安排下，船员在2个小时内赶抵船舶复航，同时，集团系统内兄弟单位南通公司、通海码头和常州公司也抓紧落实中转、靠泊和拖车等全程配套服务，为此批防疫生产物资运输争分夺秒。

无独有偶，当长江航线积极响应客户需求的同时，泛亚沿海航线也在和时间赛跑。1月27日，公司大客户服务中心接到大连石化关于疫情防控相关物资产品的紧急运输需求后，第一时间与集运营口公司客服沟通，全力保障该产品优先配载出运，并与各目的港联系，优先保障该产品配送。经过多方协同安排，上述产品共100余个大柜配载最快的一班航次船舶至营口后将首班中转出运。

协同高效　完成负压救护车零配件通关运输

在疫情防控的关键时期，各类防抗疫救援物资的生产运输进入了白热化的阶段，特别是一些关键设备材料需要集结运送，中远海运集运履行央企职责，克服各种困难，为各类救援物资运输开辟"绿色通道"。

1月26日晚，中远海运集运所属武汉集运江西公司接到客户江铃汽车急电：政府抗击疫情的紧急订单——700台用于疫情防控的负压监护型救护车，需要江西公司紧急协助完成两批进口零配件的通关放行，以保证29日准时上线生产，驰援武汉。接到任务后，江西公司在确保工作人员自我严格防护的前提下，销售、关务、客服、码头现场人员各就各位，加强与海关沟通协调，现场做好充足防疫准备后查验放行，比预定方案提早20小时送抵江铃汽车工厂上线。

1月27日15时，江铃汽车再次紧急求助：疫情严峻，政府订单增加，从湖北十堰采购的国内零配件受限于当地封路无法及时送达。经过沟通，江西公司为客户找到了湖北十堰至南昌的紧急物资运输资源，打通了物资运输的生命线。客户获悉后在微信中竖起大拇指，写下"央企有担当！我们一起在战斗！"

对于已抵上海港的后续批次救护车零配件，上海集运在接到任务后，为运送防疫物品优先安排、优先装运，尽最大努力在通关运送上做到"零延时"。1月30日，上海集运接到武汉集运的求助，该批救护车零件共12个TEU集装箱，由水路改为海关监管卡车运输，共339件，需要1月31日上午在洋山海关做进口申报。

上海集运延伸业务部接到指令后，迅速安排报关单证，并在洋山海关的支持下，采用"提前预约、绿色申报、快速通关"的模式开辟绿色通道。1月31日上午，所有进口零配件完成相关手续后通关放行。

因为运送物资紧急，原计划的水水中转效率不高，必须在第一时间找到集卡拖运至南昌。在春节假期和防控疫情双重压力下，调配车队资源的难度可想而知。上海集运延伸业务部找到了供应商车队，对方得知是防抗疫物资后果断同意在不加价的前提下加班加点安全运输，发挥最大运力安排车辆，加班加点公路运送。

2月2日,第一批零配件已经顺利送抵南昌江铃工厂,生产全顺负压监护型救护车。2月3日上午,18辆加急的负压监护型救护车正式奔赴武汉,其中10辆将无偿捐献给武汉抗击疫情第一线。

灾难面前有大爱,江铃汽车加急生产负压救护车,力图将原本30天的工期缩短至10天,中远海运作为物流供应商,协同各方,减少运输时间,简化运输环节,保障了零配件的供应。面对疫情,中远海运集运坚决响应党中央国务院的号召,万众一心,众志成城,共克时艰,为防抗疫救援物资打通了物流生命线。

战"疫"有我　合力打赢疫情防控阻击战

疫情当前,中远海运物流全系统在集团的坚强领导下,全力做好疫情防控,积极履行央企社会责任,迎难而上,众志成城,以实际行动保障防疫物资物流通畅。

迅速完成受捐物资通关任务

2月2日凌晨3点,3万只由日本鹿儿岛县萨摩川内市捐赠的防疫口罩由常熟中远海运物流监管车顺利运抵常熟,标志着常熟中远海运物流顺利完成了常熟首批受捐物资的通关任务。

在接到任务后,常熟中远海运物流立即抽调骨干成立专项小组进行统一部署安排,并经过与常熟、南京和上海浦东机场三家海关及上海中远海运空运的反复沟通,最终确认了通关的各项细节。同时,公司物流部、报关报检行想方设法了解货物及运输信息,明确航班信息和预计到港时间。2月1日中午,常熟中远海运物流取得了空运提单信息后立即进行申报,随后详细制定了第二天的送货安排,并提前进行了货运车消毒、车辆安全状况检查工作。公司两名监管车司机第一时间从常熟出发前往上海浦东机场仓库提货,并经过5个多小时,顺利将受捐物资运达转交至常熟市慈善总会。

全力以赴配合政府保障防疫物资运输

1月30日下午3时,一辆载有0.6吨、体积约2立方米的用于生产新型冠状病毒提取试剂的运输车辆,从中远海运化工物流上海奉贤基地出发,驶往 1900 多公里外的重庆。

此次运输由重庆中远海运物流与中远海运化工协同开展，从策划方案、申请政府通行证，到选配司机押运员及保证良好的车况，力求做到周密完善。最终，运输车顺利途经江苏、安徽、湖北三省，紧急将物资送达重庆，助力当地打赢疫情防控攻坚战。

此外，2 月 2 日 9 时、2 月 3 日 20 时，重庆中远海运物流两辆载有共计 15 吨无纺布的运输车辆，携"新型冠状病毒感染的肺炎疫情防控应急物资及人员运输车辆通行证"自山东淄博发车后历时 2 天时间，一路途经河南、陕西、四川，也分别抵达重庆江津区和南岸区，完成运输任务。

通关＋运输我们样样行

面对疫情，中远海运空运向社会承诺，为来自全球各地抗击疫情捐赠物资提供免费空运清关服务。1 月 28 日凌晨，某大型跨国服装公司捐赠的 10 万只医用口罩由日本抵达上海，上海中远海运空运迅速为其提供高效免费的清关服务。1 月 28 日以来，青岛中远海运空运已操作 32 票、89 吨、346.7 万个口罩及其他防疫医疗器材运输，并完成了多项紧急物资运输。1 月 29 日，马来西亚中资企业总商会捐赠 4.4 万只医用外科口罩，广州中远海运空运积极协调机场和航空公司，免费提供清关和地面操作服务。1 月 31 日，天津中空与大连中空通力协作，仅用 2 小时便完成了 5.76 万个防疫口罩的进口紧急通关业务。

开辟海外捐赠绿色通道

疫情发生后，中远海运工程海外项目党员何欢第一时间加入"助力武汉与疫情赛跑"国际捐赠物流志愿者团队，充分协调行业内各项物流资源，将中远海运报关资质和物流渠道顺利对接到各个捐赠回国的物流环节，为海外华人的爱心捐赠开辟了一条顺畅的绿色通道。

2 月 2 日，随着马来西亚运至雷神山医院的防护物资顺利通关，何欢已为 11 个海外华人团体和公司协调打通了海外医疗物资捐赠的绿色通道，并成功发运来自美国的 30 万个口罩和 4 万套防护服、马来西亚的 11 万个口罩和 4000 套防护服、越南的 5 万个口罩、迪拜线的约 10 吨物资等。

（原载《中国远洋海运报》2020 年 2 月 7 日）

田头实地查看蔬菜长势

东方城乡报　赵一苇　蔡　伴

　　"一定要全力以赴，稳定本市蔬菜生产供应。"1月31日，市农业农村委再次召开专题会议，研究讨论本市蔬菜生产保供工作。

　　市农业农村委党组书记、主任张国坤强调，按照市委、市政府工作部署以及市委书记李强、市长应勇的多次指示精神，根据副市长彭沉雷在各区分管区长会议上的要求，市农业农村委要继续全力以赴，千方百计，采取多种措施，认真组织好蔬菜生产尤其是绿叶菜的生产，确保蔬菜生产稳定、供应稳定、价格基本平稳。

　　张国坤表示，经过多方积极努力，本市40万亩在田蔬菜长势良好，全市目前绿叶菜日上市量可达3000余吨，完全可满足市场需求，且价格平稳，质量可控有保障。

　　张国坤要求，市农业农村委要继续严阵以待、全力以赴，进一步压实工作责任、指导面上生产、建立日报制度、确保质量安全、完善政策扶持。

　　下一步，市农业农村委将继续按照市委、市政府应对新型冠状病毒感染的肺炎疫情的工作部署，防患于未然、防范于未来，进一步抓好地产蔬菜的生产，确保市场供应稳定。

　　市农科院党委书记、院长蔡友铭，市农业农村委党组成员、副主任叶军平出席会议。市农业农村委办公室、蔬菜办、计财处、科教处、市场信息处、质量监管处、种业处和市农科院、市农技中心相关负责人参加会议。

田头实地推进蔬菜生产供应措施落实到位

按照李强书记"干部要下去，情况要上来，措施要落实"的指示精神，根据市农业农村委专题会议对本市蔬菜生产保供工作的总体要求，2月1日下午，市农业农村委副主任叶军平带队，专题调研蔬菜生产供应并实地察看田间蔬菜长势情况。

叶军平一行首先来到奉贤区奉城镇的上海扬升农副产品专业合作社，奉贤区副区长王建东等陪同调研。扬升合作社拥有1700亩蔬菜基地，每天上市绿叶蔬菜35吨。

座谈交流时，叶军平强调，奉贤区作为本市重要的蔬菜生产区，要积极落实"菜篮子"区长责任制，种足种好各类绿叶菜，确保每天绿叶菜上市量600吨。同时，要研究完善相关扶持政策，充分调动蔬菜合作社种植绿叶菜的积极性。

随后，叶军平一行又来到光明食品集团上海星辉蔬菜有限公司。该公司有2万多亩蔬菜地，目前每天蔬菜上市量在180吨左右，有效保障了当前蔬菜供应。

叶军平要求，星辉蔬菜公司作为蔬菜龙头企业，要发挥主力军作用，畅通产销渠道，提升生产潜力，确保每天蔬菜供应量不少于200吨。

线上平台抢不到菜？
别着急，送菜上门已经安排了

东方城乡报　欧阳蕾昵　辛　农　曹佳慧　戈晓丽　许士杰
尹　寅　施翾赟　贾　佳　张红英　赵一苇　曹佳慧

崇明多措并举
稳价格、保供应，保障市民"菜篮子"

作为全市最大的绿叶菜种植基地之一，目前崇明全区绿叶菜日均上市量约 580 吨。近日，崇明各乡镇紧急发动 150 多名党员、志愿者等帮助蔬菜合作社采收、包装蔬菜，整体上市量较去年同期增长了 35％。

这几天，崇明生态农业发展有限公司组织力量，加大田间采购力度，千方百计把最新鲜的蔬菜运往市区各大超市。加工车间里，工人们戴着口罩熟练地分拣、包装、装箱各类蔬菜。公司负责人告诉记者："近日，工人们放弃节日休息，从早上 6 点一直忙到深夜。往年这个时候只需二三十人，今年我们增加了一倍的人力。"记者看到，这些整装待发的蔬菜包括崇明青菜、生菜、小菠菜、杭白菜、大白菜等，都是市民喜爱的蔬菜品种。

每天上午，崇明生态农业公司组织人员到千亩蔬菜基地采摘，同时联系 70 多家蔬菜合作社上门送货或者安排车辆直接到田间采购，傍晚之前全部进库进行分拣、包装，等待发货。连日来，十多辆"菜篮子"工程车凌晨一点就出发，每日发送的蔬菜约 5 万份，分别运往盒马鲜生、叮咚买菜、大润发、欧尚等大型超市和卖场，确保一大早就能上市民餐桌，满足市民对蔬菜消费的需求。

除此以外，在 3 个乡镇拥有共计 1700 多亩绿色蔬菜种植基地面积的上海静捷合作社这几天也迎来订单高峰，农户们在田间地头、蔬菜大棚里忙着采摘、打包、称重、装车，新鲜干净的蔬菜一经上市，便成了市民们争相购买的俏手货。在恒温储藏室里，数百箱杭白菜、菠菜、生菜等新鲜蔬菜"整装待发"。春节期间，50多名工人加班加点，每日供应25吨基地种植的蔬菜。

记者从崇明区农业农村委处获悉，全区现有享农、王波、生态、惠敏、静捷、日鑫、万禾、君地等8家合作社常年供货给盒马鲜生和叮咚买菜。1月29日，盒马鲜生和叮咚买菜报单量为44.5万单，8家合作社接单33万单，平时日接单量和报单量基本持平，已经比平时供应量增加了68.3%。"市民一向喜爱崇明绿色蔬菜，在全力防控疫情的同时，我们要切实做好民生保障工作，加大蔬菜的调配力度，保供稳价。"为坚决打好"疫情防控"和"市场保供"两场攻坚战，崇明区将竭尽全力稳价格、稳预期、保供应，保障市民"菜篮子"。

浦东地产蔬菜
生产不断档　供应有保障

受近期新型冠状病毒感染的肺炎疫情和春节假期的双重影响，蔬菜货源与价格出现短期波。

近日，浦东新区农业农村委采取一系列措施，努力实现浦东地产蔬菜稳价保供。

1月28日，根据上级部门相关要求，浦东新区农业农村委通过电话、微信等，要求各单位要及时掌握好生产信息，科学组织生产，有序动员企业抓紧对可上市蔬菜的采收，发挥稳定蔬菜生产、保障市场供应的作用。切实做到保障供给告知到场，积极对接浦商集团和区商务委，落实好相关蔬菜基地，做好浦商、永辉、盒马、叮咚所需青菜等绿叶菜的供货工作。

浦东新区农技部门编写了《'抗疫'期间蔬菜生产技术指导意见》，指导各蔬菜种植户切实采取有效措施，提高在田蔬菜产量；合理安排茬口，适时抢播一批以青菜等为主的短期绿叶菜。同时向农户推荐耐抽薹青菜艳青、艳绿等优良品种，并帮助组织种子供货，以确保后续蔬菜的稳定供应。

1月30日，新区农业农村委与区农业技术人员分批分组赴相关蔬菜基地开展下乡指导，了解基地、农户蔬菜生产情况，指导基地做好品种选用、茬口安排、田间管理、病虫害防控等，并要求他们积极做好自身防护。区农技中心技术人员还现场接受了采访，通过加强宣传，积极动员本地、外地留沪务工人员做好蔬菜抢收，并抓紧时间做好抢播抢种等工作，确保蔬菜稳定供应。

据统计，浦东新区当前可上市蔬菜面积约 16000 亩，可上市蔬菜近 3 万吨，其中日上市量约 1050 吨。供应的品种以绿叶菜为主，其中青菜占 80%，芹菜、塔菜、大白菜、菠菜、生菜、马兰头等也有供应，总体上蔬菜生产数量较充足，品种较丰富，市场供应有保障。

金山供应蔬菜 2586 吨
为了让上海市民吃上优质蔬菜，菜农春节无假日

突如其来的疫情，让不少人这个春节过得有点"慌"，不但口罩等医用物资紧缺，就连最为平常的蔬菜，也成了"紧俏货"。而金山作为沪郊的农业大区，为保障市民的菜篮子，在这个春节里也是一番难得的忙碌景象。

记者获悉，金山区农业农村委在第一时间成立疫情防控工作领导小组，多次组织召开疫情防控工作紧急会议、部门专题会议，部署防控和保供工作，确保蔬菜、生猪生产不断档、供应有保障、价格基本稳定。

这几天，上海浩丰果蔬专业合作社内，一辆辆蔬菜冷藏运输车马不停蹄地开进开出，丝毫没有放假的感觉。"我们基地现在有 50 多名工作人员，他们春节不放假，而且工作量比平时增加了一倍。"上海浩丰果蔬专业合作社的负责人马天告诉记者，该合作社每日供应盒马鲜生等超市，日供应量约 15000 份蔬菜。但这几天，每日要供应 30000 份蔬菜，直接翻了一倍。1500亩的蔬菜种植基地，三分之一在地生长，三分之一采收上市，剩下的土地原本要等过完年耕作，如今都已全部提前播种，边种边收，持续满负荷"生产"。因为是春节，工人们常常加班到晚上 10 点，为此，合作社向留下的工人支付了多倍的工资。尽管成本大大增长，供应的蔬菜价格却依旧保持不变。马天说："现在疫情防控期间，大家都在辛苦付出，我也要做一点力所能及的事情。"

"我们基地四辆卡车每天向市区运送 3 至 5 吨新鲜蔬菜，在这特殊时期，

让市民群众吃上优质蔬菜，我们责无旁贷。"上海浩丰果蔬专业合作社朱泾基地负责人蒋兴忠说。记者看到，在246亩大棚里，成熟的翠绿结球生菜映入眼帘，员工们正有序地采摘，一棵棵新鲜的结球生菜被连根拔起，装入菜框，等待装车送往市区的盒马鲜生、麦当劳、肯德基等超市、门店。蒋兴忠告诉记者，往年惯例是春节放假到初六以后，现在因为出现疫情，蔬菜供应也比较紧张，为了保证上海市场蔬菜充足供应，决定提前复工，员工们都很支持，他们都放弃了节日休息。同时，新泾村和镇农业服务中心了解到基地人手缺少的情况，也组织志愿者到基地帮助采摘。

同样，在朱泾镇五龙村的上海银龙蔬菜专业合作社第七农场，820亩大棚齐齐整整，20多名员工正在采摘青菜，大棚边，还有员工在过磅称重、装袋打包。基地负责人朱顺根介绍说，为了确保春节期间蔬菜正常供应，员工们顾不上和家人团聚，每天都来采摘青菜，现在每天产量5吨至6吨，供应西郊国际和上海江杨等几大市场。

据统计，春节期间，金山区共上市蔬菜2586吨，主要为青菜、杭白菜、散叶生菜、西兰花、茼蒿菜等，共检疫上市禽类12990羽、生猪90头。接下来，金山区农业农村委将继续加大道口、养殖场、无害化处理点等重点区域、重点环节的监督检查工作继续加强畜禽防疫和排摸工作。

青浦全力保障绿叶菜供应
"坚决不加价，守好市民菜篮子"

1月29日，大年初五，记者来到地处青浦区夏阳街道太来村的美晨蔬果专业合作社，在460余亩的蔬菜大棚基地里，成熟的广东菜心、芥菜、茼蒿等蔬菜满眼翠绿，种植户们正有序地进行采摘。在净菜加工车间，每个工人都统一佩戴着口罩，对各类蔬菜进行着清洗、切割、包装，整个基地蔬菜采摘配送工作忙碌、安全、有序。

"基地每天出动10余辆菜篮子工程车，向全市配送净菜数量达23吨左右，在这个非常时期，能让市民吃上优质蔬菜，是我们的责任。"上海美晨果蔬专业合作社理事长王印告诉记者，为保障上海市场绿叶菜供应，整个春节长假基地都没有休息，目前有18名值班人员，其中提前休假返回的员工有 8 名，本地员工有 10 名。"虽然合作社给春节加班人员支付的酬劳多了，成本相对提高了，但是，我们供应给盒马鲜生等平台的价格还是春节前的价格。疫情面前，我们坚决不加价，守好市民菜篮子！"

从青浦区农业农村委获悉，针对市民关心的疫情期间绿叶菜的供应保障工作，该区将采取以下措施：一是对绿叶菜核心基地及时组织采收，与盒马鲜生等新零售对接，确保市场供应平稳；二是组织人员及时出地换茬，抢种鸡毛菜等短期绿叶菜，保障后续货源充足。青浦区农业农村委蔬菜站将利用绿叶菜产业体系项目，提前落实青菜种子等，分发到重点基地，进行抢种；三是深入基地开展指导工作，按照疫情防控要求，指导合作社员工做好自我防护，确保人员健康安全。

作为全市最大的绿叶菜种植基地，青浦全区绿叶菜种植面积在 2.2 万亩左右，日均可供量 600 吨左右。青浦区将坚决打好"疫情防控"和"市场保供"两场攻坚战，竭尽全力稳价格、稳预期、保供应，保障好全市人民的"菜篮子"。

宝山加班加点保供应
日均绿叶菜上市量近 40 吨，菌菇上市近 20 吨

在宝山的永大菌业菌菇加工厂内，工人们正在生产线上忙着对不断运来的菌菇进行分拣、装盒。面对疫情带来的与日俱增的订单数量，工人们没有抱怨，一刻不停地快速包装，以尽可能地满足市场需求。

永大菌业的负责人黄国标告诉记者，受到疫情影响，很多市民取消了春节出行计划，选择在家用餐同时也更青睐于足不出户的线上购菜，线上平台的需求量急剧增加，供货一度紧张。永大菌业的"珍菇园"等品牌与盒马、叮咚、美团、美菜、食行生鲜等线上平台均有合作，平台订单量从过去日均15 吨左右一下增加至 40 吨。"我们的工人从大年夜开始，就已经进入到加班加点保供应的状态中。不仅仅是白天加班，晚上也没有休息，很多工人放弃了和家人团聚吃年夜饭，主动来工厂加班，希望能为抗疫尽自己的一分力。"但即便如此，由于工厂人手不够，目前全力运转也只能满足每日 20 吨左右的市场供应。

"我们很多管理人员也放弃了休息，下到车间第一线，参加生产。目前我们只有一半工人在上海，等到节后工人回来，加大生产量，一定能满足市场需求。"尽管如此，永大菌业还是在想尽办法提高生产量。过去春节，菇农们采收菌菇后，会统一放入工厂冷库，节后逐渐供应市场。这次情况特殊，不仅当天采摘的量全部供给都不够，永大菌业还调动了车队，到外地其他生产基地调运菌菇，向各个平台持续提供香菇、木耳、姬菇、金针菇、鹿茸菇、杏鲍菇、蟹味菇、海鲜菇、大球盖菌、竹荪、羊肚菌等多种食用菌，丰富了市场上菌菇品种，带给市民更多选择。黄国标表示，尽管春节加班，用工成本、运输成本都很高，但这些溢出的生产成本企业会努力自我消化。"作为一家市级龙头企业，我们有义务保障菜篮子供应，我们会为稳定菌菇供给、稳定市场售价尽全力！"

而与永大菌业位于同一园区的市龙头企业汉康豆腐，也在全力以赴保障生产。疫情发生后，很多员工主动放弃回乡过年的计划，留在上海，投入到一线生产。目前企业每日大豆投料量达到 30 吨，基本满足上海市场对汉康豆制品的需求。

与此同时，宝山的 20 多家蔬菜合作社也放弃了春节休息，全力以赴地为市场蔬菜供应出力。一方面，各个合作社组织力量及时做好蔬菜采收，合理采收可上市的蔬菜，特别抓紧绿叶菜采收。另一方面，合作社加强田间管理，减少病害发生，做好防冻保暖，保障蔬菜产量。同时，宝山各蔬菜合作社还充分利用现有设施条件，对及时出地的田块进行抢播抢种新一茬绿叶菜，同时合理安排好即将来临的早春蔬菜茬口，保证下一阶段蔬菜尤其是绿叶菜正常生产，满足市场供应。目前，宝山全区绿叶菜日均供应量可达近 40 吨。

松江在田蔬菜面积稳定
可为市民蔬菜需求提供充足保障

1 月 29 日下午，在松江石湖荡上海浦远园艺专业合作社，工人们还在大棚内忙着采收，将青菜装箱，摆放得整整齐齐。"这两天，工人们从早晨 8 点一直忙到下午 5~6 点。晚上运往车间分装，凌晨配送。"基地蔬菜种植相关负责人庄关云告诉记者："春节期间，基地生产一切正常，根据需求，日产量约在 7～8 吨。"

记者看到，园区一些大棚正在翻耕。积极确保抢收、抢种，通常，采收之后的田块，将在两天内完成除草、翻耕，第三天起垄、播种。浦远基地内有 985 亩蔬菜田，绿叶菜约占七成，种植有青菜、广东菜心、鸡毛菜、生菜、茼蒿、芹菜等 6 个品种。庄关云表示："目前，虽然还没全员到岗，但近几年，基地推进蔬菜种植机械化，在翻耕、播种、田间管理等环节均已实现机械化，大大提高了作业效率，能够保证当前需求。接下来，计划招收本地工人，在作业环节将加强疫情管控，计划配合发放口罩，为员工测量体温，保持生产节奏不放松。

浦远是以种植绿叶菜为主的大型农艺园，也是蔬菜全基地实现"机器换人"的示范园，平时以面向上海市各高校、中小学校、大型餐饮以及公安系统等机构配送为主。目前，除了有 985 亩自有基地之外，还有 1800 亩合作基地，严格按照合作社指定的生产标准种植绿叶菜，实现从田头到餐桌全程冷链配送，这些基地将为上海市民的蔬菜需求提供充足的保障。

松江区农业农村委信息显示，松江在田蔬菜面积保持稳定，总体供应量比较充足。2020 年 1 月，全区保障市场供应设施基地面积 6749 亩，绿叶菜在田面积 2795 亩，稻板茬秋冬菜种植面积 2475 亩。据今天（1 月 30 日）最新数据显示，该区绿叶菜日上市量基本稳定在 30 吨左右。近些天，松江区农技推广中心科技人员在多家绿叶菜核心基地积极了解节日采收情况，调配用工资源，督促抓好生产管理，确保应采尽采，满足当前蔬菜上市需求。

松江区农业农村委相关负责人表示，目前，在田蔬菜正加紧采收保证市场供应；安排腾茬菜地及时抢种，种植鸡毛菜等短期可上市绿叶菜；若有更大市场需求，可组织力量加大采收力度，提高产能。目前，松江区经委与农委正积极进行产销对接，比如组织农商、农超、菜场与当地合作社定点供应，确保近段时期内供需稳定。

嘉定严把养殖业防疫关口
面对疫情，蔬菜禽肉供应充足

新冠疫情牵动着全国人民的心弦。在抗击新型冠状病毒感染的一线，嘉

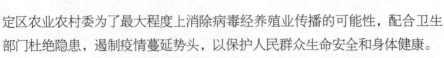
定区农业农村委为了最大程度上消除病毒经养殖业传播的可能性，配合卫生部门杜绝隐患，遏制疫情蔓延势头，以保护人民群众生命安全和身体健康。

1月21日，嘉定区农业农村委参加区委、区政府召开的疫情防控工作会议，于会后迅速做出反应，成立工作领导小组，部署疫情防控工作，要求加强屠宰和无害化处理环节监管，严禁休市期间活禽交易，严厉打击私屠滥宰、屠宰贩卖病死猪等违法违规行为，确保病死动物全部无害化处理；要求辖区内畜禽养殖场、生猪屠宰场等加强场区清洁消毒，狠抓现行防控措施落实；要求全区宠物诊疗机构、镇兽医站，密切关注犬、猫等动物疑似冠状病毒感染病例情况，要求加强应急值守，做好防疫物资储备等。

1月23日，嘉定完成辖区人工饲养特种畜禽及野生动物的情况摸排。1月26日起，区动物疫病预防控制中心实施畜禽等动物采样方案，样品统一送市动物疫病预防控制中心进行检测。

今年1月25日（农历正月初一）至4月30日，上海继续实行季节性暂停活禽交易，外省市活禽除运至屠宰场集中宰杀外，不得直接进入上海交易。对此，嘉定区农业农村委会同区商务委、市场监督管理局和公安等部门，加强对暂停活禽交易和畜禽宰杀工作的行政执法，开展疫情联防联控。同时，区农业农村委牵头启动全区非指定道口24小时值守，严格查证验物，严查违法违规调运行为，严防活禽、病死畜禽产品和未经检验检疫合格的畜禽产品非法入沪。1月25日，华亭镇申报点接收城管移交活禽110羽。

为保障防疫物资充沛，1月24日，嘉定区农业农村委执法大队向外冈镇、安亭镇调拨1批防护口罩；1月27日，向区动物疫病预防控制中心、执法大队一线防控增配测温仪共20把。

在保障市场供应方面，嘉定在充分测算现有生猪生产能力及现有生猪养殖场潜能情况下，积极开展实施梅山猪场仔猪生产与沥江生态园商品猪出栏对接方案，泉泾猪场已进入环境影响评估阶段，并开始为投产做前期准备。蔬菜方面，记者了解到，目前，嘉定蔬菜在田面积约1万亩，日上市量200吨左右，主要以种植生菜、青菜、芹菜等绿叶菜为主，且各蔬菜生产基地种子种苗供应充足。部分合作社已于1月27号（年初二）起向西郊国际等蔬菜批发市场供应本地产蔬菜，并按照市农业农村委统一部署，落实田块及时播种，加强管理，以满足上海市民的需求。

在疫情防控工作中，嘉定区农业农村委坚持公开透明，及时客观向社会通报防控工作进展，回应群众关切。广泛宣传科学防护知识，解读有关防疫政策措施，增强公众自我防护意识和能力，缓解恐慌情绪。同时，全面开展委属人员排查工作，加强外出返沪人员管理。

为减少人员聚集，切实保障市民、游客人身安全，嘉定区农业农村委启动了农业休闲景点关闭和暂停措施。所属的农业休闲景点、博物馆全部暂停对外开放。下一步，嘉定区农业农村委还将配合卫生部门实施严禁湖北返沪或途经湖北返沪人员携带宠物。

闵行多方协调
确保地产蔬菜供需稳定

"在这个特殊时期，我们农业企业也要承担起社会责任。"位于闵行区华漕镇的上海敏顺蔬果专业合作社里，装载着芹菜、菠菜、塔菜等蔬菜的货车一辆辆开出。"这两天订单的需求量变大了，除了满足原有的企业订单，还有一些社区宅配。"负责人王敏权在基地"现场指挥"，采收、包装、装车等工作有条不紊地进行着。据悉，该合作社种植面积达500亩，目前约有170亩蔬菜可上市，日供应量约1吨半。再加上外采蔬菜，供应量可达10余吨。与此同时，下一茬蔬菜的播种工作也在马不停蹄进行中。当前，合作社里的工人大多是本地人，虽然人工费成本有所上涨，王敏权还是决定维持原来的订单价格。

记者了解到，为保障蔬菜供应，此前，闵行区农业农村委已协调该区主要蔬菜生产基地随时准备，一旦发现短缺及时做好供应。制订了关于加强当前蔬菜生产保障市场供应工作方案，进一步落实"菜篮子"行政首长负责制（即镇长、街道办事处主任负责制），对现阶段蔬菜生产面积和供应任务再明确、再压实，确保蔬菜生产面积和产量的稳定以及地产蔬菜市场的均衡供应，并与区经委、区市场局、农产品批发市场代表等召开紧急会议，落实相关工作。

目前浦江、华漕、浦锦等街镇合作社的蔬菜生产都正常有序，普遍种植面积在50%～80%，上市面积保持在30～200亩，全区日均上市量维持在

30～40 吨左右，整体价格与往年基本持平。随着春节后期务工人员陆续返工，上市的面积、数量还会有进一步的增加。

此外，区镇两级农业管理和技术服务部门已优先安排绿叶菜核心基地提升生产能力，并协调各蔬菜生产基地将原定配送学校企业食堂（已推迟开学开工）、餐饮企业的菜源调剂供应至民生菜场，做好有需求社区、菜场的直供，保障短期内民生需求。

（原载《东方城乡报》2020 年 2 月 8 日）

勠力同心　织密防控网　共克时艰　打好阻击战
——光明食品集团众志成城抗击新冠肺炎疫情工作综述

光明食品报记者　姚天文

庚子鼠年春节前夕，新冠肺炎疫情悄悄蔓延，迅速席卷整个中华大地，给即将到来的欢乐祥和、举家团圆的中国年蒙上了阴霾。随着党中央下达一系列强有力的决策部署，一场疫情防控的人民战"疫"拉开序幕。光明食品集团全体干部员工在集团党委的坚强领导下，坚定信心、迅速行动、上下协同、众志成城，汇聚共克时艰的光明力量，同舟共济打响这场没有硝烟的战斗。

统筹一盘棋　织密一张网

疫情就是命令，防控就是责任！1月23日上午，集团发出疫情防控紧急通知，正式吹响这场阻击战的集结号。集团党委书记、董事长是明芳同志批示"高度重视、积极预防，即刻启动突发事件报告机制"。1月24日，集团组建疫情防控指挥部，由集团主要领导亲自挂帅；当日，集团党政班子成员带队对海博、超市、乳业、糖酒、良友、水产、蔬菜等重点单位进行现场检查，明确防控要求，落实防控责任。集团党委印发《在坚决打赢疫情防控阻击战中进一步发挥基层党组织作用的七项措施》，由此发出党组织的最强音，广大党员勇打头阵的硬核力量不断释放。

各子公司紧急行动，成立抗击疫情领导小组和工作小组，制定并启动疫情防控应急预案。坚持一手抓"防风险""防输入""防扩散"疫情防控"主战场"，一手抓企业正常生产经营"主阵地"。

集团各职能部门也迅速反应，抓责任落实、抓协同配合、抓上下联动。安保信访部发扬"光明铁军"精神，把"安全是光明最好的管理"落到实处，集团安委会编制《每日防疫专刊》，传达精神，快报疫情。战略企划部紧扣企业食品安全、生产经营、销售保供、复工复产等关键环节，落实各项防疫措施。党委工作部号召各级党组织开展"保民生、保家园，有力量、有担当"主题党日活动；连线基层，挖先进、树典型，鼓舞斗志，推出微信系列报道 80 篇；发挥宣传的鸣锣开道作用，强舆论、树形象，集团企业社会影响力进一步彰显。

生产不停工　商品不涨价　服务不打折

在疫情防控和春节市场的叠加因素影响下，如何保障市民的"米袋子""菜篮子""奶瓶子"？作为保障上海特大型城市主副食品供应的主渠道和主力军，光明食品集团以确保供应稳定、确保价格稳定、确保市场安全、确保储备充足为目标，给出了一组最有力的数据：从 1 月 20 日至 2 月 16 日，集团下属批发市场向全市批发蔬菜 159395 吨，约占全市批发市场批发总量的 70％；销售鲜牛奶 11230 吨，约占上海市场份额的 80％；销售大米 7365 吨，约占全市商超系统销售总量的 60％；批发猪肉 7643 吨，约占全市批发市场批发总量的 60％。在这串数字背后，凝聚着无数光明人的付出和坚韧。

蔬菜集团第一时间对湖北基地的蔬菜货源全部暂停交易，深入全国各主要蔬菜生产基地，排摸品种、数量，提前做好产销衔接。西郊国际、江桥公司作为上海主中心批发市场，车水马龙、客商众多、人员密集，防控难度不言而喻，公司总经理顾正斌，身先士卒，靠前指挥，"疫情一天不退，我们就不收兵"。凭着这份执着，从小年夜开始，他就没有休息过一天。疫情初期，曾出现市民"买菜难"的恐慌，为此，顾正斌主动对接基地组织货源。大年初二一整晚，他在市场客商微信群内发动各地经销商，"请大家克服困难，与市场携手共渡难关，保障上海蔬菜供应……"动员令得到客商们的积极响应和大力支持。正月初三至初五，江桥批发市场以 12313 吨的入场量打破了历年春节期间的最高水平，确保了疫情期间上海市场的蔬菜供应需求。

光明乳业华东中心工厂春节期间正常生产，62 条生产线全面释放产能，产品种类超过 100 个，日产量比平时翻番。由于产量骤然放大，春节假期随牛奶配送出去的周转箱一时难以收回，双重因素导致周转箱告急。怎么办？连续多日工作超过 12 小时的厂长包和平打了无数电话，试图找到替代品。最终，一批黄皮纸紧急到位，工人们加班加点，赶制"黄皮纸箱"，以此作为周转箱的补充。"没有迈不过去的槛"，包和平说，"牛奶产能才是最关键的，其他都可以想办法解决。"

良友集团在节前安排好产销对接，米面油生产企业提前复工，保障上海粮油市场稳定供应。

糖酒集团节前已向市场集中投放 3000 吨小包装食糖，并紧急为各地 25 家药企调运 2165 吨白砂糖，用于抗疫药品的生产。

在产能充足的前提下，渠道是重要保障。集团通过线下、线上两种渠道满足市场供应。农工商超市、良友便利、第一食品、捷强连锁等遍布全市1600 多家门店的线下渠道，春节期间正常营业。农工商超市践行"不涨价、不打烊、不断货"的社会承诺；良友便利秉持"服务不打折、商品不涨价"的原则，加强便当、三明治等即食品的供应，保证了特殊时期的消费需求。光明乳业"随心订"、上海农场"会员鲜蔬"、星辉蔬菜、农工商超市"京东到家"、菜管家等线上平台，响应政府"少出门、少聚集"的防疫要求，通过提供光明自有基地的农副产品和生鲜食品，以冷链配送和无接触收货的方式，保证市民足不出户买到菜。

支援疫区　温情守护

疫情肆虐，牵动了无数光明人的心。一件暖心计划的悄然诞生、一次与疫情较量的特别行动、一群与时间赛跑的光明人，演绎了一段段传递爱心、传播温情的感人故事。

正月初七，一场高效的对接会，为上海援鄂医疗队家庭送去了好消息，集团党委会同市委组织部、市卫健委在疫情期间为这些家庭开展"三送"活动，定期送上光明优质蔬菜、牛奶和肉制品，用实际行动解除"白衣勇士"的后顾之忧。随即，蔬菜集团、光明乳业、梅林股份的干部员工投入了一场更高效的行动，生产、加工、备货、分装、装箱、搬运。两天后，光明乳业

"随心订"的员工把 320 份沉甸甸的礼包和慰问信一一送到了援鄂医护人员家中。疫情无情、光明有爱，如今，光明人的深情厚谊还在不断延续，目前，"三送"活动已覆盖到 1200 户家庭。

同时，集团所属企业也纷纷行动，通过各种方式支援抗疫前线。光明乳业向火神山、雷神山、武汉协和医院、同济医院等湖北医疗机构共捐出 6.2 万提乳制品，价值 311 万元。

为了解决一线医护人员因长期佩戴口罩引起耳后皮肤磨损带来感染的风险，光明乳业武汉工厂的员工在四小时内紧急拆下 30000 只牛奶箱提手捐赠武汉医疗队；五四方信包装公司也从生产线上紧急协调了 30000 个提手送到同济医院、瑞金医院。这份"别出心裁"的跨界防护用品汇聚了光明人的拳拳爱心。

农工商超市好德便利的党员们两次为爱"出征"，为华山医院医疗队紧急调配生活物资，数量达 1300 余箱。上海农场禽业公司克服重重困难，先后两次为武汉紧急调运共 1.3 万只禽类产品。第一食品南东旗舰店的员工们仅用 1 小时为上海市中医医院医疗队备满 20 箱货品。海博租赁公司为瑞金医院医疗队提供免费的机场接送服务。思乐得公司向武汉捐赠 300 箱，价值 56 万元的不锈钢真空保温杯……

一个个不同的故事，却表达了同一个主题，那就是——"光明与你同在"。

特别的爱给特别的你

在抗击疫情的战场上，有一群特殊的"逆行者"，他们用爱心守护着一个个特殊的群体，用责任守卫着一方平安。

花卉集团东海老年护理医院内的 1900 位住院老人就是这样的特殊群体。院长蔡泽中凭着职业敏感、丰富经验，率先发出新冠病毒防控指南，打响医院疫情防控第一枪。医院第一时间启动感染防控应急预案，建立指挥中心，建起院长挂帅、分管院长督办、职能部门落实的防控指挥三级架构；迅速成立专家治疗组、院感防控组、联防联控专家组等 16 个特别行动组。同时，因地制宜采取封院、联防、隔离等一系列防控举措，筑起铜墙铁壁，将疫情挡在门外。医院副院长陆军，在湖北籍员工入住隔离区的关键时刻，挺身而出，独自一人数次往返于医学隔离区接员工、搬行李、消毒。护士邱瑶主动请缨，穿梭于湖北籍返沪员工中，为他们量体温、端汤送饭、打扫卫生、消毒喷洒。就是这样一分"攥指成拳、誓护桑榆"的决心，才使得医院安全平稳有序运行。

疫情期间的上海街头，少了往日的繁华喧嚣，但作为保障市民出行的海博出租，依然要正常运营，这就给出租车驾驶员增加了一分出行风险。怎样关心、保护好他们？海博出租的党员干部们为他们筑起了坚强的后盾。

在口罩告急的情况下，海博出租全体管理人员想方设法通过各种途径去购买，最终与江苏高邮一家口罩厂商确定了货源。1月27日凌晨4点，海博汽车修理公司总经理助理陈一飞主动请缨，担任采购运输突击队队长，带领4名驾驶技能娴熟的骨干员工，开着2辆货物配送车，冒着瓢泼大雨，驱车750公里，抢运防疫口罩20万只。

"武汉团队有几百号员工，我要始终和他们并肩作战。"这是光明地产服务集团总经理助理闫云超在告别家人、毅然赶赴武汉时的话。回到武汉，闫云超搬进了员工宿舍。疫情期间，食堂食品短缺，他把家里储存的食物拿出来，自己垫钱买物资；大年初一，为了鼓舞员工士气，他自掏腰包给所有在岗员工发红包；他还天天跑项目，协调防疫物资，去门岗安抚业主。这就是"逆行"中的物业带头人，用守望相助的力量守护着员工和业主的生命健康。

作为管理着4100户家庭、8000多名居民的上海农场海丰社区，把"外防输入、入防扩散"作为防疫总目标。社管委迅速成立疫情防控领导小组，制定管理办法和11项工作举措，划分责任区，落实责任人，把"战线"和"阵地"建到居民区和居民家。在地区范围内开展"地毯式"摸排。社管委领导班子靠前指挥，各办事处分工负责、协同配合，突出抓好重点场所、重点人群、重点环节的防控，并对居民区、公共场所全面做好消毒工作。利用工作群、微信公众号，通过在居民区悬挂横幅、电子屏、小喇叭呼叫、张贴海报等形式，向居民介绍新冠肺炎的相关知识。一件件、一桩桩，战"疫"一线的社区工作者用朴实的行动和强大的责任感筑牢社区防控的第一防线，保障了农场职工居民的生命健康安全。

地处皖南的白茅岭农场采取"组、控、防、测、联"等有力措施，带领全体员工投身疫情防控阻击战。农场各级领导班子和领导干部坚守岗位、靠前指挥，加强值班巡查。组织"党员先锋队""社区平安小队"对辖区内的居民区、超市、菜市场、商业街开展不定时巡查，督促做好消毒预防工作，同时，重点严查菜场内违规活禽交易、宰杀和买卖野生动物行为；实行属地联动，农场社区主动对接所在区县疾控中心和医疗机构，接受防控工作指导和服务。此外，对武汉人员加强居家和专门场所观察隔离，并与卫生中心、派出所、地方防控单位做好联防联控。正是这份"守土有责、守土担责、守土尽责"的使命担当守护了一方平安。

最好的根据地　最优的光明产品

农场是光明最好的根据地。而作为上海"飞地"的上海农场，又是光明根据地的"核心"。在疫情防控的严峻形势下，上海农场牢固树立"全场一盘棋"的大局意识，牵头召集区域内派出所、医院、学校等单位共同研究落实防控措施，并加强与四岔河监狱、检察院、武警部队、光明农牧等驻场单位实行联防联控，共同守护307平方公里的区域安全。同时，为保障市场供应，上海农场加强调研、提前备货，日供上海市场猪肉3.5吨；大米加工厂于正月初三提前复产，优先保供上海市场，日供大米60吨，储备粮食近2万吨，确保上海市场应急需求；节前，水产养殖公司就已将各品类淡水鱼安置在暂养仓，确保日均5.5吨光明鱼供应盒马、叮咚、第一食品；禽业公司确保日均6吨鲜蛋运往上海市场，同时在盒马鲜生和叮咚买菜备足2.8万羽冷冻禽类；东越公司节日期间菌菇日供上海市场4.5吨。

对光明农牧科技公司来说，防"疫"的担子要比别人多了一副。疫情发生后，公司从防御"非洲猪瘟"转变到同时防御"非洲猪瘟"和"新冠肺炎"的"两防"战"疫"中来。为了筑牢防控体系，稳步提升生猪产能，全力保障上海市民对高品质猪肉的需求，光明农牧科技公司的干部员工付出的比常人更多。光明农牧下属江苏梅林黄海畜牧场场长唐式侠，和牧场许许多多的员工一样，自2018年8月"非瘟"疫情以后，她就没有回过家，夫妻二人共同驻守在牧场。在别人眼中，她是雷厉风行的"女汉子"，也是牧场员工的"主心骨"，但是，在五岁女儿口中，她却有一个令人心酸的称谓——"视频妈妈"。她是江苏梅林最年轻的畜牧场场长，也是光明农牧科技人的

"缩影"，正是这样一支顽强的队伍，才挑起了防疫和保供的重任。

位于奉贤区的五四星辉蔬菜公司，是上海市"菜篮子"蔬菜生产基地之一。公司全力抓好地产蔬菜的安全生产保障供应。做好市郊 2 万多亩设施菜田的生产管理，充分利用 3900 多亩温室大棚和 2 公顷植物工厂的资源优势，日均上市新鲜蔬菜 180 吨左右。同时进一步加强外延基地货源组织，增加蔬菜产品储备，保障蔬菜产品线上线下充足高效供应。同时，认真落实疫情防控措施，加强蔬菜生产流通过程的安全管理。

崇明农场所属大瀛食品公司 1 月 31 日复工，一线员工加班加点，全力保障产品供应。截至目前已生产冷鲜锁鲜禽类食品近 40 种，累计屠宰量达 4.5万只，日均出库量达 7500 公斤。

祖国，我们和您心连心，情相拥

身在海外的光明员工也时刻牵挂着祖国的命运，他们以空前的团结和强烈的爱国热情，万里驰援祖国，以实际行动表达对祖国人民的深情关爱，书写了"心连心，情相拥"的跨越国界的爱。

1 月 27 日，大年初三，远在阿根廷的水产集团阿特玛与强华渔业公司项目组负责人李剑得知国内医用口罩紧缺，立即组织了一次争分夺秒、不同寻常的紧急采购任务。他们迅速汇集各方资源、寻信息，找货源，疾步不停地走访医药公司、药店，联系医药供应商……第一天采购到 2 万只，第二天1.8 万只，但到了第三天，阿根廷的口罩市场出现了价格攀升和市场管控，许多客商都告知无货了。为此，公司把阿根廷籍的员工都发动起来，利用他们本土熟、信息多的优势，以最快速度、最大力量获得了更多货源。经过数天的努力，终于收集到 6 万多只口罩。

同样，开创公司西班牙 ALBO 公司中方总经理邓虎，在得知疫情后，立即与驻西班牙中资海外企业商会、当地华人协会取得联系，开辟供货渠道；ALBO 公司中方高管王勇也利用海外朋友圈，扩大寻源范围；外籍管理人员也一起找线索，锁定更多的货源，他们轮番作战，每人每天通话量都要超过上百次，一天要联系海外供应商累计 100 多家。2 月 3 日，在极度困难的情况下，ALBO 公司共采购到各类型号医用口罩 2.5 万只。

光明国际 Tnuva 公司在了解中国的防疫局势后，立即在以色列全国范围内寻找物资。由于疫情已引起全球媒体广泛报道，以色列门店备货已被抢购一空。但 Tnuva 公司没有气馁，发动员工多方联络，最终溢价采购到 7000 个医用口罩。解决了货源问题，运输问题又接踵而至。在以色列停止了中国的直航航班后，Tnuva 公司通过香港转运，最终把物资送抵上海。目前，Tnuva 公司通过积极寻找货源，采购的第二批 2500 只口罩、1730 只护目镜、2450 件防护服也已抵沪。

Tnuva 公司董事长兼光明驻以色列首席代表 Haim 还提议，制作视频为奋战在疫情一线的光明员工鼓劲加油。从提议到制作完成，《我们是一家人》的暖心视频仅用了不到 24 小时，公司外籍员工纷纷通过镜头表达对光明的支持和鼓励。

糖酒集团也动员国内外一切资源，落实防控物资全球采购。西班牙 GM Food 伊比利亚食品公司在西班牙和法国紧急采购 FFP2（相当于 N95）口罩和医用外科口罩 4 万余只，集团总部无时差响应，发挥进口专业优势，在 2 天内完成运输、清关全部环节，目前 4 万余只口罩已全部到国内。疫情期间正逢澳洲长假，集团所属澳洲光明食品全球分销公司敏锐反应，广泛发动员工开发采购渠道，并快速以预付款方式锁定 2 万只口罩货源，目前正在落实国际承运事项。糖酒集团还与光明国际协同，实施集团化采购，联合组织韩国 10 万只 KN94 口罩货源。从找货源到签署协议、安排承运报关等复杂环节，只用了一天时间，目前正在积极协调国际承运事项。

没有硝烟四起，战"疫"仍在继续，但我们深信，光明人的一次次行动，一首首赞歌，凝聚的是光明力量和光明大爱，这份力量和大爱，定会驱走"疫"情。我们在这里，等"春"来，等待春的清朗，拥抱春的明媚，呼吸春的芳香！

（原载《光明食品报》2020 年 2 月 19 日）

你们在前线抗击疫情，我们在后方温情守护

——光明食品集团以实际行动服务上海援鄂医疗队成员家庭

光明食品报编辑部

这几天，上海援鄂医疗队群里的一则消息，让所有队员心中暖暖的。光明食品集团旗下光明乳业、蔬菜集团、梅林股份将从 2 月 2 日起，为每位队员家中定期送奶、送菜、送肉。

今天一大早，光明乳业随心订的员工们就把光明食品集团精心为上海援鄂医疗队成员家属准备的新鲜蔬菜、优质猪肉、鲜牛奶等食品送上门，并呈上一封由市委组织部、市卫健委和光明食品集团党委联合发出的充满暖意的慰问信。

因为光明　所以温暖

慰问信

亲爱的上海援鄂医疗队成员家属：

当一场来势汹汹的疫情席卷整个中华大地，当"新型冠状病毒感染肺炎"这个难记的医学名词被每个人深深记住时，本是举家团圆的新春佳节，注定变得非比寻常。这是和平年代最大的考验，没有硝烟的战场。

医者仁心。赴鄂医疗队的成员们是这场疫情防控阻击战场上的真正勇士。面对疫情，他们逆行而上，以"舍小家、为大家"的情怀尽显医者本色，科学防治、精准施策，阻击病毒。面对病患，他们悉心医治，默默守护，以白衣天使的职责和使命筑起一道坚不可摧的生命防线。

在这场阻击战中，我们永远记住了勇士的白色身影。同样被记住的，还有勇士身后坚强的后盾。正是你们，割舍心中的牵挂和担忧，默默支持、无

私付出，给了勇士最大的安慰。你们同样值得被尊重和颂赞。

为此，按照市委市政府的要求，由市委组织部提议，在市卫健委党组的大力支持下，光明食品集团党委将在疫情期间为你们定期送上光明旗下优质的蔬菜、肉、牛奶等保供食品，用实际行动解除勇士们的部分后顾之忧，同时也表达上海人民的深深敬意！

相信寒冬之后必是温暖的春。祈愿勇士们大获全胜，平安凯旋！

市委组织部、市卫健委党组、光明食品集团党委

2020 年 2 月 2 日

收到慰问品的援鄂医疗队成员家属纷纷在群里留言，满满正能量的话语和真挚的感谢之情也深深感动着每位参与此项工作的光明人。

两天前，在上海最大的蔬菜批发市场江桥公司，一场三方对接会悄然进行。

会议时间不长，但传递出来自市委市政府对援鄂医疗队成员的无限关心，传递出市委组织部、卫健委、光明食品集团等社会各界对"舍小家、为大家"逆行勇士们的深深敬意。

会议决定成立"三送"工作项目组，按照市委市政府的要求，由市委组织部提议，在市卫健委党组的大力支持下，光明食品集团党委将在疫情期间为 320 户上海援鄂医疗队家庭定期送上光明旗下优质保供食品。

制定了一套精细化的服务

据了解，按照此次的配送计划，光明食品集团将为 320 户上海援鄂医疗队的家庭每周送奶两次、送蔬菜一次，每两周送肉一次，同时使用光明食品集团专用包装袋，利于辨识。

此次配送的产品是光明致优鲜奶、莫斯利安酸奶、当季新鲜蔬菜、爱森冷鲜肉。对于在上海没有家属的医疗队队员，光明食品集团也将以其他方式表达对一线医务人员的支持与感谢。

为了更好地提供服务，光明食品集团与市卫健委还组建了上海援鄂医疗队家属微信群，家属可及时对产品和服务提出反馈，如有乳糖不耐的，鲜奶

可及时更改配送 0 乳糖产品，光明乳业还会不定时地的配送一些新品和酸奶品种。

蔬菜集团此次配送的蔬菜不少于 8 个，涵盖绿叶菜、茄果类、菌菇类、根茎类等，约 6 公斤左右，并附有蔬菜检测报告。

梅林股份配送的爱森冷鲜肉礼包，包括夹心肉、大排等，每份礼包约在 5 斤左右。针对部分回族医护人员家庭，梅林股份专门单独配送牛肉礼包。

这背后有着一群温暖的光明人

"医疗队代表上海 2600 万市民出征武汉，服务好他们就是服务好上海市民。作为上海这座特大型城市主副食品供应的底板，光明食品集团责无旁贷！"

集团党委书记、董事长是明芳向全体光明人发出了倡议。

蔬菜集团西郊国际、江桥公司承担了"三送"活动送菜专项任务。公司组建了由党团员为主要对象的志愿者队伍，采购、分拣、分装、装箱、搬运逐一迅速到位。从接到专项任务到备货、装箱、搬运、发车仅用了 3 小时。

梅林股份承担了"三送"活动送肉专项任务。接到任务后，爱森加工厂在沪的干部职工自发赶到工厂，投入到忙碌的生产一线，经过 4 个多小时齐心协力，300 多份配送肉礼包顺利地装车……

光明乳业不但承担了此次"三送"活动送奶专项任务，随心订更是一肩扛起了整个慰问品的配送工作。配送员们早晨出发，2 小时内完成所有配送上门工作。据悉，自 2 月 2 日首次配送后，每逢周三、周日，光明乳业随心订都将准时把慰问物资送到援鄂工作者的家中。

（原载《光明食品报》2020 年 2 月 2 日）

场内外联动，开足马力冲刺订单

上海汽车报记者　邹　勇

　　五一假期里，汽车嘉年华活动上汽大众展台的人气可谓爆棚，大众和斯柯达品牌的各款展车被人群"捂"得严严实实。上汽大众推出的重磅优惠措施让很多消费者由"心动"变成"行动"。嘉年华会场内外，一场"购车总动员"正在上演。

连 4S 店的展车也卖掉了

　　在上汽嘉年华大众品牌展台，上汽大众的"大V"威然被众人"围观"。虽然这款大型豪华商务 MPV 要到 5 月 28 日才正式上市，但 40 万元之内就可以买到威然380TSI 旗舰版，让消不少费者提前抢定了新车。

　　据上海九隆大众销售经理介绍，汽车嘉年华开展 4 天来，他们已经签下 4 张订单。"威然公布预售价后，不少消费者特地到展厅来看车，这次在活动又收获很多高意向用户的留资，我们非常看好威然的市场前景。"

　　在上汽嘉年华现场展示的途昂 X、途观 L、途岳、帕萨特插电式混合动力版等每天的订单量都在快速增长。火爆的销售势头还延续到了沪上各大众品牌 4S 店。据上海百联沪东销售员介绍，这几天除了订单激增，来店里买车的消费者也非常多，连展厅里的展车都被买走了，店方不得不连夜补充途昂 X、辉昂等车型进展厅。

　　据了解，除了上海展览中心上汽嘉年华主会场外，上汽大众大众品牌还在百联中环、梅川路步行街、第一八佰伴及第一百货设立了分会场。从 5 月

1日至今，各会场充足的人气带动展厅客流量持续增长。此外，5月1日至5日，大众品牌还准备了5辆55折朗逸纯电动车，每天15:55在大众品牌官方商城放出一个秒杀购买幸运特权。"虽然幸运者只是极少数，但关注朗逸纯电动车型的消费者明显增加。"百联沪东销售员说。

除了推出多重购车优惠外，上汽大众还在汽车嘉年华现场为疫情逆行英雄献上了厚礼。5月3日，来自于上海多家医院与卫生医疗单位的援鄂医护人员准车主亲临现场，上汽大众向16名医护人员代表致以敬意，并送上鲜花及车模等交车礼，欢迎他们加入大众品牌车主大家庭，成为途昂、途岳、帕萨特插电式混合动力版等热门车型的车主，暖心交车仪式令现场更添温情。

销售员紧急增援嘉年华

5月2日，上汽斯柯达在汽车嘉年华现场举办斯柯达品牌日专场活动，在"五重大惠"系列重磅优惠措施助力下，斯柯达展台前掀起了购车热潮。

据了解，从5月1日开展到5月2日中午，上海永达斯柯达4S店的累计订单数量超过40张。与此同时，汽车嘉年华现场收获的订单总量已经接近200张，上汽斯柯达各大4S店紧急调集人员到上海展览中心支援销售工作，为消费者提供服务。虽然当天气温高得有点暑热难耐的味道，但看到订单数不断增长，销售员的工作热情更高。

不少消费者在上海展览中心斯柯达展台直接下单心仪的车型，还有一部分消费者在了解了车型优惠措施后，赶到就近的4S店下单。现场一位购买柯迪亚克的消费者表示，上个月刚拍到了沪牌，听说上汽在"五五购物节"推出购车优惠活动，就带家人一起来过来看看。"这次上汽斯柯达提供了实打实的优惠，所以毫不犹豫就下单了。"

活动现场，上汽斯柯达还抽出了五折购车券锦鲤大奖（可选择斯柯达旗下任意一款车型），把现场气氛推向高潮。除了重磅购车优惠外，上汽斯柯达还带来了互动直播、趣味讲车、爱车小课堂等创意玩法，加强与消费者的直接沟通。

（原载《上海汽车报》2020年5月10日）

封城一个月，我们一直在一起

上海汽车报记者　顾行成

2 月 23 日，距离武汉封城，已经有一个月了。

作为一家以高精度地图服务为主的高科技初创企业，武汉中海庭数据技术有限公司正好位于疫情中心。

用一名中海庭员工的话说："这一个月，我们整个公司所有人一直都在一起，只是切换了一种方式，在进行着各种日常。"

封城前两天
人事行政科段燕婷

1 月 21 日下午 3 点，受疫情形势影响，公司总经理果断地决定，关闭办公室，公司运作从线下转入线上。而我也在当天做出决定，取消了和杭州朋友相约的日本旅行计划，采购了过年生活物资，从爸妈家接回了孩子。我以为我要进入的只是略微紧张的春节，谁知道，那一天竟然是全家人居家自我隔离、相依为命的开始。

从第一天线上工作开始，我们就要每天摸排 229 名员工的心理和生理健康、留居位置。有一天，一名员工报告有咳嗽迹象，再经过排查，发现和他接触过的另一名同事也有咳嗽现象，这下气氛就更紧张了。还好，最后是虚惊一场。截至目前，中海庭在编 229 名员工尚未报告有感染新冠肺炎的情况。

从 2 月 14 日开始，公司远程在线培训系统也正式启动了，每天上下午各一场，课程内容覆盖硬核技术分享、产品方案设计、商业头脑风暴和 KPI 优化分解等。

度过了最初的手忙脚乱，现在基本上全员在线。封城一个月，我们整个公司所有人其实一直在一起，这是我最开心的事情。

封城第四天
数据制作部彭锋

大年初二开始，我们业务落地优化组就基本上处于工作状态，每天晚上8点的网络日会，员工状态跟踪、复工生产准备、复工保障制度与物资采购等都要讨论。

这个过年前就成立的公司防疫紧急小组，随着疫情的发展，已经扩展成为员工状态跟踪组、复工保障组，政府信息对接组以及业务落地优化组。我所在的业务落地优化组，同时还要兼顾人员状态跟踪。

早些时候，出于降本增效的考虑，刘博曾经提出过在外地新开辟一条制作高精地图数据生产线的设想。这次，我又把这个设想提了出来，并获得了小组成员的一致同意。

经过团队上下一心的努力，目前新的生产线建设已经在有条不紊地进行中，包括电脑硬件设备采购、作业人员本地化招聘与培训、生产质量管控和数据信息安全系统搭建等工作都已经在逐一落实中。预计2月底或3月初，这条全新的生产线就可以进入生产状态了。

这样，不管接下来武汉疫情怎么变化，客户那里的单子，至少我们是可以不耽误交付了。

哦，对了，作为步入中年的普通人，那天看到军队医疗资源紧急驰援武汉的讯息，我无声地流泪了……

封城第十二天
地图感知系统部陶靖琦

2月4日，我决定步行前往公司拿取所需资料并完成开发工具网络系统配置。平时看似不怎么遥远的路程，如今变得格外漫长。去往公司的路有十几公里长，我足足走了3小时40分钟。

工作处理完，我找到了一辆共享单车。来的时候我不敢骑，万一车上有病毒，被不小心被带到公司，以后影响了复工怎么办？

环卫工人是这个时候街上看到最多的人了，橘红色工作服配上荧光背心，熟练地操作着大小环卫车辆。谢谢你们，城市的守护者！

平安回家后没过多久，更严厉的封区管制措施出台了，各个楼宇单元都禁止出入。幸好去了趟公司，现在公司在地图数据众包项目上可以有条件soho办公。

如果有可能，我希望眼前的这一切从未发生。待到春花灿烂时，我要欢笑着去看武大的樱花。

封城第十五天
产线研发部李非

2月7日早上起床后，我望向窗外。半个月前停在对面马路上的白色小车，如今依然安静地停在那里。马路上依然寂静，偶尔有几只小鸟落脚窗台发出啼鸣，告诉我这是一个春天的早晨。

但现在是真心想回办公室工作了。

幸运的是，中海庭依然坚韧地在线上运转。今天我有个重要的工作要做：完成产线系统的远程部署方案。在家里拿出这个方案还是很有挑战性的。这个方案需要各个科室统一配合。虽然有各种网络会议系统，但沟通效率远没有面对面高效。还好大家都非常配合，我们赶在下午6点的时候确定了技术方案，可以在晚上的应急小组统筹会上汇报了。

我是中海庭老员工。扎根公司这么多年，我希望中海庭不仅能从疫情中"走出来"，还要带着不一样的气质。中海庭，要加油！

封城第二十三天
采购部潘剡

情人节那天，媳妇还在医院，没有下班，没有节日礼物，没有鲜花，没有烛光晚餐，唯愿疫情早点过去，生活回归平静。

员工安全保障物资中的口罩，是防疫的第一道防线，可市场上却短缺得就像二战谍战剧中的盘尼西林。

经过大伙这么多天的努力，昨天终于订购到了一批口罩，总共有一万只。下午 4 点，我接到提货电话。因为交通管制，物流受阻，双方只能约定在一个辖区交界处交接。双方默契地保持距离，默默地搬货，全程通过微信文字完成交接。

下午 6 点，过了几道防疫检测点，测完体温，我终于回到了家。拿到口罩，我稍稍舒了一口气。再看了一眼防疫物资采购清单，后面还有很多事要去准备。

我在心里许个愿：媳妇保重，齐心协力，疫情一定可以战胜！

（原载《上海汽车报》2020 年 3 月 1 日）

我守着工厂，和总经理一起吃了十几天的泡面

上海汽车报记者　阮希琼

口述人，曾恺（"85 后"党员，上汽通用武汉工厂安保经理）。

"这一个月中，有太多印象深刻的事。我焦虑过、害怕过，但还是选择留在我的岗位上。身边有医护朋友去了一线，和他们比，我这事儿真算不上啥，只是职责所在。"

妻儿回老家，我留下了

我们真正感受到疫情的严重性，是在 1 月 20 日，那天正式明确这个病是可以人传人的。第二天，我们马上减少了不必要的出勤，开始行动，进行口罩、消毒水、测温枪等物资的第二轮紧急备库。

当时，最担心的还是我们的员工，有些员工已经提前休假回去了，所去场所和接触人群都不太受控。那天，公司启动了每日全员申报确认工作，我开始组织协调各部门员工的状态统计，并建立了异常人员跟踪档案，实时跟踪，还对其接触人群进行了逆向排查。

之后的几天里，疫情愈演愈烈。没想到，1 月 23 日，武汉封城了。

每年春节，我会在公司值班，一直到大年初二回老家。我的妻子和孩子很早就回了老家，就等我回家过年。但今年，我回不去了。

那天晚上，我辗转反侧，做了一个决定。

春节期间，虽然公司生产线停止运作了，但是有的岗位是 24 小时离不开人的。比如，涂装车间的前处理电泳原料价值很高，而且有温度的要求，必须有人看守；再如，工厂的废水处理靠微生物，那些微生物没人看管也会

430

死；同时，工厂还有供电、防盗等需求。所以，我们安保部门必须要有人出勤，保证工厂的基本运转。疫情期间，人员出勤要尽量减少，我的兄弟们家里都有妻子和孩子需要陪伴，反正我也是一个人，干脆让他们回去过节，由我一个人顶上吧。

从那天开始，我天天上班。但我不敢和家人说，怕他们担心。

1月24日除夕，这是我第一次看到大年夜晚上，街上竟没有一辆车。

楼里有确诊，我也慌

1月25日，武汉市政府宣布从1月26日起禁止私家车通行，还好公司迅速和政府协调，为必须上班的人员申请了通行证。小区也封闭了，每天保安都要对我进行"你是谁，从哪来，到哪里去"的灵魂拷问。估计他心里想，人家都躲家里不敢出来，就你一个呆头呆脑还要去上班。

看着确诊的数字蹭蹭往上涨，大家都十分焦虑。早上上班的路上，我看到超市门口排起了长龙，大家都开始囤食物，做打持久仗的准备了。

先前我知道我们小区有几例确诊病例，但都不是我们这栋楼。直到有一天，我得知我们楼里确诊了一例，我有些慌了，电梯不敢坐了，天天爬楼梯上下班。

2月6日，我看到一则新闻，一个人买菜15秒就感染上了，太可怕了。我也害怕，但职责所在，我还是坚持天天到岗。好在我本来就是做EHS（健康、安全与环境一体化管理）这一行的，有习惯在家里备口罩、消毒水等，能做好自我防护，这些防疫物品现在在武汉很紧俏。

难忘的视频会议

在公司，我几乎天天都要和各部室的负责人召开视频会议，因为还有很多难题等着我们去解决。

比如，要排摸清楚我们那么多员工现在在哪儿，有没有异常情况，节后如何返回，因为返程的不确定对生产人员造成的影响，要有合理的排产计划来应对；同时，武汉现在医疗防护物资很紧缺，我们复工后的防疫物资也要有渠道保障，要不断地找采购备库的机会；此外，还有物流运输、供应链管理、后勤保障……

虽然事情繁复，但我很有感触。从我进公司以来，还没有经历过这样的工作模式。很多同事在家，但他们一直在线，兢兢业业地做好自己的事，没有人逃避。特殊时期，让我进一步体会到上汽通用人的精神。

疫情结束后，我想好好吃一顿火锅

要说难忘的，还有泡面。

工厂总经理和我一样，天天在公司。中午因为食堂不开，外卖也不送了，他带着我连吃了十几天泡面。现在，我看到泡面就想吐，这辈子再也不想吃泡面了。

晚上回家后，我会随便烧一点菜，冰箱里都是肉，那原本是打算过年和家人一起吃的，现在估计我一个人能吃到 6 月份了。

因为我早出晚归，没有办法到超市囤蔬菜。盒马鲜生上即使抢到了，早上家里也没人收货。好在有一些好心的邻居，有时会帮我买一点菜放我家门口。

2 月 14 日情人节，我已经连续工作了 25 天，家里最后一盒方便速食自热火锅被我吃完了。现在我最大的愿望是，等疫情结束后，和家人一起好好地吃一顿火锅。

（原载《上海汽车报》2020 年 3 月 1 日）

我骑着摩托车为武汉医院送了 7200 个口罩

本报记者严瑶

口述人：丁玺魁，上海汇众武汉子公司设备工程师

时代的一粒灰，落在个人头上，就是一座山。

我被这句刷屏的话深深打动，因为我正处于尘土飞扬的现实中。

几天前，我把自己的微信头像换了，变成了一张黑白图片：一个人困在地上，身后是蝙蝠张开的巨大翅膀。

我知道，疫情之下，没有局外人。

我决定上前线

我是 2014 年加入上海汇众的，目前负责设备以及工装夹具的管理类工作，是一名设备工程师。

大概是 1 月中旬，武汉当地人开始关注新型冠状病毒肺炎这件事。这时候，我们公司领导层的反应非常迅速，总经理周勇在早会上要求大家汇报员工的健康情况，还将公司存有的口罩发放给员工。可以说，我们公司是最早一批开始重视防疫工作的企业之一。

之后，公司还成立了党员突击队，自发召集志愿者去社区等地参与执勤、测量体温等工作。每天早上，我们在公司微信群里汇报各自的健康状况。

1 月 24 日大年夜，走在武汉街头，已经基本上看不到行人。

前几年，因为兴趣爱好，我购买了一辆摩托车，加入了一个 100 多人的摩托车车友群。疫情刚来时，网上还没什么报道，但在我们车友群里有 5 位同济医院的朋友，他们在说医院各个科室的医生都像打鸡血一样，自发报名

去前线支援。他们的奉献精神让我感动又敬佩。

1月25日，我加入的这个摩托车车友群发了一条消息：有一批口罩到货，需要司机送去医院，有谁可以送货？

我一听机会来了，马上说我可以去。其中有一个目标医院就在我家隔壁。然后，同一天里，这个群还发起了募捐活动，有车友可以联系到护目镜厂家，我们准备把这些防护物资直接捐给医院。在群里，我捐了200元钱，聊表心意。

妈妈晕倒了

1月28日，车友群的口罩到货了。我们这些送物资的志愿者就组成一个群，到物流点提货。我拿了两箱口罩，共7200只。第一天晚上，我先送了一箱去紫荆医院。剩下一箱，因为一直联系不上医院的医生，我就先拿回家，准备之后再送。

没想到，第二天我自己家里出了点事。我妈早上起床后突然晕倒了，我打了120急救电话将她送到医院急诊，在那里忙了一天。当时，我特别害怕我妈被感染。在医院急诊科里，旁边床上全是感染病人，还有一个床的病人刚刚去世。

不过，我们有了准备，防护都很到位。而且这家医院不是定点发热医院，人口密度不大，医院的消毒措施也做得很好。

接下来的两天，我没敢出去，在家照顾我妈。本来群里有朋友说帮我把那箱口罩拿走送去医院，但是他们有人还要送医护人员上下班，没什么时间，就一直没过来。

骑着摩托再次出发

到了1月30日，我妈已经没事了。我想着还是自己把口罩送过去吧，不过当时已经不准私家车上路了。我决定骑着我的摩托车，把这箱口罩送到武汉市中心医院。

1月31日，摩托车车友群筹集的护目镜也到货了。第二天早上，大家就集合去分发护目镜。这次运送，我分到 80 个护目镜，分别送往汉阳洲头社区卫生服务中心和中部战区医院。

车队里同去的有两位同济医院的车友，他们是在待命、准备随时去往一线的人。现在，其中一位医生已经在抗疫第一线战斗了。

我的爷爷奶奶是上海人，我在新闻中看到上海的医疗队一批批地前来支援我们，觉得特别亲切。我所在的公司也正在尽全力地采购和运送急需物资至武汉。我想，有许许多多前赴后继、勇往直前的战士，以及所有人的团结协同，这个疫情，我们一定可以战胜！

（原载《上海汽车报》2020 年 2 月 23 日）

10公里打一次气，我开了100多公里"截"下那批口罩

上海汽车报记者　阮希琼

口述人，罗飞（延锋汽车内饰武汉工厂EHS（健康、安全与环境一体化管理工作）工程师

可能由于职业的关系，我一直对新冠肺炎的信息保持警惕。很早我就觉得，这个病可能会人传人。由于这个病的主要特征是发烧，所以我从家里取来测温仪，对同事进行培训。

但口罩还是个大难题。1月20日，钟南山宣布"肯定人传人"。一夜之间，口罩成了稀缺货。估算下来，公司复工的话，一个月的口罩用量大概在2.5万～3万只。

去哪里买那么多口罩？更没想到的是，1月23日，武汉封城了，物资更难进入武汉。我急了，每天一家家地给口罩供应商打电话，上午问，下午问，晚上问。

终于，1月30日，有家供应商有一万只一次性医用口罩，但对方并没有打算把这批货卖给我们。我就和他软磨硬泡，让他看在我连着5天，天天给他打电话的份上，先把这批货卖给我。

对方虽然答应了，但要求马上前来提货，不然货物随时被其他厂家买走。出发前，公司总经理反复关照我，一定要注意安全，要做好防护，保护好自己。

好事多磨，刚上车，车辆的右前轮胎居然没有气了。那时武汉的维修店都不开门，我只能求助邻居，向他们借了临时打气设备。

因为没补胎，还是会漏气，每行驶10公里就会有胎压报警，就要再打一次气。每开10公里打一次气。就这样，我开了100多公里，"截"下了那

批口罩，将其送到了公司。看到口罩进了公司库存，我总算松了口气。

每年春节，我父母由于工作性质都要值班。为了不打扰他们工作，我会带着妻子和女儿回天门市过年。但是今年，我把妻子和孩子送回天门市后，我选择留了下来，因为春节期间，我要驻守在公司，管理、筹备各类物资，为复工做准备。

这是难得一次和父母一起过年，但我父亲和我母亲都报名参加了社区街道志愿者，整天在外奔波。我保障的是工厂和员工，他们保障的是社区居民。

我父亲每天帮助疫情管控下的社区居民采购筒子面、牛奶、水果等生活用品，还有药品。在这之前，买菜是个大问题。菜场都关闭了，大家都去大型超市排队囤生活物资。小区统一采购后，生活方便了许多。

而我的母亲是街道党委书记，报名后被安排去帮助统计社区人员健康状况、人数，并协助社区做好确诊病例运输等工作。

说实话，我内心挺矛盾的。我心里清楚，这次疫情对年纪大的人杀伤力很大。我父亲还患有糖尿病，这让我十分担心。而且，我们小区有30多例确诊病例，其中1例就在我家隔壁。我其实并不希望他们去做志愿者，但他们一直坚持，我只能叮嘱他们做好防护工作。

细细想来，如今我选择坚守在自己的岗位，其实也是受了他们的影响。

自己做保障工作，所以特别理解一线工作人员的不容易。我看到，有的社区服务人员干脆住在了工作的小区，醒了就干活，轮轴转，让我感触颇深。就像新闻里说的，这世上哪有什么从天而降的英雄，不过是一个个普通人挺身而出。

2月20日，距离武汉封城快一个月了。一个月来，我天天和妻子、女儿进行视频对话。等疫情结束后，我最想做的就是早点把她们接回武汉。

（原载《上海汽车报》2020年3月1日）

我们花了 3 天时间完成了 1000 台的"救命"订单

上海汽车报记者　林　芸
口述人：刘漂觅，博世华域武汉工厂生产岛长

看到装配着博世华域转向机的第一批负压救护车在整车工厂下线，奔赴战"疫"前线的照片时，我那颗悬着的心终于放下了。

我们这支临时组建的疫情防控青年突击队能在短短 3 天时间内完成订单任务，我感到很骄傲。我们的团队精神就像武汉这座城市的精神一样：敢为人先，追求卓越。

男子汉上"战场"

我是博世华域武汉工厂的一名生产岛长，土生土长的武汉人。1 月 26 日，武汉封城后没过几天，我突然接到电话，需要临时复工生产配套用于负压救护车的转向系统产品，共 1000 台，并且要在 3 天时间内完成任务。

电话那头，我能感觉到对方急切的心情。挂断电话后，我立即在工作微信群里发消息，并告诉大伙儿：这不是一份普通的订单，更多地是承载着抗击疫情的一分责任。

看到我发出的微信消息，许多人立马提出愿意复工。最后，我根据这些人的住址和岗位技能需求，挑选了 11 名精兵强将组成了一支疫情防控突击队。这支平均年龄为 25 岁的队伍中，有 10 人是武汉人，1 人是孝感人。

我们队里有名队员小阮，他平时与父母妻儿同住，所在小区有 3 例确诊病例。接到任务后，他主动请缨，可家人反对，"家里就你一个顶梁柱，要是你感染了，这个家可怎么办？"他却义无反顾地说："多造一辆救护车，说不定就能多挽回几个人的生命，能少让几个家庭破碎。况且单位有条件做好

防护，你们不要担心！"

小阮妻子同意了。她对儿子说："爸爸要去上班了，是去上战场。爸爸是男子汉，你长大以后也要像他一样，好吗？"儿子猛地点头，"我也是男子汉！"

偷用妻子的护手霜

1月31日，复工日。此前，我让所有复工员工在各自社区进行登记备案。为了保证加班路上的安全，我负责接送。早上7点前出门，先接一部分人去单位后，再接另一批人。完成12个小时的工作后，我再把伙伴们都送回家，到家已是深夜。

复工当天，公司给员工们发放了N95口罩、护目镜等防护装备，入厂前进行了全面消毒、体温及血氧饱和度检测，每4个小时进行一次记录。

开始工作前，人事部刘经理让大家举着"武汉战疫，博华齐力"的标语在车间里留下了一张照片。拍照的时候，大家都在心里暗暗下了决心：面对疫情毫不退缩，做个迎难而上的"逆行者"。

因为作业时劳动强度较大，加之长时间戴着N95口罩和护目镜，一些员工出现了呼吸不畅的情况。同时，由于两个小时左右就要用消毒洗手液洗手，大部分员工的手部出现了磨损，甚至起水泡、溃烂。我们突击队的一名员工，因为手部磨损比较厉害，连着几天偷偷用了他太太的护手霜。

虽然有这样或那样的不适，但工作期间，大家都没有吭声。每天晚上结束作业，大家脱下口罩后，都要看看脸上被口罩勒出的深深印子和手部磨损的情况。

自1月31日投入到紧张的生产后，所有环节都井然有序。工作时尽量不出声，避免聚集产生交叉感染。吃饭的时候也都自觉地保持着两米的距离。一吃完饭，大家立马投入到工作中。

家人的支持就是动力

2月2日，这批订单的最后一台转向机从产线上合格下线，仅用3天时

间，我们完成了累计 1000 台的客户订单，并于当天实现交付。

我清楚地记得，那几天下班回到家，我太太都会将干净的衣服和热水准备好，并叮嘱我要注意个人防护，家里有她安排，我只要去专心上班就行。

其实，我们很多员工的家人和我太太一样，都在守护着武汉这座城市，都在为这场战"疫"默默地付出，他们的支持就是我们的动力。相信疫情将会很快过去，春暖花开就在眼前了。

（原载《上海汽车报》2020 年 2 月 23 日）

开往春天的"定制列车"

——集团公司服务经济社会发展开行复工专列纪实

上海铁道报记者　沈　滨

为降低返程运输的疫情传播风险，满足长三角企业复工复产用工需求，集团公司积极响应管内各地区政府和企业的复工专列开行需求，开行定制化复工专列。一趟趟量身定制的复工专列载着务工人员对新年与生活的美好希望，奔向充满诗意与憧憬的春天……截至 2 月 26 日，开行专列 62 批 92 列，运送返程复工旅客 46072 人次。

争分夺秒确保计划高效兑现

自 2 月 16 日成功开行全路首趟复工专列以来，集团公司积极回应地方政府需求，争分夺秒地开行一趟趟复工专列，为地方企业复工复产提供运输保障。2 月 18 日开行的 D5580 次列车，从提出申请开行计划到收到开行命令仅用 56 分钟。上午提报开行计划，当天晚上就将 544 名旅客从黄山北站接回杭州。杭州直属站目前已成功组织开行复工专列 14 趟。

2 月 18 日 23:30，衢州站客运员张晓宁和同事们戴着口罩，聚精会神地对次日开行的 G1374 次复工专列 662 张车票一张张地进行旅客信息再次确认核对。该站副站长蔡晖说，前天晚上接到开行命令后，马上跟地方政府对接，专门安排 2 名职工对地方政府陆续提供的 26 批务工人员乘车信息进行搜集整理，5 个售票窗口有 4 个窗口用于专列车票打印。

"真的特别感谢，让我们夫妻一起回来了。"2 月 24 日 21:08，乘坐 G4325 次复工专列的嘉兴市加西贝拉公司职工黄大棚一迈入嘉兴南站 3 站台，就难

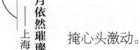

掩心头激动。

"2 月 17 日后复工专列受理进入了高峰时期，其中浙江地区最为活跃，也是主要开行地，日均提报 8 至 10 批次。"集团公司客运部客运营销科工作人员说。

多方联动努力开好每趟专列

连日来，集团公司客运部客运营销科内电话不断。根据各车务站段上报的开行计划需求，客运部按照重联、图定恢复、加开临客和调整运行图的顺序，积极与各部门协调，安排好每一趟复工专列的开行方案。

2 月 25 日 11：45，G4422 次复工专列从昆明南站徐徐驶出。此趟复工专列是桐乡地方政府部门向集团公司发出商请函请求开行，但复工旅客都在云南省普者黑站。得知这一情况后，集团公司积极协调对接昆明局集团公司，请求增开一趟普者黑站到昆明南站的 D8611 次复工专列。

"我们站光打印 422 名旅客乘坐的 G4422 次和 D8611 次列车车票就忙到凌晨两点多。"嘉兴车务段桐乡站站长钱少峰的声音中透着疲惫。

2 月 24 日开行的 G4983 次复工专列由图定路线始发成都东站终到苍南站，在温州南站改为终到台州站，这看似小的调整却给各个部门带来了大考验。

温州南站只有 8 道和 10 道用于办理金温本线列车接发业务，在高利用率下要重新调整给 G4983 次列车 8 道 20 分钟的停留时间，难度非常大。台州站本身要存放两组车底，为了该专列车底存放，运输部门再次调整 4 列图定列车的办客股道顺序。在运输部的多方协调下终于使得该趟复工专列顺利开行。

"复工专列都是临时计划，大部分都需要在图定线路上优化调整，我们积极与客运、机务和车辆等部门做好沟通对接，确保每趟车安全正点运行。"集团公司运输部技术科副科长荣剑说。

全程对接控细节降低传染风险

集团公司各部门严格制定落实各项防控措施，实现从出发站门口、车门至到达站门口的无缝对接服务。

"出门就把口罩戴，车内必须间隔坐，注意距离不密集……"2月18日，乘坐"送您上岗"复工人员定制专列 G9383 次列车的旅客收到一张暖暖红笺，这是担当该趟列车乘务工作的杭州客运段高铁三车队专门为复工旅客乘车出行制作的一封疫情防控告知书。

"我们对每趟复工专列都进行 4 小时一次的途中车厢消毒作业，门把手、洗手间等车厢重要部位还进行擦拭式消毒。为减少人员走动，我们将盒饭和商品送到车厢和旅客座位前。"华铁旅服公司乘务分公司杭州乘务部经理董士铮说。

南京客运段严格按照载客量 50% 核定乘客数，有序安排旅客分散分隔就座，对旅客体温进行检测。各客运段不仅随车配备列车专用防疫"应急包"，乘务人员还主动帮助复工旅客做好到站前的健康状况电子信息登记工作。

2月20日16:27，G1915 次复工专列准时抵达昆山南站，举着"高新区""开发区""花桥"等引导牌的青年志愿者已在站台等候。为帮助复工旅客快速出站，该站协调组织青年志愿者做好全程引导服务工作，并会同地方卫生部门认真做好每名复工旅客的出站体温测量工作。

连日来，各车务站段都采取开辟绿色通道、指定专人引导务工旅客进出站、加强体温检测和设置专门候车区分散就坐等多项服务举措，为复工专列旅客出行健康保驾护航。

（原载《上海铁道报》2020 年 2 月 28 日）

铁道线上的"逆行者"

——集团公司动车组司机驰援武汉抗击疫情侧记

上海铁道报记者　王世伟

从东海之滨到黄浦江畔，从江淮腹地到皖南山区，在集团公司抗击疫情大军中，有这样一支队伍：危机中，他们攒指成拳，义无反顾，冲锋在前；逆行中，他们不惧风险，驾驭铁龙，勇敢出发。关键时刻，他们用一腔热血和责任担当勾勒出一个大写的名字——动车组司机。

志愿加入突击队

"我志愿加入驰援武汉突击队，坚决服从命令，不畏风险挑战，增强必胜信心，严格作业标准、精心平稳操纵，勇于担当、不辱使命，出色完成驰援任务……"1月31日8:10，在合肥站，王玉、宫继光、郑瑞、张文良、顾茹辰、王翔宇6名动车组司机代表合肥机务段驰援武汉的25名突击队员庄严承诺，随即驾驶G1741次列车率先出征，拉开了集团公司动车组司机紧急驰援武汉的序幕。

因为疫情，集团公司担当起京广高铁、沪蓉线长沙南至合肥（南）间8对动车组机车的乘务交路。该交路动车组列车将穿越武汉、黄冈等疫情"红区"，最终抵达长沙。接到任务后，上海、合肥、南京东3家机务段一方面连夜研究制订调整方案，一方面紧急发出援助武汉的集结令。

关键时刻,300余名动车组司机挺身而出，纷纷请战。

"我是全路劳模、全路技术能手，对抗疫情，我责无旁贷。""我是党员，义不容辞，报名！"在接到成立援汉党员突击队的通知后，南京东机务段动车运用车间动车组司机、全路劳模殷学斌和其他党员一起，第一时间向党组织提出申请。

在上海机务段动车微信群里，一份驰援武汉的倡议书发出后，短短一个多小时，100余名动车组司机踊跃报名，"请战书"持续"霸屏"。

合肥机务段动车组司机赵琪在"请战书"写道："作为一名共产党员，组织需要就是我最好的选择。战'疫'前沿再危险再困难，党员也要义无反顾冲锋在前。"

落笔生风，誓言为证。

面对疫情，他们把初心写在行动上，把使命落在岗位上。

驾驶铁龙行千里

"病毒传播疫情起，高铁司机人心齐；离地三尺两平米，驾驶铁龙行千里……"这是一位动车组司机为奋战在抗疫一线的同事们所作的一首小诗。

2月1日6:47，上海机务段动车组司机冯剑坚和沈卢峰值乘的G1772次列车准点从上海虹桥站驶出。这是他们首次担当上海至长沙区段经停武汉的值乘任务。

虽然车型是熟悉的，但线路是陌生的。为了熟悉线路情况，冯剑坚和同事们提前对线路进行跟车看道，但要在最短的时间内熟悉每一段线路、每一个停靠车站，这对于有着10年动车组驾龄的冯剑坚来说并不容易。

同样接受考验的，还有南京东机务段动车组司机王隽和梅世宁。尽管之前他俩安全驾驶动车组已超过240万公里，可绕地球赤道60多圈，但第一次担当陌生线路，他们不敢有丝毫放松。"高铁安全和旅客安全重于一切，来不得半点不确定。"王隽说。

据该段动车运用车间党总支书记宁建国介绍，他们担当的南京南直通长沙南的乘务交路，单趟运行时间5小时25分钟，行驶公里874公里，比之前最长的交路多出257公里。由于运行距离和时间过长，每趟动车组他们安排两名经验丰富的司机交替值乘。

为了圆满完成疫情期间的特殊任务，3家机务段动车运用车间在接到命令后，立即行动，制定方案，立足划小单元，固定人员担当，最大限度降低感染风险。

同时，他们采取一系列严格的防疫措施，为值乘司机配备消毒水、护目镜、酒精、喷壶等防护用品。对在家休息的动车组司机加强宣传教育，做好自我防范。

"目前，我们已完成了 30 多趟往返运输任务，安全运行达 52440 公里。"宁建国说。

为了大家舍小家

日前，合肥机务段动车组司机刘蒙蒙收到了一封来信。

"亲爱的爸爸，我们已经有十几天没有见面了，这个时候很多爸爸都陪在孩子身边，而您不能陪在我身边，还要继续工作，妈妈说这是责任，我现在还不是很懂什么叫责任，我的理解就是不得不去做的事情……"原来这是上小学三年级的女儿写的，看完内容，铁汉瞬间泪目。

担当重庆北至南京南 D2272 次列车值乘任务的殷学斌，是南京东机务段精心挑选出的 20 名党员突击队中的一员。在驰援武汉之前，他就把妻子和女儿送回南京栖霞区八卦洲的老家，一方面帮助自己照顾父母，一方面消除自己的后顾之忧。

生活中，他们是儿子、丈夫、父亲，但穿上制服，他们就是随时听从党的号召，使命必达的先锋战士。

大年初六，上海机务段动车组司机朱树凯打电话告诉妻子，下班后他直接到车间参加学习，中午不回家吃饭了。

接到电话后，朱树凯妻子纳闷："前几天你还讲车间担心疫情传播扩散，大组学习会暂停了，为啥又要参加学习？"几番问询，朱树凯说了实话。

原来，今年 43 岁的朱树凯响应车间号召，主动申请加入了驰援武汉突击队，因为怕父母和妻儿担心，在申请前没把实情告诉家人。"我是一名老党员，咱们家前几年有困难，组织也没少来慰问，现在国家出现疫情，组织需要咱，咱怎能推脱。"他说。

"那你要做好防护，特别是经过武汉时，一定要戴好口罩。"得到妻子的理解和支持后，朱树凯一身轻松。

疫情当前，他们牢记职责使命，不取得完胜，决不收兵！

（原载《上海铁道报》2020 年 2 月 18 日）

党徽，在战"疫"一线熠熠生辉

——中国铁路上海局集团公司党组织抗击新冠肺炎疫情纪实

上海铁道报记者　杨庆宁　陈　凯　俞　凯

这个春天，注定将被历史铭记。新型冠状病毒感染的肺炎疫情，驱散了本该欢乐祥和的过年氛围。战"疫"，成了这个时节的最响亮名词。在16万上铁战"疫"大军中，有这样一群人，他们是身先士卒的冲锋者，是坚守防线的战斗员。他们所在的每一个位置，都是生命安全得以保障的位置；他们所处的每一个岗位，都是身体健康得以护卫的岗位。是他们，让党旗在铁路疫情防控阻击战中高高飘扬！

"同时间赛跑，与病魔较量，坚决遏制疫情蔓延，坚决打赢疫情防控阻击战。"面对疫情来势汹汹、蔓延十分迅速的形势，集团公司各级党组织和广大党员坚决贯彻习近平总书记重要指示精神和党中央、国务院的决策部署，按照国铁集团党组的统一安排，坚定信心、同舟共济、科学防治、精准施策，广大党员主动请缨，冲锋在战"疫"最前沿，成为遏制疫情扩散蔓延的中流砥柱。

迅速行动
战斗堡垒凝聚攻坚力量

这场疫情突如其来，传播之快之猛，前所未有。武汉封城，各地重大突发公共卫生事件一级响应纷纷启动，而春运中的车站、列车，又是人群十分密集的场所，防控任务极为繁重！

生命重于泰山。疫情就是命令，防控就是责任。在国家卫健委公布新型冠状病毒感染的肺炎疫情后，集团公司党委密切关注疫情变化情况，随即下发《关于充分发挥党组织和党员作用坚决打赢新型冠状病毒感染肺炎疫情防控攻坚战的通知》，吹响了保卫人民生命安全和身体健康的集结号，并及时下拨了 200 万元党费，用于疫情防控工作，要求各级党组织和全体党员，把疫情防控工作作为当前最重要的工作来抓，在防控阻击战中践行初心使命。

1 月 23 日，集团公司主要领导在电视电话会议上强调，要高度重视疫情防控工作，坚决贯彻党中央、国铁集团党组部署要求，坚决打赢疫情防控阻击战。集团公司党委班子成员包片、机关综合部门包站、专业部门系统负责部署安排，同步派出 5 个干部作风督导组分地区开展干部作风督查。1 月 26 日深夜，集团公司发出通知后，集团公司领导、机关相关部门领导人员次日 8:00 便全部火速到达岗位。

大事难事看担当，危难时刻显本色。各级组织迅速行动，奋勇战"疫"。长三角地区万里铁道线上，立即组建了 1474 个党员突击队，就如一座座战斗堡垒，与疫情进行顽强斗争。

1 月 21 日，上海疾病预防控制所党委召开防控攻坚誓师大会，8 个党员消毒技术突击队随即成立，带领着职工，对管内 7 个客运大站、258 列动车组车底，开展预防性消毒和终末消毒。

承担着武汉局集团公司两个机务段乘务员接待任务的合肥房建公寓段，地理位置距湖北省相对较近。自 1 月 22 日起，段党委就对涉及重点方向的合肥地区、阜阳地区公寓的接待对象，进行全面细致的筛查梳理。由 32 名段机关党员组成的党员突击队现场帮班，驰援一线，确保日均 104 人次的武汉局集团公司乘务人员的入寓安全。

淮南西站、阜阳北站、蚌埠站、常州站、金华车务段、合肥客运段、上海大机运用检修段、南京动车段党委等都通过致全体党员的一封信、倡议书等形式，发出"初心如磐、使命在肩、凝心聚力攻坚克难"的动员令，引导广大党员全力以赴打赢疫情防控阻击战。上海站党委组织有抗击非典经验的 12 名党员牵头，成立由 194 名党员组成的 3 个党员突击队，轮班值守上海站、上海南站、上海虹桥站，确保大客流站区旅客测温筛查工作平稳有序。

哪里任务险重，哪里就有战斗堡垒，哪里就有共产党员。

1 月 26 日，一支援鄂医疗队 23 名医护人员和 40 多箱医疗物资抵达新长车务段南通站，南通站党总支当即组织起一支由 10 名党员组成的突击队，半个小时内即完成引导人员上车及物资搬运任务。

1月28日下午，在接到58吨防疫物资急需发往武汉的命令后，南翔站调度车间党支部启动快速响应机制，组织12名党员和1名入党积极分子，优化货物装车、车辆取送、挂运开行等各环节。1月29日18时07分，挂运着防疫重点物资的26601次列车急速驰往武汉市舵落口站，比原计划提前一天完成装车开行。

决战用我
闪亮党徽映照先锋形象

抗击新型冠状病毒感染肺炎疫情，是一场人民战争，不获全胜，决不罢休。抗击疫情，是一场严酷的考验，是一次精神与灵魂的洗礼，是党性的试金石、是作风的体检表。

每天接触大量旅客，意味着时时都存在着被传染的风险。从某种程度说，他们和奋战在患者身边的医务工作者一样，面对着同样的危险和考验。但共产党员们以"决战用我，用我必胜"的信心，与疫情展开顽强搏斗。

1月23日15:30，合肥南站突然接到D2214次列车长来电，一名在武汉工作的旅客发热并伴有咳嗽状况。党员、值班站长鲁云接到通知，没有一丝犹豫，立即穿上防护服，戴上口罩，套紧手套迅速奔赴现场。面对该站第一例疫情严重地区发热旅客，鲁云凭借着抗击非典时期掌握的工作经验和近期学来的防疫知识，测量旅客体温并引导至隔离区等待120救护车到达，娴熟而有序地完成操作和移交。

疫情如军令，生命重如山。1月26日21:10，杭州直属站接到G1374次列车有一位发热旅客需要交站的通知。杭州东车间第一党支部书记、一班班长余芳芸接到消息后，当即将当班的3名党员和2名团员组织起来，组成客流引导、交站处置两个小组。列车进站时，余芳芸与党员客运员钟云一道，用身体隔出一片隔离区，确保上下车乘客与发热旅客保持距离，保证了接站顺畅和旅客安全。

随着疫情以意想不到的速度袭来，原本由武汉局集团公司担当的G1772次列车牵引任务，从1月31日起变更为上海机务段担当。该段动车运用车间党总支迅速行动，在车间党员微信群内发出"驰援武汉、争做最美上机'逆行者'"的倡议，短短4小时，就有80多名党员报名响应。经筛选，确定8

名党员高铁司机担当驰援任务。

"我是党员，我先上"成为这个非常时期最响亮的誓言。2 月 1 日 9 点，南京南站 19 号站台上，来自南京东机务段的党员司机王隽和梅世宁、王猛等 5 名党员，面向党旗做出庄严承诺，随后登上由南京南站途经汉口开往长沙的 G577 次高铁列车。王隽还随身携带前一晚妻子连夜赶制的 30 多只爱心口罩。他妻子是重症科护士，近日也将随南京市第二批援助武汉医疗队出发。小两口双双约定，等战胜疫情后，她要在武汉乘坐王隽驾驶的动车一起回家。

1 月 29 日，杭州客运段高铁一队发出的一条"车队替班人员紧缺，如有意向加班人员请联系我"的微信，立即激起踊跃回应，15 分钟内就有 100 多名党团员主动请缨。无锡站客运车间党总支发出成立"火线突击队"动员令，33 名党员和 4 名入党积极分子迅速响应、加入。合肥客运段高铁一队发出"主动请战，勇于担当"的倡议书，组织列车上"五乘"人员中的党员，组成临时党支部，全力以赴打赢疫情阻击战。

坚守如磐
鲜红党旗彰显庄重责任

疫情在蔓延，春运正进行。返工人员将陆续增多，防控的难度也将更大。面对新情况新挑战，各级党组织正以决战决胜的姿态，组织广大党员保持快速反应、联防联动的连续作战态势。

在人民身体健康和生命安全受到极大威胁的关键时刻，集团公司各级党员干部身先士卒、直面挑战。

南京铁路办事处防疫办设在南京安监队值班室，从大年三十开始，需要统计上报的信息激增，与省、市和站段的联系频率加大。值班监察每天必须完成办事处地区新型冠状病毒感染的肺炎疫情防控日报表，还有铁路春运发送、到达旅客人数等动态信息。党支部要求党员发挥作用，要求所有的专业监察招之即来，来之能战。党支部书记、队长沙进春更是以身作则，自春运以来天天在岗，连续奋战，没有人知道他曾中风过，最需要休息。

战"疫"无小事。必须认真对待每一个环节、每一个细节。

"要戴好口罩、多洗手，一定要保护好自己，做好防护措施。"春节前

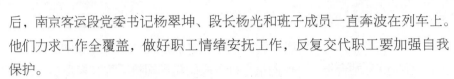
后，南京客运段党委书记杨翠坤、段长杨光和班子成员一直奔波在列车上。他们力求工作全覆盖，做好职工情绪安抚工作，反复交代职工要加强自我保护。

1月26日，一场大雪降临江淮大地。合肥货运中心党委书记林其水、主任胡富华接到安徽省紧急调配武汉3000套防护服的通知后，立即带领生产调度科、设备管理科值班干部，冒雪赶赴装卸现场，在车上一边调集人员、机具，一边根据现场情况制定装车方案，组织人员连夜奋战装运，确保了装载135箱防护服的52195次货物列车，以最快速度启程发运。

1月27日18:55，上海援鄂医疗队中有5人因送站汽车误开到上海虹桥站，导致赶不上上海南站始发的Z257次列车。得知情况后，上海直属站副站长李毅一边安顿医疗队人员，一边通知上海虹桥站迅速开辟快速通道，帮助5位医护人员乘上19时55分发车的D941次列车，并协调杭州直属站，利用列车经停的时间差，通过途中换乘，让这些援鄂人员顺利在杭州东站赶上Z257次列车。

为切断传染源，上海卫生监督所全体干部职工不分昼夜，战斗在防控关键部位。该所第三党支部书记张云因病住院，于1个月前刚刚出院。正在家休息的她，在得知疫情暴发的情况后，第一时间赶回岗位，其间得到老父亲患重病的消息，张云安顿好父亲的就医和护理后，强忍内心悲痛，始终坚守在防控疫情的一线岗位。

南京房建公寓段南京公寓车间主任艾庆祥59岁，很快就要退休的他面对突然而至的疫情，放弃了早已计划好的与家人团聚机会，整个春节都在岗位上值守，每天带着大伙对乘务员住宿房间清洁消毒、通风换气，优化住宿方案，降低交叉感染风险。

在合肥、阜阳公寓，接待武汉局集团公司乘务人员的大多是党员。近距离接触那些来自疫区的人，要说一点不怕，那也不真实。"谁不珍惜生命？可这些活总得有人做，我们党员表率作用就体现在这个时候。"合肥房建公寓段工会主席张夫洞动情地说。

前方抗疫犹酣，后方保障有力。自疫情发生以来，上海客运段后勤供应车间党员、副主任戴国双一天只睡三四个小时。头两天，抗疫一线各种防护、消毒用品需求量剧增，戴国双带着工友们立即行动起来，盘点仓库库存，联系厂家采购，短短两天共采购口罩、防护服、消毒片、洗手液等各类防护备品近 5 万件（副），及时安排快速配送到各车队、班组。

一个党组织就是一座堡垒，一名党员就是一面旗帜。疫情发生以来，集团公司党员开展突击奉献 15747 人次，有 293 名群众在战"疫"一线向党组织递交了入党申请书，共同搏击在阻断疫情蔓延的主战场，共同保卫生命、护佑健康，以实际行动践行初心使命，以担当作为给党旗增辉添彩，打赢这场疫情防控阻击战。

（原载《上海铁道报》2020 年 2 月 7 日）

探访申城复工战"疫"最前线
硬核"黑科技"上阵助力

IT 时报记者　钱立富

正月已过，各地陆续按下了复工复产"快进键"，"全民宅家"的慢生活逐步切换至一如往昔的快节奏。疫情防控工作由此进入新的关键期，复工、抗疫要同时兼得，社区、园区、企业办公楼、商铺、批发市场等成为防疫抗疫"重点战场"。

在"魔都"上海，一大批"黑科技"正在加入"复工战疫"，物联网、人工智能、云计算等等纷纷上阵，为疫情防控再加一把"安全锁"，积极推动复工复产。

"复工通"助力"两手抓"
人员甄别、备案审批、体温信息采集都能干

随着复工复产潮的来临，上海最大农副产品集散中心——江杨农产品批发市场日渐热闹起来，车流、人流进进出出。进入市场的人员在测温通过后，拿出手机扫一扫门口通道处的二维码，如果识别到自己属于"安全人员"，就能快速进入，这得益于上海电信开发的企业复工管理平台（复工通）在这里投入使用。

2 月 24 日上午，记者来到江杨农产品批发市场，看到门口处安排了进场人员信息填报处，不少工作人员忙碌着，指导首次来到批发市场的人员，通过手机在线填报自己的信息。

在现场，记者正好碰到江杨农产品批发市场总经理刘智刚，"这些天非常忙，通过'复工通'对进入市场的人员进行信息登记，正式上线五天来，

每天都有数千用户进行信息填报"。

刘智刚介绍，仅是市场内的商户就有上万人，再加上采购商、普通市民等，每天进出这里的人员规模很大。"目前还没有完全复工复产，但人流量已经很大。按照往常的水平，每天有三四万人流量，在这样的情况下，防疫控疫的压力非常大。如果不使用信息技术手段，无法有效进行防控。"刘智刚说道。

现在，进入江杨农产品批发市场的人员在"复工通"平台填报个人信息，并且通过个人行程轨迹来判断，最近一段时间该人员是否在疫情严重地区停留或经过、是否居家隔离满 14 天。符合条件者，则可以顺利进入市场，而且下一次再来时，经过测温后不需要再填写其他材料，直接扫码就可以直接进入。

"复工通"的实际使用效果，让刘智刚感到满意，既提升了批发市场的进出效率，也提高了人员甄别的安全性。单纯在市场门口对进入人员进行测温，并不知道对方是谁，也不知道何时来到市场，万一出现问题，都没办法追溯，现在，管理则更加精细化。

"复工通"的使用只是缩影，江杨农产品批发市场正朝着智慧化的方向前进，现在市场内已经布设了智能烟感、智能消防栓、智能门禁、智能用电等等，而且通过监控大屏呈现，市场内的运营情况变得可视化。

不仅是江杨农产品批发市场，在它所在的宝山区杨行镇乃至宝山区，"复工通"也已普遍使用，助力街镇和企事业单位、商户在做好防疫控疫工作的同时积极复工复产。

"我们这儿有 1800 多家商户，如何帮助他们进行复工，是目前的紧要工作。"杨行镇城管执法中队队长陈正祥对记者表示。但是，这项工作遇到不少挑战，比如如何指导商户进行复工申请、商户需要准备哪些材料，如果通过线下窗口的方式进行受理，容易造成人群集聚，存在交叉感染的风险，而且效率不高。

通过"复工通"，商户们直接通过平台详细了解复工申请流程和相应的材料准备，在线填写相关信息，并上传相应的材料，比如防疫物资是否完备，商户可以直接拍照上传。街镇管理部门收到信息后，可以在线进行处理，大大节省了时间。

"按照要求，商户复工后每天都要上报员工的体温信息。如果靠我们每天一家一家商户去询问，工作量非常巨大。通过'复工通'，事情就变得简单，商户扫码登录平台后，自己可以上传体温信息。"陈正祥表示，信息化手段的应用，在做好疫情防控的同时推动有序复工。

智能门磁化身"守门员"
隔离人员一开门，居委会就知道

随着企业逐步复工，返沪人员日益增加，如何对来自疫情严重地区的返沪人员进行有效管理，成为街道、居委当前防疫控疫工作中的重点。

在上海市吴淞街道，既没有采取贴封条方式，也没有单纯依靠"人盯人"，采用了上海电信"智能门磁"感应预警装置，便实现了高效、安全、精准的隔离监管。

吴淞街道常住人口约 10 万人，其中外来人口约 3 万人。"返工潮"的来临，让社区的疫情防控压力增加。在吴淞街道海滨八村，居委会工作人员徐女士告诉《IT 时报》记者，近期小区内有两户人家处于居家隔离期，一户人家年前去湖北过年，另外一家返沪途中经过湖北。现在，这两户居家隔离人家的门上，都已安装了"智能门磁"。

在居家隔离人员的门前，记者看到，"智能门磁"设备体积并不大，只有火柴盒般大小，一个设备安装在门上，另一个安装在门框上。两个设备之间互感应，一旦门打开，就会触发告警。

"门打开的第一时间，我这边就会收到告警信息，通过手机上的 App，我能看到是哪一家的门打开了，还有姓名、联系方式、开门时间等相应信息。这样我就能及时联系对方，询问相关情况，确保隔离人员不离家。"徐女士说，自己还能在手机上一键导出相关信息，方便进行数据统计。

在吴淞街道社区自治办公室主任杨晨看来，"智能门磁"让管理变得高效，而且更具人性化。"一开始，我们讨论过使用封条贴在居家隔离家庭的门上。征求各个居委后，大家都不同意，认为封条的方式增加了邻居和居家隔离人员的心理负担。"

于是，吴淞街道想到借助科技手段进行居家隔离监管。"起初我们自己买了第三方'智能门磁'进行体验，但是这种设备必须要连接 Wi－Fi 网络才能工作，这并不适合居家隔离监管的场景，Wi‑Fi从哪里来呢？万一Wi‑Fi断了呢？"杨晨说道。

最终，电信"智能门磁"让吴淞街道工作人员心中一动。和一般基于Wi‑Fi联网的门磁产品不同，电信"智能门磁"基于NB‑IoT网络，这是种低功耗广域物联网技术，不需要网络配置即可实现即时在线，而且设备的续航时间长，不需要经常更换电池。"门打开时，居委人员会收到告警信息，但是'智能门磁'不会发出那种报警声响，这也挺好，以免给周围邻居带来更大压力。"杨晨表示。

电信"智能门磁"安装很方便，只需用3M胶固定在门和门框上即可，不会破坏居民家的房门或墙壁。智能门磁还可以重复利用，当居家观察人员14天隔离观察结束，智能门磁还可以应用到下一户，从而降低使用成本。

"除了居民小区，我们这儿还有人才公寓，随着复工复产，不少人也开始返回入住其中。'智能门磁'也能对人才公寓中的居家隔离人员进行高效管理。"在杨晨看来，电信"智能门磁"的投入使用，降低了隔离户擅自外出的可能性，不仅让街道居委放心，也让邻居们安心。杨晨介绍，街道还考虑今后使用电信"智能门磁"为独居老人提供看护，一旦老人出门，工作人员第一时间能知道。

不仅是吴淞街道，目前在申城很多地方，电信"智能门磁"都已上阵。比如在松江区，电信"智能门磁"已基本实现对区内居家隔离人员的覆盖，进一步解放了社区疫情防控的人力，大大提高了工作效率。

智能外呼"机器人"帮忙健康排查
社区人员减负，无需从早到晚拨打电话

"您好，这里是××居委会，我们通过电话访问方式了解您的健康情况，请问你是×××吗？"

……

近段时间，顾村镇的外地返沪人员每天都接到这样的电话，询问自己的健康情况，是否有发烧或其他不适症状，并提醒做好防护措施。电话那一头的甜美声音并不是真人，而是来自于上海电信的智能外呼"机器人"。

"电信智能外呼系统的投入使用，效果很明显，极大减轻了社区工作人

员的工作压力，提高防疫一线的工作效率。"顾村镇社区办办公室主任潘晓深有感触地说道。

顾村镇有 75 个居委、108 个小区，外来人口占比较高。近来随着企业复工，从外地返回顾村居住、工作的人员数量不断在增加。为了做好疫情防控工作，同时助力复工复产，近段时期，针对外地返沪的人员，顾村镇每天都要进行电话外呼，进行健康排查。

高峰时期，顾村镇一天的外呼量在 9000 通电话左右，平常时，外呼量也有三四千通电话。之前，这些外呼电话都是由社区工作人员进行人工拨打，为此大家从早到晚，要不停地拨打电话，同时还要忙碌信息汇总、填报数据等工作，这使得社区一线防疫承受着巨大压力。

自从 2 月 13 日顾村镇引入"上海电信号百 AI 智能随访系统"，也就是智能外呼系统后，这种情况大为改变。

"上海电信号百 AI 智能随访系统"运用 AI 人工智能语音识别、语义理解、语音合成等技术，不仅能自动拨号、智能语音应答，还能对声音数据进行采集和报表自动生成。也就是说，AI 机器人替代社区工作人员来拨打外呼和信息整理工作。

"三四千的电话外呼量，智能外呼系统在半个小时、一个小时左右就能外呼完，而且外呼之后还会形成信息报表。通过报表，我们就能知道哪位居民说自己发烧或者有其他症状，还有哪些电话没有打通。针对这部分人群，各个居委会再去补打电话进行确认。如此一来，居委人员拨打电话的量就少了很多。"潘晓说道。

以 2 月 24 日为例，顾村镇的智能外呼系统共打了 3900 个左右电话，其中 19 位用户说自己发烧或是有其他症状，这 19 位用户再由相应的居委会工作人员去补打电话、进行复核。搁在之前，这 3900 通电话全部需要人工拨打，现在，人工拨打的电话只有 19 通，居委工作人员的压力大大减轻。"而且，这些外呼电话都是有录音，可以溯源的，针对瞒报情况处理，提供了直接证据。"潘晓表示。

不仅是在顾村镇，上海电信智能外呼系统上线以来，目前已在黄浦区南京东路街道、半淞园街道，嘉定区江桥镇，松江区新桥镇，宝山区顾村镇、罗店镇、杨行镇、罗泾镇，青浦区数十个居委会等投入使用，满足街道居委对于隔离人员回访、外来人员排查、口罩发放通知的需求。

热成像快速筛查体温
准确、高效，镜头"看"你一眼就知是否发热

企业复工潮正在来临，确保员工健康工作与生活，是重中之重，而体温筛查则是关键措施。

浦东水务集团排水公司不久前安装并使用了上海电信提供的热成像测温设备。"除了这里有一台，在海滨污水处理厂那边也使用了一套热成像测温设备。"公司党总支书记马耀国说道。

现在，人员进入浦东水务集团排水公司办公楼时，按照规定先进行脚部消毒、手部消毒，而大厅通道的另一端，一台红外测温摄像头"注视"着进入的每个人。一旦进入红外测温摄像头的视线范围内，值班人员的电脑屏幕上，就会出现员工的热成像图，并显示出具体的体温数字。"一旦某位员工的体温超出限值，仪器就会自动报警提示"，值班人员说道。

在马耀国看来，热成像测温方式又快速又准确，"之前我们使用额温枪进行测温，门卫拿着额温枪对每位进入者进行测温。一方面，测温结果不太准确，如果员工是开车来的，车里开了空调，那么测出来的温度就偏高。另一方面，这种测温方式比较慢，上班高峰期门口容易拥堵，造成人员聚集，使交叉感染的风险大大增加。"马耀国表示。

不仅是浦东水务集团排水公司，目前，电信热成像测温方式已经在振华重工长兴基地、上海 12345 市民热线办公地、工商银行上海分行办公楼、花旗银行上海分行办公楼、金虹桥大厦、松江中心医院等很多地方投入使用，只要被测温摄像头捕捉到，高温发热者就能在人群中迅速被筛选出。

热成像体温快速筛查解决方案，利用热成像技术原理，实现非接触式远距离测温，自动、快速、精准对区域内多名通行人员进行体温筛查。只要人出现在人体测温热成像摄像机前，即可被测温，响应速度快，检测时间小于 1 秒钟。而且这种新型方式可以同时对多人进行检测，效率大为提升。热成像体温快速筛查解决方案的测温精度也相当高，在没有其他非人体目标干扰的情况下，远距离可精准到 ± 0.3℃。

利用热成像人体测温技术，无需人们刻意配合，自动实现远距离、大面积、大客流的人体高精度测温，既不影响公共场所进出的通行效率，又能达到疫情防控目的。

（原载《IT 时报》2020 年 2 月 28 日）

武汉封城 30 日记忆： 我们和死亡"擦身而过"

IT 时报记者　孙　妍

　　谢东贵喜欢站在酒店窗户向下望，武汉曾经最繁华的楚河汉街，空无一人，但依旧绚烂的灯光，总让人能感觉到一丝温暖。

　　耳边是同事王睿翻唱的那首《没有情人的情人节》，"没有情人的情人节，多少会有揪心的感觉，病毒肆虐了城市的街，玫瑰在哪开它又在哪谢"。

　　空落落的房间里，歌声萦绕，一下打开了他被忙碌冲淡的思家情绪。

　　这是 2 月 14 日的夜晚，武汉封城的第 23 天，也是谢东贵和其他 14 位兄弟在外隔离的第 9 天。

01　"第一次感觉离死亡那么近"

　　隔离是一个临时决定。

　　2 月 6 日，凌晨 2 点，武汉电信实业有限责任公司装维公司（以下简称武汉电信装维公司）突击队接到一个紧急任务——为 3 家方舱医院以及武汉 26 家定点医院开通视频会议系统。

　　而就在 1 个小时前，谢东贵、王睿、陈光等多数突击队队员，刚刚从雷神山医院归家，支援了 1700 多部固定电话的紧急安装。当天，雷神山医院正在最后冲刺。

　　凌晨 5 点,15 位突击队员从各自家中出发，看着任务群里发来的一个个医院名字，他们隐隐意识到这次任务的特殊性——要深入隔离区。

　　身处武汉这座被病毒肆虐的城市，每个人都会密切关注疫情的每一步进展，这些医院的名字天天出现在他们的社区求助群中。

在逼仄的车里换上防护服，戴上护目镜、手套、鞋套，跟着视频确认每一个穿脱的步骤，对所有人来说，都是第一次。

"来不及害怕，现在回想起来，那应该是最震惊的一次"，苏建和李炫炜是装维突击队里一对年轻搭档。

28 岁的苏建是个可以辞职两年、在家带娃的超级奶爸。

22 岁的李炫炜是个爱喝奶茶、爱吃汉堡包的超级"兽迷"（喜欢扮演拟人化动物的一群同好之人）。

两个普通的年轻人，同住一屋的好搭档，共同回忆着那天的一幕，"第一次感觉离死亡那么近"。

两人要去的是武汉市红十字会医院，这里距离华南海鲜市场只有 1.5 公里，是第一批定点收治新冠肺炎病人医院中唯一的二级甲等医院。

当他俩乘坐唯一一部电梯上楼时，电梯门缓缓打开，两位医护人员推着一辆担架车进来，上面盖着一块白布，写着一个大大的"奠"字。

"我们迅速让出了电梯，最近的距离只有半米。"两人不敢多看一眼，心里明白，这是一位已故的新冠肺炎病患。

尽管心中有些担忧和害怕，但两人依然重新摁下电梯向上的按钮，任务还在那里等着。经过紧张的操作后，红十字会医院的视频会议终于接入了系统，各医院的医生们可以通过视频快速沟通疫情信息和数据。

走出医院大楼的一刻，苏建和李炫炜赶紧脱掉了已经湿透的防护服，相互喷洒酒精，从头到脚，一遍又一遍。

那一天，15 个人，连续安装了十几个定点医院、方舱医院和隔离点的视频会议系统，忙到夜幕降临，一行人才发现，从凌晨 5 点出门到现在，几乎没有吃什么东西，只记得塞了几个张洁送来的白煮蛋。张洁，是武汉电信客户服务调度中心主任，装维公司的"大家长"。

"我饿得可以吃下一头牛。"李炫炜笑着说。

再次聚集后，大家接到通知，当晚要到酒店隔离。为了保护家人，一旦进过医院等隔离区，公司便安排在外隔离 14 天。虽为隔离，其实仍是 24 小时待命，只要身体无恙，随时出发处理紧急任务。

当晚，没有人敢回家。在酒店里，每个人都仔仔细细地一次次洗手，久久地用略烫的热水反复冲洗身体，并将当天穿的衣服扔进了医用废弃物回收桶。

但很快，他们便习惯了这些动作，因为，进入隔离区成了常态。

02 "隔离区里，病人把我认成了医生"

"还记得自己进过几次隔离区吗？"

所有人都沉默了，因为实在不记得了。

在张洁发来的《装维公司抗疫情日报表》上，密密麻麻罗列着 1 月 23 日武汉封城以来的安装任务，62 条中，有 18 条都在隔离区完成，"有些点不一定一次就能完成，来回两三趟的也很多"。

武汉电信装维公司只有 30 名员工，平时负责政企业务的安装和维护，武汉封城，返乡的员工无法复工，只有半数员工能上岗。

张洁清楚记得，截至 2 月 19 日，武汉市 7 家定点医院、27 家方舱医院、79 个隔离点的光纤接入都由这 15 个人负责，不仅要保障政府防疫指挥所需的视频会议系统，还要保障隔离点所有病人的 Wi-Fi 上网需求，"有些隔离点往往有上千个病人"。

"每天，光我和李炫炜两人，就会接到一到两个方舱医院的新建需求。"为了抢速度，苏建有时候会不管不顾。护目镜只要戴上 3 分钟，马上会被水雾遮住视线，有一回在方舱医院，他需要把头发丝般细的光纤一根根熔接，不得不把护目镜取下来。

直到那一次，苏建开始警惕了。

2 月 9 日，苏建和李炫炜、付兴三人前往武汉国际会展中心方舱医院，当时那里已经收治了部分新冠肺炎轻症患者。

三人正在指挥部研究光路不通、摄像头无遥控器等问题时，突然，两个只戴着口罩的病人向他们冲过来，一旁的护士赶忙将三人带出指挥部。

通过与这位护士交谈，三人隐约了解到，这两位是有新冠肺炎疑似症状的患者，听说方舱医院可以收治轻症患者，就立马赶来请求收治。

护士神色紧张地将三人带到一个房间里，另一位医护人员背着消毒枪，仔仔细细为三人进行全身消毒，并让他们三个人隔离在充斥着消毒水的房间里，半小时后才得以离开。

在同一个方舱医院，谢东贵也遇到了相似的情况。

2 月 6 日晚上 10 点多，谢东贵和薛小龙一同前往武汉国际会展中心方舱医院处理视频会议摄像头的突发故障。场馆里十分温暖，每个床位相隔 1 米左右，每个床位都住着新冠肺炎的轻症患者，一眼望不到头。

穿过方舱医院的走道时，一位病人咳嗽着走过他身边，谢东贵加快了脚步。突然，另一位病人走到他跟前，"医生，我发烧了，有没有药？"原来，这位病人把穿着防护服的谢东贵错认为医护人员，谢东贵努力平复紧张的情绪，慢慢解释："我们是电信的，不是医生。"病人没有再说话，默默离开了。

"造孽（武汉话，可怜的意思）。"待病人走远后，谢东贵悄悄地跟薛小龙耳语道。

03 "隔着 5 米，好想上去抱抱她"

谢东贵听的那首《没有情人的情人节》，是伙伴王睿在酒店隔离期间录制的，情人节晚上发布后，看哭了无数城内城外的有情人。

"我们隔着 5 米的距离，想上去抱抱她，没敢。"最近几日，王睿在酒店里重新剪辑了这首歌的视频，视频里，和爱人挥手告别的，正是王睿。

2 月 6 日住到隔离酒店后，爱人为王睿准备了一些换洗衣服，王睿交代她将衣服放在门口，自己去取便好。但爱人还是候在家门口，不停叮嘱王睿，久久地挥手，告别。

这一别，他俩便错过了元宵节、情人节。

"2 月 21 日是我老婆的生日，我不敢回家，想送她一首歌。"王睿不懂甜言蜜语，同事何东便重新写词，替他说出了心中对爱人最深的挂念，"我不忍你被病毒吞噬，我还要许你未来和诗，我不想与你惊鸿一瞥，我还要陪你红炉点雪，我不想看你无语凝噎，我还要读你滔滔不绝。"

"很多次装机路过家门口，都没敢进家门，就远远地望一眼。"王睿同样点中了谢东贵的心声。

隔离之后，谢东贵一直不敢跟父母提起，直至情人节，父亲打来视频电话提醒："明天是你奶奶生日，现在奶奶被隔离在你家，你要负责给她好好过啊。"谢东贵无奈地说，"我在外面上班，没时间"，父亲才愕然发现，"你怎么在酒店？这么晚在酒店工作？"

到此时，谢东贵才不得不坦白，自己进了隔离区作业，现在住在隔离酒店，母亲听后，哽咽着一遍遍叮嘱他："要当心"。

春节期间，妻子的脚崴了，一边要顾着 8 岁女儿上网课，一边还要照顾 82 岁的奶奶。谢东贵担心家人断粮，隔离期间悄悄回家送了一次蔬菜，消完毒后搁在门外，准备离开时，女儿扒在一楼窗户上，不停地喊："爸爸，你不要走。"谢东贵头一回鼻子一酸，怕女儿看到自己眼泪快要流下来，匆匆转身离开。

04 "疫情结束后，我要回家"

"哪里顾得上好好吃饭。"

住在隔离酒店，陈光肚子有点不舒服。谢东贵十分紧张，要知道，新冠肺炎症状之一便有腹泻，陈光虽然不是腹泻，谢东贵依然连续几天都盯着他的体温。

不过，陈光自己心里有数，这应该是老毛病，以前在家时，便常常要吃胃药。最近一段时间，每天穿防护服外出执行任务，经常在医院跑一天，到晚上才想起，这天没吃东西。

隔离两周以来，谢东贵和同事每天中午都到单位食堂把中餐和晚餐领回酒店，晚上用酒店的微波炉热一热就可以解决一顿。

"等到疫情过去，等到隔离解除，你最想做的一件事是什么？"

装维队员的回答都是两个字："回家。"

2 月 19 日，何东给《IT 时报》记者发来另一个视频——《唱得出的歌，回不去的家》，剪辑时，她无数次落泪。

视频里，王睿说，盼着武汉早日撑过这个特殊时期，我想陪爱人补过情人节、生日，陪她去逛一次街，看一场电影。

陈光说，老婆，等着我，等疫情结束，我带你和女儿去上海迪士尼玩。

李炫炜说，想喝一杯奶茶，想吃一个汉堡包，想回家。

刘帆说，你们保护好自己，我们保护好通信。

（原载《IT 时报》微信公众号 2020 年 2 月 21 日）

二月围城

IT 时报记者　潘少颖　李丹琦　徐晓倩　李蕴坤　孙鹏飞　李玉洋

有些人选择离开，有些人选择留下。

与疫情相关的"围城故事"或多或少包含着几分悲壮的情绪，许多人或自觉或不自觉地加入到这场战斗中。

他们只是普通人，与抗击疫情的医护人员不同，他们有自己的战场，出一趟车、送一趟菜，他们在空旷的城市中寂寞地穿行，传递一份份微小而灼热的力量。

最终，这些人大多数不会在这场波澜壮阔的大场景下留下自己的名字，也正因此，我们在这里刻下几笔他们的印记。

城内：　他们是城市最鲜活的脉搏

快递小哥李兵栋：　年三十报名去武汉

大年三十当天，李兵栋所在的武汉市黄埔圆通公司微信群里发布了一则运送救援医疗物资的紧急通知，他第一时间在微信群里报了名，"我在汉川，帮我申请一个运输物资通行证，我可以马上出发！"

"肺炎把大家都关在了房子里"

经过 3 天的焦急等待，李兵栋终于在大年初三傍晚 5 点拿到了通行证。嘱咐好两个孩子照顾老人，安顿好 70 岁年迈的父母，甚至没有给自己带点口粮，他立刻发动汽车起身前往武汉。一路上，李兵栋经过十几个卡口，下车配合交警量体温，直至晚上 7 点，终于平安到达武汉转运中心的集结点。

此时的转运中心空空荡荡，与往日的忙碌形成了鲜明对比。与工作人员简单交流后，他才得知，因为人手不多，仅有的几辆汽车已经被派出运送物资了。他的到来给一筹莫展的工作人员带来了希望：有 2 万个口罩需紧急送往黄陂区人民医院。

话不多说，李兵栋配合工作人员快速将医用物资搬上自己的货车。当晚 9 点 30 分，他运载物资顺利抵达医院。拉下车内的倒挡，缓缓将汽车尾部倒入医院入口，借着忽明忽暗的灯光，李兵栋在后视镜里看见，几位戴着口罩的医护人员早已在医院门口静静地等待他的到来。

送完第一批货，李兵栋的心情越发沉重。返程路上，他有机会看看这个自己既熟悉又陌生的城市：此时的武汉，马路上一个人也没有，以往堵车的地段现在连车的影子都看不到，最热闹的街道漆黑一片，只有路灯孤零零地亮着。

跑过数十家医院

接下来的每一天，李兵栋都在忙碌中度过。现在，包括武汉协和医院、金坛区人民医院、武汉大学中南医院、武汉科技大学附属天佑医院、江夏区第一人民医院在内的数十家医院都接收过由李兵栋义务送达的物资。短短几天，他行驶里程高达数百公里，消耗油费近千元。

在疫情面前，李兵栋不知疲倦。困了，就在车里眯上十分钟；饿了，吃点志愿者送来的面包和牛奶凑合，如果工作到很晚来不及吃晚饭，他会在送完最后一单的深夜回到黄埔的快递驿站给自己煮一碗热面条。

每天往返于距离疫情最近的地方，李兵栋以此为荣。被问及在新型肺炎面前是否会害怕时，李兵栋坦言："会有害怕，我甚至都想过，万一被感染了，我就配合医院做隔离检查，我相信医院一定能把我治好。"

滴滴司机刘邱斌： 每天跑几十次医院

今年除夕夜，刘邱斌摁掉了家人催吃年夜饭的电话，和其他滴滴司机一起接受"医护保障车队"的防护培训，包括怎么戴口罩、护目镜以及一些基本防护知识等，并且领回了隔离服等防护物资。

因为从大年初一起，他就要成为一名特殊的滴滴司机了，专门接送医护人员上下班，这也意味着每天刘邱斌要多次往返医院。

在车上留下水果

"我是自愿报名的，为在一线救人的医生服务，也是自己对抗疫情的贡献。"原本，刘邱斌准备初一至初三给自己放个假，但随着武汉"封城"，公交、地铁、轮渡、长途客运暂停运营，让市民出行举步维艰，尤其是还要坚守岗位的医护人员，上班成了问题。

为了保障市民必要的出行，武汉市紧急征集了6000台出租车，滴滴也召集网约车司机，成立"保障车队"，刘邱斌成了"医护保障车队"首批100名司机中的其中一员。

除夕夜晚上的培训结束后，刘邱斌马上进入工作状态。大年初一凌晨2点，不少司机已经进入梦乡，群里发出了当天需要接送的医护人员名单信息，刘邱斌抢到了第一个任务单，是去接一个协和医院的护理人员，"赶紧睡觉，7点不到就要出发了，必须保证精力充沛"。

睡了不到5个小时，刘邱斌起床，按照培训要求穿好隔离服、戴上护目镜和手套，为车子消毒，到指定地点接医护人员，乘客在协和医院放射科工作，"他叮嘱我一定要注意防护，让我蛮感动的，他还把水果留在车上给我吃"。刘邱斌说，接送医护人员服务让他更了解了医护人员的压力和风险。他曾接到过一个护士，上车时情绪低落，原来当天是她的生日，家人希望她能回去给她过生日，但是她怕回家万一传染，"一狠心"还是回到医院安排的住宿点。

向着医院的方向出发

接送医护人员也有早晚高峰，刘邱斌一般7:00前出门，22:00左右才能回到家，从大年初一至今天天如此，记者第一次联系刘邱斌时，他正在去接一位医护人员的路上，"每天一般要接十几单，中午会空一点"。空的时候，刘邱斌会稍稍休息一会，但会把车开到医院附近，以更快响应医护人员的用车需求。

别人离医院越远越好，而像刘邱斌这样的保障车队司机总是朝着医院的方向前进，"一开始会有点担心，但后来就不怕了，做好防护就行，而且和医生相比，我们算安全的"。

黄冈饭店老板钟鹏、陈瑶： 为医护人员送餐1.2万份

大年三十原本是祥和喜乐的夜晚，新型冠状病毒肺炎的爆发，给生活在疫区的人们心中蒙上了一片厚重的阴霾。他们彻夜难眠，只希望黄冈、武汉……这些生病的城市能快点好起来。

也就是在这一天，在湖北黄冈经营着"两湘和"和"虾先生"两家饭店的老板钟鹏和合伙人之一陈瑶在微信里决定，要拿出饭店春节的囤货为吃不上饭的医护人员义务送餐。

截至2月5日，在二人的共同努力下，他们为一线医护和公安人员共提供免费送餐近12000份。

绝望中的蛋炒饭

大年三十凌晨4点30分，因为在微信朋友圈看到好几张医护人员无饭可吃只得吃泡面的照片，"80后"陈瑶的心仿佛被针扎了一般。没有任何犹豫，她立即给钟鹏发微信商议，想给吃不上饭的医护人员送餐。

刚刚点了发送键，微信那头的钟鹏几乎是秒回。两人一拍即合，商议好分工，激动地一夜未眠。

凌晨4点43分，负责物资调度及后方协调的陈瑶在一个498人的微信群里发布了一则信息："敬畏那些奋战在疫情岗位上的医护人员，如果你们在工作岗位上每天吃饭不方便说一声，我们尽己所能给你们做些简餐免费供给，请有需要的和我联系。"

大年初一上午10点多，负责炒菜的大厨钟鹏接到一名医护人员打来的电话。电话那头是一位男子，尽管看不见表情，但钟鹏从他的声音中听到了绝望："请问你可以给我送点饭吗？我们已经整整3天没有吃上饭了。"

听到这里，钟鹏立刻奔向厨房，用最快的速度为医护人员做了两份蛋炒饭。

电话不停地拨入，仅仅4个小时，钟鹏和陈瑶已经陆陆续续接到近200人订单。他们即刻召唤回饭店的员工，临时组建了一支4人的团队，前往饭店为医护人员准备午餐。

是坚持还是放弃？

收到消息的人越来越多，钟鹏和陈瑶团队开始为上千名医护人员供餐。

然而，大年初三下午，他们发现，店里的食材即将消耗殆尽，当时的菜场已经全部关停，超市也被一抢而空。不出一天，食材就要告罄。

钟鹏想了想，让陈瑶通过微信群求助。"我们可以问问同行，看看有没有谁愿意把家里的食材捐献出来；如果有卖的，我们买。"钟鹏说。

燃眉时刻，微信群里的黄冈人起到了关键的作用。大年初四一大早，还没等钟鹏和陈瑶来到饭店，爱心人士捐赠的 1200 斤油、3000 斤大米、堆积如山的青菜、土豆已经到达了饭店门口。两人欣喜若狂，激动的同时亦被这群不具名的爱心人士深深感动。此后的每一天，他们都能收到不同的物资。有时，是十几袋萝卜，有时是一大车鸡蛋，还有成堆的玉米、面粉。

"一旦开始，我们就停不下来。每天源源不断的食材运到饭店，既然接收了，就一定要送出去。现在已经有不少医护人员指定只吃我们家的饭菜。"对钟鹏而言，这已经变成了一分沉甸甸的责任。

城外： 他们是战"疫"的坚实后盾

互联网医生坚守一方土
上不了最前线也要投入"战斗"

刘雅峰的春节长假在正月初一（1 月 25 日）画下句点，和家人的西安之行也就此结束。

刘雅峰是京东健康平台的全职医生，曾在河北省某三级中医院从事临床及管理工作 19 年，主攻呼吸、消化、血液系统等疾病。他知道，一天后京东健康将上线"新冠肺炎免费医生咨询"服务，他将面对大量求症问药的人。

感染源会是什么？肺炎会怎么传播？如果感染了要如何治疗？又要怎样隔离防护？一个个问题扑面而来，这是刘雅峰每天都要应对的场景。尽管与用户从未谋面，刘雅峰还是在文字和语气中感受到了他们的焦虑和担忧。

刘雅峰曾接到过一通无助的电话，电话那头的用户是武汉本地人，他有着轻微腹泻症状。要知道，感染新型冠状病毒的初期症状，就包括腹泻。"当时患者恐惧得几乎要哭了。"刘雅峰回忆当时的场景，对《IT 时报》记者说道。

经过再三确认，对方并未有与确诊或疑似病例患者接触的冠状经历，加上用户前期进食了一些生冷食物，刘雅峰初步判定对方的病症可能是消化不良，给了他用药建议和生活指导。当然，他还会在防范新型冠状病毒方面给予对方建议，并安抚他的情绪。

望亭松是平安好医生抗冠病毒指挥中心专家组成员、医疗院长。他还记得惊心动魄的那一幕。1月23日晚上8时，一位用户连接了平台的义诊热线，告知自己出现胸闷、发烧、发力的症状。

患者曾在1月初经过武汉，因此怀疑自己感染新型病毒。更糟的是，这名患者已从山东某火车站坐上前往郑州的火车，而且出门时未戴口罩！

在线医生确诊患者是新型肺炎疑似病例后紧急连线火车列车长，提供隔离防护的指导，同时联系当地疾控中心，安排其就近站点下车，由救护车送往当地有发热门急诊的医疗机构隔离筛查。好在，目前患者病情相对稳定。

从恐慌到平复，刘雅峰看到用户们的情绪变化。最终他们会选择积极应对疫情。

当看到武汉、湖北甚至全国新型冠状病毒肺炎确诊、疑似案例上升时，刘雅峰难免感触。他很想为患者们做些什么。"这是医生们的本职工作，既然上不了前线，那就守土一方。"每天他会关注卫健委发布的新冠肺炎疫情数据和资料，也给患者带去最新的指南。

"一切都会好起来的。"这是大多数医生的问诊结尾。他们希望在疫情发生时，给患者带去鼓励。

网络联通了每一座城市。尽管道路被封锁，但围城外的人实时关注着城里的一切。医生们通过网络传输的不只是专业的知识，还有关怀和爱。

程序员用键盘构筑"防疫工事"
开发病毒患者同行程查询工具

"紧急扩散！急寻这些航班车次的密切接触者。""××市确诊一名新型冠状病毒感染的肺炎患者，该患者曾于×月×日乘坐飞机（航班号为×××××××）。"

看到这样消息，很多人都会在第一时间转发，为防疫控疫贡献自己的力量。在习惯与数据打交道的程序员们眼中，看到了能发挥自己特长的"用武之地"。

1 月 27 日上午 11 点，"function toolmao"微信群里突然有一个新点子冒泡了：开发一个新冠病毒患者的同行程查询工具。这个点子的发起人就是拥有 15 年编程经验的童永鳌。

这么做的目的一开始很单纯，只是因为童永鳌本人比较"懒"而已。每天他都看到官方不断发布的"求扩散"消息，往往是一张图片里包含了几百个患者搭乘过的交通工具、车次、日期等信息。如果逐条查找，那就很容易看漏，结果还得从头再来。要是能把所有的数据都抠下来，直接用搜索工具去查找，那不是更方便吗？

有了灵感，童永鳌立刻把这个想法告诉了群里认识十多年的朋友。于是，7 名群成员迅速组成了开发工具的初始团队，有人写代码、有人汇总数据，就这样忙活开来。当天下午 5 点，查询工具的功能已基本完备，接着又花了 6 个小时整理数据，当晚 11 点，童永鳌就将查询链接发到了朋友圈里。

仅仅 12 个小时，第一代查询工具就成功上线了。人们只要输入日期、车次和地区等信息，就能知道对应行程是否与已披露的确诊患者同行，进而早预防、早隔离、早救治。

不同于俗话说的万事开头难，查询工具上线后，程序员们才迎来真正的挑战。

作为成都无糖信息技术有限公司的联合创始人兼 CTO，童永鳌从事的是针对 B 端用户的反网络诈骗业务，几乎不会遇到访问量过大的问题。但这一次，他遇到了。

童永鳌没有想到，第一次"跨界"开发的 to C 工具竟然在朋友圈以几何级的速度传播开来，上线第 2 天访问量即达到 400 万次，第 3 天则突破了 2000 万次。面对暴涨的流量，童永鳌赶紧把公司的运维主管拉来帮忙，进行服务器调整。为了拯救服务器危机，他们将数据迁移到阿里云上，"自己买服务器太贵了，云存储服务相对好一些"。

随着信息量的增多，后期团队成员每天都得花 17 个小时甚至更久来做维护，基本上从早上 9 点到凌晨 2 点都在工作。童永鳌坦言，录入数据的过程比他想象中繁琐得多，所以整理信息的难度也越来越大。

有时收到网友的邮件，即使只是一句简单的"谢谢你们"，童永鳌也觉得很暖心。疫情爆发后，他总觉得身处互联网企业显得有心无力，现在程序员终于也派上了用场，不用待在家里"发霉"了。

蔬菜供应商"生意太忙"人手不够，拉上家人一起去配送

一场疫情，让互联网菜场从伪需求进阶为真刚需。这个春节假期，越来越多的市民将日常买菜从线下搬到线上，深夜蹲点在网上抢菜成了数百万家庭的新操作。这对包括崔强在内的众多生鲜电商从业者们而言，是一次考验。

崔强毕业后就从事蔬菜零售的相关工作，目前是每日优鲜的一名蔬菜采购，负责华东区的蔬菜采购和供应。尽管他已拥有6年多工作经验，但从没遇到像今年春节蔬菜需求量如此井喷的情况，"订单量翻了好几倍了"。

原有的工作计划和节奏完全被打乱。按照原来计划，备好的蔬菜量能供应到年初五，但现在很快就告急，这让1月22日便回到老家吉林的崔强只得匆忙开启在家办公的模式。

除夕夜，对着公司实时更新的后台数据，他与各供应商协调不同城市的蔬菜供应。原来对接的不少供应商工人放假、人手不足，他又紧急联系山东、云南的供应商，请求他们增加供应量。"这几天就是打各种电话、接各种电话，供应商、公司内部都要协调沟通，夜里接打电话已是常态。微信消息太多，根本顾不上，还是直接电话沟通效率高。"他说。

各个城市情况不同，给崔强协调各地蔬菜供应增加了难度。他告诉记者，华东区加工供应商集中在上海和南京，由于上海严控城市出入口，南京供应商的货车不能及时进入，这是他所遇到的最大困难。"我们和有关部门沟通后，为这些供应商开具了相应凭证，交管部门很快就放行了。"崔强说。

与崔强远程办公有所不同，朱怀军春节期间每天都要下探到所负责区域，协调订单配送。作为每日优鲜上海某区域负责人，面对春节和疫情的双重影响，他面临的紧要任务就是补充和恢复运力，确保满足用户需求，能较快送达。

"为了弥补运力，我们年初一就打电话召回老员工，同时借助第三方配送，还鼓励各站长发动家人亲朋参与配送。"朱怀军说，即使这样，运力还

不足平时的一半，有时他自己也会去配送。

朱怀军告诉记者，春节期间上午 9 点到 12 点是一天当中的配送高峰，平均下来每个配送员每天要送出 120 单，每天只睡几个小时。而他每天要对照订单数据，协调区域内前置仓运力，晚上也要七八点才能下班。

考虑到疫情防控，公司除了为配送员提供口罩、测量体温外，还推出无接触配送服务，配送员把货品放在小区门卫或门口，避免与用户接触。

这段时间，配送员的压力巨大，但大家没有怨言，因为这是为了抗击疫情，自己的付出都是值得的。

（原载《IT 时报》2020 年 2 月 7 日）

居安思危不松劲

——一论 2020 年形势任务

新金山报　评论员

"以武汉为主战场的全国本土疫情传播已基本阻断，疫情控制取得阶段性重要成效。"3 月 31 日，国新办在湖北武汉举行新闻发布会，中央指导组成员、国家卫健委主任马晓伟介绍。这一宣告，无疑让紧张忧虑了 2 个多月的国人，长长地吁了一口气。复工复业上班忙，人间又闻烟火气。人们不由感叹祖国的强大，社会主义制度的优越，我们又过了一道坎！

然而，稍微放松一下心情是可以的，但我们切不可以为就此高枕无忧了，尤其是对上海石化这样的企业来说。

我们要清醒地认识到，我们年初判断的一系列不利因素依然存在。世界经济增长持续放缓，仍处于国际金融危机后的深度调整期，全球动荡源和风险点显著增多，中美经贸摩擦依然是我国外部环境中最大的不确定因素。在外部不稳定、不确定因素增加，国内周期性问题与结构性矛盾叠加的情况下，2020 年我国经济运行面临的风险挑战依然较多，结构性、体制性、周期性问题相互交织，下行压力持续加大。

我们要清醒地认识到，行业发展面临全面挑战。炼化行业已经进入新一轮产能扩张期，大型民营一体化炼化装置建设顺利，产品投入市场将对当前的市场格局和产品价格产生直接冲击。同时，国家管网公司成立、民营企业更多地参与原油进口和成品油出口业务、境外产业资本进入国内市场政策放宽、低硫船燃新规全面实施、新能源汽车迅猛发展等，都将对石化行业产生直接且长远的影响。

我们要清醒地认识到，疫情在全球的发展可能带来的影响。疫情在国内

虽然得到了有效控制，但在全球造成的影响尚无法预估，现在谁也不知道"究竟什么时候是个头"。有人明确指出：全球经济衰退已是事实。甚至有知名人士预言，新冠病毒大流行将永远改变世界秩序，它所引发的政治和经济动荡可能会持续几代人！经济全球化的时代，处于产业链某一端的任何一个经济体都很难独善其身。前期的油价暴跌对世界经济的剧烈冲击就是一个明证。

我们还要清醒地认识到，企业本身存在的短板和迫切需要解决的问题。譬如安稳运行水平有待进一步提升、市场思维有待进一步强化、管理流程有待进一步优化、人员结构有待进一步调整、体制改革有待进一步深化等等。

生于忧患，死于安乐。面对错综复杂、反复无常的内外部形势，我们没有资本安于现状，我们唯有打起十二分精神，未雨绸缪，积极准备，快速反应，采取措施，方有可能越过一道道坎、跨过一条条沟。

（原载《新金山报》2020 年 4 月 7 日）

挑战当中抓机遇

——二论 2020 年形势任务

新金山报　评论员

　　春节前，尽管公司七届四次职代会报告对 2020 年国内外经济形势、行业形势，以及企业面临的诸多困难作了比较全面的预测分析，但魔幻的 2020 年，依然以一场席卷全球的新冠肺炎疫情和几乎猝不及防的油价暴跌，让我们唏嘘不已：真是活久见！

　　疫情和能源市场的任性跌宕，给全世界带来了剧烈冲击，也给上海石化这样的大型炼化企业带来了显著影响：员工健康面临威胁，生产安稳产生波动，物料供应渠道不畅，产品出厂受到阻碍，经济效益明显下滑。

　　危机最能考验一个人的能耐，同样也能检验一家企业的能力。经过最初一刻的错愕与震惊，公司临危不乱、当机立断，迅速推出了一连串对策措施。

　　譬如，看到疫情肆虐，防疫用品供应紧张，一罩难求，公司立马协调各方，紧急生产聚丙烯医用料、熔喷布专用料。特别是成功组织熔喷布专用料研发生产，可谓名利双收，打了一场漂亮的保供仗，很好体现了国企的责任担当。

　　又如，看到中下游企业停工停产、需求不足，公司生产装置被迫降低负荷，公司立马调整计划，对部分装置提前实施检修作业，为疫情过后产能恢复做好准备。

　　再如，看到公司抓住机遇，迅速转身成了熔喷布专用料供应商，宣传系统的媒体工作人员，精心策划、深入一线、详细采写、内外联动、广泛宣传，使公司疫情期间的社会责任得到彰显，完成了一次令人击节的企业形象公关。

当然，疫情毕竟仍在全球肆虐，主要产油国间的较劲也没罢手，可预计以及难以预计的潜在危机始终存在。局部战线上打了几场胜仗，虽能鼓舞士气、提振信心，毕竟不能在短期内扭转全局。我们要看到频发的危机给企业带来的实质性损伤，始终保持清醒头脑，善于化危为机，咬紧牙关、保持韧劲，步步为营，久久为功。

就当前而言，我们要积极响应集团公司"百日攻坚创效"行动的号召，落实好各项既定措施，切实抓出成效，全力化解疫情和油价暴跌带来的双重压力，为完成生产经营和经济效益目标打下坚实基础。就中期而言，我们要排除眼前各种干扰，发扬优势，消解劣势，认真贯彻落实公司"两会"和工作布置会精神，将生产优化、过程安全管理、严控"三小"杜绝"三非"、绿色企业行动等重点工作抓到位。就长期而言，我们要根据"两个三年、两个十年"战略部署，积极布局"一龙头、一核心、一基地"，咬定"国内领先，世界一流"目标持续迈进。

危机危机，危中有机。机遇一定青睐有所准备的人，成功永远属于坚韧不拔的上海石化！

（原载《新金山报》2020 年 4 月 9 日）

明确方向提士气

——三论 2020 年形势任务

新金山报　评论员

今年，公司形势任务教育的形式与以往不同。因为疫情影响，媒体"公开课"替代了集体"报告会"，来自各部室单位的专业人士，走进电视演播厅摆开"圆桌会议"，沟通交流，解局破题。而在陆续推出的《沟通》中，开篇聚焦的，正是公司目前已经全面铺开的"百日攻坚创效"行动。

2020 年，开局不大顺利。疫情持续蔓延，再加上油价的暴跌，给公司生产经营带来困难。正是在这样的背景下，集团公司部署"百日攻坚创效"行动，坚决夺取疫情防控和生产经营"双胜利"。公司迅速跟进，仅三天就拿出了详细方案。

这份行动方案，更是一份"说明书""立项表""作战图"，疫情防控、HSSE、增效创效、生产经营、成本控制，目标明确，措施具体。号角声起，云集景从。在"攻坚""创效"同一个目标的引领下，公司上下迅速集结，积极行动。

换句话说，我们已经制定了行动方案，接下来的整个二季度，铆准了，就这么干。

心中有目标，脚下就有方向。所以，越是形势严峻，越需要一个目标来提振士气；越是困难当前，越需要一些行动来凝聚心气；越是关键时刻，越需要一份担当来激发胆气。逆境之下，少不了的是信心，丢不得的是斗志，等不起的是行动。

记得疫情最吃紧的时候，为了确保公司人员、生产稳定，太多人逆行奔波。员工离返沪信息全覆盖跟踪，防疫物资第一时间到位；5 天重启停役 4 年的固硫装置，12 天成功研发口罩熔喷布专用料；有人主动放弃团聚跨年无休，

有人宅家"云"监控发现隐患……尽管"战场"各不相同，但疫情中每个人都在付出努力。行动从来就是实现目标的最好办法。

那么，在生产经营吃紧的当下，在实现公司"两个三年，两个十年"战略部署，"一龙头、一核心、一基地"发展思路，建设"国内领先、世界一流"能源化工及新材料公司的逐梦路上呢？

爬坡过坎，不仅仅是迈迈腿的事；实现目标，也绝不会轻轻松松。一分部署，九分落实；马上就办，办就办好。实干才能梦想成真，我们真的还有很多工作要做。

年初召开的公司"两会"已经锚定了方向，"三提一降一融"五方面重点措施，开展"优良日"创建工作、全面推广过程安全管理、严控"三小"杜绝"三非"等，每个人都重任在肩。对于广大干部职工来说，每一次优化，每一次攻关，每一次巡检，每一次操作，也都与目标息息相关。我们接下来要做的，就是把这些措施吃透弄懂、掰开揉碎，洇在岗位上，化到工作中，落进现实里。

形势紧迫逼人，机遇稍纵即逝，不赶快行动起来，再美好的蓝图，也只是一段文字、一幅图画。2020有点难，但前路在兹，唯有发奋，勇往向前。时间会馈赠我们今天所做的一切。

（原载《新金山报》2020 年 4 月 14 日）

越来越好树信心

——四论 2020 年形势任务

新金山报　评论员

　　新冠疫情肆虐、原油价格暴跌、民营炼厂崛起……受一系列不利因素影响，公司一季度生产经营数据很不理想，经济效益明显下滑。种种迹象表明，2020 年将是上海石化非常艰难的一年。

　　但是，不利形势面前，我们也不用过于悲观，更不可束手就擒、坐以待毙。历史经验告诉我们，越是困难，越是需要我们有一股韧劲，树立信心，只有咬紧牙关，才能挺过难关。

　　信心源自公司发展的基础不断牢固。上海石化持续推进环保治理、发展攻坚、人才储备"三大战役"，深化环保监督联动，周边居民切实感受到了环境质量的改善；与金山区、平湖市独山港镇拓展业务合作，油品清洁化项目建设正酣，碳纤维二期项目年底完成，投资 35 亿元的大丝束碳纤维项目已提上议事日程；推进"三项制度"改革，真诚关心关爱员工，队伍结构不断优化，组织力和凝聚力不断提升。

　　信心源自公司清晰可行的发展规划。"人无远虑，必有近忧"，心中有了目标，脚下才有方向，上海石化明确"两个三年、两个十年"战略部署，提出"一龙头、一核心、一基地"发展思路和建设"国内领先、世界一流"能源化工及新材料公司发展目标，积极打造党建融入中心标杆企业，这些思路、目标、部署指明了我们行动的方向，凝聚起我们奋斗的力量。

　　信心源自公司优秀的文化基因。在上海石化 48 年的发展画卷里，我们有过辉煌，也经历过痛楚，我们在风雨中成长，在磨砺中涅槃，淬炼出了"艰苦创业、科学求实、团结进取、忘我献身"的金山精神。这精神融在血液里，刻在骨子里，不论顺境逆境，都能支撑着我们走下去，跟上时代的步伐,实现更好的发展。

信心源自外部的有利条件。中央经济工作会决定支持战略性产业发展、推进传统制造业优化升级,给公司产业发展和转型升级带来宏观政策支撑。中国石化"上海基地"建设稳步推进,公司乘势而为,金虹航油管线、参股独山港管廊公司项目取得新进展。新冠肺炎疫情危中有机,国有企业"人民需要什么,我们就生产什么"的负责任形象得到极大传播,"日常生活、生命健康离不开石油化工"的社会共识得到极大强化。

事实上,公司这几年一直在积极地适应形势,作出积极改变,采取的一系列举措也初步见到了成效。这更让我们有充分的理由相信,只要每个人恪尽职守,扎实做好当下的每一件事,就一定能看见风雨后的彩虹,迎来上海石化更加美好的明天。

(原载《新金山报》2020 年 4 月 16 日)

迅速转产　加急攻关
上海石化成功研发口罩熔喷布专用料

新金山报　荀道娟

本报讯　23日，用上海石化金昌公司新研发的专用料做成的两卷口罩熔喷布新鲜出炉，经检测，各项指标均符合要求。这标志着该公司紧急研发转产口罩熔喷布专用料取得成功。

在试产成功后，上海石化金昌公司每天可生产6吨口罩熔喷布专用料，这也意味着，这些专用料进一步加工成熔喷无纺布，将每天新增普通一次性医用口罩近600万片。据了解，根据口罩需求，该公司还可通过工艺优化，短期内每天再增产专用料2吨左右。

紧急研发，保供熔喷布专用料

疫情发生以来，口罩一直是最为紧缺的防护物资之一。面对激增的需求，不少企业考虑转产口罩，供应链上下游也纷纷跟进。然而，由于缺少原料，尤其是中间层熔喷布供应不足，口罩的紧缺状况仍未得到明显缓解。

作为聚丙烯生产企业，口罩生产原料紧缺的消息，也牵动着上海石化上下。得知这一信息后，公司充分发挥自身在聚丙烯研发生产上的产能、技术、团队，以及产业链优势，立即组织塑料部、金昌公司启动紧急研发攻关，并主动联合地方政府和有资质的厂家，加快熔喷布专用料的研发。

在公司领导的紧急协调和支持下，上海石化还专门组建了囊括公司高管和专家在内的专项工作指挥协调小组，"不以自身盈利为目的，只以能产多产为目标"，争分夺秒组织开展技术攻关、生产调试、熔喷布及口罩厂家协调，全力帮助下游企业多产快产口罩，尽快将疫情防控急需的口罩投放市场。

熔喷布，俗称口罩的"心脏"，它是口罩中间的过滤层，具有很好的过滤性、屏蔽性、绝热性和吸油性。以医用外科口罩为例，它内外两层是纺粘层，主要防护汗液和水，而中间的熔喷层则可以过滤掉细菌，从而阻止病菌传播。口罩纺粘层的纤维直径大约为头发丝的三分之一，熔喷层的纤维直径则接近三十分之一，而更细的纤维具有更好的抗菌过滤性。

因此，虽然原料都是聚丙烯，但熔喷布专用料与其他无纺布原料在生产工艺和性能上存在很大差异。

"口罩熔喷布专用料就是高熔融指数的聚丙烯。"作为此次研发生产的主要单位，上海石化金昌公司生产部经理陆军这样介绍道。

据了解，熔融指数是指熔体每 10 分钟通过标准口模毛细管的质量，数值越大，表示材料的加工流动性越好。换句话说，聚丙烯的熔融指数越高，熔喷出的纤维就越细，制作成的熔喷布过滤性也越好。

创造条件，攻关高熔指生产技术

金昌公司是上海石化的控股子公司，成立于上世纪 90 年代，主要生产汽车、家电用的改性塑料。"以前我们生产的聚丙烯，主要用于家用电器、汽车配件制造，熔融指数只有口罩熔喷布专用料的三十分之一。所以，高熔融指数是我们这次研发生产中最需要突破的难关。"

陆军介绍说，2 月 11 日，金昌公司正式复工，开工后的第一件事就是着手安排聚丙烯改性生产口罩熔喷布专用料事宜。"上海石化领导亲自指导协调，我们也紧急抽调力量组建了一个小型研发团队，并且调用了其他生产线上的员工。"尽管如此，研发生产高熔指聚丙烯仍面临着许多硬件设施不足的考验。

聚丙烯形成粒子，要经历加热挤出塑化的过程。在金昌公司的车间里，生产常规聚丙烯，挤出机切粒速度是每分钟 70 米，而高熔指聚丙烯则要求切粒速度达到每分钟 120 米以上。另外，由于高熔指聚丙烯流速快，其冷却距离也要从 4 米，增加到 12 米……

为此，金昌公司在现有条件的基础上，尝试改造设备和调整工艺。他们通过增加变频器、更换机器皮带轮等方法，让挤出机切粒从"慢跑"到"快跑"；通过"借道"其他生产线水槽，来增长冷却距离；通过组合现有螺杆，使得2米长的螺杆，发挥出了3米长度的混合功能，以保证物料混合均匀。

"明天看看，金山第二工区有长径比52的挤出机，看看能否试一下。"20日晚9时30分，"熔喷专用料"专项工作微信群里，发出了这样一条消息。

原来，几经调整工艺，金昌公司试生产出的专用料，在几个指标上还略有偏差，大家一致判断，可能是挤出机长径比不足的原因。为此，当天下午开始，上海石化高管和专家们四处联系，寻找符合要求的设备，直到晚上才从上海市经信委那儿得到了有设备的消息。

平行实验，摸索新产品测试方案

从2月11日试产第一批专用料，到努力克服设备、技术种种困难，满足熔喷布生产要求。这个从无到有的过程，同样离不开一次次提供样品检测数据的质量管理中心。

"我们也是第一次分析检测如此高熔融指数的原料。之前，我们日常检测的聚丙烯熔融指数在50克/10分钟，所以现有的设备仪器都不具备检测条件。"质量管理中心分析四车间主任丁彬红坦言："难度很大，但是我们要尽力去做。"因为只有提供了准确的分析数据，才能指导新产品开发的工艺调整，从而帮助车间尽快生产出符合标准的口罩熔喷布专用料。

丁彬红解释说，因为熔融指数越高，聚丙烯流速越大，仪器的灵敏度达不到要求，"通俗地讲，就是聚丙烯刚放进检测口模，还没来得及测量，它就已经流出来了"。

为此，分析四车间联系了行业分析和标委会专家，探讨熔指分析标准和测试。他们从样品处理着手，对加样量、加样方式、预热时间、预载力大小、口模尺寸、切样时间、口模塞选用等条件逐一进行试验和比对。最终，车间通过大量的平行性试验，足足花费了5个小时，才最终检测确定了第一批试料样品的分析数据。

由于不同批次试料差异较大，之前选定的测试条件和仪器并不完全适用每一批试料的检测。而且，每批试料熔融指数的大幅提升，更是加大了分析检测难度。因此，每一次测试对分析四车间来说，都是一次新的"尝试"，都需要有针对性地改善方法。"第三批试料检测用了一整天时间，在三类仪器上做了二十几次平行性实验。"丁彬红说，分析出数据后，车间又连续用了两天时间继续检测分析第三批料，在测试数据一致的情况下，最终制定出了高熔指聚丙烯的测试方案。这也将为后续测试、生产调整提供更快的帮助。

对于金昌公司、质管中心，以及每一个参与的人来说，解决高熔融指数难题，转产口罩熔喷布专用料，就是一场与时间的赛跑。为了尽快向社会提供高级别的口罩熔喷布专用料，尽早为百姓多提供一份保护，大家都在努力地快一点，再快一点……

（原载《新金山报》2020 年 2 月 25 日）

搏击风浪杭州湾

——上海石化干部员工防控疫情纪实

新金山报记者　胡拥军

阴霾终究散去，春光洒满人间。

在以习近平同志为核心的党中央坚强领导下，全国上下打响了一场新冠肺炎疫情防控的人民战争、总体战、阻击战，并取得了决定性胜利。

申城西南、杭州湾畔，上海石化 8200 多名干部员工，在上海市委市政府、中国石化集团公司党组、上海市经信委、上海石化党委的带领下，众志成城，搏击风浪，奋力夺取疫情防控和生产经营"双胜利"。

组织保障增信心

2020 年 1 月 23 日，春节前夕，武汉封城。以武汉为中心的疫情防控战在全国打响。

1 月 23 日，上海石化迅速成立疫情防控领导小组和工作小组，启动重大突发公共卫生事件一级响应，以严肃认真的科学态度，从点到面，构织起一张严密防控疫情的大网。

上海石化的疫情防控工作得到了上级领导的关心和指导。

2 月 6 日上午，中国石化集团公司董事长、党组书记张玉卓通过视频连线上海石化，在听取公司领导吴海君、管泽民的汇报后，张玉卓对上海石化疫情防控工作表示肯定，并深情嘱咐公司领导班子要牢牢把握住当前的工作重点，把疫情防控抓细抓实，既要保护员工的生命健康，又要保证企业生产运转，更要确保地方平安。

2 月 11 日下午，上海市经信委党委书记陆晓春来到上海石化，在公司领导吴海君陪同下，深入塑料部聚烯烃联合装置、培训与交流安置中心隔离点，检查指导公司疫情防控工作，亲切慰问坚守岗位的干部员工。陆晓春对上海石化疫情防控工作早预见、早启动表示肯定，并要求进一步加强对外来承包商等单位的人员管控，切实担负起企业的主体责任；要严格做好疫情防控工作，为企业稳定生产提供坚强保障。

1月29日、31日，公司领导吴海君、管泽民先后走访了公司大学生公寓、培训与交流安置中心隔离点、储运部、芳烃部、炼油部等地，要求各级领导班子，以战时思维应对，严防死守、严密防控，全力打好疫情防控阻击战，做到守土有责、守土担责、守土尽责。

疫情防控期间，公司党政领导几乎走遍基层单位，指导工作、慰问员工，极大地鼓舞了干部员工抗击疫情的信心和决心。

面对突发疫情，上海石化充分展示出作为国有特大型企业强大的组织力和执行力。

关爱个体，不漏一人

从1月23日开始，上海石化发动党群部门力量，逐一对全公司8200名在岗员工进行信息排查，并建立了异常人员（进出上海市人员、接触湖北区域人员、发热人员）的信息跟踪和日报告制度。

与此同时，迅速设立外地返沪人员集中隔离观察点。上海石化专门腾出一栋独立的2号宿舍楼，作为公司非重点疫区返沪员工、乘坐公共交通返沪员工，以及不具有居家隔离观察条件员工的集中隔离观察点。1月26日，隔离观察点具备入住条件，观察点每天提供保洁、消毒、餐饮、测温等保障，并有志愿者提供采购物品传递等爱心服务。1月29日，首批员工返沪，其中有7人入住观察点。接受隔离观察的江西籍员工熊伟说："在设施俱全、服务周到的观察点切身感受到了组织的温暖，我得以安安心心地度过了14天。"此后，公司又新增1号宿舍楼作为隔离观察点，2月4日，返沪人员入住。至隔离观察点撤消，两栋宿舍楼累计接收隔离观察146人。

呵护班组，沉到一线

班组是生产的第一线。疫情防控中，上海石化各二级单位领导下沉到班组，关心一线员工生产生活情况。在班组，员工每天享受"全特殊"：每天体温测量、健康登记最全面，每天口罩、防护镜、洗手液等防护品最齐备，每天室内消毒、厕所消毒最及时。此外，为保证安全生产，相关生产单位组建班组预备队，随时应对突发情况。可以说，班组预案最完备。

关心群体，事无巨细

上海石化从群体防范出发，结合实际情况制订并落实相关措施。1月25日起，行政事务中心协调金泰医院、乔恩公司、赛宝物业等单位对公司89个中控室及办公楼宇等处开展每日定期消毒。1月30日开始，公司调整食堂供餐模式，改为套餐供应，减少员工排队取餐接触，并实行交叉就坐，错峰就餐；通勤车做到出车前后均消毒，并增加运行车次，减少乘坐拥挤。2月2日，又作出规定，凡乘坐通勤车的员工，必须自觉戴口罩；2月17日，在上海市复工首日，公司机关上班的员工，惊喜地发现办公大楼安装了体温自动测量仪，确保他们在上班高峰期的有序测温。

关注企外，一个不少

上海石化有着众多的承包商和客户群。对此，公司强化属地化责任，要求服务于上海石化的运保、施工单位的流动人员，严格做到人员排查全覆盖并报备。对于进出上海石化的外来灌装、物流车辆的驾驶人员，一个不漏地进行检查并登记健康状况。

从2月至5月间，上海石化还通过各种会议，对疫情防控工作进行再明确、再强调、再部署，要求认真学习、坚决贯彻习近平总书记关于新冠肺炎疫情防控工作的重要指示批示精神和中国石化集团公司党组、上海市委的决策部署，严格落实属地责任，与地方疫情防控工作同步推进；要重点关注涉外单位和部门，保持高度警惕，严格执行入境人员管控措施，全力防范境外疫情输入；要坚持疫情防控和生产经营两手抓两手硬……

公司纪委将精准监督作为做好疫情防控监督工作的重中之重，把疫情防控作为当前最重要最紧迫的政治任务来抓，紧盯重点任务、关键环节，制定并实施了7项措施。在关键时刻、特殊时期，充分发挥纪检监督的纪律保障作用，为打赢疫情防控阻击战提供坚强保障。

强有力的组织保证，激励着干部员工在夺取疫情防控和生产经营"双胜利"的道路上奋斗。

生产保供展决心

14小时，快速完成7500多吨低硫船用燃料油发送任务；

12天，超额完成6800吨聚丙烯医用料生产任务；

14天，首批自行研发生产的1吨熔喷布专用料交付熔喷布生产企业……

在春节叠加疫情的严峻考验面前，一份份战报，依然从上海石化传出。

这一份份战报，是展示国有企业在特殊时期、关键时刻担当生产保供中流砥柱的坚定决心。

当接到中国石化下达的医用牌号生产企业优先安排医用料生产的指令时，塑料部3号聚丙烯装置立刻打破原有计划组织增产。在人手紧张的情势下，装置领导、党员干部、管理骨干冲在最前面，超额完成生产任务，交出合格答卷。

当获知口罩生产原料紧缺的消息时，上海石化决定改造金昌公司部分生产线，研发并转产熔喷布专用料。公司专门组建囊括了公司高管和专家在内的专项工作指挥协调小组，整合自身在聚丙烯研发生产上的产能、技术、团队，以及产业链优势，并主动联合地方政府和有资质的厂家，加快熔喷布专用料的研发。2月11日，试产了第一批专用料。经过14天技术和工艺改进，2月25日，首批专用料交付熔喷布生产企业，并实现在大装置生产一次成功。截至5月18日，累计生产熔喷布专用料2007吨。

当熔喷布专用料需求不断增长时，塑料部聚丙烯联合装置克服生产过程中细粉增多、低聚物增多、挤出机有停车风险等种种困难，保证熔喷布专用料基料的供应。2 月 5 日,30 多吨基料送到金昌公司生产现场,当月,基料供应就达到 800 吨。至今,塑料部 3 条聚丙烯生产线共生产 8000 多吨专用料基料,有力支援了抗疫物资生产。

当春回大地春耕开始,农药的需求与日俱增时,化工部生产精细化工的异戊烯车间忙碌了起来。异戊烯可用来生产农药中间体(频那酮),再以此生产三唑类杀菌剂、除草剂等,是农药生产的最上游原料。面对疫情防控力度加强人手紧张的困难,以及装置要调整流程优化运行的矛盾,车间党支部发出了"保障农药生产,我们责无旁贷,岗位就是阵地"的号召,领导带班管理,党员轮番上阵,保持了日产 30 多吨异戊烯的高负荷运行。与此同时,销售中心积极打通道路运输,保证春耕产品的供应畅通。

在集中力量为疫情防控提供物资保障的同时,上海石化千方百计确保企业生产运行,展示国有企业在经济领域为党工作的决心。

受疫情影响,下游企业复工推迟,成品油市场低迷,加上全国大部分地区封路,化工产品销售受阻,各种不利因素相互交织。

很快,胀库的风险来了。

新醚后抽余液胀库告急。

刚刚进入 2 月,上海石化每天就有 800 吨产量的新醚后抽余液因封路造成出厂困难。经过多方协调,公司决定安排海运船舶装货。但醚后抽余液从未有过海运出厂,没有管输流程,只能借助其他管线。2 月 4 日,储运部进行现场办公,制定方案、确认流程,组织力量改造发送码头的液化气管线。7 日,2000 吨新醚后抽余液从化工码头 1 号泊位完成装船出厂。

液硫胀库告急。

炼油装置的副产品硫磺能否平衡,是装置能否平稳运行的关键。液态硫磺库存迅速上涨,严重威胁装置运行,形势十分紧迫。为此,炼油部不分昼夜抢修已经停役数年的固态硫磺成型装置。经过努力,液态、固态硫磺组合出厂,有效解决了高库存瓶颈。

大宗固体产品胀库告急。

上海石化与中国石化化销公司紧密协作,第一时间掌握聚乙烯、聚丙烯和涤纶短丝等产品出厂难、销售难的市场信息。根据乙烯平衡和产品库存情况,及时对 3 套聚乙烯和聚丙烯装置进行降负荷,并安排涤纶短纤装置停车，不增新库存。

改制企业急上海石化生产所急。上海金山石化物流有限公司紧急寻找塑料产品外部仓库，并迅速组织装卸力量。1 月 31 日，启用应急仓库，并增配 10 部铲车、4 部推拉翻转机。塑料产品库存最高峰时达到 4 万吨，维系了约 20 天的生产量，有力支持了塑料部的正常生产。

……

很快，生产平稳运行的态势被打破了。

上海石化领导班子在和相关部门、生产单位经过研究后，果断作出了把握装置低负荷运行时机，提前对相关炼油装置、化工装置进行大检修的决策。2 月 13 日，2 号制氢装置、加氢改质装置率先检修，至 4 月 11 日，共有 12 套炼油装置投入检修。烯烃部丁二烯抽提装置、芳烃部 1 号 MTBE 和 4 号汽油加氢装置也于 3 月 17 日进入检修。

原油加工负荷大幅下降后，整个原料结构、产品结构被打破。在前所未遇的困难面前，上海石化以敢"破"敢"立"的勇气，打破旧结构，建立新平衡，并最大限度地生产化工轻油、丙烯、液化气等，为下游化工市场的复工复产提供原料。

上海石化在复工复产中，不等不靠，主动出击，牢牢盯住市场需求，把握时机，做大产品总量，并全力增产高附加值产品。

1 至 3 月，公司生产低硫船燃油 6.68 万吨，其中 1 万吨被运往浙江舟山，为春运期间航行于华东附近海域的船舶提供燃料，这也是上海石化化危为机、寻找商机，首次拓展出低硫船燃油国内市场。

2 月份，涤纶部 2 号聚酯装置出口产品量环比上升近 60%。

2 月份，在国内市场低迷的情况下，双环戊二烯出口量增加了 1500 吨。一季度，碳五装置毛利同比增长 143%。

一季度，腈纶部出口腈纶产品近 600 吨，同比增长 200%。

3 月份，上海石化首次生产 7000 吨国六 B 车用汽油，通过西南管线供应到广西、云南等地。至目前，累计出厂量达 3 万多吨。

3 月份以来，沥青海运出厂 3 万多吨。

一个个产品生产量、出厂量的逆势上扬，以行动证明了上海石化干部员工不畏困难、逆流而上的勇气和担当。

上海石化的复工复产，受到金山区政府的高度肯定。3 月 10 日上午，金山区区长刘健来到上海石化，表示区政府将全力支持上海石化疫情防控和生产经营工作。

4 月 24 日，随着炼油部 390 万吨/年渣油加氢装置 B 系列完成催化剂换剂并实现开车一次成功，标志着上海石化复工复产摁下"快进键"，步入快进期，原油加工量向满负荷运行挺进。

志愿服务暖人心

2 月 18 日，上海石化工会、团委、行政事务中心联合发出的一份"献血倡议书"，在广大干部员工中激起涟漪："疫情当前，血库告急，献血责无旁贷。"短短一周，公司就有 600 名员工通过网络报名，自愿参加无偿献血。

3 月 9 日，上海石化 3187 名党员完成捐款，为战疫捐款 627421 元，捐款率 100%。

......

一呼百应，因为我们是共产党人，有理想有抱负；

一呼百应，因为我们是中国石化人，有责任有担当；

一呼百应，因为我们是中国人，救助同胞义无反顾。

这种信念，已经深入心髓。

在上海石化，有一支以"满天星"命名的志愿者队伍，他们逆行在战役一线，把爱心洒向员工、洒向同事、洒向社区居民。

疫情防控初期，防疫物资奇缺。物资采购中心果断成立了防疫物资保障突击队、生产项目物资保障突击队、仓储配送突击队，想方设法挖掘信息采购物资。1 月 28 日，完成首批 200 瓶酒精、200 瓶次氯酸钠等物资的紧急采购。至 2 月 17 日，共计采购防疫口罩 133380 只、酒精 3200 瓶、红外测温仪 203 台、门禁快速测温仪 10 台、消毒液 2200 瓶、眼罩 1200 副、一次性医用手套 15000 副、防护服 120 套、消毒片 200 瓶等防疫物资，各类防疫物资总计 161021 件，有力保障了上海石化的正常生产和员工生命安全。

大年初五上午，1000 只口罩突然出现在芳烃部中控室。"春节期间，这1000 只口罩从哪弄来的？"领到口罩的员工忍不住打探。原来，这是芳烃部党群办主任裘李蓉经过多方打听后，从一个开店的朋友那里软磨硬泡买回来的，最后以科三党支部的名义辗转送到了员工手中。

无独有偶。同样在大年初五，涤纶部"涤纶工会"微信群里传来对党群办干部王小芳的一片感谢声。原来，这一天，在王小芳的努力下，2000 只口罩分送到了各个装置。这口罩，是她一个开设备加工厂的亲戚作为工人劳防用品储备的，因近期工厂停工，被她苦口婆心求来，解决员工口罩短缺的。

只只口罩，片片真情。

"从哪里过来？经过湖北吗？车上有多少人？"上海石化志愿者毛俊在 G15 高速（沪浙）入沪道口，询问一辆私家车的驾驶员。这是自 1 月 27 日金山区招募疫情防控志愿者以来，他第三轮次参加值守工作。

在上海市与浙江省交界的 G15 沈海高速（沪浙）高速道口，随着春节后返沪人员增多，压力陡增。志愿者迅速组织一支 50 人队伍，配合金山区交警值勤，在检查站对过往车辆及人员进行检查、登记，受到交警部门高度赞赏。

随着返沪人员高峰到来，社区疫情防控任务也十分艰巨。当金山区石化街道党工委向上海石化党委提出增援要求时，75 名志愿者迅速集结，前往石化街道的 26 个居委会报到，在体温测量、返沪人员信息确认、口罩购买登记、防疫宣传引导等方面做了大量工作，守住小区大门，保护千家万户，助力社区"抗疫"。

吴卫民是炼油部的一名员工，只要休息，白天就赶去社区参加值守工作。晚上，他又以楼组长的身份为居家隔离的回沪人员清理生活垃圾。读研究生的女儿吴濛被父亲的这种共产党员的无私奉献精神所感动，一起参加了志愿服务。

像吴卫民这样的志愿者，遍布金山社区，他们的志愿行动，赢得了小区居民的称赞。

在上海石化集中隔离观察点，守候着一批志愿者，专门为返沪员工代买、代取生活用品和快递物件，同时，开展"隔离不隔爱"活动，通过微信沟通、电话关心、视频聊天等方式，给予员工全方位的关心关爱。

公用事业部党群办的汤智仁，是集中隔离观察点的一名志愿者，他每天的任务，就是观察点—宿舍—超市来回奔波，每天的步行记录超过万步。只要一个电话或一个微信,他都能买来、取到、送达。问他这样做值不值,他说:"在隔离观察的同事舍小我为大家,作为一名党员志愿者,为同事服务,值得。"

塑料部唐晓燕是这次 600 名志愿献血者中第一位提前献血的女性员工。2 月 23 日献好血,距她上次无偿献血不足一年,而离她 3 月 8 日退休,又仅仅差了 14 天。"报名时,担心到了退休年龄不让献血。"撸起袖子的那一刻,唐晓燕脸上洋溢着幸福的笑容,此时此刻,她是当之无愧的"最美女工"。

在上海石化发起党员自愿捐款通知前,公司已有 231 名党员自愿向社会捐款 74083 元。

环保水务部污水处理车间的陶轶,是金山区红十字志愿者宣传服务队的副队长,当得知武汉医疗物资紧缺时,她通过相关渠道,毫不犹豫地捐出了 600 多元。

炼油部 3 号炼油装置的主任技师柴军,郑重地向党支部交上了 1000 元特殊党费。

上海石化的员工,以党员的名义、以志愿者的身份,在疫情防控路上,尽所能,献爱心,暖人心,树立了国有企业的良好形象。

舆论引导聚民心

统一思想、凝聚力量,是宣传舆论工作的中心环节。

越是关键时刻,越要鼓舞起广大干部员工的士气,越要汇聚起四面八方的力量。

上海石化党委在疫情防控工作启动的第一时间,就对宣传舆论工作作出明确要求:要加大思想引导力度,用好形势任务教育这个"统一思想、凝聚力量"的有效载体,扎实开展传承石油精神、弘扬石化传统教育,把干部员工的士气鼓舞起来、精神振奋起来。

上海石化宣传舆论工作迅速占领制高点,利用一切宣传阵地,弘扬主旋律,发挥正能量,解疑释惑、关切民心,宣传事迹、树立典型,在全公司形成了众志成城抗击疫情的强大精神力量。

1 月 23 日,小年夜,《新金山报》春节前的最后一期,就已经在服务资讯版面上，刊登了《新冠病毒防护指南》《上海市卫健委公布110家发热门诊名单》《新型肺炎确诊患者将享受特殊医保报销政策》等一组文章，并在三版刊发了《炼油部清洁环境，防范新型肺炎》的新闻，在二版刊发了《防范病毒，人人有责》的快人快语。新闻敏感性和服务意识之强，可见一斑。

自2月18日复刊以来，报纸采编人员全力以赴，组织刊发了有关防疫抗疫、保供市场、复工复产等方面的大量新闻报道，分9期专版征集刊发了近40篇一线员工抗疫故事，组织了10多个抗疫主题讨论评论版面，组织职工开展抗疫文学创作，刊发了90多篇相关稿件。此外还组织了系列抗疫画刊、系列抗疫公益广告等等，形成了浓厚的舆论氛围。

公司领导在一线看到记者，十分关爱大家的身体健康，多次嘱咐记者们尽量少采访、少接触。但为了留住镜头，电视记者冷静应对危险，冲锋在第一线。1月30日至2月16日，《石化视界》播发了共5期28条新闻，及时向受众传递了疫情防控信息。上海市于2月17日复工以后，公司又实行4周的特殊作息时间。在此期间，电视记者以三人一班为单位，坚持冲到生产一线，共推送《石化视界》20期80条，平均每期推送的新闻量比正常时期还要超出四分之一。

1月28日，"上海石化在线"官方微信公众号第一时间转发了27日中国石化召开全公司疫情防控工作紧急（视频）部署会，把集团公司党组关于全力以赴做好疫情防控工作的精神传递到了公司干部员工中。

1月30日、31日，"上海石化在线"官方微信公众号先后推出了公司董事长、党委书记吴海君和公司总经理管泽民深入基层检查指导疫情防控工作、亲切慰问干部员工的新闻，极大地鼓舞了干部员工的士气。

"上海石化在线"官方微信公众号在及时推送新闻的同时，贴近一线、走进员工，推出了"暖心故事"和"听读"两个与抗击疫情相关的栏目。从1月27日至3月26日，栏目的近百篇故事和朗读，深深打动了读者和听众，受到了员工的点赞。

"上海石化在线"官方微信公众号关注疫情期间员工心里，推出了EAP专栏，编发了《女性心理关爱》《面对疫情，在家待出了"愤怒"情绪怎么破?》《面对持续战役，我们的情绪也需"自我隔离"》等心理微课，引导员工做好疫情心理防护。

与此同时，上海石化纪检监察微信公众号、上海石化职工 e 家微信公众号、上海石化团委微信公众号"青春上海石化"等纷纷启动，第一时间加入到宣传舆论阵营中。

上海石化各二级单位也十分重视宣传舆论引导，通过内部网页、微信群等，大力宣传疫情防控措施，宣传抗疫典型人物事迹，弘扬正能量。

2 月 7 日，上海石化手机报刊发出第一期"防控疫情快讯"，至 5 月 8 日上海市将重大突发公共卫生事件应急响应级别从二级调整为三级，共刊发快讯 92 期，为领导干部和职工群众及时掌握疫情防控工作动态提供了信息。

上海石化党委宣传部响应集团公司党组宣传部要求，创造性地开展公众开放日活动。4 月 21 日，首次以"云开放"的形式，通过直播，带领观众参观环保水务部污水处理车间和生态园。直播视频在"一直播"石化实说直播间的观看数达到 6.6 万次。

《新金山报》《石化视界》的记者们逆行深入生产一线，熔喷布专用料研发生产、熔喷布专用料基料增产、炼油部设备大检修、油品清洁化项目建设、上海石化复工复产等，一条条新闻不仅在上海石化媒体刊播，而且在社会媒体广泛传播，振奋人心、鼓舞斗志；广大基层通讯员以深情的笔触，讲述身边员工的战疫故事，感人肺腑、催人奋进。

战胜疫情，信心比黄金更珍贵！

上海石化的宣传舆论，在公司党委的正确领导下，凝聚了人心，增强了信心。

时维 5 月，杭州湾畔，春光旖旎，鲜花绽放。

员工队伍零感染、安全环保零事故、生产运行提负荷、项目建设正推进……

我们已经取得了疫情防控的决定性胜利，但取得完胜，前面的路还很长。

百日攻坚创效，任务艰巨；

完成全年目标，任重道远。

让我们坚定信心，勇往直前，搏击风浪，迎接朝阳。

（原载《新金山报》2020 年 5 月 28 日）

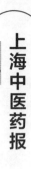

上海中医药报

"截断扭转"治重症

上海中医药报　作者　方邦江

　　2月15日上午10点，上海中医药大学附属龙华医院、上海市中医医院共60名医护人员接到组建第四批国家中医医疗队紧急通知，在2小时内集合完毕，于下午乘坐专机在次日凌晨三点抵达武汉。

　　这一月，从新建一间传染病区开始。次日一早，我们赶赴雷神山医院，刚进入雷神山医院时，医疗队所接管的病区建设尚未完工，为了保证病区尽快收治患者，全体医护人员化身为搬运工、监理师、测试员，短短几天内完成病区各项准备工作。同时医疗队紧锣密鼓地开展了岗前培训，医疗系统操作培训、院感培训，严格布控防护措施，队员们互相"找茬"，托管雷神山医院的中南医院院感负责人不由赞叹：C5病区严格高效的工作作风是医疗队的标杆，感恩、感动。

　　2月20日，医疗队接管的武汉雷神山医院感染三科五病区收治了第一批46名患者，标志着病区正式启用。专家团队在我们的组织下，在参考国家、上海市中医治疗新冠肺炎诊疗方案的基础上，针对新冠肺炎发病特点，提出了疫毒挟湿的新冠肺炎致病理论，创新性提出了"急性虚证"和"截断扭转"治疗思想，构建了治疗轻症、普通型、危重症、恢复期全程补虚、截断逆转等体现中医整体观念、辨证论治治疗新型冠状病毒肺炎诊疗体系的中医、中西医结合治疗方案，并相继在雷神山重症监护病区及其他病区临床应用。

　　2月25日，首位新冠肺炎患者出院，该患者系湿毒疫邪为患，病属"湿温"之范畴，乃"瘟毒上受"，其病机系湿困表里、肺胃同病，治拟化湿、解毒、透表，方拟藿朴夏苓汤化裁。服药后，患者血氧恢复正常，症状消失，无明显不适，经两次新型冠状病毒核酸检测呈阴性，CT 检查双肺无异常，经指挥部批准同意出院。这也是第四批国家中医医疗队首例治愈出院的患者。同期，病区 46 位患者，大多数经中医治疗后的患者第一次新型冠状病毒核酸检测结果呈阴性，其中，两例危重病患者采用"截断扭转"防治策略，一例患者趋于痊愈，另一例病情较前明显好转。病区中医药使用率100%，中医外治疗法、功法疗法达 90% 以上。

这一月，成立了病区强化危重症疑难病救治小组。针对病区重症患者较多的问题，我们成立了以急重症专业为主的中西医结合危重患者强化攻关医疗小组，强化预警机制，体现中西医结合特色，在国家重大临床研发计划"基于截断逆转策略中医药治疗脓毒症循证及效应机制研究"基础上，大胆使用人参、大黄为主的扶正排毒治疗危重症。同时，为了解决患者深部痰液引流不畅的问题，开展了应用腹部按压提压术，为患者增强腹部压力，促进患者的痰液引流，同时该仪器还可以用来替代呼吸心跳骤停的人工心肺复苏；针对呼吸衰竭，在既往获得上海市卫健委针灸治疗老年咳喘病适宜技术基础上，使用针灸等技术应用于减少或替代呼吸机治疗，以减少呼吸机待机时间，解决患者呼吸机脱机困难等问题，多名患者呼吸功能改善，纠正缺氧，效果显著。

这一月，开展了具有中医特色的创新型系列新冠肺炎康复功法和心理干预措施，如根据中医辨证论治、五行学说与现代音乐理论相结合，联合上海师范大学等研发新冠肺炎冥想康复辅助音乐疗法，显著缓解患者紧张、焦虑、失眠等心理问题。对患者的身心康复起到了积极的作用。同时，为弥补穿戴隔离服装切脉不准的问题，应用中医智能脉象诊断仪，不断完善中医诊断手段。

这一月，开展了中医药表里双解方治疗普通新冠肺炎、截断扭转策略治疗重症新冠肺炎、穴位敷贴扶正治疗新冠肺炎、现代冥想新冠肺炎辅助康复音乐疗法等 4 个临床项目，同时在华中科技大学同济医院、湖北省黄石市传染病医院、武汉市精神卫生中心等开展多中心临床研究，初步研究结果显示中医、中西医结合治疗在患者退热，核酸转阴时间，阻止轻症、普通型患者转为重症、危重症，缩短治愈时间，降低患者死亡率方面效果明显。

这一月，我们迄今共收治患者 100 人，出院患者 55 人，最大年龄 92 岁，最小年龄 21 岁，危重症患者 24 人，单纯中医治疗 21 人，收治患者和出院患者数量居雷神山医院前茅。

（原载《上海中医药报》2020 年 3 月 20 日）

退新冠之袭，集众功所长

——访上海中医药大学房敏教授团队

上海中医药报记者　马丽亚

疫情无情人有情，危难之时方显担当。近日，上海中医药大学房敏教授团队研发的"上海中医药大学抗疫强身功"2.0版正式上线，并进一步推广应用。该套功法根据湖北省黄石市中医医院收治的300余例新冠肺炎患者临床症状和身体功能状态，筛选针对性功法动作进行优化改编；源自易筋经、六字诀、少林内功、五禽戏、太极拳等传统经典功法，经过中医功法专家、中西医康复医学专家论证，最终形成简便、易学、有效的中医非药物疗法抗疫手段。上线后的三天内，已在黄石市中医院、雷神山医院、两家方舱医院广为应用，线上点击量近8万，反响积极。

为了更深入了解该套功法，并针对不同群体提出具体习练建议，记者专访了上海中医药大学房敏教授团队。

问题1　该套功法是如何创编出来的？过程中遇到了哪些困难？

答：抗疫强身功是根据当前新冠肺炎轻型、普通型及恢复期患者心肺功能受损和免疫功能低下的疾病特点创编的一套功法，旨在通过选取中医传统功法中能够明显改善心肺功能受损和免疫功能低下的动作并通过合理的编排、配伍形成能够对轻型、普通型及恢复期患者临床有效的运动处方。在编排过程中，团队系统回顾了对人体心肺功能、免疫功能具有改善作用的包括易筋经、少林内功、八段锦、六字诀、太极拳等在内的古代著作，厘清中医功法动作的概念，溯源探流，并检索现代中医功法作用机制、疗效评价研究论著论文，筛选和优化出适用于新冠肺炎轻型、普通型及恢复期患者临床症状和身体功能状态的动作，集各家功法之所长，经科学编排、动作配伍，以满足不同年龄段患者需求，在保证安全前提下，形成的一套简便、易学、实用、有效的中医传统功法运动优化处方。过程中最大的困难是如何既保证中医传统功法核心要素的精髓特色，又能从繁化简具有现代科学依据支持；同时，抗疫特殊时期创编过程时间紧，要求高，团队骨干经常连续加班到凌晨编排动作，视频拍摄过程中精益求精，视频剪辑、配音更是连续通宵达旦的完成，时间就是生命。

问题 2　抗疫强身功干预效果如何？适合哪类人群习练？

答：当前新冠肺炎轻型、普通型及恢复期患者主要表现为心肺功能受损和免疫功能低下的特点，而中医传统功法立足调和正气，通过身心综合习练，在提高自身免疫能力、改善心肺功能等方面已取得确切研究证据，提示主动开展抗疫强身功法习练，可达到提高抗病毒能力、改善肺通气功能等效果，在新冠肺炎防控过程中具有全程参与的重要价值。

此套功法适用于新冠肺炎轻型和普通型住院患者，或出院患者，以及普通人群习练。

问题 3　相比于外界更熟悉的健身气功，抗疫强身功有哪些特点？在防治新冠肺炎方面，能起到什么作用？

答：此套功法专门针对当前新冠肺炎的疾病特点研发而成，经科学编排、合理的动作配伍，并考虑满足不同年龄段患者的习练需求，具有内外兼修、动作舒缓活泼、动静结合、简单易学、安全有效的特点，针对性和操作性更强。此套功法符合中医"君臣佐使"的组方原则，由起势热身、六字呼吸宣肺气、开合扩胸和气血、贯劲推拉增气力、太极斜飞调阴阳、提踵顿足消百病、引气归元理筋骨等七个动作组成。其中六字呼吸宣肺气为"君"，此动作具有宣肺解表的作用，通过嘘、呵、呼、呬、吹、嘻等六字的宣读，促使患者主动进行呼吸肌和胸廓功能锻炼，促进肺内气体交换，增强血液携氧能力，主要改善咳嗽咳痰、胸闷、发热等症状；贯劲推拉增气力、开合扩胸和气血的动作为"臣"，具有宽胸理气、调畅气血的作用，主要通过上肢的开合动作带动胸廓的扩展和收缩，同时配合快速呼吸发音，促进呼吸肌功能锻炼，增加 FEV1 的有效呼气量，此动作与六字呼吸宣肺气的动作一起共同发挥宣肺解表、调和气血的作用；太极斜飞调阴阳、提踵顿足消百病三个动作为"佐"，具有调和阴阳、舒筋理气的作用，主要通过太极抱球、提踵顿足等动作，主要改善患者乏力、纳差、肌痛等症状；起势热身、引气归元理筋骨等动作为"使"，通过四肢关节的运动配合呼吸调整，发挥调整呼吸、舒筋调骨、引气归元的作用，与其他五个动作一起，共同发挥改善机体心肺功能、提高免疫功能的作用。

问题4　最近媒体介绍了武汉当地医务工作者教授罹患新冠肺炎患者习练健身气功的情况，引起了较大社会反响，对于已经患病人群，习练抗疫强身功有什么建议？

答：此套功法主要针对新冠肺炎轻型、普通型和恢复期的患者进行编排，不适合重型和危重型患者进行习练。且由于本研究疾病的传染性，功法锻炼时需要佩戴口罩进行。如习练过程中出现呼吸急促、困难等不适，应立即终止锻炼、卧床休息，及时报告医生，待患者呼吸不适消失后再行习练。

问题5　为了预防新冠肺炎，居家练习时需注意哪些问题？对于特殊人群，比如老年人等有哪些注意事项？

答：对于普通人群，在功法锻炼过程中开始可能会出现肌肉酸痛等不适，休息后可自行缓解。患者需根据自身耐受情况，循序渐进，逐渐增加动作难度和强度，并坚持习练定可取得满意效果；对于年纪较大的患者，在习练时需要家属陪同，或依墙依桌习练，避免习练过程中因身体失去平衡引发跌伤情况，也可坐位习练。

（原载《上海中医药报》2020年2月28日）

《上海市新型冠状病毒肺炎中医诊疗方案（试行第二版）》有八方面主要变化

上海中医药报记者　吴庆晏

《上海市新型冠状病毒肺炎中医诊疗方案（试行）》印发后，对充分发挥中医药在新型冠状病毒感染的肺炎防治中发挥作用起到了重要的推动作用。为进一步做好新型冠状病毒肺炎医疗救治工作，积极发挥中医药作用，提高中西医结合救治疗效，根据国家卫生健康委、国家中医药管理局新型冠状病毒肺炎诊疗方案（试行第六版），在梳理总结本市中医药临床救治工作有效经验和方法的基础上，2 月 24 日，上海市卫生健康委组织专家对《上海市新型冠状病毒感染的肺炎中医诊疗方案（试行）》进行了修订，形成了《上海市新型冠状病毒肺炎中医诊疗方案（试行第二版）》并印发，以利于全市抗击新冠肺炎工作结合临床实际，参照执行。本次试行第二版是由张炜教授起草，上海市中医药防控新型冠状病毒感染肺炎专家组组长、上海市名中医、上海中医药大学附属龙华医院终身教授吴银根教授审定，是上海中医治疗专家组全体成员集体研究的成果。

日前，本报记者就《上海市新型冠状病毒肺炎中医诊疗方案（试行第二版）》和试行一版相比所做的主要变化，对上海市中医药防控新型冠状病毒感染肺炎专家组成员、上海中医药大学第四批国家中医医疗队（上海）专家顾问组顾问、上海中医药大学附属曙光医院呼吸科主任张炜教授进行了专访，张教授介绍，与上海市新型冠状病毒肺炎中医诊疗方案试行一版相比，试行第二版有八个方面的主要变化。

张炜教授介绍道，试行第二版中医诊疗方案仍然认定本病属于中医疫病范畴，病因为感受疫戾之气，可根据病情、气候特点以及不同体质等情况，参照下列方案进行辨证论治。涉及超药典剂量，应当在医师指导下使用。试行第二版中医诊疗方案将诊疗工作分医学观察期、临床治疗期（确诊病例）和恢复期，其中临床治疗期又分轻型、普通型、重型和危重型。方案对并发症的治疗和儿童的诊疗提出了专门的推荐方案。与试行一版相比，试行第二版主要变化表现在：

一是增加推荐使用"清肺排毒汤"。试行第二版方案结合国家卫生健康委办公厅、国家中医药管理局办公室《关于推荐在中西医结合救治新型冠状病毒感染的肺炎中使用"清肺排毒汤"的通知》精神，结合上海地区新冠肺炎临床特点，将国家推荐到"清肺排毒汤"的相关内容放入上海方案，适用于轻型、普通型、重型患者，在危重型患者救治中可结合患者实际情况合理使用。

二是调整方案纲目。根据试行一版方案，中医根据西医分型进行中医治疗，而试行第二版方案在西医分型的基础上进行中医分证，更加方便临床一线的使用。

三是增加中成药推荐。试行第二版方案在中成药方面增加了针对上海病人特点的药物推荐，如荆银颗粒、六神丸、痰热清胶囊、清开灵软胶囊等。这些药物既有前期临床研究基础，又密切针对新冠肺炎临床诊治，取得很好疗效。

四是增加风热犯肺证证型。在临床治疗期的轻型患者方面，试行第二版方案增加了以发热或未发热，或有恶寒、咽痛不适，咳嗽，少痰，舌质红、苔薄或薄黄，脉浮数为临床表现的风热犯肺证证型，这是上海专家在临床基础上，针对新冠肺炎患者的实际症状而做出的经验总结。

五是强调中西医联合治疗。新冠肺炎防治的实践表明，中医、西医联合，中西医结合治疗重型和危重型患者方面取得了很好的临床效果。以新冠肺炎肝损伤为例，社会上一度有舆论认为服用中药容易造成患者肝损伤，上海市公共卫生临床中心在临床救治中发现，有的患者因服用抗病毒药而造成肝损伤，不得不停下西药而改成服用中药保肝，之后再联合抗病毒药物，从而使得患者症状明显好转，说明中医对病毒感染造成的肝损并发症的治疗有很好疗效，这从实践上否定了服用中药容易造成患者肝损伤的错误认识，故试行第二版方案对于肝损肝功能异常者，推荐应用中药茵陈连翘汤、小柴胡汤加减治疗，保肝降酶，协同提高患者治疗耐受性。

六是增加儿童的治疗内容。目前，国家卫生健康委、国家中医药管理局新型冠状病毒肺炎诊疗方案（试行第六版）、国务院应对新型冠状病毒肺炎疫情联防联控机制医疗救治组组织专家制定的《新型冠状病毒肺炎恢复期中医康复指导建议（试行）》均没有专门针对儿童治疗特点而提出专门治疗方案。本次试行第二版专设儿童的治疗内容，提出对于儿童患者"易虚易实、容易感邪"但"脏气轻灵、生机勃勃"的特点，轻型患者，证属时疫犯卫，可用银翘散或香苏散加减；普通型患儿，湿热闭肺者，给予麻杏石甘汤合三仁汤加减等诊疗方案，以加强对儿童患者的治疗。

七是提出对恢复期患者肺脏纤维化改变的临床应对。试行第二版方案提出，对于恢复期患者肝脏纤维化改变，可以应用中药理气化痰、补气填精、化痰通络等方法，在辨证论治的基础上加用中药生地、女贞子、黄芪、黄精、桃仁、赤芍、三棱、丹参、橘络等，以较少纤维化病灶，减轻肺功能损伤。

八是建议开展中医传统功法导引锻炼，改善患者整体状况。

（原载《上海中医药报》2020 年 2 月 28 日）

浦东时报

守住疫情输入第一道防线

小布直击浦东机场海关守护国门第一现场

浦东时报　陈　烁

上海能防住境外输入吗？这是一个被广泛关注的问题。防境外输入，海关首当其冲。

今天，小布就走近疫情防控闭环管理的"第一环"——浦东机场海关，直击从"舱门"到"国门"的防控每一步。

"灵魂三问"

上午 9 点 17 分，从莫斯科飞抵上海的 SU208 航班缓缓落地。浦东机场海关两名工作人员第一时间登上飞机，对机上 388 名旅客和 15 名机组人员开展了登临检疫。约 2 个小时后，机上人员开始分批下机。

扎着两个马尾辫、戴着绿色口罩的小董也夹杂在人群中走下飞机。3 月 25 日晚，在英国留学的她从伦敦出发，之后转机莫斯科，终于在今天上午回到了国内。

在入境大厅，约三四十名海关人员分坐两排桌椅后面，接待旅客填写健康申明卡并予以审核，同时进行流行病学调查。在健康申明卡上，旅客要填上在过去 14 日内旅行或居住过的国家和地区，以及过去 14 日内是否有相关接触史、是否有发热、干咳、头痛等症状。

海关工作人员告诉小布，健康申明卡上的信息中，最关注的是旅客过去 14 天内详细的轨迹，比如哪天去了哪里，"我们的要求是精确到城市和具体日期，必须对 14 天的所有行程有一个精确的把握和追溯"。

浦东机场海关旅检处副处长张澍介绍，在流行病学调查中，最基础的是"灵魂三问"：你从哪里来？你要去哪里？你到过什么地方？"但整个流调并不是这么简单，非常详细的流调可能需要 20 分钟到半个小时，要详细询问旅行史、接触史，是否服用过药物、有什么样的症状，甚至他的职业、日常活动轨迹等。"

小董在旅居国家和地区一栏只填上了英国，当工作人员了解到她是从莫斯科转机回来时，又指导她填上"3 月 26 日从莫斯科转机"的情况说明。一切填好，工作人员把材料交还给她，并向她表示：欢迎回家。

经过这一道程序后，小董来到了下一关：正式递交健康申明卡。在这里，她也并没有用太久时间，就办好了手续。经过了这些，她就可以前往边检，办理入境手续了。

"登临检疫、体温监测、健康申明卡的填写和流调相当于初审，有异常的还要到等候区做进一步详细的流调。"浦东机场海关旅检处旅检二科副科长赵博韬介绍。

坐在小董旁边的另一名女孩子，是从美国纽约转机莫斯科回到上海。"纽约州现在病例增长太快了，而且现在的形势以后找实习机会也不太容易。回国内的话，现在经济在逐渐恢复，暑期的时候找一个好的实习。"

对于当天的检疫流程，她觉得比之前预想的要快。"之前看网上说都要十来个小时，现在并没有等那么长时间，等下出去就可以直接转运苏州，我觉得很快了。而且经过了这些严格的程序，我觉得也很安心。"

两种模式

从 3 月 20 日零点起，上海市疫情防控重点国家由 16 国调整为 24 国。对 24 个重点国家的航班及入境人员，上海海关实施更为严格的 100% 登临检疫、100% 体温监测和 100% 健康申明卡审核。而自昨天（3 月 26 日）18 时起，对入境来沪的全部人员，则一律实施为期 14 天的隔离健康观察（对入境的外交人员和从事重要经贸、科研、技术合作的人员，另有规定的按规定执行）。

对登临检疫、体温监测等环节发现的有发热等症状的入境人员，同步开展医学排查，对有明确症状的旅客立即启动"120模式"，直接由120车辆转运至指定医疗机构诊疗；对症状不明显但有旅居史、风险较大的旅客启动"130模式"，直接转运至指定隔离点，集中采样，根据检测结果，再做后续处置。

在此前的新闻发布会上，上海海关披露，上海目前每天国际进港航班约55架次，入境人员约1万多人。现在，海关工作人员已经满负荷运转。截至目前，上海海关已从全关范围紧急调配关员支援空港一线。由原编制在岗的500人增加到了1339人，24小时不间断运作，全面强化口岸现场的检疫力量。

根据目前的最新消息，为遏制境外新冠肺炎疫情输入风险高发态势，中国民航局发布通知，进一步调减国际客运航班运行数量：国内每家航空公司经营至任一国家的航线只能保留1条，且每条航线每周运营班次不得超过1班；外国每家航空公司经营至我国的航线只能保留1条，且每周运营班次不得超过1班。

对此，已经连轴转的海关工作人员坦言："上海口岸承担了全国非常大的入境量，现在我们24小时不眠不休，几乎都是超负荷在运作。"

（原载"浦东发布"微信公众号2020年3月27日）

一面严防疫情　一面恢复经济活力

浦东经济肌体出招增强"免疫力"

浦东时报　王　延　杨珍莹　张诗欢　许素菲

距离 2 月 10 日企业复工的日子越来越近，作为浦东的重要"经济肌体"，以往人流较为密集的金融城楼宇、产业园区和大型企业已经积极行动起来，采取各种措施落实包干责任，主动增强"免疫力"，一面严防疫情，一面恢复经济活力。

进门测温　全楼消毒　错峰上班
"陆家嘴三高"多管齐下迎复工

昨天，记者走访金茂大厦、上海中心大厦、环球金融中心等几座陆家嘴区域的超高层建筑了解到，大楼的物业采用了进门测温、全楼消毒、关闭部分入口、实名登记、鼓励租户错峰上下班等举措，多管齐下开展防疫工作。

疫情发生后，金茂大厦严格落实"逢人必查、逢车必查"的管控措施。大厦关闭了一半的租户出入口，并对所有进入大厦的人员实施体温检测。大厦的车库入口处也都设置了测温点，对所有进入大厦的车辆驾驶员及乘客实施体温检测。

记者看到，对于已经复工的金融机构，大厦已经全部落实了人员信息登记，不在名单内的不得进入大厦复工。对于进入大厦的访客，则要求租户提前反馈访客信息，同时采取大厦、租户双方确认信息的方式加强监管。

上海中心在公共大街、办公大堂等人员密集、流动频繁的重点区域，调整人员进出动线，设置 7 个测温点，通过红外热成像体温快速筛检设备和手持测温枪，逐人测量体温，逐个登记详细信息，全面把住进出大厦体温检测关。上海中心还重新规划了人员进出动线，在进入办公区域的测温点设置了缓冲区域，地上每间隔1米贴上黄线拉开间隔。同时根据租户所在的不同楼层划分成对应的测温区，提高通行效率，尽可能减少人群聚集。

环球金融中心也关闭了大部分出入口，只保留了少数几个。出入口的新型自动门以及自动门后的蛇形通道组成了缓冲区，进入大楼的人员须经过体表测温正常后方可进入大楼内。三座大楼均设有临时隔离间，若发现疑似症状的人员，可先进入临时隔离间，同时报告辖区防疫办处理。

消毒工作是防疫工作中的重中之重，几座大楼也分别出台了相应规定。

在办公期间，金茂大厦每小时都对楼内公共区域进行消毒，夜间还会对后场及客户楼层走道进行全面消毒。上海中心准备好了消毒液、免洗洗手液等防护用品，放置到前台、出入口、办公室等区域，供大厦员工、租户、访客等随时取用。环球金融中心除入口测温之外，还要求所有进入楼宇的人员必须戴口罩，物业管理人员负责现场巡回消毒擦拭，且空调系统也完成消毒。

据介绍，面对2月10日企业复工，金茂大厦计划分4个时段错峰上下班和用餐。目前，大厦已经关闭了集中用餐区域，同时还设有快递中心和邮件中心，针对所有快递及信件，必须经过快递中心的安检和消毒，才能加盖安检章，并由专人统一配送。

上海中心则进一步加强与大厦租户内部沟通，逐户发放疫情防控工作告知书，组织签订人员摸排情况承诺书，全面掌握各租户自有员工和外包员工健康状况等。

全面排查物业　管好青年公寓
张江与外高桥园区防疫出实招

"为更好地做好新冠肺炎疫情防控工作，现特在全体党员中征集志愿者。"一则《第二批志愿者招募书》2月3日晚一发到"张江高科党员群"，群里立马形成了"接龙"的态势，一个个"我报名"迅速显示，不到10分钟，名额就被"一抢而光"。第二批志愿者将与此前的第一批志愿者和突击队成员们一起，做好张江高科所负责的园区物业防疫工作。

记者了解到，自上海启动重大突发公共卫生事件一级响应机制以来，张江高科党委就迅速成立了张江高科895先锋站突击队，在疫情防控第一线充分发挥党支部的作用和党员的先锋模范作用。截至2月3日，仅8天时间，突击队成员共计排摸排查张江科学城西北区、集电港区域各类项目181个，各类企业1900余家，各类人员11.27万余人，近200万平方米的物业面积。随着第二批志愿者的到岗，张江高科正全面做好准备，奋战在"返工潮"的防疫第一线。

连日来，外高桥集团股份系统各单位根据自身管辖区域不同情况，积极开展针对性的防控工作，把控好风险点，为即将到来的复工做好准备。在园区管理方面，公共区域和办公楼宇定时进行日常消毒；在办公楼宇入口处设立体温测量点，做到严格把控；要求餐饮单位在员工上下班和进出货时做好体温检测。

针对提前返沪并已入住外高桥青年公寓的员工，外高桥集团股份加强防控措施，增加人员配备；入住时严格审查，核对员工外出信息，测量体温；严格上报制度；除了公共区域加强消毒外，还增加对公寓内设施设备的消毒等。同时，将公寓4楼作为应急隔离区域，现场由物业24小时值班，如发现有人员体温异常、身体不适等情况立即启动预案及时隔离。

员工延期返岗　鼓励远程办公
龙头企业视员工为最宝贵资产

作为集成电路制造的龙头企业，中芯国际需要确保全年365天、24小时工厂生产正常进行，以满足客户的产品代工需求。1万多名员工是中芯国际最宝贵的资产，他们的健康更是中芯国际关注的头等大事。

疫情发生以来，中芯国际管理层迅速成立特别工作小组负责开展疫情防控工作，指导全体员工在假期进行有效自我防疫，并与各地政府、防疫机构建立了畅通完善的联络机制。随着疫情进一步发展，该公司严格遵照要求，安排员工延期返岗，鼓励实施远程办公。

同时，在各地厂区和员工生活园区采取必要的安全措施，严格进行人员体温检测、办公区域消毒等。各级组织实时掌握员工的返乡情况和身体状况，开通人力资源热线解答员工的疑问，为返岗安全做好充足的准备。

在大量扎实、细致的疫情防控工作下，中芯国际及其供应链已正常运转，各地产线按计划持续进行生产运营。截至目前，员工尚无感染病例发生。

与中芯国际一样同在张江的音频分享平台喜马拉雅是上海本地互联网企业代表，拥有员工近3000名，遍布全国各地。喜马拉雅暂定2月10日复工，身处疫情重点地区的员工留在所在地，2月10日起远程办公。

1月22日喜马拉雅即出台了疫情应急预案，并第一时间成立抗疫专项小组。从假期至今，抗疫专项小组成员克服异地困难，充分利用互联网线上沟通优势，对春节期间进出疫情重点地区的员工及其家属的身体情况，采取强登记制度并每日更新动态，责成专人报送至上级主管部门。

记者了解到，喜马拉雅位于上海、北京、成都、西安、扬州等地的所有办公场所均已进行消毒灭菌，复工后，公司将进一步为员工提供应急物资有效防控。

喜马拉雅不仅对内严把"防控关"，对外更是运用自身技术优势和内容优势，不间断为公众筑起"防护墙"。春节以来，喜马拉雅还积极推出多重举措，丰富用户假期精神生活，让用户安心宅家。

（原载《浦东时报》2020年2月7日）

苏醒

浦东时报　洪浣宁

本周的每一天，城市都在逐日苏醒。

周一早晨 8 点不到，龙阳路地铁站已经排出了 5 排限流栏杆，走在蛇形通道里的乘客步履匆匆，前后之间仍保持着一定距离。这天一早，中建八局装饰公司工程管理部经理唐伟伟复工了，和很多从外地返沪的人一样，他进行了为期 14 天的隔离，但他此前一个月的临时身份有些特别：八局装饰武汉雷神山医院建设指挥部总指挥长。还是这天，晚上，我们的摄影记者拍摄了一张华灯初上、车辆川流不息的照片，从远处望去，浦东杨高南路龙阳路立交上的车灯星星点点，光线拖曳出的残影连成了一条河。

周二，首批复工的专业"Tony"发型师陆续上班，测温、涂免洗洗手液、戴上一次性手套、展示健康随申码、留下名字电话……完成一套防疫流程后，预约好的顾客才可以进店，理一个心仪的发型。这天上午，金桥镇境外人员服务站升级为移民融入服务站重新挂牌，在闭门不出的这段日子，服务站协助居委一起帮助外籍居民预定口罩，教会了他们在网上订菜，还在外籍居民间发起了一项名为"给中国的情书"的活动，高中生伊冯娜·陈是这么写的："每当我拼写'上海'时，我的心中就会充满一种自豪感和温暖感。"这天晚上，远在武汉的上海市第八批援鄂医疗队里，雷神山医院临时党委第七党支部大会一致通过，来自上海市第七人民医院的张舒、胡双双入党。

周三的好消息首先来自就业领域，浦东启动"减负稳岗扩就业"系列服务，同时，已经有 900 万元贷款发放给了受疫情影响的小微企业，36 家创业示范孵化基地的 2574 家小微企业获房租减免。文化方面的好消息在下午接踵而至，知名书店"方所上海浦东"下半年将亮相陆家嘴滨江，经营面积近8000 平方米，既是文化会客厅，也是都市文化综合体。

周四的日子不同寻常。3 月 5 日，第 57 个"学雷锋日"，也是第 20 个中国青年志愿者服务日，早上 9 点，照例是银泰花园小区志愿者姚媚的执勤时间，从 2 月 19 日响应花木街道号召，报名成为"一小时公益"志愿者后，姚媚已经连续半个月，每天风雨无阻地在早上 9 点到岗。在战"疫"的日子里，浦东 3 万余名注册志愿者投身一线防控，社区防疫志愿服务项目开展近千个。许许多多平凡普通的浦东人，用实际行动传承、践行着雷锋身上的宝贵品质：信念、大爱、忘我、进取，尽己所能、帮助他人。

周五早上 7:40，中国商飞浦东生产线第一架 ARJ21 飞机在浦东机场起飞，3 小时 50 分钟的飞行后顺利着陆，完成首次生产试飞。这标志着 ARJ21 飞机第二条生产线——浦东生产线，从部装到总装再到生产试飞的各环节已经完全打通。"蓝天梦"在浦东变得越来越扎实。

周六的浦东再次登上了晚间的新闻联播：35 项重大工程集中复工，总投资 418 亿元，为疫情发生以来上海最大规模。大规模复工如何保证防疫到位？现场工作人员说了，对低风险地区返沪人员实施点对点包车服务，直送工地；根据项目不同阶段，实施"按工序、分批次"有序复工，避免聚集；人员进场后，落实实名制、人脸识别、持证上岗、每天测温。

今天是周日，但很多人仍然不能休息，女同胞们也是。疫情当前，她们战斗在医疗前沿，奔走在防疫一线，用专业和坚韧，撑起战"疫"的半边天。今天，我们致敬每一位战"疫"的女性，不仅要送上最诚挚的祝福，还要呼吁，真正尊重和关爱广大女同胞，在过去、在今天、更在未来的每一天。

新的一周将要开启，如同已经过去的日子，一天两次，我们都在等这样两条好消息："昨日全天，上海无新增新型冠状病毒肺炎确诊病例""今天0—12 时，上海无新增新型冠状病毒肺炎确诊病例"。等到了，长舒一口气，没能如期而至，那就咬牙坚持到战胜病毒的那一天！

（原载"浦东发布"微信公众号 2020 年 3 月 8 日）

20 天建成一个"发热医院"

为病人提供更好的医疗服务！小布带你"云参观"

浦东时报　张　琪

2 月 27 日，一座全新的发热门诊留观病房在第六人民医院东院落成。与原有的发热门诊连为一体，发热病人从挂号到诊疗、住院，完全与其他患者隔开，成为一个"院内院"——完全独立的"发热医院"。

小布从六院东院了解到，该院原本只有 8 个发热留观床位。而且，原有发热门诊不具备独立的 CT、DR 设备，发热病人无法做到完全与其他病人隔离。

新小楼落成后，不但可以达到发热门诊留观"五不出门"（挂号、配药、化验、注射、收费）的管理要求，还加上一个"不出门"：检查检验不出门——新小楼一楼设有独立的 CT、DR，发热门诊楼内设有独立的检验设备。

相关感染专家介绍，留观只收疑似病例。正因为是疑似，为了对人民生命安全负责，留观病房必须是一人一间，每间病房相对独立，杜绝交叉感染。

这是如何做到的呢？原来标准病房的新风系统是独立的，与其他房间不连通；负压（空调）系统是独立的，与其他房间不连通；甚至 Wi-Fi 都是独立的，因为整栋小楼是集装箱预拼装模式，每一个集装箱都是金属结构，只能 Wi-Fi 独立。

第六人民医院东院负责基建的工程师徐峻说，这座发热门诊留观病房总面积约 600 平方米，由 28 个集装箱拼装而成，可以提供 10 个独立的隔离病房。

完全独立的 10 个系统，其管道在"屋顶"形成一个蔚为壮观的迷宫，惟其如此，才能达到"封锁"病毒的要求。

徐峻介绍，考虑到临港的台风季，新小楼四周安装的钢制走廊，"既起到了加固作用，又可以分隔成为污染通道、半污染通道、清洁通道"。

来看这座二层小楼里都有啥？第一层配置了专用 CT、DR 检查室；第二层有发热患者治疗观察隔离病房，共设 10 个房间；留观病房按照隔离病房的设计要求，具有独立的医生和患者通道，分设清洁区、半污染区和污染区。

病房设有独立的新风系统，独立空调、独立卫浴间，配置了医疗设备带、呼叫系统、门禁系统、Wi-Fi 和监控探头等设施，配备了中央监护系统、呼吸机、除颤仪等急救设备，实现对留观病人的远程监护。每个医疗区域设有紫外线消毒灯，并设有独立的污水消毒系统。

留观病房都有 AB 两道缓冲门，出入口控制系统采用互锁机制，医护人员授权进入 A 门，完全关闭后 B 门自动打开；所有病房床头、洗手间、护士站、医生办公室都设置便捷按钮，实现一键呼叫、紧急报警功能，保障病人及医护人员安全。

（原载"浦东发布"微信公众号 2020 年 2 月 28 日）

战 "疫" 集结号 | 这些歌、这些诗、这些画，
是师生们贡献的力量……

第一教育　白　羽

这些天来，你一定关注着疫情的动态、心系疫情的发展，尽可能了解相关的防疫知识；你也一定听闻了一线的感人故事，殷切期盼着解除警报的那一天……

新型冠状病毒疫情一直牵动着全国人民的心，也牵动着大中小学师生的心。在这场特殊的战役中，每一个人都是积极对抗疫情的一分子。

学子寒假居家，就是在战斗；

大中小学延期开学，就是最好的防守。

疫情当前，我们有很多值得与彼此分享的东西，它们足以成为我们坚持战 "疫" 的动力。

数天前，"第一教育" 开始面向大中学校师生及家长征集——"你与你身边的战'疫'行动、感想与祝福"，收到了不少老师、家长和学生的投稿。我们了解了很多故事，收获了很多感动。

这些歌、这些诗、这些画，是师生们贡献的力量……

今天，我们把部分内容集结在一起，分享给大家，共同为这场战 "疫" 添砖加瓦，一起加油！

为了声援全民战 "疫"，传递信心和力量，上海浦东新区民办万科学校小学语文老师李思洁改编了歌曲 MV《勇气》。这次在疫情防控的特殊时期，上海浦东新区民办万科学校组织学生用自己的行动，结合实际采取 "隔空传唱" 的创新方式来为抗 "疫" 加油，与祖国同呼吸共命运。

虽没有专业的设备与技术，但上海浦东新区民办万科学校的同学们满怀为武汉加油、为中国加油的心情，用朴素而又真挚的歌声表达着一份牵挂，传递着一份力量，坚信爱暖人间！

让我们来一起听听这首歌吧！

《勇气》改编歌词

终于做了这个决定　坚守在家死守门禁　只要你也一样的肯定

病毒他无法轻易伤害到你我知道闷着不容易

新闻里一直不断提醒自己最怕那数据上升太急

爱真的需要勇气去面对无法呼吸

只要我一个眼神肯定你冲锋陷阵有意义　我们都需要勇气

相信会战胜病魔

人山人海我不认识你　从四面八方送来的爱意如果我的脆弱任性

不小心让病毒入侵你能不能强制隔离

我虽然也担心更害怕传染你爱真的需要勇气

来面对奋不顾身　只要能一起战胜病毒

我的爱就有意义

作为一名小学生，上海市徐汇区康健外国语实验小学二（1）班的唐一祎也用自己的力量和方式投入了战"疫"：参加了爱心捐助和爱心"投喂"；通过画画为武汉加油，为中国加油！致敬白衣天使；还和妈妈一起创作儿歌，在家认真学习、积极锻炼，为宅家的小朋友们鼓劲和点赞。

"我想让更多人的小朋友看到我的画作和听到我的儿歌，一起加入小朋友的战'疫'大行动。"用唐一祎小朋友的话说，"相信在不久的将来，我们又可以自由呼吸新鲜的空气，一起相聚在校园学习和玩耍！"

来听听一祎小朋友的朗诵吧！

《同心战"疫"相伴成长》

上海市徐汇区康健外国语实验小学　二1班　唐一祎

今年寒假不出门　团结一心共战"疫"

防疫知识要牢记　关心时事不信谣　自我管理勤学习　加强锻炼爱劳动

宅家康宝齐成长　春暖花开聚校园

沈阳市大东区杏坛小学教育集团教师赵婷婷写了一首原创诗歌——致教育战线抗"疫"者。

致教育战线抗"疫"者

作者：沈阳市大东区杏坛小学教育集团教师　赵婷婷

一条条微信，织成互联的网，

一则则报告，畅通信息的廊。

一个个举措，建成防御的堤，

一次次行动，筑就平安的墙！

有令必行，是我们的作风，家校平安，是我们的愿望。

教、辅、引、导，是我们的职责，立德树人，是我们的荣光！

战"疫"已经打响，誓言响亮铿锵！

教育人恪尽职守，把党和人民的嘱托铭记心膛！默默奉献，逆风而行，我们为祖国，守护好抗"疫"的大后方！待冰雪消融，山花烂漫，让我们一起笑迎春光！满怀胜利的喜悦，拥抱崭新的太阳！

绘画歌颂医护工作者

"今年的正月十五月亮如往年一样的圆，然而我却久久不能入睡。这么晚了，外面小区门口的志愿者冷不冷？奋战一线的白衣战士都没有床，他们冷不冷？为了共同的目标，他们舍小家，在本该团圆的夜晚，无怨无悔的奉献。"

北京市怀柔区庙城学校教师李秋玲内心感慨万千，于是以"一个医护人员家庭在十五月圆日送亲人去疫区前送别的刹那"为主题进行绘画创作——《为了明日月更圆》，以此讴歌白衣战士和红马甲志愿者。

2月10日，当窗外飘起的小雪，李秋玲关注着不断蔓延的疫情，期盼着白衣战士的喜讯。又拿起画笔创作了《重重隔离、心心守护》。

"在这场疫情中我们希望尽自己的微薄之力，用我们的压岁钱'压碎疫情'"。北京工业大学附属中学李星澎老师组织带领初一（5）班星骥班学子合理支配部分"压岁钱"，向湖北随州市中心医院和随县人民医院两家医院共捐赠4台"无创呼吸机"。

当孩子手中的压岁钱变成了一台台"爱心呼吸机"，孩子们贡献了自己的力量，也表达了对前线医护人员的敬意！

"没有人天生是英雄，只是因为有人需要，他们便选择把危险挡在身前。正是因为有了他们，我们才看到了希望。谢谢你们，最美的逆行者！没有一个冬天不能逾越，没有一个春天不会来临。乌云遮不住太阳，阴霾终将散开。武汉加油！中国必胜！"

——这是徐教院附中七（7）班徐嘉忱写下短文"逆光而行"之中的一段。徐嘉忱还画了一幅"致敬逆行者"的图画，希望借此表达对奋战在第一线的各行各业的逆行者的敬意。

河南省鹤壁市外国语中学高一七班的徐子昂同学马上16岁了，假期里除了写作业就是看看新闻听听音乐。但是，连日来疫情的发展让他坐不住了。一边是病毒肆虐，一边是来自社会源源不断献出的爱心，这让徐子昂既心怀忧虑又心潮澎湃。于是，他用了一个多小时写下了一首具有Rap风格的歌词——《武汉加油》。

徐子昂说："这首《武汉加油》由音乐人Blackfat洪汝超作曲，是我自己演唱，爸妈很支持我，还帮我录了音。希望这首歌能给武汉人民和抗疫勇士们送去温暖、鼓舞和力量。武汉，加油！"

一起听听看吧！

武汉加油！

作曲：BLACKFAT 洪汝超

作词：徐子昂

2020真的很特别的一年中华民族再次经受了历练　春节不是团聚却变成了隔离

本该热闹的街头现在人少车稀

从武汉传出的新型冠状病毒夺走了他们本该拥有的幸福在过年的日子里无法庆祝　他们的处境如此艰难

找谁倾诉　此时在前线　医生冲在前面

是否危险需要白衣天使检验武汉的安全

我们都在惦念

我们一起努力度过这次艰险如今的武汉已经封城

只为在苍茫的暮色中踏上新的征程人们戴上口罩

向病毒吼叫

只为与疫情战斗的硝烟不再升腾

98 年的洪水

03 年的非典

08 年的地震

13 年的禽流感

医护人员救死扶伤穿越危难之间　　只为救好病人　　不分高低贵贱

2020 年爆发的武汉肺炎历经艰难的中国人怎会怕危险

一切都会好起来的

是中国人民一起许下的诺言　　我注视着屏幕上不断增长的数字

不容忽视的增长速度在我面前出示在度日如年的日子里双手合十　　祈求

上天我们能够平安无事

武汉别怕

中国带你渡过难关哪怕步履蹒跚　　也要扬起船帆　　在党的领导下　　带你

翻越栏杆　　走过每一个转弯

（原载《第一教育》2020 年 3 月 14 日）

武汉，你疼不疼啊……

9岁男孩原创民谣，唱得有点让人泪目

第一教育 白 羽

有一年的仲夏，我陪妈妈去了武大东湖又美又大，虽然没有看到樱花……

9岁男孩恩恩独立作词、作曲，自弹、自唱了一曲原创民谣，声音虽稚嫩，语言虽质朴，但曲调朗朗上口、歌词画面感十足。一起参与录制的还有他的双胞胎妹妹爱爱、初初三个孩子一同为武汉加油。听着，听着，不禁有些让人泪目……一起来听听吧！

9岁"小诗人"写歌赋深情

一人包揽这首民谣作词、谱曲、弹奏、演唱的是长宁区愚园路第一小学三年级男孩高渤恩。恩恩今年刚刚9岁半，民谣中描述的故事正是他7岁时的亲身经历。

"两年前，我带着恩恩去了一次武汉。当时正好是夏天，孩子很想去看樱花，但樱花已经凋谢，我们就在武汉大学逛了很久，孩子印象非常深刻。"

恩恩的妈妈告诉小编："疫情发生后，学校征集'战疫'的原创作品，恩恩也想表达自己的心情，可是他不知道写什么好。于是，我便鼓励他，不如从自己的亲身经历入手写一首歌。"

恩恩的妈妈是一名小学老师，平时也参与一些儿童阅读推广的活动。因此，恩恩妈妈一直有意识地引导孩子接触文学，鼓励孩子自主创作。

恩恩也因此爱上了阅读和创作，他平时就有写写小诗的习惯，有些诗歌还被收录到诗集和作文选中。疫情刚发生时，恩恩就创作了一首名叫《蒙面

523

大侠》的小诗，这也是这首原创歌曲的雏形。

有了点子，恩恩开始了自己的创作。

《蒙面大侠》的小诗作为歌词显得太单薄，恩恩重新进行了修改。为了押韵，恩恩又翻了一下午的词典。为了让歌曲更流畅，恩恩反复试唱。虽然学过合唱钢琴和尤克里里，但恩恩并不会记谱，只能先将旋律哼唱出来。好在，恩恩的外公懂乐理，远程协助，帮助恩恩把谱子记了下来。

恩恩写的初版歌词是以"武汉！武汉！加油吧！"为结尾，但恩恩唱到最后，总觉得还缺了点什么，便向妈妈求助。恩恩的妈妈又给了恩恩一个点子，"结尾可以呼应开头，给未来一些期盼和希望"。于是，"到了春天，我们一起去看美丽的樱花"这样一个尾句犹如点睛之笔，应运而生。

有很多人被这首歌感动着，恩恩妈妈将这首歌发布朋友圈后，收获了很多手工点赞："这首曲子不媚俗，不矫情，充满了真挚的心意。太棒了！""我想落泪。这是一个孩子的大悲悯。"让我们再来看看9岁男孩稚嫩的小手写下的歌词吧！

唱给武汉

词曲、弹唱　高渤恩小助手 Joy Amy

有一年的仲夏，我陪妈妈去了武大　东湖又美又大，虽然没有看到樱花
想走走长江一桥，所以我们选了中巴热干面有点辣，一碗只卖七块八
娃娃不叫娃娃，他们都喊我是"伢儿"可是2020这个寒假，长得不像话
武汉，你疼不疼啊……
病毒在爆炸，疫情在扩大然而武汉是个英雄，
面对困难一点都不害怕
白衣天使都不回家　病人一个不落武汉！武汉！
病毒在爆炸，疫情在扩大
然而武汉是个英雄，面对困难一点都不害怕
人人都是蒙面大侠，和病毒一决高下武汉！武汉！加油吧！
到了春天，我们一起去看美丽的樱花

"一家三宝"的故事

看过这首原创民谣的小视频，除了感慨恩恩的词曲创作之外，一定还会被旁边拿着麦克风的小女孩吸引。小女孩表情丰富，一会儿夸张演唱，一会儿握拳加油，是个十足的"小戏精"。恩恩的对面，还有一个短发女孩，专注而敬业地帮恩恩拿着提词板。

这两个女孩就是恩恩的双胞胎妹妹爱爱和初初。

恩恩的爸爸和妈妈是"70 末"、"80 后"独生子女，为了弥补自己童年没有玩伴的遗憾，结婚之前，两人就有计划准备生两个宝宝，并且早早地起好了小名"恩恩"和"爱爱"。

非常幸运的是，恩恩出生 4 年后，一对双胞胎女孩降临啦！借"恩爱如初"的寓意，恩恩的爸爸妈妈给两个妹妹取了"爱爱"和"初初"的名字。有了两个妹妹之后，恩恩的生活丰富了很多。一起游戏玩耍、一起学习进步，虽然时而也有吵闹，甚至打架，但孩子们总能自己解决。

在家里，恩恩还有一块小黑板，每天放学，恩恩都会用这块黑板当起小老师，给两个还在上幼儿园的妹妹讲讲自己当天的学习收获。恩恩还给妹妹写过歌。

三个宝贝相伴成长，总会潜移默化地相互影响。

这不，录制这首歌时，哥哥就说，"怎么能落下两个妹妹"，于是便有了两个特别的小助理。而两个妹妹也很乐于帮忙，甚至录制结束，也尝试自己去弹琴唱歌，虽然仅是乱弹乱唱。

一家三宝，打打闹闹、磕磕碰碰，却火花不断，也很温暖。用恩恩妈妈的话说，"长大以后，这将是他们最美好的回忆，成为彼此的力量！"

（原载《第一教育》2020 年 2 月 20 日）

"宅"家太闷？这所学校的老师将《野狼disco》改成了健身操！一起跳起来！

第一教育　袁曼舒

"来　左边　跟我一起画个龙，在你右边　画一道彩虹（走起）

来　左边　跟我一起画彩虹，在你右边　再画个龙（别停）……"

2019年，一首动感十足的**《野狼disco》**红遍了大江南北。明快的节奏，朗朗上口的歌词，让人听了忍不住一起唱起来、跳起来。

最近，**格致初级中学**的老师们将这首歌曲改编成了**健身操**！不仅编排了更适合同学们在家练习的动作，对歌词也进行了创意改编！

据格致初级中学校长王珏、副校长陈颖介绍，考虑到同学们最近不能外出，编排这套健身操的初衷是希望学生们可以动起来，通过设计更加丰富学生们假期生活，让学生**快乐运动，解放全身**，并在有限的空间内达成锻炼的目的。

"传统的广播操可能比较单调。于是学校的几位老师结合流行热点，编排了这套动感、能让孩子们愿意跳的操。"这套健身操最大的特点是动作简单，**适合初中各年龄段的学生自主学习**；此外考虑到家里地方不大，动作幅度不能太大，于是主要编排了一些手部和脚部的动作。

今年的寒假是个特殊的假期，新冠肺炎疫情牵动着大家的的心，老师们对《野狼disco》的歌词进行了重新创作，表达了**格初师生共同抗疫的信心，一起为中国加油，为武汉加油**。大家不妨跟着唱唱看～

野狼disco改编版

哎别出门，你看这病毒在蔓延，疫情还没结束，快回去吧我们一起做做操，听话啦，回去吧！

心里的话，我想要你们健康，今年冠状病毒，使人心有些不安，在这非常时期，牵动大家的心，我们都在一起，共同抗疫！

这是非常的时期，这是特殊的假期，我们都在家学习，每天早睡早起，健健康康合理安排我们生活作息，规律学习室内运动就跟我们一起！

戴口罩，勤洗手，开窗通风不要走，想要结束这战役，格初学子也努力，不管多难都希望人人坚持到底！

格初动作必须都要整齐划一，来，左边 跟我一起甩甩手，在你右边 画一个圆圈儿（走起），来 左边 跟我一起画个圈，在你右边 甩甩手（别停）。

再有急事儿出门都要戴口罩，别让疫情着了道，我们努力在家呆着为自己，格初加油为中国！

据了解，基于初中学段的学生新奇感较强的特点，参与创编的老师们将健身操打造成了一个系列，设计不同类型的操，每周都会有一个新版本发布，让学生天天有新意，"宅"家不再闷！

一起来听听参与此次健身操创编的老师们对同学们有怎样的**战"疫"寄语**吧！

杨贝妮（生命科学老师）： 在这个特殊的时期，别让疫情抑制了你们的青春活力！请怀揣着积极乐观的态度，和我一起跟着音乐动起来吧，放松身心，将烦恼抛掷脑后，相信一切都会变好～

宋琳婕（体育老师）： 在疫情防控的关键时期，让我们共同做最好的自己，虽然天天宅在家，但也要阳光灿烂，更要欢乐健康，跟着音乐一起动起来，为抗击疫情做出自己应有的努力！

赵帅军（体育老师）： 坚持就是胜利！

焦倩（体育老师）： 学生们一定要摁牢出门的心！

此外，学校还请学生家长**长征医院眼科李玉珍副主任医师**编排了一套**特别的眼保健操**。非常时期，不建议大家做传统的眼保健操，因为可能把病毒通过手部传染到眼部。新型眼保健操，**主要是通过转动眼球，以缓解眼内睫状肌紧张，从而放松眼睛。**（PS. 高度近视的同学们不适合做此套眼保健操）

小编提醒：**"宅"家休息，别忽略了健身运动；线上学习，勿忘保护视力哦！**

（原载《第一教育》2020 年 2 月 16 日）

沪上教师创作歌曲，用歌声致敬抗疫一线战士

第一教育　王佳依　曹轶姗

歌声传递力量，音乐鼓舞人心。沪上的高校、小学教师原创感人的旋律，承载着满满的祝福和战"疫"必胜的信心，用歌声致敬抗疫一线战士。

江城虽遥远，风月却同天

今天，华东师范大学校园原创歌曲《风月同天》正式上线啦！

这首歌的曲作者和演唱者是华东师大音乐学院副教授、青年女高音歌唱家石春轩子，华东师大中文系副教授徐燕婷为歌曲作词。

"江城虽遥远，风月却同天。珞珈山中风虽寒，芳信在眼前……"华师大师生用这样的方式向抗"疫"一线的战士们致敬。

风月同天

词　徐燕婷　曲　石春轩子

寒梅一枝枝，芳草又萋萋，珞珈风月知不知，芳信在何时。

黄鹤楼已空，故人在城中，珞珈山雨复西东，愁泪相与共。

江城虽遥远，风月却同天，四海兄弟同忧患，山一程水一程，万里河山更几程。

白云空悠悠，天际无归舟，珞珈风月知不知，你在我心头。

江城虽遥远，风月却同天，珞珈山中风虽寒，芳信在眼前。

千古多少事，从来多勇士，乘风破浪家万里，山一程水一程，风里雨里又一程。

"这是一个特殊的春节。我感受到每一颗心都是不安的和牵挂的；感受到生命是那样的脆弱，又是那样坚强！"这首歌的曲作者和演唱者，华东师大音乐学院副教授、青年女高音歌唱家石春轩子说，"我们有责任为此战抓紧创作，致敬所有在抗击新冠肺炎疫情战役中的逆行者。"

这首曲子以中国传统五声调式为基础，旋律古朴清新，情感细腻真挚。"歌曲不高亢，但有温暖和坚定的表达，因为我们都相信春天终究会到来。"石春轩子说。

"歌曲主要向所有的逆行者致敬，'黄鹤楼已空，故人在城中'暗指封城后的武汉，唱出了对身在武汉的朋友和学生们的牵挂，而'寒梅'暗喻坚强的品质，相信我们一定能够一起渡过难关。"词作者、华东师大中文系副教授徐燕婷说。

"'芳信'指春的消息，也指好消息，所以歌词前后呼应，'芳信在何时'，'芳信在眼前'，自问自答，我们相信，有那么多的逆行者迎难而上，春天终究会到来。"

战疫期间，这首歌曲的录制采用"云合作"，录音、编曲、混音都在不同的城市隔空完成，石春轩子非常感谢校友和朋友们的帮助，"听说是为战疫而创作的，大家都鼎力相助"。

我们守望相助，心就不会孤独

上海市万里城实验学校的小学语文教师居山植创作了歌曲《武汉，坚强挺住》，"温暖也是一种力量！正如我在歌曲中唱到的，'白衣天使们奔赴前线，带着那份坚定的信念'，我希望这首歌曲能够为可敬的医务工作者们加油打气，用歌声温暖他们。"居老师告诉小编。

武汉，坚强挺住
词曲唱：居山植

当新型冠状病毒蔓延白衣天使们奔赴前线带着那份坚定的信念换回人们灿烂的笑脸啊，疫情总会结束阴霾终会过去我们守望相助武汉坚强挺住疫情总会结束阴霾终会过去我们守望相助心就不会孤独。

新冠疫情，牵动了全国人民的心，大家纷纷以自己独特的方式为武汉加油。尚在寒假中的居山植一直很想做些事情，尽自己的绵薄之力，"但我能做什么呢？我不是医务工作者，不能去前线进行救援"。2月8日，武汉雷神山医院交付使用，更多的医务工作者奔赴"前线"，这也给了居老师创作灵感。

"当时，我的脑海中不断浮现出广大白衣战士挺身而出，用自己的身躯铸成一道坚强屏障抵御病毒的画面；浮现出全国各地、世界各地的人们携手共同加入抗'疫'大军的画面，这些画面瞬间化为音乐创作的灵感，我连夜创作出词曲，赶紧联系工作室进行制作。"居山植说。但疫情当前，居山植无法跟以前一样去录音棚现场录制歌曲，"我跟工作室进行了沟通，最终大家决定采用'**云制作**'的方式，全程通过网络完成"。居山植告诉小编，"非常时期只能采用非常办法，我也是第一次尝试这个方式。词曲创作好之后，我先录制了一个清唱的小样，发给工作室，工作室的老师也很给力，很快制作出了伴奏发送给我，我再进行演唱录音"。

对于"宅家"的居山植来说，录音却成了大难题，"家里没有专业的设备，录制时总是避免不了各种杂音，工作室的老师就建议我用两个手机，一个手机带上耳机听伴奏，另外一个手机录制我演唱的干声（无音乐的纯人声），录制好后，把我的干声发给工作室"。

居山植说，虽然不是第一次录歌，但录制时仍难免紧张，"直到录了第三版，我才觉得比较满意，发给工作室后，他们又连夜合成，在空中完成了这个特别的作品"。

居山植说，他也在网上听到了很多抗疫歌曲，"有的慷慨激昂，有的低沉悠扬，我这首歌是写给医务工作者的，他们的工作非常辛苦，我希望能够通过舒缓的曲调，带给他们温暖，传递正能量"。

歌曲制作完成后，居山植将其上传到了QQ音乐、酷狗音乐等平台，也发布在抖音上，"大家可以免费使用这首歌曲作为视频拍摄的背景音乐，我真心希望能有更多的人听到，传递战胜疫情的坚定信念"。

万里城实验学校的微信公众号也对这首歌曲进行了推送，经过普陀区教育局推荐，《武汉，坚强挺住》还发布在"学习强国"平台的"上海抗疫"专栏。"我不但是语文老师，在学校里也做班主任，开学之后我也打算把这首歌曲教给学生们。"居山植说。

其实音乐创作一直是居山植的爱好，读大学时，他就已经开始了尝试，"我不会演奏乐器，但有了灵感，我就把歌词和曲调录进手机，手机里现在也积攒了很多'素材'"。至今居山植已经写了十几首歌曲，为教师群体写的《园丁之歌》，为孩子们的十岁生日写的《我们十岁啦》等歌曲都广为流传，深受喜爱。

居山植 2008 年大学毕业后来到上海做小学语文老师，"我的父母都从事教育事业，在他们的耳濡目染之下，考大学时我报考了师范专业"。居山植已经做了 11 年班主任，带过二、三、四、五年级的学生，送走了 3 届毕业班，"教语文、做班主任，是我的理想"。他也获得过新教师培训成果（语文学科）展示二等奖，区班主任基本功比赛二等奖，还两次在上海市进行品德与社会学科（现道德与法治学科）课教学展示。

学校即将开始网上授课，居山植说："两周前学校已经通过网上组织老师进行开学准备，我们教研组也开始'空中'备课。以前都是在办公室备课，现在在家里备课，环境变了，也更有挑战。但是我们有信心，结合市、区的课程和学校特色，把疫情期间的教学组织好。"

居山植说，这次疫情也是主题班会的素材，他也在鼓励学生们进行各种形式的创作，"疫情总会结束，阴霾终会过去，我们守望相助，武汉坚强挺住！"

（原载《第一教育》2020 年 2 月 29 日）

我能为战"疫"做什么？这些孩子的答案是……

第一教育　谢　然

杨浦区建设小学的四（2）班孙雨彤是一个"医二代"，春节前孙雨彤的父母便先后投入到疫情防控一线。在家里，孙雨彤除了照顾妹妹，还拿起了纸笔，记录下家里的"最美逆行者"的抗疫生活，让疫情期间多了些温度。

我能为战"疫"做什么？宅在家里的孩子们，给出的答案也让人感动满满，能量满满！像孙雨彤这样，用创意作品的形式，为抗"疫"贡献自己一份力量的孩子还有很多。一篇身边的战疫故事，一张防控疫情的海报，亦或是一首小诗，都汇聚起战"疫"中国必胜的能量。

此次"凝聚战'疫'正能量"活动，由上海市学生活动管理中心举办。活动自2月5日启动以来，受到了广大学生家长的热烈欢迎，孩子们纷纷秀出自己的作品，写下身边的战疫故事，学习疫情知识，让疫情期间多些温度、多些积极，汇聚战疫正能量。

致敬身边的"逆行者"

由于孙雨彤的父母都是上海市发热门诊的定点医院医生，父亲还是呼吸科的医生，春节前父母便先后投入到疫情防控一线。父母双方都奔赴一线，一旦接触到疑似病例，就需要在外隔离，无法回家照顾姐妹俩。

为什么一定要去一线呢？"生命所系，性命相托！这是医生的职责所在，我们义不容辞啊！"妈妈的这番话和以身作则的行动，让孙雨彤体会了什么是责任，什么是担当。"这就是我们家最美的逆行者，他们和千千万万的医务工作者一起，毫不犹豫，挺身而出，战斗在"抗疫"的战场中，用执着和坚守诠释着'爱的奉献'，诠释着'大医精诚'。"

像孙雨彤父母这样身边的"逆行者"的故事，深深地打动每一个人。病毒无情，但是有那么一群人默默地替我们挡住黑暗。他们不顾自身安危，舍小家顾大家，向着疫情前行。在孩子们的作品中，我们看到，这些在抗疫"第一线"的最美"逆行者"们，也许就是我们身边的人。

"2020年初，我们国家出了好多天使，他们战斗在隔离区的最前线，服务在人民群众的最基层……他们还有个共同的名字，叫逆行者。"浦东新区实验小学谢安然在文中这样写道。

居家好少年，我为抗"疫"出分力

静安小学三（2）班的学生蔡洛葳拿起摄像机，当了一回小摄影师。蔡洛葳的爸爸需要参与上海电视台的节目采访，作为公共健康专家说说他对新冠病毒防控的看法。不过，由于要防范病毒传染，所以不去电视台的演播室拍摄，访谈通过视频拍摄方式来进行。蔡洛葳就在家为爸爸当起了摄像师，以实际行动为战"疫"出了分力。

建设小学二年级学生施晨露的父亲是一名国际物流工作者。虽然深知疫情风险，但是施晨露的父亲还是第一时间赶往第一线，加班加点完成急需物资的物流工作。"我也应该长大一点，懂事一点，在家好好学习，帮助妈妈做一些家务，好让父亲在加班的时候少一些担心。"支持父亲的工作，主动分担家务工作，通过这样力所能及的方式，施晨露也参与到战"疫"中，为战疫汇聚更多正能量。

书画海报创作普及知识

"绘"聚正能量，孩子们纷纷拿起画笔，创作有关疫情防控的作品，为疫情防控积聚力量，传递着一分分正能量。

观澜小学一年级学生金裕浩用手抄报的形式，给小伙伴们上了一节科普课。什么是新型冠状病毒？自我防护，应该怎么做？在家里，我们可以做什么？

更多的孩子为中国加油，武汉加油。孩子们在手抄报中写道："同心战疫，共克时艰"，让我们看到了孩子们眼中的世界，也聆听了他们的心声。

"童"心抗疫，最美的祝福

"全国的医生们赶来了，发出踢踏踢踏的声响，每一个脚步都是健康，每一个脚步都是使命。"观澜小学李一淑创作了一首诗歌《春天的声音》，致敬医务工作者。"春天的声音啊，是健康的使命，是生命的希望，是胜利的赞美。"

春天的声音

观澜小学 李一淑

全国的医生们赶来了，发出踢踏踢踏的声响，每一个脚步都是健康，每一个脚步都是使命。

窗外的春风吹进来了，发出呼呼呼呼的声响，每一阵风里都有生命，每一阵风里都有希望。

家里的娃娃跑出来了，发出嘻嘻哈哈的声响，每一串笑声都是胜利，每一串笑声都是赞美。

春天的声音啊，是健康的使命，是生命的希望，是胜利的赞美。

（原载《第一教育》2020 年 3 月 18 日）

高考延期一个月　上海高中学校、高三学生积极应对

"越是难熬的时候，越要锲而不舍"

中学生报记者　魏　黎

3月31日，教育部宣布高考延期一个月的消息传来，本届高三生的复习冲刺多了一个月的"加时"。本报微信后台有考生叫苦，"这一届高三考生太难了"。但，世界永远充满不确定性，我们今天能做到的，就是努力在不确定中找到一种确定，而抱怨并不能改变现状。对于受疫情影响延迟返校的上海考生来说，这延期的一个月或许就是最好的知识储备期。如何做好延期一个月的复习，在高考战场上释放出最大的能量？本市许多学校和考生积极用行动为未来书写预案。

市教委迅速部署：　精准做好各项工作

高考延期消息传来，上海市教育委员会主任陆靖迅速要求各校根据教育部统一部署，加强属地的防疫措施，加强考试组织管理和加强应急准备。

精准做好高考延期的各项工作

上海市教育委员会主任　陆靖

教育部公布了2020年高考时间延迟到2020年7月7—8日的消息，这是一项坚持保障广大考生生命安全和坚持保障教育公平的惠民生的举措，上海市教育系统积极拥护。

高考涉及千家万户，对于考生和家长来说是一桩大事。考生们十年寒窗，孜孜苦读，高考是对考生学习质量的最重要的检验和标志。

今年年初，受到新冠肺炎疫情的影响，考生们所在的中学无法准时开学了。各地政府都想方设法竭尽全力在疫情的特殊情况下为学生们备考创造条件。如上海市充分利用了有线电视、网络等方式，云集了上千名基础教育的优秀教师为学生们授课，同时，上海市的各个高中学校也纷纷发挥自己学校的特长，利用各种信息化手段为本校学生提供具有特色的校本课程，取得了良好的社会反响。但在线教育毕竟是一种新的探索和尝试，从毕业班学生的心态来看，在线学习与在校课堂学习和复习还是有一定的差异。按照传统习惯，考生若没有一定量课堂实战练习和时间的保证，就参加高考，心理上难免存有不踏实和匆忙。虽然，近期各地各校高三毕业班都在陆续复学，但若6月初就按原定时间举行高考，考生们的普遍心态是时间紧，复习任务繁重。现在，教育部适时公布了全国高考时间延期一个月的方案，及时回应了社会的关切，最大程度地减缓了全国考生和家长的焦虑感，有利于考生们以更积极和更主动的姿态投入到高考的复习准备中。同时，作为省级教育行政部门和各高中阶段学校，也可充分利用这多出来的一个月时间，总体谋划从现在到7月初的教育教学工作，将对学生近期的学习状况进行科学评估，在此基础上安排好后一阶段的教学，力争让考生在3个月的时间中有更大的收获，能以饱满的精神状态和良好的心态参加2020年高考，取得满意的成绩。

我们也会根据教育部的统一部署，加强属地的防疫措施，加强考试组织管理和加强应急准备。

高三生坦然面对： 坚持自律，珍惜当下

对于七宝中学高三生曹骏成来说，这个寒假特别长。他告诉记者，疫情期间，他尽量高效利用学习时间，有规律地学习、生活，"越是难熬的时候，越要锲而不舍。我用保持规律的生活来推进复习进度：6:30起床,7:20早读，接着上网课，参加适度运动，完成作业，安排晚自习。期间，我也做适当放松，比如听音乐，关注疫情新闻，还会抽时间帮学校宣讲活动录制视频，帮学弟妹解答课题等"。

在曹骏成看来，无论高考是否延期，考试总会来临，之前两个月已经按

照复习进度做好各项迎考准备。曹骏成说："无论高考是否延期，对我们同届的学生都是一样的、公平的。延期一个月高考没有很大的意外，在情理之中，有心理准备。"曹骏成表示，病毒无情，但科学家在废寝忘食地研究病理；人生无常，但医疗队争分夺秒地抢救病人、捍卫生命；每一个平安的日常，都有人在替你负重前行，因此，自己更应该珍惜当下的生活，静下心，坚持自律，向着自己理想的院校专业冲刺。在一个月的"加时赛"中，他将跟着学校老师的指导与建议，完善复习计划。

高中学校温情安排： 把"6"变成"9"

一位来自浦东复旦附中分校的家长给本报"上海高招发布"微信公众号留言："在得知高考延期的消息后，孩子学校的校长连夜写了一封信，发到了家长和学生的手里，让人心生温暖又备受鼓舞。"让家长们心生温暖又备受鼓舞的女校长，究竟对考生们说了什么？记者立即深入采访。

浦东复旦附中分校党支部书记兼副校长虞晓贞告诉记者，高考倒计时从60多天变为90多天，学校第一时间给学生和家长发送公开信，是希望帮助学生和家长用乐观、积极的情绪适应变化，鼓励大家锲而不舍，厚积薄发。本周，学校还会召开高三年级组教师会议，计划丰富现有的课堂学习方式，老师们将按照新高考时间重新制订教学计划，课堂教学打算引入更多的学生参与和团队学习方式，让学生自己提炼，自己讲解，自己分析，利用这一个月提升对日后更有用的自主学习能力、发现问题能力、合作研究能力。

告 2020 届同学和家长书

亲爱的 2020 届同学们，尊敬的家长们：

你们好!3 月 31 日上午，我们获知教育部关于延期举行 2020 年高考的消息，相信同学们立在书桌旁的那个倒计时牌立刻就掉了个个儿，把"6"变成"9"，于是我们距离高考的日子似乎一下回到了一个月前的感觉。

还记得当时导师组活动的温馨吗？还记得当时书写的条幅吗？还记得当时满怀信心的激情吗？还记得我们十几位曾经经历过非典和汶川地震后参加

中考和高考的老师们对你们的期许吗？我想，这突然"倒转"的感觉，或许就是我们人生经历的必然。

从2020届同学入学，我们喊过的一句话就是："2020，爱你爱你！"我相信同学们在这两年多中一定能感受到来自家庭、学校、师长和同学的爱，也肯定一度想过，即将毕业，离开这群同学和师长时的那种不舍。现在好了，因为这种偶尔念及的"不舍"，因为2020这个特殊的年份，我们居然可以多一个月相伴的时光！这份相伴，可能有一点点辛苦，因为我们都在爬坡。惟其如此，这份患难见真情的相伴才愈显可贵。

同学们还记得去年夏天我们汗流浃背、腰酸腿疼、气喘如牛，走过龙门，到达南天门的泰山之旅吗？还记得我们在玉皇顶高唱国歌的特别升旗仪式吗？还记得我们唱响云霄的《我的祖国》吗？而这个冬去春来的日子里，全国一心抗击新冠病毒的过程中，很多人付出的努力，承担的风险，都是为了"我的祖国"！

这一个月，我们老师决不会用来让同学们拼命做一个月题目，而是会重新调整教学计划和安排，包括适当调整一些课堂形式。老师们已经决定一周后会在学校开一次实体会议，认真商讨教育教学工作的安排，请同学们放心，也请家长们放心。

这一个月，也请我们的家长们继续做好同学们的后盾。在三月中旬，通过各种问卷调查，我们很欣喜地看到，居家上课以来，家长们对孩子的陪伴和照顾解除了网课的后顾之忧，而我们的同学更是高达98％的比例认为此间与父母相处的融洽度更好了。所以，各位爸爸妈妈，请继续做好你们的家庭生活陪伴，与我们一起珍惜这一个月与孩子相伴的时光。或许以后，即使假期，孩子们也不会再有这么长的时间陪伴在我们身边了。

这一个月，对于所有人都是公平的，只要你继续在奔跑、在努力，不用害怕赶不上，也不用担心被超越。因为人生的路很长，我们一个月是跑不完的，高考更不是我们的终点。

同学们，让我们锲而不舍，厚积薄发！

党支部书记兼副校长　虞晓贞

2020年3月31日

心理老师及时支招： 3个强心锦囊请收好

冲刺备考阶段多出一个月，如何保持良好心态？这对学校、老师、家长和考生都是一次考验。宜川中学心理咨询老师白晓辉指出，这一个月里，学生可能会出现兴奋、焦虑、茫然等不同的心理问题，需要加强疏导。此外，万一遭遇高温天气，斗志涣散或疲于应战等"情绪病"可能成为考生将面对的大敌，需要预先考虑对策，有针对性地调适。白老师给出了3个适用锦囊。

1. 增加正向思考，学会积极暗示

高三生要调整心态，接受既定事实，并找到延期一个月可能带给自己的好处，如因为多了一个月的时间可以更好地查漏补缺、缓冲焦虑情绪等；同时积极暗示自己："这一个月的时间对我非常重要，我要好好把握，这是我实现梦想的契机。"

2. 重新制订学习计划表，调整复习范围和深度

根据自己的实际情况制订切实可行的计划，合理安排复习时间；根据完成的情况对计划进行适当的调整；保证休息时间和睡眠质量。

3. 行动起来

由于疫情的原因，沪上高三生还没有开学，此阶段学生的时间管理、自我约束非常重要，所以每天要按时起床、睡觉；按计划学习，清作业单。立即行动，高质量地完成学业，更加重要。

高考会延期，但人生不会重来。愿你有足够的知识储备，在应对世界的挑战时，不至于惊慌失措；愿你有果敢的行动措施，在抵御人生的风暴时，不至于举棋不定；愿你也能像今天为我们而战的人们一样，胸怀责任，肩负使命！

（原载《中学生报》2020年4月10日）

全民抗疫也有我

中学生报记者　孟　莹

新冠肺炎疫情爆发以来，全国人民众志成城，共渡难关。许多人"逆行"而上，许多人在岗位上坚守，还有一批上海中学生，也在这场战疫中书写着勇敢、奉献、责任——

积极捐赠抗疫物资
辗转求购 100 个口罩

寒假开始的时候，新冠肺炎病毒开始肆虐。每天都有新增的确诊人数，许多医院的防护物资面临短缺……这样的新闻，牵动着上海中学生的心。

建平中学南校预备（2）班的秦林田政同学，在和妈妈聊天时得知：全国的防疫物资都很紧缺。与妈妈相识的一位阿姨发朋友圈求助，说她所在的医院急缺防护用品，急盼找到渠道购买或得到捐助。秦林田政马上告诉妈妈，希望用自己的零花钱购买一些口罩，捐赠给这位阿姨所在的医院。

妈妈很支持，立即找朋友四处打听，终于找到淮安的一家医用口罩厂。但是，当时这家口罩厂生产的口罩全部送往武汉，不另行售卖。听到这些，秦林田政有些沮丧，但他没有放弃，自己打电话给对方，恳切地征询：自己是上海的一名初中生，想要自费购买一些口罩送给医生，钱不多，购买量不大，能否请厂家"破例"？秦林田政的诚意，打动了对方，最终如愿购得 100 个医用口罩。

收到口罩的第一时间，秦林田政就把它们快递到医院，希望奋战在抗疫一线的医护人员得到更好的防护。收到口罩后，医院给秦林田政发了捐赠书，感谢他为抗疫作出的努力。可秦林田政不觉得这有啥值得感谢的，他说："我们自觉居家不出门，把口罩送给医生护士才更有价值。"

（原载《中学生报》2020 年 4 月 27 日）

悠长假期忙于"抢购"口罩

中学生报记者　王亦斐

市西中学 2019 级文科班的黄雅伦同学怎么都没有想到，日盼夜盼的寒假和全家人的美国之旅竟是如此不一般。

在美国的半个月里，黄雅伦没顾上休闲享受，而是全家人出动，通过实体药店购买、网购、朋友代购等方式，费了九牛二虎之力，最终买到了 800 余个医用口罩。

有了口罩，向哪家医院定点捐助呢？武汉抗疫一线的医院肯定是首选，而浙江作为当时除湖北以外确诊病例最多的省，抗疫形势也十分严峻。综合需求、配送各方因素，尤其为了确保口罩能及时送达一线医务工作者，黄雅伦和家人最后选定了浙江大学医学院附属第一医院，并迅速落实了捐助渠道。

接下来是如何带口罩回国，800 余个医用口罩虽然不重，但是体积很大。由于采买时有许多是零碎包装的，因此还需要自己整合、打包。临近回国时，正碰上大雾天气，不能如期回国。被困在旧金山的黄雅伦一家，一连几天忙着分装、打包，而国内日益严重的疫情让他们焦虑不已。

当美国取消 2 月 2 日之后飞往上海的航班后，黄雅伦一家人再也按捺不住，当机立断买了 2 月 1 日最后一趟回国航班的机票。2 月 2 日晚，黄雅伦一家四口终于带着 800 多个医用口罩抵达浦东机场。2 月 3 日一早，他们又不辞辛劳，驱车前往浙大医学院附属第一医院，第一时间将这批紧缺的医用口罩送到了奋战在抗疫一线的医护人员手中。

回想起这半个月的美国之行，黄雅伦说，自己和家人"仿佛一直在与时间赛跑"，心中只有一个念头：尽己所能，支持奋战在一线的医护人员，支持举国动员的抗疫行动。

（原载《中学生报》2020年4月27日）

写歌为"抗疫"鼓劲

一首《火焰》献给"逆行者"

中学生报记者　孟　莹

今年春节，浦东新区唐镇中学初二学生王唯翰关心的不是吃喝玩乐，而是新闻中那些触目惊心的数字和战斗在抗疫一线的白衣天使们的安危，因为王唯翰的爸爸也是一名医生。

王爸爸每天去工作时，都会穿着厚厚的防护服，并且戴着护目镜。看着爸爸的眼睛，王唯翰就会联想起那些在一线忘我奋斗的医护人员，他们的双眼都是如此明亮，像一簇簇火焰，散发着无尽的光芒，给病人带来希望，为病人带来温暖。于是，一首歌就在王唯翰脑海中诞生了——感动我们的那些明亮的双眼，像一簇簇热烈的火焰，为共和国把希望全部点燃……

在学校老师的帮助下，王唯翰几经修改，终于完成了歌曲《火焰》的录音。它表达出王唯翰对钟南山、李兰娟院士以及众多医务工作者最诚挚的敬意。

（原载《中学生报》2020 年 4 月 27 日）

身穿防护服的爸爸像 "大白"

中学生报记者　王亦斐

寒随严冬去，春上枝头来，在全国人民的努力下，我国的抗疫工作取得了阶段性重要成效，人们的生活逐渐恢复正常。在这场抗击新冠病毒的战争中，"逆行者"成为最为动人的称呼，他们中有医护人员，有社区工作者，还有警察、老师……疫情袭来时，他们挡在我们身前，冲在战疫一线。这些英雄就在我们身边，无论是在抗疫期间还是在将来，他们的故事、他们的精神，我们都不能忘怀。

随着武汉疫情得到控制，上海援鄂医疗队和相关专家陆续启程归来。市西初级中学初二（3）班赵彦哲的爸爸赵雷就是其中一员。春光烂漫日，正是英雄凯旋时。清明节放假期间，赵彦哲的爸爸平安回家了！

在抗疫一线战斗了35天，返沪后又隔离了14天，这是赵彦哲印象中和爸爸分开时间最长的一次。在担心爸爸安危的同时，赵彦哲也充满自豪感，在他眼里，每天穿着白色厚重防护服奋战在抗疫一线的爸爸，就像机器人"大白"，在需要他的地方，尽自己的一份力，守护生命。

抗疫战火急　勇士 "逆" 出征

赵彦哲的爸爸赵雷是上海交通大学医学院的专业课教师，在基础病理学领域有着相当丰富的工作经验。2月17日，他加入"逆行者"队伍，和其余5位专家组成"侦查小分队"，奔赴武汉对新冠肺炎进行病因及病理分析。

得知爸爸要去武汉，赵彦哲有点意外。一来爸爸并非临床医生，二来从接到通知到出发只有15个小时。赵彦哲回忆道："我和妈妈非常担心爸爸，因为这是一项风险很大又极为艰巨的任务。"

接到通知 1 个小时后，爸爸便赶到瑞金医院接受防护培训，赵彦哲和妈妈则在家为他打包行李。母子俩把家里所有的 N95 口罩和医用外科口罩都装入了爸爸的行李箱，还有莲花清瘟胶囊、暖宝宝、方便面和巧克力饼干……"上战场前要做好充分的准备。"赵彦哲说，"妈妈不停地问我，爸爸还会需要哪些东西，生怕漏了什么。"

第二天早上 6 点多，爸爸离开了家。在牵挂中，赵彦哲和妈妈度过了难熬的一天。晚上，赵彦哲在电视新闻里见到了爸爸的身影，站台的工作人员排成一列，向载着爸爸和专家们的列车敬礼，那一刻，赵彦哲的鼻子有点酸，内心却骄傲无比。

在武汉，工作繁忙，爸爸每天都是见缝插针地用微信和家人联系，偶尔忙里偷闲会和儿子视频一下。赵彦哲总是关心爸爸累不累，防疫物资够不够。赵雷则关心儿子网课上得如何，有没有加强体育运动，有没有帮妈妈多做一些家务。

"知道爸爸在武汉一切都好，上海的后援保障很到位，物资很充分，我和妈妈就放心了。"赵彦哲还收到了爸爸发来的几张工作照，照片上的赵雷总是穿着厚厚的白色防护服。"在我心里，爸爸看起来就像电影《超能陆战队》里的机器人'大白'——正在一个更需要他的地方，尽自己的一分力，守护生命。"赵彦哲说。

去时花未开　归时春满城

爸爸不在家的日子，赵彦哲变得更加自觉了，每天"打卡"网课，认真学习，按时完成学校布置的作业，还主动分担家务。此外，对赵彦哲而言，每天最重要的事便是准时收看电视新闻，不错过每一条有关疫情的消息。"爸爸不在家，总觉得家里少了点什么，总盼着他早日平安回家。"赵彦哲说。

3 月 22 日，爸爸所在的"侦查小分队"终于回沪。"我离开的时候，武汉基本没有新增新冠肺炎确诊病例了。"赵雷告诉记者，35 天前刚到武汉，路上的车子很少，基本看不到行人，但在回上海前的那一周，路上的行人和车辆都多了，防疫卡哨全部都撤了，一些商店也开门了，还可以看到快递员、外卖小哥在路上穿梭，整个城市又恢复了活力，这让他非常高兴。

最让赵雷印象深刻的一件事是，在国家卫生健康委办公厅、国家中医药管理局办公室印发的《新型冠状病毒肺炎诊疗方案（试行第七版）》中，增加了病理变化内容，这正基于"侦查小分队"的工作成果。"这一消息实在是振奋人心。"赵雷说，"让我们觉得自己的工作是很有意义的，我们的付出都是值得的。"

心里话　爸爸，我为你骄傲

没想到小小的病毒会把我们的生活搅得天翻地覆。面对这场战争，习爷爷说，只要我们坚定信心，同舟共济，科学防治，精准施策，我们一定会战胜这一次疫情。没错，在抗疫过程中，我看到了中华民族的凝聚力，看到了中华儿女的爱国心。

我觉得我们要学会感恩，感谢驰援武汉的医务人员，他们冒着生命危险在防疫第一线，把病人从死神手里抢救出来；感谢奋战在抗疫一线的所有人，包括工人、警察、快递员等；感谢向湖北和武汉捐赠物资的个人和机构……我们还要感谢武汉人民，爸爸一直和我说，武汉人民很了不起，他们自觉配合防疫工作，为抗疫作出了巨大贡献，付出了很大牺牲。

此外，我很想对爸爸说："你能够站在祖国抗疫第一线，为抗击新冠肺炎疫情做出贡献，你的儿子为你感到骄傲！"

赵彦哲

挺身而出的平凡人

疫情期间的一个晚上，天气寒冷，大雨倾盆。从外地返回上海的路上，我被困在车里，心情非常烦躁。终于轮到我们进入高速公路体温监测点。道路一旁停靠的警车和救护车严阵以待，两个身穿黑色雨衣的工作人员迅速来到我们车边。我摇下车窗，一股寒风扑面而来，豆大的雨点飘进车内，我不禁打了一个寒颤。"你是从哪里来的？请出示身份证，现在要给你测量体温。"一个温暖且带有一丝疲惫的声音从面罩下传来，我看到雨水模糊了她的护目镜，手也冻得发红，显然她已经在这里工作了很久……回家的路上，那位工作人员的身影在我的脑海中久久挥之不去。她此刻本可以和大多数人一样在家享受春节的欢乐，她却选择"逆行而上"，为抗疫坚守着，战斗着。

"没有从天而降的英雄，只有挺身而出的凡人。"正因有了一个个平凡人的坚守和付出，我们才会对明天充满希望。黑夜已至，道路两旁灯火闪烁，照亮着我们前进的道路，带给我温暖和希望。

西南模范中学　初三（7）班　董晓赟

不惧困难的逆行者

我的妈妈是一名医务工作者。新冠肺炎疫情期间，妈妈作为医院的骨干被派往武汉第三医院。从此，她有了一个新的名字：逆行者。

妈妈走后，我和爸爸扛起了家里所有的事。妹妹还小，我便开启了"带娃"模式，爸爸则承包了所有的家务活。想到正冒着生命危险在抗疫一线忙碌的妈妈平时这么辛苦，我心里更不好受了——平日里，做家务、照顾妹妹都是妈妈的事。

妈妈在武汉工作时，要穿着厚厚的防护服，戴着勒得紧紧的防护口罩，常常七八个小时不吃不喝，甚至需要穿着尿不湿。虽然很辛苦，但妈妈从没有向我们抱怨过。

看到妈妈努力的样子，我突然明白了"逆行者"这个词的含义：在他人遇到困难时，在国家需要时，他们会不惧危险挺身而出，逆行而上……

华航第二中学　七（1）班　姚之予

默默奉献的守护者

我妈妈是一位幼儿园保健老师，作为园方和学生家长之间的关键联系人，抗疫期间，妈妈一直在默默付出。为了织就联防联控、群防群控的"铜墙铁壁"，她24小时待命，全面摸排幼儿信息，随时了解其行程，精准掌握他们的健康状况。为了让幼儿度过一个安全而有意义的寒假，她放弃了休息时间，通过各种渠道与家长和幼儿互动。

如果说那些赴湖北援助抗疫的医生、专家等是"逆行者"，那么像我妈妈这样坚守岗位、默默奉献的普通人则是"守护者"，在这场和病毒的战争中，他们都是最可爱的人。

华航第二中学八（4）班　苏晨岳

（原载《中学生报》2020 年 4 月 27 日）

网课也精彩

中学生报记者　孟　莹

根据国务院、教育部及上海市的相关要求，从 3 月 2 日开始，本市中小学开展在线教育，学生不到校。网上上课照样可以很精彩，各校师生纷纷挖掘身边的资源，上出了别样精彩的网课。

笛乐团直播课练成云齐奏

你能想象 63 支笛子云齐奏的壮观场面吗？虹口区青少年活动中心笛乐团的同学们以一曲《万里长城永不倒》，为抗疫一线的"白衣长城"加油。

武汉的疫情牵动着大家的心，笛乐团的同学们原本每周一次的排练也难以实现。乐团指导老师谢天号召同学们共同用笛声为祖国呐喊助威，为奋斗在一线的工作人员加油！"云齐奏"的大胆设想就这样诞生了。

《万里长城永不倒》是谢天老师很喜欢的一首曲子，选这首曲子，正如歌词中写的，"万里长城永不倒，千里黄河水滔滔"，我们祖国在这次疫情面前，所有人上下团结一心，用爱搭建的"万里长城"坚不可摧。

与平时在活动中心的排练不同，宅在家里，每名同学都是单一的个体，而作为"云"齐奏，最难的是"齐"字。乐团中 ABCDE 班加起来一共有 63 名同学参加录制。这首乐曲一共分了五个声部，谢天老师首先把这些声部的演奏注意点都标在谱子上，并根据每位同学水平的高低，具体分配到哪位同学吹哪个声部，然后在网络上进行云教学，把各个注意点都仔细跟同学们强调，以保证他们演奏的规范性，做到音频制作的万无一失。

五个声部，乐曲编配上没有依赖单一旋律声部，而是采用交替的方式呈现音色变化的美感，"精准"就成为成功的第一难点。经尝试，谢老师教同学们采用节拍器加录音的方法，一边戴着耳机，一边演奏。为兼顾音准，右耳还要漏出一半随时监听自己的演奏，所以视频里大家都戴着耳机。

除此之外，还有许多大大小小的问题，比如面对镜头不少同学会紧张，经常吹错，反反复复录了好几遍；有些同学年龄小，短时间内不能把谱子背出来。谢老师耐心地倾听，纠正同学的问题，鼓励他们不要害怕犯错，谱子背不出可以看谱吹奏。

有些同学因为疫情突然，没有带相应调的笛子回家，还有一些同学因为学笛时间短，仅有一支 F 调的笛子，无法直接演奏该曲，谢老师就教他们通过笛子转调改变指法来吹奏，还专门开了直播课讲解演奏的方法和要点。

终于，困难都被同学们的满腔热情克服，一切辛苦都化为对武汉战胜疫情深深的祝福！《万里长城永不倒》的云齐奏合成了！

社团活动也能上"云端"

你以为网课就是老师讲，同学们被动听？错错错，光明中学把社团活动搬上了互联网，学习范围一下子扩大了。

上个月起，光明中学开启了"云社团"，还有神秘嘉宾"空降"呢！神秘嘉宾是主播曹毅。曹毅曾在上海电视台（SMG）第一财经实习主播，是上海市徐汇区有线电视台、长宁区融媒体中心的主持人，他还是江苏省艺术高级中学的特聘台词教师。

在光明中学的首场"云社团"活动中，曹毅老师以"空中飞行员"的身份，入驻光明中学的戏剧社，为大家带来一场干货满满的戏剧直播课。

高一（3）班的庄怡同学是名戏剧爱好者，她告诉记者，虽然缺少了"面对面"的环节，但"云端"一样可以让大家感受到声音的魅力。曹毅老师教同学们夸张地练习四字成语，把每一个字都读得尽可能饱满，这样可以让台词功底更扎实。当同学们问如何练习配音、有没有一些配音的方法和技巧时，曹老师说可以通过模仿一些感兴趣的动画片主角的声音或者寓言故事中具有代表性的人物，尽量模仿人物声音的细节。曹老师当场模仿了熊二和蜡笔小新等角色，惟妙惟肖的表演让人仿佛"声临其境"。

光明中学开启的"云社团"线上活动，也得到了海内外校友们的热烈反响。

远在法国求学的 2017 届毕业生李豪同学特意空中送歌，送来了最新创作的《光明进行曲》，鼓励学弟学妹们。

李豪说，最近他一直在创作以"光明的太阳"为主题的交响组曲。由于疫情的影响，同学们只能通过"空中课堂"接受远程教育。远在法国的他，特地创作了这首《光明进行曲》，希望光明学子们能够在新学期里蓬勃发展，天天向上。

校长穆晓炯表示，希望"云社团"的线上活动，不仅能丰富同学们的"宅"家生活，也希望有越来越多的"李豪"延续下去；同时，也欢迎海内外的校友们积极加入进来，共同抗疫，"宅"出精彩！

学校社区携手打造"特殊教室"

网课开始后，你家的日常一定是手机、Pad、电视齐上阵，父母长辈齐出马，一派热闹。可是我们的同龄人中却有人既没有父母的陪读，也没有电子设备，"线上学习"似乎成了遥不可及的难题。浦东陆行中学南校预备年级就有这样一名同学小吴，他父母都是残障人士，家里既没有网络，也没有智能手机和电脑。

得知这一特殊情况，刘明诚校长要求学校各部门"马上问清情况，如果确有困难，要全力解决，确保学生能够在线上课"。

学校杨莉书记闻讯快速行动，第一时间与金杨新村街道党群服务中心取得联系，寻求街道和居委的帮助。

短短半天时间，大家分头行动，让事情迅速有了进展。总务主任黄征老师拿来学校闲置的手提电脑，小吴所在的金台三居委会从本就拥挤的办公场所中腾出一间专门的房间，供他疫情期间"在线上课"使用。

当发现办公网络速度不佳，存在直播卡顿问题时，居委又马上联系东方有线网络公司迅速上门。经过调试，不仅解决了网速问题，还将居委闲置多年的电视机也重新开通了信号，供小吴同学上课使用，这下小吴同学的在线网课有了"双保险"。

学校人事干部黄婷老师得知小吴同学需要一部智能手机，马上捐出自己的闲置手机，解决了小吴同学无法上传语音作业的燃眉之急。

设备齐备，小吴同学还需要学习如何使用。很少有机会接触电子产品的他，电脑和手机操作还不习惯。学校团队干部范晓芳老师承担起了培训任务，试运行期间，她每天来到居委陪同小吴，安装软件、注册账号、登录平台，逐一搞定，再带领小吴一遍遍演练如何进入直播教室，如何参与讨论，如何上传作业，如何发送语音等。

就这样，小吴终于能和其他同学一样，正常参与在线学习了。当他的头像终于出现在班级群组里，当他能够与同学们一起参与各种互动时，小吴同学激动不已。

现在，小吴每天在居委安静的"专用教室"里认真收看网课，居委党总支招募的志愿者丁老师负责全程陪同小吴上课并进行课后辅导；街道残联的志愿者尹阿姨负责每天给小吴送来丰盛的午餐和爱心点心；金台三居的徐敏书记则担当起"大总管"，全方位地保障着小吴在线学习的各项需求。这一切都让小吴和他的家人充满了感激和感动。"我希望，疫情快点结束，再见到同学们时，一定要把我的这段经历，好好说给他们听。"小吴动情地说。

（原载《中学生报》2020 年 4 月 27 日）

用专长服务抗疫

中学生报记者　王亦斐

"免费退票"背后的中职生

为了防范人口大量流动导致新冠肺炎疫情扩散，今年1月下旬，我国的铁路、民航等部门及时发布了"疫情期间免费退票"规定，鼓励民众自愿改变行程，变"探亲游玩"为"居家隔离"。这些及时的"免费退票"举措，起到了"隔离病毒"的积极效果。

一时间，铁路、民航、水运以及相关旅行社的退票业务汹涌而至。上海信息技术学校商务管理系的李美婷、材料与检测系的杜莹莹，就是坚守在"免费退票"服务一线的两名中职学生。今年寒假，她们放弃休息时间，坚守在携程旅行网客服工作的一线。

在接受为期四天的培训后，1月26日，李美婷和杜莹莹正式踏上了工作岗位。两人所在的是携程后台客服的"事件组"，主要负责订单的售后处理，面对的客户要求五花八门，例如：退订、要求赔付、协调出行时间等。

"从早上9点开始，我们每人每天要处理百余个订单，值班4天，我累计处理了400余个订单。"李美婷回忆说。

从一开始的手足无措到后来的逐渐适应，再到熟练地完成订单退订，李美婷和杜莹莹觉得能够结合所学专业，为抗击疫情做贡献，很开心，也很有满足感。"那些最美的逆行者让我深深感动，等我日后正式踏上工作岗位，也要向他们那样敬业与奉献！"杜莹莹说。

"紧急"又"特别"的翻译工作

市西中学地处静安区的黄金地段,不少外国人在这里工作、生活。2月初,石门二路街道希望市西中学国际部的同学能利用英语专长,帮忙翻译防控文件,做好防控宣传,帮助辖区内的外国友人及时掌握防疫信息。

时值寒假,学校的王璐老师通过微信,向国际班高二学生散发"英雄帖"。高二(9)班的薛艾仪、张羽越同学立刻报了名,接受了这一份"紧急"而又"特别"的翻译工作。

应征当天的下午4点,薛艾仪和张羽越就在家正式开始了翻译工作。为了确保准确性,他们查阅资料与官方网站,规范使用医学专用名词。直到晚上8点,两名同学才完成了初稿翻译,并将文件发送给英语组的张蒙老师。次日凌晨1点23分,一份经过市西师生接力完成的翻译定稿,终于交到了街道负责人的手中。

当天的翻译工作虽然结束了,但市西学子却没有停下脚步。同学们通过多个渠道了解到,在静安区的诸多街道都存在这样的翻译需求,不仅如此,静安区的诸多商务楼宇眼看就要在春节后复工,多语种的防疫宣传显得尤为重要。

为此,市西学子正式成立了"战疫进行时,少年翻译官"志愿者团队,成员从国际部扩大到全校范围。大家反响热烈,自愿报名,最终共有40多名师生参与到这项十分特别的"抗疫"活动中。

(原载《中学生报》2020年4月27日)

36小时募集45万元捐款
这群上海中小学生把压岁钱换成爱心驰援武汉

少年日报见习记者　金浩文　记者　顾力丹

就像一片白雪，乍看什么都没有，可是却有无限的生机在其中蕴藏和萌动，等待着春天。这是作为少年，可珍惜的地方。

——林清玄

疫情阴霾之下，

有大爱无疆的医护人员，

有国士无双的英雄，

有坚守岗位的工作者，

还有燃起"星星之火"的少年们。

在上海，几位中小学生将自己的压岁钱汇聚起来，为武汉的医护工作者捐出急需物资，并在短时间内获得了大量同龄人的积极响应。

当星火相聚时，发出的光亮将不再微弱！

这几天，由上海学生发起的倡议书在网络上迅速走红。

上海市实验学校学生王佳希、马远翔，上海市民办新世纪中学田靖雯，复旦大学第二附属学校史韵扬，积极发起并推动"心星点灯防疫"计划。这群来自上海的小小少年，在上海浦东新区一心公益发展中心及上海华侨事业发展基金会工作人员的帮助下，在36个小时内募集到45万元专项资金，采购到了3000套符合国标GB19082－2009的一次性防护服，并准备精准投放到武汉抗疫一线工作者手中。

已经整装待发，准备驰援武汉一线！

小小少年，成就中国希望

当不幸发生时，总要有人负重前行。那一批批去往武汉的志愿者，那些自始至终坚守在工作岗位上的人们，是我们所有人生命中的光。而上海市的中小学生们，也想做一道光，在疫情期间散发属于自己的光亮。

因同为"一心公益"志愿者而相识，上海市实验学校学生王佳希、马远翔，上海市民办新世纪中学学生田靖雯，复旦大学第二附属学校学生史韵扬四人联合发起了"心星点灯·压岁钱计划"，意思是：要想照亮他人，先让自己成为一盏小小的灯火。他们号召所有同龄人捐出自己的部分压岁钱，采购有资质，符合标准的防护服，给一线工作者们送去温暖与爱心。

"心星"之火引发爱心接力

2020 年 2 月 11 日，13 岁的王佳希同学在父母的帮助下找到了防护服供应来源，并发出第一条募捐朋友圈。当晚田靖雯、史韵扬、马远翔相继加入，四人组成了"小分队"，并先后在朋友圈等渠道发出倡议书。

人最初的募捐目标是一百套防护服，消息一经发布后反响热烈，获得了许多同龄人和家长们的支持，在短短两个小时内便完成了最初的目标。这时，四位同学意识到他们的目标可以再"宏大"一些。

2 月 12 日凌晨，"小分队"成员联系到"疫情吹哨人"李文亮医生生前所在的武汉市中心医院，确定了捐赠方案。

2 月 12 日晚六点，队员们经过讨论后决定正式扩大捐款规模，上线腾讯公益平台。在上海一心公益及上海华侨事业发展基金会工作人员的帮助下，队员们于晚上十点完成文案编辑，于凌晨十二点完成线上募集备案。

2 月 13 日一早，"心星点灯压岁钱防疫"项目正式通过上线。

上线 8 个小时后，线上数据显示此次项目一共筹集到善款共计 19.55 万元，近 440 人次参与捐赠，43 位小朋友独立发起"一起捐"行动，参与的学校越来越多，爱心的接力棒被不断传递着。

与此同时，项目组的其他成员与受捐医院一一确认需求，其中包括：武汉市中心医院、雷神山医院、武昌医院、驻沪某部队医院，此外项目组还对接上了上海瑞金医院援鄂医疗队。

2 月 14 日当天，来自上海市实验学校东校、南校，上海市第三女子初级中学，兰生复旦中学，存志中学，建平远翔学校，澧溪中学，福山证大外国语小学等沪上几十所学校近 2000 名学生也陆续加入了此次的爱心计划，各社区的孩子们也踊跃参加，甚至还有来自北京、成都、深圳、广州、井冈山、云南乃至海外的同学加入其中。

结项后，项目组为确保捐赠物资安全抵达湖北各地医院，在华侨基金会协助下，取得了物资运送通行证。

一心公益的负责人表示，3000 件防护服物资会陆续分三批运送到武汉。

小善成就大爱，点点星光照亮夜空。行动，是最有力的担当。从这群有极强行动力的少年身上，我们足以相信：希望在明天，希望在少年！

（原载《少年日报》微信公众号 2020 年 2 月 19 日）

来看上海这所学校的无接触眼保健操

少年日报记者　李　晔

上午第三节课结束后，上海市松江区中山小学的校园广播里响起了轻快的旋律，同学们赶忙收起课本和文具，生怕错过做眼保健操。昨天（26日）上午，记者来到中山小学，刚走进四（10）班教室，便看到了这一幕。眼保健操何时成为了同学们上学时的念想了？原来，中山小学同学们做的眼保健操不一般，是由学校自己编创的无接触眼保健操。

有趣、简单、卫生，是同学们对这套无接触眼保健操爱不释手的原因。

四（10）班的徐嘉昊告诉记者，从这套操每一节的名字到动作他都十分喜欢，"在做'爱眨眼的小星'时，我们会跟着节奏，手眼配合，眼睛一闭一睁，手握拳张开；'一笔画图形'时，眼睛随着手指转动，手指画不同图形，眼球也会'走出'不同路线，我们私下里还会做一些创新，比划一些更复杂的图形增加难度，很有乐趣的"。

"上周复课返校第一天，老师给我们讲解这套操时，大家都觉得很新奇，我最喜欢的是'跳动的弹力球'，我觉得它可以锻炼我的手眼协调能力。"同班的王若萱向记者补充道。

为了方便同学们学习这套无接触眼保健操，学校还录制了专门的教学片。四年级的薛亚多同学是教学片中的模特，她说刚开始在家里接到录视频的任务时有些紧张怕做不好，但看了图解和听了老师的描述后，她发现这套操不仅有趣简单很快就能学会，而且手不会碰到脸部比较卫生，"不用在脸上按图索骥找穴位，很大程度上降低了手眼接触感染病菌的几率，在家里我也会做这套无接触眼保健操。"

这套被同学们津津乐道的无接触眼保健操是否真的会对眼睛起到保健作

用呢？编创者之一的中山小学大队辅导员赵轶男老师表示，这套操是专为学生复课返校而准备的。

在与学校副校长高蕾一起编创的过程中，对每一节的名字和动作进行了反复改良，力求有趣和有效，为此他们还请教了专业的眼科医生。这套主要采用放松睫状肌、追瞄运动和对焦运动的无接触眼保健操可以缓解视力疲劳，同学们现在做的这套操其实已经是经过改良的 2.0 版了。

目前，每天上午和下午各做一次的无接触眼保健操深受学校四五年级同学的喜爱，随着 6 月 2 日小学阶段全面复学复课，这套充满童趣的无接触眼保健操又要"涨粉"啦。

（原载《少年日报》微信公众号 2020 年 5 月 27 日）

3000套防护服全部到位
这群"00后"用压岁钱守护白衣天使

少年日报记者　金浩文

各位小读者还记得前段时间我们报道过的，上海一群中小学生将压岁钱捐出来，预备购置3000套防护服给需要的医护人员，这一新闻吗？

募捐计划的四位年轻的发起者王佳希、马远翔、田靖雯、史韵扬，这一个月以来一直在满怀期待和些许忐忑中等待着，他们朋友圈里的截图和视频不断更新着。

令人欣喜的是，他们收到了越来越多的医院发来的感谢信和短视频，一切都说明——他们的这次募集计划，成功了。"这件事情让我明白，我们不再只是懵懂的少年，我们也可以有担当去担当。白衣战士守护着我们所有的人，我们终于以我们自己的方式向他们表示了最崇高的敬意。"作为发起者之一，王佳希在接受记者采访时说道。

一个月时间，3000套防护服，11家医院成功接受，他们是如何做到的？发起者们又有了怎样的成长与思考？记者为大家梳理了爱心防护服这一个月的"行程表"。

2020年2月14日，"心星点灯压岁钱防疫计划"线上募集顺利结束后，筹备小组继续努力与受捐医院、工厂及物流保持密切联系。联系了基金会秘书长出具了基金会通行证，也一直在关注着武汉官方认可的物流，确认安全的装箱数，打包数，外包装情况，盘问他们具体的通道，更改了数次运输方案，尽了最大的努力使后续过程一切顺利。

2月18日，工厂在小发起者和家长们的"加急"监督下，连夜赶工，终于在上海武警某医院援鄂医疗队出发前及时送上孩子们捐赠100件防护服。武警官兵录下了感谢的视频。

2月23日晚间，工厂带了1000件防护衣提前来上海通关，24日一大早送交瑞金援鄂医疗队防护服500件。

随后，工作人员来到仁济医院，交付仁济援雷神山医疗队防护服500件。

2月28日，发往李文亮医生生前所在武汉市中心医院的500件防护服被顺利接收。从寄出到签收整整八天，长长的等待似乎穿越的不是短短的800公里，而是异常遥远的千山和万水，但是，无论如何，他们收到了。

3月3日交付驻沪某部队医院150件，安徽省合肥市亳州路街道（定向）50件。

3月6日交付武汉武昌医院300套，湖北鄂州妇幼保健院200套，武汉大学附属同仁医院（市第三医院)200套。

3月10日，交付湖北省汉川市人民医院100套，中部某战区总医院400套。

截止到今天发稿前，在4位同学牵头下，来自全国各地共1860名爱心小伙伴们36个小时募集45万元采购的3000套防护服被11家医院成功接收。

从一群少年的美好愿望，到最终3000套防护服顺利送达一线医护人员手中，中间只有一个多月的时间，但在爱心接力的过程中，越来越多的人参与了进来，让这团星星之火发出了足够的温暖和光亮。

"心星点灯压岁钱防疫"项目的四位年轻的发起者与记者分享了他们这段时间的心路历程。上海市实验学校的王佳希说："我特别高兴我们小小的计划书最终能变成一个有1860个爱心小伙伴参与的公益项目。世界的模样取决于我们凝视它的目光，我们希望以后我们碰到的世界是友好的，那么公益就是我们现在对世界先付出的友好。3月10日我们的公益项目圆满结项，看到各个医院的感谢视频，我第一时间转发至我的朋友圈，让所有参与的小朋友都能和我一样感受来自心底的那份自豪，我们不再只是懵懂的少年，我们也可以有担当去担当。白衣战士守护着我们所有的人，我们终于以我们自己的方式向他们表示了最崇高的敬意。"

上海市实验学校的马远翔表示："感恩所有伙伴的支持，在这个疫情肆虐的冬季，帮助我们向所有"捐躯赴国难，视死忽如归"的逆行战士致以敬意。在此次疫情中，是医护人员选择无惧生死，手挽手肩并肩为我们筑起坚不可摧的生命防线，于黑暗中将生命之光高高举起，照亮我们每个人的生命之路。我们发起的这个压岁钱防疫计划就是希望医护人员能在救治他人的时候，更多地先保护好自己。看到医院发来的感谢视频，我既高兴又自豪。我们遵从了自己的初心，实现了自己小小的愿望。希望疫情早日过去，所有的医护人员早日平安归来。

上海市民办新世纪中学的田靖雯告诉记者："看到 3000 件防护服被 11 家医院顺利接收，看到医院发来的感谢信和感谢视频，我非常高兴也非常自豪。能为这些白衣逆行者和守护者尽一分心意，我觉得我和我的小伙伴们真的是做了一件非常有意义的事。这次公益让我懂得，很多事情其实只要我们愿意去尝试，就会有意想不到的结果。不要小看自己，在我们努力的过程中，会有很多很多的人无条件地帮助我们支持我们。只要我们团结在一起，我们能凝聚起来的力量一定会比我们以为的更强大。如果有机会，我会愿意继续尝试公益，感受这种力量。

复旦大学第二附属学校的史韵扬说："我特别高兴能有机会参与发起这样的一个公益活动，特别高兴能够帮助到始终在一线疫区负重前行的医护人员。我和我的伙伴们只是做了我们觉得应该做的事情，白衣战士奋力守护我们，我们也愿意守护他们。我们只是发起了一个小小的计划，是所有的小伙伴们的爱心帮助我们完成了我们的新年愿望。而我们所有的爱心都只源于白衣逆行者们无私无畏的大爱精神。"

三月，春天在枝头绽放，希望所有的医护人员都能更好地保护自己，打赢这场没有硝烟的战役。

四位中学生一呼百应，用"00 后"自己的方式守护了奋战在一线的白衣天使。就像他们自己所说的，这一刻，他们已不再是懵懂少年，而是这个社会的一员。

（原载《少年日报》微信公众号 2020 年 3 月 18 日）

1米安全距离有多长？中低年级小学生明明白白

少年日报记者　李　晔

"1米就是100厘米""1米是从地面到我下巴的距离""1米差不多就是我展开双臂的距离""学校广场上两块大理石地砖的宽度有1米"……今天（6月2日）上海市松江区洞泾学校小学一至三年级近1100名同学返校复学。上午7时许，同学们分批次陆续进入久违的校园。在排队进校的过程中，大部分同学始终自觉地与前后同学保持着1米左右的间距。面对记者提出的"1米有多长"这个问题，进入校园的小学中低年级同学几乎人人都能给出靠谱的答案。

小学一二三年级的同学是如何做到准确把握1米安全距离的呢？原来，为了顺利迎接小学中低年级同学返校复学，在此之前学校一二三年级的班主任老师就通过"空中课堂"带领同学们开展了以"一米安全距离到底有多长"为主题的项目式学习。这项项目式学习的设计者，洞泾学校教师方思菲告诉记者，早在4月27日学校初三年级返校复学那会儿，方老师观察到"大同学们"对于"保持1米距离"这条防疫要求并不太重视，经常能看到高年级同学在课间不自觉地三五成群聚在一起，直到有老师提醒才会注意保持距离。为此，方老师就产生了的给将要复学的小学一至三年级同学设计一项探索"1米有多长"的项目式学习的想法。"让中低年级通过精确测量知道1米的概念，后续又设计了让同学离开量尺，即使在没有标线的情况下也能寻找参照物估算出1米大概有多长。之后再引导同学们将掌握的知识运用到实际，比如哪些场合需要保持1米的距离。"

通过"一米安全距离到底有多长"项目式学习，小学一至三年级同学不仅基本掌握了估算出1米的技能。一些同学还脑洞大开，设计了诸如"1米丢沙包""1 米跳跳跳""平行猜拳"等有趣的"1 米游戏"，丰富课余生活。三（2）班的陈阔同学设计的"1 米猜拳"游戏，是两人间距 1 米进行猜拳，输的人会受到惩罚。这个 1 米小游戏乍一听没什么特别之处，不过"惩罚"却让人耳目一新。"输的人要罚喝一杯水。我知道很多同学的爸爸妈妈，包括我自己的，在我们上学前都会叮嘱我们在学校里要多喝水，因为多喝水对身体有好处，可是我们在学校里经常会忘记'补水'这件事，有了这个'惩罚'，我们在课间保持安全距离玩游戏的同时不会忘记喝水，一举两得。"

（原载《少年日报》微信公众号 2020 年 6 月 2 日）

返课复校后的三个关键词

少年日报记者　李　晔

　　回归校园，如此美好！上周一（5 月 18 日），全市约 60 万名小学四、五年级，初中预备年级及初一、高一年级的同学们返校复学了。一周来，同学们过得怎么样？回归久违的校园生活，一边防疫一边学习，大家都适应吗？

关键词：　过关游戏

　　松江区民乐学校四年级的钱靖菲同学说："已经四个月了，有一段时间没去学校了。上周一，我终于能回到校园啦！"在民乐学校，学校做好了各种防疫工作准备，校门口用红线围出了通道，地上还画上了点位，同学们上学和放学都要踩在上面，从而保持安全间距。走进校门口，就会看见测温点。如果在这里体温超标就会被安排到二次测温点复测。

　　在校期间，还会有两次测温——分别在早自习和饭后。"上厕所、饮水时和盛饭时，同学们会有序排队，大家站在事先在地上画好点位上，而且队伍长度一次只能排五人。学校里的防疫工作真是面面俱到，我们也很愿意配合，一点也不觉得麻烦，大家都把防疫期间的学校措施当成了过关游戏来完成呢！"钱同学告诉记者。

关键词：　篮球还得一起打

　　对于返课复校，松江区洞泾学校的六年级男生朱思麒发出了这样的感慨："久过去了，每天待在家里的我，感到了异常地无聊。不是写作业，就是看电视。这个假期我都不知道胖了多少斤了，好想和同学一起打篮球啊。以前在学校巴不得多放几天假，现在想起来，还是学校有意思啊！终于，上周我们可以复课返校啦！现在，我又可以和同学在学校的操场上奔跑，还可以和同学们在午饭后一起散步、聊天。最让人高兴的是能和大家一起打篮球啦，防守、进攻、进球……篮球就是要大家一起玩才有意思嘛！"

关键词： 隔空拥抱

在松江区泗泾二小，学校大门周围用围栏围起了 S 形通道，通道上还贴了间隔一米的白色标志条。在老师和家长志愿者的指挥下，同学们沿着标志条，一路走到校门口就到了测温间。"测完体温，我几乎是一路小跑的走向教室，都没时间仔细欣赏我心心念念的紫藤走廊。见到老师和同学们的那一刹那，我们都好想给对方一个大大的拥抱，可现在是疫情的特殊时期，我们只能来一个隔空拥抱。"四年级的王文煜同学有些激动地说。

在采访的过程中，有不少同学表示，回归校园，是如此美好，一定会珍惜时间，加倍努力的学习，把失去的时间都找回来。

（原载《少年日报》微信公众号 2020 年 5 月 24 日）

图书在版编目（CIP）数据

岁月依然璀璨：上海报业抗疫复产报道纪实/尹明华
主编. —上海：上海三联书店，2021.3
ISBN 978 - 7 - 5426 - 7279 - 7

Ⅰ. ①岁…　Ⅱ. ①尹…　Ⅲ. ①新闻报道－作品集－
中国－当代　Ⅳ. ①I253

中国版本图书馆 CIP 数据核字（2020）第 256820 号

岁月依然璀璨——上海报业抗疫复产报道纪实

主　　编 / 尹明华

责任编辑 / 姚望星
装帧设计 / 徐　徐
监　　制 / 姚　军
责任校对 / 张大伟　王凌霄

出版发行 / 上海三联书店
　　　　　（200030）中国上海市漕溪北路 331 号 A 座 6 楼
邮购电话 / 021 - 22895540
印　　刷 / 上海展强印刷有限公司

版　　次 / 2021 年 3 月第 1 版
印　　次 / 2021 年 3 月第 1 次印刷
开　　本 / 710×1000　1/16
字　　数 / 580 千字
印　　张 / 36.5
书　　号 / ISBN 978 - 7 - 5426 - 7279 - 7/I·1691
定　　价 / 128.00 元

敬启读者，如发现本书有印装质量问题，请与印刷厂联系 021 - 66366565